EISKALT

EISKALT

(COLD AS ICE)

TONI ANDERSON

Übersetzt von
MARTIN WICK

WIDMUNG

Für Carla.

Hinweis zum Inhalt: Dieses Buch enthält Sexszenen, Schimpfwörter, Gewalt (Mord) und Personen, die in der Vergangenheit sexuell missbraucht wurden (wie in den meisten romantischen Thrillern). Für weitere Informationen: www.toniandersonauthor.com/content-advisory

DEUTSCHE BÜCHER VON TONI ANDERSON

Romantische Krimis

Kalte Gerechtigkeit Serie
Ein kalter, dunkler Ort (A Cold Dark Place)
Kalte Jagd (Cold Pursuit)
Kaltes Morgenlicht (Cold Light of Day)
Kalte Angst (Cold Fear)
Kalte Schatten (Cold in the Shadows)
Kaltes Herz (Cold Hearted)
Kalte Geheimnis (Cold Secrets)
Kalte Bosheit (Cold Malice)
Eiskaltes Versprechen (A Cold Dark Promise)
Kaltblütig (Cold Blooded)

Kalte Gerechtigkeit – die Verhandler Serie
Kalt und tödlich (Cold & Deadly)
Kälter als die Sünde (Colder Than Sin)
Kalte böse Lügen (Cold Wicked Lies)
Kalter grausamer Kuss (Cold Cruel Kiss)
Eiskalt (Cold as Ice)

DEMNÄCHST ERHÄLTLICH …
Kalte Stille (Cold Silence)
Tödliches Spiel (The Killing Game)

Andere deutsche Titel
Im Sog Der Gefahr
Wogen Des Zorns

Auf meiner Website findest du alle deutschen Übersetzungen
meiner Bücher:
toniandersonauthor.com/german

Melde dich für meinen deutschsprachigen Newsletter an und
erhalte zwei kostenlose, exklusive „Kalte Gerechtigkeit"-
Kurzgeschichten sowie Informationen darüber, wann meine
nächste deutsche Übersetzung verfügbar ist.

KAPITEL EINS

26. Januar.

DARBY O'ROARKE ERWACHTE langsam. Ihr Herz klopfte für ein paar unruhige Momente, bevor es ihr wieder einfiel. Es war vorbei. Sie war in Sicherheit. Sie konnten ihr nichts mehr antun.

Ein pochender Schmerz in ihrem Kopf ließ sie zusammenzucken. Ihre Sicht war verschwommen, die Überreste eines heimtückischen Albtraums krallten sich hartnäckig an die Ränder ihres Bewusstseins. Die Decke fest umklammert, wartete sie darauf, dass das Zimmer um sie herum schärfer wurde. Sie runzelte die Stirn. Das war nicht ihr Schlafzimmer. Das war nicht ihre Wohnung.

Wo bin ich?

Übelkeit stieg in ihr auf und kroch in ihre Kehle. Panisch hob sie die Decke an und atmete erleichtert aus, als sie sah, dass sie vollständig angezogen war. Sie hatte auch keine Schmerzen. Ihr Verstand wich von der Richtung zurück, die er eingeschlagen hatte. Diese Monster würden ihr keinen Schaden mehr zufügen können. Sie waren tot. Und sie selbst war am Leben. Sie würde nicht zulassen, dass deren Verkommenheit sie zerstörte.

Sie verscheuchte diese Gefühle, während sie zur hohen Decke hinaufblickte. Sie lebte jetzt in Fairbanks, Alaska, und nicht mehr in einem Verschlag in der Nähe des Äquators. Sie war in Sicherheit, verdammt. Auf der unbequemen Couch von jemandem, mit einer Wolldecke zugedeckt, damit sie nicht fror.

Die Vorhänge waren zugezogen, sodass nur ein Hauch von trübem Licht hereinfiel. Die Sonne war noch nicht aufgegangen, aber so weit im Norden, und noch dazu im Januar, bedeutete das nicht viel.

Die Kopfschmerzen ließen ein wenig nach. Sie fröstelte unter der Decke auf dem muffig riechenden, abgesessenen Sofa. Die Wände waren mit Holzimitat getäfelt, und von einem Gestell mit Geweihen, das über dem Kamin angebracht war, hingen Weihnachtskugeln. Über dem Sessel neben ihr lag die Jacke eines Mannes, daneben ihr eigener grüner Gänsedaunen-Parka.

Das war das Wohnzimmer von Martin Carstairs, stellte sie fest. Er hatte im Dezember ein Potluck veranstaltet, zu dem so ziemlich alle Studenten des Instituts für Geophysik der Universität von Alaska Fairbanks sowie viele der Professoren und technischen Mitarbeiter gekommen waren.

Langsam drehte sie den Kopf, blinzelte in die graue Asche des erkalteten Kamins und versuchte, sich zu erinnern, wie sie hierhergekommen war, während sie sich unter der kratzigen Decke zusammenkauerte. Gestern Abend war sie mit anderen Studenten zum *Burns Supper* gegangen. Sie erinnerte sich daran, dass sie mit Martin und ein paar anderen Freunden getanzt hatte. Ceilidh. Trotz der komplizierten und ungewohnten Schritte war die Atmosphäre berauschend gewesen. Im Gegensatz zum Rest ihres Lebens hatte sie begonnen, in den schwungvollen Melodien einen Rhythmus zu finden.

Es hatte Spaß gemacht, und sie hatte nicht besonders oft Spaß. Selbst vor dem Vorfall letzten Sommer hatte sie ihr Studium immer an erste Stelle gesetzt. Sie brauchte Stipendien und Zuschüsse, um an der Universität bleiben zu können, und hatte sich deswegen immer auf ihr Studium konzentriert. Der Spaß kam erst an zweiter Stelle.

Außer … außer, dass die Entführung und Vergewaltigung sie zu der Erkenntnis gebracht hatte, dass das Leben vielleicht wirklich zu kurz war. Zu kurz, um die völlige Abwesenheit von Vergnügen in ihrem Dasein zu ignorieren.

Mit der Hilfe von Haley Cramer, ihren Freunden hier an der Universität, ihrer Selbsthilfegruppe, ihren Therapeuten und ein paar lieb gewonnen Verhandlungsführern vom FBI versuchte sie, wieder die Person zu werden, die sie vor ihrer Entführung gewesen war. Es war nicht einfach, aber sie machte Fortschritte.

Die Party war sehr amüsant gewesen. Sogar der Haggis hatte besser geschmeckt als sie erwartet hatte, fast wie die hausgemachte Wurst, die ihre Mutter zubereitet hatte, als Darby noch ein Kind gewesen war. Ihr Blick wanderte zum Tisch und verweilte auf zwei Gläsern, in denen sich jeweils eine kleine Menge bernsteinfarbener Flüssigkeit befand. Dahinter stand eine halb leere Flasche zwölf Jahre alten Single Malt Whiskeys. Das erklärte den merkwürdigen Geschmack in ihrem Mund und das Pochen in ihren Schläfen. Der Whisky war definitiv weniger nach ihrem Geschmack gewesen als der Haggis. Sie trank normalerweise nicht viel. Ihr Vater hatte nie Alkohol im Haus erlaubt, wahrscheinlich weil er sich schon vor Jahren darin ertränkt hätte, wenn er nur die geringste Chance dazu gehabt hätte.

Sie runzelte wieder die Stirn. Hatte Martin sie auf einen

Drink hierher eingeladen? Hatte sie zugesagt?

Warum?

So sehr sie sich auch bemühte, sich zu erinnern, ihr fiel nichts ein. Es war ein schwarzes Loch.

Hatte er …?

Hatten sie …?

Sie hatte keine Ahnung. Aber sie bezweifelte es. Es fühlte sich nicht so an wie … Vielleicht war sie letzte Nacht einfach eingeschlafen, und Martin hatte sie zugedeckt und war ins Bett gegangen? Aber wie war sie hierhergekommen?

Warum konnte sie sich nicht erinnern?

Sie stieß sich von der Couch ab und stolperte ins Badezimmer. Durch die Fenster drang jetzt genug Licht, dass sie den Weg finden konnte. Ihr Magen rumorte, aber sie hatte nicht das Gefühl, sich übergeben zu müssen. Mit den Händen schöpfte sie etwas Wasser aus dem Wasserhahn in ihren Mund. Sie genoss das erfrischende Gefühl, als die kalte Flüssigkeit ihre Kehle hinablief.

Sie vermied es, sich im Spiegel zu betrachten. Wollte den Freak nicht sehen, der in ihr wohnte.

Kein Freak, Darby. Eine Überlebenskünstlerin.

Sie verdrehte die Augen über ihre Selbstmotivation, während sie ihre Hände an einem Handtuch abtrocknete. Es war immer Ebans Stimme, die sie in ihrem Kopf hörte. Kein Wunder, dass er nur mit ihr befreundet sein wollte. Kein Wunder, dass er ihr gesagt hatte, sie solle ihr Leben weiterleben.

Sie wusste, dass sie über ihn hinwegkommen musste. Es dauerte viel länger, als sie gehofft hatte. Und jetzt dachte sie wieder an Eban. Daran, dass sie ihn vermisste. Dass sie sich nach ihm sehnte.

Sie verdrängte ihn aus ihren Gedanken, als sie zurück ins Wohnzimmer ging. Sie band ihr widerspenstiges Haar mit dem Haargummi, den sie gewöhnlich an ihrem Handgelenk trug, zu einem Zopf zusammen. Unsicher stand sie in dem leeren Raum und lauschte angestrengt.

Es war still. Zu still. Nicht einmal das Summen des Ofens war zu hören. In der Welt hinter den geschlossenen Vorhängen begann es zu dämmern, was bedeutete, dass sie später zur Arbeit kommen würde, als sie vorgehabt hatte.

„Martin?", rief sie leise.

Keine Antwort.

Sie knabberte an ihrer Lippe. Sie wusste, dass sein Mitbewohner auf einem Außeneinsatz war. Hatte Martin oben geschlafen? Lag er irgendwo stockbesoffen herum? Oder war er schon ins Labor gegangen?

Sie warf einen Blick auf ihre Uhr. Fast zehn. *Mist.* Sie musste los, aber sie fühlte sich schlecht, weil sie ging, ohne mit ihm zu reden. Sie wollte nicht, dass es zwischen ihnen merkwürdig wurde. Wann hatte ihr Filmriss angefangen? Auf der Party? Die Vorstellung war beschämend. Die Studentengemeinschaft war klein, und jeder kannte jeden. Außerdem war sie sowieso schon das Objekt von Spekulationen und Mitleid; sie brauchte keinen weiteren Stempel der Seltsamkeit.

Sie nahm die Gläser vom Tisch und trug sie in die Küche, wo sie sie zusammen mit dem anderen schmutzigen Geschirr in die Spüle stellte.

Es gab keinen Geschirrspüler, und Martin war, wie es schien, in Sachen Haushalt nicht so gut wie im Schreiben von Modellierungssoftware. Sie griff nach dem Spülmittel, füllte das Waschbecken mit sauberem, heißem Wasser und begann, das Geschirr zu spülen und ordentlich auf dem Abtropfbrett zu stapeln. Der Abwasch beruhigte sie. Außerdem machte sie absichtlich so viel Lärm, dass sie Tote aufwecken könnte, in der Hoffnung, Martin zu wecken, falls er noch zu Hause war.

Vor dem hinteren Fenster stand ihr Wagen – was erklärte, wie sie hierhergekommen war. Martins alte Limousine sah daneben wie ein verrostetes Wrack aus. Sie war über ein langes orangefarbenes Verlängerungskabel an die Standheizung angeschlossen, damit der Motor bei der extremen Kälte nicht einfror.

Sie zog die Augenbrauen zusammen. Sie war noch nie betrunken Auto gefahren – vielleicht hatte jemand anderes hinterm Steuer gesessen? Hatte Martin ihren Wagen gefahren, weil sie nach einem kleinen Glas Whisky zu betrunken gewesen war, um nach Hause zu kommen? Sie betrachtete die Gläser, die sie aus dem Wohnzimmer mitgebracht hatte. Wenn das so war, warum hatte er ihr dann noch mehr Alkohol gegeben, als sie hierhergekommen waren?

Die Tatsache, dass sie sich nicht erinnern konnte, war das Beunruhigendste an der ganzen Sache. Darby mochte Fakten und Logik, aber hier ergab nichts einen Sinn. Sie trocknete sich die Hände an dem Geschirrtuch ab, das neben dem Herd hing, und versuchte, angesichts des Zustands des altersschwachen Lappens nicht die Nase zu rümpfen. Dies war nicht ihr Haus. Die Sauberkeit in der Küche war nicht ihr Problem.

Vielleicht war Martin bereits gegangen, hatte sich von einem Kommilitonen mitnehmen lassen oder war zu Fuß ins Institut gelaufen, wie er es oft tat. Vielleicht war Darby nicht die Einzige, die letzte Nacht hier geschlafen hatte? Vielleicht hatte jemand anderes den Whisky getrunken … Das ergab viel mehr Sinn.

Sie ging zurück ins Wohnzimmer und hob ihren Mantel auf, unsicher, was sie tun sollte. Was, wenn es Martin schlecht ging?

Unsicher kaute sie auf ihrer Lippe herum. Vor acht Monaten hätte sie keinen Gedanken daran verschwendet, die Treppe hinaufzuschreien oder ihn zu wecken. Doch jetzt zweifelte sie ständig an sich selbst und an den Konsequenzen ihres Handelns.

Sie straffte die Schultern. Sie würde nach oben gehen, an die Tür klopfen und sich bei ihm bedanken, dass sie auf der Couch hatte schlafen dürfen. Sich vergewissern, dass es ihm gut ging. Wenn er nicht hier war, würde er es nie erfahren, also musste sie sich nicht dafür schämen, dass sie uneingeladen herumgeschnüffelt hatte.

Hatte sie sich gestern Abend komplett zum Narren gemacht? Es sollte nicht so wichtig sein, aber nach allem, was im letzten Sommer geschehen war, war ihr ihre Würde wichtig. Lebenswichtig sogar. Genauso wie ihr Verstand.

Sie zwang sich, sich in Bewegung zu setzen. Ihre sockenbedeckten Füße schlurften leise über die polierten Dielen.

„Martin?" Sie stampfte geräuschvoll die Treppe hinauf und wollte den Mann, dem sie sich näherte, warnen, zumal er vielleicht nicht allein war.

Im oberen Stockwerk angekommen, stellte sie fest, dass sie keine Ahnung hatte, welches sein Zimmer war. Sie klopfte an die erste Tür und öffnete sie langsam. Drinnen befanden sich ein Doppelbett und zwei Schreibtische sowie einige Gaming-Sessel. Mann, sie musste total betrunken gewesen sein, wenn sie es nicht einmal die Treppe hinauf zum Gästezimmer geschafft hatte. Sie klopfte an die zweite Tür, die sofort aufschwang.

Ein moschusartiger Geruch lag in der Luft. Sie rümpfte die Nase. Schweiß, schmutzige Wäsche und noch etwas …

„Martin? Bist du hier?" Sie spähte um die Wand herum und erblickte das Ende eines Bettes. Eine zerknitterte Bettdecke verdeckte etwas, das wie die Beule von Füßen aussah, also war sie hier wahrscheinlich richtig. Die Füße rührten sich nicht, trotz des Lärms, den sie veranstaltete. Sie machte einen weiteren zögerlichen Schritt vorwärts und klopfte an die Wand. „Hey." Sie erhob ihre Stimme. „Danke, dass ich letzte Nacht hier schlafen durfte. Tut mir leid, dass ich bei dir eingeschlafen bin. Wie du weißt, bin ich an Alkohol nicht gewöhnt."

Sie unterdrückte ein Lachen. Die Person im Bett bewegte sich immer noch nicht. Er reagierte nicht. Ob es ihm gut ging? Sie ging einen weiteren Schritt vorwärts und spähte über den Rand. Dann erstarrte sie.

Martin lag auf dem Rücken, seine Augen waren weit aufgerissen und starrten an die Decke. Seine blasse Brust war nackt, bis auf das Jagdmesser, das aus ihr herausragte.

Galle stieg ihr in die Kehle.

Nein, nein, nein.

Darby schlug sich die Hand vor den Mund, schluckte mehrmals und wich zurück. Sie wirbelte herum und rannte die Treppe hinunter, wobei sie sich am Geländer festhielt, um nicht zu stürzen. Dann schnappte sie sich ihren Mantel, schlüpfte hastig in ihre Schneestiefel und stürmte zur Haustür hinaus, ohne auf die eisige Luft zu achten, die auf ihren nassen Wangen brannte. Sie lief die Eingangstreppe hinunter, um das Haus herum, und versuchte, ihren Wagen mit dem Schlüssel aufzuschließen, der sich glücklicherweise in ihrer Manteltasche befand.

Schwer atmend kauerte sie sich in dem Fahrzeug zusammen und ließ den Motor an. Sie war unendlich dankbar, dass er sofort ansprang, obwohl die Standheizung nicht eingesteckt war. Sie legte den Rückwärtsgang ein, trat aber mit dem Fuß auf die Bremse.

Wo sollte sie hinfahren?

Was war mit dem armen Martin?

Sie konnte ihn doch nicht einfach so zurücklassen. *Oh, mein Gott!* Martin war tot. Tränen schossen ihr in die Augen. Sie schob eine Hand in ihre Tasche und war erleichtert, als sie ihr Telefon fand.

Ihre Hände zitterten, als sie die letzten Anrufe aufrief und auf den Namen *Quentin Savage* drückte, einen Freund, der Abteilungsleiter beim FBI war. Sie schloss die Augen. Er würde so wütend auf sie sein, so enttäuscht, so verletzt, aber wenigstens würde er wissen, was zu tun war.

„Darby?"

Sie erstarrte und blickte auf den Bildschirm. Sie musste sich verwählt haben, denn Eban Winters war in der Leitung. Aber vielleicht war es gar kein Versehen gewesen. Vielleicht war es Feigheit – die Vorstellung, Quentin oder Haley zu enttäuschen, brannte wie Säure in ihrer Kehle. Der Gedanke, diesen Mann für immer zu vertreiben, allerdings ebenfalls.

„Darby? Geht es dir gut?", fragte Eban.

Wie immer sehnte sie sich beim Klang seiner Stimme sofort danach, bei ihm zu sein. Er beruhigte sie, gab ihr das Gefühl von Sicherheit. Ließ sie andere Dinge fühlen, die sie erforschen wollte. Doch sie konnte es nicht. Weil er nicht interessiert war. Das hatte er mehr als deutlich gemacht. Und jetzt war es zu spät.

„*Darby*.“ Seine Stimme wurde eindringlicher. „Ist alles in Ordnung?“

In den letzten sieben Monaten hatte sie ihn immer angerufen, wenn sie sich überwältigt gefühlt hatte. Wenn ihre Angst zu groß war, um mit Quentin oder Haley zu sprechen, und dieser Mann mit der beruhigenden Stimme und seinen widerstrebenden Lippen ihr einziger Rettungsanker gewesen war. Gott, er würde sie dafür hassen, dass sie ihm das antat.

Sie hasste sich bereits selbst.

„Darby?“ Sein Ton wurde scharf. „Bist du da? Was ist los?“

„Eban.“ Ihre Stimme zitterte. Tränen ließen ihre Sicht verschwimmen. „Ich glaube, ich habe vielleicht jemanden getötet.“

KAPITEL ZWEI

„Wer ist das Opfer?" Detective Signy Torgerson hatte inmitten eines Strudels aus blinkenden Lichtern und Polizeiaufkommen auf der Lawlor Road angehalten. Sie musterte ein junges rothaariges Mädchen, das auf dem Rücksitz eines Polizeiwagens saß und sie mit großen, verängstigten Augen anstarrte.

„Martin Carstairs. Ein achtundzwanzigjähriger weißer Mann. Er ist oben im Schlafzimmer. Ich und ein anderer Streifenbeamter haben den Anruf entgegengenommen und den Tatort Sekunden nach dem Eintreffen der Feuerwehr gesichert." Der Streifenpolizist, den alle Big Al nannten, war ein ruhiger schwarzer Hüne, der seinen Job sehr ernst nahm. „Auch der Rettungsdienst ist gekommen, aber ich habe ihnen den Zutritt zur Wohnung verweigert, da das Opfer offensichtlich tot war."

„Hat die Feuerwehr das Gebäude betreten?", fragte sie.

Big Al schüttelte den Kopf.

„Gut." Signy betrachtete verärgert den zertrampelten Schnee auf der Einfahrt. „Schafft sie alle hier weg."

Sie machte sich auf den Weg ins Haus und zog sich auf der baufälligen überdachten Veranda Schutzstiefel und einen Tyvek-Anzug an. Drinnen nickte sie dem Spurensicherungstechniker zu, der gerade einen kleinen Couchtisch nach

Fingerabdrücken absuchte. Eine Flasche Whisky stand auf dem Tisch. Ein zwölfjähriger Highland Park. Da hatte jemand einen guten Geschmack, was Alkohol anging. Sie machte einen kurzen Rundgang durch die untere Etage, konnte aber außer der einsamen Flasche Scotch und einer zerwühlten Decke auf der Couch nichts Ungewöhnliches entdecken.

Lichtblitze lockten sie die Treppe hinauf. Der Polizeifotograf machte gerade Aufnahmen vom Schlafzimmer. Er kam mit einem grimmigen Gesichtsausdruck heraus.

Der Tod war immer aufwühlend, oft blutig, manchmal grausam.

Signy wusste nicht, was sie erwartete, als sie den Raum betrat. Sie wusste, dass das Opfer erstochen worden war, aber diese Szene war erstaunlich nüchtern und unblutig. Sie war dankbar dafür. Sie hatte gerade gefrühstückt.

Das Messer in der Brust war allerdings ein ziemliches Statement. Ihre Brauen hoben sich. Es war nicht zu leugnen, dass derjenige, der ihm das Messer tief in die Brust gerammt hatte, eine klare Absicht gehabt hatte. Das Gesicht der Frau auf dem Rücksitz des Streifenwagens schoss ihr durch den Kopf. Meist konnte man Menschen nicht ansehen, wozu sie fähig waren.

Sie stand im Zimmer und verschaffte sich einen Überblick. Ein Haufen Kleidung lag auf dem Boden neben dem Bett, darunter etwas, das aussah wie ein einzelner schwarzer Winterhandschuh mit einem Fleck auf dem Stoff. Auf dem Nachttisch lag ein Handy, das an die Steckdose angeschlossen war, daneben stand ein halbvolles Wasserglas. Ein Taschenbuch lag auf dem Boden, ein paar Seiten waren zur Markierung an den Ecken umgeknickt. Der junge Mann würde jedoch nie die Gelegenheit bekommen, die Geschichte zu Ende zu lesen.

Ein Geräusch außerhalb des Zimmers ließ sie aus ihren Grübeleien aufschrecken. Ihr Chef würde sie in Kürze anrufen, damit sie ihm eine erste Einschätzung lieferte, und sie sollte dann besser etwas für ihn haben. Die beiden anderen Detectives in der Abteilung arbeiteten mit der DEA und der RCMP an einer großen Drogenfahndung und waren die ganze Woche über nicht erreichbar.

Signy war auf sich allein gestellt, aber das machte ihr nichts aus. Eigentlich war es ihr sogar lieber so. Sie hatte sich gerade um eine Beförderung beworben, und sie ahnte, dass dieser Fall über ihre Chancen entscheiden könnte.

Sie holte ihr Handy heraus und machte selbst ein paar Fotos von dem Zimmer und der Leiche. Dann eilte sie die Treppe hinunter, machte noch ein paar Schnappschüsse von der Whiskyflasche und ließ die Spurensicherung ihre Arbeit zu Ende bringen.

Sie schwankte, als sie den Tyvek-Anzug auszog, bevor sie in ihren Parka schlüpfte und wieder nach draußen ging. Die Temperatur raubte ihr den Atem. Das Feuerwehrauto war verschwunden, und eine kleine Gruppe von Schaulustigen stand dicht zusammengedrängt auf der anderen Straßenseite.

Signy machte sich auf den Weg zu dem Wagen, in dem die Verdächtige auf dem Rücksitz saß. Sie nickte dem Polizisten zu und öffnete die Hintertür.

„Hat sie einen Ausweis?", fragte Signy den Beamten.

Die Rothaarige antwortete. „Mein Name ist Darby O'Roarke." Ihre Stimme war leise und tonlos.

Signy hatte den Namen schon einmal gehört, konnte ihn aber im Moment nicht zuordnen. Vielleicht war Darby O'Roarke eine Wiederholungstäterin, der sie noch nicht begegnet war.

„Haben Sie uns angerufen?"

O'Roarke nickte.

„Haben Sie den Kerl erstochen?"

Ihre grünen Augen weiteten sich, und Signy war sicher, dass dieser mitleiderregende Blick bei Männern funktionierte, aber sie war immun dagegen. Signy wartete auf eine Antwort.

Schließlich schien das Mädchen wieder zu sich zu kommen. War sie angegriffen worden? Hatte sie aus Notwehr gehandelt?

„Kein Kommentar", murmelte Darby O'Roarke undeutlich.

Signy und der Streifenpolizist tauschten einen Blick aus. Das waren nicht die ersten Worte aus dem Mund einer Unschuldigen während eines Verhörs.

„Haben Sie ihn gefunden?", drängte Signy.

O'Roarke nickte.

„Sie sagen, Sie haben ihn nicht umgebracht?" Signy bemühte sich, verständnisvoll und nicht verurteilend zu klingen.

Der Blick der Frau blieb wieder an Signy hängen und wanderte dann an ihr vorbei zu der Gruppe von Schaulustigen, die hinter dem Polizeiband standen.

„Alles in Ordnung Darby?", rief eines der Mädchen.

Darby O'Roarke zuckte zusammen.

Signy beäugte die Gruppe mit mehr Interesse. „Freunde von Ihnen?"

O'Roarke nickte zögernd. „Und von Martin."

Signy bewegte sich so, dass ihr Körper sich genau zwischen den Schaulustigen und ihrer Verdächtigen befand. „Sie würden uns und sich selbst sehr helfen, wenn Sie mir genau erzählen, was hier letzte Nacht passiert ist, Darby."

Diese grünen Augen verbargen eine Unzahl unausgesprochener Geheimnisse. Sie schluckte hörbar. „Ich möchte erst mit meinem Anwalt sprechen, bevor ich etwas sage."

Signy biss die Zähne zusammen. Dann schloss sie die Tür mit einem lauten Knall und wandte sich an ihren Kollegen. „Nehmt sie fest. Bringt sie aufs Revier."

Signy ging zu der Menschenmenge hinüber und holte ihr Notizbuch heraus. „Wer von Ihnen kannte Martin Carstairs?"

Ein kollektives Keuchen ging durch die Menge, und Signy verzog das Gesicht, als ihr bewusst wurde, dass sie aus Versehen die Vergangenheitsform benutzt hatte.

„Wir alle." Eine kleine Frau griff nach den Armen der beiden Männer, die links und rechts neben ihr standen. „Ist er … ist er tot?"

„Ich fürchte, ja." Sie musste sie alle einzeln befragen, was bei zweistelligen Minusgraden nicht einfach werden würde. Sie musterte die Gruppe, inzwischen hatten einige zu weinen begonnen. „War er ein Kommilitone von Ihnen?"

Die kleine Brünette schien sich selbst zur Sprecherin erklärt zu haben. „Wir studieren alle an der UAF."

„Wie heißen Sie?"

„Jacqui." Das Mädchen sah aus, als ob sie sich gleich übergeben müsste. „Jacqui Paulson."

„Ist Darby O'Roarke auch eine Studentin an der UAF, Jacqui?", fragte Signy.

Das Mädchen nickte. Sie runzelte die Stirn. „Warum haben Sie Darby in einem Polizeiauto weggebracht?"

Signy sagte nichts und versuchte, das Brennen an ihren Ohren zu ignorieren. Sie hatte ihre Wintermütze in ihrem

Dienstwagen vergessen. „Hören Sie, es ist extrem kalt, und das wird einige Zeit dauern. Kann ich Sie alle irgendwo auf dem Campus befragen?"

„Im Institut für Geophysik gibt es ein großes Foyer, das Sie sicher nutzen können", schlug Jacqui vor, aber sie war nicht dumm. „Hat Darby Martin umgebracht?"

Signy schwieg.

Jacquis Stimme wurde schriller. „Oder müssen wir uns Sorgen machen, dass ein Mörder hier frei herumläuft?"

Signy wollte nicht, dass die ganze Stadt in Panik geriet. „Wir suchen im Moment niemand anderen, der mit diesem Fall in Verbindung steht."

Jacqui wurde blass.

„Geben Sie mir bitte Ihre Namen, und dann treffen wir uns im Institut."

Signy schrieb die Namen zusammen mit den Handynummern auf, und die Menge begann sich zu zerstreuen.

Signy stieß einen Seufzer aus. Das war auch gut so. Der Gerichtsmediziner war eingetroffen.

———

DEN BITTEREN WIND ignorierend, stieg Eban um 14:56 Uhr aus seinem Mietwagen und betrat das Polizeirevier in Fairbanks, Alaska. Die Fahrt hierher hatte fünfeinhalb Stunden gedauert, und jede Sekunde hatte an seinen Nerven gezehrt.

Er war auf dem Sea-Tac-Flughafen gewesen und hatte gerade einen Flug zurück nach Quantico nehmen wollen, als Darby ihn angerufen hatte. Er war die ganze letzte Nacht damit beschäftigt gewesen, ein friedliches Ende für eine Pattsituation im Hauptquartier eines der größten Tech-Giganten der Welt auszuhandeln. Eine Frau hatte einen der leitenden Manager mit einer Waffe bedroht, bis dieser zugab, sie mehrmals bei Beförderungen übergangen zu haben, weil sie seine lüsternen Annäherungsversuche zurückgewiesen hatte. Eban hatte ihr eingeredet, dass sie es sich selbst schuldig sei, aus dieser Situation lebend herauszukommen.

Er hatte an Darby gedacht, als er mit der Frau gesprochen hatte. Daran, wie viel sie hatte, für das es sich zu leben lohnte, und wie ungerecht die Welt manchmal war. Er hatte darüber nachgedacht, wie schwer es war, sich von der einzigen Frau auf der Welt zu distanzieren, mit der er gerne mehr Zeit verbringen würde.

Die Euphorie, einen großen Vorfall, der landesweit für Schlagzeilen gesorgt hatte, erfolgreich und gewaltfrei beendet zu haben, war sofort verflogen, als er Darbys Stimme am Telefon gehört und begriffen hatte, dass sie in Schwierigkeiten steckte.

Ich glaube, ich habe vielleicht jemanden getötet.

In großen Schwierigkeiten. Lebensverändernden Schwierigkeiten.

Er hatte ihr gesagt, sie solle abwarten, die Polizei rufen, einen Anwalt verlangen und absolut nichts sagen, bis er oder der Anwalt eintrafen.

Eban hatte es geschafft, einen Platz auf einem eigentlich vollen Direktflug nach Fairbanks zu ergattern, indem er sich als Air Marshal angeboten hatte, sodass er in Rekordzeit hier gewesen war. Fünfeinhalb Stunden später als er wollte. Das war eine lange Zeit in Polizeigewahrsam, besonders für jemanden, der so verletzlich war wie Darby. Dreihundertdreißig Minuten voller Qualen, während er sie nur in seine Arme schließen und sie vor allem beschützen wollte, was auch immer da vor sich ging.

Er hielt der Person hinter dem Schreibtisch seinen Ausweis hin. „Supervisory Special Agent Eban Winters. Ich bin hier, um Darby O'Roarke zu sehen."

„Wow." Die Frau hob die Augenbrauen. „Das ist die Verdächtige in dem Mordfall von heute Morgen, richtig? Sie waren aber schnell. Detective Torgerson befragt sie gerade. Wir hatten nicht erwartet, dass sich das FBI der Sache annehmen würde."

Er presste den Kiefer zusammen, als sie auf den Türsummer drückte und ihn hereinließ. Der Gedanke, dass Darby als „die Verdächtige" galt, traf ihn hart, obwohl er damit gerechnet hatte.

„Wenn Sie an ihrem Schreibtisch warten wollen –"

„Ich würde lieber sofort mit Detective Torgerson sprechen."

Die Empfangsdame schien von seinem Tonfall überrascht zu sein. Er bemühte sich um einen sanfteren Ton und beschwichtigte die innere Spannung, die ihn dazu brachte, Fremde anzuschnauzen.

„Wenn es keine Umstände macht." Er schenkte ihr ein Lächeln. Die erzwungene Veränderung seines Ausdrucks änderte automatisch seinen Tonfall und die Art, wie die Frau ihn wahrnahm. „Wie war Ihr Name nochmal?"

„Shayla Snow." Sie entspannte sich und erwiderte sein Lächeln. Aufgrund ihrer dunklen Haare und ihrer Gesichtszüge vermutete er, dass sie gebürtig aus Alaska stammte. „Folgen Sie mir. Ich werde sehen, was ich tun kann, obwohl Detective Torgerson nicht gerne während einer

Befragung gestört wird. Sie kann ziemlich kratzbürstig sein."

Gut zu wissen. „Tut mir leid, dass ich Sie in die Schusslinie gebracht habe, Shayla. Sie können die Schuld gerne auf mich schieben, wo sie auch hingehört."

Die Frau entspannte sich noch etwas mehr. Er folgte ihr durch das Großraumbüro, in dem sich mehrere Schreibtische und Arbeitsnischen befanden, wobei er sich der Blicke bewusst war, die ihm die Beamten dort zuwarfen. Sie würden wissen wollen, warum sich ein FBI-Agent für einen Fall interessierte, von dem sie wahrscheinlich annahmen, dass es sich um eine routinemäßige Mordermittlung handelte. Aber Darby war alles andere als Routine, und seine Gefühle für sie waren kompliziert.

Shayla führte ihn einen Korridor entlang und öffnete die Tür zu einem Verhörraum. „Warten Sie hier, ich werde Detective Torgerson holen. Sie können auch zusehen, bis sie fertig ist, wenn Sie möchten."

Shayla lächelte und ging, bevor er widersprechen konnte.

Er drehte sich um. Durch die Einwegscheibe sah er die Frau, die ihn in den letzten sieben Monaten in seinen Träumen verfolgt hatte. Seit er sie von diesem Vulkangestein in der Bandasee heruntergeholt hatte, und sie nach den Misshandlungen, die sie erlitten hatte, völlig am Ende gewesen war. Er hatte jeden Tag an sie gedacht. Sich nach ihr verzehrt. Er fragte sich, wie sein Leben aussehen würde, wenn alles anders wäre.

Ihr Gesicht war blass. Die grünen Augen groß und glasig. Ihr widerspenstiges Haar war zu einem strengen Pferdeschwanz zurückgebunden, sodass ihre Wangenknochen deutlich hervortraten. Sie aß eindeutig nicht genug. Sie trug ein blaues Schlabber-T-Shirt, das ihr über die Schultern hing, und eine schwarze Leggings, die an den Knöcheln hochgekrempelt war. Sie sah unglaublich zerbrechlich und schwach aus, müde und angeschlagen.

Dabei war Darby O'Roarke eine der stärksten Personen, die er kannte.

Er ging hinüber und drückte auf den Knopf, um das Gespräch mithören zu können. Vielleicht konnte er dadurch irgendwelche Fakten über die Ermittlungen in Erfahrung bringen, die Detective Torgerson ihm vielleicht später nicht freiwillig mitteilen würde. Er beobachtete, wie ein anderer Beamter die Tür öffnete und eine Nachricht von Shayla entgegennahm. Detective Torgerson schüttelte kaum merklich den Kopf, als der Beamte sie ansah, und er schloss die Tür.

Torgerson wollte offensichtlich nicht unterbrochen werden. Ihrem konzentrierten Gesichtsausdruck nach zu urteilen, schien sie kurz vor einem Durchbruch zu stehen. Hatte Darby schon etwas gesagt?

Verdammt.

„Waren Sie und Martin Freunde?"

Darby biss sich auf die Lippe.

Gut, Darby. Fall nicht auf den Köder herein.

„Darf ich fragen, ob es Sie überhaupt interessiert, dass er tot ist?" Torgersons Worte waren hart, um Darby eine Reaktion zu entlocken.

Darby standen die Tränen in den Augen, aber sie ließ sie nicht fallen.

„Antworte ihr nicht." Mit zusammengekniffenen Augen betrachtete Eban das angespannte Szenario.

Leider ließ sich Darby von der erfahrenen Beamtin aus der Reserve locken. „Natürlich interessiert mich das. Wir waren Freunde. Und selbst, wenn wir es nicht gewesen wären, ist ein

Mensch tot. Natürlich interessiert mich das." Dann wandte sie den Blick ab, und Eban wusste genau, woran sie dachte.

An die Vergangenheit, die sie verfolgte. Die Vergangenheit, die sie beide verfolgte.

Detective Torgerson beugte sich vor. Sie hatte Darby zum Reden gebracht. Es würde nicht lange dauern, bis sie so weit war, dass sie ihnen alles erzählte, was sie hören wollten. Es würde nicht lange dauern, bis die Ermittlerin sie dazu bringen würde, den Mord an diesem Mann zuzugeben, auch wenn Eban sich weigerte, es zu glauben. Ganz gleich, was in der Vergangenheit geschehen war.

„Jemand hat erwähnt, dass Sie beide gestern Abend miteinander getanzt haben. Sind Sie freiwillig mit ihm nach Hause gegangen?"

Bedauern stieg in Eban auf, als er hörte, dass Darby ihn aufgegeben und angefangen hatte, mit anderen auszugehen.

Sie hatte es verdient, glücklich zu sein. Das hatte sie wirklich. Die Tatsache, dass es nicht mit ihm sein konnte, brach ihm das Herz, doch bis zu ihrem Anruf heute Morgen hatte er geglaubt, dass er das Richtige tat. Ihr zuliebe.

„Ich habe gestern Abend mit allen getanzt", erwiderte Darby mit heiserer Stimme. „Es war ein Ceilidh."

„Auch mit Martin?"

„Ja. Mit einer Menge Leute."

„Sind Sie freiwillig mit Martin nach Hause gegangen?"

„Ja. Nein." Darby stützte ihren Kopf in die Hände. „Ich kann mich nicht erinnern."

„Was soll das heißen, Sie können sich nicht erinnern?"

Eban entging der Hauch von Befriedigung nicht, der in Torgersons Stimme mitschwang. Sie dachte offenbar, sie hätte ihre Verdächtige zum Einknicken gebracht.

Nicht unter seiner Aufsicht.

Darby öffnete den Mund, um zu antworten, obwohl er ihr ausdrücklich geraten hatte, nichts außer „kein Kommentar" zu sagen. Eban drückte den Knopf der Gegensprechanlage und stellte sich vor. „Supervisory Special Agent Eban Winters vom FBI ist hier, um Detective Torgerson zu sehen."

Darby richtete sich auf und ihre grünen Augen huschten zum Spiegel, ebenso wie der eisblaue Blick der blonden Beamtin, die sich zu ihm umdrehte.

Torgersons Augen funkelten, obwohl sie ihn nicht sehen konnte. Sie stand auf. Beendete die Befragung und verließ den Raum.

Eban machte sich auf ihren Zorn gefasst, aber das war unwichtig. Erleichterung stand in Darbys Gesicht, und das war alles, was zählte. Sie wusste jetzt, dass er hier war, und würde hoffentlich darauf vertrauen, dass er ihr helfen würde, aus diesem Schlamassel herauszukommen.

Er ermahnte sie im Geiste, der Polizei nichts mehr zu sagen, egal wie harmlos es auch sein mochte. Es gab potenzielle Landminen in ihrer Vergangenheit. Keine davon war ihre Schuld. Aber sie alle konnten gegen sie verwendet werden.

Fünf Sekunden später betrat Detective Torgerson den Beobachtungsraum.

„Vielen Dank, SSA Winters. Sie haben gerade die stundenlangen Fortschritte einer Geduldsprobe sabotiert. Die Verdächtige hat kaum ein Wort gesagt, seit sie hier angekommen ist ..." – *Gut* – „... und ich war kurz davor, sie endlich zum Reden zu bringen."

Torgerson war jung für eine vollausgebildete Ermittlerin und kein bisschen eingeschüchtert von seiner Dienstmarke.

Ehrgeizig. Selbstbewusst. Nicht das, was er sich erhofft hatte.

„Ich bitte um Entschuldigung, Detective Torgerson", sagte Eban ruhig. „Ich bin überrascht, dass Ihre Verdächtige noch nicht nach einem Anwalt verlangt hat."

Er hielt Torgersons Blick stand. Er hatte Darby immer wieder eingebläut, nichts zu sagen, bis entweder er oder der Anwalt, den Haley Cramer organisierte, am Tatort eintrafen. Diese Ermittlerin hatte Darbys Bitte um einen Anwalt offensichtlich ignoriert, was bedeutete, dass Torgerson diejenige war, die einen Fehler begangen hatte. Nicht er.

Torgerson wandte ihren Blick ab. „Wir haben uns nur unterhalten."

Eban lächelte. Darby war verhaftet worden, und die beiden waren keine Freundinnen. „Unterhalten?" Er hob seine Stimme in einer freundlich fragenden Weise an, als er das letzte Wort wiederholte.

„Sie hat uns vom Tatort aus angerufen, behauptet aber jetzt, dass sie sich an nichts erinnern kann. Sie lügt offensichtlich."

„Sie lügt?"

Die Beamtin setzte sich auf eine Tischkante. „Ja. Sie hat den Tatort gesäubert, bevor sie uns angerufen hat und ist ausgeflippt, als wir Blut auf ihrer Kleidung entdeckt haben."

„Blut?"

„Wir wissen noch nicht, ob es von dem Opfer stammt, aber wir haben ihre Kleidung zur Analyse mitgenommen."

Eban ballte die Hände zu Fäusten, bis sich seine Nägel in die Handflächen bohrten. Die Vorstellung, dass Darby gezwungen worden war, sich vor einer Fremden auszuziehen. Allein und verängstigt …

Ein großer, blonder, gut gekleideter Mann betrat den

Raum auf der anderen Seite des Fensters. Eban und die Ermittlerin beobachteten, wie er sich Darby vorstellte.

„Was zum Teufel macht der hier?", murmelte Torgerson leise vor sich hin.

„Wer ist das?", fragte Eban und hoffte innerlich, es bereits zu wissen.

„Ein Anwalt." Detective Torgerson schürzte verärgert die Lippen. „Ein hochbezahlter Hai aus Anchorage. Ich hätte nicht gedacht, dass O'Roarke sich einen Anwalt wie ihn leisten kann. Ich dachte, sie würde sich einen Neuling aus dem Büro für Pflichtverteidiger holen."

Und wäre damit leichte Beute für einen anderen Hai, der ein Abzeichen trägt. Gott sei Dank hatte Darby reiche Freunde, und was das über das Justizsystem aussagte, darüber wollte Eban lieber nicht nachdenken.

Aus der Art, wie Torgerson den Anwalt anstarrte, schloss Eban, dass sie schon einmal aneinandergeraten waren.

„Kennen Sie ihn?" Eban hätte sich schuldig fühlen sollen, weil er diese Ermittlerin, die einfach nur ihren Job machte, untergraben wollte, aber er glaubte nicht, dass Darby jemanden umgebracht hatte, es sei denn, es war Notwehr. Wenn die Polizei jedoch erfuhr, was Darby letzten Sommer durchgemacht hatte, könnten sie die Ereignisse so verdrehen, dass alles einen Sinn ergab. Verdammt, wenn er Darby nicht so gut kennen würde, wäre sie in diesem Fall seine Hauptverdächtige. Sie hatte alles getan, außer zu gestehen.

Und er würde nicht zulassen, dass sie das tat.

„Unsere Wege haben sich vor ein paar Jahren gekreuzt." Torgerson sah ihn an, und ihre Miene verfinsterte sich. Sie hatte nicht vor, ihre Geheimnisse preiszugeben, genauso wenig wie er die seinen. „Warum interessieren Sie sich für meinen Fall?"

„Es steht mir nicht frei, zu diesem Zeitpunkt über Einzelheiten zu sprechen."

Sie verdrehte die Augen. „Ich dachte, das FBI wollte den Ruf loswerden, dass sie die örtlichen Polizeibehörden mit Füßen treten, um einen Fall zu ergattern."

Netter Versuch. „Ich habe nicht die Absicht, irgendjemanden zu treten oder Ihnen den Fall wegzunehmen, Detective."

Torgerson sah nicht überzeugt aus.

„Könnte ich mir vielleicht den Tatort ansehen?", fragte er.

Die Ermittlerin zuckte mit den Schultern. „Klar. Es gibt allerdings nicht viel zu sehen. Kein Kampf. Der Mann ist im Bett gestorben. Er ist in der Leichenhalle."

„Der Gerichtsmediziner soll so schnell wie möglich ein Blutbild machen."

Sie neigte den Kopf zur Seite, und ihre Augen verengten sich. „Warum?"

„Wenn die junge Frau darauf besteht, dass sie sich an nichts erinnern kann, dann sollten Sie verdammt nochmal ein Blutbild machen lassen, um bei beiden nach chemischen Spuren von Drogen zu suchen." Er deutete leidenschaftslos durch das Fenster auf Darby, als hätte er sie nicht in seinen Armen gehalten, während sie geweint hatte.

Torgerson verzog das Gesicht. „Gut." Sie zückte ihr Handy, um den Gerichtsmediziner anzurufen. Währenddessen beobachtete Eban durch das Fenster, wie Darby mit dem Anwalt sprach.

Der Mann war gutaussehend, gepflegt und selbstsicher. Mitte dreißig. Sein Anzug kostete wahrscheinlich mehr als Ebans Auto. Blond, durchtrainiert, gut gebaut. Eban kämpfte gegen den natürlichen Impuls an, den Kerl zu hassen. Strafverteidiger waren in Strafverfolgungskreisen nie sonderlich beliebt, allerdings ein notwendiges Übel.

Eban schickte Haley eine Nachricht, um ihr mitzuteilen, dass ihr Wachhund angekommen war. Hoffentlich war der Anwalt so gut, wie er zu denken schien. Aber wie er Haley Cramer und ihren Beschützerinstinkt Darby gegenüber kannte, war der Kerl wahrscheinlich der beste Strafverteidiger im ganzen Staat, wenn nicht sogar der ganzen Westküste.

Und Darby würde ihn brauchen.

Er unterdrückte seinen Beschützerinstinkt. So gerne Eban auch zu Darby gehen und sie trösten wollte, so sehr er sie auch festhalten und ihr sagen wollte, dass alles gut werden würde, er durfte sich von der Polizei hier nicht in die Karten schauen lassen. Nicht bevor sie genauso davon überzeugt waren wie er, dass Darby O'Roarke keiner Fliege etwas zuleide tun würde, es sei denn, ihr Leben hinge davon ab.

Er wandte sich an die Beamtin, die vor Eifer und Entschlossenheit nur so strotzte „Lassen Sie uns gehen."

Er überließ Darby den fähigen Händen eines anderen Mannes und hasste sich dafür, dass er sie schon wieder im Stich lassen musste.

KAPITEL DREI

DARBY VERSUCHTE, IHRE Enttäuschung darüber, dass der Mann, der den Raum betrat, nicht Eban war, zu verbergen. Die Erleichterung, als sie Ebans Stimme über die Gegensprechanlage gehört hatte, hatte sie wie ein Donnerschlag getroffen. Sie hatte nicht bemerkt, wie verzweifelt sie sich nach einem Freund gesehnt hatte, und jetzt war er hier. Hoffentlich verbürgte er sich dafür, dass sie keine gemeingefährliche Irre war, zumindest nicht unter normalen Umständen.

Sie war ein guter Mensch. *Oder?*

Der Anwalt – denn wer sonst würde sich bei diesem Wetter so elegant kleiden – starrte sie unverwandt an, und sie starrte zurück.

Suchte er nach Anzeichen für ihre Schuld oder für Unschuld? Sie wusste nicht, was gestern Abend passiert war, und hatte keine Ahnung, wie sie sich verhalten sollte. Vermutlich war sie diejenige, die Martin umgebracht hatte, und diese schreckliche Möglichkeit drohte alles auszulöschen, was sie über sich selbst zu wissen geglaubt hatte.

Sie wandte den Blick ab und fühlte sich unangenehm entblößt.

Sie überlegte, was ihre Freunde und Kommilitonen an der UAF wohl fühlten.

Trauer. Wahrscheinlich trauerten sie über den Verlust eines guten Freundes, ebenso wie sie selbst.

Erleichterung vielleicht, weil sie Glück gehabt hatten? Weil sie wussten, dass sie verrückt war, seit sie letzten Sommer ans Institut zurückgekehrt war, und jeden von ihnen hätte angreifen können?

Der Gedanke, dass sie für Martins Tod verantwortlich sein könnte, war unerträglich, und sie wollte sich am liebsten zu einer Kugel zusammenrollen und heulen. Sie hatte es nicht über sich gebracht, einem von ihnen in die Augen zu sehen, als sie auf dem Rücksitz des Polizeiautos an ihnen vorbeigefahren war. Ihr Betreuer, Professor Jim Nilsson, war überheblich und auf seinen Ruf bedacht. Wenn er davon erfuhr, würde er wahrscheinlich einen Herzinfarkt bekommen. Sie wollte gar nicht daran denken, was das für ihren Doktortitel bedeutete.

Sie hatte keine Ahnung, ob sie es überstehen würde, falls ihre Träume wegen dieser Sache platzen sollten. Zusätzlich zu allem, was sie ohnehin schon durchgemacht hatte.

Sowohl Eban als auch Quentin hatten ihr gesagt, sie solle der Polizei nichts sagen, bis ihr Anwalt eintraf. Sie war davon ausgegangen, dass sie als Gesetzeshüter ihr sagen würden, sie solle einfach die Wahrheit sagen. Sie war ein wenig schockiert über den vehementen Ratschlag, zu schweigen, und wusste, dass sie in dieser Hinsicht schon einmal versagt hatte.

Ihre Entschlossenheit hatte unter dem Druck zu bröckeln begonnen. Detective Torgerson hatte sie ein paar Stunden lang unaufhörlich, fast schon freundlich, befragt. Am Anfang war sie nett gewesen. Geradeheraus. Ehrlich. Genauso wie Darby selbst, worauf sie sehr stolz war. Dann hatte die Frau begonnen, aufdringlich und hartnäckig zu werden. Bei Darby war zunehmend der Eindruck entstanden, dass sie ihre Zeit vergeudete, weil sie nicht einfach alles gestand, obwohl sie sich nicht genau erinnern konnte, was passiert war.

Sie wusste, dass Detective Torgerson nur ihre Arbeit machte. Darby wollte behilflich sein – es lag in ihrer Natur, anderen helfen zu wollen. Aber was, wenn sie Martin tatsächlich kaltblütig ermordet hatte? Wie sollte sie sich jemals davon erholen? Wie sollte sie mit sich selbst leben?

Ihre Freunde würden am Boden zerstört sein. Eban …

„Ich möchte bitte allein mit meiner Mandantin sprechen." Der Anwalt wandte sich an den Polizeibeamten, der an der Tür stand, und riss Darby damit aus ihrer Angstspirale.

Der Polizist nickte und wandte sich zum Gehen.

„Stellen Sie bitte sicher, dass alle Aufnahmegeräte ausgeschaltet sind, Officer. Und sorgen Sie dafür, dass sich niemand im Beobachtungsraum aufhält, bis wir fertig sind."

„Sie werden vollkommene Privatsphäre haben." Der Mann schien durch die Liste der Anweisungen leicht gereizt zu sein. „Rufen Sie, falls Sie Hilfe brauchen. Ich bin direkt vor der Tür."

Hilfe?

Darby blinzelte. Was für eine Art von Hilfe? Dachte der Polizist, sie sei gefährlich und könnte den Anwalt, der einen Meter größer und wahrscheinlich siebzig Pfund schwerer war, überwältigen? Sie dachte an das Messer in Martins Brust, und ihr drehte sich der Magen um. Vielleicht hatte er recht.

„Miss O'Roarke?"

Sie zuckte zusammen.

Der Anwalt war groß, breitschultrig und so gutaussehend, dass er auf der Highschool wahrscheinlich zum Abschlussballkönig gekürt worden war.

Sie nickte misstrauisch. „Ja."

„Ich bin Elliot Byrne. Ihr Anwalt." Er streckte seine Hand aus, und sie betrachtete sie misstrauisch, bevor sie sich zwang, sie zu ergreifen und zu drücken.

Sobald er sie losließ, setzte sie sich auf ihre Hand und runzelte die Stirn. „Woher soll ich das wissen?"

„Wie bitte?"

„Woher soll ich wissen, dass Sie mein Anwalt sind und kein Polizist, der sich als mein Anwalt ausgibt?"

Seine Lippen zuckten – der erste Hinweis darauf, dass der Mann Sinn für Humor haben könnte. Er zog seine Brieftasche heraus und zeigte ihr seinen Führerschein, dann warf er ihr eine Visitenkarte zu. Sie war aus weißem, seidenlaminiertem Karton. Auf der Vorderseite prangte sein Name in schnörkellosen schwarzen Buchstaben.

Elliot Byrne. Rechtsanwalt.

Sie drehte die Karte um. Auf der Rückseite standen seine Kontaktdaten.

„Sehr gut." Er nickte anerkennend, als wäre sie ein Kind, das mit Lob aufgebaut werden musste.

Sie verkrampfte sich innerlich. Sie war intelligent und nicht so leicht zu manipulieren, aber diese Situation war schwierig. Wirklich schwierig.

„Nehmen Sie nichts für bare Münze, vor allem nicht die vermeintliche Freundlichkeit der Polizei hier. Sie sollen Sie mit Respekt behandeln, aber denken Sie daran, dass sie diesen Fall so schnell wie möglich vom Tisch haben wollen, und Sie sind die Hauptverdächtige. Im Moment sind Sie sogar die einzige Verdächtige."

Das klang nicht gut.

Er knöpfte seinen feinen Wollmantel auf, schlüpfte heraus

und hängte das Kleidungsstück über den Stuhl neben ihr. Dann ging er um den Tisch herum und zog den Stuhl gegenüber heraus. Er quietschte auf dem Boden. Sie zuckte zusammen.

Detective Torgerson hatte kurz zuvor auf demselben Platz gesessen, mit ihrem unerbittlichen Blick und ihren hartnäckigen Fragen. Wo war Torgerson jetzt? Und was noch wichtiger war: Wo war Eban?

Er hatte ihr gesagt, sie solle nicht erwähnen, dass er auf dem Weg sei, sie solle einfach auf den Anwalt warten. Quentin hatte ihr das Gleiche eingebläut. Sie war zwar keine gute Lügnerin, aber dafür könnte sie Goldmedaillen in Sachen Ausweichmanöver gewinnen.

Jetzt war der Anwalt da, und sie war nervöser als je zuvor. Denn er sollte ihr helfen, und sie wusste nicht, ob er das konnte. Sie wusste nicht einmal, ob sie Hilfe verdiente. Und sie wollte seine Zeit nicht verschwenden.

Das Licht brach sich in seiner schweren, teuer aussehenden Armbanduhr aus Edelstahl, als er seine lederne Aktentasche auf den Tisch legte. Er zog einen gelben Notizblock heraus und legte ihn auf den Tisch. Daneben legte er fein säuberlich einen schicken Füllfederhalter. Dieser Typ verlangte wahrscheinlich mehr pro Stunde, als sie in einem Jahr verdiente. Sie leckte sich über die Lippen. „Ich glaube, hier liegt ein Irrtum vor. Ich kann mir keinen teuren Anwalt leisten, Mr. Byrne."

„Dafür wurde bereits gesorgt." Die Zuversicht in seiner Stimme war fast hypnotisch und wischte ihre Vorbehalte weg. Dieser Mann war es gewohnt, seinen Willen durchzusetzen.

Sie räusperte sich, plötzlich unsicher. „Hören Sie, ich weiß, dass Haley wahrscheinlich darauf bestanden hat, aber ich weiß nicht, ob ich diesen Gefallen annehmen kann."

„Ms. O'Roarke, darf ich offen sein?" Er begegnete ihrem Blick, ohne zu zögern.

Ihr Mund wurde trocken bei der Ernsthaftigkeit seines Tons. Sie nickte.

„Im Moment können Sie es sich nicht leisten, Ms. Cramers Gefallen *nicht* anzunehmen, es sei denn, Sie wollen die nächsten fünfundzwanzig Jahre im Gefängnis oder in einer psychiatrischen Anstalt für Kriminelle verbringen."

„Ich bin nicht verrückt." Ihre Stimme zitterte.

„Ihr Therapeut hat sich bereits mit der Polizei in Verbindung gesetzt, und ich bin mir sicher, dass die Staatsanwaltschaft ein unabhängiges psychologisches Gutachten einholen wird, bevor sie weitere Schritte unternimmt."

Was, wenn sie ihren Verstand verloren hatte? Wenn sie übergeschnappt war? Verzweiflung stieg in ihr auf. An dem Tag, an dem Quentin sie in dieser armseligen kleinen Hütte in Indonesien gefunden hatte, war sie kurz davor gewesen. Sie verschränkte die Arme vor der Brust, um sich nicht anmerken zu lassen, wie sehr sie der Gedanke beunruhigte, dass sie den Verstand verloren haben könnte, vor allem, wenn sie jemanden ermordet hatte. Nicht nur *irgendjemanden* – einen Freund, einen guten Freund.

Sie zitterte, plötzlich war ihr eiskalt. Sie glaubte nicht, dass ihr jemals wieder warm werden würde.

Elliot Byrnes Mundwinkel verzogen sich nach unten, als bedauerte er seine Ehrlichkeit ebenfalls. „Hören Sie, Ms. Cramer liegt offensichtlich sehr viel an Ihnen. Ich schlage vor, Sie erlauben ihr, die Rechnung zu übernehmen, während Sie und ich uns darum kümmern, Sie hier rauszuholen."

Darby atmete tief ein und füllte ihre Lungen mit Luft, um

ihren rasenden Puls dazu zu zwingen, sich zu beruhigen. Mit Atemübungen hatte sie in der Vergangenheit schon viele panische Momente durchgestanden. Aber nicht so etwas wie das hier. „Glauben Sie wirklich, dass das möglich ist?"

Sein Lächeln war blendend weiß. „Ich habe noch keinen einzigen Fall verloren."

Seine Arroganz war attraktiv, denn er war auf ihrer Seite. Darby richtete sich auf. „Vor Gericht, meinen Sie? Glauben Sie, dass es zu einer Verhandlung kommen wird?" War das gut oder schlecht? Sie wusste ja nicht einmal *selbst*, ob sie unschuldig war oder nicht. Sie wusste nicht, ob sie ihm das gestehen oder den Mund halten und hoffen sollte, dass dieser Kerl so gut war, wie er offenbar zu sein glaubte.

Sein Grinsen verschwand. „Mir wäre es lieber, wenn dieser Fall nicht vor Gericht käme, aber falls doch, bin ich von meinen Fähigkeiten überzeugt." Er lehnte sich in dem unbequemen Stuhl zurück. „Jetzt schildern Sie mir bitte, was letzte Nacht passiert ist."

Sie betrachtete ihre verschränkten Finger, wollte ihm nicht in die Augen sehen. „Wollen Sie mich nicht fragen, ob ich es getan habe oder nicht?"

„Alle meine Mandanten sind unschuldig, sonst würde ich sie nicht vertreten." Diesmal erstreckte sich sein Lächeln nicht ganz bis in seine Augen.

Darby runzelte die Stirn. Was sollte das bedeuten? Es war unmöglich, dass alle, die er vertrat, unschuldig waren. Ihre Augen weiteten sich, als sie seinem klaren blauen Blick begegnete. „Wollen Sie damit sagen, dass Sie an ihre Unschuld glauben müssen, um sie zu vertreten?" Oder redete er sich das nur ein, um die hohen Summen, die ihm die Leute bezahlten, mit gutem Gewissen annehmen zu können?

„Alles, was ich brauche, alles, was die Geschworenen brauchen, sind begründete Zweifel." Sein Gesichtsausdruck war zu kontrolliert, um abgestumpft zu sein, aber Darby glaubte, dass das nur eine Frage der Zeit sein würde.

Sie hoffte, dass ihr Fall nicht der sein würde, der ihn aus der Fassung brachte. „Was ist, wenn ich mich nicht daran erinnern kann, was wirklich passiert ist?"

Sein Granitkiefer verkrampfte sich, und die Muskeln in seinen Wangen spannten sich an. „Die Amnesie-Verteidigungsstrategie funktioniert selten. Ich schlage vor, dass wir uns ein anderes vernünftiges Szenario ausdenken, in dem Sie dem Kerl kein Messer in die Brust rammen und es dann vergessen."

Darbys Augen brannten, als sie den Blick abwandte. Martin war ein Freund von ihr gewesen, und er war ermordet worden. Ihre Hände zitterten, als sie sie in ihren Schoß legte. „Das war brutal."

„Ich wollte nur meinen Standpunkt verdeutlichen. Die Staatsanwaltschaft wird nicht zimperlich sein." Die Augen des Mannes verengten sich, dann wurde sein Blick weicher. „Sie waren befreundet?"

Sie nickte.

„Ein Liebespaar?"

„Nein. Zumindest glaube ich das nicht." Sie rieb sich die Stirn und senkte ihren Blick wieder auf die Tischplatte, die ihr inzwischen bestens vertraut war. „Ich kann mich wirklich nicht erinnern, was gestern Abend passiert ist. Ich wünschte, ich könnte es. Aber nach dem Tanzen ist alles schwarz."

Er schrieb etwas auf seinen Notizblock. „Wurde ein Drogentest bei Ihnen durchgeführt? Oder hat man Sie auf Hinweise einer Vergewaltigung untersucht?"

Darby war angespannt. „Sie haben mir Blut abgenommen, aber keine Untersuchung."

„Ich werde eine private Krankenschwester –"

„Keine Untersuchung", blaffte sie.

Er verstummte, und sein Blick wurde wieder berechnend. Er öffnete seinen Mund, um zu widersprechen.

„Nein", sagte sie etwas ruhiger.

Er schloss seinen Mund.

Sie musterte sein Gesicht. Was dachte er von ihr? Was wusste er? Die Stille zwischen ihnen vibrierte vor unausgesprochenen Fragen, aber er ließ das Thema fallen und richtete den Block auf dem Tisch aus.

„Lassen Sie uns von vorne anfangen und durchgehen, was gestern passiert ist. Beginnen Sie mit dem Frühstück und erzählen Sie mir alles, bis zu Ihrem Filmriss. Ich bin hier, um Ihnen zu helfen, Ms. O'Roarke. Ich bin hier, um Sie hier herauszuholen und dafür zu sorgen, dass Sie nicht ins Gefängnis müssen. Erzählen Sie mir alles. Lassen Sie nichts aus. Wenn die Polizei etwas herausfindet, was ich nicht weiß, werden Sie mich wie einen Idioten aussehen lassen." Seine intensiven blauen Augen bohrten sich in die ihren. „Wenn ich etwas nicht dulde, dann ist es, wie ein Narr dazustehen. Verstanden?"

Sie verstand. Er hatte ein Ego. Da war er nicht der Einzige. Viele Menschen hatten eines. Aber sie war nicht bereit, ihm *alles* zu sagen. Noch nicht. Und wenn ihn das wütend machte, was könnte schlimmstenfalls passieren? Sie wurde bereits des Mordes beschuldigt. Und sie hatte einen Albtraum durchlebt, der selbst die eisige Perfektion dieses Mannes aus dem Gleichgewicht bringen würde. Aber er war auf ihrer Seite. Und sie brauchte so viele Leute auf ihrer Seite wie möglich.

„Sie können mich Darby nennen." Die Situation war schon schwierig genug, und sie brauchte zumindest die Illusion, dass sie ein freundschaftliches Verhältnis hatten.

Vor ihrer Entführung im letzten Sommer war sie selbstbewusst und durchsetzungsfähig gewesen. Sie sehnte sich danach, wieder diese Person zu sein. Optimistisch und unfassbar naiv.

Darby mochte vielleicht nicht viele enge Freunde haben, aber sie war weder unsicher noch schüchtern. Sie war einfach nur *sehr verschlossen*. Nur sehr wenige Menschen wussten, was im letzten Sommer passiert war, obwohl sie gezwungen gewesen war, es eine Milliarde Mal zu erzählen.

Sie richtete sich auf, holte tief Luft und versuchte, sich daran zu erinnern, was sie gestern Morgen zum Frühstück gegessen hatte. Der gestrige Morgen schien bereits eine Ewigkeit zurückzuliegen.

Müsli? Wahrscheinlich. Und grüner Tee. Sie war ein Gewohnheitstier.

Er schrieb es auf, und sie betrachtete seine saubere Handschrift. Präzise und elegant.

Sie hoffte, dass Elliot Byrne so brillant war wie die selbstbewusste Erscheinung, die er ausstrahlte. Sie hoffte, dass sie den armen Martin nicht ermordet hatte. Und sie hoffte, dass Eban trotz allem das Vertrauen in sie noch nicht völlig verloren hatte. Falls doch, wäre sie wirklich verloren.

EBAN FOLGTE DEM Zivilfahrzeug der Beamtin über die von tiefgrünen Nadelbäumen gesäumten Autobahnen zum Tatort. Die Bäume ragten wie dunkle Wächter am Straßenrand auf.

Obwohl es bewölkt war, war der Schnee gleißend hell. Das unheilvolle Grau des Himmels versprach, dass in naher Zukunft weitere Schneeflocken fallen würden. Der Wind fegte mit rasiermesserscharfen Zähnen über die Straße und riss eine Flut von Eiskristallen mit sich.

Die Straßen waren mit einer dicken Schneedecke bedeckt, aber zum Glück gut gestreut. Er war in Montana aufgewachsen, wo Schneefall in Fuß und nicht in Zentimetern gemessen wurde, deswegen schüchterten ihn diese Bedingungen nicht ein. Der Allradantrieb und die Winterreifen des gemieteten Geländewagens waren ebenfalls von Vorteil. Dennoch freute er sich nicht auf die minus dreißig Grad, die für heute Abend vorhergesagt waren.

Darby liebte es hier, trotz des extremen Winters …

Zwanzig Minuten westlich des Stadtzentrums setzte Torgerson den Blinker und bog von der Hauptstraße in ein dünn besiedeltes Gebiet ab. Ein Stück weiter stand ein Streifenwagen an einer Böschung. Die Beamtin ließ das Fenster herunter und wechselte ein paar Worte mit dem Mann, der den Tatort bewachte.

Eban hatte keine Ahnung, was ihn an diesem Tatort erwartete.

Es handelte sich definitiv um einen Mord, das zumindest wusste er. Das Opfer war auf dem Rücken liegend und mit einem Messer in der Brust aufgefunden worden, es war also unwahrscheinlich, dass es sich um einen natürlichen Tod oder einen ungewöhnlichen Unfall handelte.

Eban zwang sich, keine *Was-wäre-wenn*-Szenarien durchzuspielen und stattdessen herauszufinden, was die Beweise sagten – mit dem Insider-Wissen, dass Darby nie gewalttätig gegenüber jemandem handeln würde, ohne zuvor extrem provoziert worden zu sein.

Torgerson parkte vor dem Streifenwagen. Eban fuhr rückwärts, parkte seinen Mietwagen hinter dem Polizeiauto und griff nach seiner Einsatzjacke, bevor er die Tür öffnete. Sie war zwar nicht besonders warm, hielt aber den schlimmsten Wind ab. Außerdem hatte sie den zusätzlichen Vorteil, dass sie den anderen Polizisten ohne Worte verriet, dass er in offizieller Funktion hier war, auch wenn das nicht ganz der Wahrheit entsprach.

Sein Boss *hatte* ihn tatsächlich herbestellt. Allerdings war er ohnehin bereits auf dem Weg gewesen, und nichts hätte ihn aufhalten können. Die Krisenverhandlungseinheit könnte argumentieren, dass sie nach einem Opfer aus einem ihrer früheren Fälle sehen mussten, das möglicherweise unter Mordverdacht stand. Die CNU könnte einen unschätzbaren Beitrag zu diesem Fall leisten, allerdings erst, falls Darby formell angeklagt werden sollte.

Er hoffte inständig, dass das nicht passieren würde.

Er nickte dem uniformierten Beamten im Vorbeigehen zu und ging auf Torgerson zu, die ungeduldig am Rande der Einfahrt stand. Sie trug einen dicken marineblauen Parka und eine graue Wollmütze. Der Schnee knirschte unter seinen Stiefeln. Es war viel kälter, als er es gewohnt war, seit er nach DC gezogen war.

Er hielt inne und betrachtete die Einfahrt. „Haben Sie alle Spuren am Tatort dokumentiert?"

Die Ermittlerin hielt inne. „Als ich ankam, war ein großer Teil des Tatorts bereits von den Ersthelfern zertrampelt worden. Also habe ich es nicht mehr für nötig befunden."

Eban hob fragend die Augenbrauen. Jemandem war das Leben genommen worden, und Darbys Freiheit war in Gefahr, aber die Polizei hatte nicht alle Hebel in Bewegung gesetzt?

„Es wäre vielleicht angebracht, alles zu dokumentieren. Können Sie die Personalien aller Personen aufnehmen, die vorhin am Tatort waren, und welche Schuhe sie getragen haben?"

Überall waren Spuren, aber *so* viele Leute konnten es nicht sein, und die Feuerwehr trug vorgeschriebenes Schuhwerk.

Eine Wolke stieg in die Luft, als Torgerson ungeduldig ausatmete. „Halten Sie das für notwendig?"

Dies war ein *Tatort*.

„Allerdings." Jedes einzelne forensische Beweisstück könnte entscheidend sein, um Darby zu helfen, aber das sagte er Torgerson nicht.

„Das wird etwas dauern", sagte sie zögernd. „Ich werde den Antrag stellen."

Sie war eine attraktive Frau, doch ihre strengen Gesichtszüge verrieten ihm genau, was sie davon hielt, dass er seine Nase in ihren Fall steckte. Sie war der Meinung, dass sie den Täter bereits geschnappt hatten und es nicht nötig war, nach weiteren Beweisen zu suchen.

Eban sagte ihr nicht, dass er hier war, um ihr das Gegenteil zu beweisen.

Diese Untersuchung würde einen enormen Aufwand für die Polizei bedeuten, aber das war kein Grund, an der falschen Stelle zu sparen. Die Labore konnten nicht jedes Beweisstück von jedem einzelnen Tatort untersuchen, aber wenn die Informationen ordnungsgemäß gesammelt wurden, konnten sie zumindest in der Zukunft erneut untersucht werden.

Er wartete, während sie das Spurensicherungsteam rief und sie bat, noch einmal herzukommen. Entlang der Straße um das Grundstück war gelbes Absperrband angebracht. Das

Haus lag zwanzig Meter von der Hauptstraße entfernt. Von der Vorderseite aus waren keine Nachbarn zu sehen, aber er entdeckte eine Einfahrt im Süden und sah Rauch über den Bäumen im Norden aufsteigen, vermutlich aus einem Schornstein.

Das Hauptgebäude sah hässlich aus, und die durchhängenden Stufen unterstrichen das allgemeine Bild der Vernachlässigung. Rechts vom Haus befanden sich ein großer Geräteschuppen und ein Carport, und durch den Schuppen hindurch konnte Eban etwa einen halben Hektar gerodetes Land erkennen.

„Hat jemand das Grundstück nach weiteren Fußabdrücken abgesucht?"

Die Miene der Beamtin wurde sauer, und ohne ein Wort zu sagen, stapfte sie zu dem Streifenbeamten zurück, der hinter dem Steuer seines Wagens saß und sich zum Fenster hinausbeugte, vermutlich, um ihm die gleiche Frage zu stellen.

Sie sollte das wissen. Sie sollte jedes Detail dieser Untersuchung kennen, doch stattdessen war sie auf dem Revier gewesen und hatte versucht, die einzige Verdächtige zu „knacken", die sie hatten.

Der Streifenpolizist stieg aus seinem Fahrzeug. Er war locker zwei Meter groß, und als er seine Mütze aufsetzte, sah er aus wie ein Riese. Er nickte Eban zu, bevor er in den Wald stapfte.

„Noch etwas, bevor wir weitermachen, SSA Winters?" Der Tonfall der Ermittlerin war bissig.

„Nein, Ma'am."

Sie kniff die Augen zusammen, aber er ging um sie herum und auf die Eingangstreppe zu, wobei er darauf achtete, nicht in die Fußspuren oder Reifenabdrücke auf dem gefrorenen

Boden zu treten.

Das Tolle daran, Verhandlungsführer zu sein, war, dass er genau wusste, was er sagen musste, um die gewünschte Reaktion zu erhalten. Normalerweise versuchte er, Situationen zu entschärfen. Aber heute wollte er dieser Frau absichtlich auf die Nerven gehen. Es war nicht gerade fair, aber dies waren keine gewöhnlichen Umstände. Darby O'Roarke war keine gewöhnliche Frau. Sie war nicht die übliche Verdächtige.

Zu sagen, sie habe gelitten, wäre eine Untertreibung, aber es war mehr als das. Sie war ein guter Mensch. Gut bis auf die Knochen, und er würde sein Leben darauf verwetten, dass sie unschuldig war. Wenn sie diesen Mann wirklich umgebracht hatte, hatte sie einen triftigen Grund gehabt, aber Eban hoffte, ihre Unschuld beweisen zu können.

Und weder er noch sein Chef wollten, dass irgendjemand erfuhr, dass dies der wahre Grund für seine Anwesenheit war, da in dem Fall ihre Karrieren auf dem Spiel stehen würden.

KAPITEL VIER

Detective Torgerson betrat vor Eban die Veranda, die bei jedem Schritt knarrte. Oben angekommen, zogen sich beide Papierstulpen über ihre Schuhe. Auf einem Stuhl neben einem Kleiderständer war eine Schachtel mit Schutzhandschuhen. Sie hielt ihm die Schachtel hin, und er nahm sich ein Paar.

„Ist die Tatortuntersuchung schon abgeschlossen?", fragte er, während er sich die Latexhandschuhe überzog.

Detective Torgerson massierte ihre Finger, als wollte sie das Blut wieder zum Fließen bringen. „Es wurden Fingerabdrücke genommen, und nachdem die Leiche abtransportiert worden war, wurde das Bettzeug zur DNA-Analyse gebracht."

Er wollte, dass jemand hier mit einer Flasche Luminol nach Anzeichen dafür suchte, dass jemand Körperflüssigkeiten beseitigt oder die Leiche bewegt hatte. Vielleicht wollte die Ermittlerin später wiederkommen, wenn es dunkel war, um diesen Test durchzuführen.

„Die Verdächtige behauptet, sie sei auf der Couch aufgewacht."

Eban unterdrückte seinen Unmut. Er betrachtete die zerwühlte Decke, die auf einer Seite der abgenutzten Ledercouch lag, und verdrängte das konkurrierende Gefühl der Erleichterung, das ihn durchströmte.

Darby hatte auf der Couch geschlafen.

Er hatte kein Recht, eifersüchtig zu sein. Er hatte seine Entscheidung getroffen und musste damit leben. Noch wichtiger war, dass er sich auf die aktuelle Situation konzentrieren musste. Trotzdem entspannte sich etwas in ihm.

Eine Männerjacke lag über der Armlehne eines Sessels.

„Haben Sie diese Jacke durchsucht?"

Die Ermittlerin runzelte die Stirn. „Jetzt, wo Sie es erwähnen … ich glaube nicht."

„Sollen wir?"

Sie zuckte genervt mit den Schultern.

„Ist bekannt, ob das Opfer Drogen konsumiert hat?"

Torgersons Miene verfinsterte sich. „Unbekannt."

Er legte den Kopf schief und wiederholte. „Unbekannt?"

„Viele Leute nehmen Drogen, ohne dass wir es jemals herausfinden."

Das hörte sich so an, als hätte sie etwas bemerkt, das darauf hindeutete, dass das Opfer Drogen genommen hatte, es ihm aber nicht sagen wollte. Aber warum? Weil die Verteidigung dann vielleicht etwas hätte, mit dem sie arbeiten konnte? Was verschwieg sie ihm sonst noch?

Vorsichtig hob er den Mantel des Mannes hoch und tastete die Taschen ab, bevor er hineinschaute und dann seine Hand hineinsteckte. Ein Taschentuch und ein großer Schlüsselbund. Eban zog sie heraus und steckte sie in den Beweisbeutel, den Torgerson neben den Latexhandschuhen hervorholte. In der nächsten Tasche befanden sich einige Münzen, die er ebenfalls herausnahm. In der Brusttasche fand Eban eine Brieftasche und öffnete sie, um einen ersten Blick auf den jungen Mann zu werfen, der gestorben war.

Rundliches Gesicht. Dunkles, unordentliches Haar. Er sah vollkommen durchschnittlich aus, vielleicht ein bisschen streberhaft. Nicht ungewöhnlich, wenn man bedachte, dass er an einem der führenden Institute seines Fachs promovierte.

Hatten seine Forschungen eine Bedrohung für Firmen- oder Regierungsinteressen dargestellt? Konnte es sich um eine Art ausgeklügelten Plan handeln, um das, woran Martin Carstairs gearbeitet hatte, zu sabotieren?

Das war's mit der Jacke. Nichts allzu Aufschlussreiches. Eban wusste nicht, was er erwartet hatte.

„Haben Sie sein Handy gefunden?", fragte er.

„Ist neben dem Bett eingesteckt." Torgerson nahm die Tüte mit den Beweismitteln und legte sie auf den Tisch neben der Tür.

Hm. Carstairs hatte sein Handy zum Laden angeschlossen? Das klang nicht gerade wie jemand, der wegen Alkohol, Drogen oder Leidenschaft durchgedreht war. „Brauchen Sie Hilfe bei der Durchsuchung seines Handys? Ich kann es an das nationale FBI-Labor schicken."

„Wir haben hier jemanden, der ziemlich gut ist."

„Ziemlich gut?", fragte er.

Die Leute vom FBI waren die Besten der Besten, und trotzdem waren sie nicht so gut wie Haley Cramers Geschäftspartner Alex Parker. Aber es war wahrscheinlich unklug, ihn in diese Sache mit einzubeziehen. Dass Eban herumschnüffelte, war eine Sache. Er wollte sicherstellen, dass so viele Beweise wie möglich gesammelt und analysiert wurden, weil er glaubte, dass sie Darby entlasten würden. Haley hingegen würde alles in Schutt und Asche legen, um die Freilassung ihrer Freundin zu erreichen.

Eban wäre es lieber, wenn Darby gründlich entlastet

würde, damit sie das Leben führen könnte, das sie sich wünschte, und kein Leben im Rampenlicht.

Er betrachtete die einsame Whiskyflasche auf dem Tisch. Darby trank für gewöhnlich kaum Alkohol, abgesehen von einem gelegentlichen Bier. „Keine Trinkgläser?"

„Bei dem abgewaschenen Geschirr auf dem Abtropfbrett." Torgerson sah genervt aus, als würde er ihre Zeit vergeuden. Vielleicht tat er das auch. „Ich habe die Verdächtige über den Whisky befragt, aber sie wollte nichts sagen."

Sie wollte nichts sagen, oder sie wusste nichts darüber? Eban ging in die Küche, um seine Wut zu verbergen. Die Ermittlerin hatte Darbys Bitte, mit der Befragung zu warten, bis ihr Anwalt eintraf, nicht respektiert. Wenn er sich in Torgersons Lage versetzte, konnte er das verstehen, aber dieses Mal sah er die Ereignisse aus der Sicht der Verteidigung, und ihm gefiel nicht, was er sah.

Auf dem Abtropfbrett stapelte sich ein wackeliger Berg von Geschirr, darunter zwei Trinkgläser. Er warf einen Blick aus dem Fenster und sah einen Truck, der, wie er wusste, Darby gehörte, daneben stand eine alte Schrottkarre, die vermutlich dem Opfer gehörte. Er ging zurück ins Wohnzimmer und suchte den Raum ab, wobei er nicht sicher war, was er zu finden hoffte. Er wünschte, er hätte die Gelegenheit gehabt, Darby zu bitten, alles, was gestern Abend passiert war, mit ihm zu besprechen, als sie ihn am Morgen angerufen hatte. Er hatte gewusst, dass es das Beste war, wenn sie so schnell wie möglich die Polizei rief, während er sich auf den Weg nach Fairbanks machte. Im Moment konnte er nur blind raten, was passiert sein könnte.

Beweise sammeln. Beweise auswerten. Später alles

zusammensetzen.

Wieder betrachtete er die Whiskyflasche. Dunkle Flecken deuteten darauf hin, dass Fingerabdrücke entnommen worden waren.

„Ich möchte, dass der Inhalt dieser Flasche auf Drogen untersucht wird." Eban betrachtete die Auswahl an Spirituosen, die auf der Anrichte standen. „Eigentlich möchte ich, dass aus allen Flaschen eine Probe entnommen wird."

Torgerson zog die Augenbrauen hoch. „Wonach suchen Sie?"

Eban schwieg. Er wusste nicht genau, wonach er suchte. Im Grunde genommen nach einem Beweis, dass Darby nicht die Einzige war, die gestern Nacht hier gewesen war.

Torgerson atmete tief durch, bevor sie nach vorne trat, um den Whisky einzupacken. Ihr Haar fiel ihr in die Stirn, und sie strich es ungeduldig hinter ihr Ohr. „Unsere Abteilung hat nur ein begrenztes Budget zur Verfügung. Möglicherweise erweckt das bei Ihnen den Anschein, dass wir schlampig waren und nicht alle von Ihnen geforderten Tests durchgeführt haben. Das lag allerdings daran, dass unsere Hauptverdächtige uns angerufen hat. Sie hat kein Alibi und behauptet, dass sie sich an nichts erinnert. Der Fall ist im Grunde klar und eindeutig."

Der Fall war alles andere als das.

Eban war nicht besonders wohlwollend. „Die Tatsache, dass sie angerufen hat, spricht für sie."

Torgerson starrte ihn an. „Sie wurde gestern Abend gesehen, wie sie eine Party mit dem Kerl verlassen hat. Also wäre sie heute Morgen ohnehin unsere erste Anlaufstelle gewesen."

„Vorausgesetzt, jemand hätte ihn als vermisst gemeldet."

Die Ermittlerin schien unbeeindruckt von seinem

Argument, aber er hatte recht, und sie wusste es.

„Wenn Ihre Abteilung es sich nicht leisten kann, den Inhalt aller Flaschen zu untersuchen, dann schicken Sie sie an die FBI-Labore. Entweder nach Quantico oder nach Anchorage. Das FBI ist gerne bereit, diesen Service anzubieten. Wo wurde die Leiche von Martin Carstairs gefunden?"

Torgerson presste die Lippen zusammen und unterdrückte offensichtlich, was sie eigentlich sagen wollte. Eban folgte ihr die Treppe hinauf.

Er bemerkte das Gästezimmer auf der linken Seite, das mit einem Doppelbett und zwei Schreibtischen mit PCs und Gaming-Sesseln vollgestellt war. Der Türgriff und der Lichtschalter waren mit schwarzen Flecken übersät.

Torgerson ignorierte diesen Raum und betrat ein großes Schlafzimmer, in dessen Mitte ein zerwühltes Bett stand.

Eban bemerkte einen Kleiderschrank voller Männerkleidung. Pullover waren unordentlich gestapelt und T-Shirts hingen schief auf Kleiderbügeln. Keinerlei Hinweise auf Frauenkleidung.

„Keine Freundin oder Lebensgefährtin?"

Torgerson schüttelte ungeduldig den Kopf. Sie gab nicht viele Informationen preis. Sollte er sich Sorgen machen, oder wollte sie einfach nur den ganzen Ruhm für die Lösung des Falles einheimsen? Er musste sie zum Reden bringen.

„Wie konnte er sich dieses Haus leisten?" Das Letzte, was Eban gehört hatte – von Darby – war, dass Studenten nicht viel verdienten.

„Er teilt sich die Wohnung mit einem anderen Doktoranden, Gregory Kwan. Der ist vor kurzem zum Polarkreis gereist, um die Dicke der Eisdecke zu untersuchen. Er kommt erst in ein paar Wochen wieder."

„Wann ist der Mitbewohner weggefahren?"

Torgerson musterte ihn. „Vor einer Woche. Er war es nicht."

Martin lebte also nicht allein, aber er hatte zum Zeitpunkt seines Todes allein gelebt. Die Situation erinnerte Eban an einen seiner Kollegen und besten Freunde. Sie waren beide beruflich so viel unterwegs, dass sie sich nur selten sahen. Jetzt, wo Max offiziell in einer Beziehung war, würde er ihn vermutlich noch seltener sehen.

Er ging durch den Flur in ein anderes Schlafzimmer. Das Bett war gemacht, das Zimmer aufgeräumt. Die Klamotten hingen ordentlich im Schrank. Es sah nicht so aus, als ob irgendetwas angefasst worden wäre.

„Warum hat die Verdächtige", er zwang sich, dieses Wort zu benutzen, „auf der Couch geschlafen, wenn es zwei freie Betten gab?"

„Sie behauptet, sie hätte auf der Couch geschlafen. Das heißt aber nicht, dass es auch wirklich so war."

Eban kannte Darby. Wenn sie das gesagt hatte, dann war es auch so gewesen.

Er ging zurück in Martin Carstairs Schlafzimmer. „Haben Sie Fotos von der Leiche vor Ort?"

Torgerson erinnerte ihn an einen aufmüpfigen Teenager, als sie ungeduldig die Fotos auf ihrem Handy aufrief und es ihm reichte. Ohne um Erlaubnis zu fragen, übertrug er alle relevanten Bilder auf sein eigenes Handy, bevor er der Ermittlerin ihr Telefon zurückgab. „Danke."

Sie sah genervt aus, sagte aber nichts. Er blätterte durch die Fotos und fand eines des Opfers, das von oben aufgenommen worden war. Nackt mit einem großen

Jagdmesser in der Brust. Nicht viel Blut, was darauf hindeutete, dass der Mann sofort tot gewesen war. Er würde den Gerichtsmediziner dazu befragen müssen.

„Es erfordert viel Kraft, eine so tiefe Wunde zu verursachen. Glauben Sie, dass Darby O'Roarke stark genug ist, um das zu tun?"

Torgerson zuckte mit den Schultern, um ihre offensichtliche Ungewissheit zu überspielen. „Unter extremen Umständen können Menschen eine unglaubliche Kraft aufbringen."

Eban wusste, dass Darby zu außergewöhnlichen Leistungen fähig war, doch kaltblütiger Mord gehörte nicht dazu. „Gab es irgendwelche Verteidigungswunden?"

„Nein. Ich glaube nicht, dass Martin die Gelegenheit hatte, sich zu wehren."

Martin? „Kannten Sie das Opfer?", fragte er.

Sie warf ihm einen Seitenblick zu. „Nein, ich kannte ihn nicht, aber den Aussagen nach scheint er ein netter Kerl gewesen zu sein."

Sagte sie die ganze Wahrheit? Eban war sich nicht sicher, aber jetzt war nicht der richtige Moment, um sie mit Anschuldigungen zu konfrontieren.

Er ging zum Bücherregal hinüber. Ein paar Lehrbücher über Geophysik, Klimawandel, Computerprogrammierung, Modellierung. In der zweiten Reihe eine Menge Fantasy-Romane. Ganz oben stand ein Familienfoto von einer Hochzeit. Martin Carstairs trug einen Smoking und war eindeutig mit dem Bräutigam verwandt. Das erinnerte Eban daran, dass es Menschen gab, denen Martin wichtig gewesen war, darunter auch Darby. Er biss die Zähne zusammen.

War es möglich, dass Darby diesen Mann getötet hatte? Es

war völlig untypisch, aber was, wenn sie Sex gehabt hatten und sie in Panik geraten war? Nach allem, was ihr widerfahren war, wäre das nicht überraschend. Es war keine Entschuldigung, und er glaubte es nicht. Er konnte sich nicht erlauben, das zu glauben. Nicht jetzt, niemals.

„Woher stammt das Messer?", fragte er.

Torgerson schüttelte den Kopf. „Das wissen wir noch nicht. Es wird noch untersucht."

„Machen Sie das zur Priorität." Er musste wissen, ob Darbys Fingerabdrücke auf dem Messer waren. „Wenn Sie hier nicht über die nötigen Mittel verfügen, können wir, wie bereits gesagt, die nächstgelegene Einrichtung des FBI nutzen."

„Mit einem Messer kommen wir schon klar." Sie drehte ihm den Rücken zu, und er war sich ziemlich sicher, dass sie die Augen verdrehte.

„Lassen Sie es auseinandernehmen. Führen Sie eine DNA-Analyse durch. Gibt es schon ein Motiv?"

Torgerson drehte sich zu ihm um. „Noch nicht. Wir befragen alle ihre Freunde, um etwas über ihre persönliche Geschichte herauszufinden. Möglicherweise hatten die beiden ein Verhältnis miteinander." Hatten sie nicht. „Oder sie hatten einen Streit auf der Arbeit."

Deswegen würde Darby niemanden umbringen. Sie würde für sich einstehen, aber sie würde keinen Groll in eine Ausrede für einen Mord verwandeln.

Eban hielt Torgersons Blick einen Moment lang stand. „Sie glauben, sie hat es getan?"

Der Blick der Frau wurde forschend. „Was mich überrascht ist, dass Sie das nicht tun. Verschweigen Sie mir etwas, SSA Winters?"

„Was zum Beispiel?" Er zwang sich zu einem leichten Lächeln. Wusste sie, dass Darby letzten Sommer in der Bandasee entführt worden war? Wenn nicht, würde es nicht lange dauern, bis sie es herausfinden würde. Es war überall in den Nachrichten gewesen. Und dann würde sie vielleicht verstehen, warum ein Agent der Krisenverhandlungsabteilung so sehr an einer einfachen Mordermittlung interessiert war. Nur, dass sie sich irren würde.

„Sagen Sie es mir."

Er zuckte mit den Schultern und sagte nichts.

Torgerson wurde ungeduldig. „Was soll ich als nächstes tun? Den Teppich nach Faserresten absuchen?"

Er hob unbeeindruckt eine Augenbraue. „Haben Sie das noch nicht gemacht?"

Sie schnaubte.

„Haben Sie etwas dagegen, dass ich Sie bitte, eine gründliche Analyse des Tatorts durchzuführen, Detective Torgerson?"

Sie fasste sich an die Stirn, als hätte sie Kopfschmerzen. „Nein. Natürlich nicht. Ganz und gar nicht. Ich bin wohl einfach davon ausgegangen, dass der Fall schon so gut wie geklärt ist."

Eban hoffte inständig, dass dem nicht so war. „Lassen Sie uns sehen, was die Beweise sagen. *Alle* Beweise." Nicht nur die herausgepickten Details.

Er ging die Treppe hinunter in die Küche und schaute aus dem Seitenfenster. „Beide Fahrzeuge müssen auf Fingerabdrücke und DNA-Spuren untersucht werden."

„Warum? Martin wurde nicht in seinem Auto ermordet."

Weil Darby keine Mörderin war und er den Geschworenen, wenn nicht sogar dieser Ermittlerin, begründete

Zweifel darlegen wollte.

Eban drehte sich zu der Ermittlerin um. „Darby O'Roarkes Geschichte ergibt keinen Sinn. Wenn sie es getan hat, warum hätte sie dann bis zum Morgen hierbleiben sollen? Warum sollte sie Ihnen erzählen, dass sie auf der Couch geschlafen hat und Martin Carstairs oben tot aufgefunden hat? Warum hat sie nicht alles abgewischt, alle Beweise vernichtet, dass sie hier war und ist abgehauen? Hat ihre Kleidung verbrannt? Ist zur Arbeit gegangen? Hat behauptet, er sei noch am Leben gewesen, als sie ging? Oder warum hat sie nicht geleugnet, überhaupt jemals hier gewesen zu sein? Warum hat sie nicht ausgesagt, er habe sie angegriffen, und sie habe ihn aus Notwehr umgebracht?"

Eban versuchte, eine entscheidende Tatsache zu verdrängen, doch sie kam ihm immer wieder in den Sinn. Und sie würde verheerend für Darbys Verteidigung sein. Darby *hatte* schon einmal getötet. Sie hatte den letzten Mann, der sie vergewaltigt hatte, erstochen, als er während ihrer Rettung mit Quentin Savage gekämpft hatte. Hätte sie nicht gehandelt, wären sie, Quentin und Haley auf dieser abgelegenen indonesischen Insel wahrscheinlich eines grausamen Todes gestorben, und Eban hätte sie vielleicht nie gefunden. Damals war Darby vor lauter Trauma und Schmerz fast wahnsinnig geworden.

Fast wahnsinnig geworden …

Keine Information, die er preisgeben würde. Sie war definitiv an den Rand eines Nervenzusammenbruchs getrieben worden, und wenn die Cops diese Episode aus Darbys Vergangenheit jemals herausfanden, würde sie auf der Stelle vor Gericht gestellt und verurteilt werden.

Seiner Erfahrung nach war Darby immer ehrlich, und

deshalb brauchte sie einen Anwalt, der sie davon abhielt, den Cops alles zu erzählen, was gegen sie verwendet werden könnte, um sie wegen Mordes zu verurteilen und sie für ein Verbrechen, von dem er zu 99,99 Prozent sicher war, dass sie es nicht begangen hatte, lebenslang einzusperren.

Als sie ein Rufen aus dem Wohnzimmer hörten, eilten sie beide zu dem uniformierten Polizisten im Erdgeschoss.

„Ich habe Fußabdrücke gefunden, die vom Haus weg in den Wald führen", sagte er atemlos. „Ich dachte, Sie wollen sie sich vielleicht ansehen."

Eban verbarg seine Aufregung. Er würde an Darbys Unschuld glauben, bis sie ihm das Gegenteil sagte, was bedeutete, dass er im Moment davon ausging, dass jemand anderes beteiligt gewesen war. Und er musste herausfinden, wer.

„DAS LETZTE, WORAN Sie sich erinnern, ist, dass Ihnen schlecht wurde und Sie die Party verlassen haben?"

Darby starrte Elliot Byrne über den Tisch hinweg an. Aus der Nähe betrachtet hatte er winzige Falten zwischen den Augenbrauen, die seiner beeindruckenden Selbstsicherheit eine gewisse Reife verliehen. Seine Haut war gebräunt, und wahrscheinlich war er äußerst attraktiv, wenn man nicht zu Tode eingeschüchtert war.

„Ja."

Er runzelte die Stirn. „Entschuldigen Sie mich bitte kurz." Er hob einen Finger und ging auf den Korridor, um zu telefonieren.

Darby hörte Teile des Gesprächs mit. Er forderte eine

zweite Blutprobe von ihr.

Was würde sie tun, wenn er wieder auf eine Vergewaltigungsuntersuchung drängte? Es war ja nicht so, als hätte sie das Schlimmste nicht schon erlebt. Und die Ärzte der Navy, die sich nach ihrer Rettung um sie gekümmert hatten, waren überaus freundlich und sanft gewesen. Aber was würde es beweisen? Dass sie Sex gehabt hatte? Oder dass sie keinen gehabt hatte?

Zumindest hätte sie dann Gewissheit, was Martin betraf.

Sie hasste die Vorstellung von noch mehr Erniedrigung, und doch, wenn sie verurteilt würde, hätte sie viel mehr zu befürchten als eine Vergewaltigungsuntersuchung.

Ihre Finger zitterten, und sie ballte ihre Hände zu Fäusten. Sie würde das Gefängnis nicht überleben. Selbst die Tatsache, dass sie vorhin gezwungen worden war, ihre Kleidung für die gerichtsmedizinische Untersuchung abzulegen, hatte sich wie Körperverletzung angefühlt. Dieser Raum, diese Situation, fühlte sich wie ein langsamer Tod an.

„Mr. Byrne", rief sie ihm zu. Er wirbelte herum, immer noch telefonierend, und hob fragend die Augenbrauen. Seine Fähigkeit zum Multitasking beeindruckte sie mehr als sie es sollte. „Ich bin mit einer Vergewaltigungsuntersuchung durch eine in Kriminaltechnik ausgebildete, weibliche Kranken-schwester einverstanden, aber ich glaube nicht, dass ich letzte Nacht vergewaltigt wurde."

Etwas in seinem Blick veränderte sich, als er ihre Worte auf sich wirken ließ. Die Freude darüber, dass er seinen Willen bekommen hatte, wurde durch ein Aufflackern von etwas anderem gemildert. Irgendwie schien ihm klar geworden zu sein, dass sie in der Vergangenheit vergewaltigt worden war, und diese Tatsache würde sicherlich einen Einfluss auf den

Fall haben, sollte sie ans Licht kommen.

Würde es ans Licht kommen?

Die einzigen Menschen, die *genau* wussten, was passiert war, waren Quentin, Haley und Eban. Die Ärzte, die sich nach der Rettung um sie gekümmert hatten, schienen aufgrund ihrer Verletzungen einiges davon erraten zu haben. Ihre Therapeuten wussten um die weitreichenden Konsequenzen Bescheid. Sie war einfach aus ihrem sicheren Zelt entführt und ausgezogen worden. Geschlagen. Festgehalten. Überwältigt. Der Geruch von saurem Schweiß. Die Klaustrophobie, die sie überfiel, wenn sie in engen Räumen war.

Seit sie Eban erzählt hatte, was ihr zugestoßen war, hatte sie die Einzelheiten nicht mehr erleben müssen. Er war ihre Katharsis gewesen, der Ausgangspunkt für ihren Heilungsprozess. Die Therapeuten hatten sich auf die kognitive Verhaltenstherapie konzentriert, gefolgt von der Desensibilisierung und Aufarbeitung von Augenbewegungen, die bei der Bewältigung ihres Traumas unglaublich effektiv gewesen war.

Sie sah sich in diesem schrecklichen, aseptischen Raum um. Ohne diese Behandlungen, zusammen mit den Bewältigungsmechanismen der Achtsamkeit und der Atemtechniken, wäre sie heute schon tausendmal zusammengebrochen.

Reporter hatten sie nach weiteren Einzelheiten gefragt, aber sie war nicht bereit gewesen, mehr zu erzählen. Andere Leute hatten es vielleicht erraten, so wie Martin, aber es war ihr Körper. Ihre Sache. Sie runzelte die Stirn. Hatte die örtliche Polizei Zugang zu diesen medizinischen Unterlagen? Könnte das Gericht Quentin und Eban dazu zwingen, über die Vorfälle in Indonesien auszusagen? Würde sie ihre Freunde in eine unhaltbare Lage bringen, sodass sie sich zwischen dem Verzicht auf ihre Integrität und der Wahrung ihrer Geheimnisse entscheiden müssten?

Das war nicht fair. Warum sollte sie der Welt erzählen müssen, was ihr widerfahren war? Ihr Schmerz war ihr eigener. Privat. Der Gedanke, dass die Leute es herausfanden … sie verurteilen würden.

Sie hatte natürlich nicht erzählt, dass sie einen Mann mit einem Messer getötet hatte, als sie ums Überleben gekämpft hatte. Sie hatte weder den blanken Schrecken der Entführung beschrieben noch die Angst, dass sie niemals gerettet werden und niemand jemals erfahren würde, wo sie war oder was mit ihr geschehen war. Selbst jetzt fiel es ihr noch schwer, an dieses Grauen zu denken. Bei der Vorstellung, dass die Welt ihre Realität vollkommen gleichgültig zur Kenntnis nehmen könnte, wurde ihr regelrecht übel.

Sie versuchte, die Angst zu verdrängen, die mit all dem Geschehenen verbunden war. Es half auch nicht, dass Eban sich von ihr fernhielt. Er hatte sie in ihrer schlimmsten Phase erlebt, als sie am Boden gewesen war und alles getan hätte, um zu überleben. Sie hatte ihm gesagt, dass sie glaubte, dass sie Martin umgebracht haben könnte, und er hatte keinen Grund zu glauben, dass sie es nicht getan hatte. Wahrscheinlich arbeitete er daran, die Anklage zu mindern, sie in eine psychiatrische Anstalt einweisen zu lassen oder auf verminderte Schuldfähigkeit zu plädieren.

Ihre geballten Fäuste begannen zu zittern.

Sie konnte es ihm nicht verdenken. Wahrscheinlich war er erleichtert, dass er sich gegen sie entschieden hatte. Er musste sich fragen, ob er der tote Mann im Bett gewesen wäre, wenn sie Sex gehabt hätten, als sie es vorgeschlagen hatte. Aber war es zu viel verlangt, sie zu besuchen? Mit ihr zu reden?

Sie rieb sich die Stirn. Was war letzte Nacht geschehen? Ihr Mund war trocken, und sie hatte Kopfschmerzen. Warum konnte sie sich an nichts erinnern? Hatte sie einen Filmriss gehabt? Hatte Martin sie angegriffen, und sie hatte sich gewehrt? Und dann hatte sie … was? Sich auf der Couch unter eine Decke gekuschelt und war eingeschlafen?

Das ergab keinen Sinn.

Nach dem Vorfall in Indonesien mochte Darby zwar traumatisiert sein, aber zu Hause war es ihr gut gegangen. Ihr Therapeut war mit ihren Fortschritten sehr zufrieden gewesen.

Ha. Bei ihrer nächsten Sitzung würde er weniger beeindruckt sein.

Elliot kam zurück in den Besprechungsraum. „Ein Arzt und eine forensische Krankenschwester sind unterwegs. Kann ich Ihnen einen Kaffee bringen?"

Sie hatte so viel Kaffee getrunken, dass ihr Magen bei dieser Idee rebellierte. „Gibt es hier vielleicht irgendwo Kräutertee?"

„Ich werde nachfragen. Wann haben Sie das letzte Mal etwas gegessen?" Elliot sah sie stirnrunzelnd an.

„Ich bin nicht hungrig." Sie konnte im Moment nichts essen. Elliot verschwand, um nach ihrem Tee zu fragen, und Darby saß wieder einmal allein in diesem schrecklichen, kargen Raum.

Würde das ihre Zukunft sein? Ihr Leben? Keine Erkundungstouren in entlegenen Regionen mehr. Keine Versuche mehr, die Geheimnisse der Erdkruste zu ergründen. Nur noch kahle Wände und Menschen, die sie mit einer Verachtung behandelten, die sich im Laufe der Jahre langsam in Gleichgültigkeit verwandeln würde.

Ein Schauer durchfuhr sie. Sie wusste nicht, was nach der Party passiert war, aber sie wusste, dass sie Martin gegenüber nicht abgeneigt gewesen war. Sie hatte sogar einmal darüber nachgedacht, Sex mit ihm zu haben, nur um es hinter sich zu bringen. Die Tatsache, dass sie nie freiwillig mit jemandem Sex gehabt hatte, fühlte sich wie ein Schwert über ihrem Kopf an.

Als ihr das Bild von Martin, wie er tot auf dem Bett lag, durch den Kopf schoss, riss sie die Augen auf. Ihr Magen verkrampfte sich, und sie fühlte sich bis ins Mark angewidert.

Sie erschauderte. Niemals hätte sie einem unschuldigen Menschen diese Art von Gewalt angetan.

Du hast auf einen Hubschrauber voller Menschen geschossen, die dich retten wollten …

Sie schlang die Arme um ihren Körper. Sie hatte gedacht, es wären die Terroristen, die zurückkamen, um ihr wieder wehzutun. Aber das war nicht dasselbe.

Tief in ihrem Inneren wusste Darby, dass, wenn sie Martin ermordet hatte, dies unter extremem Zwang und aus Notwehr geschehen war. Es war unwahrscheinlich, dass das Gesetz – oder Martins Familie und Freunde – das genauso sehen würden. Sie wünschte sich nur, sie könnte sich erinnern, was geschehen war.

KAPITEL FÜNF

Eban folgte dem hochgewachsenen Polizeibeamten, ihre Stiefel knirschten leise im Schnee.

Er achtete darauf, genau den gleichen Weg zu gehen wie der Polizist, um die Fußspuren zu seiner Linken nicht zu zerstören, die von einer Person stammten, die in nicht allzu ferner Vergangenheit diesen Weg von Carstairs' Zuhause aus gegangen war.

Als sie die Nebengebäude hinter sich gelassen hatten, kamen die Nachbarhäuser in Sicht, die sich auf beiden Seiten des Waldes befanden. Sie waren weit genug voneinander entfernt, um ein Gefühl der Abgeschiedenheit zu vermitteln, aber nahe genug, dass sie letzte Nacht etwas gesehen haben könnten.

„Haben Sie die Nachbarn schon befragt?", fragte er.

„Noch nicht. Vorhin war niemand da", antwortete Torgerson. „Wir werden es heute Abend noch einmal versuchen."

Eban nickte. Das war vernünftig. „Wie alt, glauben Sie, sind diese Spuren?"

Der Mann vor ihm blieb stehen und drehte sich um. „Schwer zu sagen, ich bin kein professioneller Spurenleser." Er blickte in den Himmel. „Aber es hat gestern ein paar Zentimeter geschneit und gegen sieben Uhr abends aufgehört.

Also müssen sie auf jeden Fall danach entstanden sein."

Der Polizist schien sich nicht sonderlich an den niedrigen Temperaturen zu stören. Eban musste seine Thermoausrüstung aufrüsten, wenn er mithalten wollte.

Dieser Gedanke warf eine Frage auf, über die er sich bisher keine Gedanken hatte machen wollen. Wie lange konnte er bleiben? Und wie sollte er Darby in dieser Zeit der Ungewissheit überhaupt wieder verlassen? Seine Arbeit war ihm wichtig. Aber Darby auch.

„Können wir von einer der Spuren einen eindeutigen Abdruck bekommen?" Eban drehte sich um und sah Torgerson an.

Ihre Lippen waren blass und verkniffen. „Der Spurensicherer ist schon unterwegs. Ich rufe ihn noch einmal an und bitte ihn, sich die hier zuerst anzusehen. Wahrscheinlich stammen sie von Martin Carstairs."

„Es gibt ein geschütztes Plätzchen tiefer im Wald, wo man den Abdruck vielleicht besser erkennen kann", erklärte der Beamte, der sich bereits eifrig einen Weg durch das dichte Unterholz bahnte.

Torgerson verdrehte die Augen hinter dem Rücken des Mannes.

Die Karawane zog weiter durch den Schnee. Ebans Zehen waren bereits taub. Er unterdrückte alle Gefühle, die sein Inneres zerreißen wollten. Emotionen hatten in dieser Untersuchung nichts zu suchen. Er musste alle Sorgen und Ängste unterdrücken, wenn er zu Darbys rechtmäßiger Freilassung beitragen wollte. Immerhin musste sie hier leben, wenn das alles vorbei war, und es war eine enge Gemeinschaft.

Der Gedanke daran hinterließ einen bitteren Nachgeschmack der Unzufriedenheit in seinem Mund.

Endlich erreichten sie die Stelle, die der Polizist erwähnt hatte, und Eban konnte sich einen besseren Überblick verschaffen. Er ging in die Hocke. Die Abdrücke waren größer als seine. Das Profil war gut erkennbar, sodass sie in der Lage sein sollten, sie mit der Datenbank abzugleichen.

„Wie weit sind Sie ihnen gefolgt?" Ebans Atem bildete eine dichte Nebelwolke, und seine Hände waren in den Taschen eiskalt. Es war die Art von Kälte, mit der er in Montana aufgewachsen war, mit einer zusätzlichen Prise mörderischen Windes. Er wusste aber auch, dass dies für diesen Teil der Welt um diese Jahreszeit nicht extrem war. Er war weich geworden, seit er nach Virginia gezogen war, wo schon der kleinste Hauch von Schnee den ganzen Staat lahmlegte.

„Ich bin nicht weiter als bis hierher gegangen."

Eban blickte nachdenklich. „Besteht die Möglichkeit, eine K9-Einheit hierherzuschicken? Vielleicht können wir herausfinden, wo diese Person hingegangen ist?"

Torgerson gab sich keine Mühe, ihre Skepsis zu verbergen, während der uniformierte Beamte interessiert dreinblickte.

„Wozu?", fragte sie nach ein paar Augenblicken.

„Wozu?", wiederholte Eban.

„Ja, wozu verfolgen wir zufällige Fußspuren im Schnee?"

Eban erhob sich. „Wir wissen nicht, ob sie zufällig sind. Finden Sie es nicht etwas verdächtig, frische Abdrücke zu finden, die vom Tatort eines gewaltsamen Mordes wegführen?"

„Wer auch immer diese Abdrücke hinterlassen hat, könnte gekommen sein, um zu sehen, was hier passiert ist, oder es könnten neugierige Nachbarn gewesen sein. Oder jemand von der Presse, der nach einem besseren Blickwinkel für ein Foto für ihre Titelgeschichte gesucht hat. Wir haben die Schuldige in Gewahrsam."

Ärger blitzte durch Ebans Nerven. Diese Ermittlerin hatte Darby aufgrund von Indizienbeweisen bereits angeklagt und verurteilt, aber Eban kannte sie besser. Es war nicht Torgersons Schuld, dass sie es nicht tat, aber es lag in ihrer Verantwortung, ihren Job richtig zu machen. Die Polizei hatte nur *eine* echte Chance, einen Tatort zu untersuchen. Und das sollte im Idealfall gleich beim ersten Mal richtig gemacht werden.

Eban löste seine zusammengebissenen Zähne. „Sie haben eine Verdächtige in Gewahrsam, die sich nicht an den Vorfall erinnern kann. Jetzt haben Sie Beweise, die darauf hindeuten, dass noch jemand anderes hier war, möglicherweise zum Tatzeitpunkt. Wann war überhaupt der Todeszeitpunkt?"

Torgerson schüttelte den Kopf. „Das hat der Gerichtsmediziner noch nicht festgestellt."

Der Streifenpolizist rückte seinen Hut zurecht. „Ich habe diese Abdrücke nirgendwo sonst gefunden, nur vom Haus hierher, ich würde gerne zurückgehen und nochmal nachsehen."

Eban nickte. Das war gute Arbeit. Die Beweise untersuchen. Jedes Detail auf so viele Informationen wie möglich untersuchen. Er reichte dem uniformierten Polizisten die Hand. „Tut mir leid, dass ich mich nicht vorgestellt habe. Supervisory Special Agent Winters. Bitte nennen Sie mich Eban."

Sie gaben sich die Hand. „Patrol Sergeant Allan Robertson. Die meisten Leute nennen mich Big Al."

Etwas am Tonfall des Mannes ließ Eban den Kopf schieflegen. „Werden Sie gerne so genannt?"

Der Mann pustete in seine gefalteten Hände, das erste Anzeichen dafür, dass auch er die Kälte spürte. „Eigentlich ziehe ich Allan vor."

„Dann also Allan." Eban nickte.

„Das haben Sie noch nie erwähnt", sagte Torgerson leise von hinten.

„Sie haben nie gefragt, Detective Torgerson." Der bittere Unterton, den Allan der Ermittlerin gegenüber anschlug, war unüberhörbar.

Die lange Pause war von unterschwelligen Spannungen geprägt, die Eban nur erahnen konnte.

„Signy", sagte Torgerson schließlich. „Nennen Sie mich Signy."

Allan nickte, und Eban war mit dem Austausch zufrieden. Er hatte sich als jemand erwiesen, der auf Details achtete und auf die Gefühle anderer Menschen Rücksicht nahm. Jemand, der es wert war, dass man ihm zuhörte. Er musste jedes Quäntchen Einfühlungsvermögen und Kooperation aus diesem Polizeirevier herausquetschen, wenn er Darby aus diesem verdammten Schlamassel herausholen wollte. Und die eigentliche Ironie an der Sache war, dass Darby vielleicht gar nicht erst in diese Situation hineingeraten wäre, wenn er in den letzten sechs Monaten andere Entscheidungen getroffen hätte.

Er hatte geglaubt, er hätte ihr die Möglichkeit gegeben, ihre schlechten Erfahrungen zu überwinden. Er hatte gehofft, sie aufblühen zu sehen. Ihre Träume in vollen Zügen lebend. Stattdessen steckten sie beide in diesem Albtraum fest, und Eban hatte keine Ahnung, wie sich die Dinge entwickeln würden. Das Einzige, was er tun konnte, war, die Ermittlungen weiter voranzutreiben, um so viele Beweise wie möglich zu sammeln und zu hoffen, dass sie sich nicht gegen die Frau richteten, die ihm so viel bedeutete.

„Rufen Sie die K9-Einheit", sagte Torgerson zu Allan. „Mal sehen, wohin diese Spuren führen."

Zufrieden ging Eban zurück zur Hauptstraße und kam dabei an einem Spurensicherungstechniker vorbei, der einen großen Koffer mit sich herumtrug. Eban hatte nicht vor, sich neben den Mann zu stellen und ihm zu sagen, wie er seine Arbeit machen sollte, so groß die Versuchung auch war. Die griesgrämige Torgerson hielt an, um mit dem Mann zu reden, während Eban ein paar Schritte weiter ging und einen kurzen Anruf bei Quentin riskierte.

„Wie sieht's aus? Wie geht's Darby?", fragte Quentin.

„Ich habe noch nicht mit ihr gesprochen", gab Eban zu. „Ich bin draußen am Tatort."

„Wie schlimm ist die Lage?" Quentin klang besorgt.

Eban blickte in den Himmel. Die Wolken blähten sich wütend auf. Der Wind hatte an Stärke gewonnen. Für morgen war ein Schneesturm vorhergesagt – ein Vorzeichen für das, was ihnen bevorstand. „Es ist schlimm."

Quentin fluchte. „Ich habe versucht, mir freizunehmen, aber die Zentrale hat meinen Antrag abgelehnt."

„Es gibt sowieso nicht viel, was du im Moment tun kannst." Eban bemühte sich, ruhig zu bleiben. „Sie ist immer noch im Gefängnis, es sei denn, dieser Wunderknabe hat sie schon rausbekommen." Selbst jetzt fiel es ihm schwer, seine Abneigung gegen Strafverteidiger zu unterdrücken, besonders gegen wohlhabende und gutaussehende.

„Ich möchte für sie da sein. Ich will sie unterstützen." Quentin und Haley hatten Darby an jenem Tag auf der abgelegenen Vulkaninsel vor ihren Angreifern gerettet, und während ihrer Flucht war ein unglaublich starkes Band zwischen den dreien entstanden.

Quentin stieß einen lauten Seufzer aus. „Ich könnte die Zentrale einfach ignorieren."

„Sie würden dich feuern."

Quentin schnaubte.

„Du liebst deinen Job", argumentierte Eban. „Und das FBI braucht dich."

„Das spielt keine Rolle."

Eban verstand die Gefühle seines Vorgesetzten, denn auch ihm war dieser Gedanke schon gekommen. „Hör mal, Darby würde es nicht gutheißen, wenn du deinen Job ihretwegen riskieren würdest. Außerdem" – Eban musterte die streng dreinblickende Ermittlerin, die jetzt auf ihn zukam – „denke ich, dass es ein großer Vorteil ist, dass wir auf ihrer Seite stehen. Wenn du kündigst, bist du wieder ein Zivilist, und die örtliche Polizei wird nicht viel von deiner Meinung halten. Du hättest also keinerlei Einfluss, wenn es darum geht, Antworten zu bekommen. Sie fragen sich schon, warum ich hier bin ..."

„Sag ihnen, dass es streng geheim ist, und verweis sie an mich, wenn das nicht ausreicht." Quentin klang entnervt. Denn er wusste genau, dass ihre Möglichkeiten, Darby zu helfen, begrenzt waren.

Eban spürte das Gewicht der Besorgnis seines Chefs durch das Telefon hindurch, zusammen mit allem, was sie beide über Darbys Vergangenheit wussten. Quentin räusperte sich. „Haley ist außer sich vor Sorge."

Eban schwieg. Da war Haley eindeutig nicht die Einzige. Eban wusste genau, wie sich die beiden fühlten.

Schließlich stellte Quentin die alles entscheidende Frage. „Hat sie es getan?"

Der kalte Wind kratzte an Ebans Wangen, und er murmelte leise, sodass ihn niemand hören könnte: „Ich weiß es nicht genau. Und das Schlimmste ist, dass sie es auch nicht weiß."

———

DARBY STAND AUF und schlüpfte in ihre geliehenen Leggings. Die Krankenschwester war freundlich und sanft gewesen. Darby hatte nicht erwähnt, dass sie wusste, wie die Untersuchung ablief. Sie wollte ihre Vergangenheit nicht preisgeben, denn ihr war erst spät klar geworden, dass sie gegen sie verwendet werden könnte.

Sie hatte keine Ahnung, ob sich Spuren des vergangenen sexuellen Übergriffs in ihren Körper eingebrannt hatten, aber sie bezweifelte es. Laut den Ärzten, die sie seitdem aufgesucht hatte, war alles gut verheilt. Zumindest körperlich.

Würden die früheren medizinischen Akten als Beweismittel zugelassen werden?

Der Gedanke nagte an ihr, als sie in die zu großen Pantoffeln schlüpfte. Sie fühlte sich eher wie in einem Krankenhaus als auf einer Polizeiwache.

„Sie können jetzt gehen", sagte die Krankenschwester leise, dann veränderte sich ihr Blick, als sie zu begreifen schien, dass das nicht einmal im Entferntesten stimmte. Ihr Verhalten änderte sich schlagartig, als sie sich daran erinnerte, dass Darby die Verdächtige in einem Mordfall war.

Darby sammelte sich und richtete sich auf. Die Tatsache, dass sie sich nicht sicher war, was letzte Nacht geschehen war, machte es nicht einfach, sich zu verteidigen. Doch vielleicht spielte das ohnehin keine Rolle. Vielleicht würde immer ein

Verdacht bleiben, selbst wenn sich jemand meldete und das Verbrechen zugab, was mit jeder Stunde, die verging, unwahrscheinlicher wurde.

Sie hob ihr Kinn. „Danke."

Wenn das alles vorbei war, war ihre Würde vielleicht alles, was sie noch hatte.

Sie wartete darauf, dass der Beamte sie zurück in den Verhörraum begleitete. Die Kälte sickerte durch die dünnen Sohlen ihrer Pantoffeln und durchdrang die dünne Kleidung, die man ihr gegeben hatte.

Elliot Byrne wartete auf sie. Er hatte sein Jackett ausgezogen. Vielleicht war sie die Einzige, die die niedrigen Temperaturen spürte, oder vielleicht war es das Gefühl, dass ihre Seele ihr wieder zu entgleiten begann, so wie damals in der Hütte in Indonesien.

Sie hatte sich in ihrem Kopf an einen anderen Ort begeben, um diesen Albtraum zu überleben, aber wie bei einer außerkörperlichen Erfahrung erinnerte sie sich an die Details jedes Angriffs. An jede Verletzung, die ihr zugefügt worden war. An jede Erniedrigung.

Trotz des tropischen Klimas hatte sie in dieser verdammten Hütte unglaublich gefroren.

„Die Polizei möchte Sie noch einmal befragen, sobald Sie sich dazu in der Lage fühlen", sagte Elliot leise.

Darby blinzelte und stieß einen zitternden Atemzug aus. Sie war so müde.

„Ich werde die ganze Zeit über bei Ihnen sein. Eigentlich wäre es mir sogar recht, wenn Sie mir versprechen würden, dass Sie nie wieder mit ihnen sprechen, wenn ich nicht dabei bin."

Ihre Schultern sackten nach unten. „Dann werden Sie

möglicherweise eine ganze Weile hier sein."

Er berührte ihren Arm, und sie war froh, dass sie nicht zusammenzuckte. Sie hatte Fortschritte gemacht.

„Mein Gott. Sie frieren ja", erkannte er besorgt. „Ich werde Ihnen ein Sweatshirt besorgen."

Sie blickte ihn überrascht an. „Danke."

Darby saß mit verschränkten Armen auf dem Stuhl und klapperte mit den Zähnen. Kurze Zeit später kam ein Beamter mit einer Schüssel Suppe und einem dicken grauen Sweatshirt herein.

Sie schlüpfte hinein und hatte das Gefühl, von der kuscheligen weichen Baumwolle regelrecht verschluckt zu werden.

Elliot wartete, bis der Beamte das Essen abgestellt und sich zurückgezogen hatte. „In diesem Teil sehen Sie aus wie fünfzehn." Er schenkte ihr ein kleines Lächeln.

„Der Nachteil, wenn man klein ist und kein Make-up trägt." Darby nahm den Löffel in die Hand und begann zu essen. Sie hatte nicht gedacht, dass sie hungrig war, doch sobald sie den ersten Bissen geschluckt hatte, stellte sie fest, dass sie einen Bärenhunger hatte. Die Hühnernudelsuppe wärmte sie von innen heraus. Als sie aufgegessen hatte, fühlte sie sich etwas kräftiger. Sie schob die Schüssel weg, und der Polizist holte das Tablett sofort ab.

Sobald er gegangen war, setzte sich Elliot und beugte sich über den Tisch. Er sprach so leise, dass sie sich nach vorne lehnen musste, um die Worte zu verstehen.

„Jetzt möchte ich mit Ihnen darüber reden, was letzten Sommer passiert ist."

Ihre Kehle wurde trocken. Sie schluckte mehrmals. „Ich dachte, Sie hätten gesagt, die Ermittlerin wolle noch einmal mit mir sprechen?"

Ein halbes Lächeln umspielte Elliots Lippen, sodass sich feine Fältchen an seinen Mundwinkeln bildeten. „Sie kann noch ein bisschen warten. Das Gespräch mit meiner Klientin ist noch nicht beendet."

Darby wandte den Blick ab. „Was wissen Sie über den Vorfall?"

Als er nicht antwortete, schaute sie ihn wieder an. Sie musste wissen, ob sie ihm vertrauen konnte.

Elliot nahm sich einen Moment Zeit, um seine Antwort vorzubereiten. Seine Augen waren von einem intensiven Saphirblau, sein kurzes blondes Haar sah weich aus. Sein Kinn war kantig, und er hatte schöne Lippen. Er war unglaublich gutaussehend, wie sie erneut überrascht feststellte. Er sah aus wie ein Filmstar, und in seinen Augen leuchtete genug rücksichtslose Intelligenz, um ihm Substanz zu verleihen.

Und er weckte absolut nichts in ihr. Keine Lust oder Begierde. Zum Glück aber auch keine Angst oder Panik.

Diese Erkenntnis schmerzte jedoch, und sie fühlte sich noch verlorener. Nur *ein* Mann hatte diese Gefühle in ihr hervorgerufen. Nur *ein* Mann hatte den Wunsch in ihr geweckt, ihn küssen zu wollen. Und sie wusste nicht, wo er war oder was er von alledem hielt.

Was auch immer es war, es konnte nichts Gutes sein, sonst wäre er schon längst gekommen, um mit ihr zu sprechen. Bei diesem Gedanken bohrte sich eine weitere Kralle in ihr Herz.

„Ich weiß, dass Sie von Terroristen entführt wurden. Ich weiß, dass Sie sechs Tage lang gefangen gehalten wurden. Ich weiß, dass Sie mit Hilfe von Haley Cramer und ihrem FBI-Verlobten entkommen konnten. Ich weiß, dass die meisten Männer auf der Insel bei einem weiteren Angriff ums Leben kamen, der Anführer jedoch nie gefasst wurde."

Darby schlug ihre Beine übereinander und starrte auf den Tisch. Darmawan Hurek war immer noch auf freiem Fuß, obwohl er auf der Liste der meistgesuchten Personen des FBI und der Liste international gesuchter Terroristen stand. „Dann wissen Sie ja eine ganze Menge."

Elliot drehte sich um, und ihr Blick wanderte zurück zu ihm.

„Ich weiß, was Sie in den Interviews gesagt haben. Ich habe sie mir auf dem Flug hierher angesehen. Ich weiß, was verschiedene Reporter über die Ereignisse und über Sie geschrieben haben. Und ich weiß, dass die meisten Ihrer FBI-Fallnotizen trotz verschiedener Anträge auf Informations-freiheit nicht veröffentlicht wurden."

Sie warf ihm einen bösen Blick zu, bevor sie die Nerven verlor und wegsah. „Warum wollen Sie noch mehr wissen, Mr. Byrne? Sie haben doch die Highlights."

Er antwortete lange Zeit nicht, und schließlich zwang sich Darby, ihm wieder in die Augen zu sehen. Sie hatte gedacht, er wäre vielleicht wütend, weil sie nicht kooperierte, aber das Mitleid in seinen Augen erschlug sie regelrecht. In ihrem Hals bildete sich ein Kloß, und sie konnte nicht sprechen.

„Ich frage nicht, weil ich krankhaft neugierig bin. Unter normalen Umständen würde ich mich nie in ein derart schreckliches Erlebnis einmischen."

Trotz des warmen Sweatshirts lief ihr ein Schauer über den Rücken. „Sie haben ja keine Ahnung."

„Ich weiß. Und deshalb muss ich wissen, was mit Ihnen passiert ist. Ich muss alles wissen, was die Staatsanwaltschaft von dem FBI-Agenten erfahren könnte, der diese Untersuchung derzeit unterstützt, obwohl er nicht offiziell mit dem Fall betraut ist."

Darby hob ruckartig den Kopf. „Er hilft den Cops?"

Elliot nickte. „Ja. Kennen Sie ihn?"

„Ja." Darby biss sich auf die Lippe. Sie glaubte nicht, dass Eban aktiv gegen sie arbeitete, aber er war ein Verfechter von Regeln und würde sich bestimmt strikt an die Vorschriften halten. Einer der Gründe, die er ihr im letzten Sommer dafür genannt hatte, warum aus ihnen kein Paar werden konnte, war die Tatsache, dass er seinen Job verlieren würde, wenn sie auffliegen sollten. Das war ihm wichtig. Und es gefiel ihr, dass es ihm wichtig war. Aber was bedeutete das jetzt?

Quentin würde niemals Einzelheiten der Nacht verraten, in der sie sich zum ersten Mal begegnet waren. Er hatte davon abgesehen, die wirklich belastenden Beweise in die Fallnotizen und Zeugenaussagen einzutragen.

Aber was war mit Ebans Notizen, die er während der Befragungen nach ihrer Tortur gemacht hatte, Notizen, von denen er geschworen hatte, sie niemals mit jemandem zu teilen? Hatte er sie noch? Würde er sie weitergeben? Könnten sie beschlagnahmt werden? Würde er sie den Wölfen vorwerfen, da er wusste, dass es nicht das erste Mal war, dass sie einen Mann erstochen hatte?

Sie bereute nicht, was sie letzten Sommer getan hatte. Sie würde dieses Monster jederzeit wieder töten, um sich, Quentin und Haley zu retten.

Ihr kam das Bild von Martin von vorhin in den Sinn, und die Galle stieg ihr in die Kehle. Dieses Verbrechen war nicht in der Hitze des Gefechts begangen worden. Es war eiskalt und kalkuliert gewesen.

Sie dachte an das kurze Telefonat mit Eban an jenem Morgen und daran, wie sehr er darauf beharrt hatte, dass sie nicht ohne einen Anwalt mit der Polizei sprechen sollte. Er hatte ernst und ein wenig verzweifelt geklungen. Vermutlich glaubte er, dass ein Anwalt helfen könnte. Sie glaubte nicht, dass Eban irgendetwas anderes tun würde als zu versuchen, die Wahrheit herauszufinden, aber was, wenn sie die Mörderin war? Wie sollte sie dann mit sich selbst leben?

„Alles, was wir besprechen, fällt unter das Anwaltsgeheimnis, richtig?"

Elliot nickte. Ohne die Krawatte und mit hochgekrempelten Hemdsärmeln sah er viel zugänglicher aus. Nicht mehr so sehr wie ein hochrangiger Anwalt, sondern eher wie ein Ebenbürtiger. Wahrscheinlich war es ein absichtlicher Trick, damit sie sich entspannte und ihm vertraute, aber sie brauchte diese Illusion.

„Alles, was Sie sagen, bleibt unter uns."

„Sie werden sich vielleicht noch wünschen, Sie hätten nie gefragt." Sie sah ihm direkt in die Augen. Er blinzelte, stark genug, um ihr zu verraten, dass sie ihn unerwartet schockiert hatte. Jetzt schon.

Sie holte tief Luft und bereitete sich darauf vor, die alten Wunden aufzureißen, von denen sie geglaubt hatte, dass sie endlich zu heilen anfingen. Sie hatte die Geschichte nur ein paar Mal ganz erzählt, und jedes Mal war sie am Boden zerstört gewesen.

„Man hat mich nach Pulau Gunung Rebi, einem Vulkan in Indonesien geschickt, um eine GPS-Anlage zur Überwachung der seismischen Aktivitäten auf der Insel einzurichten." Es fiel ihr leicht, über ihre Arbeit zu sprechen. Mit Wissenschaft und Daten war sie vertraut. Sie laugten sie emotional nie aus. „Bestimmt haben Sie schon vom Krakatoa in Indonesien gehört, der in den letzten Jahren zunehmend aktiv war. Wir wollten uns andere aktive Vulkane derselben Kette ansehen, in der Hoffnung, dass sie eine Art Frühwarnsystem bieten könnten. Pulau Gunung Rebi hat in den letzten hundert Jahren eine faszinierende Entwicklung durchgemacht. Im Zweiten Weltkrieg war dort ein japanisches Kriegsgefangenenlager gewesen, und die Einheimischen glauben, dass der Ort verflucht ist. Letzten Sommer war die Gegend unbewohnt, abgesehen von mir. Zumindest hätte sie unbewohnt sein sollen …"

KAPITEL SECHS

MARTIN CARSTAIRS LAG auf einem Edelstahltisch, seine Haut war unter dem grellen Halogenlicht milchig-weiß, bis auf die Stellen, an denen sich das Blut in einer tiefvioletten Schicht abgesetzt hatte, nachdem sein Herz aufgehört hatte zu schlagen.

Auf Ebans Bitte hin, hatte die Gerichtsmedizin einen vollständigen CT-Scan durchgeführt und den Körper des Opfers auf latente Fingerabdrücke untersucht. Eban fand die Tatsache, dass sie keine gefunden hatten, höchst verdächtig, aber vielleicht suchte er verzweifelt nach etwas, das Darby als Verdächtige entlastete.

„Kennen Sie schon den genauen Todeszeitpunkt?", fragte Eban.

Der Gerichtsmediziner beäugte ihn auf eine Art und Weise, die ihn an seinen alten Mathelehrer in der Highschool erinnerte. Wenn er vorhatte, Fragen zu stellen, sollte er sie besser mit etwas Intelligenz untermauern. „Der Todeszeitpunkt liegt zwischen Mitternacht und zehn Uhr morgens."

„Sie können es doch sicher ein wenig eingrenzen?" Torgerson verschränkte die Arme vor der Brust.

Der Mann lenkte ein. „Sie wissen, dass es immer eine Zeitspanne ist, Signy."

„Ach, Doktor ...", säuselte sie.

„Wir wissen, dass dieser junge Mann kurz vor Mitternacht eine Party verlassen hat, also war es definitiv danach. Die Körpertemperatur deutet darauf hin, dass er schon etwa acht bis neun Stunden tot war, als ich am Tatort ankam, aber im Haus war es kalt, also ist das nur eine grobe Schätzung. Als der Rettungsdienst eintraf, war die Leichenstarre fast vollständig ausgeprägt, was ebenfalls darauf schließen lässt, dass er seit mindestens sechs Stunden tot war. Der Todeszeitpunkt ist also wahrscheinlich – und das ist nur eine Vermutung, und ich werde weitere Tests und Berechnungen durchführen – irgendwann zwischen Mitternacht und zwei Uhr morgens.“

Eban nickte und betrachtete die schmale Wunde in der Brust des Mannes. Sie war etwa drei Zentimeter breit und befand sich knapp rechts vom Brustbein, wo sie durch die Rippenknochen und durch den Knorpel in der Brusthöhle ging.

Beim Geräusch der Säge biss Eban die Zähne zusammen, reagierte ansonsten jedoch nicht darauf. Er war im Laufe der Jahre bei genug Autopsien dabei gewesen, sodass es nichts Neues für ihn war, aber er hatte sich nie wohl dabei gefühlt, einem Menschen beim Sezieren einer Leiche zuzusehen, auch nicht im Namen der forensischen Wissenschaft.

Das Geräusch verstummte abrupt, und Eban beobachtete, wie der Gerichtsmediziner vorsichtig den Brustkorb spreizte, um die Brusthöhle freizulegen.

Der Mann zeigte auf die Einstichstelle. „Sehen Sie, die Spitze hat die linke Herzkammer gestreift. Hm …“, sagte er nachdenklich. „Das ist seltsam. Es sieht so aus, als gäbe es zwei Einstichwunden, und dem vielen Blut in der Brusthöhle nach zu urteilen, nehme ich an, dass Mr. Carstairs nicht sofort tot war.“

„Armer Kerl", sagte Torgerson leise.

„Zwei Wundpfade? Das Messer ist also zweimal durch dieselbe Einstichstelle eingedrungen?"

Der Gerichtsmediziner nickte. „Sieht so aus."

Das ergab keinen Sinn für Eban. Wenn Darby Martin in einem rasenden Angriff getötet hatte, konnte er sich nicht vorstellen, dass sie ein zweites Mal mit einer solchen Präzision zugestochen hatte.

„Wenn Martin nicht sofort gestorben ist, warum hat er nicht versucht, sich zu wehren? Warum befinden sich keine Verteidigungswunden an seinen Händen? Warum hat er sich nicht gewehrt oder nach seinem Telefon gegriffen und Hilfe gerufen?"

„Wurden Sie schon einmal niedergestochen, SSA Winters?", fragte Torgerson ihn, als wäre er ein verdammter Pfadfinder.

Mehr als einmal war jemand mit einem Messer auf ihn losgegangen, aber keiner von ihnen hatte getroffen. Eban schüttelte den Kopf.

„Ich schon. Selbst eine kleine Wunde tut höllisch weh."

Eban runzelte die Stirn und wandte sich an den Gerichtsmediziner. Er wollte die persönliche Sichtweise der Ermittlerin nicht anzweifeln, aber nur weil etwas wehtat, bedeutete das nicht unbedingt, dass es einen komplett handlungsunfähig machte. „Was meinen Sie dazu, Doktor?"

„Die Wunde ist tief und hat das Herz getroffen, was seine Fähigkeiten sofort beeinträchtigt hätte. Vielleicht wollte er sich gegen den Täter wehren, und das Messer ist deshalb zweimal eingedrungen. Zwei Wunden und nur eine Eintrittsstelle sind allerdings ungewöhnlich. Möglicherweise war das Opfer auch so alkoholisiert, dass es den Schmerz nicht so stark gespürt hat, wie es unter normalen Umständen der Fall gewesen wäre. Oder vielleicht hat der Grad der Alkoholisierung seine Handlungsfähigkeit stark beeinträchtigt."

Eban betrachtete den toten Mann. „Könnte er unter Drogen gesetzt worden sein?"

Der Gerichtsmediziner kniff nachdenklich die Lippen zusammen. „Möglicherweise. Wir werden es wissen, wenn wir den Drogentest zurückbekommen."

„Wann wird das sein?"

„In ein paar Wochen?"

Eban fluchte leise. Er wollte sich über die Langsamkeit des Systems beschweren, aber das waren die Grenzen, mit denen jeder zu kämpfen hatte. Das hasste er selbst dann, wenn er nicht unbedingt wollte, dass der Hauptverdächtige entlastet wurde.

„Wie können wir diese Tests beschleunigen?", fragte er.

Der Gerichtsmediziner lächelte. „Vielleicht ist eine Anfrage vom FBI effektiver, als ich es normalerweise bin?"

Eban nickte. Er würde tun, was er konnte. Er brannte darauf, mit Darby zu sprechen. Seine Arme um sie zu legen und ihren Stress zu lindern. Doch solange er nicht wusste, was genau letzte Nacht geschehen war, konnte er ihr keine große Hoffnung machen, und er konnte es sich nicht leisten, dass die Polizei ihn von den Ermittlungen ausschloss.

„Danke für Ihre Hilfe, Doktor", sagte Eban zu dem Mann. Er legte seine Karte auf einen Tisch neben der Tür. „Rufen Sie mich bitte an, wenn Sie Ergebnisse haben, und wenn das FBI etwas beschleunigen kann, werde ich es Sie wissen lassen."

Der Mann nickte. „Können Sie mir sagen, was an diesem speziellen Fall so wichtig ist? Es kommt nicht oft vor, dass das FBI zu einem lokalen Mordfall hinzugezogen wird."

Detective Torgersons blaue Augen wanderten in seine Richtung.

„Das Interesse des FBI an diesem Fall ist zurzeit vertraulich. Tut mir leid."

Der Gerichtsmediziner brummte und sah relativ unbeeindruckt aus, als er sich abwandte. „Ich muss hier weitermachen, damit dieser junge Mann seinen letzten Frieden finden kann."

„Ja, Sir", stimmte Eban zu.

Torgerson und er verließen den Raum und zogen ihre Schutzkleidung aus. Eban atmete tief die sterile Luft ein.

Er begriff, dass er das hier nicht nur für Darby tat, sondern auch für Martin Carstairs. Martin verdiente Gerechtigkeit. Eban hoffte, dass dies nicht bedeutete, dass Darby hinter Gitter kam. Er war sich nicht sicher, ob er damit zurechtkommen würde. „Wo lebt Carstairs' Familie?"

„Seine Eltern fliegen morgen aus Florida ein. Seine beiden Brüder kommen aus verschiedenen Teilen des Landes, vorausgesetzt, sie schaffen es, bevor der Schneesturm morgen losbricht."

„Was hat die K9-Einheit herausgefunden?" Es war gut, dass er sie heute angefordert hatte, denn es würde noch mehr schneien.

„Die Spuren führten um das Nachbargrundstück herum und zurück auf die Hauptstraße, etwa eine halbe Meile entfernt. Danach haben die Hunde die Fährte verloren."

„Vielleicht hat ihn dort jemand mitgenommen? Oder er hatte sein Auto dort abgestellt ..."

Detective Torgerson zuckte gleichgültig mit den Schultern. „Oder Martin ist gestern im Wald spazieren gegangen. So etwas machen die Leute. Wir werden seine

Stiefelsohlen untersuchen, um das zu bestätigen."

Das waren alles nur Mutmaßungen. Sie glaubte, dass Martin diese Spuren vor seinem Tod hinterlassen hatte. Eban hoffte hingegen, dass sie dem wahren Mörder gehörten. Die Möglichkeit, dass Torgerson recht hatte, und er sich irrte, legte sich wie eine Eisdecke über Eban.

Er runzelte die Stirn. „Wie erklären Sie sich das Fehlen von Fingerabdrücken auf Martins Torso?"

„Der Tanz war auf jeden Fall schweißtreibend, was für die Erhaltung von Fingerabdrücken nicht förderlich ist. Vielleicht haben sie angezogen herumgemacht. Vielleicht hat sie ihm das Hemd ausgezogen, als sie nach oben gegangen sind. Er lag auf dem Rücken, und sie hat ihn getötet."

„Mit einem Jagdmesser, das sie zufällig dabeihatte? Meinen Sie nicht, dass der Kerl seine Wahl eines Dates dann noch einmal überdacht hätte?" Eban kam die Galle hoch, und das lag nicht nur daran, dass er vor kurzem einen Autopsie-Saal verlassen hatte.

„Vielleicht hatte Martin ein Messer in seiner Nachttischschublade, und sie hat es gefunden, als sie nach einem Kondom gesucht hat? Oder vielleicht hat er zu viel Whisky getrunken, ist auf dem Bett bewusstlos geworden, und sie ist nach oben gekommen, hat sein Hemd geöffnet und auf ihn eingestochen."

„Und ist dann wieder nach unten gegangen, um auf der Couch ihren Rausch auszuschlafen?"

„Das weiß ich noch nicht, deshalb muss ich zurück und sie noch einmal befragen. Herausfinden, was passiert ist." Die Ermittlerin klang genervt. „Wollen Sie dabei sein?"

Eban steckte seine Hände in die Taschen seiner Windjacke, als sie zur Tür gingen.

Wie würde Darby darauf reagieren, dass er auf der anderen Seite des Tisches im Raum mit ihr war? Würde sie ihn verraten? Wie würde sich das auf ein etwaiges Gerichtsverfahren auswirken, das sich aus diesem Gespräch ergeben könnte? Würde seine Anwesenheit während Darbys Befragung eine Verurteilung vor Gericht begünstigen oder verhindern? Eban war sich nicht sicher, hielt es aber für das Beste, sich aus dem direkten Verfahren herauszuhalten, auch wenn das bedeutete, dass er sich von Darby fernhalten musste.

„Ich würde gerne zusehen, wenn das für Sie in Ordnung ist?"

Torgerson stieß ein leises Lachen aus. „Jetzt habe ich also die Wahl? Wenn das so ist, können Sie gerne zuschauen, solange Sie nicht stören."

Sie war kratzbürstig. Er konnte es ihr nicht verdenken.

„Ich würde gerne einen Blick auf Martins Computer werfen, auf Bankunterlagen, E-Mails und Social-Media-Konten."

Torgerson seufzte. „Ich habe heute Morgen eine Subpoena für all diese Dinge beantragt."

„Gut. Sagen Sie mir Bescheid, sobald Sie Zugang haben." Eban hatte bereits online Nachforschungen angestellt, aber da war bestimmt noch mehr, möglicherweise Spielplattformen und Chatforen mit verschiedenen Nutzernamen. Haley Cramers Leute würden Martins Hintergrund ebenso gründlich durchforsten, wie sie es normalerweise nur bei verdächtigen russischen Spionen und Bioterroristen taten.

„Haben Sie einen öffentlichen Aufruf für Fotos oder Videoaufnahmen von der Veranstaltung gestern Abend gemacht?"

Die Schultern der Ermittlerin sanken nach unten. „Nein, aber die Leute haben den ganzen Tag in den sozialen Medien gepostet."

„Sprechen Sie mit Ihrem Techniker und fragen Sie ihn, ob er einen eigenen Server für alle Informationen einrichten kann." Eban wusste aus Erfahrung, dass die Abteilung mit riesigen Datenmengen überschwemmt werden könnte, die das System überfordern könnten. „Dann veröffentlichen Sie eine Anfrage im Internet und kontaktieren die Medien rechtzeitig vor der Nachrichtensendung heute Abend. Lassen Sie uns so viele Informationen wie möglich sammeln."

Er wollte herausfinden, was in der vergangenen Nacht geschehen war, und prüfen, wer die Gelegenheit gehabt hatte, Darby unter Drogen zu setzen. Sie musste ein Beruhigungsmittel bekommen haben oder betäubt worden sein, und Letzteres schien bei einem Ceilidh-Tanz eher unwahrscheinlich.

Torgerson blies die Wangen auf und unterdrückte offensichtlich das, was sie eigentlich sagen wollte. „Das werde ich tun, SSA Winters."

„Nennen Sie mich Eban." Er schenkte ihr ein freundliches Lächeln, das sie ihm allerdings nicht abzunehmen schien.

„Signy." Sie klang ungeduldig. „Ich werde mir auf dem Rückweg zum Revier einen Snack holen. Soll ich Ihnen etwas mitbringen? Wir treffen uns in einer halben Stunde auf dem Revier."

Eban war nicht hungrig, aber er wusste auch nicht, wie lange er heute Abend auf dem Revier bleiben würde. Außerdem entging ihm nicht, dass sie versuchte, ihn loszuwerden. Vielleicht hatte sie eine persönliche Angelegenheit zu erledigen. Musste eine Katze füttern. Ihren Partner umarmen. Aber es könnte auch etwas mit dem Fall zu tun haben, und solange er Darbys Unschuld nicht bewiesen hatte oder er nicht von dem Fall abgezogen wurde, würde er Torgerson nicht aus den Augen lassen.

„Ich kenne mich in der Stadt immer noch nicht so gut aus. Wenn es für Sie in Ordnung ist, fahre ich Ihnen hinterher. Es macht mir nichts aus, zu warten, während Sie sich etwas zu essen holen."

Sie warf ihm einen verärgerten Blick zu und tat ihm fast leid.

Dann stapfte sie davon und stieg in ihren Geländewagen. Er setzte sich hinter das Steuer seines Mietwagens. Sie raste mit hoher Geschwindigkeit vom Parkplatz des Gerichts-mediziners, und Eban wusste, dass sie wütend war. Auf der Autobahn wurde sie langsamer, wahrscheinlich war ihr bewusst geworden, wie sich der Verlust eines FBI-Agenten durch einen Autounfall auf ihre Karriere auswirken könnte.

Die Straßenverhältnisse waren kein Problem für ihn. Er hatte im Buick seines Stiefvaters gelernt, in den Rockies zu fahren. Der drohende Schneesturm bereitete ihm allerdings Sorgen. Er wollte nicht, dass Darby noch länger im Gefängnis festsaß, und ein Sturm würde alles verlangsamen. Hoffentlich war dieser hochkarätige Anwalt sein exorbitantes Honorar wert.

Torgerson fuhr keinen Umweg auf dem Rückweg zurück zur Wache, da sie offensichtlich nicht wollte, dass Eban erfuhr, wo sie ursprünglich hatte hinfahren wollen.

Eban wollte sie nicht verärgern, sie hatten einfach unterschiedliche Vorstellungen, auch wenn sie hoffentlich die gleichen Ziele verfolgten. Nämlich die Person zu finden, die Martin Carstairs ermordet hatte – und er hoffte inständig, dass es nicht die Frau gewesen war, für die er sich schon seit geraumer Zeit mehr als für irgendjemanden sonst interessierte.

es nicht die Frau gewesen war, für die er sich schon seit geraumer Zeit mehr als für irgendjemanden sonst interessierte.

KAPITEL SIEBEN

DARBY HATTE AUFGEHÖRT zu zittern, als sie die schrecklichen Dinge, die ihr in Indonesien angetan worden waren, zu Ende erzählte. Elliot Byrnes Gesichtsausdruck hatte sich langsam von dem eines kühlen Profis in den eines unbehaglichen Beobachters verwandelt.

Durch die Erzählung fühlte sie sich nicht besser. Beim Gedanken, dass die Polizisten diese Details kennen und sie gegen sie verwenden könnten, wurde ihr schlecht. Das waren ihre Wunden. Ihre Geheimnisse. Sie schämte sich nicht für sich selbst, aber das bedeutete nicht, dass sie wollte, dass jeder davon erfuhr. Sie war stolz darauf, dass sie überlebt hatte, während die meisten der Täter tot waren. Einer war sogar durch ihre eigene Hand gestorben.

Es war ihr nicht entgangen, wie sich Elliots Gesichtsausdruck bei diesem Detail verhärtet hatte.

Fast hätte sie es verschwiegen, aber es war wichtig, dass er wusste, dass sie nicht nur ein bemitleidenswertes Opfer war, sondern dass sie sich selbst gerettet hatte. Sie war sich sicher, dass er sie jetzt nicht mehr ganz so wohlwollend betrachten würde. Bestimmt dachte er jetzt, sie hätte Martin umgebracht.

Als sie aufhörte zu reden, herrschte Stille.

Sie begegnete seinem Blick und hasste das Mitleid, das sie darin sah. Er öffnete den Mund, um etwas zu sagen, als jemand an die Tür klopfte und Detective Torgerson in den Raum schritt.

„Sind Sie bereit, unser Gespräch von vorhin fortzusetzen, Darby?"

Darby spähte durch die Tür und hielt Ausschau nach Eban. Sie war enttäuscht, als er der Ermittlerin nicht in den Befragungsraum folgte. Sie warf einen Blick auf das Spiegelglas. Er war dahinter und beobachtete sie. Sie wusste es.

Warum war er nicht gekommen, um nach ihr zu sehen? Ertrug er es nicht, ihr gegenüberzutreten? Die kleine Flamme der Hoffnung, die in ihrer Brust lebte und jedes Mal aufflammte, wenn sie sich vorstellte, wie eine Beziehung mit ihm aussehen könnte, begann zu flackern und erstarb.

Elliot stand auf und streckte die Arme über den Kopf. Es war ein anstrengender Tag gewesen, und sie sehnte sich danach, sich die Beine zu vertreten, hatte aber zu viel Angst, sich ohne Erlaubnis zu bewegen.

Darby war nicht die Einzige, die die Bewegung des Anwalts beobachtete. Obwohl Detective Torgersons Blick stechend scharf war, lag dort unverkennbar auch Interesse.

Als die Ermittlerin bemerkte, dass sie beobachtet wurde, wandte sie sich ab, um das Aufnahmegerät in der Ecke des Raums einzuschalten. Ruhig nannte sie die Namen aller Anwesenden für das Protokoll. Das rückte Darbys Situation ins Blickfeld. Die einzige Person in diesem Raum, für die dieses Gespräch möglicherweise lebensverändernde Folgen haben könnte, war sie.

Elliot legte ihr eine Hand auf die Schulter und drückte sie beruhigend.

Es war eine stille Botschaft der Unterstützung, aber sie fragte sich, ob er wirklich an ihre Unschuld glaubte, besonders jetzt, wo er die ganze Geschichte kannte. Natürlich würde er für sie kämpfen, und sei es nur, um seine Erfolgsquote aufrechtzuerhalten, aber interessierte es ihn, dass sie vielleicht tatsächlich unschuldig war?

Der Tod ihrer Naivität und ihr wachsender Zynismus waren das Ergebnis ihrer jüngsten Lebenserfahrungen. Sie sehnte sich danach, wieder die alte Darby zu sein, die die Welt als abenteuerlich gesehen hatte und sie erkunden wollte, ohne auch nur an die damit verbundenen Gefahren zu denken. Seit ihrer Entführung hatte sich ihre Welt auf ihr Studium, ihre Freunde, Eban und ihre unmittelbare Umgebung reduziert.

Ihr Blick war rein defensiv geworden.

Sie wollte ihre Hoffnung zurück. Ihren Optimismus. Sie wollte ihre *Freiheit*. Es war eine Erleuchtung, die sie vielleicht genau zum falschen Zeitpunkt in ihrem Leben hatte.

Die Uhr an der Wand tickte, und Darby spürte mit jedem leisen Klicken, wie die Zeit unaufhaltsam verstrich. Was würde passieren, wenn sie nicht freigelassen wurde? Niemals …

Ihr Mund wurde trocken.

Elliot zog sein Jackett an und rückte seine Krawatte zurecht. Sein Kiefer verriet, dass er sich auf einen Kampf vorbereitete, und plötzlich war sie froh, dass dieser Mann auf ihrer Seite war. Haley hätte niemand Geringeren als den Besten angeheuert. Darby brauchte jede Hilfe, die sie bekommen konnte.

Sie warf einen Blick in den Spiegel und fragte sich erneut, was Eban wohl dachte. Sie wusste, dass er auf ihrer Seite war – zumindest nahm sie an, dass er es war –, aber würde sein Bedürfnis, die Regeln zu befolgen, bedeuten, dass er sich von ihr fernhielt, damit sie seiner Karriere nicht schaden konnte? Hatte er auf einen Anwalt bestanden, um sie vor dem Schaden zu bewahren, den er ihr vor Gericht zufügen könnte?

„Also …“, begann Torgerson und lenkte Darbys Aufmerksamkeit wieder auf sie.

„Ich bin bei Ihnen Darby“, murmelte Elliot ihr beruhigend ins Ohr. „Ich werde nicht zulassen, dass sie Sie in die Enge treibt, aber wenn ich Ihnen sage, dass Sie aufhören sollen, zu reden, dann hören Sie auf. Und zwar sofort.“

Sie nickte zustimmend.

Torgerson beobachtete ihre Interaktion mit zusammengekniffenen Augen. „Bevor wir unterbrochen wurden, haben Sie mir erzählt, dass Sie und Martin gestern Abend gemeinsam die Party verlassen haben.“

Sofort stieg Wut in Darby auf. „Das habe ich nicht gesagt. Ich sagte, dass ich mich nicht daran erinnern kann, die Party verlassen zu haben.“

„Erinnern Sie sich daran, dass sie getanzt haben?“, fragte Torgerson.

Darby entging nicht, dass die Ermittlerin bewusst versuchte, ihren Tonfall zu mäßigen. Sie nickte. „Mit vielen Leuten. ‚Dashing White Sergeant‘ und ‚Strip the Willow‘.“

„Wie bitte?“ Torgerson klang verwirrt.

„Das sind schottische Country-Tänze. Ceilidh-Tänze.“ Darby wischte sich mit der Hand über das Gesicht. Sie war so müde, dass sie kaum noch klar denken konnte. „Man tanzt in kleinen Gruppen. Wir hatten alle Spaß.“ Ihre Stimme wurde leiser. „Auch Martin.“ Und jetzt war Martin tot.

„Wer war noch da?“

„Meine Freunde Jacqui, Davis und Mohammed, mit denen ich mir ein Büro teile.“ Sie waren heute Morgen am Tatort gewesen und vermuteten sicher das Schlimmste.

Darby legte ihre Hände flach auf den Tisch und wünschte

sich dummerweise, sie wäre die Art Frau, die sich die Nägel machen ließ. Sogar im Spa mit Haley über Weihnachten hatte sie sich geweigert, weil sie fand, dass das im Widerspruch zu ihrem Dasein als ernsthafte Wissenschaftlerin stand. Jetzt bereute sie es.

Im Geiste fügte sie *Maniküre* der Liste der Dinge hinzu, die sie ausprobieren wollte, wenn sie jemals hier herauskam. Und Wasserski fahren. Und mit einem Mann schlafen … Sie blickte wieder auf das verspiegelte Fenster.

„Martin war mit vielen anderen aus dem Institut dort. Als ich ankam, saß er mit Stef, Lenny und Inga zusammen." Während sie die Frage der Ermittlerin beantwortete, nahm sie sich Zeit, um die Details richtig zu formulieren, da sie nun nicht mehr ganz so von der Frau eingeschüchtert war. „So ziemlich alle Studenten waren da, dazu verschiedene Fakultätsmitglieder, einige Ehemalige und Leute aus der Stadt. Die Veranstaltung wurde von den Studenten der UAF als Benefizveranstaltung organisiert. Sie haben ein paar örtliche Dudelsackspieler damit beauftragt, den Haggis zu begleiten, während er aufgetragen wurde." Torgerson schaute verwirrt drein und notierte sich etwas. „Es waren mindestens ein paar hundert Leute."

„Haben Sie dasselbe gegessen und getrunken wie alle anderen?"

Elliot meldete sich zu Wort: „Meine Mandantin kann sich wohl kaum dafür verbürgen, was alle anderen gegessen und getrunken haben."

Torgerson warf ihm einen Blick zu.

„Was das Essen angeht, gab es Haggis, Neaps und Tatties – pürierte Rüben und Kartoffeln", erklärte Darby. „Zum Haggis gab es eine Ansprache, und jeder bekam einen

‚Wee Dram'-Whisky zum Anstoßen." Sie schnitt eine Grimasse. „Ich bin kein Fan von Scotch, aber ich habe trotzdem mitgetrunken." Versucht, mich anzupassen. Versucht, normal zu sein. „Nach dem Essen wurden die Tische abgeräumt, um Platz zum Tanzen zu schaffen. Danach habe ich mich auf alkoholfreie Getränke beschränkt, weil ich mit dem Auto da war."

Sie runzelte die Stirn. Sie konnte sich nur vage daran erinnern, dass sie mit Martin zu ihrem Wagen gegangen war. Waren es nur sie beide gewesen? Sie versuchte, etwas in der Schwärze ihres Geistes zu erkennen, aber da war nichts. Verzweiflung nagte an ihr.

„Wie lange ging die Party?"

„Bis Mitternacht? Ich weiß nicht genau. Ich hatte nicht vor, so lange zu bleiben, aber ich habe mich so gut amüsiert." Ihr Magen verkrampfte sich. Martin war *tot*. Er würde sich nie wieder amüsieren.

„Ist Martin mit dem Auto zur Party gefahren?"

Darby kaute nachdenklich auf ihrer Lippe herum. „Ich weiß es nicht. Sein Auto stand heute Morgen bei ihm zu Hause, also schätze ich, dass er gestern Morgen zu Fuß zur Arbeit gegangen ist und vielleicht direkt von der Arbeit zur Party gefahren wurde. Fragen Sie die anderen Studenten."

„Er ist zu Fuß zur Arbeit gegangen?", fragte die Ermittlerin scharf.

„Martin ging gerne zu Fuß. Er ist oft zu Fuß zur Arbeit gegangen. Oder Ski gefahren. Wir sind nicht zusammen zur Party gegangen. Wir waren Freunde, aber nicht mehr." Auch wenn sie das Gefühl hatte, dass Martin es gewollt hätte. Hatte er gestern einen Annäherungsversuch gewagt?

„Sie haben niemanden in Ihrem Auto mitgenommen?"

Darby versuchte, nicht auf ihrem Stuhl herumzuzappeln. „Nein. Mir ist es lieber, wenn ich gehen kann, wann ich will."

Sie vermied es, das verspiegelte Fenster anzusehen und blickte stattdessen Elliot an. An der Haltung seines Kiefers erkannte sie, dass er wusste, warum. Sie litt unter Panikattacken. Immer wenn es dazu kam, musste sie sich ein ruhiges Plätzchen suchen und allein ausflippen. Normalerweise rief sie dann Eban an, der ihr durch die schlimmsten Episoden geholfen hatte.

Sie verließ sich zu sehr auf ihn, erkannte sie. Auch heute hatte sie viel von ihm verlangt, und er hatte alles stehen und liegen lassen, um sofort hierherzukommen.

Es war nicht fair, wütend auf ihn zu sein. Sie wollte ihn nicht enttäuschen. Und sie wollte nicht das emotional abhängige Entführungsopfer sein, das nicht wusste, wann es Zeit war, loszulassen. Aber vielleicht war sie das ja schon?

Warum sonst sollte er sich von ihr entfernen? Sie musste den Mann loslassen.

Sie schluckte fest. Unabhängig von der Ungewissheit ihrer Beziehung zu Eban wollte sie dieser kaltschnäuzigen Gesetzeshüterin gegenüber nicht zugeben, dass sie unter Panikattacken litt.

„Wissen Sie, ob noch jemand Schwierigkeiten hatte, sich an die Geschehnisse der letzten Nacht zu erinnern?", fragte Darby stattdessen.

Detective Torgerson antwortete nicht.

„Sie sollten vielleicht untersuchen, ob den Leuten Betäubungsmittel ins Essen oder ins Getränk gemischt wurde, und sie einen Filmriss hatten", beharrte Darby.

„War das bei Ihnen der Fall? Hatten Sie einen Filmriss?"

Darby lehnte sich zurück und atmete scharf ein. „Naja, ich

erinnere mich an nichts, nachdem ich einen Reel getanzt habe, und ich habe nichts getrunken, außer den einen Dram zum Abendessen. Viele schienen betrunken gewesen zu sein, aber ..." Sie schnitt eine Grimasse. *Vielleicht bin ich die Einzige.* Es war so frustrierend, sich nicht daran erinnern zu können, was passiert war.

Torgerson schrieb eine Notiz in ihre Akte. Darby fragte sich, ob sie auf ihren Vorschlag eingehen oder ihn einfach ignorieren würde. Darby hätte liebend gerne gewusst, ob noch jemand letzte Nacht einen Filmriss gehabt hatte. Außerdem wollte sie herausfinden, was zum Teufel mit ihrem Gedächtnis passiert war.

„Sie haben also die Party mit Martin verlassen", fragte die Ermittlerin erneut.

„Meine Mandantin hat Ihnen bereits gesagt, dass sie sich nicht daran erinnern kann, die Party verlassen zu haben", schaltete sich Elliot ein.

„Woran erinnern Sie sich, Darby?", fragte Torgerson, die sich sichtlich anstrengen musste, geduldig zu sein.

„An nichts, bis ich auf der Couch aufgewacht bin." Darby versuchte, ihren Atem zu verlangsamen. Sie wusste, dass diese Frau ihr nicht glaubte. Aber glaubte Eban ihr? Oder Elliot? „Mir war kalt. Ich habe ziemlich schnell gemerkt, dass ich in Martins Haus war, weil ich dort vor Weihnachten zu einem Potluck gewesen war", erklärte sie. „Auf dem Couchtisch standen eine Flasche Scotch und zwei Gläser, also habe ich angenommen, dass wir nach unserer Ankunft noch etwas getrunken hatten, obwohl ich mir nicht vorstellen kann, warum ich das tun sollte."

Sie verzog das Gesicht. Ehrlich gesagt, mochte sie Whisky nicht. Warum sollte sie also freiwillig mehr von dem ekligen

Zeug trinken? „Ich bin ins Badezimmer gegangen und habe danach beschlossen, das Geschirr aufzuräumen, in der Hoffnung, Martin durch den Lärm zu wecken, falls er noch schlafen sollte."

„*Falls?*", Torgerson stürzte sich auf das Wort.

Darby kratzte sich an der Stirn. „Ich bin normalerweise vor acht bei der Arbeit, und Martin ist immer vor mir da. Ich dachte, er wäre vielleicht schon weg."

Torgerson sah enttäuscht aus. „Fahren Sie fort."

„Ich habe unsere beiden Autos durch das Küchenfenster gesehen, also dachte ich mir, dass er wahrscheinlich oben ist, aber wie ich schon sagte, geht er oft zu Fuß zur Arbeit, selbst wenn es wirklich kalt ist."

Er *ging* oft zu Fuß zur Arbeit, nicht er *geht*. Sie musste sich daran erinnern, dass er jetzt tot war.

„Es könnte auch sein, dass jemand anderes gestern Abend mit uns zurückgefahren ist und ihn zur Arbeit gebracht hat."

„Sie sagten, es standen nur zwei Gläser auf dem Couchtisch", bemerkte die Ermittlerin.

„Ja, aber ich habe Ihnen auch gesagt, dass ich keinen Whisky mag." Darby hasste es, wenn Leute versuchten, mit falscher Logik gegen sie vorzugehen.

„Menschen trinken Dinge, die sie normalerweise nicht trinken, wenn sie bereits betrunken sind."

„Meine Mandantin hat bereits ausgesagt, dass sie auf der Party nur einen Dram Whisky getrunken hat."

„Sie hat auch gesagt, dass sie sich nicht erinnern kann", konterte Torgerson.

„Sie kann sich nicht zu Dingen äußern, an die sie sich nicht erinnern kann, es sei denn, Sie wollen, dass sie sich etwas ausdenkt. Ist es Ihnen wichtiger, Feierabend zu machen, als die

Wahrheit über die Ereignisse zu erfahren?"

Torgerson atmete scharf ein. „Sagen Sie mir nicht, wie ich meinen Job machen soll, Byrne."

Elliots Andeutung hatte Torgerson eindeutig verärgert, und Darby vermutete, dass er es mit Absicht getan hatte.

Die Ermittlerin richtete ihren Zorn auf Darby. „Sie geben also zu, am Tatort herumgepfuscht zu haben."

Es fühlte sich an, als ob ein scharfer Stein in Darbys Kehle steckte, und jedes Schlucken schmerzte. „Ich wusste nicht, dass es ein *Tatort* war, als ich das Geschirr abgespült habe, sonst hätte ich nichts angerührt und wäre ganz sicher nicht nach oben gegangen." Die Enge in ihrem Hals zog sich immer weiter zusammen, und sie hatte Angst, eine Panikattacke zu bekommen. Sie atmete langsam ein und aus. Sie spürte, dass Eban sie beobachtete und wünschte sich so sehr, sein Gesicht zu sehen und seine beruhigende Stimme zu hören. Und vielleicht war das der Grund, warum er sich von ihr fernhielt. Vielleicht konnte er sie diesmal nicht beruhigen. „Ich dachte, ich würde Martin einen Gefallen tun, indem ich das Geschirr aufräume."

„Was ist dann passiert?"

Darby fühlte sich etwas ruhiger, zog aber die Schultern hoch, als sie sich daran erinnerte, was als Nächstes passiert war. „Ich beschloss, nach oben zu gehen und nachzusehen, ob Martin noch im Haus war. Ich wollte mich bei ihm für die Couch bedanken und dann zur Arbeit fahren."

„Also, damit ich das richtig verstehe. Sie sind aufgewacht, haben das Geschirr abgespült, auch die beiden Gläser auf dem Tisch, und dann beschlossen, in Martins Haus herumzustöbern?"

Darby nickte. Es klang jetzt ein wenig seltsam, aber zu

dem Zeitpunkt hatte es Sinn gemacht. „Ich wollte nicht, dass es auf der Arbeit komisch zwischen uns wird, vor allem, weil ich mich nicht daran erinnern konnte, was passiert war." Sie blickte stirnrunzelnd auf den Tisch hinunter. „Ich dachte mir, es wäre egal, wenn er schon weg ist. Und wenn nicht, wollte ich mich bei ihm bedanken, dass ich auf der Couch schlafen durfte, und dann gehen."

„Sie haben ihn tot aufgefunden?"

Darby nickte. Bei der Erinnerung daran bekam sie kaum Luft.

„Haben Sie etwas angefasst?"

Darby überlegte kurz. „Das Treppengeländer. Die Tür zum Gästezimmer, Martins Schlafzimmertür. Sie war offen, aber ich habe sie weiter aufgemacht."

„Die Schlafzimmertür war offen?"

„Ein wenig."

„Konnten Sie die Leiche vom Flur aus sehen?"

„Nein." Darby räusperte sich. „Ich konnte seine Füße sehen und habe mir Sorgen gemacht, weil er sich nicht bewegt hat, als ich seinen Namen rief. Also ging ich hinein." Sie schluckte. Sie wünschte sich, sie hätte es nicht getan.

„Haben Sie im Schlafzimmer etwas angefasst?"

„Nein."

„Können Sie mir erklären, warum Blut an Ihrem Ärmel war?"

Darbys Augen weiteten sich. Sie tauschte einen Blick mit Elliot aus. Sie begann den Kopf zu schütteln und sagte dann laut für das Aufnahmegerät. „Nein."

„Sind Sie sicher, dass Sie die Leiche nicht berührt haben, um sich zu vergewissern, dass er noch am Leben ist?"

Darby dachte an jenen Morgen und unterdrückte die

Schuldgefühle, die in ihr aufstiegen. Sie war verängstigt und angewidert gewesen. Armer Martin. „Nein, ich habe ihn nicht angefasst."

„Sie haben nicht nachgesehen, ob Sie ihn retten können?"

Darby blinzelte die Tränen zurück. „Nein. Ich hätte es tun sollen, aber ich habe es nicht getan."

„Warum nicht?", drängte Torgerson.

„Ich weiß, wie der Tod aussieht."

„Wieso?"

Sie spürte, wie Elliots Fuß auf den ihren drückte. Sie ignorierte ihn. „Ich bin in einer abgelegenen Hütte in der Wildnis Alaskas aufgewachsen. Wir haben gejagt, um zu überleben."

„Ich nehme an, das bedeutet, Sie kennen sich mit Jagdmessern aus?" Die Ermittlerin sah aus, als wäre sie auf eine heiße Spur gestoßen.

Darby schwieg. Wenn sie Darby verunsichern wollte, war es ihr gelungen. Es war so einfach, während eines Verhörs in die Irre geführt zu werden. Ebans und Quentins Ratschläge ergaben langsam Sinn.

„Ich hätte gerne Kopien aller toxikologischen Berichte und Tests zu den Blutflecken, besonders, falls es sich um menschliches Blut handelt", warf Elliot ein.

Detective Torgerson lächelte milde. „Natürlich. Was ist dann passiert?"

„Ich bin weggerannt. Habe mir meinen Mantel und meine Stiefel geschnappt und bin in meinen Wagen gesprungen."

„Dann hat sie die Polizei gerufen", sagte Elliot laut für das Aufnahmegerät.

Detective Torgerson sah wieder einmal verärgert aus. Aus irgendeinem Grund schien sie weder Darby noch ihren

Anwalt zu mögen. „Hatten Sie gestern Nacht Sex mit Martin Carstairs?“

Darby schüttelte den Kopf.

„Bitte laut, für die Aufnahmegeräte“, blaffte Torgerson.

„Nein. Ich glaube nicht.“ Zumindest nicht einvernehmlich.

„Hatten Sie jemals Sex?“

Darby sah Elliot an.

„Nicht relevant für diese Ermittlung“, knirschte er.

„Ich denke, das frühere Sexualverhalten Ihrer Mandantin ist für diese Ermittlung durchaus relevant.“

Kalter Schweiß rann Darby den Rücken hinab. Was hatte Eban der Frau erzählt?

„Nur, dass meine Mandantin nicht glaubt, dass sie Sex mit dem Opfer hatte.“

„Ich dachte, sie kann sich nicht erinnern“, erwiderte Torgerson sarkastisch. „Ich hätte gerne eine Liste ihrer früheren Sexualpartner.“

Elliot lehnte sich in seinem Stuhl zurück und sah beinahe entspannt aus. „Das geht nicht. Das ist ein eklatanter Verstoß gegen die Privatsphäre meiner Mandantin.“

„Vielleicht melden sie sich von selbst“, meinte die Ermittlerin mit einem hinterhältigen Funkeln in den Augen.

Die Männer, die sie vergewaltigt hatten, waren alle tot. Der Gedanke hallte hysterisch durch Darbys Kopf. Sie glaubte nicht, dass es ihrem Fall helfen würde, Torgerson über diese Tatsache zu informieren.

Torgerson sah ihr in die Augen. „Ich würde gerne mit Ihnen über Ihre Entführung im letzten Sommer sprechen.“

Darby erstarrte vor Grauen. Aber sie wäre geliefert, wenn diese feindselige Polizeibeamtin sie über ihre Entführung ausfragte.

„Kein Kommentar." Die Worte kamen ihr mittlerweile leichter über die Lippen.

Die Ermittlerin zuckte mit den Schultern. „Das FBI stellt uns alle Akten zu Ihrer angeblichen Entführung im letzten Sommer zur Verfügung."

Angeblich? Der gleichmäßige Druck von Elliots Fuß auf dem ihren war fast schmerzhaft. Panik wollte in ihr aufsteigen, doch ihn neben sich zu wissen, gab ihr Halt, ebenso wie die Gewissheit, dass das FBI ihr das nicht antun würde und ihre Tortur sicherlich nicht als „angeblich" bezeichnen würde.

Dies war nur ein Machtspielchen der Ermittlerin.

Torgerson wartete.

Darby sagte nichts.

Elliot lächelte. „Kein Kommentar."

Torgersons Miene verfinsterte sich, dann vibrierte ihr Telefon und sie stand auf. „Entschuldigen Sie mich einen Moment, da muss ich rangehen. Detective Torgerson verlässt den Befragungsraum um 19:16 Uhr." Sie schaltete das Aufnahmegerät aus.

„Sie machen das toll, Darby. Weiter so." Elliot lächelte sie an.

Bevor sie Zeit hatte, sich zu entspannen, war die Frau schon mit einem Funkeln in den Augen zurück. Sie schaltete das Aufnahmegerät wieder ein, um mit der Befragung fortzufahren.

„Besitzen Sie ein Jagdmesser, Ms. O'Roarke?"

Darby wollte gerade den Kopf schütteln, als sie innehielt. „Ich habe eines in der Hütte meines Vaters, draußen in der Wildnis." Der Gedanke, dass ihr Vater davon erfahren könnte, zerriss sie innerlich. Sie hatte ihm schon letzten Sommer ein

Jahrzehnt seines Lebens geraubt.

„Sie kennen sich also mit Messern aus?"

Darby hatte der Frau bereits erzählt, dass sie und ihr Vater jagten. Der nächstgelegene Supermarkt war nur mit dem Flugzeug erreichbar, also war es lebenswichtig zu wissen, wie man Beute zubereitete. Stattdessen setzte sie auf Sarkasmus. „Ich benutze sie jeden Tag zum Essen, Detective."

„Jagdmesser?", presste Torgerson ohne den geringsten Hauch von Humor hervor.

Elliot beugte sich über den Tisch. „Wir sind hier in Alaska. Jeder, der hier aufwächst, weiß, wie man ein Jagdmesser benutzt. Worauf wollen Sie hinaus?"

Torgerson schob ein Foto über den Tisch. Darby sah es sich an. „Haben Sie dieses Messer schon einmal gesehen?"

Ein großes Jagdmesser mit einem schwarzen Griff, einer tödlichen Spitze und einer rasiermesserscharfen Klinge.

Ihr Mund wurde trocken. „N-nein. Aber ich nehme an, dass es das Messer ist, mit dem Martin getötet wurde?"

Torgerson verzog keine Miene. „Und Sie haben die Leiche von Martin Carstairs nie angefasst?"

„Nein", sagte Darby mit fester Stimme. „Ich habe weder Martin noch das Messer angefasst."

Die Ermittlerin beugte sich vor, und unverhohlenes Vergnügen erhellte ihre Züge. „Wie erklären Sie sich dann, dass wir Ihre Fingerabdrücke überall auf der Mordwaffe gefunden haben?"

Das Blut wich aus Darbys Kopf, und sie schwankte unsicher auf ihrem Stuhl.

„Meine Mandantin hat nichts weiter zu sagen."

Detective Torgersons Mund verzog sich zu einem Grinsen. „Sie braucht auch nichts zu sagen. Es wird nur besser für sie laufen, wenn sie jetzt gesteht. Das wissen Sie ebenso gut wie ich. Der Staatsanwalt könnte auf Strafminderung plädieren, wenn sie gesteht und aufhört, unsere Zeit zu verschwenden.“

„Wie ich schon sagte, Detective“, Elliots Tonfall war frostig, „meine Mandantin kann sich nicht an alles erinnern, was gestern Abend passiert ist. Ich möchte eine Kopie aller Beweise, der toxikologischen Berichte und der Obduktionsergebnisse, sobald Sie sie haben. Und jetzt möchte ich mich mit Ms. O'Roarke beraten. Unter vier Augen, bitte.“

Torgerson verdrehte die Augen.

Darby saß wie erstarrt auf dem Stuhl. Die Realität brach über sie herein. Sie hatte es getan. Sie hatte Martin umgebracht. „Ich muss auf die Toilette. Ich glaube, mir wird schlecht.“

KAPITEL ACHT

*D*ARBYS FINGERABDRÜCKE WAREN *auf der Mordwaffe.*
Eban verließ den Beobachtungsraum und ging zur Arrestzelle, mit der Absicht, nach draußen zu gehen und irgendwo auszuflippen, wo es niemand bemerken würde. Er fühlte sich, als hätte man ihm die Luft aus den Lungen gesogen, als wäre seine ganze Welt implodiert.

Darbys Fingerabdrücke waren auf der Waffe.

Er wollte vor Wut und Verzweiflung schreien.

Officer Robertson unterhielt sich gerade mit einem anderen Mann, den er als den Spurensicherungstechniker vom Nachmittag erkannte, als Eban ihn sah. Allan bemerkte ihn und winkte Eban zu sich. Eban zögerte, zwang sich dann aber, zu den Männern hinüberzugehen.

„Haben Sie die gute Nachricht gehört? Die Fingerabdrücke der Verdächtigen wurden am Griff der Mordwaffe gefunden."

„Ich habe es gehört." Seine Stimme war rau wie Sandpapier. Die Enthüllung hatte ihn wie ein Schlag ins Gesicht getroffen. Übelkeit stieg in ihm auf. Er konnte Quentin oder Haley diese schreckliche Nachricht nicht weiterleiten. Er wusste nicht, wie er Darby gegenübertreten sollte, nachdem er sie so im Stich gelassen hatte. Er konnte den Gedanken nicht ertragen, dass sie ins Gefängnis gehen würde.

Er räusperte sich. „Haben Sie eine Kopie des Berichts?"

Allan schüttelte den Kopf. „Noch nicht. Die Labortechnikerin rief an und meinte, sie habe die vorläufigen Ergebnisse an Detective Torgerson gemailt. Sie sagte, sie würde alles herüberfaxen, sobald sie dazu käme."

In diesem Moment begann das Faxgerät zu rattern, und Eban ging hinüber und wartete ungeduldig darauf, dass es das Papier ausspuckte, bevor er den Bericht herauszog. Er legte ihn auf einen Schreibtisch, wo er und Allan auf die Beweise starrten, die Darby für Jahre ins Gefängnis bringen könnten. Er hatte nicht einmal gemerkt, wie viel sie ihm bedeutete, bis er sie verloren hatte – dieses Mal möglicherweise für immer.

Seine Sicht begann, sich grau zu verfärben. Er war kurz davor, ohnmächtig zu werden. Er stützte sich mit den Händen auf dem Schreibtisch ab, um nicht umzukippen.

„Das ist seltsam." Allan betrachtete nachdenklich ein Blatt Papier.

Eban blinzelte. „Was?"

Seine Kommunikationsfähigkeiten waren durch einen Kummer ausgelöscht worden, den er nicht offenbaren durfte. Vielleicht hatte er alles verloren, von dem er nicht einmal gewusst hatte, dass er es wollte.

Allan kratzte sich seinen rasierten Kopf und zeigte auf das Bild. „Ich habe das Opfer nicht gesehen, aber mir ist aufgefallen, wie zierlich die Verdächtige ist."

Stirnrunzelnd betrachtete Eban die Bilder. Er verstand nicht, worauf der Mann hinauswollte.

„Sehen Sie sich den Griff an." Allan streckte seine rechte Hand mit dem Daumen nach oben aus. „Wenn ich ein Messer so umfasse, wie es hier angedeutet ist, mit dem teilweisen Daumenabdruck in der Nähe des Schutzes, dann würde ich jemanden mit einem Aufwärtshieb erstechen.“

Eban betrachtete das Messer und dachte dann an die Fotos des Opfers. Er hielt dem Mann sein Handy mit einem Bild des Toten hin. „Martin Carstairs wurde von oben mit einem abwärts gerichteten Stich getötet.“ Eban fiel noch etwas auf. „Außerdem ist ihr rechter Handabdruck auf dem Messer. Ich weiß zufällig, dass Darby O'Roarke Linkshänderin ist.“

Allan hob die Augenbrauen, und sie tauschten einen Blick aus.

Erleichterung durchströmte Eban. Darby hatte Martin nicht umgebracht. Doch derjenige, der es getan hatte, wollte es so aussehen lassen, als wäre Darby für Martins Tod verantwortlich.

Nur wer zum Teufel war das? Wer wollte diese Frau terrorisieren, nach allem, was sie bereits durchgemacht hatte? Jemand, der rachsüchtig und grausam war. Jemand, der eiskalt war.

Es musste Beweise geben oder einen Zeugen, der den wahren Täter identifizieren konnte. „Haben Sie mit den Nachbarn gesprochen?“

Detective Torgerson betrat den Raum und wurde von den anderen Streifenbeamten, die offensichtlich die Nachricht von den Fingerabdrücken auf der Mordwaffe gehört hatten, beklatscht. Sie alle schienen der Meinung zu sein, dass ihr Fall damit abgeschlossen war.

Allan starrte die anderen mürrisch an.

„Werden Sie es ihr sagen, oder soll ich es tun?“, fragte Eban leise.

„Sie?“, erwiderte Allan hoffnungsvoll.

Eban grinste. „Es war Ihr Verdienst, Ihr Auge für Details.“

„Ich würde mich lieber mit einem verletzten Grizzlybären

herumschlagen, als Torgerson und dem Chef zu sagen, dass wir die falsche Person haben.“

Eban konnte das nachvollziehen, aber er wollte sich von allem, was mit Beweisen zu tun hatte, zurückziehen. Die Wahrnehmung war alles, wenn es um das Gesetz ging. Er wollte nicht riskieren, sie zu beschmutzen, besonders nicht bei Beweisen, die Darby entlasten sollten. „Es wird sich gut in Ihrer Akte machen, wenn Sie sich um einen Posten als Detective bewerben.“

Allan schnaubte. „In Fairbanks wird nur eine bestimmte Anzahl an Detectives gebraucht, und wir haben schon drei.“

„Sie müssen doch nicht für immer in Fairbanks bleiben, oder? Sie könnten sich auch beim FBI bewerben.“ Eban schmierte dem Kerl keinen Honig um den Bart. Officer Robertson war ein guter Polizist. Aufmerksam und motiviert. Eban war State Trooper gewesen, als er sich beim FBI beworben hatte. „Ich könnte ein gutes Wort bei der Personalabteilung für Sie einlegen.“

Allans Augen leuchteten auf. „Das würden Sie tun?“

„Definitiv.“ Eban nickte. Das FBI brauchte mehr gute Agenten wie diesen Mann, der die Beweise untersuchte, anstatt nach Hinweisen zu suchen, die seine Vermutung stützten. „Aber zuerst müssen Sie den Zorn Ihrer Kollegen ertragen, wenn Sie ihren Fall niederbrennen.“

Allan fluchte leise, bevor er sich zu seiner vollen beeindruckenden Größe aufrichtete. „Wir müssen herausfinden, wer diesen jungen Mann ermordet hat.“

„Ja, das müssen wir“, stimmte Eban zu. „Und warum einer unschuldigen Frau die Schuld in die Schuhe geschoben werden soll.“

Er beobachtete, wie Allan zu seinen Kollegen hinüberging,

und sah, wie er auf die Ungereimtheiten mit dem Abdruck hinwies. Alle Anwesenden übten sich darin, imaginäre Messer zu halten und auf imaginäre Opfer einzustechen, und ihre Gesichtsausdrücke spiegelten alle den von Robertson wider. Eban konnte sehen, dass Torgerson sich nicht überzeugen lassen wollte. Sie diskutierte eifrig mit ihrem Vorgesetzten, doch der Mann sah erschüttert aus. Es war nur eine Frage der Zeit, bis Darby freigelassen werden würde. Er wusste es. Und sie wusste es auch.

Eban schaute auf seine Uhr und ging zu seinem Mietwagen hinaus. Der Papierkram für die Entlassung würde einige Zeit in Anspruch nehmen. Und Torgerson würde mit allen Mitteln dafür kämpfen, dass Darby inhaftiert blieb.

Bald würde er Quentin anrufen, der mit Haley sprechen würde, die wiederum den Anwalt aus Anchorage anrufen würde, der in diesem Moment mit einem düsteren Gesichtsausdruck über den Parkplatz auf seinen glänzenden schwarzen Lexus zuschritt.

Eban hatte vor, sich unauffällig zu verhalten, um bei der Aufklärung des Falls helfen zu können. Wer hatte Darby den Mord angehängt? Und warum? Zuerst brauchte er ein oder zwei Stunden, um die notwendigen Vorbereitungen zu treffen. Er musste wissen, dass Darby in Sicherheit war – und wo war sie sicherer als im örtlichen Gefängnis? Sie würde heute Abend entlassen werden. Dafür sollte der Anwalt besser sorgen.

Eban fuhr durch die Stadt. Er durfte nicht daran denken, dass sie bewusstlos einem Mörder ausgeliefert gewesen war und Glück gehabt hatte, dass sie noch am Leben war. Zumindest noch nicht. Nicht bevor sie wieder sicher in seiner Obhut war. Der Mörder würde nicht wissen, dass die Polizei sie freilassen würde, und Eban hatte vor, es dieser Person so schwer wie möglich zu machen, herauszufinden, wo Darby sich nach ihrer Entlassung aufhielt.

Das bedeutete, dass er alles einpacken musste, was Darby in absehbarer Zeit brauchen könnte.

Er parkte und stieg aus. In der arktischen Brise schritt er über den Parkplatz von Darbys Wohnhaus. Er drückte die Klingel der Hausverwaltung und steckte seine bloßen Hände in die Ärmel. Erfrierungen waren hier eine echte Gefahr, besonders nach Sonnenuntergang.

„Hallo?"

„Hier ist das FBI. Ich würde mir gerne die Wohnung von Ms. O'Roarke ansehen, wenn Sie mir bitte öffnen würden."

„Ich dachte, Sie wären fertig?", antwortete eine verärgerte Frauenstimme. Der Summer ertönte und das Schloss öffnete sich. „Oberstes Stockwerk. Vier B. Die Tür sollte offen sein."

Eban verzichtete darauf, zu fragen, warum die Frau nicht abgeschlossen hatte, nachdem die Polizisten die Wohnung durchsucht hatten. „Danke."

Er nahm die Treppe und betrat Darbys kleine Zwei-Zimmer-Wohnung. Sie war ordentlich und aufgeräumt, obwohl es offensichtlich war, wo die Polizei gesucht hatte, denn sie hatten die Schubladen offengelassen, und ihre Sachen waren durchwühlt.

Eban hatte diese Wohnung schon oft während ihrer Videoanrufe gesehen, aber er war noch nie hier gewesen. Er hatte kommen wollen, sie besuchen wollen und etwas anfangen wollen, von dem er wusste, dass er es nicht tun sollte. Sie war zu verletzlich, zu jung, er war in einer Machtposition, die das Gleichgewicht der Beziehung zu sehr zu seinen Gunsten verlagerte. Er hatte geholfen, sie zu retten, und es bestand die Gefahr, dass sie ihn mehr als Helden und weniger als den fehlerhaften Menschen sehen würde, der er wirklich war.

Die Vorstellung, eine Beziehung mit dieser Frau zu führen, machte ihm Angst und ließ ihn gleichzeitig brennen. Seit sie ihm Sex vorgeschlagen hatte, konnte er nicht aufhören, an sie zu denken, und er konnte auch an keine andere Frau auf diese Weise denken.

Es fiel ihm wieder ein, dass er sich monatelang gequält hatte, weil er gedacht hatte, es sei das Beste für Darby. Er war todunglücklich gewesen. Auf der Arbeit war er ein verdammter Albtraum gewesen, obwohl er sich normalerweise gut mit seinen Kollegen verstand. Er hatte sogar absichtlich einen Streit mit Charlottes neuem Freund vom Zaun gebrochen, weil er dachte, der Typ sei nicht gut genug für sie. In Wirklichkeit war er eifersüchtig und verärgert gewesen, weil sie das Happy End bekam, das sie verdient hatte, während er sich in einem schwarzen Loch der Einsamkeit suhlte. Er wusste nicht, wie er seine Grundsätze und das, was er sich am meisten auf der Welt wünschte, miteinander vereinen sollte.

Darby.

Am Kühlschrank klebte ein Foto von ihr, Haley und Quentin. Wie es aussah, war es an Weihnachten aufgenommen worden, am Borealis-Observatorium, wo sie in kleinen Hütten übernachtet hatten. Es sah aus, als hätten sie eine Menge Spaß gehabt. Sie hatte ihn gebeten, mitzukommen, aber er hatte arbeiten müssen.

Eban schloss die Augen und holte tief Luft.

Bedauern überkam ihn. All die Zeit, die er vergeudet hatte.

Er löste das Foto von den Magneten, mit denen es befestigt war.

Das Problem war nach wie vor, dass ihr Alltag

unvereinbar war. Daran hatte sich nichts geändert. Er wollte sesshaft werden und eine Familie gründen. Sie verfolgte ihren Lebenstraum, einen Doktortitel in Vulkanologie.

Und so sehr er sich auch wünschte, es wäre anders, sie hatte mehrere Traumata durchlebt.

Nachdem er sie fast verloren hatte, wusste er nun, was er wollte, aber er musste bei der ganzen Sache einen klaren Kopf behalten und praktisch denken. Es wäre unfair, sie jetzt zu einer Beziehung zu drängen, und sie könnte ihn wegstoßen. Das konnte er nicht riskieren. Nicht, wenn ein Killer frei herumlief. Das Wichtigste war jetzt, dafür zu sorgen, dass sie in Sicherheit war. Sie hatte schon genug gelitten.

Er schüttelte die Gedanken ab, dieselben Sorgen, die schon seit Monaten in seinem Kopf kreisten und ihn zu einem mürrischen Mistkerl machten. Stattdessen holte er einen Koffer aus ihrem Kleiderschrank und begann, ihn mit Kleidung, Schuhen, Toilettenartikeln und allem, was nach etwas Wichtigem aussah, zu füllen. Er nahm einen Planer heraus, von dem er sich wunderte, dass die Polizei ihn nicht konfisziert hatte.

Ein Foto fiel heraus. Es war ein Bild von ihm. Ein Screenshot von ihm, wie er während eines ihrer vielen Telefonate lachte.

Die Tatsache, dass sie es aufbewahrt hatte, obwohl er ihr wiederholt gesagt hatte, sie könnten nur Freunde sein, brach ihm das Herz. Er hatte sie nicht verletzen wollen, aber er wusste, dass er es getan hatte.

Eban fluchte vor sich hin. Er verschwendete schon wieder Zeit.

Er schnappte sich einen E-Reader. Ein iPad. Eine Kamera. Ladegeräte. Ein paar Lehrbücher und Papiere von ihrem

Schreibtisch. In einer Schublade fand er ihren Reisepass, ihre Geburtsurkunde und andere offizielle Dokumente. Neben dem Foto von Quentin und Haley packte er auch ein gerahmtes Bild von ihr und ihrem Vater ein, das die beiden lächelnd bei ihrem Schulabschluss zeigte.

Anschließend durchsuchte Eban das kleine Badezimmer nach Medikamenten und anderen wichtigen Dingen und warf alles in einen Kulturbeutel.

Ein Geräusch in einem anderen Raum ließ ihn erstarren.

„Bewaffneter FBI-Agent hier im Schlafzimmer", rief er. Von einem überrumpelten Polizisten erschossen zu werden, stand nicht auf seiner To-Do-Liste. Als er in Richtung Wohnzimmer ging, hörte er die Haustür zuschlagen.

Mit seiner Hand auf seiner Glock spähte er durch das Guckloch, dann öffnete er die Tür und schaute schnell in beide Richtungen.

„Hey, Sie da. FBI. Bleiben Sie stehen!"

Eine junge Frau, die gerade im Begriff war, wegzulaufen, blieb stehen. Eban schritt den Korridor entlang auf sie zu, und sie wirbelte herum und verschränkte die Arme vor der Brust. Sie war wetterfest angezogen. Schneestiefel. Daunenjacke. Wollmütze. Handschuhe unter den Arm geklemmt.

„Name?"

„Lenny." Sie schluckte. „Leonora Serkoak."

„Haben Sie einen Ausweis, Lenny?" Er konnte sich nicht erinnern, dass Darby jemals eine Lenny erwähnt hatte.

„Sicher. Natürlich." Sie griff in ihre Tasche, und er beobachtete sie aufmerksam, in der Hoffnung, dass sie kein Messer oder eine Waffe auf ihn richten würde.

„Was machen Sie hier?"

Sie zog ihr Portemonnaie heraus und zeigte ihm ihren

Führerschein. „Ich wollte mir eines von Darbys Büchern ausleihen." Ihr Mund öffnete und schloss sich, als wollte sie noch etwas sagen, bevor sie es sich anders überlegte.

„Haben Sie Darbys Erlaubnis, sich ihre Bücher auszuleihen?"

„Äh, nein, nicht direkt, aber ich weiß, dass sie nichts dagegen hätte. Wir leihen uns ständig gegenseitig Dinge aus. Außerdem ist es ja nicht so, dass…" Sie schluckte erneut geräuschvoll.

Eban nahm eine weniger einschüchternde Miene und Haltung an. „Nicht so, dass was?" Er wusste, was sie sagen wollte, zwang sich jedoch, seinen Ärger hinunterzuschlucken und sich stattdessen darauf zu konzentrieren, Antworten zu bekommen.

„Nicht so, dass sie es im Gefängnis braucht."

Im Gefängnis? Darby hatte noch nicht einmal die Nacht im Gefängnis verbracht, und trotzdem schien diese Frau davon auszugehen, dass Darby schon hinter Gittern war.

„Sind Sie eine Freundin von ihr?", fragte er mit etwas sanfterer Stimme.

„Ja. Naja, gewissermaßen. Wir arbeiten beide in der Abteilung für Vulkanologie am Geophysikalischen Institut. Ich habe erst im September angefangen, und wir haben verschiedene Vorgesetzte, aber wir haben mit denselben Leuten zu tun."

„Haben Sie einen Schlüssel?" Er bemerkte, dass sie einen in ihrer Hand hielt.

Sie schüttelte den Kopf. „Davis und Stef – zwei andere Studenten aus dem Institut – wohnen in diesem Gebäude und haben einen Schlüssel zu ihrer Wohnung. Sie meinten, ich könnte ihn mir ausleihen. Darby hat auch einen Schlüssel zu ihrer Wohnung."

Gut zu wissen. „Wollen Sie mitkommen und sich das Buch holen?"

Sie leckte sich über die Lippen und schüttelte den Kopf. „Ist schon okay. Ich komme ein anderes Mal wieder."

„Ohne Darbys ausdrückliche Zustimmung wird das nicht gehen. Ich werde den Schlüssel behalten müssen." Er vergewisserte sich, dass sein Ausweis bei dieser Aussage gut sichtbar war. „Also, jetzt oder nie." Er war mehr daran interessiert, das Verhalten dieser Frau zu beobachten, als sie irgendetwas mitnehmen zu lassen.

Sie schüttelte erneut den Kopf und händigte ihm widerwillig den Schlüssel aus. „Davis und Stef werden mich umbringen." Sie errötete und wich zurück, bevor sie sich umdrehte und halb joggend den Flur in Richtung Treppe hinunterlief.

Eban ging zurück zu Darbys Wohnung und fügte Lenny, Davis und Stef zu seiner Liste der Verdächtigen hinzu. Drinnen sammelte er die Taschen mit Darbys Habseligkeiten ein. Hatte er alles, was sie brauchen könnte? Er hatte keine Ahnung, aber sie konnten alles kaufen, falls er etwas vergessen haben sollte.

Er vergewisserte sich, abzuschließen, als er ging. Er wollte nicht, dass noch jemand einfach in ihre Wohnung hineinspazierte. Und wer wusste schon, wann Darby zurück sein würde?

Er sah auf die Uhr. Es gab noch eine Sache, die er erledigen wollte, bevor er zum Revier zurückkehrte und Darby abholte. Doch er hatte nicht mehr viel Zeit.

———

DARBY SAß IN einer Gefängniszelle, die mit einer Pritsche und einer Edelstahltoilette ohne Sitz ausgestattet war. Der Raum roch wie eine öffentliche Toilette. An der Wand war eine Kamera angebracht. Egal, wie dringend sie pinkeln musste, die Vorstellung, dass Fremde sie bei der Benutzung der Toilette beobachteten, fühlte sich wie eine weitere Demütigung an. Eine weitere Demütigung in einem Leben, das außer Kontrolle geraten und dann in den Abgrund gestürzt war.

Sie stützte ihre Stirn in die Handflächen und starrte auf den gummierten grauen Boden. Wenigstens war sie allein.

Wie konnte das jetzt ihre Existenz sein? Sie hatte gerade begonnen, ihren Platz in der Welt wiederzufinden, als sie plötzlich wegen Mordverdachts verhaftet und über ihre Rechte aufgeklärt und eingebuchtet worden war. Wie ironisch, dass sie gedacht hatte, sie hätte bereits den schlimmsten Albtraum erlebt, den man sich vorstellen kann. Offenbar gab es mehrere Ebenen in der Hölle. Sie war naiv gewesen, etwas anderes zu glauben.

Wie viele Monate hatte sie vergeudet, ohne zu begreifen, dass sie nie wieder so frei sein würde?

Sie dachte an Eban und die Tatsache, dass er sie seit seiner Ankunft in Fairbanks nicht mehr besucht hatte. Offensichtlich ging er vom Schlimmsten aus. Und wer würde das nicht? Ihre Fingerabdrücke waren auf einem Messer, mit dem ein Mann getötet worden war, und sie konnte sich nicht daran erinnern, was passiert war. Eban versuchte wahrscheinlich, sich so weit wie möglich von alldem zu distanzieren. Andernfalls wäre er indirekt betroffen – obwohl er behaupten könnte, ein berufliches Interesse an dem Fall zu haben.

War das nicht einer der Gründe, warum er sich nicht auf eine romantische Beziehung mit ihr einlassen wollte? Weil er sie durch eine offizielle FBI-Ermittlung kennengelernt hatte?

Das war einer.

Der andere Grund war, dass er befürchtete, dass sie unter einer Art Heldenkomplex litt. Obwohl dieser sich, wenn das der Fall wäre, auf Quentin und Haley beziehen würde, die sie buchstäblich aus den Klauen des Bösen gerissen hatten, und nicht auf eine Gruppe von Männern, die auf die Insel geflogen waren und sie gerettet hatten.

Sie konnte seine Bedenken nachvollziehen, auch wenn sie wusste, dass er sich bei der Frage, warum sie sich zu ihm hingezogen fühlte, irrte. Vielleicht hatte er am Anfang recht gehabt. Sie war ein Wrack gewesen. Zu verletzlich, um wichtige Entscheidungen zu treffen. Aber in letzter Zeit war es der Mann selbst, der sie anzog. Seine dunklen Augen, seine ruhige Stärke, seine Stimme, seine unendliche Unterstützung …

Nun, vielleicht war *unendlich* unter diesen Umständen nicht ganz zutreffend.

Eban war ein guter Mann, der sie immer auf Abstand gehalten hatte – bis auf diesen einen kurzen Moment vor langer Zeit, als er ihren Kuss erwidert hatte.

Sie war wie eine Stalkerin, die nicht erkannte, dass sie eine Grenze überschritten hatte.

Er musste denken, dass er unglaublich großes Glück gehabt hatte, ihr zu entkommen.

Jetzt war es vorbei. Die Hoffnung, dass er eines Tages ihre Gefühle erwidern könnte, an die sie sich törichterweise geklammert hatte, war endgültig gestorben. Doch das hielt sie nicht davon ab, einen Hauch von Groll zu empfinden. Immerhin hatte sie gedacht, sie seien Freunde. Das Mindeste, was sie erwartet hatte, war, dass er sie besuchen würde, um ihr etwas Trost zu spenden.

Die Tatsache, dass er das nicht getan hatte, tat weh.

Sie schluckte einen leisen Schluchzer hinunter und war sich der Kamera schmerzlich bewusst. Sie würde vor diesen Leuten, einschließlich Supervisory Special Agent Eban Winters, keine Risse in ihrer Rüstung zeigen. Keine sichtbare Schwäche.

Was war mit Quentin und Haley? Welche Auswirkungen würden sie zu spüren bekommen? Würde man Quentin die Schuld geben, weil er die Öffentlichkeit nicht gewarnt hatte, dass sie eine Gefahr darstellte? Ihr Mund wurde trocken, und sie versuchte vergeblich, zu schlucken.

Sie wünschte sich, sie hätte ihrem neuen Anwalt nie von diesem einen dunklen Teil ihres Leidensweges erzählt. Nicht wegen der Auswirkungen auf ihren Fall, sondern wegen der möglichen Folgen für Quentins Karriere. Der Mann hatte ihr Leben gerettet, ihren Verstand. Sie verdankte ihm alles, und sie würde nicht zulassen, dass ihre Handlungen ihm schadeten.

Sie ertrug es nicht, einen von ihnen zu enttäuschen. Sie waren ihr zu wichtig. Sie gehörten genauso zu ihrer Familie wie ihr Vater. Ihr Vater war kein emotionaler Mann. Er war so hart und unverwüstlich wie das Land, in dem sie aufgewachsen war. Das hier würde ihn verletzen, auch wenn es niemand je erfahren würde.

Sie musste ihn kontaktieren, aber im Moment war er draußen in der Wildnis und überprüfte Fallen. Es hatte keinen Sinn, ihn zu beunruhigen, wenn er sowieso nichts tun konnte, um ihr zu helfen. Er war auf das Geld angewiesen, das seine Fallen einbrachten.

Er würde es früh genug erfahren.

Haley hatte Darby einmal gefragt, ob sie ihren Vater finanziell unterstützen könnte, aber er war ein stolzer Mann, der niemals Almosen annehmen würde. Er war ein unerschütterlicher Selbstversorger.

Aus reiner Erschöpfung wollte Darby sich auf die harte, unbequeme Liege legen, aber sie kämpfte dagegen an. Sobald sie sich hinlegte, würde sie ihr Schicksal akzeptieren, und dazu war sie noch nicht bereit. Elliot Byrne hatte ihr gesagt, dass er gleich morgen früh zurück sein würde und dass sie in der Zwischenzeit mit niemandem sprechen sollte. Sie hatte das Gefühl, dass er über die Tatsache, dass sie anscheinend schuldig war, genauso verärgert war wie sie selbst, wenn auch wahrscheinlich aus anderen Gründen.

Was zum Teufel war passiert?

War zwischen Martin und ihr wirklich etwas gelaufen, das Erinnerungen an den Übergriff bei ihr geweckt hatte?

Die Vorstellung war auf so vielen Ebenen traumatisch. *Armer Martin.* Hatte er etwas getan, das sie versehentlich erschreckt hatte, und sie war in Panik geraten? War das der Grund, warum sie sich an nichts erinnern konnte? Weil ihr Gehirn einen katastrophalen Wendepunkt in ihrem Leben erkannt hatte und ihn nicht wahrhaben wollte?

Oder hatte er die Situation ausgenutzt, als sie betrunken gewesen war, und sie hatte sich gewehrt? Das sah dem Mann, den sie zu kennen glaubte, so gar nicht ähnlich. Wie war sie in beiden Fällen unten gelandet, zugedeckt und schlafend auf der Couch?

Es passte nicht zusammen.

Wie sollte sie jemals wieder ihren Kollegen gegenübertreten? Ihrem Berater? Ihren Freunden? Jacqui, Davis, Stef, Mohammed? Was würden sie ihr gegenüber empfinden?

Mitleid? Hass? Furcht?

Ein scharfer Schmerz kribbelte in ihrer Brust. Nichts davon spielte eine Rolle.

Ihre Forschungskarriere war vorbei.

Sie würde ihren Forschungsauftrag nicht fortsetzen dürfen. Wie sollte sie in einer Gefängniszelle eine Naturgewalt studieren? Ihr Leben war genauso zu Ende wie das von Martin.

Scham überkam sie.

Ihre Hände zitterten.

Sie atmete noch.

Was war mit Martin und seinem Doktortitel? Was war mit seinem brillanten Verstand? Er war ein erstaunlicher Geologe und Programmierer gewesen, und jetzt war Darby schuld daran, dass er seine Arbeit nicht beenden und sein Leben nicht leben konnte. *Ihretwegen* hatte die Welt einen großen Wissenschaftler, einen guten Mann verloren. Sie war ein Monster. Sie war eine Mörderin. Sie hatte es absolut verdient, eingesperrt zu werden. Um andere unschuldige Menschen vor ihrer Psychose zu schützen.

Wie sollte sie mit dieser Tat leben?

Sie kniff ihre Augen zu. Sie hatte einen Mann getötet. Einen Mann, der immer nett und freundlich zu ihr gewesen war. Einen Mann, mit dem sie gelacht und getanzt hatte und bei dem sie sogar einmal darüber nachgedacht hatte, ihn zu küssen.

Darby streckte die Hände vor sich aus und starrte sie ungläubig an. Wie hatte sie das nur tun können? Jemanden kaltblütig umzubringen und die Erinnerung anschließend einfach aus ihrem Gedächtnis zu verdrängen?

Es fühlte sich an, als hätte ein Außerirdischer Besitz von ihrem Körper ergriffen und ihre Erinnerungen ausgelöscht.

War *das* Wahnsinn? War sie geisteskrank? All die Stunden der Therapie. All die „Fortschritte", nichts als Wunschdenken.

Sie starrte in die Ferne. Sie hatte Indonesien überlebt. Doch sie hatte keine Ahnung, wie sie das hier überleben sollte.

KAPITEL NEUN

ALS EBAN AN die Tür des großen A-förmigen Blockhauses klopfte, ging das Licht eines Bewegungsmelders über der Veranda an. Im Hintergrund begann ein Hund zu bellen. Er fröstelte. Die Temperatur war noch weiter gesunken, und die Winterluft brannte auf seiner nackten Haut. Ein weißer Mann, der Jeans und ein kariertes Hemd über einem T-Shirt trug, riss die Tür auf.

„Was wollen Sie?" Die Augen des Mannes blitzten misstrauisch.

Nicht gerade eine freundliche Begrüßung. Die Tatsache, dass er die Hände des Mannes nicht sehen konnte, erinnerte Eban daran, dass viele Menschen in Alaska bewaffnet waren. Eban hielt seinen Ausweis hoch und stellte sich vor.

Der Argwohn des Mannes schwand ein wenig, und er wich so weit zurück, dass Eban über die Schwelle treten konnte, wobei er die Tür jedoch nicht ganz hinter sich schloss. Der leichte Geruch von Gras lag in der Luft, in diesem Staat war der private Gebrauch von Cannabis jedoch legal.

Im Moment würde Eban selbst dann nur mit der Wimper zucken, wenn der Mann es im Keller anbauen würde, es sei denn, es gäbe einen Zusammenhang mit dem Mord an Martin Carstairs.

„Sind Sie wegen dem Vorfall nebenan hier?", fragte der

Mann.

Eban nickte, aber bevor er etwas sagen konnte, rief jemand aus dem Inneren des Hauses.

„Wer ist es Joe?"

Joe rief zurück: „Die Bullen fragen nach dem Mord."

Eban korrigierte den Mann nicht. Er hatte sich vorgestellt und seinen Ausweis gezeigt. Wenn diese Leute ihn mit einem Polizisten verwechselten, war es nicht seine Schuld. Im Grunde war es dasselbe. Er war ein Gesetzeshüter und hier, um seinen Job zu machen.

„Ich dachte, sie hätten die Mörderin schon gefasst?" Eine Frau, die ihrem Aussehen nach gebürtig aus Alaska stammte, kam mit einem großen, schwarzen Neufundländer im Schlepptau herbeigeeilt. Die Frau war Ende zwanzig. Sie hatte langes, dunkles Haar und ein hübsches Gesicht. Sie sah nervös aus. Hatten sie etwas zu verbergen, oder waren sie wegen des Mordes einfach ein wenig beunruhigt?

„Lass ihn ruhig los, Louise." Joe sah auf und fing Ebans Blick auf. „Der Hund tut nichts."

Louise lächelte. „Er heißt Jasper und würde Sie eher in Sabber ertränken als beißen."

Eban ließ das neugierige Tier an seinen Beinen schnüffeln, bevor er dem großen Hund den Kopf kraulte. „Ich wollte wissen, ob Sie letzte Nacht etwas Ungewöhnliches gesehen haben?"

Joe schüttelte den Kopf. „Wir waren um zehn im Bett, wie immer."

Louises Augen blitzten auf. „Oh, Jasper ist gegen halb eins aufgewacht und hat angefangen zu bellen. Daran habe ich bis jetzt gar nicht mehr gedacht."

„Er hat bestimmt den Wind angebellt oder ein Reh. Das

macht er die ganze Zeit. Er hat Angst vor seinem eigenen Schatten. Das Mädchen war die ganze Nacht in Martins Haus, soweit ich gehört habe", sagte Joe mit Nachdruck.

„Wo haben Sie das gehört?", fragte Eban beiläufig.

Joes Blick verengte sich. „Ein Freund von mir, der bei der Feuerwehr arbeitet, ist heute Morgen aufgetaucht. Er hat das Mädchen in ihrem Wagen sitzen sehen. Martin war tot im Haus. Er rief mich an, weil er wusste, dass ich nebenan wohne, und wollte Louise versichern, dass die Gefahr vorüber ist."

Na toll. Um Darbys Unschuld zu beweisen, würde mehr nötig sein, als dass die Polizei sie gehen ließ.

„Ihr Hund hat also gegen halb eins angeschlagen?"

„Um null Uhr dreiunddreißig. Ich habe auf die Uhr gesehen." Die Frau lachte verlegen. „Ich leide unter Schlafstörungen, deswegen sehe ich immer auf die Uhr, wenn ich aufwache."

„Vielleicht sollten wir Jasper lieber in den Keller sperren. Dann können wir vielleicht beide mal richtig durchschlafen." Joe schien nicht besonders zufrieden mit Jasper zu sein.

Die Frau gurrte ihren Hund beruhigend an.

„Haben Sie schon öfter nachts Leute aus dem Haus Ihrer Nachbarn kommen sehen?"

Joe kratzte sich an der Stirn. „Nein. Nicht wirklich, aber wir spionieren auch nicht."

„Kennen Sie sie überhaupt?"

„Ja, wir kennen Martin und Gregory." Er kniff die Lippen zusammen.

Der Typ war nicht besonders auskunftsfreudig. Zeit für das, was Eban angeblich so gut konnte. „Gregory?"

„Der andere Kerl, der dort wohnt. Gregory ist auf einem

Außeneinsatz im Norden. Die beiden waren beste Kumpels." Joe starrte auf seine Füße und ein Anflug von Traurigkeit huschte über sein Gesicht. „Er wird am Boden zerstört sein."

„Hatten sie Freundinnen? Freunde?"

Joe blickte verwirrt drein. „Darüber haben wir nie gesprochen."

Louises Lächeln war von Trauer überschattet. „Ich glaube nicht. Gregory hatte eine Freundin, bevor er nach Fairbanks kam, aber sie hat sich wohl von ihm getrennt, kurz nachdem er hierhergezogen ist. Das hat ihn ziemlich runtergezogen. Martin war auf der Suche nach dem richtigen Mädchen. Ich glaube, er war in jemanden von der Arbeit verknallt, aber er hat ihren Namen nie erwähnt."

Vielleicht dachte er, sie gestern Abend auf der Party gefunden zu haben. Wenn der Typ nicht ermordet worden wäre, würden Martin und Darby vielleicht jetzt eine neue Beziehung anfangen.

Eban wusste nicht, wie er sich bei diesem Gedanken fühlte. Nicht erleichtert, weil ein Mann tot war. Glücklich? Als hätte er eine zweite Chance bekommen, die Situation neu zu bewerten und herauszufinden, was ihm wichtig war? Hatte er Angst, alles zu vermasseln, wo sie doch einen Freund mehr brauchte als alles andere?

„Keine Feinde, von denen Sie wissen? Keiner, der an die Tür geklopft und Ärger gemacht hat? Keine Probleme?"

„Nein. Nichts." Louise schüttelte den Kopf und wischte sich dann die Tränen weg. „Martin war ein netter Kerl. Ein guter Nachbar. Das waren sie beide."

Joe verlagerte sein Gewicht von einem Fuß auf den anderen und schien sich angesichts des Gefühlsausbruchs seiner Frau unwohl zu fühlen. „Ich räume ihre Einfahrt, wenn es stark schneit – nach dem gestrigen Schneegestöber bin ich noch nicht dazu gekommen, aber es waren nur ein paar Zentimeter, also dachte ich, das könnte warten.“

Eban war in der Einfahrt an einem glänzenden F-150 vorbeigefahren, an dessen Front ein Schneepflug angebracht war.

„Dafür haben sie mir im Herbst beim Holzstapeln geholfen.“ Er presst die Lippen zusammen. „Beide sind verdammt schlau, aber trotzdem praktisch veranlagt. Vor Weihnachten haben sie eine Party geschmissen und uns sogar eingeladen. Ansonsten haben wir die meiste Zeit nicht einmal mitbekommen, dass sie da waren.“

„Waren Sie auf der Party?“

„Nicht wirklich unsere Leute.“

Eban nutzte das Schweigen, um dem Mann weitere Informationen zu entlocken.

„Studenten. Ich bin ein einfacher Kerl, ich war nicht einmal auf dem College.“ Joe sah aus, als sei es ihm unangenehm, über seine mangelnde Bildung zu sprechen.

„Das College ist nicht für jeden etwas.“ Eban erinnerte sich an einen Lehrer, der ihm das Gleiche gesagt hatte, als er auf der Highschool gewesen war. Er hatte ihn eines Besseren belehrt, aber der Stachel hatte noch lange geschmerzt und ihn motiviert, besser zu werden. „Es kommt darauf an, was man aus seinem Leben machen will.“

„Das stimmt.“

Diese beiden Worte waren Musik in den Ohren eines Verhandlungsführers.

„Ich arbeite in einer Goldmine. Ich brauche keinen Doktortitel, um Maschinen zu bedienen. Louise ist die

Intelligenzbestie in diesem Haus. Sie ist Lehrerin an der Mittelschule.“

„Mutig.“ Eban lächelte.

Die Frau lachte. „Entweder man liebt es oder man hasst es. Ich liebe es. Martin hat in meiner Klasse einmal einen Vortrag über Plattentektonik gehalten.“ Ihre Stimme brach. „Er war ein toller Kerl.“

Das Bedauern über den Mord an Martin überkam Eban erneut. Warum war der Mann getötet worden? War Darby ein Kollateralschaden? Ein nützlicher Sündenbock? Eban wusste es nicht, aber er wollte es herausfinden. Die Tatsache, dass der Hund um den geschätzten Todeszeitpunkt herum gebellt hatte, gab ihm zu denken.

„Was dagegen, wenn ich mich auf Ihrem Grundstück umsehe?“

Joe runzelte die Stirn. „Kein Problem, aber ich komme mit Ihnen.“

Eban wartete, während Joe seine Stiefel anzog und eine Jacke und eine große Taschenlampe aus dem Regal nebenan holte. Ohne ein Wort reichte der Mann Eban ein Paar Winterhandschuhe und eine Wollmütze, die er dankend annahm.

„Ich nehme den Hund mit. Komm, Jasper.“

Louise sah nicht gerade glücklich darüber aus, allein zu Hause gelassen zu werden. „Bleibt nicht zu lange weg.“

„Das werden wir nicht“, versicherte Eban ihr. „Ich will nur herausfinden, was Ihren Hund letzte Nacht aufgeschreckt hat.“

Joe warf seiner Frau einen Blick zu, als würde er Eban für verrückt halten, aber er sagte nichts.

„Schließ die Tür ab“, befahl Joe seiner Frau.

Eban folgte dem Hausbesitzer, wobei er sich nicht ganz

sicher war, was er zu finden hoffte. Sie gingen etwa zehn Meter vom Haus entfernt los. Der Hund rannte wild durch die Gegend, aber Eban hatte kein Recht, dem Mann zu befehlen, das Tier an die Leine zu nehmen. Er befand sich außerhalb des Tatortabsperrbandes und auf einem Privatgrundstück.

Sie gingen in einem weiten Kreis durch den Wald, angefangen hinter dem Haus und arbeiteten sich bis zur Vorderseite vor. Joe leuchtete mit der Taschenlampe über den Schnee und entdeckte dabei Spuren von Rehen, Kaninchen und Eichhörnchen.

Selbst mit Handschuhen waren Ebans Hände von der Kälte aufgesprungen, und er begann zu zittern. Was zum Teufel machte er hier? Er hatte bereits mit den anderen Nachbarn gesprochen, und sie hatten nichts gehört. Das hier war reine Zeitverschwendung.

„Na, wer sagt's denn." Joe blieb stehen und richtete den Lichtstrahl auf eine Stelle etwa drei Meter vor ihnen. Dort führte eine Spur durch den Schnee, die von der Straße kam. Menschliche Fußabdrücke.

„Rufen Sie Ihren Hund zurück", befahl Eban.

Joe befolgte Ebans Befehl, als der Verhandlungsführer an ihm vorbeiging und die Spuren im Schein seiner Handytaschenlampe untersuchte. Er runzelte die Stirn. Die Größe und das Profil der Abdrücke sahen anders aus als die, denen er zuvor durch den Wald gefolgt war. Kleiner. Er und Joe gingen etwa zwanzig Meter parallel zu der Stelle, an der die Spuren aufhörten.

Joe hob seine Taschenlampe und richtete den Lichtstrahl auf das Haus von Martin Carstairs und direkt in sein Wohnzimmerfenster. Die Fußabdrücke führten zurück zur Straße.

Sie könnten von einem der Schaulustigen stammen, die sich heute Morgen hier getummelt hatten. Es würde schwierig werden, nachzuweisen, dass sie mit dem Mord von gestern Abend in Verbindung standen, aber Eban wollte diese Informationen auf jeden Fall aufnehmen und dokumentieren.

„Gehen Sie wieder zurück zum Haus, Joe. Die Polizei wird in Kürze die Spurensicherung hierherschicken, um diese Fußabdrücke zu untersuchen." Eban machte ein paar Fotos mit seinem Handy, wobei er eine Münze als Maßstab benutzte. „Es könnte ein paar Stunden dauern. Sie werden sich die Winterstiefel von Ihnen und Ihrer Frau ansehen, wenn das in Ordnung ist? Um sie auszuschließen?"

Joe nickte, sein Blick wanderte von Eban zu den Spuren und wieder zurück. „Ich dachte, die Polizei hätte die Mörderin gefasst?"

Eban vergrub seine Hände unter den Armen, um sich zu wärmen. „Ich glaube nicht. Noch nicht. Verriegeln Sie Ihre Türen."

SIGNY STELLTE IHRE Tasche und ihre Schlüssel auf dem Küchentisch ab, sicherte ihre Waffe und machte sich auf die Suche nach ihrem fünfzehnjährigen Sohn.

Sie fand Aiden im Wohnzimmer, wo er Videospiele spielte. Er nahm den Kopfhörer von einem Ohr und warf ihr einen fragenden Blick zu.

„Tut mir leid, ich konnte nicht früher nach Hause kommen. Ich habe versucht, noch einmal vorbeizuschauen, aber ..." Der FBI-Agent war ihr hinterhergefahren, und aus irgendeinem Grund hatte sie nicht gewollt, dass er sah, wie sie mitten in einer Mordermittlung eine kurze Pause machte, um nach ihrem Sohn zu sehen. Sie ärgerte sich wieder einmal über sich selbst, denn es war eigentlich nichts Verwerfliches, aber sie hatte immer das Gefühl, dass an sie höhere Ansprüche gestellt wurden als an ihre männlichen Kollegen.

„Hast du deine Hausaufgaben gemacht?" Sie fragte ihn dasselbe, was sie ihn jeden Tag fragte. Als ob Nörgelei sie zu einer besseren Mutter machen würde.

„Ich hatte keine. Ich habe dich in den Nachrichten gesehen. Du hast heute eine Mörderin verhaftet. Das ist ziemlich cool, Mom."

Es kam nicht oft vor, dass Signy ihren Sohn beeindruckte. Sie verzog das Gesicht. „Wir müssen sie gehenlassen."

„Was? Wieso das denn?"

Der Gedanke, Darby O'Roarke freizulassen, hinterließ einen bitteren Nachgeschmack in ihrem Mund, und sie war nach Hause gegangen, bevor die Frau freigelassen worden war. „Wir hatten nicht genug Beweise, um sie festzuhalten."

Aiden tat so, als würde er erschaudern. „Ich schließe heute Nacht besser die Türen ab."

Sie warf ihm einen bösen Blick zu. „Du solltest die Türen besser jede Nacht abschließen."

„Ja, klar, Mom." Er grinste sie an, und sie hatte vor Rührung einen Kloß im Hals.

Er war ihre Freude und ihr ganzer Stolz. Der Grund, jeden Morgen zu lächeln, und der Grund, abends nach Hause zu kommen. Und das wusste er und nutzte es mit seinem Charme und seinen gelegentlichen, heiß begehrten Umarmungen rücksichtslos aus.

Sie konnte nicht so viel Zeit mit ihrem Sohn verbringen, wie sie wollte, und versuchte, ihren Job nicht mit nach Hause zu bringen, wenn sie hier war. Sie tat ihr Bestes, um keine überfürsorgliche Helikoptermutter zu sein, aber sie sah jeden Tag, was mit Kindern in seinem Alter passierte, und wollte nicht, dass er auf die schiefe Bahn geriet.

Während ihrer gesamten beruflichen Laufbahn hatte Signy sich so schnell wie möglich um jede Beförderung beworben, um ein höheres Gehalt und bessere Arbeitszeiten zu bekommen. Sie wollte eine sichere Zukunft für sich und ihren Sohn. Wenn sie diesen Fall nicht lösen konnte, würde ihr das weder Lob einbringen noch ihre Karriere vorantreiben.

„Ich gehe jetzt duschen. Hol einen Auflauf aus dem Gefrierschrank und stell ihn in die Mikrowelle, okay?"

Er stöhnte. „Können wir keine Pizza bestellen?"

Ihr Mund zuckte, denn diese Diskussion führten sie nicht zum ersten Mal. „Ich hatte Pizza zum Mittagessen." Sie war kalt und fettig gewesen, und ihr Magen knurrte, denn das war vor hundert Stunden gewesen. „Ich hole den Auflauf und setze den Reis auf. Du musst ihn länger in der Mikrowelle lassen, wenn er nicht durchgewärmt ist. Meinst du, du schaffst das, Großer? Oder ist das zu kompliziert für dich?"

Da war wieder dieses Lächeln, das dem seines Vaters so ähnlich war. Kein Wunder, dass sie sich auf der Highschool in den Kerl verliebt hatte.

„Sobald das Spiel vorbei ist."

Signy verdrehte die Augen, als sie sich umdrehte und zurück in die Küche ging, dann überlegte sie es sich anders und holte ein Hühnercurry aus dem Gefrierschrank.

Sie kochte an ihren freien Tagen vor, weil sie genau wusste, dass sie meist spät von der Arbeit nach Hause kam, und sie wollte nicht, dass sie sich von Junkfood ernährten. Und wer, der noch bei klarem Verstand war, hatte schon Lust, nach einem langen Tag frisch zu kochen?

Sie arbeitete in einer Stadt mit einer der höchsten Pro-Kopf-Verbrechensraten in den USA. Hunderttausend Menschen und kaum eine Handvoll Polizisten, die für Recht und Ordnung sorgten, plus drei überlastete Detectives. Sie war sich bewusst, dass alle Augen auf sie gerichtet waren, und ihre Kollegen nur darauf warteten, dass sie einen Fehler machte.

Sie befüllte den Reiskocher und schaltete ihn ein. Dann stellte sie das Curry zum Auftauen in die Mikrowelle, bevor sie nach oben ging. Sie würde sich rasch duschen, in der Hoffnung, den Schmutz abwaschen zu können, der mit einem gewaltsamen Tod verbunden war, aber auch das Gefühl des Versagens, das sie heute empfand.

Sie warf ihre Kleider in den Wäschekorb, immer noch wütend auf den FBI-Agenten, der seine Nase in ihren Fall gesteckt hatte, ohne ihr zu sagen, warum.

Und auf Allan Robertson.

Und Elliot Byrne.

Wasser spritzte ihr ins Gesicht. Sie wusste, dass sie Allan gegenüber ungerecht war. Sie hoffte, dass ihr die Ungereimtheiten bei den Fingerabdrücken auf dem Messer irgendwann aufgefallen wären, auch wenn die Verdächtige dadurch nicht völlig entlastet wurde. Natürlich war es seltsam, aber das waren die Alternativen auch. Es war eine Menge Arbeit, einer anderen Person einen Mord anzuhängen. Wenn man Darby O'Roarke Glauben schenken durfte, hatte jemand auf der Party sie vermutlich unter Drogen gesetzt, sie und Martin dann irgendwie zu ihm nach Hause gebracht, ihn erstochen und Darbys Fingerabdrücke auf dem Messer hinterlassen. Das entsprach nicht gerade dem Prinzip Ockhams Rasiermesser, wonach die einfachste Lösung in der

Regel auch die richtige ist.

Signy stützte sich mit den Händen an der Wand ab und ließ das Wasser das schmutzige Gefühl, das auf ihrer Haut haftete, wegspülen. Nach ein paar Sekunden zwang sie sich, sich einzuseifen und zu rasieren. Sie hatte keine Zeit, ihre Dusche zu genießen. Sie war nicht nur am Verhungern, sondern wollte auch noch ein wenig Zeit mit Aiden verbringen, bevor sie später am Abend weiterarbeitete.

Sie schlüpfte in einen Bademantel, wickelte ein Handtuch um ihr nasses Haar und zog sich schnell ihre Lieblings-Yogahose und ein Sweatshirt an, wobei sie auf einen BH verzichtete, weil das Leben zu verdammt kurz und ihre Brüste nicht besonders groß waren.

Sie schlüpfte in ihre Hausschuhe, schnappte sich ihren Laptop vom Beistelltisch und ging die Treppe hinunter.

„Aiden, hast du nach dem Essen gesehen?"

Die großen Augen und der bedauernde Gesichtsausdruck ließen sie frustriert und hungrig ausatmen.

„Tut mir leid, Mom. Mach' ich gleich." Er machte Anstalten aufzustehen.

„Vergiss es. Wir essen in zehn Minuten, und wenn du nicht am Tisch sitzt, landen deine Videospiele morgen früh in der Mülltonne. Ist das klar?"

„Ja Mama. Danke Mama." Er schenkte ihr ein Grinsen, und Signy ging in die Küche und fragte sich, warum sie sich schon wieder von einem Mann um den Finger wickeln ließ. Aber Aiden kochte oft für sie beide das Mittagessen und beschwerte sich nie darüber, dass sie ihn vernachlässigte, obwohl sie das an manchen Tagen wirklich tat.

Sie rührte das Curry um und programmierte die Mikrowelle für ein paar weitere Minuten.

Dann klappte sie ihren Laptop auf und begann, nach Darby O'Roarke zu suchen, wobei sie eine ganze Reihe von Artikeln über ihre Eskapaden im letzten Sommer fand.

Sie hatte sie vorher bereits überflogen, aber jetzt las Signy sie sorgfältiger. Obwohl sie den Begriff „angeblich" verwendet hatte, um eine Reaktion der jungen Frau hervorzurufen, war es offensichtlich, dass Darby entführt worden war und eine schreckliche Tortur durchgemacht hatte. Das bedeutete aber nicht, dass sie keine Mörderin war.

Signy fand ein kurzes Video aus der Zeit, als Darby zum ersten Mal in die Staaten zurückgekehrt war, und die Presse sich auf sie gestürzt hatte. Und dort, in dem pixeligen Filmmaterial, erkannte Signy den Mann, der ihr heute auf Schritt und Tritt gefolgt war.

Offenbar war SSA Eban Winters Teil der Krisenverhandlungseinheit gewesen, die Darby O'Roarke gerettet hatte. Signy kniff die Augen zusammen. Plötzlich ergab alles einen Sinn.

War sein Interesse persönlicher oder beruflicher Natur? Sie wollte gerade den Hörer abnehmen und einen Freund anrufen, der es wissen könnte, als ihr Handy klingelte.

„Torgerson", meldete sie sich.

„Ich habe vorhin eine Nachricht auf Ihrem Handy hinterlassen, aber Sie haben nicht zurückgerufen." Es war Sergeant Allan Robertson.

Als sie auf ihr Handy schaute, war dort ein kleines rotes Nachrichtensymbol zu sehen. „Tut mir leid, ich war unter der Dusche und habe nichts gehört."

„Kein Problem. Ich wollte Ihnen Bescheid geben, dass SSA Winters weitere Fußabdrücke auf einem der Nachbargrundstücke gefunden hat. Es sieht so aus, als hätte jemand Carstairs durch sein Wohnzimmerfenster beobachtet. Offenbar hat der

Hund der Nachbarn kurz nach Mitternacht angefangen zu bellen, aber sie haben es ignoriert, weil sie dachten, es sei ein Reh."

Es hätte ein Reh sein können oder ein Elch oder ein Karibu oder ein Bär oder der Wind. Es ärgerte Signy, dass SSA Winters diese Fußabdrücke gefunden hatte, zumal sie außerhalb des ausgewiesenen Tatorts lagen. „Sind Sie gerade dort?"

„Ja."

Sie unterdrückte ein Stöhnen. Der Kerl war ambitioniert. Komisch, dass ihr das bisher noch nie aufgefallen war. Signy starrte auf die Mikrowelle und ihr lief das Wasser im Mund zusammen, als ihr der Duft des Currys in die Nase stieg. Sie würde auf absehbare Zeit keines bekommen.

„Ich bin in zwanzig Minuten dort." Sie hielt inne und fragte sich, warum ihr auf einmal so unbehaglich war. „Können Sie die Spurensicherung noch einmal anrufen?"

„Das habe ich schon. Sie sind auf dem Weg."

„Befragen Sie alle Nachbarn, während die Leute von der Spurensicherung ihre Arbeit machen."

„Ja, Detective."

Sie zuckte zusammen, legte auf und ging ins Wohnzimmer. Aiden stand da und sah sie über seine Schulter an, eindeutig bemüht, seine Enttäuschung zu verbergen.

Sie ging auf ihn zu, umarmte ihn und küsste ihn auf die Wange. „Lass mir was zu essen übrig, okay?"

Aiden zwang sich zu einem Grinsen. „Klar. Sei vorsichtig da draußen, ja?"

„Das werde ich. Das bin ich immer." Sie war sich sehr bewusst, dass sie alles war, was er noch hatte.

Sie rannte die Treppe hinauf und zog sich schnell an,

einschließlich einer zusätzlichen Schicht Thermounterwäsche. Kein Wunder, dass sie nie Verabredungen hatte.

Das Bild von Elliot Byrne schoss ihr durch den Kopf, und sie musste lachen. So ein Typ würde sich nie für eine Frau wie sie interessieren. Sie hatte zu viele Hemmungen und zu viel Ballast.

Dann wich das hübsche Gesicht von Elliot Byrnes dem Bild von Darby O'Roarke, wie sie an jenem Morgen im Verhörraum gesessen und vollkommen entgeistert dreingeschaut hatte. Was, wenn das Mädchen unschuldig war?

Signy war nicht überzeugt.

Es ärgerte sie, dass Eban Winters diesen Hinweis entdeckt hatte, obwohl Streifenbeamte an diesem Abend ohnehin die Nachbarn befragen sollten. Könnte er ihn platziert haben?

Sie bezweifelte es, aber …

Ihr Magen knurrte. Was auch immer seine Motivation war, er hatte ihr die Zeit mit ihrem Sohn verdorben und sie um eine dringend benötigte Mahlzeit gebracht. Sie würde sich an ihren Freund wenden und ihren Chef bitten, mit den Leuten in Quantico zu sprechen und herauszufinden, warum das FBI so sehr an diesem Mord interessiert war.

Dann würde Winters sie hoffentlich in Ruhe lassen, damit sie ihren Fall verdammt nochmal selbst lösen konnte.

KAPITEL ZEHN

SCHRITTE ERTÖNTEN AUF dem Korridor, und das Schloss surrte. Die Metalltür der Zelle öffnete sich. Ein Polizist mit einem düsteren Gesichtsausdruck stand da. Darby wich ängstlich zurück und versuchte, nicht in Panik zu geraten.

„Sie können gehen."

Darby runzelte die Stirn, sie hatte sich offensichtlich verhört. „Wie bitte?"

„Ich sagte", stieß er zwischen zusammengebissenen Zähnen hervor, „Sie können gehen."

Sie wusste, dass ihr Gesichtsausdruck ihre Verwirrung widerspiegelte. „Wovon reden Sie?"

„Wollen Sie die ganze Nacht hierbleiben, oder wollen Sie raus?"

Sie rutschte nach vorne und stand auf. „Ich will raus, aber ich verstehe immer noch nicht, was hier los ist." Sie konnte nicht umhin, leicht verärgert zu klingen. Warum wollte er es nicht erklären?

Der Beamte schwieg und wartete offensichtlich darauf, dass sie ihm vorausging.

War das eine Art Trick?

Zögernd ging sie aus der Zelle. Er wies ihr den Weg zum Empfangsbereich. Eine Gruppe von Beamten, Detective Torgerson nicht eingeschlossen, starrte sie mürrisch an. Darby sah sich nach Eban um, aber er war nicht da. Auch ihr Anwalt war nicht da.

Ihre Nerven kribbelten vor Unbehagen.

Sie kam sich vor wie in einem zweitklassigen Horrorfilm, wo ihr, sobald sie versuchte zu fliehen, jemand in den Rücken schießen würde. Am Anmeldeschalter reichte ihr ein anderer Polizist ihren Mantel, ihre Brieftasche, ihre Schlüssel und ihr Handy. Der Rest ihrer Kleidung, darunter ihre Winterstiefel, waren bei der Spurensicherung.

Sie zog das geliehene Sweatshirt aus und legte es auf den Tresen. „Die restlichen Sachen gebe ich zurück, sobald ich etwas anderes zum Anziehen habe."

Der Beamte starrte auf sein Formular hinunter und ignorierte sie. „Ihr Pick-Up wird noch untersucht. Unter welcher Nummer sind Sie am besten zu erreichen, wenn wir mit ihm fertig sind?"

Ihre Zähne klapperten, als sie ihm ihre Handynummer gab. „Hat jemand eine Kaution hinterlegt?"

Die Lippen des Mannes verzogen sich. „Es wurde keine Anklage erhoben, also ist keine Kaution erforderlich."

Darby hatte offensichtlich etwas verpasst. „Soll das ein schlechter Scherz sein?"

Er starrte sie an, als wäre sie etwas Dreck, den er von seinen Schuhen wischen wollte. „Nein, das ist kein Scherz."

„Sie lassen mich gehen?"

„Es sei denn, Sie möchten ein Geständnis ablegen?"

„Ein Geständnis?" Darby blinzelte. „Was ist mit all den Fingerabdrücken, die Detective Torgerson erwähnt hat?" Sie sah sich nach der Ermittlerin um, aber die Frau war nicht zu sehen. „Sie sagte, sie würden *beweisen*, dass ich Martin umgebracht habe."

Der Mann starrte sie weiter an, ohne etwas zu sagen, und Darby fühlte sich wie ein Insekt, das er zerquetschen wollte. Schließlich lehnte er sich über den Tresen und blickte auf ihre Füße hinunter. „Sie sollten sich ein Taxi rufen, um nach Hause zu fahren. Verlassen Sie nicht die Stadt, ohne vorher mit uns zu sprechen."

Etwas war passiert, aber niemand sagte ihr, was. Das war nicht fair.

Ihr Herz klopfte, als sie zur Tür ging. Eine Frau mit dunklem Haar und einem nachdenklichen Gesichtsausdruck brachte sie hinaus. Die Augen der Polizisten waren wie Dutzende winziger Nadeln, die in ihren Rücken stachen. Bei jedem Schritt, den Darby machte, erwartete sie, dass jemand hinter ihr herlaufen und ihr sagen würde, dass dies ein großer Fehler war, nur um sie dann zurück in ihre Zelle zu schleifen. Sie stand in der Eingangshalle und machte ein paar Atemübungen, während sie schnell ihren Parka anzog und den Reißverschluss schloss, um sich vor dem eisigen Wetter zu schützen. Gegen das Fehlen von Schuhen, Handschuhen und einer Mütze konnte sie wenig ausrichten.

Sie schaltete ihr Handy ein und war dankbar, dass es noch ein paar Prozent Ladung hatte.

Eine unaufhörliche Reihe von Nachrichten flatterte auf den Bildschirm, Freunde, Kommilitonen, ihr Berater, Leute aus der Verwaltung der UAF, die alle wissen wollten, was los war. Ein Haufen von Nummern, die sie nicht kannte. Aber nichts von Eban, wie sie mit einem Stich der Enttäuschung feststellte. Die letzte Nachricht war von Elliot Byrne.

Nehmen Sie ein Taxi direkt zu Ihrer Wohnung. Wir treffen uns auf dem Parkplatz.

Eine Welle der Erleichterung durchströmte sie. Das

passierte wirklich. Sie ließen sie gehen. Elliot wusste bestimmt, was vor sich ging. Wahrscheinlich hatte er etwas mit ihrer Entlassung zu tun.

Sie ignorierte vorerst alle anderen Nachrichten, denn sie war sich ihres schwindenden Akkus und der missbilligenden Blicke der Polizisten hinter ihr sowie der Kameras, die ihre Bewegungen überwachten, überdeutlich bewusst. Sie betrat den Bürgersteig und zog sich die Kapuze über den Kopf, um sich vor dem eisigen Wind zu schützen.

Die Kälte traf sie wie eine Wand aus Eis. Ihre klammen Finger tasteten nach der Kurzwahlnummer eines örtlichen Taxiunternehmens, als in der Nähe ein lautes Hupen ertönte. Erschrocken blickte sie auf, als direkt vor ihr ein Kleinbus hielt.

Ein Blitz leuchtete ihr ins Gesicht, und sie hob die Hand, um sich zu schützen. Starke Arme legten sich von hinten um sie, und jemand drängte sie vom Kleinbus weg und um eine Ecke.

Oh, Gott! Sie versteifte sich und atmete ein, bereit zu schreien.

„Ich bin's, Darby. Ich bin hier. Alles ist gut."

Eban.

Sofort entspannte sie sich.

Der Klang seiner Stimme und das Gefühl seiner Arme um sie herum brachten ihre Knochen zum Schmelzen. Sie hielt nicht inne, um Fragen zu stellen oder den Moment zu genießen. Sie wusste, dass sie vor etwas davonliefen, und sie wollte nicht erwischt werden. Nie wieder.

Er öffnete eine Autotür. „Steig ein. Schnell."

Sie stieg ein, während er um den Wagen herumlief und auf den Fahrersitz sprang. Dann raste er los, noch bevor sie den

Sicherheitsgurt angelegt hatte. Sie hatte eine Million Fragen, doch die Erleichterung, aus dem Gefängnis heraus und endlich mit diesem Mann zusammen zu sein, von dem sie ständig träumte, machte sie unfähig, auch nur ein Wort zu sagen.

„Geht es dir gut?"

Sie tauschten einen spannungsgeladenen Blick aus.

„Ging mir schon mal besser." Ihre Stimme zitterte. „Aber auch schlechter. Wer war in dem Wagen?" Sie nahm ihre Kapuze ab und spürte, wie sein Blick über ihr Gesicht glitt. Was dachte er gerade? Seine dunklen Augen verbargen, was er fühlte, als sie es am dringendsten wissen musste.

„Der lokale Fernsehsender. Jemand muss sie darüber informiert haben, dass du entlassen wirst." Er ballte seine Hände zu Fäusten, um sie zu wärmen. Er hatte nicht einmal eine Jacke an.

„Wahrscheinlich diese Ermittlerin. Sie hasst mich. Genauso wie alle Polizisten, wenn ich so darüber nachdenke." Darby drehte sich in ihrem Sitz, um sich umzuschauen. „Soweit ich sehen kann, folgt uns niemand."

Eban warf einen Blick in den Rückspiegel und bog in eine andere Straße ein. Dann rechts, dann links, bis sie in Richtung Nordosten fuhren.

„Ich glaube, wir haben sie abgehängt, aber zu meiner Wohnung geht es da lang." Sie wies nach Westen, um das schwierige Gespräch zu vermeiden, das diese kurze Atempause in tausend blutige Stücke zerreißen könnte. Wie der Versuch zu erklären, warum ihre Fingerabdrücke auf einer Mordwaffe waren. Wie die Frage, warum er sie nicht im Gefängnis besucht hatte.

„Ich weiß." Sein Lächeln wirkte nicht amüsiert. „Dort kampiert die Presse auch." Er hielt ihrem Blick stand, während er immer wieder auf die Straße blickte. „Als ich erfuhr, dass du entlassen wirst, bin ich zu deiner Wohnung gefahren, um ein paar deiner Sachen zu holen – ich hoffe, es macht dir nichts aus. Die Cops waren heute schon da, also gib mir nicht die Schuld für das Chaos.“

Ihre Zähne klapperten bei der Vorstellung, dass Fremde in ihren persönlichen Sachen herumgestöbert und versucht hatten, ihre Motive für eine unfassbare Tat zu ermitteln. Und schließlich war Eban bei ihr zu Hause gewesen, aber nicht so, wie sie es sich vorgestellt hatte. Nicht als Gast, oder, Gott bewahre, als ihr fester Freund. Sondern als FBI-Agent, der ihr wieder einmal aus der Patsche geholfen hatte.

Er bemerkte ihr Frösteln und stellte die Heizung höher.

Der Verhandlungsführer war immer aufmerksam und rücksichtsvoll, auch wenn er ihr fast jeden Monat das Herz brach.

Er räusperte sich. „Ich bin einer Freundin von dir begegnet, die sich ein Buch von dir ausleihen wollte und in deiner Wohnung war. Leonora ...“

„Lenny Serkoak?“ Darby konnte den Schmerz nicht verbergen, der sie durchdrang. „Sie wollte sich eines meiner Bücher holen, ohne zu fragen?“

„Sie sagte, sie hätte sich deinen Schlüssel von anderen Studenten geliehen?“

„Davis und Stef. Wir haben alle einen Schlüssel für die Wohnung des jeweils anderen, für Notfälle.“ Sie starrte aus dem Fenster, ohne wirklich etwas zu sehen. Sie war unschlüssig, ob sie überreagierte und sich über etwas Unbedeutendes aufregte. Sie liehen sich ständig Bücher aus, aber das hier fühlte sich eher an wie ein Aasgeier, der sich an ihrem Kadaver vergriff, bevor sie überhaupt tot war. Sie sollte lieber ihren Laptop und andere Sachen aus ihrem Büro holen, bevor alles verschwand.

„Dann war ich bei Martins Nachbarn, und als ich zum Polizeirevier zurückfuhr, kam ich wieder an deiner Wohnung vorbei und sah einen Nachrichtenwagen vorfahren", erklärte Eban. „Deswegen dachte ich, ich sollte dich lieber so schnell wie möglich abholen."

Darby drehte sich zu ihm um. Sie dachte immer wieder, dass sie das vielleicht nur träumte. Von ihm träumte. „Warum haben sie mich gehenlassen?"

„Das erkläre ich dir, sobald wir an einem sicheren Ort sind."

An einem sicheren Ort. Das klang großartig, aber sicher vor wem?

Ihre Hände ballten sich zu festen Fäusten. „Du denkst doch nicht, dass ich hier die größte Gefahr bin?"

„Nicht einmal annähernd." Er sah immer wieder in den Rückspiegel, als würde er befürchten, dass ihnen jemand folgen könnte, schien jedoch kein bisschen besorgt zu sein, dass sie eine kaltblütige Mörderin sein könnte.

Warum hast du mich dann nicht im Gefängnis besucht? Sie hasste es, dass sie nicht mutig genug war zu fragen, selbst als die Saat des Grolls Wurzeln schlug.

„Hast du keine Angst, dass ich ausflippen und dir etwas Schreckliches antun könnte?" Ihre Stimme war leise und erinnerte sie an die Person, die sie gewesen war, als sie aus Indonesien nach Hause gekommen war. Nicht an die Kämpferin, die sie gewesen war.

Seine dunklen Augen waren ernst, als sie wieder zu ihrem Gesicht huschten. „Darby, ich habe keine Angst vor dir. Ich *weiß*, dass du es nicht getan hast."

Die Erkenntnis, dass er wirklich meinte, was er sagte, legte sich wie eine warme Umarmung um sie, und ihr Atem ging in kurzen Stößen.

„Es tut mir leid, dass du das durchmachen musstest, nach allem, was dir letztes Jahr widerfahren ist." Er presste die Lippen zusammen. „Es ist nicht fair, dass einer einzigen Person so viel Mist passiert."

Es war nicht nur eine Person. In Indonesien waren viele Menschen verletzt worden, und die meisten hatten nicht überlebt. Und gestern Abend hatte Martin sein Leben verloren. Aber er hatte recht, es war nicht fair.

„Ich hasse das", gab sie zu und versuchte, ihr Selbstmitleid und ihr Entsetzen zu unterdrücken.

„Ich auch."

Sie war so dankbar, dass er hier war. Obwohl er sich in letzter Zeit etwas von ihr distanziert hatte, hatte er alles stehen und liegen lassen, sobald sie Hilfe brauchte, und sich offensichtlich hinter den Kulissen für ihre Freilassung eingesetzt. Als sie sich kennengelernt hatten, war sie gerade durch die Hölle gegangen. Er wusste, wozu sie fähig war. Und trotzdem war er gekommen und hatte offenbar nie den Glauben an sie verloren. Kein Wunder, dass sie ihn so sehr mochte.

Darby schloss die Augen, als Tränen in ihr aufstiegen. Sie dachte darüber nach, was sie ihm alles zugemutet hatte. Entschlossen blinzelte sie. Sie würde jetzt nicht den Kopf verlieren. Sie würde nicht zusammenbrechen. Sie war jetzt stärker. Wenn er nicht glaubte, dass sie es getan hatte, dann hatte sie es auch nicht getan. Aber warum waren ihre Fingerabdrücke auf dem Messer?

Sie holte ihr Handy heraus.

„Wen rufst du an?", fragte er schnell.

„Meinen Anwalt, Elliot Byrne. Er wollte sich auf dem Parkplatz meiner Wohnung mit mir treffen."

„Sag ihm, dass ihr euch morgen trefft. Sag ihm nicht, dass du mit mir zusammen bist."

Sie blinzelte, auf unerklärliche Weise verletzt. „Warum nicht?"

Sein Mund verzog sich zu einem schiefen Lächeln. „Ich will nicht, dass die Polizei herausfindet, dass ich eine persönliche Beziehung zu ihrer Hauptverdächtigen habe."

„Bist du deshalb nicht zu mir ins Gefängnis gekommen?"

Er griff nach ihrer Hand. Drückte sie. Ihr kaltes Herz machte einen kleinen Purzelbaum.

„Das tut mir leid. Ich war mir anfangs nicht sicher, wie es weitergehen sollte, aber die Polizei hat nicht darauf gedrängt, zu erfahren, warum ich hier bin. Quentin wird mich natürlich unterstützen, wenn und falls sie sich an ihn wenden. Offiziell habe ich bei den Ermittlungen geholfen und versucht, nichts zu tun, was die Sache für dich noch schlimmer macht."

„Offiziell?"

„Inoffiziell offiziell", gab er mit einem breiten Grinsen zu. „Ich habe mich in nichts eingemischt", sagte er mit fester Stimme. „Ich habe mich vergewissert, dass sie jedes mögliche Beweisstück doppelt überprüfen. Jeder Spur nachgehen." Seine Miene verhärtete sich, und er wirkte verärgert.

Nicht über sie, wie sie begriff. Sondern über die Ermittlungen.

„Und eines dieser Beweisstücke hat sie dazu veranlasst, mich freizulassen?", mutmaßte sie.

„Damit hatte ich eigentlich gar nichts zu tun. Aber wahrscheinlich hat die Tatsache, dass ich jeden Schritt infrage gestellt habe, die Beamten dazu veranlasst, genauer hinzusehen. Hoffentlich werden die anderen Beweise, die sie gesammelt haben, uns helfen, herauszufinden, was wirklich passiert ist."

Wieder einmal hatte er dabei geholfen, sie zu retten. Kein Wunder, dass er sich Sorgen machte, ihre Beziehung sei unausgewogen – obwohl es übertrieben war, das als Beziehung zu bezeichnen. Es war eine Freundschaft, die auf Mitleid auf der einen und Anziehung auf der anderen Seite beruhte.

So sehr sie sich auch wünschte, sie könnten mehr sein als das, erinnerte sie sich daran, dass er derjenige war, der alle Barrieren errichtet hatte. Sie konnte nicht riskieren, ihn zu bedrängen oder sie beide in eine unangenehme Lage zu bringen, wenn sie jetzt versuchte, diese Barrieren niederzureißen. Das wäre nicht fair. Sie waren zusammen, und sie wollte es nicht ruinieren, indem sie mehr forderte, als er geben wollte. Was auch immer als Nächstes kam, zumindest war er an ihrer Seite. Und zumindest als Freund.

KAPITEL ELF

EBAN HIELT SICH zurück und fragte noch einmal, ob alles in Ordnung sei, als Darbys Telefon klingelte.

„Hallo?" Sie stellte das Gespräch auf Lautsprecher, damit Eban mithören konnte.

„Darby, sind Sie schon draußen? Kommen Sie nicht zu Ihrer Wohnung. Hier wimmelt es nur so von Journalisten. Nehmen Sie ein Taxi und kommen Sie zu meinem Hotel." Elliot Byrne nannte ihr den Namen eines Hotels in der Stadt. „Dort gehen wir die Fallunterlagen gemeinsam durch und entscheiden, was wir als nächstes tun."

Eban berührte ihr Knie, um ihre Aufmerksamkeit zu erregen. Er schüttelte den Kopf und murmelte: „Morgen."

Sie nickte, ihre grünen Augen blickten weit und besorgt in das Licht des Armaturenbretts. „Elliot, ich bin erschöpft. Ich werde heute Nacht bei einem Freund schlafen."

„Darby …" Der besorgte Tonfall des normalerweise abgebrühten Anwalts kam nicht völlig unerwartet. Er hatte das in Indonesien und in Quantico erlebt. Darby neigte dazu, den Beschützerinstinkt der Menschen zu wecken, besonders bei Männern. „Ich will Ihnen keine Angst einjagen, aber … sind Sie sicher, dass Sie diesem Freund vertrauen können? Also ihm Ihr Leben anvertrauen können?"

„Ja, das bin ich." Sie klang überrascht. Dann schien sie die

Bedeutung seiner Worte zu begreifen. „Sie glauben, dass meine Freunde eine Gefahr für mich darstellen könnten?"

„Ich bin mir nicht sicher", gab der Anwalt zu. „Ich weiß nur, dass irgendetwas Merkwürdiges vor sich geht, und Sie vielleicht Zeugin der Ereignisse geworden sind, die zu Martin Carstairs' Tod geführt haben."

Sie schien das zu überdenken. „Aber ich kann mich an nichts erinnern."

„Hoffen wir, dass der Mörder das weiterhin glaubt."

Gutes Argument. Eban fragte sich, ob es eine Möglichkeit gab, Darbys Erinnerungen wiederzuerlangen. Hypnose, vielleicht?

„Die gute Nachricht ist, dass die Polizei die Öffentlichkeit dazu aufgerufen hat, Fotos oder Videos von der Party zu schicken. Wie es aussieht, werfen sie das Netz bei der Suche nach Verdächtigen etwas weiter aus."

Eban würde später nachsehen, was eingegangen war.

„Warum hat die Polizei mich gehenlassen?"

Aus dem Augenwinkel beobachtete er, wie sich die Finger von Darbys freier Hand nervös um ihren Sicherheitsgurt schlangen.

„Was ist mit den Fingerabdrücken, die sie auf dem Messer gefunden haben?"

Sie presste ihre Fingerknöchel gegen ihre Unterlippe. „Sind es meine Abdrücke?"

„Es sind Ihre Fingerabdrücke", bestätigte Elliot Byrne, und Darby schien noch tiefer in den Sitz zu sinken. „Aber einem der Polizisten ist aufgefallen, dass die Art, wie Sie das Messer angeblich gehalten haben, nicht zu Martin Carstairs Verletzungen passt."

Darby runzelte die Stirn. „Ich verstehe nicht."

„Jemand hat Ihre Hand um den Griff des Messers gelegt, aber er hat einen Fehler gemacht und das Messer verkehrt herum in Ihre Handfläche gelegt."

Sie schluckte und drehte sich um, um aus dem Fenster zu starren. Eban sah, wie sich ihr verwirrter Gesichtsausdruck im Glas spiegelte. „Jemand hat absichtlich meine Finger um den Griff des Messers gelegt, mit dem Martin getötet wurde?"

„Ja." Der Tonfall von Byrne war ausgesprochen missmutig.

Sie sah aus, als müsste sie sich gleich übergeben. „Warum sollte jemand so etwas tun?"

„Vermutlich, um Ihnen etwas anzuhängen und selbst mit dem Mord davonzukommen."

Sie atmete röchelnd aus. Eban legte seine Hand auf ihr Knie und drückte es. Sie drehte sich um und sah ihn an, Tränen schimmerten in ihren Augen. „Sie glauben wirklich nicht, dass ich es war?"

Eban schüttelte leicht den Kopf.

Der Anwalt unterbrach die beiden. „Es sei denn, Sie sind ein böses Genie, das diese Beweise absichtlich platziert hat, um unschuldig auszusehen, und dann auf der Couch eingeschlafen ist."

„Dazu müsste man schon Nerven aus Stahl haben", stimmte sie zittrig zu.

Es würde ein enormes Maß an Voraussicht und Vorsätzlichkeit zeigen. Eban wusste zwar, dass Darby klug war und in der Lage, in Notwehr zu töten, aber sie war keine kaltblütige Mörderin.

Wer hasste sie so sehr? Wer hasste Martin Carstairs?

„Hat die Polizei noch andere Verdächtige?", fragte sie.

„Noch nicht."

Sie schluckte hörbar. „Das hört sich nicht gut an. Warum kann ich mich an nichts davon erinnern?"

„Ich weiß es nicht, aber ich vermute eine Art Beruhigungsmittel."

Eban überprüfte das Satellitennavigationssystem. Niemand folgte ihnen im Moment, und er brauchte ein paar Vorräte.

„Was glauben Sie, was hier los ist?", fragte sie Byrne.

Es entstand eine lange Pause, in der nur das Gebläse der Heizung und das Knirschen der Winterreifen auf den gefrorenen Straßen zu hören war.

Byrne sprach wieder, langsam. „So klug Sie zweifellos sind, ich glaube nicht, dass Sie das arrangiert haben. Viel eher vermute ich, dass jemand versucht hat, Ihnen das anzuhängen, aber dieses eine entscheidende Detail vermasselt hat. Wollte man Ihnen von Anfang an eine Falle stellen, oder hat sich einfach jemand die Tatsache zunutze gemacht, dass Sie dabei waren, als Martin getötet wurde? Ich weiß es nicht, aber ich werde die Spurensicherung und die toxikologischen Tests beschleunigen lassen. Viele wurden auf Drängen des FBI bereits an das staatliche Labor geschickt. Gibt es einen Grund, warum das FBI so an Ihnen interessiert ist?"

Sie warf Eban einen Blick zu.

„Nein." Ihre Stimme quietschte. Er grinste. Sie war eine furchtbare Lügnerin. „Sie denken, jemand hat mich beim Ceilidh unter Drogen gesetzt?"

„Ich denke, das ist durchaus möglich. Ich habe vor, mir Zugang zu den Bildern zu verschaffen, herauszufinden, ob es Beweise gibt, die wir benutzen können, um Ihre Verteidigung zu unterstützen."

Darby betrachtete die Lichter entlang des Highways, sie

sah verletzlich und verwirrt aus. „Warum sollte jemand mir oder Martin so etwas antun?"

„Ich weiß es nicht, deshalb müssen wir uns unterhalten", erwiderte der Anwalt. „Die Tatsache, dass das FBI involviert ist, deutet darauf hin, dass mehr dahintersteckt könnte, als wir denken."

Eban unterbrach sie, indem er den anderen Mann mit einem Kopfschütteln korrigierte.

„Sind Sie sicher, dass die Person, bei der Sie sich aufhalten, vertrauenswürdig ist? Niemand, der Martin gestern ermordet haben könnte?"

Ihre Blicke begegneten sich. „Absolut sicher."

„Also gut." Byrnes Stimme wurde sanfter. „Kommen Sie morgen früh um neun zu meinem Hotel. Zimmer 405. Wir werden zusammen frühstücken und die nächsten Schritte besprechen."

Eban nickte ihr zu, auch wenn sie seine Erlaubnis nicht brauchte. Zumindest nicht theoretisch. Doch es würde noch eine Weile dauern, bis er sie wieder freiwillig aus den Augen lassen würde.

„Ich werde da sein."

„Hat die Polizei Ihnen gesagt, dass Sie die Stadt nicht verlassen sollen?", fragte Byrne.

„Ja. Und sie haben anscheinend immer noch meinen Pick-up und die Sachen aus meiner Wohnung."

„Die Cops wollen ihre Hauptverdächtige nicht loslassen, obwohl es offensichtlich ist, dass Ihnen etwas angehängt werden soll." Byrne schnaubte frustriert. „Ich werde eine detaillierte Liste von allem besorgen, was sie mitgenommen haben, und ihnen Feuer unterm Hintern machen, damit sie Ihr Fahrzeug und die anderen Gegenstände, bei denen es sich nicht um Beweise vom Tatort handelt, freigeben.“

„Danke.“

„Darby …“ Die Stimme des Anwalts veränderte sich. Vertiefte sich. Wenn Eban sich nicht irrte, zeigte der Mann echte Gefühle.

„Ja?“

„Nach allem, was Sie mir heute erzählt haben“, der Mann hustete leicht, „nun, sagen wir einfach, ich verstehe jetzt, warum Haley so auf Sie aufpasst.“

Eban verdrehte die Augen.

„Ich passe auch auf sie auf.“ In Darbys Worten lag eine gewisse Schärfe. Sie hasste Mitleid.

„Ja. Das kann ich verstehen. Was ich damit sagen will, ist wohl, dass ich für Sie da bin. Bitte vertrauen Sie darauf, dass ich Ihnen helfe. Nicht nur, weil Haley mich dafür bezahlt, sondern auch, weil es mir am Herzen liegt, und ich nicht will, dass ein Haufen örtlicher Polizisten oder FBI-Agenten Sie zu einem Geständnis drängt, nur weil das einfacher ist, als ihre Arbeit richtig zu machen. Wir sehen uns dann morgen früh, aber rufen Sie mich ruhig an, wenn Sie etwas brauchen. Was auch immer –“

Die Verbindung brach ab.

„Verdammt.“ Darby überprüfte ihr Handy. „Mein Akku ist leer. Ich sollte ihn zurückrufen.“

„Ihn zurückrufen, um dich zu verabschieden?“ Eban schnaubte. „Dafür würde er sich bedanken und es dann auf die Rechnung setzen.“

Sie lachte leise, und Eban spürte, wie ihn ein Hauch von Erleichterung durchfuhr. Sie mochte angeschlagen sein, aber sie konnte immer noch über die kleinen Dinge lachen.

„Zyniker. Vielleicht wäre es etwas übertrieben.“

Sie schloss ihr Handy an das Ladekabel an, das er vorhin eingesteckt hatte. Und plötzlich waren sie wieder allein, und die Ereignisse der letzten zwölf Stunden hingen zwischen ihnen.

„Eban, es tut mir so leid, dass ich –"

Er unterbrach sie. „Entschuldige dich nicht für etwas, worauf du keinen Einfluss hattest."

Es war nicht das erste Mal, dass er das zu ihr sagte, was ihnen beiden gleichzeitig aufzufallen schien.

Sie pustete auf ihre Hände. Im Auto war es warm, doch ihr war immer noch kalt. „Hast du Quentin und Haley gesagt, dass ich freigelassen wurde?"

„Ja." Sein Chef war fast ausgerastet, und Eban wusste genau, wie der Mann sich fühlte. „Ich habe gesagt, dass du sie anrufst, sobald wir angekommen sind, aber zuerst muss ich noch Winterkleidung kaufen."

„Du hast keine Jacke dabei?"

„Nichts, auf dem nicht FBI steht, und ich hatte gehofft, etwas unauffälliger zu sein." Er stützte sich mit den Armen auf dem Lenkrad ab, während er auf eines der Einkaufszentren der Stadt zusteuerte. „Ich habe für Seattle im Januar gepackt, aber nicht für den Winter in Alaska."

Darbys Schultern sackten nach unten, und ihr Blick wanderte von ihm weg in den dunklen Fußraum. „Es tut mir wirklich leid, dass ich dich in diesen Schlamassel hineingezogen habe."

„Hey." Er griff nach ihrer Hand und genoss den Körperkontakt mehr, als er zugeben wollte. Sanft drückte er ihre Finger. „Das ist nicht deine Schuld."

Sie hob ihr Kinn an. „Ich scheine ständig gerettet werden zu müssen."

„Zufälligerweise ist das Retten von Menschen Teil meines Jobs." Er versuchte, die Sache herunterzuspielen, aber angesichts der Tatsache, dass ihr der Mord an einem ihrer Freunde angehängt wurde, war das nicht einmal ansatzweise lustig.

„Das scheint all das, was du gesagt hast, warum wir keine Beziehung führen sollten, zu bestätigen."

Verdammt. Er biss die Zähne zusammen. Als Verhandlungsführer, der mit ihrem ursprünglichen Fall betraut gewesen war, war es unprofessionell, sich mit einem Opfer einzulassen, besonders mit einem, das sexuell missbraucht worden war. Er würde es nicht riskieren, seinen Status auf irgendeine Weise auszunutzen. Aber vielleicht war inzwischen so viel Zeit vergangen, dass die Regeln nicht mehr galten. Es gab noch weitere Unterschiede zwischen ihnen. Weitere Unvereinbarkeiten, aber da er sie heute fast an die Justiz verloren hätte, und sie immer noch nicht ganz aus dem Schneider war, wollte er die Zeit, die sie zusammen hatten, nicht verschwenden. Aber er wollte bestimmte Dinge in seinem Leben, und er war sich nicht sicher, ob diese Dinge mit Darbys Hoffnungen und Träumen vereinbar waren. Es war kompliziert, und er brauchte Zeit und seine gesamte geistige Bandbreite, um seine Argumente vorzubringen. Und sie musste sich erholen.

„Lass uns später darüber reden. Ob du es glaubst oder nicht, ich will nur das Beste für dich."

„Ich bin kein Kind, Eban. Behandle mich nicht wie eines." Sie klang müde. „Ich glaube, ich könnte verflucht sein, genau wie diese Insel."

Verdammt. „Es ist nicht deine Schuld, dass dir diese Dinge widerfahren sind, Darby."

„Ich denke auch nicht, dass es meine Schuld ist, aber es passiert immer wieder, und ich bin es leid, ein Opfer zu sein."

„Du bist eine Überlebende, kein Opfer."

„Ich bin beides", erwiderte sie wütend. „Hör auf, mich mutiger klingen zu lassen als ich tatsächlich bin."

Ausnahmsweise wusste er nicht, was er sagen sollte.

Sie machte es ihm leicht. „Tut mir leid. Ich wollte dich nicht anschnauzen. Ich habe mich noch gar nicht bei dir bedankt, dass du alles hast stehen und liegen lassen und hergekommen bist, um mir zu helfen. Ich bin furchtbar."

„Du bist nicht furchtbar. Du bist fantastisch." Er schluckte den Kloß des Bedauerns in seiner Kehle hinunter. „Es tut mir leid, dass ich so weit weg war."

Sie blinzelte, eindeutig überrumpelt.

„Aber wir müssen uns darauf konzentrieren, diesen Schlamassel zu klären, bevor wir uns um etwas anderes kümmern." Schnell wechselte er wieder zu einem neutralen Thema. Mord. „Fällt dir jemand ein, der einen Groll gegen dich oder Martin hegen könnte?"

Sie zitterte. „Nein. Nicht, dass ich wüsste. Martin war in der Abteilung sehr beliebt." Ihre Augen wurden groß. „Außer Hurek vielleicht. Aber ich glaube, es ist eher so, dass ich einen Groll gegen ihn hege, als umgekehrt."

Darmawan Hurek war der Anführer der Terroristengruppe gewesen, die sie letztes Jahr entführt hatte. Er war geflohen, bevor das FBI ihn festnehmen konnte. Die meisten seiner Männer waren getötet worden.

„Das hat nichts mit Hurek zu tun."

Darby hob ihre feinen Augenbrauen. „Woher weißt du das?"

„Erstens ist das nicht sein Stil. Und zweitens steht er auf

der Liste der meistgesuchten Verbrecher des FBI, also kann er sich nicht so einfach ins Land schleichen."

„Über die Küste oder die kanadische Grenze ist es allerdings nicht unmöglich."

Eban nickte nachdenklich. „Es ist trotzdem nicht seine Art. Wenn er dich in die Finger bekäme, würde er wollen, dass du es weißt."

Darby erschauderte, und er wünschte, er wäre nicht so offen gewesen. Der Kerl würde sich an ihrer Angst und ihren Qualen ergötzen.

„Quentin versucht herauszufinden, ob es irgendwelche Neuigkeiten gibt, oder ob der Kerl in letzter Zeit gesehen wurde. Ich bezweifle, dass er hierherkommen würde, vor allem im Winter." Eban räusperte sich. „Habt Martin oder du euch mit anderen verbredet?"

„Du weißt, dass ich das nicht getan habe."

„Nicht einmal mit Martin?" Eban sagte es ruhig, als ob es ihm egal wäre, wenn sie sich mit anderen Männern treffen würde. Das Letzte, was er wollte, war, dass sie sich von ihm verurteilt fühlte, nachdem er sich wiederholt gegen eine intimere Beziehung gesträubt hatte.

„Ich war nicht mit Martin zusammen." Sie sah unglaublich traurig aus. „Ich gebe zu, dass ich mal daran gedacht habe, ihn zu küssen, vielleicht sogar mit ihm zu schlafen. Mehr, um es hinter mich zu bringen, als weil ich mich zu ihm hingezogen fühlte. Was nicht fair war. Er war nett. Wir mochten uns, aber es hat nicht gefunkt."

„Darby ..." Die Frau brach ihm das Herz.

Sie drehte sich um und schaute wieder aus dem Seitenfenster. „Du weißt, dass ich es tun will. Meine theoretische Jungfräulichkeit fühlt sich an wie ein Problem, das ich lösen muss."

Sie war in Indonesien wiederholt von einer Gruppe von Verbrechern vergewaltigt worden. Eban hatte ihr letztes Jahr gesagt, dass sie, seiner Meinung nach, ihre Jungfräulichkeit nicht verloren habe, da sie nicht eingewilligt habe.

Er wusste, dass sie das Gefühl hatte, ihr Mangel an positiven sexuellen Erfahrungen hindere sie daran, romantische Bindungen einzugehen. Er hatte versucht, sich von ihr zu distanzieren, damit sie den Freiraum hatte, sich jemand anderem zu nähern. Es war völlig falsch von ihm, jetzt froh zu sein, dass sie genau das nicht getan hatte.

„Martin war ein toller Typ. Klug. Engagiert auf seinem Gebiet, aber auch sehr gesellig, und man konnte immer Spaß mit ihm haben." Ein Schluchzen drang aus ihrer Kehle, als sie sich erlaubte, den Verlust ihres Freundes zu betrauern. „Ich erinnere mich, dass ich gestern Abend mit ihm getanzt habe. Wir haben uns auf jeden Fall gut amüsiert, aber wir hatten nichts miteinander. Es tut mir so leid, dass er gestorben ist. Er hat das nicht verdient." Sie holte scharf Luft. „Bist du dir ganz sicher, dass ich es nicht getan habe?"

„Das habe ich nicht einmal eine Sekunde lang gedacht", versicherte er ihr.

Sie schaute ihn ungläubig an. „Nicht einmal eine Sekunde? Sogar *ich* dachte, ich hätte es getan."

Eban schnaubte. „Okay, als herauskam, dass deine Fingerabdrücke auf der Mordwaffe waren, war ich kurz erschüttert. Aber ich hätte nie geglaubt, dass du ihn ohne guten Grund umgebracht hast."

Er würde immer Vertrauen in sie haben. Sie war ein guter Mensch. Da er schon viele schlechte kennengelernt hatte, konnte er das beurteilen.

Sie bogen auf einen Parkplatz ein, und er hielt vor dem Eingang eines Einkaufszentrums an.

Darby runzelte die Stirn. „Soll ich hierbleiben?" Sie zog eine Grimasse und rutschte auf ihrem Sitz herum. „Aber jetzt, wo ich darüber nachdenke, muss ich wirklich pinkeln."

Er betrachtete stirnrunzelnd ihr auffälliges rotes Haar, das ihr zerzaust um ihr Gesicht herumhing. „Hast du eine Mütze oder so? Irgendetwas, um dein Haar zu verstecken?"

Sie berührte zaghaft ihr Haar. „Nur meine Kapuze. Ich weiß nicht, wo meine Mütze und meine Handschuhe abgeblieben sind. Wahrscheinlich in meinem Wagen. Aber ich brauche Stiefel." Sie betrachtete ihre Pantoffeln.

Eban kramte eine schwarze Kappe aus der Tasche hinter dem Sitz hervor, denn im Einkaufszentrum wäre es zu heiß, um die Kapuze aufzubehalten. „Du warst den ganzen Tag über in den Lokalnachrichten, und deine Haare sind ein echter Hingucker." Leuchtend rot, wie Flammen. Eban glättete ihr seidiges Haar, bevor er so viel wie möglich davon unter die Kappe schob.

Sie schob ein paar weitere Strähnen unter die Kappe, sichtlich beunruhigt von dem Gedanken, erkannt zu werden.

Er wollte sie umarmen und ihre blassen Lippen küssen. Aber er wollte sie nicht verwirren oder verängstigen oder seine Augen vor den möglichen Gefahren verschließen, die vor ihm lagen.

„Besorgen wir uns Wintersachen, bevor wir noch erfrieren."

———————

DARBY WURDE DIESES surreale Gefühl nicht los, als sie in der

Nähe der Herrenumkleide in einem Outdoor-Fachgeschäft saß. Eban probierte gerade etwas an, während sie darauf wartete, dass der Verkäufer ihr einen passenden Stiefel in ihrer Größe brachte.

Vor einer Stunde war sie noch überzeugt gewesen, dass sie den Rest ihres Lebens im Gefängnis verbringen würde. Jetzt war sie in einem Einkaufszentrum. Ihr schwirrte der Kopf. Es war, als würde sie nicht mehr ihr eigenes, normalerweise langweiliges Leben leben, vor allem, weil Eban auch hier war. Wie oft hatte sie sich danach gesehnt, dass er sie besuchte? Wie oft hatte er eine Ausrede nach der anderen vorgebracht?

Die Tatsache, dass es eines Mordes bedurfte, um ihn hierherzubringen, machte ziemlich deutlich, wie groß sein persönliches Interesse war. Obwohl er ihr gesagt hatte, sie könnten keine intime Beziehung eingehen, war er oft derjenige, der ihre häufigen Telefongespräche initiierte. Er war derjenige, der darauf bestand, weiterhin Teil ihres Lebens zu sein.

Ihre Beziehung war kompliziert, und er sandte ihr widersprüchliche Signale. Aber Darby wollte die Freundschaft zu Eban nicht aufgeben, was bedeutete, dass sie ihn nicht zu etwas drängen durfte, das er vielleicht nicht erwiderte. Außerdem musste sie sich im Moment um wichtigere Dinge kümmern als um ihr Liebesleben.

Ohne sein Verantwortungsbewusstsein und seine Fürsorge würde sie wahrscheinlich immer noch in dieser Gefängniszelle verrotten.

Der Verkäufer kam mit einem Lächeln zurück und reichte ihr den passenden Stiefel. „Hier, bitte.“

Sie lächelte ihn an, und er zog sich zurück. Darby zog den zweiten Winterstiefel an. Er war mit Lammwolle gefüttert und hatte einen Kunstpelzbesatz und pelzige Bommel am Ende der Schnürsenkel, die beim Gehen umherwirbelten. Sie betrachtete sich im Spiegel. Sie waren deutlich sexyer und verspielter als die Schuhe, die sie sonst so kaufte. Normalerweise waren ihre Stiefel zweckmäßig und strapazierfähig. Sie waren nüchtern und praktisch, da sie ihr Schuhwerk normalerweise aufgrund von Robustheit und Temperaturbeständigkeit auswählte, um damit in der Wildnis zu überleben.

Hoffentlich würde sie ihre anderen Schneestiefel bald von der Polizei zurückbekommen.

Sie wackelte mit den Füßen und ging zur Ladentür. Die Stiefel fühlten sich flexibel und warm an, und die Sohle war dick genug, um die schlimmste Kälte abzuhalten. Außerdem sah sie süß darin aus und fühlte sich frivol. Nicht wie jemand, der gerade des Mordes beschuldigt worden war.

„Die passen gut. Ich nehme sie. Danke." Sie legte noch einige Paare warme Wollsocken auf den Stapel und eine cremefarbene Wollmütze mit Bommel sowie dazu passende Handschuhe. Die Polizisten mussten ihre Wintermütze haben, oder sie lag in ihrem Wagen. Jedenfalls hatte sie sich schon immer eine Mütze mit Bommel gewünscht, sich aber noch nie getraut.

Wie erbärmlich, oder? Nicht einmal den Mut zu haben, die Kleidung zu tragen, die sie sich insgeheim wünschte?

„Fertig?"

Sie sprang auf und wirbelte überrascht herum. Eban stand da, und sie blinzelte ihn an.

Er sah unglaublich gut aus. Glänzendes schwarzes Haar, das kurz genug geschnitten war, um zu verbergen, dass es sich kräuseln würde, wenn es länger wäre, und seine Augen waren so dunkelbraun, dass sie nicht sagen konnte, wo die Pupillen anfingen und aufhörten. Er hatte sich heute noch nicht rasiert und hatte bereits einen Fünf-Uhr-Schatten, der morgen ein Bart sein würde. Seine Haut war in dem hellen Licht blass – fast so blass wie ihre. Er erinnerte sie an einen mythischen walisischen Prinzen.

„Was?", fragte er neugierig, als sie ihn weiter anstarrte. Wortlos fügte er ihre Einkäufe seiner gewaltigen Ausbeute hinzu.

Ihre Wangen erröteten. „Nichts." *Feigling.*

Sie verlagerte ihr Gewicht von einem Fuß auf den anderen, entschlossen, ihm die Wahrheit zu sagen, nämlich, dass sie von seiner Attraktivität überrumpelt worden war, aber er war bereits weggegangen und zog seine Brieftasche heraus.

Sie eilte hinter ihm her. „Ich bezahle meine Sachen selbst."

„Zu spät." Er schenkte ihr ein Grinsen. „Du kannst den nächsten Einkauf übernehmen." Er wandte sich an den Verkäufer. „Den Mantel und die Stiefel ziehen wir gleich an."

Sie zögerte. Als sie aufgewachsen war, hatte ihr Vater alles, was er als Almosen ansah, immer vehement abgelehnt. Deswegen war sie unglaublich schlecht darin, Geschenke anzunehmen.

Sie schluckte fest. „Ich werde es dir zurückzahlen, sobald ich kann."

„Sieh es als verspätetes Weihnachtsgeschenk an."

„Du hast mir ein Weihnachtsgeschenk geschickt."

Er zuckte mit den Schultern. „Nur eine Kleinigkeit."

Er hatte ihr ein wunderschönes, in Leder gebundenes Tagebuch und einen Füllfederhalter geschickt. Sie hütete sie wie einen Schatz und nahm sie überallhin mit. Wobei ihr einfiel …

„Können wir danach zur Universität fahren?"

Der Mann hinter der Kasse runzelte die Stirn.

Eban zückte seine Kreditkarte, und sie konnte erkennen, dass er so tat, als würde er angesichts der hohen Rechnung nicht zusammenzucken. Er hatte eine Daunenjacke, gute Stiefel, Handschuhe, Hosen und Hemden gekauft. Eine Mütze. Unterwäsche. Ihre Augen wurden immer größer. Wie lange hatte er vor, hier zu bleiben? Und war es falsch von ihr, sich bei dieser Aussicht zu freuen, obwohl sie sich wegen des Grundes und des Preises schuldig fühlte?

„Ist es wichtig?", fragte er.

„Ja. Ich habe gestern meinen Laptop und einige Notizbücher im Labor liegen lassen. Ich bin direkt von der Arbeit zur Party gefahren und wollte nichts mitnehmen, was gestohlen werden könnte." Sie verdrängte das Bild von Martins Leiche aus ihrem Kopf. „Ich würde gerne von zu Hause aus arbeiten, falls es sein muss."

Er nickte, wirkte allerdings nicht sonderlich begeistert.

„Hey." Der Angestellte riss die Augen auf und wich einen Schritt zurück. „Sie sind das Mädchen, das den Studenten ermordet hat."

Darby kämpfte gegen den Drang an, angesichts des Entsetzens in seinen Augen zusammenzuzucken. „Nein, das habe ich nicht."

„Schon mal was von unschuldig bis zum Beweis der Schuld gehört, Kumpel?" Eban schnappte sich die Quittung und die Tüten und schob sie vor sich her. „Lass uns gehen, bevor dieser Idiot die Presse anruft. Und unterwegs besorgen wir uns etwas zu essen, denn ich weiß nicht, wie es dir geht, aber ich bin am Verhungern."

Als Darby sich umdrehte, sah sie, dass der Kerl mit seinem Handy filmte, wie sie davongingen. Übelkeit stieg in ihr auf, und das Letzte, was sie wollte, war Essen. Seit ihrer Rückkehr aus Indonesien hatte sie ihre Privatsphäre und Anonymität streng gehütet. Doch nun schien es, als wäre ihre Mühe völlig vergeblich gewesen, und sie hatte keine Ahnung, wie sie hier, in dieser Gemeinschaft, leben sollte, wenn die Polizei den wahren Mörder nicht fand.

KAPITEL ZWÖLF

EBAN WAR FROH über seinen neuen schwarzen Parka, als er Darby über den Campus und in das beeindruckende weiße Gebäude folgte, in dem das Geophysikalische Institut untergebracht war. Er war überrascht, wie viele Lichter noch an waren. Offensichtlich wurde hier bis spätabends gearbeitet.

Er ließ seinen Blick über den Campus schweifen, aber es war ruhig, nur gelegentlich sah er hier und da eine einsame Gestalt, die gegen den brutalen Wind ankämpfte, während sie zu ihrem Fahrzeug ging.

Auf dem Weg hierher hatte er in einem Drive-In Burger und Pommes Frites geholt, aber er hatte Darby überreden müssen, etwas zu essen.

Er machte sich Sorgen um sie. Sie war zu dünn. Sie sah zu zerbrechlich aus. Auf den Fotos, die er vor ihrer Entführung gesehen hatte, war ihr Gesicht runder gewesen, die Wangen voller. Jetzt spiegelte sich das Erlebte in den hervortretenden Wangenknochen und den dunklen Schatten unter ihren Augen wider. In ihren Augen lag wieder dieser gequälte Blick. Und das ausgerechnet kurz nachdem sie den freudigen Funken, den er auf den früheren Bildern gesehen hatte, wiedererlangt hatte.

Die Bemerkung des Verkäufers hatte sie wachgerüttelt.

Es war wahrscheinlich das erste Mal, dass sie begriff, dass

ihr Leben wieder einmal unwiderruflich verändert worden war. Wenn es ihnen nicht gelang, den Mörder zu finden und seine Schuld zweifelsfrei zu beweisen, würde Darby vielleicht immer ein gewisser Verdacht anhaften. Sie würde hier vielleicht nicht sicher sein.

Sie zückte ihre Zugangskarte, aber sie brauchten sie nicht. Eine kleine Gruppe von Studenten kam heraus, und sie schlüpften hinein.

Eban entging der erschrockene Blick nicht, den einer der Studenten Darby zuwarf, aber sie war so tief in Gedanken versunken, dass sie es nicht zu bemerken schien.

Die Sicherheitsvorkehrungen waren typisch für einen Ort wie diesen, und die meisten Gebäude waren für jemanden, der sich mit menschlichem Verhalten auskannte, leicht zu erreichen. Mit dem richtigen Maß an Selbstvertrauen und etwas Sozialkompetenz konnten sich manche Leute selbst zu den am besten gesicherten Orten Zugang verschaffen. Und für jemanden wie ihn? Er konnte seinen Ausweis zücken und fast überall hineingelangen, selbst in das Fairbanks Police Department.

Wer war dieser Mörder? Wie raffiniert war er?

„Hier entlang." Darby schenkte ihm ein unsicheres Lächeln.

Ihre Haut war blass. Die wenigen Sommersprossen auf ihrem Nasenrücken wirkten in diesem Licht besonders ausgeprägt. Machte sie sich Sorgen, was ihre Kollegen über sie denken würden? Sie hatte immer betont, was für ein großartiger Arbeitsplatz das hier war und wie freundlich alle waren. Jetzt schien sie sich dessen plötzlich nicht mehr so sicher zu sein. Wer könnte es ihr verdenken?

Sie hatte einen höllischen Tag hinter sich, und Eban hatte

das schreckliche Gefühl, dass er noch nicht zu Ende war.

Sie gingen durch einen hell erleuchteten Eingangsbereich, vorbei an bunten Glasmalereien an den Wänden. Sie führte sie zur Treppe, und sie gingen ein paar Stockwerke hinauf. Darby mochte keine geschlossenen Räume und stieg nur dann in einen Fahrstuhl, wenn es keine andere Möglichkeit gab.

„Wir sind ein Knotenpunkt für mehrere Datenströme, die in dieser Einrichtung eingehen. Das macht die Überwachung und die Zusammenarbeit zwischen verschiedenen Fachrichtungen und Organisationen viel einfacher." Ihr Gesichtsausdruck hellte sich ein wenig auf, als sie über ihre Arbeit sprach. Das war immer ihr Lieblingsthema.

Er ignorierte die offensichtlichen Probleme und bemühte sich um einen lockeren Tonfall. „Das erklärt wohl auch die riesige Satellitenschüssel auf dem Dach."

„Es gibt mehrere davon auf dem Campus und darum herum. Wenn es dich interessiert, kann ich dir erklären, was jede einzelne macht ..."

Er grinste und schüttelte den Kopf. „Ich sage dir Bescheid, wenn ich einen Überblick brauche."

Sie lachte, wie er gehofft hatte. Sie gingen einen weißen Korridor entlang, vorbei an verschiedenen Laboren, wie er durch winzige Glasfenster in den Türen erkennen konnte. Poster von Vulkanen, Gletschern, Eisformationen und Hightech-Geräten säumten die Wände.

Er erkannte Pulau Gunung Rebi, den Vulkan, auf dem er Darby zum ersten Mal getroffen hatte. Wie fühlte sie sich wohl dabei, jeden Tag ein Bild dieser Insel zu sehen? Sie ging daran vorbei, ohne einen Blick darauf zu werfen, und er wusste, dass sie täglich das Signalfeld überwachte, das sie im letzten Sommer im Rahmen der Datenerfassung für ihre Doktorarbeit eingerichtet hatte. Zwang es sie, die Ereignisse jeden Tag aufs Neue zu erleben? Oder half es ihr, sie zu überwinden?

„Ich dachte, die Forscher hier konzentrieren sich hauptsächlich auf die Vulkane in Alaska?"

Sie lächelte und freute sich, über ihr Fachgebiet sprechen zu können. „Alle hier untersuchen die Vulkane in Alaska, weil sie buchstäblich vor unserer Haustür liegen."

Der Blick, den sie ihm zuwarf, verriet ihm, dass sie den Subtext seiner Bemerkung verstanden hatte. Wenn sie hier Vulkane studierten, warum war sie dann in Indonesien gewesen?

„Obwohl wir die seismisch aktivste Region in den USA sind, gibt es bei uns zum Glück nicht viele Vulkane, die jeden Moment ausbrechen könnten." Sie warf einen weiteren Blick über ihre Schulter. „Wenn wir unser Wissen in allen Bereichen erweitern wollen, müssen wir verschiedene Systeme untersuchen, die zu unterschiedlichen Zeiten aktiv sind. Je mehr Informationen wir sammeln können, desto eher werden wir in der Lage sein, potenziell verheerende Ausbrüche vorherzusagen, was ein wichtiges Sicherheitsanliegen für die Menschen im Eruptionsgebiet und für den Flugverkehr rund um den Globus ist."

„Ganz zu schweigen von der potenziellen Bedrohung für die Menschheit, wenn einer der Supervulkane ausbricht."

In ihren Wangen bildeten sich Grübchen, als sie ihn angrinste. „Wenn die Yellowstone-Caldera ausbricht, sind wir alle aufgeschmissen. Dann könnten all die Prepper, die sich auf den Weltuntergang vorbereiten, sagen: ‚Ich hab's euch ja gesagt' – sofern sie daran gedacht haben, ihre Dosenöffner einzupacken."

„Du bist nicht besorgt?"

Darby schnaubte. „Supervulkane kann ich nicht kontrollieren. Mich beunruhigt die mögliche Unterbrechung des Golfstroms aufgrund des Klimawandels, weil wir *das* beeinflussen *können*." Sie blinzelte schnell und wandte den Blick ab. „Leider habe ich heute andere, dringendere Dinge im Kopf."

Wichtigere Dinge als eine globale Katastrophe. Für jemanden, der so umweltbewusst war wie Darby, zeigte das, wie groß ihre Sorge war, die sie so verzweifelt zu verbergen versuchte.

Eban schnaubte. Er hatte versucht, sie von den Ereignissen abzulenken, und war gescheitert. Die Leiche eines Freundes zu finden und für den Mord an ihm verantwortlich gemacht zu werden, stand wahrscheinlich ganz oben auf der Liste der schlechten Tage der meisten Menschen, außer vielleicht, in einem fremden Land entführt und gruppenvergewaltigt zu werden. Sein Respekt und seine Bewunderung für diese Frau wurden mit jedem Augenblick, den er mit ihr verbrachte, größer.

Darby griff nach einem Türknauf, aber die Tür schwang auf. Eine junge Frau stand da und starrte sie mit offenem Mund an. Ihr rundes Gesicht wurde von einem kurzen dunklen Pony eingerahmt.

„Jacqui." Darby zögerte, offensichtlich unsicher, wie sie empfangen werden würde. „Du arbeitest aber noch spät."

„Darby." Jacqui fasste sich an die Brust und wich einen Schritt zurück. „Oh, mein Gott, was machst du denn hier? Wir haben gehört ..." Sie schluckte. „Ich meine, heute Morgen ... Ich habe dich im Polizeiauto gesehen ...", stammelte sie. „Und es war überall in den Nachrichten. Du und Martin ..." Ihr Blick wanderte zu Eban und dann zurück zu Darby. „Warum bist du hier? Wer ist dieser Kerl? Was ist passiert? Wieso hat die Polizei dich gehenlassen?"

Eban biss die Zähne zusammen. Es war offensichtlich, dass diese Frau und viele andere Darby bereits als Mörderin abgestempelt hatten.

„Die Polizei hat mich gehenlassen, weil ich es nicht getan habe, Jacqui", entgegnete Darby entschlossen.

Eban war so verdammt stolz auf diese Frau und die Überzeugung in ihrer Stimme.

„Ich kann nicht glauben, was mit Martin passiert ist, aber ich bin nicht sicher, ob ich bereit bin, darüber zu sprechen." Eine Furche bildete sich zwischen Darbys Brauen. „Ich bin mir nicht einmal sicher, ob ich darüber sprechen darf."

Sie warf ihm einen Blick zu. Eban schüttelte leicht den Kopf. Es war immer besser, keine Einzelheiten über eine laufende polizeiliche Untersuchung preiszugeben.

Er war froh, dass sie ihn nicht vorgestellt hatte. Er wollte lieber keine Fragen über seine Beteiligung beantworten müssen, bis sie herausgefunden hatten, wer der wahre Mörder war. Oder bis jemand ihn ausdrücklich danach fragte.

„Der heutige Tag war schrecklich, also werde ich die nächsten Tage von zu Hause aus arbeiten." Darby drängte sich an der anderen jungen Frau vorbei, ging zu ihrem Schreibtisch und begann, ihre Sachen in eine Laptoptasche zu packen, die über der Stuhllehne hing.

Eban hielt die Tür mit seinem Rücken auf. In dem Raum wimmelte es nur so von Geräten, Computern, Druckern, Stativen, CDs, Solarpanels und Dingen, die er nicht kannte. An den Wänden hingen riesige Bilder, und an einer Garderobe hinter der Tür hingen Survival-Anzüge.

Jacqui warf ihm einen besorgten Blick zu. Er versuchte, nicht bedrohlich zu wirken, damit die andere Frau sich eher öffnete.

„Heute Morgen, als wir befragt wurden, sagte die Polizei, dass sie im Zusammenhang mit Martins Tod nach niemandem sonst suchen." Jacqui lachte nervös. „Wie kommt es, dass sie dich haben gehenlassen? Ich verstehe das nicht."

Eban verschränkte die Arme vor der Brust. „Sie haben sie gehenlassen, weil Darby Martin nicht ermordet hat. Das sollten Sie eigentlich wissen."

„Sicher, ich meine, *natürlich*." Jacqui blickte ihn an.

„Sie haben ein paar Beweise gefunden, die darauf hindeuten …" Darby hielt inne, da ihr offenbar bewusst wurde, dass die Beweise, die die Polizei gefunden hatte, auf den ersten Blick trotzdem belastend waren. „Wie auch immer, sie haben alle Anklagen gegen mich fallengelassen, was eine Erleichterung war."

Die Untertreibung des Jahrhunderts.

„Welche Beweise?", drängte Jacqui.

„Ich glaube, das darf ich nicht sagen. Hey, kannst du dich an alles erinnern, was gestern Abend passiert ist?"

Jacqui legte die Stirn in Falten. „Natürlich kann ich mich erinnern. *Ich* habe nichts getrunken."

Eban hätte am liebsten gekotzt. Die Frau klang verdammt fromm.

„Das ergibt doch keinen Sinn. Ich hatte gehofft, dass noch jemand …" Darby brach ab.

Sie hoffte, dass noch jemand einen Filmriss gehabt hatte. Wahrscheinlich war es besser, das nicht zu sagen. Die Leute würden sie mit Sicherheit in der Luft zerreißen.

Das andere Mädchen stand zögernd zwischen ihnen.

„Hast du gesehen, wie ich die Party verlassen habe?", fragte Darby.

„Nein. Ich bin früher gegangen. Stef und Davis meinten, sie hätten dich und Martin zusammen weggehen sehen. Davis sagte, es habe so ausgesehen, als ob Martin dich gestützt hätte. Er dachte, du wärst vielleicht betrunken gewesen, was das erste Mal gewesen wäre. Er dachte, Martin wollte sichergehen, dass du dich an einem sicheren Ort ausschlafen kannst." Jacquis Haut war blass, ihr Mund angespannt.

Darby verzog das Gesicht. „Das müssen ausgerechnet die sagen. Wie oft habe ich sie schon nach Hause gefahren, weil sie zu viel getrunken hatten? Ich hatte nur den Whisky, den es zum Haggis gab."

„Aber du trinkst doch nie harten Alkohol." Die Frau schlang ihre Arme um die Brust. „Wir dachten, vielleicht wäre er dir zu Kopf gestiegen."

Darby starrte ihre Freundin mit dämmerndem Entsetzen an. „Drei Stunden später? Das ergibt doch keinen Sinn!"

Eban beobachtete Darby, als ihr etwas klar wurde. Ihre Freunde trauten es ihr zu, einen Mord zu begehen. Sie glaubten, sie hätte es getan, weil die Polizei es behauptet hatte. Torgerson hatte allen gesagt, dass sie nach keinen anderen Verdächtigen suchten, und jetzt lief irgendwo ein Mörder herum und lachte sich ins Fäustchen.

Die Polizei hätte niemals so mit diesem Fall umgehen dürfen. Nicht, bevor sie sicher wussten, dass sie alle Fakten hatten. Und selbst dann erst nach einem Prozess, aber die Öffentlichkeit war immer hungrig nach Fakten und wollte wissen, ob sie in Sicherheit war. So sehr Eban Darby auch vor dieser hässlichen Realität schützen wollte, er konnte nichts tun. Außer sie zu beschützen. Sie zu unterstützen. Den wahren

Mörder zu finden.

„Ihr habt wirklich geglaubt, dass ich Martin getötet habe?", murmelte Darby.

Jacqui biss sich auf die Lippe. „Wir wissen, dass der letzte Sommer dich durcheinandergebracht hat."

Eban änderte seine Haltung und Jacquis Augen huschten wieder zu ihm. „Davis dachte, du hättest Martin getötet, um diesen Sommer nicht wieder dort hinzumüssen."

In diesem Sommer dorthin zurückkehren? Nur über seine Leiche.

Dieses Mal war es Darby, die Eban einen nervösen Blick zuwarf. Er sah sie mit zusammengekniffenen Augen an.

Sie ignorierte ihn und drehte sich wieder zu ihrer sogenannten Freundin um. „Wenn ich mich entscheide, nächsten Sommer nicht nach Indonesien zu gehen, werde ich mit Professor Nilsson darüber sprechen. Ich würde deswegen weder Martin noch sonst jemandem wehtun."

„Wir haben nur darüber spekuliert, was passiert sein könnte." Das andere Mädchen zuckte mit den Schultern. Offenbar hatte sie sich keinerlei Gedanken darüber gemacht, wie diese Spekulationen einer unschuldigen Person, die eines Verbrechens beschuldigt wurde, schaden könnten. Vor allem einem Mädchen, das angeblich ihre Freundin war.

„Zu welchen Ergebnissen seid ihr sonst noch gekommen? Einem psychotischen Zusammenbruch? Oder gehöre ich vielleicht einer satanischen Sekte an?"

Jacquis Augen weiteten sich und ihre Miene wurde abwehrend. Sie öffnete den Mund, um etwas zu sagen, aber Darby unterbrach sie.

„Ist dir auch nur einen Moment lang in den Sinn gekommen, dass ich es vielleicht gar nicht getan habe?" Darbys Augen waren jetzt groß.

„Aber die Cops –"

„Die Cops sind mir egal. Die kennen mich nicht. Du kennst mich", beharrte Darby schroff.

„Ja, aber du lässt niemanden an dich heran. Nicht mehr. Ich meine, du sprichst nicht darüber, was passiert ist –"

„Ich spreche nicht darüber, dass ich von bewaffneten Männern entführt und sexuell missbraucht wurde? Willst du Details, Jacqui, damit du beim nächsten Feldeinsatz bei jedem Geräusch erschrocken aufwachst? Oder in kalten Schweiß ausbrichst, wenn dich ein fremder Mann den Bruchteil einer Sekunde zu lange anstarrt?" Darby zitterte jetzt.

Jacqui schluckte und blinzelte schnell. „Du hast nie erzählt, dass du vergewaltigt wurdest." Sie blickte zu Boden und presste die Lippen aufeinander.

„Was dachtest du denn, was passiert ist!?"

Jacqui schien von Darbys Ausbruch schockiert zu sein.

Darby schloss ihre Augen, und Eban musste gegen den Drang ankämpfen, zu ihr zu gehen. Sie wollte das bestimmt allein durchstehen.

„Stell dir deinen schlimmsten Albtraum vor, multipliziere ihn mit tausend und füg das Wissen hinzu, dass der Albtraum nie aufhören wird, bis du entweder tot bist oder gerettet wirst – und dass eine Rettung äußerst unwahrscheinlich ist."

Jacqui schlang die Arme um ihren Körper und murmelte: „Was hast du jetzt vor?"

„Wie ich schon sagte, ich packe meine Sachen, damit ich ein paar Tage von zu Hause aus arbeiten kann. Die Medien machen Jagd auf mich, und ich werde auf keinen Fall mit ihnen reden."

Es war nicht das erste Mal, dass sie wegen einer Story

hinter ihr her waren. Eban freute sich nicht darauf, was sie über dieses jüngste Ereignis in Darbys Leben sagen würden. Alles, was im letzten Sommer passiert war, würde wieder hervorgekramt und recycelt werden, was Darmawan Hurek nicht nur daran erinnern würde, dass Darby noch lebte, sondern ihm auch verraten würde, wo genau sie wohnte.

Eban glaubte nicht, dass der internationale Terrorist es riskieren würde, seine Freiheit zu verlieren, um sich an ihr zu rächen, vor allem, da er nicht in die körperlichen Angriffe auf sie verwickelt gewesen war. Aber Darby befürchtete, dass er hinter ihr her sein könnte, und Eban hasste es, ihre Angst noch zu verstärken. Verdammt. Eban gefiel nicht, was diese ganze Sache für Darbys Sicherheit bedeutete.

„Wer ist er?" Jacqui nickte in Richtung Eban.

Hatte Darby ihn ihren Kollegen gegenüber erwähnt? Er fragte sich, was sie ihnen erzählt hatte.

Darby begegnete seinem Blick. „Ein Freund."

Er fühlte sich wie so viel mehr und konnte doch keinen anderen Status für sich beanspruchen. Er runzelte die Stirn.

„Ich bin fast fertig. Ich muss nur noch ein paar Daten herunterladen", sagte Darby, drehte sich zu einem Desktop-Computer um und loggte sich schnell ein.

„Beeil dich." Eban wollte nicht zu lange an einem Ort bleiben. Das gab der Presse die Möglichkeit, sie einzuholen. Ganz zu schweigen von dem Mörder.

„Entschuldigt mich." Jacqui verließ eilig den Raum.

Darby starrte ihr hinterher und zuckte dann resigniert mit den Schultern. „Ich schätze, wir werden uns beim nächsten Feldprojekt kein Zelt teilen."

Sie versuchte, die Sache auf die leichte Schulter zu nehmen, aber er wusste, dass die andere Frau sie mit ihrem

Misstrauen verletzt hatte.

„Sie werden darüber hinwegkommen, sobald die wahre Geschichte herauskommt."

„*Falls* die Polizei herausfindet, was wirklich passiert ist." Sie schickte einige Daten an ihre E-Mail-Adresse und loggte sich aus. „Ansonsten werden sie mich weiterhin verdächtigen. Vielleicht hätte ich nach Hawaii gehen sollen. Dort ist mein Co-Supervisor."

„Du hast dich für Alaska statt für Hawaii entschieden?"

Sie unterdrückte ein Lachen. „Verrückt, oder?"

Eban lächelte zurück, aber sie sahen sich nicht an. Er wollte ihr versprechen, dass sie den Täter finden würden, aber nichts war sicher. Hoffentlich würden die Beweise einen Hinweis auf den Mörder liefern. DNA-Spuren, Fußabdrücke, Fingerabdrücke, Elektronik. Vielleicht würde sich ein Zeuge melden, oder die Fotos des Ereignisses würden etwas verraten. Oder der Mörder würde sich selbst stellen – es waren schon seltsamere Dinge passiert.

Darby steckte ein Ladekabel in ihre Laptoptasche und holte ein paar schwere Lehrbücher aus dem Regal über ihrem Schreibtisch. Eban trat vor und nahm ihr den Bücherstapel ab.

Er hörte Schritte auf dem Korridor und steckte seinen Kopf hinaus, um nachzusehen. Ein Mann mittleren Alters in einem grünen UAF-Sweatshirt und Jeans unterhielt sich im Flüsterton mit Jacqui, während er auf ihn zukam. Der Ausdruck des Mannes war sowohl trotzig als auch nachdenklich.

Der Mann warf ihm einen Blick zu, bevor er an ihm vorbei ins Büro ging und sein ergrautes Haar kratzte. Eban stieß die Tür auf, wobei er darauf achtete, eine Hand frei zu haben, um im Bedarfsfall seine Waffe zu ziehen. Nicht, dass er mit Ärger rechnete, aber diese Angewohnheit war ihm mittlerweile in Fleisch und Blut übergegangen.

„Darby, was in aller Welt tust du hier?"

„Professor Nilsson." Ihr Mund verzog sich zu einer dünnen Linie. „Ich packe meine Sachen, um von zu Hause aus zu arbeiten –"

„Ich meine, warum bist du nicht im Gefängnis?"

Darbys Lippen zitterten, dann schluckte sie hörbar. „Die Polizei hat mich freigelassen, wie du sehen kannst." Ihr entwich ein rauer Atemzug, als weder der Professor noch Jacqui etwas sagten. „Du kannst dort anrufen, wenn du mir nicht glaubst."

Das Schweigen zog sich unbehaglich in die Länge.

Schließlich sagte Darbys Professor: „Hör mal, diese Angelegenheit ist äußerst unangenehm für das Institut." Der Mann runzelte die Stirn. „Du verstehst sicherlich, dass es problematisch ist, dass du hier bist …"

„Ich habe nichts falsch gemacht", sagte Darby scharf.

Er seufzte. „Wir müssen unsere Studenten schützen."

„Ihre Studenten schützen?", unterbrach Eban ihn.

Der Professor blickte ihn überrascht an. „Der Polizeibeamte, mit dem ich heute Morgen gesprochen habe, sagte, dass Darby in Martins Haus aufgefunden und Martin erstochen wurde. Und sie haben allen klargemacht, dass sie nach niemandem sonst suchen, der mit dem Mord in Verbindung steht."

„Keiner dieser Fakten bedeutet, dass Darby in irgendeiner Weise für den Tod von Mr. Carstairs verantwortlich ist", erklärte Eban, der sich darüber ärgerte, wie die Ermittlungen von den lokalen Behörden gehandhabt wurde.

„Korrelation bedeutet nicht Kausalität", fügte Darby

hölzern hinzu.

Der Professor blickte unbeeindruckt drein. „Die Ermittlerin war sehr überzeugend."

Darby sah aus, als würde sie verzweifelt versuchen, ihre Fassung zu bewahren. Eban war kurz davor, auf den Kerl loszugehen.

„Wir müssen an unsere anderen Studenten denken und daran, dass sie sich sicher fühlen ... Das verstehst du doch sicher?", fuhr der Professor fort.

Das verstand Eban, ja. Und er wusste, was er zu tun hatte. Die Gefühle des Professors benennen. Mitgefühl zeigen. „Klingt, als hätten Sie gerade viel zu tun und als wären Sie mit den Auswirkungen dieser Situation etwas überfordert." Dann sollte er ein paar gezielte Fragen stellen, wie der Professor und die Universität mit dieser Situation umgehen würden, bevor er möglicherweise seine Hilfe anbot. Aber Eban hatte genug davon, sich zurückzulehnen und Darby allein mit dieser Scheiße fertig werden zu lassen, denn dieser Kerl interessierte sich eindeutig nur für sein Forschungsprogramm.

„Letzten Sommer hatten Sie kein Problem damit, Darby in Gefahr zu bringen und sie allein auf einen indonesischen Vulkan zu schicken, in ein Gebiet, wo gerade eine unsichere Lage herrscht und eine bekannte Terrorgruppe aktiv ist."

„Niemand hätte vorhersehen können –"

„*Ich* hätte es vorhersehen können." Eban starrte den Mann an. „Ein einziges Gespräch mit einem Beamten des Außenministeriums hätte genügt, um diesen nicht gerade brillanten Plan zu durchkreuzen. Daran hat sich nichts geändert, falls Sie sich das fragen sollten." Er warf Darby einen Blick zu, da er nicht glauben konnte, dass sie es tatsächlich in Erwägung zog, dorthin zurückzukehren.

„Wir müssen dorthin gehen, wo die Vulkane sind. Nicht andersherum. Wir müssen strenge Sicherheitsprotokolle einhalten", schimpfte Nilsson.

Eban wollte dem Kerl eine verpassen, aber der Professor kannte nicht das ganze Ausmaß dessen, was Darby im letzten Jahr durchgemacht hatte. Er wusste von der Entführung, Darby war jedoch nie mit den tagelangen nicht enden wollenden sexuellen Übergriffen an die Öffentlichkeit gegangen. Jacqui könnte jetzt alle aufklären, dachte Eban verbittert.

„Darby wurde allein auf einer abgelegenen Vulkaninsel zurückgelassen, ohne jeglichen Schutz oder Unterstützung." Seine Stimme wurde leiser, was der Professor anscheinend nicht als Zeichen der Gefahr zu deuten schien. „Mir scheint, dass Sie alle beschützen, *außer* Darby. Für mich sieht es sogar so aus, als würden Sie sie regelmäßig den Wölfen zum Fraß vorwerfen."

DARBY SAH EINEN Anflug von Schuldgefühlen über das Gesicht ihres Betreuers huschen.

„Das ist nicht wahr", widersprach Jim Nilsson. „Das ist nicht –"

„Genau das ist passiert", erklärte Eban mit fester Stimme.

Darby wusste, dass Quentin den Professor zur Rede gestellt hatte und dass er Reue gezeigt hatte, als sie ans Institut zurückgekehrt war. Waren diese Worte nur leeres Gerede gewesen?

Nilsson plusterte seine Brust auf und versuchte, Eban von oben herab anzusehen. Er scheiterte kläglich. „Wer sind Sie eigentlich?“

„Ich bin einer der Leute, die Ihnen im letzten Sommer *dringend* ans Herz gelegt hätten, nicht in diesen Teil der Welt zu gehen, und die Ihnen *nachdrücklich* davon abgeraten hätten, eine Frau dort sich selbst zu überlassen.“

Nilsson wandte den Blick ab und räusperte sich. „Wir legen Wert darauf, niemanden zu diskriminieren.“

Ein Schock durchzuckte sie. Das Thema Gleichberechtigung in diesem Zusammenhang anzusprechen, war mehr als schmerzhaft und lenkte von dem eigentlichen Problem ab, nämlich den unzureichenden Sicherheitsvorkehrungen.

„Das ist Blödsinn, und das wissen Sie.“ Eban vernachlässigte sein Verhandlungsgeschick. Er war sichtlich wütend. „Jede zukünftige Exkursion in diesen Teil Indonesiens sollte überdacht werden, es sei denn, Sie können es sich leisten, eine private Sicherheitsfirma zu engagieren. Und selbst dann ist es ein erhebliches Risiko.“

„Die indonesischen Behörden haben mir versichert –“

„Ein Mitglied des indonesischen Parlaments hat aktiv mit dem Anführer der Terrorzelle dort konspiriert.“

„Diese Person wurde beseitigt.“

„Das indonesische Militär hat enge Verbindungen zu der Gruppe, die Darby letztes Jahr terrorisiert hat.“

Ihr wurde schlecht. Sie hatte wahnsinnig großes Glück gehabt, dass sie überhaupt entkommen war.

„Wir werden mehr Sicherheitspersonal einstellen“, konterte der Professor ungeduldig.

„Sie werden Militärpersonal brauchen, und zwar viel.“ Eban biss die Zähne zusammen. „Verfügen Sie über die Mittel, die für eine solche Operation erforderlich sind?“

Darbys Atem rasselte in ihrer Brust. Würde ihr Professor

seine Studenten ein zweites Mal vorsätzlich im Namen der Wissenschaft gefährden? Die Arbeit war wichtig, aber ihre Sicherheit war es auch.

„Wir werden die Idee wahrscheinlich ohnehin überdenken müssen, aber das hat nichts mit der Situation zu tun, in der wir uns gerade befinden, nämlich dem Mord an Martin Carstairs", verkündete der Professor und versuchte, die Oberhand in dem Gespräch zurückzugewinnen. „Ich habe heute mit dem Abteilungsleiter gesprochen, und es herrschte der allgemeine Eindruck, dass die Ereignisse der letzten Nacht dieses Institut in Verruf bringen. Wir müssen unseren Ruf schützen, wenn wir gute Studenten für die Universität gewinnen wollen …"

„Moment mal", meldete sich Darby zu Wort. „Du glaubst, *ich* bringe das Institut in Verruf?"

„Letztes Jahr war schon schlimm genug, was die Optik betrifft."

„Die Optik?" *Was zum Teufel?* Ein Schwindelgefühl drohte, sie zu übermannen. Dass ihre Erfahrungen so klinisch betrachtet wurden …

Die Stimme des Professors wurde sanfter. „Darby, ich weiß, dass du nicht entführt werden wolltest, aber ungeachtet der Umstände wirft das nicht gerade ein gutes Licht auf die wichtige Arbeit, die wir hier leisten."

„*Ungeachtet der Umstände?*" Der Verrat bahnte sich seinen Weg um ihre Rippen, bis er ihr Herz durchbohrte. Sie wollte den Kerl anschreien, dass sie letztes Jahr fast zerstört worden war. Sie wäre fast *ausgelöscht* worden. Und er interessierte sich für das Image der Universität?

Ein Teil von ihr wollte sich verteidigen, doch der andere, größere Teil von ihr weigerte sich, ihm die Einzelheiten über das, was ihr widerfahren war, zu erzählen. Er hatte sie nicht verdient. Sie traute ihm nicht.

Eban bewegte sich, und sie wurde sich der angespannten Stille bewusst.

„Jemand hat einen Studenten des Instituts umgebracht und versucht, einer anderen Studentin den Mord anzuhängen", erklärte Eban milde. „Vielleicht sollten Sie sich lieber um die Opfer kümmern, statt zu überlegen, wie Sie die Sache für die PR-Abteilung beschönigen können."

„Wie dem auch sei –"

„Hören Sie, *Professor*." Eban klang, als wäre er verzweifelt auf der Suche nach einer vernünftigen Lösung. „Darby ist hier genauso ein Opfer wie Martin. Jemanden auf der Grundlage einer vorläufigen polizeilichen Untersuchung zu verurteilen, anstatt eine Studentin zu unterstützen, die eindeutig traumatisiert ist, wirft kein gutes Licht auf eine erstklassige Bildungseinrichtung."

Ihr Chef sah verärgert aus.

„Vor allem, nachdem Sie letztes Jahr derartig versagt haben." Eban scherte sich offensichtlich um nichts mehr.

Ihr Herz füllte sich mit Dankbarkeit dafür, dass sie diesen Mann auf ihrer Seite hatte.

Nilsson richtete sich zu seiner vollen Größe auf und hob sein Kinn. „Ich fürchte, der Abteilungsleiter hat bereits beschlossen, dir den Zugang zum Institut zu entziehen, Darby. Du musst sofort gehen. Und nimm deinen Freund mit."

Darby bekam keine Luft mehr. „Du schließt mich aus dem Programm aus?"

Der Professor verlagerte unbehaglich sein Gewicht. „Wir halten morgen früh eine Krisensitzung in der Abteilung ab."

„Morgen früh?" Tränen schossen ihr in die Augen, aber sie blinzelte sie weg. Sie hatte so lange so hart gearbeitet. Hatte so viel ertragen.

„Darby hat niemanden umgebracht." Eban sah wütend aus.

„Dass du entlassen wurdest, wirft natürlich einige Fragen auf …" Ihr Chef sah plötzlich unsicher aus. „Du kannst von zu Hause aus arbeiten, bis ich das mit dem Abteilungsleiter besprochen habe." Er tat so, als würde er Darby einen Gefallen tun, nur traute sie ihm jetzt nicht mehr. Ihre Welt hatte sich grundlegend verändert, und sie wusste nicht, ob sie ihm jemals wieder etwas glauben würde.

„Du bist mein Betreuer, du kennst mich. Du solltest dich für mich einsetzen. Aber du hast so viel Angst davor, wie die Medien die Sache auffassen könnten, dass du mich den Wölfen zum Fraß vorwirfst, wie Eban gesagt hat."

„Ich weiß, dass das unangenehm ist", erwiderte der Professor unwirsch.

Unangenehm? Sie wollte vor Wut schreien, denn ihr Tag war schon zehn Minuten nach dem Aufwachen an diesem Morgen weit über „unangenehm" hinausgegangen.

„Martin Carstairs hat auch hier studiert, ein wunderbarer junger Mann. Wir können nicht zulassen, dass der Mord an ihm folgenlos bleibt."

„Oh, da stimme ich vollkommen zu, *Jim*." Darby schürzte die Lippen und hob ihr Kinn. „Aber die Polizei hat mich freigelassen, weil ich *nicht* dafür verantwortlich bin, was Martin letzte Nacht zugestoßen ist, also sollten die *Konsequenzen* mich nicht beeinträchtigen." Sie ballte ihre Hände zu Fäusten. „Sprich du mit den anderen Fakultätsmitgliedern und der Verwaltung, bevor die Abteilung aufgrund von Angstmacherei und Hörensagen meine Karriere zerstört. Ich werde mit meinem Anwalt sprechen."

Stolz leuchtete in Ebans Augen, als er sie beobachtete.

Jim Nilssons Augen verengten sich. „Gut. In der Zwischenzeit muss ich dich bitten, zu gehen."

Sie blickte auf, als sie hörte, wie Türen geöffnet und geschlossen wurden und sich Schritte in ihre Richtung bewegten. Sie schluckte, als ihr klar wurde, dass ihr Chef den Sicherheitsdienst gerufen hatte, bevor er überhaupt mit ihr gesprochen hatte.

Hielt er sie wirklich für eine Gefahr?

„Hast du alles, was du brauchst?", fragte Eban.

Darby nickte, und der Professor begann, den Raum abzusuchen, als wolle er sich vergewissern, dass sie nichts gestohlen hatte.

„Lass uns von hier verschwinden", sagte Eban leise.

Sie blinzelte die Tränen zurück und hob ihr Kinn. Dann warf sie sich ihre schwere Tasche über die Schulter und nahm Eban entschlossen den schweren Bücherstapel aus dem Arm.

Sie war kein Schwächling.

Darby stellte sich vor ihren Chef. „Ich erwarte eine umfassende Entschuldigung von dir *und* vom Leiter der Abteilung. Ich erwarte, dass alle meine Zugangsprivilegien erhalten bleiben und dass du mit Detective Torgerson oder dem Polizeichef sprichst, um die Sache so schnell wie möglich zu klären. Du hast meine Kontaktdaten, du weißt also, wie du mich erreichen kannst."

Sie verließ den Raum, als die Sicherheitsbeamten auftauchten. Eban zeigte ihnen seinen Ausweis und seine Pistole, woraufhin sie verwirrt zurückwichen.

Darby bemerkte, dass er sich zwischen ihr und den Beamten positionierte, als sie das Gebäude verließen.

„Geht's dir gut?", fragte er, als sie wieder draußen waren.

„Nicht wirklich." Der Wind raubte ihr den Atem und ließ die Feuchtigkeit in ihren Augen gefrieren. Wenigstens hinderte das die Tränen daran, zu fließen. Sie eilte mit gesenktem Kopf zum Auto. „Ich arbeite jeden Tag mit diesen Leuten zusammen, und trotzdem trauen sie mir zu, Martin ermordet zu haben." Am Wagen angekommen, öffnete er die hintere Beifahrertür, und sie warf ihre Sachen hinein. Dann knallte er die Tür zu. Sie stand da und sah zu ihm auf. „Ich weiß, dass ich heute Morgen verwirrt war. Ich war mir unsicher, ob ich es getan habe oder nicht, aber –"

„Aber du würdest nie jemanden kaltblütig umbringen, und so gut sollten sie dich kennen", beendete er den Satz für sie und strich ihr das Haar aus dem Gesicht.

Sie ertappte sich dabei, wie sie zu ihm aufsah und das Spiel des Mondlichts auf seinem Gesicht genoss, obwohl ihre Haut vor Kälte brannte.

Er war so attraktiv, dass es ihr schwer fiel zu glauben, dass er tatsächlich hier war und nicht nur ein Hirngespinst. Seine intensiven dunkelbraunen Augen waren unverschämt schön, genauso wie die Lachfältchen, die sich darum herum bildeten. Der Bart an seinem Kinn ließ ihn rauer aussehen als sonst. Er sah wild und verwegen aus, was ihr vertrauter war als die schicken Anzüge und gebügelten Hemden der FBI-Agenten, die sie in Virginia kennengelernt hatte. Er war wahnsinnig heiß in einem Anzug oder auch ohne Anzug, aber, was noch wichtiger war, so gekleidet, in Winterklamotten, mit einer Strickmütze und unrasiertem Kinn, sah er erreichbar aus. Er sah aus, als könnte er ihr gehören.

Sie nahm seine behandschuhte Hand und drückte sie. „Ich weiß nicht, was hier vor sich geht, Eban. Ich weiß nicht, was passiert ist oder wer für all das verantwortlich ist, und das macht mir Angst.“

„Ich werde dich nicht im Stich lassen. Wir werden es gemeinsam herausfinden. Das verspreche ich dir.“

Sie schloss die Augen und nahm sich einen Moment Zeit, um seine beruhigende Anwesenheit auf sich wirken zu lassen. Als sie sie wieder öffnete und in den Nachthimmel hinaufblickte, weiteten sich ihre Augen vor Staunen. „Oh. Sieh nur!“

Er blickte nach oben, zunächst skeptisch, doch dann öffnete sich sein Mund vor Staunen. Der Himmel war von einem grünen Leuchten erfüllt, das in einer wogenden Welle über den Himmel tanzte.

„Dies ist einer der besten Orte der Welt, um die Polarlichter zu sehen.“ Ihre Stimme wurde kräftiger, wie immer, wenn sie über Fakten sprechen konnte. „Sie werden durch die von der Sonne ausgestoßenen Elektronen verursacht, die mit den Gasen in der Erdatmosphäre reagieren.“ Sie lächelte erfreut. „Die Wissenschaft dahinter zu kennen, macht den Anblick nicht weniger schön.“

„Es ist unglaublich“, stimmte er zu.

„Ja.“ Sie grinste und vergaß für einen Moment die schrecklichen Ereignisse des Tages, während sie sich zufrieden in dem Spektakel verlor.

Trotz des eisigen Windes wollte Darby nicht, dass dieses Erlebnis mit Eban an ihrer Seite endete.

Er drehte sich um und sah, wie die Campus-Polizei in ihr Fahrzeug stieg. Sie blieben mit laufendem Motor stehen. Sie überwachten sie eindeutig, filmten sie aber möglicherweise auch, um das Material später an die Medien zu schicken.

„Zeit zu gehen“, sagte Eban und versperrte ihnen absichtlich die Sicht auf Darby.

„Wohin?", fragte sie, als sie einstieg.

„Irgendwohin, wo niemand nach dir suchen wird." Er schloss ihre Tür und ging um das Auto herum, um einzusteigen.

Wo sollte das sein? Die Stadt war nicht groß, und dank der örtlichen Polizisten schien man sie überall zu erkennen.

Sie wollte irgendwohin, wo sie sich entspannen und vielleicht ein paar Stunden Schlaf bekommen konnte. Sie musste einfach für eine Weile untertauchen.

KAPITEL DREIZEHN

W AS HATTE ES zu bedeuten, dass die Polizei Darby O'Roarke hatte gehenlassen? Sie war der Polizei quasi als Geschenk verpackt ausgeliefert worden und hätte nur noch verhaftet und eingesperrt werden müssen. Trotzdem hatten diese Idioten es geschafft, es zu vermasseln.

Es sei denn …

Es sei denn, ich habe es vermasselt?

Nein. Alles war perfekt gewesen. Ich hatte sogar das Problem gelöst, dass „Darbys" Fußabdrücke vom Haus wegführten.

Nachdem ich beschlossen hatte, dem Mädchen eine Lektion zu erteilen, die sie nicht so schnell vergessen würde, hatte ich die Haustür geöffnet, um zu gehen, und festgestellt, dass sich meine Fußabdrücke im Mondlicht abzeichneten und durch den frischen Schnee den Weg von der Straße zum Haus hinunterführten. Und da ich genau die gleichen Stiefel hatte wie Darby, wurde mir im Nachhinein klar, dass das Verlassen des Hauses auf demselben Weg einen aufmerksamen Ermittler misstrauisch machen könnte. Selbst wenn Darby aufwachen und vom Ort des Geschehens flüchten sollte, hätten diese „zusätzlichen" Fußabdrücke Fragen aufgeworfen, und ich wollte nicht, dass irgendjemand etwas in Frage stellte. Ich wollte nicht, dass die Polizei diese Details genauer untersuchte.

Also nahm ich ein Paar große Schneestiefel von der Hintertür – die vermutlich dem Mann gehörten, den ich gerade erstochen hatte – und stapfte durch den Wald, bevor ich zur Straße zurückging, wo ich das Auto geparkt hatte. Ich hatte das geliehene Schuhwerk in einem Müllcontainer in der Innenstadt entsorgt, in der Nähe des Obdachlosenheims, sodass irgendein armer Schlucker bis zum Mittag wahrscheinlich neue Stiefel hatte.

In Gedanken ging ich jeden meiner Schritte von letzter Nacht durch. Obwohl er nicht geplant gewesen war, war der Mord perfekt ausgeführt worden. Die Polizei würde das Offensichtliche auf keinen Fall in Frage stellen. Das taten sie nie. Dafür hatte ich gesorgt.

Also warum haben sie sie gehen lassen?

Ich schnitt eine Grimasse. Vielleicht hatten die Fußabdrücke doch Fragen aufgeworfen. Vielleicht hatten die Polizisten nicht angenommen, dass sie von dem Toten stammten, der früher am Tag spazieren gegangen war, sondern von einer dritten Person, die in den Mord verwickelt gewesen sein könnte. Aber sie aus der Untersuchungshaft zu entlassen …?

Frustriert umklammerten meine Hände das Lenkrad fester.

Es war dunkel, als ich an Darbys Wohnhaus vorbeifuhr. Die Presse war in Scharen gekommen, wie Fliegen über einer Leiche im Hochsommer.

Auf keinen Fall wollte ich es riskieren, in das Gebäude zu gehen, wo all die Kameras auf mich und alle Augen auf die Frau gerichtet wären, die – vorerst – mit einem Mord davongekommen zu sein schien.

Das Licht in ihrer Wohnung war aus. Ob sie überhaupt da

war? Ich bezweifelte es. Wahrscheinlich hatte sie sich allein im Dunkeln in einem schäbigen, anonymen Motel verkrochen und weinte. Sie brauchte Hilfe und Unterstützung, durchlebte noch einmal den schrecklichen Schmerz ihrer Verhaftung und litt unter den Erinnerungen an ihre Entführung im letzten Sommer, als wäre sie die einzige Person, die jemals missbraucht worden war.

Ich drehte die Heizung auf und fragte mich, warum zum Teufel ich in diesem gottverlassenen Staat blieb, wo die Winter so brutal waren. Offensichtlich bin ich masochistisch veranlagt.

Sollte ich sie anrufen? Ihr meine Unterstützung anbieten? Ich wollte es, aber ich konnte es nicht riskieren.

Sie schien letzte Nacht nichts mitbekommen zu haben. Aber was, wenn sie nicht völlig bewusstlos gewesen war? Was, wenn sie sich doch an etwas erinnerte? So sehr mir der Gedanke auch widerstrebte, ich musste sie entweder loswerden oder sie in Verruf bringen. Ich wollte nicht verhaftet werden und den Rest meines Lebens im Gefängnis verbringen. Lieber würde ich sterben. Darby die Schuld in die Schuhe zu schieben, schien ein viel besserer Plan zu sein, vor allem da sie bei guter Führung wahrscheinlich nach weniger als zehn Jahren wieder rauskommen würde. Außerdem könnte es die perfekte Gelegenheit sein, unsere Freundschaft zu stärken …

Ich fuhr an ihrem Gebäude vorbei in Richtung Campus.

Sie hatte sich das alles selbst zuzuschreiben. Dem Anschein nach hatte sie gestern Abend viel Spaß gehabt. Sie hatte gelächelt. Gelacht. Getanzt.

So verhielt man sich nicht, wenn man sich von einem Trauma erholte. Ihr Anblick hatte etwas in mir ausgelöst, das ich seit Monaten erfolgreich kontrolliert hatte. Schon bei der Erinnerung daran stieg die Wut wieder in mir auf, und ich biss die Zähne zusammen, um die tobenden Gefühle zu unterdrücken.

Ich zwang mich, langsam ein- und auszuatmen. Ich musste die Wut unterdrücken, die nur durch Töten gestillt werden konnte. Der Tod von Martin Carstairs war nicht sonderlich befriedigend gewesen. Er war betrunken gewesen und hatte mein geliebtes Messer in seiner Brust kaum bemerkt.

Gott, ich hatte dieses Messer wirklich ungern zurückgelassen, aber um Darby eine Lektion zu erteilen, hatte ich dieses Opfer bringen müssen.

Ich ließ meine behandschuhten Hände über das Lenkrad gleiten, als ich den Wagen wendete und zurück in die Stadt fuhr. Mir kam eine Idee. Was wäre, wenn „Darby" noch jemanden ermordete?

Aber wen? Möglichkeiten tanzten verführerisch durch die Luft. Meine Finger tippten ungeduldig. War das ein verrückter Gedanke?

Die Polizei würde sagen, dass zwei Morde in zwei Nächten eine schnelle Eskalation bedeuteten – aber wegen eines Mordes verhaftet zu werden, könnte ein Auslöser sein? Oder? Außerdem würde die Polizei kritisiert werden, weil sie Darby O'Roarke nicht gleich eingesperrt hatte.

Wie konnte man ein solches Monster wieder auf die Straße lassen?

Ich grinste. Die Idee gefiel mir.

Sie könnten Darby auch für einige der anderen Morde verantwortlich machen, vorausgesetzt, sie wären schlau genug, sie miteinander in Verbindung zu bringen.

Ich verdrehte die Augen.

Der Gedanke, dass Polizisten auch nur annähernd intelligent sein könnten, war abwegig. Das erste Arschloch hatte ich vor über zehn Jahren umgebracht, als sie glaubte, mich misshandeln zu können. In all den Jahren war mir die Polizei nicht einmal annähernd auf die Schliche gekommen.

Wer musste heute Nacht sterben? Ein beliebiger Student? *Nein.* Die Leute an der Universität würden nervös sein. Irgendein Trottel in einer Bar? Welcher Tag war heute überhaupt? Ich überprüfte mein Handy. Mittwoch …

Ein Bild blitzte in meinem Kopf auf, und ich lächelte.

Perfekt. Absolut perfekt.

KAPITEL VIERZEHN

„WOHIN FAHREN WIR?", fragte Darby.

Sie fuhren schon eine gefühlte Ewigkeit. Durch das Stadtzentrum, wo sie eine Weile im Kreis gefahren waren, bevor sie wieder umkehrt und nach Osten gefahren waren, parallel zum Tanana River auf dem Richardson Highway. Jetzt hatten sie eine Straße nach Norden genommen und fuhren bergauf, bis sie tief in den Wäldern in der Nähe der Chena Lakes waren.

Sie hatte den Großteil der Fahrt über geschwiegen. Sie war noch immer wie betäubt von den Ereignissen des Tages, von der Reaktion von Jacqui und ihrem Professor und dem möglichen Ende ihrer Karriere. Sie war davon ausgegangen, dass diese Leute sich zumindest ihre Version der Geschichte anhören würden, ohne sie gleich zu verurteilen. Ihr Chef war zwar immer auf die Arbeit konzentriert gewesen, aber sie hatte nicht erwartet, dass er sie so schnell im Stich lassen würde. Nicht, nachdem er sich nach ihrer Entführung im letzten Jahr so um sie bemüht hatte.

Und Jacqui war angeblich ihre Freundin. Würden alle, mit denen Darby zusammenarbeitete, genauso denken? Würden all ihre sogenannten Freunde sie in Zukunft meiden?

„Haley hat uns eine Unterkunft gemietet, damit niemand sie zu dir zurückverfolgen kann. Sie ist privat und etwas abgelegen. Ein sicherer Hafen, bis diese Sache geklärt ist. Dort wird uns keiner finden."

Darby rutschte unbehaglich auf ihrem Sitz herum. Wie lange würde diese Situation andauern? Es war unmöglich vorherzusagen. „Ich bereite euch allen eine Menge Ärger."

„Das ist kein Problem."

Sie ertappte sich dabei, wie sie weiter darauf herumritt. „Dich hierherzuschleppen, weg von deiner Arbeit. Haley bezahlt einen Anwalt. Und jetzt diese Unterkunft? Das ist definitiv ein Problem."

„Du hast mich nirgendwohin *geschleppt*. Nichts hätte mich davon abhalten können. Ich mache mir Sorgen um dich." Er presste die Lippen aufeinander, als wollte er noch mehr sagen und hätte es sich anders überlegt. „Haley weiß nicht wohin mit ihrem ganzen Geld, und sie liebt dich wahrscheinlich sogar mehr als Quentin." Er umklammerte das Lenkrad noch fester. „Ihr drei habt Erfahrungen gemacht, die euch für immer miteinander verbinden werden. Selbst wenn sie ihr Haus verkaufen müsste, würde sie alles tun, was in ihrer Macht steht, um dir zu helfen."

Darby schlang die Arme um ihren Körper. „Ich weiß. Ich würde dasselbe für sie tun. Ich wünschte nur, ich müsste nicht schon wieder gerettet werden. Ich bin kein hilfloses streunendes Tier."

Eban sah ihr kurz in die Augen. Sie fuhren jetzt durch den dichten Wald, auf einer unebenen Straße, die zum Glück gestreut war. Angesichts der allgegenwärtigen Gefahr durch Rehe und Elche in dieser Gegend war es unklug, den Blick für längere Zeit von der Straße abzuwenden.

„Das ist *nicht* deine Schuld."

Das wusste sie, doch das hielt sie nicht davon ab, sich

hilflos und wie ein Opfer zu fühlen. Sie kuschelte sich tiefer in ihre Jacke.

Eban spähte durch die Bäume vor ihnen. „Ich glaube, das ist es.“

Die Spitzen der Fichtenäste strichen über den Lack auf ihrer Seite des Autos, als er die schmale Einfahrt passierte.

Er hielt vor einem kleinen Blockhaus an, das absolut bezaubernd war. Wenn sie viel Geld hätte, wäre dies ihr Traumhaus.

Darby schaute in den Himmel, doch die Nordlichter waren verschwunden.

„Komm, lass uns hineingehen. Ich hole die ganze Ausrüstung später.“

„Ich möchte helfen.“

Eban hielt eine Sekunde inne und nickte dann.

Sie stieg aus, in die klirrende Kälte, und schnappte sich ihre Arbeitssachen vom Rücksitz.

Eban holte zwei Koffer, die sie wiedererkannte, aus dem Kofferraum. Die Vorstellung, dass er ihre Sachen durchwühlt hatte, war surreal. Sie schüttelte den Gedanken ab. Das war die unwichtigste surreale Sache, die heute passiert war.

Sie ging zur Haustür und fand sie unverschlossen vor. Innen stellte sie ihre Sachen auf dem kleinen Esstisch ab, wo sie einen Willkommensgruß entdeckte.

Sie wollte wieder zum Fahrzeug gehen, aber Eban hielt sie auf.

„Ich kümmere mich darum. Du kannst inzwischen versuchen, ein Feuer zu machen, ja?“

Darby nickte. Obwohl die Hütte geheizt war, war es immer noch ein wenig kühl.

Sie öffnete die Tür des Holzofens und freute sich, dass

bereits Holz darin bereit lag. Sie zündete das Papier an und beobachtete, wie sich die gelb-orangefarbene Flamme ausbreitete und das Brennmaterial entzündete. Zufrieden schloss sie die Tür, öffnete aber den Regler.

Sie richtete sich auf, als Eban wieder hereinkam und wie ein Packesel aussah. Er lud alles im Eingangsbereich ab, schloss die Tür und verriegelte sie hinter sich.

Darby blinzelte, als ihr bewusst wurde, dass sie zum ersten Mal seit Monaten wieder allein in einem Haus waren. Und das waren so gar nicht die Umstände, die sie sich erträumt hatte.

Eban sah erschöpft aus. Sie fühlte sich, als wäre sie von einer Elefantenherde zertrampelt worden.

„Möchtest du etwas trinken?", fragte er.

„Was haben wir denn?", fragte sie zweifelnd.

„Haley hat Lebensmittel liefern lassen, also denke ich, wir haben alles." Eban ging in die kleine Küche und öffnete den Kühlschrank. Und tatsächlich, er war bis oben hin voll.

„Ist da vielleicht Pfefferminztee?" Kein sonderlich ausgefallenes Getränk, aber vielleicht würde es ihr beim Einschlafen helfen.

Er öffnete einen Schrank, zog eine grüne Schachtel heraus und schüttelte sie.

Darby lachte. „Sie hat an alles gedacht."

„Sie kennt dich eben gut. Warum rufst du sie nicht an, während ich alles auspacke?"

„Okay." Darby nickte und spürte einen Kloß im Hals, weil diese Leute so viel für sie getan hatten.

Zuerst ging sie auf ihn zu und schlang ihre Arme um seine Taille, unfähig, ihn nicht zu berühren, ihn nicht wissen zu lassen, wie sehr sie alles schätzte, was er für sie getan hatte. Er öffnete den Reißverschluss seiner Jacke, und sie fand sich in einer Umarmung wieder, die ihr die Luft aus den Lungen presste. Sie beschwerte sich nicht. Sie brauchte das, und egal, was er und Quentin dachten, sie würde nicht zerbrechen.

Sie legte ihre Wange an sein Herz und spürte, wie sich sein Herzschlag für einen Moment beschleunigte, bevor er sich in einem starken, gleichmäßigen Rhythmus einpendelte.

Eban roch schwach nach Deodorant auf warmer Männerhaut. Und fühlte sich an wie das Beste auf der ganzen Welt.

„Du hattest nicht den Tag, den du erwartet hast, als du heute Morgen aufgewacht bist. Nochmals danke, dass du gekommen bist." Sie sah auf und musterte den Ausdruck auf seinem Gesicht, bevor er ihn vor ihr verbarg.

Hatte sie darin etwa Verlangen gesehen? Begierde? Freude? Oder war das ihre fehlgeleitete Einbildung?

„Hier mit dir in dieser Hütte zu sein, ist eigentlich viel besser als das, was ich ursprünglich für heute Abend geplant hatte. Nämlich mit Max zu Hause in meiner Wohnung zu sein", gab er zu.

„Für mich auch." Sie hatte erwartet, im Gefängnis zu sein. Sie schluchzte, überspielte ihre Reaktion jedoch schnell mit einer weiteren Frage. „Wie kommen Max und Lucy miteinander aus?"

„Sie passen gut zusammen", erwiderte er schlicht.

Und genauso fühlte sie sich, wenn sie in Ebans Armen lag. Als würden sie zusammenpassen.

Er löste sich aus der Umarmung und wich zurück. „Ruf Haley an. Ich weiß, dass sie und Quentin sehnlichst darauf warten, aus deinem Mund zu hören, dass es dir gut geht."

Darby sah auf die Uhr. Es war mitten in der Nacht in Virginia, aber sie wusste, dass sie auf ihren Anruf warten würden. Zum ersten Mal, seit sie an diesem Morgen aufgewacht war, fühlte sie sich, als könnte sie sich entspannen, nur ein bisschen. Ihr Herz musste nicht ständig in Angst gehüllt sein.

Sie setzte den Teekessel auf und wählte Haleys Nummer.

KAPITEL FÜNFZEHN

ADELE SURREY LÖSCHTE das Licht im Nebengebäude, nachdem die Selbsthilfegruppe für Menschen, die sexuell missbraucht worden waren, ihre wöchentliche Sitzung beendet hatte. Heute war es später geworden als sonst. Sie hatte alle Tische abgewischt und das gesamte Geschirr in die Spülmaschine geräumt. Sie schaltete die Maschine ein, damit am nächsten Morgen für die Spielgruppe für Mütter und Kleinkinder alles sauber war.

Heute Abend waren alle Teilnehmer aufgrund dessen, was Darby O'Roarke widerfahren war, abgelenkt und aufgewühlt gewesen. Darby nahm relativ regelmäßig an den Treffen teil. Sie schien ruhig und nett zu sein, aber dem nach zu urteilen, was sie mit der Gruppe geteilt hatte, hatte sie im letzten Sommer eine schreckliche Erfahrung gemacht, die sich auf jeden negativ auswirken würde.

Adele hatte genügend Erfahrung, um die Lücken dessen auszufüllen, was das Mädchen nicht laut ausgesprochen hatte. Niemand wurde gezwungen, Einzelheiten über seine Erlebnisse zu erzählen. Nicht jeder war bereit für diese Art von Heilung.

Die heutige Diskussion hatte sich um die Frage gedreht, wie leicht jeder von ihnen unter den richtigen Umständen ausrasten und genau das tun könnte, was Darby getan hatte –

vorausgesetzt, sie war schuldig, was noch lange nicht bewiesen war. Einige der Anwesenden waren wegen ihrer eigenen Sicherheit und der der Menschen, die sie liebten oder mit denen sie zusammenlebten, besorgt gewesen. Dr. Gleeson war an diesem Abend nicht aufgetaucht, aber eine seiner Doktorandinnen hatte die Sitzung geleitet. Sie hatte ihnen versichert, dass sich die meisten Menschen von ihrem Trauma erholten, sobald sie sich Hilfe suchten und an Gruppentherapiesitzungen wie dieser teilnahmen.

Sobald sie einmal begonnen hatten, waren die Spekulationen nicht zu bremsen gewesen, und der ganze Abend hatte sich darum gedreht, was passiert sein könnte. Und – falls Darby das Verbrechen wirklich begangen hatte – warum sie es getan haben könnte.

Adele wusste nicht, ob es für die Heilung hilfreich war, aber es schien zu helfen, einen sicheren Ort zu haben, in dem sie über ihre emotionalen Reaktionen auf den Mord sprechen konnten.

Adele strich sich die Haare aus dem Gesicht, ihr war heiß vom Aufräumen. Die Perimenopause war ätzend. Sie zuckte zusammen, weil ihre Gedanken nicht gerade gottesfürchtig waren.

Die Hitze in ihren Wangen erinnerte sie daran, den Thermostat herunterzudrehen, was ein Segen war, da der Pastor dann zur Abwechslung vielleicht nicht wütend auf sie sein würde, wenn die Stromrechnung kam. Pastor Regis war nicht so geduldig mit ihr, wie er es mit dem Rest seiner Herde war. Sie redete sich ein, dass das keine Rolle spielte, aber sein Tonfall konnte bissig sein, wenn er verärgert war.

Trotzdem war er ein guter Mann. Meistens zumindest.

Sie ging zu den Kerzen hinüber und kniete sich auf ein

altes, abgenutztes Gebetskissen. Dann entzündete sie ein Votiv für Darby und ein weiteres für die arme Seele, die gestorben war. Martin Carstairs. Adele sprach ein kurzes Gebet für sie beide. Was auch immer geschehen war, der junge Mann war jetzt in Gottes Hand, und es stand ihr nicht zu, darüber zu urteilen.

Ihre Knie schmerzten von ihrer Arthrose, und sie fröstelte, als ein kalter Luftzug durch den Gang wehte, als jemand die Kirche betrat.

Innerlich seufzte sie verärgert. Es war ihre Aufgabe, abzuschließen, nachdem der Letzte heute Abend gegangen war. Der Pastor half in einem örtlichen Obdachlosenheim aus und sorgte dafür, dass die Obdachlosen aus der tödlichen Kälte herauskamen und in Sicherheit waren, zumindest für die Nacht. Er wollte nicht, dass sie jemanden hinausdrängte, der Gottes Trost brauchte. Trotzdem war sie müde und wollte nach Hause, um ihre schmerzenden Füße hochzulegen.

Eine zusammengekauerte Gestalt kniete betend vor dem Hauptaltar.

Adele ließ dem späten Besucher volle fünf Minuten Zeit, während sie sich vergewisserte, dass alle Seitentüren verschlossen waren, ihren Mantel anzog und ihre Hausschuhe gegen ihre Winterstiefel tauschte. Sie zog sich eine Mütze über das Haar, das dringend eine frische Tönung und einen neuen Schnitt brauchte. Sie hatte es aufgeschoben, weil das Geld knapp war, aber der graue Haaransatz machte sie langsam unattraktiv, und in Verbindung mit den Hitzewallungen verfiel sie in eine Depression, weil sie Angst hatte, alt zu werden. Langsam war es wirklich Zeit, zum Friseur zu gehen oder eine Schachtel Färbemittel aus der Drogerie zu kaufen und sich der Sache selbst anzunehmen.

Der Besucher kniete *immer noch* dort.

Adele zügelte ihre Verärgerung und versuchte, eine bessere Christin zu sein. Die arme Seele. In einer Nacht wie heute zum Beten herzukommen, zeugte von echter Hingabe. Sie erkannte die Gestalt nicht anhand ihrer Silhouette, aber im Winter war das generell schwierig, denn alle waren dick angezogen.

Sie näherte sich zögernd. „Es tut mir leid, aber ich fürchte, Sie müssen jetzt gehen. Ich muss abschließen."

Die Person antwortete nicht.

War sie krank? Schwerhörig? Das war bei vielen Menschen der Fall, und sie musste aufmerksamer sein, wie ihr der Pfarrer immer erklärte.

„Entschuldigung." Adele sprach lauter und trat in das Blickfeld der Person. „Ich muss abschließen. Kann ich Sie vielleicht zu Ihrem Auto begleiten?"

Vielleicht gab es kein Auto, und kein Zuhause, in diesem Fall würde sie auf das örtliche Obdachlosenheim hinweisen – vielleicht würde sie sogar anbieten, dort hinzufahren.

Sie machte noch einen Schritt auf die Gestalt zu, als diese plötzlich aufstand und ihr einen Stoß gegen die Brust versetzte.

Es dauerte nur den Bruchteil einer Sekunde, bis sie den stechenden Schmerz wahrnahm. Und eine weitere, bis ihr die Realität dessen, was geschehen war, bewusst wurde. Sie versuchte zu sprechen, doch die körperlichen Empfindungen waren zu stark. Sie konnte nicht mehr atmen. Dann drehte ihr Angreifer die Klinge, und sie konnte vor lauter Schmerz kaum noch Luft holen.

Sie sackte zu Boden und schlug mit dem Kopf auf dem Parkett auf, als das Messer aus ihrem Körper gezogen wurde. Sie tastete nach der Wunde, aber ihr Arm fühlte sich taub an. Das Gesicht ihres Angreifers war durch eine schwarze

Sturmhaube verdeckt, was sie fast ebenso sehr erschreckte wie das Messer. Dann wurde sie an den Beinen gepackt und in Richtung des Anbaus gezogen.

Sie drehte den Kopf und sah die Blutspur auf dem Boden hinter ihr. Wut stieg in ihr auf, weil sie an diesem Morgen gewischt hatte. Adele erkannte, wie lächerlich dieser Gedanke war. Jemand war dabei, sie umzubringen. Wen interessierten schon die Böden? Die Tatsache, dass ihr Blut aus ihrem Körper floss, sollte ihre Hauptsorge sein.

Mit letzter Kraft hob sie den Kopf, als sie die drei Stufen zum Anbau hinuntergeschleift wurde.

Sie konnte einen Schmerzensschrei nicht unterdrücken, und die schwarze Gestalt schaute sie überrascht an. Adele erkannte ihren Fehler. Sie hätte sich tot stellen sollen.

Der Angreifer ließ ihre Beine fallen und ging schnell weg.

War es vorbei? Sie kramte in ihrer Tasche nach ihrem Handy und schaffte es, die Notruftaste zu drücken. Schnell flüsterte sie ihren Standort, als jemand sich am anderen Ende der Leitung meldete. Mit zitternden Fingern stellte sie das Handy auf stumm und steckte es wieder in ihre Manteltasche, als Schritte ihr verrieten, dass ihr Angreifer zurückkam.

Also war es nicht vorbei.

Nur war nun die Haupttür abgeschlossen, damit sie nicht gestört wurden.

Adele fand irgendwie die Kraft, sich auf den Bauch zu rollen und über das Parkett zu kriechen, in der Hoffnung, dass die Polizei schnell kommen würde.

Doch ein Paar Winterstiefel versperrten ihr den Weg.

Die Person bückte sich und schaute sie durch dunkle Schlitze in ihrer Maske an. Adele war sich sicher, dass sie das Böse in den Tiefen der Augen funkeln sah.

„Du willst schon gehen?“ Die Stimme war ein leises

Flüstern und etwas schrill vor Aufregung.

Der Stahl der Klinge fing das Licht ein. Ihr Blut befleckte die Spitze. Adele wollte nicht sterben. Sie war nicht bereit. „Möge Gott dir vergeben."

Die Person gackerte, verstummte jedoch abrupt, als in der Ferne Sirenen ertönten.

Adele hob den Kopf und schenkte ihrem Gegenüber ein schwaches Lächeln.

Das Monster drehte sie auf den Rücken, durchwühlte ihre Taschen und zog ihr Handy heraus. Schaltete es aus. Dann hockte es sich fast nachdenklich hin.

„Gott schert sich einen Dreck um dich oder mich. Du bist nichts und niemand, aber wenn du dich besser fühlst, weil du an etwas glaubst, bevor du stirbst, dann werde ich dir nicht widersprechen …"

Adele holte tief Luft, als die Person aufstand, doch die Erleichterung war nur von kurzer Dauer.

Die Klinge wurde einmal, zweimal, dreimal in ihren Unterleib gestoßen.

„Mal sehen, wie viel Trost dir Gott jetzt bringt."

Der Schmerz war überwältigend. Blut lief in Adeles Mund und in ihre Nase. Ihr Sehvermögen begann zu schwinden, als sie sah, wie ihr Mörder das Messer in die Jackentasche steckte und schnell in Richtung Notausgang lief.

Adele driftete in die Bewusstlosigkeit ab, glaubte aber, ein Klopfen an der Tür zu hören. *Hier hinten. Ich bin hier.* Das Blut war jetzt überall, und das Flattern ihres Herzens schien nicht mehr so stark zu sein wie zuvor. Die Tür öffnete sich, und Feuerwehrleute eilten herein. Aber Adele wusste, dass sie das nicht überleben würde. Sie kamen zu spät. Alles wurde grau.

KAPITEL SECHZEHN

EBAN TRUG DIE Taschen, die er in Darbys Wohnung gepackt hatte, die steile Leiter hinauf und brachte sie in das Schlafzimmer im Obergeschoss. Er war aufgewühlt von den intensiven Gefühlen, die ihn überkommen hatten, als er sie nach all diesen Monaten und dieser verdammten Tortur in seinen Armen gehalten hatte.

Er hatte sie nicht loslassen wollen.

Er musste sein Leben auf die Reihe kriegen. Er war nicht im Urlaub hier. Das war kein romantischer Ausflug. Es gab mehr als ein Bett, und leider waren sie nicht eingeschneit. Obwohl das, wenn man dem Wetterbericht Glauben schenken durfte, in den nächsten Tagen durchaus passieren könnte. Damit hätte er absolut kein Problem.

Er überlegte, ob er für sie auspacken sollte, entschied aber, dass Darby kein Kind war und es wahrscheinlich lieber selbst tun würde. Er wusste, dass sie es nicht ausstehen konnte, nicht wie eine Gleichberechtigte behandelt zu werden. Der Altersunterschied von acht Jahren trug nicht dazu bei, sein schlechtes Gewissen zu beruhigen, weil er sich in Bezug auf diese Frau nicht gerade professionell verhielt. Aber sie war eine reife, selbständige Sechsundzwanzigjährige, die ein Reh schießen und zerlegen konnte, wenn es nötig war. Sie war hart im Nehmen und hatte Dinge überlebt, an denen andere zerbrochen wären.

Er kletterte die steile Leiter wieder hinab und fand sie zusammengerollt mit ihrem Handy in der Hand auf der Couch vor, vor dem Holzofen, der inzwischen ordentlich Wärme abgab.

Er nahm seine eigenen Sachen und brachte sie in das Schlafzimmer im Erdgeschoss. Er hatte Darby nicht die Wahl gelassen, welches Zimmer sie wollte. Er konnte es sich nicht leisten, weit von einem möglichen Einstiegspunkt entfernt zu sein. Und er würde lügen, wenn er behaupten würde, dass er sich keine Sorgen machte, dass die Presse oder eine Bürgerwehr hinter ihr her sein könnte. Es war unwahrscheinlich, dass Martins Mörder sie aufspüren würde. Der Täter vermied wahrscheinlich alles, womit er Aufmerksamkeit auf sich ziehen könnte.

War der Mörder mit Martin und Darby auf der Party gewesen? War es jemand, mit dem sie zusammenarbeitete? Würden die Antworten auf den Fotos von der Tanzveranstaltung gestern Abend zu finden sein? Es juckte ihn in den Fingern, sie durchzusehen, aber zuerst musste er sichergehen, dass Darby sich hier wohlfühlte.

Er hatte Martin und die anderen Doktoranden am Geophysikalischen Institut der UAF überprüfen lassen. Er wollte den Mitbewohner, der auf dem Rückweg von der Arktis war, befragen. Vermutlich überprüfte Detective Torgerson auch andere Personen, die auf der Party gewesen waren. Würde sie die Informationen mit ihm teilen? Er bezweifelte, dass sie es tun würde, bis er auf weitere Details drängte.

Er öffnete den Reißverschluss seiner Reisetasche, ließ sie aber auf der Kommode stehen. Er packte nicht aus. Es war eine Gewohnheit, da er so immer für einen überstürzten

Abgang bereit war, falls es nötig sein sollte. Er brachte einen Kulturbeutel ins Bad, danach hatte er keine Ausreden mehr, um das Wohnzimmer zu meiden.

Darby war immer noch am Telefon. Sie hatte die Decke beiseite geworfen, unter die sie sich vorhin gekuschelt hatte, und das Zimmer war jetzt deutlich wärmer, sodass er sich aus seinem neuen Fleece-Kapuzenpullover schälte.

Als er aufblickte, sah er, dass Darby ihn beobachtete. Sie wandte schnell den Blick ab, und ihre blassen Wangen erröteten.

„Ich muss jetzt auflegen, Haley. Nein, du brauchst nicht herzukommen, aber danke für das Angebot. Das werde ich. Ich verspreche es. Ich hab dich lieb. Richte Quentin schöne Grüße aus." Sie legte auf und sah ein wenig niedergeschlagen aus.

Das rührte ihn auf eine Weise, auf die er nicht gefasst war.

Eban setzte sich neben sie auf die Couch. Er hob seinen Arm, um sie zu umarmen. Er fühlte sich lächerlich privilegiert, als sie sich in seine Arme warf und sich an ihn schmiegte, während er seinen Arm über ihre Schultern legte.

„Geht's dir gut?", fragte er.

Darby zitterte, und er drückte sie noch fester. „Sie waren kurz davor, mit dem Firmenjet hierherzufliegen, obwohl Quentin keinen Urlaub bekommt."

Eban grinste, um sein Unbehagen zu verbergen. „Weil er an Weihnachten alle Urlaubstage genommen hat, und ich mir den Arsch abarbeiten musste."

Darby lächelte zu ihm auf, und ihre Augen schimmerten. „Ich hatte dich auch eingeladen."

„Irgendjemand musste ja die Stellung halten." Und er hatte auf keinen Fall gewollt, dass sein überfürsorglicher Chef

Zeuge seiner Interaktionen mit Darby wurde, wenn seine Gefühle alles andere als platonisch waren. Haley schien zu ahnen, was er für Darby empfand, aber er hatte sie nicht in eine unangenehme Lage bringen wollen. Er vermied es, in ihrer Gegenwart mit oder über Darby zu sprechen.

Jetzt war er hier mit ihr allein, nachdem er sich genau das monatelang gewünscht hatte, und es war alles andere als eine lästige Pflicht. Er versuchte, den Druck von Darbys Brust gegen seine Brust zu ignorieren, aber ihre Nähe brachte ihn langsam ins Schwitzen.

Aber es war nicht der richtige Zeitpunkt, um aus dieser Freundschaft mehr zu machen.

Sie kuschelte sich an ihn. „Wie auch immer, ich habe ihnen gesagt, dass du hier bist. Dass du auf mich aufpasst. Das hat sie ein wenig beruhigt." Ihr Lächeln barg einen Hauch von Traurigkeit. „Außerdem habe ich ihnen versprochen, sie zu besuchen, falls die Situation hier unerträglich wird."

Er drückte sie fest an sich. Er hoffte, dass es nicht so weit kommen würde. „Wir werden eine Lösung finden. Gib die Hoffnung nicht auf."

Ihre Lippen verzogen sich, und er versuchte, nicht auf ihren Mund zu starren.

„Mein Professor ist ein Idiot, und meine Kommilitonen denken, ich hätte einen unserer engen Freunde gewaltsam ermordet. Es sieht nicht gut für meine Zukunft als Wissenschaftlerin hier aus." Ihre Lippe zitterte, bevor sie sie mit den Zähnen festhielt.

„Versuch, nicht daran zu denken." Das war wahrscheinlich das Dümmste, was er je gesagt hatte. Er küsste ihre Stirn, um sie zu trösten, da ihm die Worte fehlten. Sie setzte sich überrascht auf.

„Tut mir leid." Er wechselte schnell das Thema, um ihr nicht die Gelegenheit zu geben, seine Handlungen zu analysieren. Er benahm sich wie ein verdammter Schwachkopf. „Hast du wirklich daran gedacht, nächsten Sommer wieder nach Indonesien zu gehen?" Er war stolz darauf, wie ruhig seine Stimme war, denn vorhin hatte er innerlich gewütet.

„Ähm." Sie zog ihre Knie auf der Couch an und lehnte sie gegen seine Oberschenkel. „Ich hatte gehofft, du hättest diese Kleinigkeit vergessen."

„Nicht in diesem Leben."

„Ich habe nicht zugestimmt, zurückzugehen", teilte sie ihm mit. „Ich habe ihnen gesagt, ich würde darüber nachdenken."

Er schwieg diplomatisch, hob aber eine Augenbraue.

„Bei einer unserer Laborbesprechungen hat Jim die These aufgestellt, dass wir bessere Daten erhalten könnten, wenn wir einen Sensor näher am Spaltschlot auf der Nordseite von Pulau Gunung Rebi aufstellen würden. Ich habe zugestimmt, ohne in Erwägung zu ziehen, dass er mich tatsächlich bitten würde, zurückzugehen und einen aufzustellen." Sie erschauderte. „Beim nächsten Treffen erklärte er, er habe den Zuschlag für die Finanzierung für weitere Forschungen dort bekommen und wolle mir Zeit geben, darüber nachzudenken, was ich dann auch getan habe. Ich hatte das Gefühl, wenn ich sofort Nein sagen würde, würde er den Respekt vor mir verlieren, und mein Datenbestand würde von einem anderen Studenten für seine Arbeit genutzt werden."

„Du dachtest, er würde den Respekt vor dir verlieren?" Eban konnte sich kaum zurückhalten.

Sie zuckte mit den Schultern. „Er ist eigentlich gar nicht so übel. Er ist einfach sehr auf seine Forschung konzentriert und generell schlecht im Umgang mit Menschen.“

Eban lachte missmutig. Darby war ein viel zu guter Mensch, um sich mit jemandem wie Professor Jim Nilsson abzugeben.

„Wie auch immer, ich habe darüber nachgedacht.“ Gab sie zu. „Ich hätte nichts dagegen, für eine kurze Zeit als Teil eines großen Teams zurückzugehen.“ Er spürte das Zittern in ihrem Körper. „Ich dachte, es könnte mir helfen, mich einigen Dämonen zu stellen.“

Eban wollte ihr sagen, dass sie nicht gehen durfte, doch das stand ihm nicht zu.

„Ich traue Jim Nilsson nicht zu, dass er für ausreichende Schutzmaßnahmen sorgt“, sagte er ihr stattdessen ehrlich.

Sie legte ihren Kopf schief und sah ihn an. „Ich auch nicht. Nicht mehr.“ Ihr Blick wanderte zu seinen Lippen, und er wollte sie am liebsten küssen. Die dunklen Ringe der Erschöpfung unter ihren Augen sagten ihm jedoch, wie unfair es wäre, einem so schrecklichen Tag einen weiteren emotionalen Schlag hinzuzufügen.

„Ich werde die Umgebung der Hütte inspizieren. Geh ins Bett und versuch, etwas zu schlafen.“

Sie löste sich von ihm, und er vermisste ihre Wärme sofort.

Er bückte sich, zog sein Hosenbein hoch und holte seine Ersatzwaffe, eine Glock 27 Subcompact, heraus.

Er hatte sie nach ihrer Rückkehr aus Indonesien an der Akademie schießen sehen. Sie war besser als die meisten Agenten, die er kannte. Er reichte sie ihr. „Nimm sie mit auf dein Zimmer.“

Ihre Augen weiteten sich, als sie ihm die kleine, aber

leistungsstarke Handfeuerwaffe abnahm.

„Ich glaube nicht, dass du in Gefahr bist", beruhigte er sie, „aber es beruhigt mich, zu wissen, dass du eine Waffe hast, falls du dich verteidigen musst."

Ihre Hände zitterten leicht, als sie die Automatikpistole untersuchte, dann legte sie sie vorsichtig auf den Couchtisch. Sie strich sich ihr Haar hinters Ohr. „Du hast keine Angst, dass ich sie gegen dich richten könnte?"

Deshalb schimmerten diese moosgrünen Augen so verdächtig hell.

Er verschränkte seine Finger mit ihren. „Nein. Aber bitte erschieß mich nicht aus Versehen im Dunkeln." Er beugte sich vor, um ihr einen Kuss auf die Wange zu hauchen, doch sie drehte sich in genau diesem Moment um, und seine Lippen trafen auf ihre. Sie erstarrten beide kurz, bevor sie sich entspannten. Ihre Lippen wurden weicher, und er zwang sich, sich zurückzuziehen.

Das war nicht der Grund, warum er hier war. Es war nicht das, was sie im Moment von ihm brauchte.

„Tut mir leid." Er schenkte ihr ein bedauerndes Lächeln.

„Mir nicht." Verwirrt berührte sie ihre Lippen. „Das hat sich fast so gut angefühlt wie beim letzten Mal."

Er atmete tief ein, denn beim letzten Mal war es ihm unglaublich schwergefallen, wegzugehen. Er zwang sich, aufzustehen und sich von dieser verführerischen Frau zu lösen.

„Ich werde mich etwas umsehen und sollte in zwanzig Minuten zurück sein. Ich schließe die Tür ab und nehme den Schlüssel mit." Er zog seine Stiefel und seine Jacke an. „Behalte die Waffe sicherheitshalber in deiner Nähe. Ich nehme mein Handy mit. Du kennst die Nummer, falls du mich brauchst."

Sie nickte stumm und sah zu, wie er sich zum Gehen bereitmachte.

Er ging hinaus in die winterliche Stille und hob sein Gesicht in den eisigen Nachthimmel. Natürlich kannte sie die Nummer. Sie hatten unzählige Stunden miteinander telefoniert.

Die ganze Zeit über hatte er sich hinter dem Schild ihrer beruflichen Verbindung und der nicht unerheblichen Entfernung von mehr als viertausend Meilen, die sie trennte, versteckt. Doch im Moment war es ihm egal, dass er zu dem Team gehörte, das sie auf der Insel gerettet hatte, und die physische Distanz war aktuell auch kein Thema.

Er musste entscheiden, ob es sich lohnte, ihre Freundschaft für die Chance auf eine Beziehung mit dieser Frau zu riskieren. Darby zu verletzen war das Allerletzte, was er wollte, und der Gedanke, sie möglicherweise als Freundin zu verlieren, nagte an ihm, vor allem, da sie ihn nun mehr denn je brauchte.

Irgendwo im Wald knackte ein Ast, und er blickte in die finstere Nacht hinaus. Dann stapfte er die Einfahrt hinauf und bog in den Wald ein. Einmal mehr umrundete er in der Dunkelheit ein Haus in Alaska. Zum Glück war er diesmal besser angezogen, und der Schnee war nicht allzu tief.

Wäre es falsch, eine Beziehung mit Darby anzufangen, während sie versuchte, einen Weg aus dem Minenfeld zu finden, in das sich ihr Leben letztes Jahr verwandelt hatte?

Er schüttelte den Kopf über sich selbst, während er sich seinen Weg durch den Wald bahnte, wobei die Bäume ihn vor dem messerscharfen Wind schützten. Aufmerksam achtete er auf alles, was sich im Wald bewegte, ob Tier oder Mensch.

Warum setzte er sie beide so unter Druck? Warum ließ er

nicht zu, dass sich die Beziehung einfach entwickelte?

Weil er sie wollte, obwohl sie verletzlich war. Und er wollte, was er nie gehabt hatte – eine stabile Basis, um eine Familie zu gründen. Er hatte keine Ahnung, ob Darby auch nur im Entferntesten daran interessiert war, eines Tages Kinder zu haben. Das Thema war in ihren Gesprächen nie aufgekommen – weil er immer Angst gehabt hatte, dass ihre Antwort nicht mit seiner übereinstimmen würde.

Musste er die Antwort auf jede einzelne Frage kennen, bevor sie überhaupt ein einziges Date gehabt hatten?

Etwas rauschte an ihm vorbei, ein Flüstern in der Nachtluft. Eine Eule stürzte sich auf einen Schneehasen, den Eban versehentlich aus seinem Versteck aufgeschreckt hatte.

Er erstarrte. Ein einziger Blutfleck im weißen Schnee war alles, was von diesem Kampf auf Leben und Tod übriggeblieben war. Der Anblick erinnerte ihn daran, dass er sich nicht ablenken lassen durfte. Handlungen hatten Konsequenzen. Er musste sich weiterhin darauf konzentrieren, Darby vor dem Gefängnis zu bewahren und sie zu beschützen.

Dazu musste die Polizei den wahren Mörder von Martin finden und verhaften.

Wenn er sich von Gedanken an eine gemeinsame Zukunft ablenken ließ, könnte diese Zukunft für immer verloren sein. Jemand könnte sterben. Und dieser Jemand könnte Darby sein.

SIGNY WACKELTE MIT den Zehen, als sie die Stufen zu St. Paul's hinaufging. Ihre Füße waren zu Eisblöcken gefroren, als sie durch die Wälder in der Nähe von Carstairs' Grundstück gestapft war. Auch ihre Finger waren taub – so sehr, dass sie sich darauf freute, endlich drinnen zu sein, selbst wenn es ein Tatort war.

Das Spurensicherungsteam war in noch schlechterer Verfassung als sie selbst, ebenso wie die K9-Einheit. Der Hund hatte im Wald nichts gefunden, was die Spuren ihnen nicht schon gezeigt hatten.

Sie hatten das Waldgebiet mit Flutlicht beleuchtet, da für morgen Schnee vorhergesagt war, und sie so viele potenzielle Beweise wie möglich sammeln und dokumentieren mussten, bevor sie verloren gingen. Allerdings waren diese Beweise theoretisch gesehen unzulässig, da sie sich außerhalb der ursprünglichen Tatortabsperrung befanden und jederzeit dort hätten platziert werden können, auch nachdem die Polizei das Gebiet am Morgen verlassen hatte. Allerdings könnten sie ihnen trotzdem helfen, herauszufinden, was genau letzte Nacht geschehen war.

Der metallische Geruch von Blut schlug Signy entgegen, als sie die Kirche betrat. Durch die extreme Kälte wurden die Gerüche im Freien gedämpft, oder vielleicht waren die Rezeptoren in ihrer Nase eingefroren. Was auch immer der Grund war, in diesem warmen vermeintlichen Heiligtum lag der Geruch von Gemetzel in der Luft.

Das Kirchenschiff war spärlich beleuchtet. Die Temperatur war eher kühl, aber angenehm mild, nachdem sie eine Stunde lang bei Minusgraden im Wald gestanden hatte. Signy entdeckte Sergeant Allan Robertson, der in letzter Zeit an jedem Tatort die Führung übernahm. Er war im Gespräch mit Pastor Regis, den sie aus der Gemeindearbeit kannte. Der Pastor sah erschüttert aus.

Signy ließ sich Zeit, als sie ihre Sachen ablegte. Sie zog

ihren Parka aus und legte ihn über eine große Metallbox, die eines der Spurensicherungsteams mitgebracht hatte, bevor sie zum zweiten Mal an diesem Tag den vertrauten weißen Tyvek-Overall anzog. Dann setzte sie sich, um ihre schweren Stiefel mit einer weiteren Schutzschicht zu überziehen.

Natürlich hatte sie es nicht geschafft, nach Hause zu fahren, um nach Aiden zu sehen. Sie hatte ihm allerdings eine Nachricht geschickt und ihm mitgeteilt, er solle nicht so lange aufbleiben und Videospiele spielen, da er morgen früh Schule hatte. Als Antwort hatte er ein schlafendes Emoji geschickt, was auf zwei verschiedene Arten interpretiert werden konnte.

Seufzend richtete sie sich auf.

Zwei Messerangriffe innerhalb von vierundzwanzig Stunden waren nicht ungewöhnlich. Die Tatsache, dass sie beide tödlich geendet hatten, schon.

Die Abteilung war überlastet, vor allem, weil die Detectives Ross und Leatherbook an einem großen multinationalen, behördenübergreifenden Fall arbeiteten, der dringend war und nicht warten konnte. Erst war sie sauer gewesen, dass sie bei diesem Fall nicht berücksichtigt worden war. Jetzt war sie etwas schadenfroh. Die anderen Detectives würden sich ärgern, dass sie einen hochkarätigen Doppelmord verpasst hatten.

Sie wollte diesen Fall lösen. Sie hasste die Tatsache, dass Eban Winters die Spuren im Schnee entdeckt hatte und niemand von der Polizei in Fairbanks. Das deutete darauf hin, dass sie die Tatortabsperrung nicht so weit ausgedehnt hatte, wie es nötig gewesen wäre, was sich wie ein Fehler anfühlte, obwohl es immer eine Abwägung zwischen dem Sammeln brauchbarer Beweise und ziviler Behinderung war.

Die Spuren, die Winters gefunden hatte, zeigten, dass ein

Unbekannter von der Straße zwischen den südlichen Nachbarn und Carstairs' Wohnhaus entlanggegangen war. Leider hatte die lange Schlange von Einsatzfahrzeugen, die heute Morgen am Tatort gewesen war, die Möglichkeit zunichtegemacht, irgendwelche Reifenspuren zu isolieren.

Eine andere Möglichkeit war, dass die Spuren von Darby O'Roarke stammten, und sie aus irgendeinem Grund von der Straße in den Wald gegangen war, um in Martins Wohnzimmerfenster zu schauen. Da ihre Stiefel derzeit untersucht wurden, würde es nicht lange dauern, um festzustellen, ob die Spuren von ihr stammten.

Darbys praktische Amnesie bedeutete, dass sie keine Aussage dazu machen konnte.

Jetzt musste Signy diesen neuen Mord untersuchen, der möglicherweise nichts damit zu tun hatte, obwohl ihr Bauchgefühl ihr etwas anderes sagte. Die Feuerwehrleute waren durch die Tür in das Nebengebäude eingedrungen und hatten eine Frau mit mehreren Stichwunden gefunden. Das Opfer war noch am Leben gewesen, als sie angekommen waren, auf dem Weg ins Krankenhaus jedoch verstorben.

Allan, der das Gespräch mit dem Pastor beendet zu haben schien, kam auf sie zu.

Der Tatort war so frisch, dass sie einen Hauch von warmem Wachs in der Luft riechen konnte, obwohl keine Kerzen brannten. Ein Spurensicherungstechniker mit einer Kamera kam aus dem Nebengebäude und begann, Fotos aus jedem Blickwinkel zu machen, wobei er kurz innehielt, um jede Aufnahme zu protokollieren. Ein anderer Beamter fertigte eine grobe Skizze des Tatorts an. Alle Mitarbeiter der Abteilung waren voll ausgelastet und leisteten Überstunden.

„Was haben wir, Allan?"

Er führte sie in Richtung des Altars. „Der erste Angriff fand wahrscheinlich hier statt."

Signy entdeckte eine Handtasche auf dem Boden, vermutlich die des Opfers. Neben jedem potenziellen Beweisstück waren kleine gelbe Plastikmarker angebracht. Die Holzdielen waren mit Blutspritzern übersät, und auf Signys linker Seite waren mehrere Spritzer in einer klaren Linie angeordnet, die den Weg des Messers anzeigten, als es zurückgezogen worden war. Blutspuren bedeckten den Boden, was darauf hindeutete, dass die Frau weggeschleift worden war. Signy folgte den Zeichen der Gewalt drei Stufen hinunter und in die Mitte eines Kirchensaals.

In der Mitte des Raumes war eine Blutlache. Der Boden war mit karmesinroten Fußabdrücken übersät, und in dem Raum befanden sich so viele gelbe Markierungen, dass es fast unmöglich war, ihnen auszuweichen. Das Gemetzel stand in deutlichem Kontrast zu dem fast sterilen Carstairs-Tatort.

Sie rief dem Techniker zu, der in der Kirche Fotos machte. „Haben Sie detaillierte Fotos von allen Schuhabdrücken gemacht?" Ihre Worte hallten unheimlich von der heiligen Decke wider.

„Ja. Aber ich will noch mehr bei Tageslicht machen, also treten Sie auf nichts."

Sie schnitt eine Grimasse und warf Allan einen Blick zu. „Wie zur Hölle sollen wir das denn anstellen?" Sie ging auf die rechte Seite des Raumes. „Ich will, dass ein Beamter alle Personen aufspürt, die sich an diesem Tatort aufgehalten haben. Ihre Fußabdrücke sollen so schnell wie möglich ausgeschlossen werden."

„Ein Beamter ist bereits unterwegs", antwortete Allan.

„Gute Arbeit." Signy nickte anerkennend. Allan war schon

immer überaus kompetent gewesen, aber in diesem Fall schien er neues Selbstvertrauen gefunden zu haben. Signy ärgerte sich, dass der FBI-Agent den Mann ermutigt hatte. Sie hätte aufmerksamer sein müssen.

Verschiedene Verpackungen und Handschuhe, die die Sanitäter, die das Opfer behandelt hatten, weggeworfen hatten, lagen herum. Die Überreste eines medizinischen Eingriffs. Solche Tatorte waren immer schwieriger zu untersuchen, weil sie nicht unberührt waren, aber die Chance, ein Leben zu retten, war wichtiger als die Integrität des Tatorts. Inmitten des Durcheinanders lag ein schwarzer Gegenstand. Signy beugte sich vor. „Ist das ein Handschuh? Gehört er dem Opfer?"

Allan runzelte die Stirn und bückte sich. „Ich glaube, Adele Surreys Fäustlinge sind in ihrer Handtasche." Er beugte sich noch weiter nach unten, wobei seine Größe von Vorteil war, da keiner von ihnen riskieren wollte, auf die Fußabdrücke zu treten. „Ich sage es nur ungern, aber sieht das nicht aus wie derselbe Handschuh, den wir beim Carstairs-Mord gefunden haben. Der von Darby O'Roarke?"

Signy bemühte sich, ruhig zu bleiben. „Ja, aber diese schwarzen Handschuhe sind ziemlich gängig. Hat das O'Roarke-Mädchen irgendeine Verbindung zu diesem Ort?" Sie hob ihre Hand. „Keine Sorge, ich werde mit dem Pastor sprechen und ihn selbst fragen. Machen Sie Fotos von dem Handschuh, und schicken Sie ihn so schnell wie möglich an das Labor. Ich will, dass er sofort mit dem anderen verglichen wird. Außerdem soll er sofort auf DNA-Spuren überprüft werden. Vielleicht hat der Mörder ihn fallen lassen." Vielleicht hingen diese beiden Fälle ja doch zusammen.

Allan richtete sich auf und legte die Hände auf seinen Waffengürtel. „Vielleicht hat der Mörder beide absichtlich fallen lassen."

Signy nickte. „Das ist eine weitere Möglichkeit." Eine, die ihr nicht gefiel. „Wie auch immer die Umstände sind, wir müssen das O'Roarke-Mädchen noch einmal befragen. Unverzüglich."

„Ich werde ihren Anwalt anrufen."

„Danke." Signy war froh, diese Aufgabe abgeben zu können. Wahrscheinlich sollte sie SSA Winters anrufen, aber sie wusste nicht, warum er hier war, und sie war dem FBI-Agenten gegenüber nicht gerade wohlgesonnen. Offensichtlich verfolgte er in Bezug auf das O'Roarke-Mädchen eine Absicht, die er der Fairbanks-Polizei nicht mitgeteilt hatte. Sie ging durch den Flur und betrachtete die Fußabdrücke. Einer stach ihr besonders ins Auge. „Hey, Allan, sehen Sie, was ich sehe?" Sie deutete auf die markanten Zickzacklinien der Fußsohlen.

Blinzelnd begutachtete er den Fußabdruck. „Ja. Sieht aus, als könnte er von denselben Schneestiefeln stammen wie die, die Eban Winters heute Abend im Haus des Nachbarn gefunden hat."

„Mal sehen, ob er mit Darby O'Roarkes Stiefeln übereinstimmt."

„Wir haben ihre Stiefel als Beweismittel", erinnerte Allan sie.

„Bitten Sie das Labor, trotzdem einen Abgleich durchzuführen, auch mit den anderen Spuren, die wir heute Morgen im Schnee gefunden haben." Sie wollte dem FBI-Agenten beweisen, dass sie wusste, wie man alle Möglichkeiten abdeckte. „Dann wollen wir mal sehen, ob wir eine Marke und eine Größe herausfinden können.“

Allan nickte und machte sich eine Notiz. „Wir haben auch eine Aufnahme der Notrufzentrale, auf der zu hören ist, wie der Mörder mit dem Opfer spricht.“

Signy drehte sich um. „Und das sagen Sie erst jetzt, Allan?“

Allan sah erschrocken aus, und sie lächelte, um ihm zu signalisieren, dass es sich bei ihrer Reaktion nicht um Kritik handelte. „Ich fahre zum Revier und höre mir die Aufnahme an. Lassen Sie mich wissen, was Elliot Byrne über den Aufenthaltsort seiner Mandantin zu sagen hat. Ich will, dass sie so schnell wie möglich befragt wird.“

KAPITEL SIEBZEHN

EBAN WACHTE AM nächsten Morgen um sechs Uhr auf. Er war lange wach gewesen und hatte sich die Fotos und Videos von der Ceilidh-Party angesehen, die eingegangen waren. Sie zeigten Darby und Martin, die über die überfüllte Tanzfläche fegten, manchmal als Partner, manchmal mit anderen Leuten, offenbar vergnügt. Jacqui Paulson und Lenny Serkoak schienen Teil der gleichen Gruppe gewesen zu sein. Keine Aufnahmen von jemandem, der heimlich etwas in die Getränke mischte. Keine Schnappschüsse von messerschwingenden Verrückten. Bestimmt untersuchte die Polizei die Bilder ebenfalls und identifizierte die Anwesenden, damit sie befragt werden konnten.

Nichts in Martins E-Mails oder Kontoauszügen deutete darauf hin, dass der Mann etwas anderes als ein Student im dritten Studienjahr war. Er musste herausfinden, ob Torgerson Martins Vorgesetzten zu seiner Arbeit befragt hatte und ob diese irgendwelche Unternehmensinteressen gefährdete. Ein klares Motiv für den Mord an Martin zu finden, wäre unabdingbar, um Darbys Unschuld und die Schuld eines anderen zu beweisen.

Er versuchte, Darby nicht zu wecken, als er sich anzog und ins Bad ging, aber kurz nachdem er die Kaffeemaschine eingeschaltet hatte, hörte er, wie sich etwas im oberen

Stockwerk rührte.

„Verdammt", murmelte Darby.

„Was ist los?" Er war schon halb auf der Leiter, als sie verschlafen in einem karierten Schlafanzug auftauchte, der angesichts der Umstände ausgesprochen niedlich aussah.

„Ich habe eben erst mein Handy eingeschaltet." Ihr Gesichtsausdruck war verschlafen, ihre Augen blinzelten, aber wieder einmal waren sie voller Angst. „Elliot Byrne hat mir eine Menge Nachrichten hinterlassen. Er will wissen, wo ich bin. Er sagt, die Polizei will, dass ich noch einmal zur Befragung komme. SO SCHNELL WIE MÖGLICH."

Eban fluchte. „Ruf ihn zurück. Sag ihm, wir können ihn in einer Stunde treffen. Er soll Detective Torgerson bitten, uns in seinem Hotel zu treffen, wenn sie einverstanden ist."

Sie nickte. „Was wirst du tun?"

„Ich werde auf die Terrasse gehen und Torgerson anrufen, um sie zu fragen, ob es irgendwelche neuen Entwicklungen gegeben hat. Dann mache ich uns Frühstück für unterwegs."

„Wirst du keine Schwierigkeiten bekommen?"

„Nein." Eban widerstand dem Drang zu lächeln, denn Darby hatte jedes Recht, besorgt zu sein. „Ich habe nicht vor, Torgerson anzulügen, und ich weiß, dass du unschuldig bist. Also, was auch immer das Problem ist, *du* bist es nicht."

Erleichterung huschte über ihr Gesicht. „Danke. Für alles."

Er umklammerte die hölzerne Stufe, um sich davon abzuhalten, zu ihrem Zimmer hinaufzuklettern und sie in seine Arme zu nehmen, um sie zu trösten.

Sie war noch nicht aus dem Schneider. Er musste ihre Sicherheit zu seiner obersten Priorität machen. Er durfte sich nicht von seinen eigenen Wünschen und Begierden ablenken lassen. Hier ging es nicht um ihn. Noch nicht. Bei dem

Gedanken, dass das irgendwann in der Zukunft der Fall sein könnte, fühlte er sich so leicht wie seit Monaten nicht mehr.

Er steckte zwei Scheiben Brot in den Toaster und ging nach draußen auf die überdachte Terrasse, auf der sich sogar ein Whirlpool befand. Er rief Torgerson an. Wenn gestern Abend noch etwas passiert war, war die Ermittlerin wahrscheinlich noch nicht zu Hause gewesen. Er empfand Mitgefühl mit der Frau. Er war schon oft in dieser Situation gewesen, das letzte Mal vor zwei Nächten.

„Torgerson." Ihre Stimme klang heiser.

Hatte er sie geweckt? Er zuckte zusammen. „Eban Winters. Ich wollte mich erkundigen, ob es irgendwelche Entwicklungen im Fall Carstairs gibt?"

Eine lange Pause am anderen Ende verriet ihm, dass Torgerson Informationen hatte, die sie ihm allerdings nicht unbedingt mitteilen wollte. Er ließ die Stille für sich arbeiten.

Dann antwortete sie schließlich. „Möglicherweise. Letzte Nacht gab es einen weiteren Mord. Ähnliche Vorgehensweise. Wir versuchen, Darby O'Roarke ausfindig zu machen, um sie zu befragen, aber sie ist nicht in ihrer Wohnung."

Ebans Gedanken rasten so schnell, dass er fast ihre nächsten Worte verpasste.

„Sie wissen nicht zufällig, wo sie ist, oder?"

An ihrem Tonfall konnte Eban hören, dass sie herausgefunden hatte, dass er letzten Sommer an Darbys Entführungsfall beteiligt gewesen war. „Die Krisenverhand-lungseinheit hat ein starkes Interesse an Miss O'Roarke. Das habe ich Ihnen gesagt."

„Sie sagten, das FBI."

„Die CNU gehört zum FBI."

„Wissen Sie, wo sie ist?" Torgerson ließ nicht locker.

„Ja. Und ich weiß auch, dass sie letzte Nacht keine Morde begangen hat."

„Sind Sie bereit, eine entsprechende eidesstattliche Erklärung zu unterschreiben?"

„Selbstverständlich." Mit Blut.

„Haben Sie eine persönliche –"

„Stellen Sie meine Geduld nicht auf die Probe, Detective", unterbrach er sie. „Es muss selbst für Sie immer offensichtlicher werden, dass Darby O'Roarke nicht die gewalttätige Angreiferin ist, für die Sie sie gehalten haben. Jemand treibt mit ihr und mit Ihnen sein Spiel, und dieser Jemand bin nicht ich."

Wieder herrschte ein langes Schweigen, und wenn sie erwartete, dass er die Stille füllen würde, war sie eine Närrin.

Schließlich atmete sie erschöpft aus. „Gut. Ich verlasse jetzt sofort das Büro des Gerichtsmediziners. Treffen Sie mich so schnell wie möglich auf dem Revier und bringen Sie das O'Roarke-Mädchen mit."

Das O'Roarke-Mädchen?

„Treffen wir uns lieber in Elliot Byrnes Hotel in der Innenstadt, damit Miss O'Roarke nicht wieder einen Spießrutenlauf vorbei an der Presse machen muss, so wie gestern." Er ließ seine Stimme absichtlich vorwurfsvoll klingen. Jemand hatte der Presse gestern einen Tipp bezüglich Darbys Entlassung gegeben, und er wollte wetten, dass es die Ermittlerin gewesen war.

„Ich habe keine Zeit für Hausbesuche."

„Ich will Ihnen helfen, diesen Fall zu lösen, Signy, bevor noch jemand verletzt wird." Und bevor Darby für Verbrechen gekreuzigt wurde, die sie nicht begangen hatte. „Ich bin auf Ihrer Seite und Ihnen stehen in diesem Fall alle Ressourcen des FBI zur Verfügung, aber ich brauche ein gewisses Maß an Kooperation von Ihnen."

„Gut." Torgerson klang genervt. „Kommen Sie nicht zu spät, und vergessen Sie nicht, Ihre Freundin mitzubringen."

Sie legte auf, bevor er sie korrigieren konnte, doch was hatte es für einen Sinn, etwas zu bestreiten, worüber er sich freuen würde?

Was war mit der Tatsache, dass Darby hier auch noch ein Wörtchen mitzureden hatte?

Was war mit der Tatsache, dass sein berufliches Image leiden würde, wenn die Presse von einer romantischen Beziehung zwischen ihm und einem ehemaligen Entführungsopfer Wind bekäme?

Viel wichtiger war im Moment diese neue Entwicklung. Wer war ermordet worden? Wer war der Mörder? Warum mordete er? Sich um sein Liebesleben zu sorgen, während diese ernsten Fragen im Raum standen, ließ ihn sich wie ein verknallter Teenager fühlen. Die Mechanismen der kriminalistischen Ermittlungen waren einfach, verglichen mit der Bewältigung seiner Gefühle für Darby. Er war noch immer genauso hin- und hergerissen wie damals, als sie sich vor sieben Monaten auf dieser Vulkaninsel in seine Arme geworfen hatte.

Er ging hinein und steckte zwei weitere Scheiben Brot in den Toaster, während er die anderen mit Butter bestrich und Quentin anrief, um ihn von dieser neuen Entwicklung in Kenntnis zu setzen. Darby war auf der Toilette. Auch wenn es furchtbar war, dass es ein weiteres Opfer gab, dachte Quentin, dass dieser neue Mord eine gute Nachricht für Darby war, da sie ein felsenfestes Alibi hatte. Nämlich ihn.

Eban legte auf, füllte zwei Thermobecher mit Kaffee und

legte den Toast und die Marmelade auf einen Teller, als Darby in einer Dampfwolke und mit nassem Haar aus dem Bad kam.

„Wie geht es dir?", fragte er.

„Elliot hat gesagt, dass noch jemand ermordet worden ist." Die Sommersprossen hoben sich deutlich von ihrer blassen Haut ab.

Er nickte und rief die Nachrichten auf seinem Handy auf, während er in seinen Toast biss. Er hielt Darby den Bildschirm hin. „Kennst du sie?"

Ihre Augen verengten sich, bevor sie sich weiteten und sie leicht schwankte. Er legte den Toast und das Telefon beiseite und nahm sie in seine Arme, als sie zusammenbrach.

Verdammt.

Er brachte sie zur Couch, doch sie schwang sofort die Beine herunter und wollte aufstehen.

„Setz dich," befahl er. Dann fügte er etwas sanfter hinzu. „Ich nehme an, du kennst sie?"

Darby nickte. „Ich gehe zu einer Gruppentherapie in einem Gemeindehaus in der Stadt. Sie arbeitet dort."

Eban presste die Lippen zusammen, denn es gefiel ihm nicht, wie dieser Fall begann, sich um Darby zu drehen.

„Ihr Name ist Adele. Sie ist reizend. Bist du sicher, dass sie tot ist?" Ihre Stimme brach.

Eban nickte. „Laut Detective Torgerson und den Lokalnachrichten wurde sie gestern Abend in der St. Paul's Kirche ermordet."

Darby zitterte so stark, dass Eban befürchtete, sie könnte wieder zusammenbrechen.

„Zwei Menschen, die ich kenne, sind tot. Ich kann mir nicht vorstellen, dass das ein Zufall ist."

„Ich mir auch nicht", stimmte Eban zu.

„Warum sollte ihnen jemand so etwas antun?"

Er schwieg.

Ihre Augen weiteten sich und huschten zu seinen. „Jemand versucht, es so aussehen zu lassen, als wäre ich dafür verantwortlich, nicht wahr?"

„Und glücklicherweise stellt er sich dabei nicht besonders klug an."

Ihre Augen blitzten. „Nur weil du bei mir bist. Und wie viele Leute wissen das? Nicht viele."

Es gefiel ihm nicht, dass sie recht haben könnte. Wenn sie kein Alibi gehabt hätte, wenn sie sich allein in einem Motel verkrochen hätte, hätten die Cops sie bereits eingesperrt. „Aber ich *war* hier, und wir werden herausfinden, wer diese Morde begangen hat. Jetzt musst du frühstücken und dich fertig machen, damit wir in die Stadt fahren und du eine offizielle Aussage machen kannst, um deinen Namen reinzuwaschen."

Und um herauszufinden, wer Darby gut genug kannte, um diese Verbindungen herzustellen, und was er damit bezweckte. Mit etwas Glück hatte er letzte Nacht einen Fehler gemacht, und die Polizei würde ihn identifizieren und aufspüren. Eine Sache war sicher. Eban konnte Darby keine Sekunde allein lassen, bevor dieser Mörder gefasst und eingesperrt war, egal wie lange das dauern würde.

DARBY BLICKTE DIE Ermittlerin müde an. Torgerson hatte es sich anders überlegt. Sie hatte Eban während der Fahrt angerufen und darauf bestanden, dass sie sich auf dem Polizeirevier trafen. Dort wartete auch Elliot Byrne, und die drei waren wieder im Verhörraum, genau wie gestern. Darby spürte, wie die Realität an ihrer Seele nagte, trotz Ebans und Elliots Beschwichtigungen.

Es war ein nicht enden wollender Albtraum.

„SSA Winters sagt, dass Sie die ganze letzte Nacht mit ihm zusammen waren." Im Tonfall der Ermittlerin schwang ein verurteilender Unterton mit, der vermutlich darauf abzielte, dass Darby sich schlecht oder schuldig fühlte. Torgerson schien sie nicht besonders zu mögen. Es war ein schwacher Trost, dass Torgerson dunkle Ringe unter ihren geröteten Augen hatte und aussah, als hätte sie in letzter Zeit nicht geschlafen. Normalerweise hätte Darby Mitleid mit der Frau gehabt, aber irgendwo zwischen Handschellen und der Vergewaltigungsuntersuchung war ihr Mitgefühl auf der Strecke geblieben.

„Richtig", antwortete Darby.

„Haben Sie eine private Beziehung miteinander?", fragte Torgerson scharf.

„Inwiefern ist das für den Fall relevant?", schaltete sich Elliot ein.

„Es ist sehr relevant, wenn SSA Winters an Darbys Fall arbeitet."

„Darbys Fall?" Elliot beugte sich vor. „Der Mord an Martin Carstairs ist nicht ‚Darbys' Fall. Soweit ich weiß, hat SSA Winters Sie nur dazu gebracht, mehr Beweise zu sammeln, weitere Tests durchzuführen und mehr Fragen zu stellen, was Sie eigentlich schon längst hätten tun müssen."

Ernste blaue Augen begegneten Elliots Blick. Darby erkannte, dass es hier weniger um sie als um die Feindseligkeit der Ermittlerin gegenüber ihrem Anwalt ging. „Wenn SSA Winters versuchen würde, den Verdacht von seiner

Lebensgefährtin abzulenken, wäre das für die Behörden definitiv ein Problem."

„Ich bin nicht seine Lebensgefährtin", meldete sich Darby zu Wort. Ihre Lippen zitterten, als sie einen unsicheren Blick auf das verspiegelte Fenster warf. War Eban da drin? Sah er zu, wie sie wieder ihre Seele entblößte? Aber sie wollte ihn nicht in Schwierigkeiten bringen. „Ich wünschte, ich wäre es, aber er hat immer darauf bestanden, eine professionelle Distanz zu wahren."

Torgerson schürzte die Lippen. „Und doch ist er sofort aufgetaucht, als Sie in Schwierigkeiten waren."

Darby hob ihr Kinn und sagte mit fester Stimme: „Er ist ein guter Mann, Detective. Er ist ein guter Mann und ein engagierter FBI-Agent, der sich mir gegenüber immer professionell verhalten hat. Ich werde nicht zulassen, dass Sie seine Person oder seinen Ruf verunglimpfen, nur weil er nicht glaubt, dass ich eines abscheulichen Verbrechens schuldig bin. Verleumden Sie mich, aber denken Sie nicht einmal daran, ihn da mit hineinzuziehen."

Die Ermittlerin senkte scheinbar unbeeindruckt den Blick.

Wut begann in Darbys Adern zu brodeln. Was gab Torgerson das Recht, sich so unverschämt zu verhalten? Hatte sie einen schlechten Tag gehabt? Davon könnte Darby ein Lied singen.

Torgerson zog ein Blatt Papier hervor und schob es über den Tisch. „Kennen Sie diese Frau?"

Darby zuckte angesichts der nahezu unkenntlichen Züge einer Person zurück, die offensichtlich tot war. Sie atmete durch, um sich zu beruhigen.

„Ich weiß, dass Adele Surrey letzte Nacht ermordet wurde, weil ich es auf der Nachrichten-Website gelesen habe, nachdem ich heute Morgen Elliots Mitteilung erhalten habe.“ Darby nahm einen Schluck Wasser und vermied es, sich das Foto noch einmal anzusehen. Sie wusste, wie Folterknechte vorzugehen pflegten, und Torgerson war offensichtlich gut darin. „Ich hatte mein Handy ausgeschaltet, weil ich ständig Nachrichten von Reportern und Leuten, die ich für Freunde hielt, bekam und beschimpft wurde. Überall in den sozialen Medien drohen die Leute damit, mich zu vergewaltigen und umzubringen.“

Elliot zuckte zusammen, im Gegensatz zur Ermittlerin.

Sie hörte sich alles kommentarlos an. Darby griff nach dem Foto und drehte es um, damit sie nicht die arme, ermordete Adele ansehen musste und in ihren Albträumen von einem weiteren Geist heimgesucht werden würde.

„Woher kannten Sie sie?“

Darby sah Elliot an, doch er wirkte entspannt. Zumindest tat er so.

„Sie verwaltet den Raum in der Kirche, in dem eine Gruppentherapiesitzung stattfindet, an der ich teilnehme. Sie kocht Tee und Kaffee und schließt ab, wenn wir fertig sind. Mein Therapeut hat mir empfohlen, daran teilzunehmen. Er leitet die Gruppe normalerweise.“

„Gruppentherapie für was?“

Darby atmete scharf ein. Jetzt kam alles heraus, egal wie sehr sie sich bemühte, ihre Geheimnisse zu schützen. „Für Opfer von sexuellen Übergriffen.“

Der Blick der Ermittlerin wurde schärfer. „Sie wurden sexuell missbraucht?“

Darby blickte wieder zu Elliot.

„Meine Mandantin gibt dazu keinen Kommentar ab.“

„Wann findet diese Gruppentherapie statt?“

„Mittwochabend um 19.00 Uhr." Gestern Abend, wie Darby bewusst wurde. Ihr Mund wurde trocken. „Ich war gestern nicht dort. Aus offensichtlichen Gründen."

„Was können Sie mir über die Leute sagen, die normalerweise daran teilnehmen?"

Darby öffnete überrascht den Mund. „Nichts. Der Sinn des Ganzen ist, den Teilnehmern einen sicheren Rahmen zu bieten, um über persönliche Erfahrungen zu sprechen. Die Leute vertrauen sich gegenseitig, dass andere ihre Erlebnisse nicht weitererzählen. Das ist ein wesentlicher Bestandteil des Prozesses, sonst würde niemand ein Wort sagen."

Darby hatte noch nicht ihre ganze Geschichte erzählt. Und nach dieser Erfahrung bezweifelte sie, dass sie das jemals tun würde.

„Jemand aus der Gruppe könnte ein Zeuge sein." Torgerson klang vernünftig, aber das hatte sie gestern auch getan, bevor sie Darby eines kaltblütigen Mordes beschuldigt hatte.

Darby nahm einen Schluck Wasser. „Sprechen Sie mit Dr. Kim Gleeson." Er sollte die Rechtslage in dieser Angelegenheit kennen.

„Ihr Therapeut?"

Darby nickte. Sie wollte die Ermittlungen nicht behindern, aber sie wollte auch nicht, dass die Polizisten die Opfer erneut traumatisierten.

„Wer wusste, dass Sie an den Gruppentherapiesitzungen teilnehmen?"

Darby runzelte die Stirn. „Die anderen Teilnehmer. Die Leute, die den Kirchensaal an Dr. Gleeson vermietet haben. Gleesons Assistentin. Seine Doktoranden." Darby kratzte sich am Daumen. „Ich habe es vielleicht ein paar Mal an der Uni erwähnt, ohne Details zu nennen. Wie ist Adele gestorben?"

Die Nachrichten waren nicht ins Detail gegangen.

Die Nasenflügel der Ermittlerin blähten sich. „Grausam."

Speichel floss in Darbys Mund zusammen. „Sie war eine nette Frau. Freundlich. Was glauben Sie, warum sie ermordet wurde?"

Torgerson kniff die Augen zusammen. Darby könnte schwören, dass die Frau sie immer noch für eine Verdächtige hielt, obwohl sie ein unerschütterliches Alibi hatte. Es gab kaum etwas Besseres, als auf Schritt und Tritt von einem FBI-Agenten begleitet zu werden.

Torgerson antwortete nicht. Stattdessen zeigte sie ihr ein Bild eines schwarzen Handschuhs. „Den haben wir in der Kirche gefunden."

Darby zog den Ausdruck näher heran. „Ist das meiner?"

Detective Torgerson legte den Kopf schief. „Sagen Sie es mir."

Darbys Herz raste. „Sieht aus wie meiner, aber es könnte auch einfach die gleiche Marke sein. Ich habe meine beiden Handschuhe seit der Ceilidh-Party nicht mehr gesehen." Es fühlte sich an, als wären seit der Party hundert Jahre vergangen. „Ich dachte, sie wären in meinem Wagen."

Die Ermittlerin zeigte ihr ein weiteres Foto. Ein Fußabdruck im Schnee.

Darby hob fragend die Augenbraue und warf Elliot einen ratlosen Blick zu.

„Erkennen Sie diesen Fußabdruck?", fragte Torgerson.

„Äh … nein."

„Was ist mit Ihren Stiefeln?"

Darby rutschte auf ihrem Stuhl herum und hob einen Fuß auf ihr Knie, um sich die Unterseite anzusehen. Sowohl Elliot als auch sie schauten von ihrer Gummisohle zu dem Foto.

„Die sehen vollkommen anders aus", stellte Elliot fest.

„Nicht diese Stiefel. Das Paar, das wir sichergestellt haben."

Darby starrte wieder auf das Foto und runzelte die Stirn. „Wollen Sie damit sagen, dass diese Abdrücke von meinen anderen Schneestiefeln stammen?" Ein Schauer lief ihr über den Rücken. „Wo haben Sie sie gefunden?"

Die Ermittlerin legte ein weiteres Bild auf den Tisch. Es war das gleiche Profil, nur dieses Mal in Blut.

Darby schreckte zurück.

„Wo wurde dieser Fußabdruck gefunden?", fragte Elliot.

„In St. Paul's. Und", Torgerson legte einen Finger auf das erste Foto des Fußabdrucks im Schnee, „dieser wurde im Wald vor dem Nachbarhaus von Martin Carstairs gefunden. Sie stimmen mit dem Profil Ihrer Schneestiefel überein, die wir als Beweismittel sichergestellt haben."

In Darbys Kopf drehten sich die Fakten. Fakten, die keinen Sinn ergaben. „Wollen Sie damit sagen, dass der Mörder genau dieselben Stiefel getragen hat wie ich?" Darbys Stimme erhob sich vor Erregung. „Die gleiche Größe und alles?"

„Ich habe noch keine Rückmeldung vom Labor bezüglich der Größe, aber es ist dieselbe Marke, ja."

Darby starrte auf das Bild. „Diese Winterstiefel sind nicht gerade selten."

War das ein Zufall? Oder arbeitete der Mörder aktiv daran, ihr etwas anzuhängen? Woher wusste er, welche Stiefel sie trug? War es jemand von der UAF? Jemand, mit dem sie zusammenarbeitete? Ein Freund?

Darby musterte das Gesicht der Ermittlerin. „Sie wissen, dass ich gestern Abend nicht in der Kirche war, und dass Sie meine Schneestiefel weggesperrt haben. Sie wissen, dass ich das nicht getan habe, aber Sie behandeln mich immer noch wie den Bösewicht in dieser Geschichte."

Torgerson starrte sie an, ohne zu blinzeln. Ihr Gesicht war vollkommen ausdruckslos. „Ich *weiß* gar nichts mit Sicherheit. Formulieren Sie Ihre schriftliche Aussage und unterschreiben Sie sie, dann können Sie gehen."

Darby stieß einen Atemzug aus. Ihr war nicht bewusst gewesen, dass sie die Luft angehalten hatte.

Die Frau stand auf und machte Anstalten, zu gehen.

„Warten Sie", sagte Darby. „Sie müssen meinen Betreuer im Institut anrufen. Sagen Sie ihm, dass ich nicht für Martins Tod verantwortlich bin."

Die strenge Miene der Ermittlerin verriet, dass sie nicht einmal dazu bereit war.

Darbys Stimme wurde fester. „Er und der Abteilungsleiter entscheiden heute Morgen, ob sie mich aus dem Doktorandenprogramm werfen oder nicht. Das ist alles, was ich je mit meinem Leben machen wollte." Sie dachte an die Ereignisse des letzten Sommers und wie sie trotz allem nicht aufgegeben hatte. „Ich habe zu viel Zeit und Mühe investiert, um wegen dieser haltlosen Anschuldigungen entlassen zu werden." In Darbys Stimme schwangen ihre Emotionen mit. Sie hatte zu viel ertragen, um sich das alles von einer schattenhaften Gestalt wegnehmen zu lassen. Sie würde nicht noch einmal zum Opfer werden.

„Ich schlage vor, dass Sie diesen Anruf tätigen, Detective." Elliots Augen verrieten Darby, dass sie ihm leidtat. Das brauchte sie. Sie brauchte jemanden, der sie nicht für eine Mörderin hielt.

Elliot fuhr fort. „Ich habe vor, in den nächsten Minuten

selbst ein paar Anrufe zu erledigen, und dem Polizeichief wird die negative öffentliche Aufmerksamkeit nicht gefallen, die dieser Vorfall nach sich ziehen könnte, wenn Sie sich unsachgemäß verhalten."

Torgerson lenkte ein. „Ich werde ihn anrufen und sagen, dass wir keine Beweise haben."

„Das sollten Sie besser, Signy." Elliots Stimme wurde fester und Detective Torgerson sah erschrocken aus, als er sie beim Vornamen nannte. „Wir alle wissen, wer den Kopf hinhalten muss, wenn uns die Sache um die Ohren fliegt, und wir alle wissen, wie gerne ich Statements abgebe."

Die Ermittlerin hielt mit der Hand auf dem Türgriff inne. Sie warf ihm einen bösen Blick zu. „Gut."

Dann knallte die Tür hinter ihr zu.

„Sie hasst mich wirklich." Darby versuchte zu lachen, denn die Alternative war, in Tränen auszubrechen, und diese Genugtuung wollte sie niemandem hier geben.

Elliot warf ihr einen Blick zu. „Detective Torgerson und ich haben schon einmal die Klingen gekreuzt. Beim letzten Mal habe ich sie vor Gericht bloßgestellt." Er presste die Lippen aufeinander. „Sie hat mir noch nicht verziehen, aber es war nichts Persönliches."

Darby schnaubte. „Weiß sie das?"

Er zuckte mit den Schultern. „Ihr Partner hatte eine Liebesbeziehung mit einer Zeugin und hat es vor ihr verheimlicht. Sie hat es im Gerichtssaal erfahren, gleichzeitig mit den Geschworenen."

Autsch. „Kein Wunder, dass sie mich nicht ausstehen kann."

„Sie will, dass der Fall gelöst wird. Sie ist eine gute Polizistin", beharrte er.

Darby warf ihm einen Blick zu. „Wie wäre es dann, wenn wir den eigentlichen Mörder finden?"

Elliot grinste. „Das wäre ideal für alle." Er musterte ihre Schuhe. „Schöne Stiefel übrigens."

Darby sah auf die Bommel hinunter, die von ihren Schnürsenkeln baumelten. „Ich brauchte etwas, das mich aufmuntert."

„Ich denke, nach allem, was Sie durchgemacht haben, ist ein Paar hübsche Winterstiefel das Mindeste, was Sie verdient haben."

Sie blickte zu ihm auf und sah einen Hauch von Mitleid in seinen Augen, den sie nicht ausstehen konnte. Aber da war auch Mitgefühl.

„Ich gehe jetzt raus und rufe einen Freund von mir an, der bei der UAF arbeitet. Ich werde dafür sorgen, dass ihre Rechtsabteilung weiß, wie schlecht sie dastehen werden, wenn sie versuchen, Sie aus dem Programm zu werfen."

„Vergessen Sie nicht, dass ich noch mit diesen Leuten zusammenarbeiten muss", warnte Darby.

„Dabei fällt mir ein, dass wir auch eine Mitteilung an die Presse herausgeben und erklären müssen, dass Sie in dieser Sache ebenfalls ein Opfer sind."

Darby rieb sich mit der Hand über die Stirn. „Ich hasse es, ständig als Opfer dargestellt zu werden."

Er seufzte. „Es tut mir leid. Aber wenn Sie in einer kleinen Stadt wie dieser leben wollen, in der man Sie auf der Straße wiedererkennt, halte ich es für klug, ein möglichst großes und öffentliches Dementi abzugeben. Sind Sie bereit, vor der Kamera zu sprechen?"

Sie zuckte zusammen. „Nur wenn ich über Vulkane reden darf."

Er gluckste. „Ich glaube nicht, dass das sonderlich vorteilhaft für Sie wäre." Er schnappte sich seine Anzugjacke von der Stuhllehne. „Ich übernehme das Reden, aber ich möchte Sie an meiner Seite haben, und zwar nicht in Polizeigewahrsam. Schreiben Sie Ihre Aussage darüber auf, wo Sie waren, nachdem Sie gestern hier weggegangen sind, während ich die Rechtsabteilung der UAF anrufe. Und erwähnen Sie Ihren Kumpel, SSA Winters, so oft wie möglich." Er hob eine Augenbraue. „Komisch, dass Sie nicht erwähnt haben, dass Sie befreundet sind, als wir gestern gesprochen haben."

Darbys Lächeln schwankte. „Als ich ihn gestern Morgen anrief, sagte er mir, ich solle auf einen Anwalt warten. Und als er kam, wusste ich nicht genau, ob er mich für schuldig hielt oder nicht." Ihre Stimme war leise, während sie mit dem Stift auf dem Tisch spielte.

„Sie müssen ein bisschen mehr Vertrauen in die Menschen haben, die sich um Sie sorgen." Etwas flackerte in Elliots Augen auf. „Obwohl sich Menschen ändern können." Er zwinkerte ihr zu. „Vielleicht haben Sie also genau das Richtige getan." Er stand auf. „Ich werde jetzt diese Anrufe tätigen. Denken Sie daran, dass Sie mit niemandem außer mir oder Ihrem Freund vom FBI sprechen dürfen. Ich werde in einer halben Stunde zurück sein, und dann halten wir eine kleine Pressekonferenz ab. Danach können wir von hier verschwinden." Er schaute auf seine Uhr. „Vielleicht kriege ich sogar noch einen Flug nach Hause, wenn sich das Wetter nicht so verschlechtert, wie sie es vorhersagen."

„Danke, Elliot."

„Danken Sie mir noch nicht." Er hielt in der Tür inne. „Danken Sie mir, wenn die Universität vor Ihnen zu Kreuze kriecht und sich für ihre mangelnde Unterstützung entschuldigt.“

Darby nickte und atmete heftig aus, als er den Raum verließ. Sie schaute zu dem verspiegelten Fenster und fragte sich, ob Eban dort war. Dann betrachtete sie die leeren Blätter auf dem Schreibtisch vor ihr. Je eher sie eine Erklärung über ihre Bewegungen in der letzten Nacht schrieb, desto eher würde sie hier herauskommen. Sie freute sich zwar nicht darauf, sich der Presse zu stellen, aber Elliot hatte recht, sie konnte sich nicht vor der Öffentlichkeit verstecken, wenn sie in dieser Stadt leben wollte.

Bei dem Gedanken wurde ihr übel, aber sie musste eine öffentliche Erklärung abgeben, in der sie sich gegen die Behauptung aussprach, sie sei eine Mörderin. Wenn das bedeutete, dass sie als Opfer abgestempelt werden musste, dann war das eben so. Sie konnte etwas hassen und trotzdem damit leben. Das tat sie jeden verdammten Tag.

KAPITEL ACHTZEHN

E BAN HATTE EINE eidesstattliche Erklärung unterschrieben, dass er die ganze Zeit über mit Darby zusammen gewesen war, nachdem sie gestern das Polizeirevier verlassen hatte. Mit Ausnahme der wenigen Minuten, in denen er um die Hütte herumgelaufen war. Er wusste, dass sie in seiner Abwesenheit nicht in die Stadt gefahren war, um schnell jemanden abzustechen, da er die Autoschlüssel bei sich gehabt hatte.

Sie hatte es also unmöglich tun können.

Nicht, dass sie die Bereitschaft dazu gehabt hätte.

Null Motiv. Null Gelegenheit. Null Grund für die Polizei, sie zu verdächtigen.

Und auch wenn es schrecklich war, dass ein weiterer Mensch ermordet worden war, war er froh, dass er Darbys Namen zumindest für dieses Verbrechen eindeutig reinwaschen konnte.

Während Darby befragt worden war, hatte er die Informationen über beide Morde in ViCAP, das Violent Criminal Apprehension Program des FBI, eingegeben, um herauszufinden, ob es im Rest des Landes ähnliche Vorfälle gegeben hatte.

Dieser Mörder legte ein Maß an Raffinesse an den Tag, das darauf schließen ließ, dass er Erfahrung hatte. Mit zwei Menschen auf einmal fertig zu werden? Mindestens einen, wenn nicht beide, unter Drogen zu setzen? Und die Dreistigkeit des Angriffs in der Kirche, wo jederzeit jemand hätte hereinkommen können – vorausgesetzt, es *war* dieselbe Person.

Ein Notruf hatte die Stimme des Mörders aufgezeichnet, allerdings waren es nur ein paar gedämpfte Worte gewesen. Die Polizei wollte diese Information geheim halten, hatte ihm aber erlaubt, sie an einen guten Freund weiterzuleiten, der einer der führenden Kommunikations- und Stimmerkennungsexperten des FBI, wenn nicht sogar der ganzen Welt war. Ironischerweise hatte Eban noch keine Antwort von ihm erhalten.

Wer auch immer dieser Killer war, er hatte genug Erfahrung, um einen kühlen Kopf bei etwas zu bewahren, bei dem die meisten Menschen durchdrehen würden. Das deutete darauf hin, dass Martin und Adele nicht seine ersten Opfer gewesen waren, und Eban wollte genau wissen, womit sie es in Fairbanks zu tun haben könnten.

Nach der Dateneingabe bei ViCAP war Eban zu Polizeichief Jacobs gegangen, um dessen undurchsichtiges Vorgehen in diesem Fall zu klären.

Er hatte Chief Jacobs nicht lange bitten müssen. Die Zusage von Unterstützung durch das FBI bei diesen Morden hatte geholfen. Experten suchten bereits nach Berührungspunkten zwischen dem Leben von Martin Carstairs und Adele Surrey.

Zurzeit saß Eban in seinem Mietwagen vor dem Polizeirevier in Fairbanks und beobachtete, wie der hochkarätige Anwalt der Presse seinen Standpunkt darlegte. Eines musste Eban dem Kerl lassen, er wusste, wie er mit den Medien, der Polizei und der Universitätsverwaltung umzugehen hatte. Darby war in Bezug auf ihren Status als Studentin vollständig entlastet worden, und das Institut hatte eine Erklärung abgegeben, in der Darby volle Unterstützung zugesichert und das Vorgehen der Polizei und die gestrigen Fehlinformationen angeprangert worden waren.

Eban wusste, dass sie nur versuchten, ihren Arsch zu retten. Sie hatten Darby gebeten, sich vorerst zurückzuhalten, aus Respekt gegenüber Martin und seiner Familie. Und Eban glaubte, dass das auch besser für sie wäre. An der Universität konnte er sie nicht beschützen. Er hatte keine Ahnung, wie er sie auf lange Sicht schützen sollte. Sie mussten diese Sache aufklären und den Schuldigen fassen, damit sie ihr Leben weiterleben konnte.

Der Gedanke, Darby danach zurückzulassen, hinterließ einen bitteren Nachgeschmack in seinem Mund, aber wenn sie immer noch interessiert war, könnten sie vielleicht einen Weg finden, sich halbwegs regelmäßig zu sehen. Herausfinden, ob zwischen ihnen tatsächlich etwas war, das es wert war, weiterverfolgt zu werden. Herauszufinden, ob ihre Träume von einer Zukunft miteinander übereinstimmten.

Plötzlich öffnete sich die Hintertür seines Geländewagens, und Darby sprang herein. Er war vollkommen in seine Tagträume versunken gewesen, obwohl er eigentlich nach einem Mörder hätte Ausschau halten sollen.

Der Anwalt folgte ihr und schlug die Tür hinter sich zu. Eban warf einen Blick über die Schulter und fuhr los, als die Presse auf den Wegen zustürmte, um weitere Fotos zu machen.

Der Anwalt sah ihn durch den Rückspiegel an. „Schön, Sie endlich kennenzulernen, SSA Winters."

„Nennen Sie mich Eban." Er fuhr die Straße hinunter, bog

links ab und dann noch einmal links. Er fuhr einen Umweg, um Fotografen oder andere Schaulustige abzuschütteln – vor allem solche, die mit einem Jagdmesser umgehen konnten. „Wo haben Sie geparkt?"

„Ich habe heute Morgen ein Taxi zum Revier genommen. Macht es Ihnen etwas aus, mich an meinem Hotel abzusetzen?", fragte der Anwalt.

„Keineswegs. War bei der Mitteilung alles in Ordnung?"

„Ich denke schon. Die Polizei klammert sich an jeden Strohhalm, und die Presse ist klug genug, um zu wissen, wann etwas nach Inkompetenz stinkt. Hoffentlich lassen sie Darby jetzt in Ruhe."

Eban lenkte seine Aufmerksamkeit auf Darby, die abseits des Trubels etwas ruhiger wirkte. „Der Mörder hat einen Handschuh am Tatort in der Kirche zurückgelassen. Ich wette, dass er dir gehört. Vermisst du seit der Party sonst noch irgendetwas?"

„Eigentlich nicht." Darbys Stimme klang angestrengt. „Ich dachte, ich hätte meine Mütze, meine Handschuhe und meine Tanzschuhe in meinem Wagen gelassen. Ich habe nicht bemerkt, dass jemand sie mitgenommen hat."

„Ich habe um eine detaillierte Liste der Gegenstände gebeten, die die Polizei beschlagnahmt hat", sagte Byrne.

„Ich habe so das Gefühl, dass einige deiner Sachen fehlen werden." Eban bog links ab und fuhr in die Einfahrt von Byrnes Hotel in der Innenstadt.

„Denken Sie, der Mörder hat sie mitgenommen?", fragte Byrne.

„Ja."

„Zu welchem Zweck?" Byrne fuhr mit seiner Befragung fort, als wäre er als Strafverteidiger im Einsatz.

Eban zuckte mit den Schultern. Unabhängig von den Umständen konnte er die Tatsache nicht ignorieren, dass sie offiziell gegnerischen Teams angehörten.

„Ich wünschte, ich könnte mich daran erinnern, was in jener Nacht passiert ist." Darby klang verzweifelt.

„Vielleicht ist es besser, dass Sie das nicht können, sonst hätten Sie vielleicht nicht überlebt", meinte Byrne.

Eban wollte nicht darüber nachdenken, ebenso wenig wie Darby. Er hielt in der Nähe des Hoteleingangs an, drehte sich um und nahm seine dunkle Sonnenbrille ab. „Reisen Sie heute ab?"

Byrne schaute auf seine Uhr. „Wenn ich einen Flug bekomme, bevor der Sturm losgeht, dann ja. Wie lange bleiben Sie?"

Eban konnte spüren, wie Darby ihn beobachtete. „Bis der Fall abgeschlossen ist. Ich habe noch etwas Urlaub, den ich nutzen kann, falls es nötig werden sollte."

Byrne stieg aus, lehnte sich aber noch einmal in den Wagen. „Sie haben meine Handynummer und meine E-Mail-Adresse, Darby. Sie können mich jederzeit anrufen, Tag und Nacht. Und sprechen Sie auf keinen Fall ohne mich mit der Polizei. Ich kann jemanden zu Ihnen schicken, um die Sache hinauszuzögern, falls ich es nicht rechtzeitig hierher zurückschaffe." Dann wurde seine Stimme wärmer. „Passen Sie gut auf sich auf."

„Danke für alles, Elliot."

Der Mann schloss die Tür und schritt davon, als gehöre ihm die Welt.

Darby löste ihren Sicherheitsgurt und kletterte auf den Beifahrersitz neben Eban. „Wohin jetzt?"

Er fuhr aus der Einfahrt des Hotels. „So wie ich das sehe,

haben wir zwei Möglichkeiten. Erstens, die klügere Variante: Wir fahren zur Hütte und ruhen uns aus, während wir die Polizei die Sache lösen lassen." Er war nicht sonderlich zuversichtlich, was deren Fähigkeiten anging, doch das sagte er Darby nicht.

„Was ist die zweite Möglichkeit?"

„Du begleitest mich – mit einem diskreten, aber sicheren Abstand –, während ich ein paar Leute befrage, die vielleicht Informationen zu den Ereignissen von gestern Abend haben. Ich dachte, ich fahre zur Kirche und spreche mit dem Pastor."

„Ich habe mein Laptop dabei, also kann ich im Auto warten und arbeiten."

Auch wenn es ihm nicht wirklich gefiel, sie im Auto zurückzulassen, glaubte er nicht, dass er eine andere Wahl hatte. Er würde nicht weit weg sein.

„Ich möchte auch mit deinem Therapeuten sprechen. Wäre das in Ordnung für dich?" Er musterte ihren überraschten Gesichtsausdruck. „Er wird mir nichts Vertrauliches sagen."

Darby stieß ein Lachen aus. „Du weißt genauso viel über mich wie er. Wahrscheinlich sogar mehr." Sie zuckte mit den Schultern. „Es macht mir nichts aus. Ich wünschte nur, es wäre nicht nötig. Ich wünschte, Adele und Martin wären nicht tot."

Seine Versuche, den Pastor ausfindig zu machen, führten Eban in ein örtliches Obdachlosenheim.

„Warte hier." Er parkte direkt gegenüber vom Eingang. „Verriegle die Türen und steig auf keinen Fall aus. Mein

Handy ist eingeschaltet."

Eban ließ den Motor laufen, damit Darby nicht fror, dann ging er über die Straße. Er konnte sich nicht vorstellen, wie es sein musste, unter solch extremen Bedingungen auf der Straße zu leben. Es war schon schlimm genug, kein Zuhause zu haben, doch wenn die Temperatur auf dreißig Grad unter null fiel, wurde diese deprimierende Realität noch um ein Tausendfaches verschlimmert. Ungeschützte Haut erlitt innerhalb von fünfzehn Minuten Erfrierungen. Wie lange dauerte es, bis ein Mensch erfror? Ein düsterer Gedanke und eine bedauerliche Realität für einige der sozial schwächeren Mitglieder der Gesellschaft, die in rauen Klimazonen lebten.

Die Menschen suchten sich die beschissenen Situationen, in denen sie sich befanden, oft nicht aus. Das hatte ihn seine eigene Kindheit gelehrt.

Eban warf einen Blick zurück, um nach Darby zu sehen, doch sie hatte den Kopf bereits gesenkt und war in ihre Arbeit vertieft. Zumindest tat sie so, als wäre sie es. Die Bewältigung von Angststörungen war kein leichtes Unterfangen, aber Eban wusste auch, dass sie mit ihrem Therapeuten an Bewältigungstechniken gearbeitet hatte. Außerdem wäre die Befragung des Kerls eine Gelegenheit für Darby, mit ihm in Kontakt zu treten. Um unauffällig herauszufinden, ob sie eine Notfallsitzung brauchte, die ihr half, die Situation durchzustehen.

Sowohl die Vorder- als auch die Seitentür der St. Paul's-Kirche waren mit Klebeband versiegelt gewesen, und als er an den Anbau geklopft hatte, hatte ihm niemand geöffnet. Da er drinnen einen Blitz gesehen hatte, hatte er angenommen, dass die Spurensicherung gerade da war.

Er hatte eine Telefonnummer von Pastor Regis gefunden, und die Person, die den Anruf entgegengenommen hatte, vermutlich die Frau oder die Tochter des Mannes, hatte ihm gesagt, der Mann würde gerade ehrenamtlich in einem Obdachlosenheim aushelfen, um sich von Adeles grausigem Tod abzulenken.

Eban drängte sich durch die Eingangstür und ging zum Empfangstresen.

Die Empfangsdame musterte ihn und lächelte. „Wie kann ich Ihnen helfen?"

„Ich bin auf der Suche nach Pastor Regis."

„Weswegen?"

Er ließ seinen Ausweis aufblitzen. „Eine private Angelegenheit."

„Ah." Sie wackelte mit den Augenbrauen. „Der Mord in der Kirche letzte Nacht. Er *war* im Büro und hat mit Ray gesprochen. Durch diese Tür und dann links."

„Danke." Eban ging in die Richtung, in die die Frau gezeigt hatte. An der Wand hingen Flugblätter, auf denen Dienste und Hilfen für Bedürftige angeboten wurden. Sie erinnerten ihn an seine Kindheit, aber er ignorierte die Gefühle, die sie in ihm auslösten, und ging weiter, bis er eine Tür erreichte, an der „Direktor" stand.

Eban klopfte laut.

Es dauerte einen Moment, bis jemand öffnete. Der Mann, der dort stand, war groß und dunkelhäutig.

„Pastor Regis?"

„Nein. Ich bin Raheeb Rasheed. Ich leite diese Einrichtung. Peter ist vor ein paar Minuten gegangen. Sie sind ihm wahrscheinlich auf dem Flur begegnet."

„Ich bin an niemandem vorbeigegangen, Mr. Rasheed." Eban behielt sein Lächeln bei. Ging der Pastor ihm absichtlich aus dem Weg?

Der Mann sah ein wenig verwirrt aus. „Hm. Vielleicht ist er zur Seitentür hinausgegangen. Kommt darauf an, wo er geparkt hat. Nennen Sie mich Ray. Das macht jeder."

„Danke, Ray. Ich bin SSA Winters vom FBI." Eban ließ seinen Ausweis aufblitzen und Rays Augen weiteten sich. „Ich wollte ihm ein paar Fragen über Adele Surrey stellen. Kannten Sie sie?"

„Ja, Sir. Ein wenig." Der Mann ging zurück zu seinem Schreibtisch und ließ die Tür einladend offenstehen. „Peter ist ziemlich erschüttert. Schreckliche Sache. Adele war eine wunderbare Frau. Wir stehen alle unter Schock. Ich meine, es hätte jeden von uns treffen können." Er hob seine Hände in die Luft. „Und dieser andere Kerl, der junge Mann von der Universität."

„Martin Carstairs? Kannten Sie ihn?"

Ray schüttelte den Kopf und senkte dann sein Kinn. „Ich weiß nicht, warum die Polizei die junge Frau gestern entlassen hat. Peter sagte, sie sei regelmäßig zu den Treffen in seinem Gemeindehaus gekommen. Es scheint ein großer Zufall zu sein, dass Adele jetzt auch noch tot ist."

Eban starrte den Mann an, behielt jedoch seine neutrale Miene bei. „Die besagte junge Frau hat ein Alibi für letzte Nacht. Sie hat es nicht getan."

Rays Blick wurde schärfer, und er legte die Finger auf den Schreibtisch. „Was Sie nicht sagen."

„Doch, genau das sage ich. Sie hat diese Morde nicht begangen, obwohl ich verstehe, dass es immer einfacher ist, die erstbeste Person zu beschuldigen, die von der Polizei aufgegriffen wird, selbst wenn sie das Verbrechen selbst gemeldet hat. Das gibt der Zivilbevölkerung eine Illusion von Sicherheit. Ich persönlich würde lieber den wahren Schuldigen finden, damit die Menschen tatsächlich in Sicherheit sind."

Ray brummte. „Auf jeden Fall. Wir sehen das regelmäßig bei Randgruppen, die sich keine Kaution oder kompetente Anwälte leisten können. Darby O'Roarke ist also zu Unrecht beschuldigt worden?"

Eban nickte.

Ray presste seine Lippen aufeinander. „Es tut mir leid, das zu hören. Und ich entschuldige mich dafür, dass ich in den Chor eingestimmt habe, ohne zu wissen, welche Melodie wir singen."

„Sie kannten Adele Surrey also."

„Ja. Nicht gut, aber …" Er starrte auf seinen Schreibtisch hinunter. „Schreckliche Sache. Schrecklich."

Allerdings.

„War sie abends oft allein in der Kirche?"

Ray fuhr mit den Händen über die Armlehnen seines Stuhls. „Ja. Peter hilft hier ein paar Mal in der Woche aus, vor allem im Winter. Er hat mir vor einiger Zeit erzählt, dass er die Gruppentherapiesitzungen manchmal meidet, weil er sich schmerzlich bewusst ist, dass er ein Mann ist und nicht will, dass sich die Frauen durch seine Anwesenheit unwohl fühlen."

„Hat Adele an den Sitzungen teilgenommen?"

Ray schnitt eine Grimasse. „Ich weiß nicht, ob sie per se ‚teilnahm'. Ich weiß nur, dass sie dafür gesorgt hat, dass die Teilnehmer alles hatten, was sie brauchten – Tee, Kaffee, Taschentücher. Und sie hat nach der Sitzung abgeschlossen."

Wahrscheinlich hatte sie viele der persönlichen Geschichten mitbekommen. „Hat sie allein gelebt? Wissen Sie das?"

„Ja, das hat sie. Ihr Mann ist vor ein paar Jahren gestorben. Die Kinder sind beide erwachsen, die Tochter ist nach Anchorage gezogen, der Sohn ist irgendwo in Mittelamerika und arbeitet dort mit den Armen. Peter sagte, dass er gestern Abend mit der Tochter gesprochen hat, aber er versucht immer noch, den Sohn zu erreichen. Der Handyempfang in El Salvador ist ziemlich dürftig.“

„Hmm.“ Eban gab einen unverständlichen Laut von sich, um den Mann zu ermutigen, weiterzuerzählen.

„Peter hält heute Abend um sechs Uhr eine kleine Gebetswache vor der Kirche ab. Ich weiß nicht, was er ohne Adele tun wird, um ganz ehrlich zu sein. Sie hat alles für ihn gemacht. Hat geputzt. Auf- und zugemacht. Sich um die Vermietung des Gemeindesaals gekümmert und Getränke und so weiter besorgt. Hat seine Nachrichten entgegengenommen und die E-Mails der Kirche beantwortet. Eigentlich alles, außer die Predigt zu halten.“ Ray schüttelte den Kopf. „Die Polizei hat den Tatort noch nicht freigegeben. Er darf noch nicht einmal hinein, um aufzuräumen.“

Eban entging die subtile Anspielung nicht. „Die Polizei muss sicherstellen, dass alle möglichen Beweise gesammelt werden, um Adeles Mörder zu fassen. Sie dürfen nichts überstürzen, da sonst wichtige Hinweis übersehen werden könnten.“

Ray nickte schnell. „Natürlich, natürlich.“

„Vielleicht kann Pastor Regis Frau ihm helfen.“ Eban war auf der Suche nach Informationen.

Ray schnaubte. „Sie hat ihn vor Jahren verlassen.“

„Oh.“ Eban runzelte die Stirn. „Ich habe mit einer Frau am Telefon gesprochen und angenommen ...“

„Das war bestimmt Carly. Seine Tochter. Sie studiert Biologie an der UAF. Ein kluges Mädchen, aber überhaupt nicht an der Kirche ihres Vaters interessiert. Nicht, bevor er öffentlich zugibt, dass es Dinosaurier gibt." Er schmunzelte. „Peter sagt ihr immer wieder, dass sie die Schöpfungsgeschichte nicht ganz so wörtlich nehmen muss, aber Sie wissen ja, wie Kinder sein können."

Eban lächelte. „Ich schätze, das war auch für Darwin ein ziemliches Dilemma. Haben Sie eine Ahnung, wo Pastor Regis hingegangen sein könnte? Ich hatte gehofft, heute noch mit ihm sprechen zu können."

Ray leckte sich über die Lippen und beugte sich vor. „Ich kann ihn anrufen, wenn Sie wollen?"

Ebans Handy klingelte. *Darby.* „Entschuldigen Sie mich bitte einen Moment."

„Eban, du musst sofort rauskommen." Furcht schwang in ihren Worten mit und Eban rannte los, die Hand an seiner Waffe. Als er den Korridor hinunterlief und durch die Vordertür stürmte, erkannte er sofort das Problem. Vier Männer standen neben seinem Geländewagen und schrien Darby an.

Einer schlug gegen das Beifahrerfenster.

Eban steckte sein Handy weg.

„FBI", rief er. Er zog seine Waffe und richtete sie auf den Boden, ohne den Finger auf den Abzug zu legen.

Als die Männer sich überrascht umdrehten, hielt er mit der freien Hand seine Dienstmarke hoch. „FBI. Treten Sie von dem Fahrzeug weg. Und nehmen Sie die Hände hoch."

Seine Stimme hallte von den umliegenden Gebäuden wider.

Die Männer sahen sich verwirrt an.

„Dieses Mädchen hat zwei Menschen ermordet!" Ein Mann erhob seine Stimme und zeigte auf Darby. „Sie sollte in Gewahrsam sein."

Eban steckte seinen Ausweis zurück in die Tasche, während er um die Motorhaube seines Wagens herumging. „Sie war unter meiner Aufsicht, als der zweite Mord geschah, Einstein. Sie hat niemanden umgebracht. Treten Sie von meinem Fahrzeug zurück, und wenn es geht, ohne überfahren zu werden." Zum Glück war es keine belebte Straße, denn noch mehr Papierkram konnte er im Moment wirklich nicht brauchen. „Knien Sie sich auf den Boden, während ich die örtliche Polizei anrufe, um Sie wegen versuchter Körperverletzung, ungebührlichen Verhaltens und der Beschädigung meines Mietwagens festnehmen zu lassen."

Die vier Männer zappelten nervös herum. Eban hatte schon öfter mit dieser Sorte zu tun gehabt. Streitlustig und stur, bis sie mit etwas konfrontiert wurden, das gefährlicher war als sie selbst.

„Wie lauten Ihre Namen?" Eban begann, auf seinem Telefon herumzutippen, und sie schienen zu begreifen, dass er keine Scherze machte. Ihr Anführer hob die Hände, dann rannten sie jedoch plötzlich alle in verschiedene Richtungen davon.

Eban überlegte, ob er ihnen folgen sollte, doch er wollte Darby nicht schon wieder alleinlassen. Fluchend setzte er sich auf den Fahrersitz, steckte seine Waffe in sein Holster, verriegelte die Türen und legte den Gang ein. Er wollte gerade losfahren, als etwas mit einem lauten Knall gegen die Heckscheibe schlug. Eban trat auf die Bremse, bereit, den Mistkerl zu verhaften.

Eine Hand umfasste sein Handgelenk. „Bitte, lass sie. Lass uns einfach losfahren." Tränen sammelten sich in Darbys Augen, doch sie ließ sie nicht fallen. Eban warf einen Blick in den Rückspiegel. Die Männer hatten sich zerstreut und waren geflohen, als er angehalten hatte.

Er schluckte den Knoten der Angst hinunter, der sich in seiner Kehle gebildet hatte, als er ihre Hilfeschreie gehört hatte. Das Letzte, was er wollte, war, sie in Gefahr zu bringen oder ihre Angst noch zu verschlimmern.

„Lass uns zurück zur Hütte fahren.“

„Nein“, erwiderte sie entschlossen und ließ seinen Arm los. „Das wird nicht aufhören, bis wir den wahren Mörder gefunden haben. Dr. Gleeson kann uns vielleicht sagen, ob er bei dem Treffen gestern Abend etwas Verdächtiges gesehen hat. Ich weiß, dass du mit ihm reden willst.“

Das wollte er. „Bist du sicher?“

Ihre Augen waren immer noch groß und ihre Pupillen geweitet, doch sie nickte.

Er wollte, dass diese Sache endete. Er wollte, dass sie keine Angst mehr haben musste. „Dann wollen wir mal sehen, was er zu sagen hat.“

KAPITEL NEUNZEHN

NACH IHREM SCHRECK begann sich Darbys Puls langsam wieder zu beruhigen. Die Gruppe von Männern war an dem Auto vorbeigegangen, was in Ordnung gewesen war, bis einer von ihnen einen Blick zurückgeworfen und ihr in die Augen gesehen hatte. Er war noch einen Moment weitergelaufen, dann hatte er dem Mann neben ihm auf den Arm getippt und etwas zu ihm gesagt, woraufhin sich alle gleichzeitig umgedreht und sie angestarrt hatten. Das Nächste, was sie wusste, war, dass sie Ebans Auto umzingelt hatten und ihr durch die Fenster Drohungen und Obszönitäten zugeschrien hatten.

Offensichtlich hatten sie die letzte Pressekonferenz, bei der Elliot so souverän aufgetreten war, nicht gesehen.

Eban noch einmal um Hilfe zu rufen, war ihr zwar peinlich, aber sie war in Panik geraten. Der Vorfall war unglaublich bedrohlich gewesen und hatte sie an ihre Entführung auf der Insel erinnert. Sie hatte einfach nur schreien und gleichzeitig alles ausblenden wollen. Doch sie hatte es nicht getan. Und darauf war sie stolz. Es mochte nur ein kleiner Sieg sein, aber sie würde nehmen, was sie kriegen konnte.

Sie hatte befürchtet, sie würden Ebans Auto beschädigen oder die Tür aufbrechen und sie herausziehen, sie verschleppen ... Die Tatsache, dass sie hilflos gewesen wäre und sie nicht hätte aufhalten können, war erschreckend. Jetzt, wo Eban bei ihr war, fühlte sie sich deutlich sicherer, aber sie konnte sich nicht ewig auf ihn verlassen. Was sollte sie tun, wenn er weg war? Sich die Haare färben, damit sie nicht mehr so leicht zu erkennen war? Überall, wo sie hinging, eine große Sonnenbrille tragen? Eine Waffe zum Schutz mit sich führen?

In Alaska trugen viele Leute Waffen bei sich, um sich zu verteidigen. Bis heute hatte sie nicht gedacht, dass sie vielleicht auch einmal eine brauchen würde.

Sie faltete ihre Hände und versuchte, das Zittern zu stoppen. „Was hat der Pastor gesagt? Irgendetwas Nützliches?"

„Er war nicht da. Ich habe mit einem Mann namens Ray Rasheed gesprochen. Kennst du ihn?"

Sie schüttelte den Kopf.

Eban las die Straßennamen, als sie zur Praxis des Therapeuten fuhren, die sich in einem Einkaufszentrum unweit ihrer Wohnung befand. Die Karte seines Navigationssystems wurde zwar auf dem Bildschirm angezeigt, aber er ignorierte sie. „Rasheed meinte, ich hätte ihn gerade verpasst. Hat Pastor Regis jemals an einer Gruppensitzung teilgenommen?"

„Nein." Darbys Herzschlag normalisierte sich langsam wieder. „Nicht als ich dort war, aber er war manchmal in der Kirche nebenan, wenn Versammlungen stattfanden."

„Er könnte also eure Gespräche mitgehört haben?"

Darby zuckte die Achseln. „Klar, obwohl ich mir nicht vorstellen kann, dass er das wollte."

Eban verzog die Lippen. „Viele kranke Menschen genießen es, sich das Leid anderer anzuhören."

Darby blinzelte ihn an.

„Mir ist bewusst, dass es auch viele gute Menschen gibt und nicht nur Monster", ruderte Eban rasch zurück, um sie zu beruhigen. „Doch leider können diese Monster eine Menge Schaden anrichten, bevor sie hinter Gitter kommen."

Darby schauderte. „Pastor Regis kam mir nie wie ein Monster vor."

Eban umklammerte das Lenkrad fester. „Das ist das andere Problem. Monster sind nicht immer leicht zu erkennen."

Darby sank tiefer in ihre Jacke. Sie hatte keine Lust, sich mit so etwas auseinanderzusetzen. Sie wollte die Geheimnisse der Erdkruste erforschen und versuchen, vorherzusagen, wann Vulkane ausbrechen könnten, um sie besser zu verstehen und Leben zu retten. Ironischerweise schienen Vulkane im Moment weitaus weniger tödlich und deutlich stabiler zu sein als manche Menschen.

Sie musterte Ebans Profil – seine dunklen Augen, die leicht gebogene Nase, die vollen Lippen, die fest zusammengepresst waren, während er sich darauf konzentrierte, die Adresse zu finden.

„Es muss nervig sein, so misstrauisch zu sein."

Eban hob amüsiert die Augenbrauen. „Ich bin mit Misstrauen aufgewachsen."

Mehr sagte er nicht, allerdings sprach er generell selten über seine Kindheit. Sie wusste, dass er bei seiner alleinerziehenden Mutter in einer Kleinstadt im ländlichen Montana aufgewachsen war, aber das war auch schon alles.

„Ich dachte immer, du hättest einen angenehmen Job und würdest Leuten ausreden, schlechte Dinge zu tun oder schreckliche Fehler zu machen, aber so ist es überhaupt nicht, oder?"

Er warf ihr einen Blick zu. Dann schüttelte er den Kopf. „Ich komme meistens erst dann ins Spiel, wenn die Situation schon außer Kontrolle geraten ist. Wenn Bankräuber mit Geiseln in einem Gebäude gefangen sind und wollen, dass wir ihnen Hubschrauber für ihre Flucht organisieren, und die alles tun würden, um einer Gefängnisstrafe zu entgehen. Entfremdete Ehemänner, die ihre Ex-Frauen festhalten, weil sie nicht damit klarkommen, dass die Frau sie nicht mehr will. Am schlimmsten sind Entführungen durch die eigenen Eltern, bei denen ein Elternteil einer gerichtlichen Anordnung nicht nachkommen will – manchmal verursacht durch den Elternteil, der wirklich um die Sicherheit seines Kindes fürchtet. Das ist herzzerreißend. Sie riskieren den Verlust des Sorgerechts, indem sie ihr Kind entführen, und das ist vor Gericht alles andere als hilfreich. Doch oft fürchten sie um das Leben ihrer Kinder, wenn diese beim anderen Elternteil sind." Er blickte sie an. „Dann gibt es noch internationale Vorfälle wie deinen, bei denen Geiseln als Druckmittel eingesetzt werden. Es dauert normalerweise Monate, bis diese Fälle gelöst werden."

Sie wandte ihren Blick ab. Ihre Rettung war ein Glücksfall gewesen. Hätten dieselben Terroristen nicht ein paar Tage später einen FBI-Agenten entführt, säße sie wahrscheinlich immer noch in dieser Hütte und hätte definitiv den Verstand verloren.

„Ich träume manchmal immer noch von ihnen", gab sie zu.

„Das wundert mich nicht."

Seine Stimme beruhigte sie.

„Weißt du, was ich kürzlich herausgefunden habe?", fragte sie.

Er schüttelte den Kopf.

„Sie tun mir leid.“

Er kniff die Lippen aufeinander. „Dann bist du ein besserer Mensch als ich.“

„Das bin ich nicht, aber ich weiß, dass ich Glück hatte und sie nicht. Ich bin froh, dass sie alle tot sind, was mich zu einem schrecklichen Menschen macht, aber das ist mir egal.“

An Ebans Gesichtsausdruck war zu erkennen, dass er mit ihrer Selbsteinschätzung nicht einverstanden war.

„Ich wurde nur sechs Tage lang festgehalten, was, wie du weißt, ein Wunder ist. Und durch das, was passiert ist, habe ich Haley, Quentin und dich kennengelernt ...“ Sie wollte seine Hand nehmen, traute sich aber nicht. „Ich bin nicht froh, dass mir das passiert ist, aber ich würde euch gegen nichts in der Welt eintauschen wollen.“

Sie sah, wie die Muskeln in seinem Hals sich bewegten, als er sich bemühte, seine Gefühle zu kontrollieren.

„Ich wünschte, wir hätten uns anders kennengelernt. Ich wünschte, du hättest das nicht durchmachen müssen.“

Sie nickte und sah aus dem Fenster, unwillig, seinem dunklen, prüfenden Blick standzuhalten. „Ich auch. Aber so war es nicht, und entgegen der Meinung mancher Leute habe ich gute Fortschritte bei der Verarbeitung des Traumas gemacht.“

„Du hast nicht vielen Menschen erzählt, was du wirklich durchgemacht hast“, sagte er, ohne zu urteilen.

Darby legte ihre Hände in den Schoß. Eban nahm eine davon und drückte sie. Selbst mit Handschuhen fühlte es sich himmlisch an, dass er hier bei ihr war, trotz des Grundes für seine Anwesenheit.

„Ich habe erlebt, wie Menschen über andere urteilen, die

ihre schrecklichen Erlebnisse online oder in Büchern veröffentlichen", sagte sie ihm. „Es gibt immer ein paar Leute, die dem Opfer die Schuld geben. ‚Sie hätte nicht dorthin gehen sollen‘, ‚sie hat sich falsch angezogen‘, ‚sie ist dumm, sie hätte es besser wissen müssen‘ ..." Darby genoss die Wärme seiner Hand an ihrer. „Das macht mich unglaublich wütend. Die Vorstellung, dass die Leute mir gegenüber auch so boshaft und ignorant sein könnten, könnte mich tatsächlich zerstören." Sie schluckte. „Ich habe beschlossen, mein Trauma auf meine Weise zu verarbeiten und mir die Zeit zuzugestehen, die meine Heilung eben braucht. Ich bin niemandem etwas schuldig."

„Nein, das bist du nicht", stimmte er zu. „Die Leute denken immer, sie wären im Internet anonym. Sie denken, sie könnten dort sagen, was sie wollen, ohne dass es Auswirkungen hat."

„Da irren sie sich", sagte Darby.

„Allerdings. Und ich denke, dass es das Beste ist, wenn du die Sache so handhabst, dass du es durchstehst, und zwar nicht zu den Bedingungen anderer. Ich werde dich immer unterstützen, egal was du brauchst." Eban drückte erneut ihre Hand, bevor er sie losließ. Sie wusste, dass er sie verstand. Vielleicht war das der Grund, warum sie sich in ihn verliebt hatte. Oder vielleicht war es die Tatsache, dass sie sich Eban gegenüber nicht mehr offenbaren musste. Er kannte bereits jedes schreckliche Detail dessen, was ihr angetan worden war. Er würde sie nicht anders behandeln, wenn er es herausfand, denn er hatte es von Anfang an gewusst.

Sie bogen auf den Parkplatz des Einkaufszentrums ein, in dem Dr. Kim Gleeson seine Praxis hatte, und Darby wusste, dass etwas nicht stimmte, noch bevor Eban fluchte. Ein

Polizeiauto stand auf dem Parkplatz, und auf dem Bürgersteig daneben Dr. Gleeson. Er hielt sich die Stirn und sah aufgeregt aus, während er mit einem großen dunkelhäutigen Beamten sprach, den sie von gestern wiedererkannte.

Gleeson war ein kleiner, schmächtiger Mann, der neben dem großen Polizisten winzig wirkte. Eban parkte und stieg aus dem Wagen. Darby folgte ihm und nahm ihren Laptop mit, weil sie nicht riskieren wollte, dass er gestohlen wurde. Er warf ihr einen Blick zu, sagte aber nichts. Zögernd ging sie hinter ihm her, weil sie wusste, dass sie sich nicht an den polizeilichen Ermittlungen beteiligen durfte. Doch sie wollte mit ihrem Therapeuten sprechen und sicherstellen, dass alles in Ordnung war.

Eban holte das schwarze Lederetui mit seinem Ausweis heraus und hielt ihn Dr. Gleeson vor die Nase, als er sich vorstellte.

„Was ist hier los, Sergeant Robertson?", fragte er den Polizisten.

„In Dr. Gleesons Praxis wurde eingebrochen."

„Wann?", fragte Eban.

Der Psychologe duckte sich, als eine heftige Brise über ihn hinwegfegte. Er trug einen dicken Mantel, allerdings weder Mütze noch Handschuhe. „Keine Ahnung. Ich habe gestern Morgen alle meine Termine verschoben, nachdem ich gehört hatte, was mit Darby passiert ist."

„Sie sind also Miss O'Roarkes Seelenklempner?", fragte Sergeant Robertson erstaunt.

Darby zuckte bei diesem Begriff zusammen.

„Nein. Ich bin Psychologe und Psychotherapeut, kein Psychiater", erwiderte Gleeson. „Jedenfalls habe ich gestern Vormittag nach meiner Vorlesung von dem Mord erfahren und die Polizei angerufen." Gleeson begegnete ihrem Blick. „Ich habe ihnen gesagt, dass sie dir meine Dienste anbieten sollen, falls du mich brauchen solltest und den Rest des Tages von zu Hause aus gearbeitet, obwohl du mich nicht angerufen hast. Als ich heute Morgen zu meiner ersten Sitzung kam, musste ich feststellen, dass jemand mein Büro durchwühlt hatte." Er legte den Kopf schief. „Wie fühlst du dich, Darby?"

„Jetzt, wo mich die Polizei hat gehenlassen, besser." Sie vergrub ihre Hände in den Taschen, um sie zu wärmen. Eban hatte den Wagen im Leerlauf laufen lassen, um den Motor warm zu halten, was sie sehr würde zu schätzen wissen, wenn sie wieder einstiegen.

„Wenn du einen Termin vereinbaren möchtest, kann ich dir eine Sitzung in meinem Homeoffice anbieten", bot Gleeson an.

„Vielleicht später." Darby wollte so viel Zeit wie möglich mit Eban verbringen.

„Wie sind die Einbrecher in Ihre Räumlichkeiten gelangt?", fragte Eban.

Soweit Darby das beurteilen konnte, war die Eingangstür nicht aufgebrochen worden.

Gleeson sah verlegen aus. „Um ehrlich zu sein, weiß ich das nicht genau. Als ich heute Morgen ankam, fand ich die Eingangstür unverschlossen vor, außerdem stand ein kleines Fenster im Badezimmer offen – drinnen war es eiskalt. Meine Assistentin Corinne sollte am Dienstagabend abschließen, aber ich konnte sie heute Morgen nicht erreichen, um sie zu fragen, ob sie das getan hat."

Corinne war eine unglaublich freundliche Frau, die immer lächelte. Sie hatten ein gemeinsames Lieblingscafé, weniger als einen Block von hier entfernt, in dem es den besten Grüntee-

Soja-Latte im ganzen Land gab.

„Der Einbruch hätte also jederzeit zwischen Dienstagabend und heute Morgen stattgefunden haben können?", fragte Eban. „Haben Sie ein Sicherheitssystem?"

Gleeson zog eine Grimasse. „Die Alarmanlage war nicht an, als ich heute Morgen hier ankam. Zuerst nahm ich an, dass Corinne vor mir angekommen wäre. Dann bin ich in mein Büro gegangen und habe das Chaos gesehen."

Sie würden sich an die Sicherheitsfirma wenden, um Details zu erfahren. „Haben Sie Überwachungskameras?", fragte Eban.

Gleeson schüttelte den Kopf. „Im Einkaufszentrum ist jeweils eine vorne und hinten angebracht, aber sie funktionieren nicht. Es sind nur Attrappen."

Darby wollte gerade zum Geländewagen zurückkehren, weil ihr Gesicht durch den beißenden Wind zu schmerzen begann, als Ebans nächste Frage sie erstarren ließ.

„Was wurde gestohlen?"

Gleeson blickte sie nervös an. „Ich weiß nicht genau." Er pustete in seine bloßen Hände und tänzelte von einem Fuß auf den anderen, um sich warm zu halten. „Mir war sofort klar, was passiert sein musste, als ich die Unordnung sah. Also habe ich die Polizei gerufen und bin nach draußen."

„Befanden sich Patientenakten in Ihrem Büro?"

Ein eiskalter Schauer lief Darby über den Rücken.

Gleeson nickte.

Eban warf ihr einen Blick zu, und sie wusste, was er dachte. Jemand war eingebrochen und hatte ihre privaten Unterlagen gestohlen.

Allerdings hätte auch jemand fälschlicherweise vermuten können, dass der Therapeut hier Medikamente lagerte. Das war ein weit verbreiteter Irrtum.

„Welche Art von Aufzeichnungen führen Sie?", fragte Sergeant Robertson.

„Hauptsächlich schriftliche Notizen." Er schluckte. „Ich, äh, nehme auch manchmal Therapiesitzungen auf, vor allem die Gruppensitzungen in der Kirche, da ich während der Sitzung nicht immer auf alle Probleme oder Anliegen eingehen kann. Ich bewahre nirgendwo Kopien auf, außer auf der SD-Karte der Kamera, die ich mir mit den Patienten im Einzelgespräch ansehe, wenn jemand einen besonders wichtigen Durchbruch erlebt hat." Er schaute auf den Boden. „Ich habe zwar nur einen kurzen Blick in den Raum geworfen, aber ich glaube, die gesamte Kameraausrüstung ist weg."

„Ich werde einen Beamten beauftragen, die örtlichen Pfandhäuser abzuklappern, um herauszufinden, ob in den letzten Tagen eine Kameraausrüstung abgegeben wurde", bot der Polizist an.

Darby fühlte sich wie betäubt. „Das bedeutet, jemand hat jetzt Zugang zu allen Sitzungen?"

Gleeson zuckte zusammen. „Natürlich war es nie meine Absicht, dass jemand außerhalb der Gruppe Einsicht erhält. Aber falls du dich erinnerst, war es bei der Anmeldung Teil der Vereinbarung, dass einige Sitzungen aufgezeichnet und in den Behandlungssitzungen verwendet werden, falls es hilfreich ist."

„Unter der Voraussetzung, dass Sie dafür sorgen, dass die Aufnahmen privat bleiben", protestierte Darby.

Gleesons Lippen verzogen sich zu einer schmalen Linie. „Im Kleingedruckten gibt es verständlicherweise eine Klausel für Situationen, die sich meiner Kontrolle entziehen, wie etwa einen Einbruch."

Darbys Mund war so trocken wie die Arktis. Sie konnte kaum begreifen, was das bedeutete, nicht nur für sie, sondern auch für die anderen, die sich im Rahmen der Gruppe geöffnet und ihre dunkelsten Geheimnisse preisgegeben hatten. Keiner von ihnen würde jemals wieder diesem Arzt oder der Gruppentherapie trauen. Einige von ihnen würden bestimmt am Boden zerstört sein.

„Ich will nicht, dass die anderen es schon erfahren", sagte Gleeson mit fester Stimme, als hätte er ihre Gedanken gelesen.

Darby starrte den Mann an. „Sie müssen sie warnen, bevor sie es in den Nachrichten hören."

Gleeson nickte und verzog das Gesicht, als der Wind stärker wurde. „Ich werde allen eine E-Mail schicken, jetzt, wo die Polizei hier ist." Er pustete auf seine geballten Fäuste. „Möchtest du mit mir darüber reden, was in den letzten Tagen passiert ist, während die Polizei sich um den Tatort kümmert?"

Darby schüttelte wortlos den Kopf. Sie war immer noch damit beschäftigt, diesen ungewollten Vertrauensbruch zu verarbeiten. „Ich bin noch dabei, das alles zu begreifen."

Gleeson stieß ein selbstironisches Lachen aus. „Ich kann dir helfen, es zu verarbeiten, wenn du so weit bist."

Sie wich langsam vor dem Mann zurück. „Ich bin nicht bereit, ich ..."

Eban griff ein. „Ms. O'Roarke wird Sie anrufen, um einen Termin zu einem günstigeren Zeitpunkt zu vereinbaren."

Sie war Eban dankbar, dass er ihre Bedürfnisse verstand, ohne dass sie sie aussprechen musste.

Gleeson ging einen Schritt zurück und wandte sich an Sergeant Robertson. „Wenn es Ihnen nichts ausmacht, warte ich in meinem Auto, bis sie fertig sind. Sammeln Sie alle

Beweise, die Sie benötigen, aber beachten Sie, dass Sie keine der Akten lesen dürfen.“

Der Streifenpolizist nickte. „Wir wissen, wie es läuft. Ich habe Leute von der Spurensicherung hinzugezogen. Sie werden nach Fingerabdrücken und DNA-Spuren suchen. Natürlich brauchen wir auch Ihre Fingerabdrücke und die Ihrer Assistentin, um sie auszuschließen.“

Gleeson nickte. „Natürlich.“ Dann runzelte er besorgt die Stirn. „Ich werde Corinne noch einmal anrufen. Vielleicht ist sie krank oder hat ihren Dienstplan nicht richtig gelesen.“

„Geben Sie mir ihre Adresse, und ich schicke einen Beamten hin, um nach ihr zu sehen“, bot Sergeant Robertson an.

Sorge stieg in Darby auf, als sie die strengen Gesichtszüge des Beamten betrachtete. Glaubte er, dass Corinne etwas Schlimmes zugestoßen war? Würde man sie auch dafür verantwortlich machen?

„Ich bin sicher, dass es ihr gut geht“, sagte Gleeson ohne jede Überzeugung.

„Ich möchte, dass Sie sich genau umsehen, sobald das Team von der Spurensicherung hier fertig ist. Schauen Sie, ob irgendetwas fehlt.“

Gleeson nickte. „Ja, natürlich. Ich bleibe hier, aber vielleicht gehe ich erst mal einen Kaffee trinken. Kann ich jemandem etwas mitbringen?“, fragte er in die Runde.

„Nein, danke“, sagte Darby schnell.

„Bewahren Sie in Ihrem Büro zu Hause irgendwelche Sicherungskopien auf?“, fragte Eban.

Gleesons Zähne klapperten. „Nur Unterlagen von früheren Patienten aus meiner alten Praxis in Anchorage. Aktuelle Patientenakten bewahre ich verschlüsselt in einem

Cloud-Speicher auf, damit ich aus der Ferne darauf zugreifen kann."

Darby war nicht begeistert von der Vorstellung, dass ihre privaten Informationen in einer Cloud gespeichert waren.

„Wie lange sind Sie schon in Fairbanks?", fragte Eban.

„Ich habe im Herbst in der Psychologieabteilung der UAF angefangen. Ich wurde abgeworben." Gleeson lächelte verhalten. „Im September habe ich meine eigene Praxis eröffnet. Oh, Gott, dieser Vorfall könnte mich ruinieren, bevor ich richtig angefangen habe." Er sah aus, als ob er sich übergeben müsste.

„Kannten Sie Martin Carstairs?", fragte Eban.

„Wollen Sie wissen, ob er mein Patient war?"

Eban legte den Kopf schief. „War er das?"

Gleeson schüttelte den Kopf. „Ich kannte ihn nicht. Aber ich habe ihn am Dienstagabend beim Burns Supper tanzen sehen. Er hat sehr fröhlich gewirkt."

Eban runzelte die Stirn. „Sie waren dort?"

Gleeson nickte. „Ich war mit meiner Frau und den Kindern da. Deshalb wollte ich nicht lange bleiben. Wir haben uns alle amüsiert, bis wir am nächsten Morgen von dem Mord erfuhren, zumal eine meiner Patientinnen die Hauptverdächtige war." Er schenkte Darby ein besorgtes Lächeln.

Darby hatte beim Essen neben Gleesons Frau gesessen. Melanie. Die Frau war ihr sympathisch gewesen, auch wenn ihr Sohn sie ein wenig zu aufdringlich angestarrt hatte. Aber seit ihrem Angriff war sie schnell von männlicher Aufmerksamkeit verunsichert, sogar bei Teenagern.

„Ist Ihnen bei der Ceilidh-Party etwas Ungewöhnliches aufgefallen?", fragte Eban.

„Nein. Als wir gegangen sind, haben Darby und Martin noch getanzt." Er schob eine knochige Schulter hoch. „Die Kinder hatten Schule, und ich musste um neun eine Vorlesung halten."

„Was ist mit Adele Surrey? Kennen Sie sie?"

Gleeson stampfte mit den Füßen auf den Beton. „Wen?"

„Die Frau, die in der Kirche aushilft", drängte Darby.

Gleeson runzelte die Stirn. „Ach, ja. Adele. Sie ist nett. Aber sie ist keine Patientin von mir. Sie bereitet nur den Raum vor unseren Gruppensitzungen vor –" Er verstummte abrupt. „Warum? Oh, verdammt. War sie die Frau, die ermordet aufgefunden wurde?" Seine ausdruckslosen Augen huschten von Eban zu ihr, und Darby wusste nicht, was sie darauf antworten sollte.

„Waren Sie gestern Abend in der Kirche? Um die Gruppentherapiesitzung zu leiten?", fragte Eban.

Gleeson bedeckte sein Gesicht einen Moment lang mit einer Hand. „Nein. Ich habe einen meiner Doktoranden hingeschickt."

„Ich brauche den Namen und die Namen der Personen, die gestern Abend an der Sitzung teilgenommen haben. Ich verspreche, dass ihre Identität vertraulich behandelt wird. Wahrscheinlich waren sie die letzten Menschen, die Adele Surrey lebend gesehen haben. Sie könnten den Mörder gesehen haben."

Gleeson wich alle Farbe aus dem Gesicht, bis auf die Röte an seiner Nasenspitze und seinen Wangen. „Ich werde veranlassen, dass Sie so bald wie möglich eine Liste mit den Namen erhalten."

Als weitere Polizeifahrzeuge eintrafen, rückte Darby näher an Eban heran.

Eban hielt ihm seine Karte hin. „Wenn Sie sich noch an etwas erinnern, melden Sie sich bitte."

Gleeson nahm die Karte, bevor er sich in seinen schnittigen schwarzen BMW zurückzog.

„Wir gehen auch", teilte Eban dem Sergeant mit. „Rufen Sie mich an, wenn Sie die Assistentin ausfindig gemacht haben oder herausgefunden haben, wer in die Praxis eingebrochen ist, ja?"

Robertson warf Darby einen Blick zu, die daraufhin ihr Kinn hob.

„Offensichtlich waren Sie gestern nicht hundertprozentig ehrlich zu mir", sagte Robertson ruhig.

Eban stieß ein leises Lachen aus. „Ich schätze, das war ich nicht, aber ich habe nicht gelogen. Ich habe darauf gedrängt, dass Sie beim Sammeln von Beweisen ein wenig tiefer graben sollten. Und ich bin nicht derjenige, dem die Ungereimtheiten bei den Fingerabdrücken auf dem Messer aufgefallen sind." Sein Blick wanderte zu Darby. „Sergeant Robertson war für deine Freilassung gestern verantwortlich."

„Vielen Dank", sagte Darby. Denn auch wenn sie an ihre Unschuld glaubte, wusste sie, dass das keine Garantie dafür war, dass die Gerechtigkeit siegte. Der Mord an Adele war mit dem Ziel inszeniert worden, sie weiter zu belasten. Bis jetzt war es dem Täter nicht gelungen, aber es erschütterte sie immer noch, dass sich jemand so viel Mühe gab.

Robertson verlagerte unbehaglich sein Gewicht von einem Fuß auf den anderen. „Ich habe nur meinen Job gemacht, Miss."

„Nun, danke, dass Sie ihn besser gemacht haben als die anderen." Sie wich zurück, als weitere Polizeibeamte aus ihren Fahrzeugen stiegen. Eban schien ihr Unbehagen zu spüren, und sie drehten sich um und ließen die Polizisten ihre Arbeit machen.

Sie stiegen in den Geländewagen, und Darby war dankbar für den Schutz vor der bitteren Kälte und den wütenden Blicken.

„Meinst du, dieser Einbruch hat etwas mit den Morden zu tun?" Ihre Zähne klapperten.

Ebans Mund verzog sich zu einer nachdenklichen Linie. „Ich weiß es nicht."

„Kann das alles ein seltsamer Zufall sein?"

Eban fuhr rückwärts aus der Parklücke und bahnte sich einen Weg durch die Polizeifahrzeuge, wie sie es nie gewagt hätte. Auf der Hauptstraße fuhr Eban in Richtung Universität, doch sie kannte ihn inzwischen gut genug, um sich trotzdem unsicher zu sein, wohin sie letztendlich fahren würden.

„Wie wäre es, wenn wir uns irgendwo etwas zu Essen holen und dann zurück zur Hütte fahren, um zu essen und uns neu zu organisieren", schlug er vor.

Darby hätte sich am liebsten eine Woche lang dort verkrochen, wenn sie dadurch die Morde und die Tatsache, dass die Leute glaubten, sie hätte sie begangen, vergessen konnte. Sie wollte in Ruhe gelassen werden. Und mit Eban allein sein.

KAPITEL ZWANZIG

„Wir konnten Ihre Sekretärin Corinne Brown nicht ausfindig machen", teilte Signy dem Psychologen mit und beobachtete seine Miene aufmerksam. „Haben Sie eine Idee, wo sie sein könnte?"

Kim Gleeson runzelte die Stirn. Er hatte die Statur eines Läufers und war schlank, fast schon dürr. Attraktiv, wenn man auf kahlköpfige Männer stand.

„Nein. Das ist das erste Mal, dass sie nicht zur Arbeit erscheint. Normalerweise ist sie pünktlich und ehrgeizig." Er presste Daumen und Zeigefinger gegen seine Schläfen. „Sie hat ein paar Mal einen Freund in Anchorage erwähnt, aber ich glaube, ihre Mutter wohnt hier in der Stadt. Ich weiß allerdings nicht, wo."

„Wann haben Sie das letzte Mal mit ihr gesprochen?"

„Als ich am Dienstagnachmittag das Büro verlassen habe."

Sie standen an einer kleinen Küchenzeile im hinteren Teil seiner angemieteten Büroräume, während er Kaffee für die Spurensicherung kochte. Der ganze Raum war in gedeckten Farben gehalten, und an den Wänden hingen große, langweilige Gemälde.

„Sie sind vor ihr gegangen?"

„Ja. Normalerweise mache ich das nie, aber mein Fünf-Uhr-Termin hat abgesagt, also habe ich die Gelegenheit genutzt, früher zu verschwinden. Corinne arbeitet von mittags bis achtzehn Uhr. Wenn ich mit einem Patienten mal länger brauche, schließe ich einfach selbst ab."

„Sie arbeiten nur nachmittags?", fragte Signy erstaunt.

Er lachte auf. „Schön wär's. Nein, ich habe meinen Stundenplan so gestaltet, dass ich vormittags Vorlesungen halte oder mich mit Doktoranden treffe. Nachmittags habe ich Patientensitzungen, und abends bin ich meist mit anderweitigem Unsinn beschäftigt, sehr zum Ärger meiner Familie."

„Wie zum Beispiel?"

„Universitätsverwaltung. Fördermittelanträge. Sicherheits-formulare. Dem Schreiben von Abhandlungen oder Zeit-schriftenartikeln. Der Korrektur von Studentenarbeiten, um sie für die Einreichung in Zeitschriften vorzubereiten. Ganz zu schweigen von den Gruppentherapiesitzungen in der Kirche, die für viele sehr hilfreich waren."

„*Waren?*", fragte sie scharf.

„Ich glaube nicht, dass sich Patienten auf eine Therapie einlassen, bei der sie riskieren, dass ihre qualvollsten Geheimnisse zum Futter für die Öffentlichkeit werden, und schon gar nicht an einem Ort, an dem eine Frau brutal abgeschlachtet wurde."

Da hatte er recht.

„Unsere Beamten kontaktieren immer noch die örtlichen Pfandhäuser und sprechen mit bekannten Hehlern von Diebesgut. Mit etwas Glück wusste der Dieb nicht, was er gestohlen hat."

„Das hoffe ich."

Alle Aktenschränke waren aufgebrochen worden. Die Kameraausrüstung und der Computer, der früher auf dem

Empfangstresen gestanden hatte, waren verschwunden. Der Papierkram und die Akten in Gleesons Büro waren so durchwühlt worden, dass es viel Zeit und Mühe kosten würde, herauszufinden, was, falls überhaupt, fehlte.

„Glauben Sie, dass der Einbrecher nach Medikamenten gesucht hat?" Er klang beinahe hoffnungsvoll.

„Das ist durchaus möglich." Allerdings wäre es ein Zufall, wenn man bedachte, dass Gleeson Darby O'Roarkes Therapeut war und zwei Menschen, die sie kannte, tot waren. „Haben Sie jemals Medikamente hier gelagert?"

„Advil und einige ätherische Öle. Ich verschreibe keine Tabletten. Ich schicke jeden, der stärkere Medikamente braucht, entweder mit einer Empfehlung zu seinem Hausarzt oder, wenn der Patient eine gründlichere Untersuchung benötigt, überweise ich ihn an einen Psychiater."

„Hat Darby O'Roarke –"

„Ich darf Ihnen keine Auskunft über die Behandlung meiner Patienten geben."

Signy versuchte es mit einer anderen Taktik. „Haben Sie eine Liste der Personen, die an den Gruppensitzungen teilnehmen?"

„Ich habe dem FBI-Agenten, der vorhin hier war, bereits zugesichert, ihm eine Liste zu schicken."

Signy versuchte, ihren Ärger zu verbergen.

„Ich werde sie auf Kopie setzen, unter der Bedingung, dass Sie die Informationen so vertraulich behandeln, wie es Ihnen unter den gegebenen Umständen möglich ist. Ich habe bereits allen Mitgliedern der Gruppe eine E-Mail geschickt, in der ich sie über den Einbruch informiert und ihnen mitgeteilt habe, dass alle Termine bis Montag abgesagt sind, es sei denn, es handelt sich um einen Notfall. Ich habe nicht ausdrücklich erwähnt, dass die Videos gestohlen wurden." Er warf ihr einen Blick von der Seite zu. „Ich will nicht, dass das an die Öffentlichkeit gelangt." Er holte Milch aus dem kleinen Kühlschrank. „Ich dachte, wenn der Dieb das erfährt, könnte er das vielleicht ausnutzen. Doch wenn er nicht weiß, was er gestohlen hat, wird er die Ausrüstung wahrscheinlich verkaufen, um schnell an Geld zu kommen. Ich habe die Hoffnung, die Daten wiederzubekommen, bevor jemand mitbekommt, dass sie fehlen."

Signy war dafür, diese Informationen nicht an die Öffentlichkeit gelangen zu lassen. Noch lieber wäre es ihr allerdings, wenn sich das FBI nicht mehr in ihre Ermittlungen einmischen und versuchen würde, sie schlecht dastehen zu lassen – vorausgesetzt, Winters war nicht in irgendeiner Weise in den Einbruch oder Mord verwickelt. Nach allem, was man so hörte, war er ein hervorragender Agent mit einem ausgezeichneten Ruf. Adele Surrey kaltblütig zu ermorden, um seiner inoffiziellen Freundin aus der Patsche zu helfen, obwohl die Polizei von Fairbanks sie bereits entlassen hatte, wäre ein wenig extrem.

„Haben Ihre Studenten auch ab und zu mit Ihren Patienten zu tun?", fragte Signy. Sie konnte eine weitere Verbindung zu der Universität nicht ignorieren.

„Sie erhalten keine Einsicht in vertrauliche Patientenakten, aber manchmal nehmen Studenten, die sich für eine klinische Tätigkeit interessieren, mit Erlaubnis der Patienten an einer Sitzung teil und sehen zu. Manchmal nehmen sie auch an den Gruppentherapiesitzungen teil."

„Hat einer von ihnen bei Darby O'Roarkes Therapie zugesehen?"

„Nein, Darby traut immer noch nicht vielen Menschen." Er schenkte ihr ein trauriges Lächeln. „Dieser Vorfall wird sie in Sachen Vertrauen erheblich zurückwerfen. Das ist einer der Gründe, warum ich gestern meine Dienste angeboten habe." Er lehnte sich gegen den Tresen. „Ich glaube, sie hat nicht einmal mir das ganze Ausmaß dessen erzählt, was sie während ihrer Gefangenschaft durchgemacht hat. Sie erwähnte jedoch, dass ihr Vorgesetzter sie gefragt hatte, ob sie diesen Sommer auf die Insel zurückkehren würde. Sie hat mich gefragt, ob ich es für eine gute Idee halte."

„Sie leidet an PTBS?"

„Es steht mir nicht frei, über ihre Diagnose zu sprechen." Sein Lächeln sagte: „Netter Versuch."

„Was haben Sie ihr über die Feldarbeit gesagt?", drängte Signy ungeduldig.

„Ich habe sie gefragt, ob sie es für eine gute Idee hält, aber sie hatte keine Antwort für mich. Ich persönlich halte Jim Nilsson für ein egoistisches, selbstgefälliges Arschloch, wenn er das von ihr verlangt. Außerdem glaube ich nicht, dass er sich des ganzen Ausmaßes dessen bewusst ist, was sie letzten Sommer durchgemacht hat. Das ist eine Sache zwischen Darby und ihm. Es geht mich nichts an."

„Sie sammeln nur die Scherben auf, hm?"

Er warf ihr einen Blick zu, der vermuten ließ, dass er ihre Meinung über die Art seiner Arbeit erraten konnte. „Eigentlich helfe ich den Patienten, den Punkt zu erreichen, an dem sie sich in der Lage fühlen, selbst die Scherben aufzusammeln. Darby hat unglaublich gut auf die Therapiemethoden angesprochen, die ich eingesetzt habe, das kann ich sagen."

Sie nickte. Vielleicht war er gar kein schlechter Kerl. Vielleicht war er ein egoistischer Idiot. Es war zu früh, um das mit Sicherheit zu sagen.

Der Kaffee war fertig, und Gleeson schenkte mehrere Tassen ein. Er bot ihr eine an, die sie dankend annahm. Sie war die ganze Nacht wach gewesen und hatte seit gestern Morgen ununterbrochen gearbeitet. Die ersten achtundvierzig Stunden waren immer entscheidend. So ziemlich jeder, der an diesem Mordfall beteiligt war, arbeitete auf Hochtouren, und trotzdem waren sie den Antworten bisher keinen Schritt nähergekommen. Da sie nun keinen Verdächtigen mehr hatten, waren sie sogar noch weiter von der Lösung dieses Falls entfernt als je zuvor.

Ihr Chef war nicht gerade glücklich.

Gleeson brachte die drei Tassen zu den anderen Polizeibeamten, die am Tatort arbeiteten.

Als er zurückkam, fragte sie. „Kannten Sie Martin Carstairs?"

„Darüber habe ich bereits mit Special Agent Winters gesprochen."

„Jetzt reden Sie mit mir." Sie schenkte ihm ein strahlendes Lächeln.

„Martin Carstairs war kein Patient von mir." Gleeson nahm einen Schluck aus seiner Tasse. „Wie ich SSA Winters schon gesagt habe, habe ich den Mann nur ein einziges Mal gesehen, nämlich bei der Ceilidh-Party."

Signy runzelte die Stirn. „Sie waren dort?"

Gleeson nickte. „Mit meiner Familie."

Auf ihren überraschten Blick hin sah er sie fragend an. „Sie sind überrascht, dass ich auf der Party war?"

„Ich bin überrascht, dass Sie privat mit Ihren Klienten verkehren."

Er seufzte ungeduldig. „Ich habe Darby ‚Hallo' gesagt, und das war so ziemlich das einzige Mal, dass ich an diesem Abend mit ihr gesprochen habe. Wir sind erst vor kurzem hierhergezogen. Meine Familie freut sich über jede Gelegenheit, neue Leute kennenzulernen und Freundschaften zu schließen. Meine Kinder tun sich beide schwer und vermissen ihre alten Freunde. Meine Doktoranden haben uns eingeladen, und wir haben uns tatsächlich gut amüsiert." Seine Miene verfinsterte sich. „Aber irgendwie habe ich so das Gefühl, dass wir nächstes Jahr nicht hingehen werden."

Da hatte er recht. Was mit Martin geschehen war, würde die Menschen noch jahrelang verfolgen. Sie hatte sich mit seinen Geschwistern und den Eltern getroffen, die heute Morgen eingeflogen waren. Es war schwierig, denn vieles konnte sie ihnen nicht erzählen. Sie versuchte, die Freigabe von Martins Haus zu erwirken, damit seine Familie seine Sachen ausräumen konnte und nicht noch einmal herkommen musste.

Signy starrte in ihren Kaffee, der gut schmeckte, aber einen bitteren Beigeschmack in ihrer Kehle hinterließ, da sie in letzter Zeit so viel von dem Zeug getrunken hatte.

Und Gleeson hatte recht, was die soziale Szene anging. Zu dieser Jahreszeit war nicht viel los, es sei denn, man machte Wintersport oder ging Hundeschlitten fahren. Nach den Feiertagen setzte der Winter mit unerbittlicher Kraft ein und begann erst im April, seinen Griff zu lockern. Die Menschen, die hier lebten, nutzten jede Gelegenheit, die sich ihnen bot. Es war eher eine Überraschung, dass sie selbst nicht bei der Ceilidh-Party gewesen waren, aber Aiden in seinem Alter wäre ganz sicher nicht zu so einer Veranstaltung gegangen.

Sie presste die Lippen aufeinander. Sie vermisste ihren Sohn und war wütend auf sich selbst, dass sie ihre Arbeit nicht richtig machen und nicht die Mutter sein konnte, die sie immer sein wollte. Sie versuchte, die Gefühle abzuschütteln. Sie musste sich um eine vermisste Frau und zwei Mordopfer kümmern. Sie hatte keine Zeit für Selbstmitleid.

„Was können Sie mir noch über Corinne Brown erzählen?"

Gleeson verzog das Gesicht. „Nicht viel. Sie ist sehr angenehm und kompetent in ihrem Job. Sie arbeitet erst seit Anfang Dezember für mich. Die erste Person, die hier gearbeitet hat, hat nach ein paar Monaten fristlos gekündigt, was sehr ärgerlich war. Ich habe Corinne als Aushilfskraft eingestellt, aber bis zu diesem Vorfall war sie großartig." Er sah besorgt aus. „Ich hoffe, es geht ihr gut."

Das hoffte Signy auch.

„Vielleicht hat sie etwas falsch verstanden und gedacht, die Praxis wäre die ganze Woche geschlossen." Gleeson saugte an seiner Unterlippe. „Ich war ein wenig abgelenkt und aufgebracht, als wir gestern Morgen telefoniert haben. Wie ich schon sagte, hat sie einen Freund in Anchorage, und vielleicht ist sie dort hingefahren oder hingeflogen, um ihn zu sehen. Aber warum geht sie nicht an ihr Handy?"

„Vielleicht will sie nicht mit Ihnen sprechen, weil sie nicht zugeben will, dass sie es vermasselt hat und für ein paar Tage weggefahren ist?" Signy rollte ihre Schultern nach hinten und hoffte, dass Corinne Brown sich irgendwo mit einem Liebhaber vergnügte. „Kannten Sie Adele Surrey?"

„Nur flüchtig. Sie hat heiße Getränke und Kekse serviert, dafür gesorgt, dass es warm genug war und dass sich keine Fremden mit hineinsetzten. Sie saß immer außerhalb des Kreises an der Wand, aber sie hat zugehört und ich fand, dass sie sehr einfühlsam mit den Anwesenden umgegangen ist."

Signy nickte und nahm einen weiteren Schluck Kaffee. Ihr

war nicht entgangen, dass auch Dr. Gleeson eine Verbindung zu jedem der Mordopfer hatte und dass nun sein Büro verwüstet worden war. Zufall, oder hatte jemand nach etwas gesucht? Oder versuchte Gleeson, die Aufmerksamkeit von sich als möglichem Verdächtigen abzulenken? Die Aufnahme der Stimme des Mörders war gedämpft und undeutlich. Sie hatten sie nach Quantico geschickt, um sie dort genauer analysieren zu lassen. Es könnte Gleesons Stimme gewesen sein, aber es könnte genauso gut ihre eigene gewesen sein.

„Hat Corinne an den Sitzungen teilgenommen?"

„Nein." Er schüttelte den Kopf. „Nein, nie."

Sie lächelte ihn freundlich an, während sie ihn aufmerksam beobachtete. Hatte Corinne Brown nur blaugemacht, oder war sie ein weiteres Opfer?

„Wenn Sie mir so schnell wie möglich eine Liste Ihrer Doktoranden und die Liste der Personen, die an den Gruppentherapiesitzungen teilgenommen haben, schicken könnten, damit wir alle befragen können, die mit Adele Surrey in Kontakt gekommen sein könnten –"

„Sie glauben doch nicht etwa, dass einer meiner Patienten etwas mit dem Tod der armen Frau zu tun hatte?" Er verzog das Gesicht. „Oder mit dem Mord an Martin Carstairs?"

Signy hielt seinem Blick stand. Sie hatten die Fälle noch nicht offiziell miteinander in Verbindung gebracht, aber die Presse drehte durch wegen der Möglichkeit, dass es sich um denselben Mörder handeln könnte. Der Handschuh und die Fußabdrücke ließen sie dasselbe vermuten, doch die Presse kannte diese Details nicht. „Die Befragungen sind Standard bei Ermittlungen dieser Art, es sei denn, Sie haben Grund, einen Ihrer Patienten zu verdächtigen?"

Er blickte auf und blinzelte. „Nein, natürlich nicht. Meine

Patienten sind im Allgemeinen nicht gewalttätig.“

„Nun, jemand hat tatsächlich sowohl Martin als auch Adele ermordet und ist möglicherweise hier eingebrochen.“

Er richtete sich auf. „Sie glauben, dass dieser Einbruch mit den Morden zusammenhängen könnte?“ Er runzelte die Stirn. „Meinen Sie, Darby könnte –“

„Miss O'Roarke ist keine Verdächtige im zweiten Mordfall. Ich werde erst dann mehr über den Einbruch wissen, wenn wir den Zeitpunkt genauer eingrenzen können.“

Signy war nicht bereit, Darby völlig vom Haken zu lassen. Noch nicht. Vielleicht war Adele von einem Nachahmungstäter ermordet worden? Vielleicht steckte Darby mit jemand anderem unter einer Decke. Auch wenn der FBI-Agent das nicht glaubte, hatte sich das FBI in der Vergangenheit gelegentlich schon geirrt.

Auf Gleesons Stirn bildeten sich Falten. „Wie können Sie sich da so sicher sein? Nicht, dass ich es Darby zutrauen würde –“

„Sie hat ein wasserdichtes Alibi für den Zeitraum, in dem Adele Surrey ermordet wurde.“

Er hob sein Kinn. „Ah. Der FBI-Agent.“

Signy lächelte. „Ja, einen FBI-Agenten schwören zu lassen, dass man zur Tatzeit bei ihm war, ist so ziemlich der Goldstandard unter den Alibis.“

„Gut.“ Er nickte, obwohl er immer noch verwirrt aussah. „Sie hat ihn mir gegenüber nie erwähnt, aber sie müssen befreundet sein …“ Er lachte verlegen. „Ich weiß nicht, warum ich ihr so schnell die Schuld in die Schuhe schieben wollte. Obwohl, eigentlich ich weiß es doch. Selbst hochgebildete Menschen wie ich neigen dazu, sich den ersten Namen oder das erste Gesicht einzuprägen, das man uns gibt, und sie wurde in Carstairs' Haus gefunden. Wenn Darby unschuldig ist, und das vermute ich stark, dann wird sie von nun an ein hartes Leben in dieser Stadt haben." Seine Augen verengten sich, und seine Lippen verzogen sich zu einer schmalen Linie.

Signy wackelte mit den Füßen und spürte, wie Schuldgefühle in ihr aufstiegen, doch das war ihr Job. Und wenn sie den Verdacht hatte, dass sie sich in Martins Fall anfangs nicht so sehr bemüht hatte, wie sie es hätte tun sollen? Sie verdrängte den Gedanken. Von außen betrachtet war es immer einfach, Polizistin zu sein, doch wenn man wirklich in diesem Beruf arbeitete, merkte man, wie schnell Situationen aus dem Ruder liefen. Sie trank ihren Kaffee aus und spülte ihre Tasse unter dem heißen Wasser ab.

„Sie werden in der nächsten Stunde fertig sein." Das Labor hatte jetzt mehr Beweise zu untersuchen, als sie normalerweise in einem Monat sammelten. „Bitte sehen Sie Ihre Akten durch, sobald Sie dazu in der Lage sind, und geben Sie mir Bescheid, ob etwas fehlt."

Sie reichte ihm ihre Visitenkarte, und er stand da und betrachtete sie.

„Was wollen Sie zuerst? Die Liste der Studenten und Gruppentherapie-Teilnehmer oder die Information über fehlende Akten?" In seinem Tonfall lag jetzt eine gewisse Schärfe.

Sie blinzelte und legte den Kopf schief. „Die Liste mit den Teilnehmern der Gruppentherapie, denke ich, für den Fall, dass die Beamten die Kamera nicht finden. Namen, Adressen und Telefonnummern bitte. Selbstverständlich werden wir den Teilnehmern versichern, dass Sie nichts Vertrauliches verraten haben."

„Gut. Ich werde ihnen auch noch eine E-Mail

schicken." Er griff nach seinem Mantel. „Ich werde sofort nach Hause fahren und alle Informationen zusammenstellen. Vielen Dank für Ihre Hilfe bei dem Einbruch, Detective."

Er drängte sie förmlich zu Tür hinaus. Sie winkte dem Spurensicherungsteam zu und stieg in ihren Wagen. Nur für den Bruchteil einer Sekunde lehnte sie ihren Kopf gegen die Kopfstütze und schreckte hoch, als sie fast einnickte.

Sie hatte keine Zeit für eine Pause, würde allerdings im Moment auch niemandem von Nutzen sein. Sie sah zu, wie Gleeson in einen glänzenden schwarzen BMW stieg, den sie sich mit ihrem jetzigen Gehalt niemals leisten könnte. Er fuhr rückwärts aus der Parklücke und ruckartig zur Auffahrt auf den Highway, bevor er davonraste.

Sie war versucht, nachzusehen, wohin er fuhr, doch das würde ihr Chef nicht zulassen. Sie schaute auf die Uhr und beschloss, zurück zum Revier zu fahren. Sie würde eine Pause einlegen, wenn die Schule aus war, um kurz nach Aiden zu sehen, und dann vielleicht ein Nickerchen machen. Hoffentlich wurde in der Zwischenzeit niemand ermordet.

KAPITEL EINUNDZWANZIG

ICH SAß IN einem kleinen Diner und nahm mir ein paar Minuten Zeit für mich, trank noch einen Kaffee und aß einen Muffin, während ich über meinen nächsten Schritt nachdachte.

Abhauen? Oder mich verstecken und die Sache aussitzen? Weiterzumachen war verlockend, aber ich zögerte. Weglaufen würde mich schuldig aussehen lassen, und ehrlich gesagt, war ich hier noch nicht fertig.

Die Polizei von Fairbanks hatte Darby schon wieder freigelassen.

Meine Eingeweide verkrampften sich.

Hatte ich einen Fehler gemacht?

Ich hatte die Ereignisse in meinem Kopf immer wieder durchgespielt und glaubte nicht, dass ich etwas Belastendes getan hatte. Niemand hatte mein Gesicht sehen, geschweige denn hätte mich erkennen können. Die Tatsache, dass Adele die Polizei gerufen hatte, machte mich immer noch wütend, aber die Aufnahme des Notrufs hatte wahrscheinlich nicht genug von meiner Stimme aufgezeichnet, um mich zu identifizieren.

Trotzdem eine Fehlkalkulation. Ich hasste Fehlkalkulationen.

Ich war meine blutdurchtränkten Klamotten und Stiefel

losgeworden, indem ich sie mit einem Benzinkanister und einer Schachtel Streichhölzer in den Wald gebracht hatte, wo sie zu Asche zerfielen. Ich hatte alles vernichtet, was mich mit den Morden in Verbindung bringen könnte.

Ich hatte nur Trophäen mitgenommen, um die Polizei zu verwirren. Ich hatte es nicht nötig, diese Erinnerungen zum Masturbieren zu benutzen. Ich war kein sexueller Perverser.

Ich pickte ein paar Muffinstückchen von meinem Teller und musterte die Kellnerin, als sie mit Wischmopp und Eimer vorbeikam.

Adele könnte ein Fehler gewesen sein, räumte ich ein.

Ich war nicht stolz darauf, dass ich die Kontrolle verloren hatte. Es war völlig untypisch und hatte mich zu Tode erschreckt, als der Adrenalinspiegel gesunken war und mein Verstand sich geklärt hatte.

Doch es hatte mich dazu bewegt, mich zu konzentrieren und meine Spuren zu verwischen. Ich musste alle potenziellen Probleme lösen, die im Nachhinein zu erwarten waren. Ich hatte alle offenen Fragen geklärt.

Fehler waren etwas für Verlierer, die erwischt werden wollten. Ich wollte nicht verhaftet werden. Ich hatte nicht vor, ins Gefängnis zu gehen.

Ich würde nicht ewig weiter töten. Eines Tages würde ich keinen Drang mehr verspüren und endlich glücklich sein. Bis dahin musste ich die Gefühle zügeln, die diese dunklen Triebe in mir auslösten. Ich musste mich normal verhalten.

Wenn mich Darby vor zwei Tagen nicht so wütend gemacht hätte, hätte ich jetzt nicht diesen verdammten Schlamassel am Hals.

Wie es ihr wohl mit alledem ging? Hatte sie Angst vor dem, was mit Leuten passierte, die sie kannte? Hatte sie Angst, dass sie die Nächste sein könnte?

Ich würde ihr nie etwas antun. Ich verstand, was sie durchgemacht hatte, wie es kein anderer je tun würde, und ich würde für sie da sein, wenn sie mich brauchte. Vielleicht war es ganz gut, dass die Bullen sie hatten gehen lassen. Sie hatte einen weiteren Schock erlitten. Das sollte reichen, um sie wieder auf den rechten Weg zu bringen. Ich würde ihr helfen, das durchzustehen.

Ich wippte mit dem Fuß und musste die unwillkürliche Bewegung bewusst stoppen. Ich sah mich um und fragte mich, ob jemand meinen nervösen Tick bemerkt hatte.

Doch niemand beachtete mich. Die Kellnerin mit dem Wischmopp in der Hand wischte sich mit dem Unterarm über die Stirn, als sie die Unordnung saubermachte, die ein endloser Ansturm schmutziger Schneestiefel hinterlassen hatte. Ein paar Meter von meinem Tisch entfernt stellte sie ein Warnschild auf. Der Anblick amüsierte mich.

Ich legte ein paar Dollar neben den leeren Teller und die Tasse. Ich hätte mehr dagelassen, doch ich wollte nicht in Erinnerung bleiben. Sie lächelte mir dankend zu, und ich nickte.

Dann zog ich meinen Mantel an und sammelte meine Sachen ein. Ich konnte mir keine weitere überstürzte Aktion leisten. Ich musste ruhig bleiben. Die Polizisten sollten herumwuseln wie die Ameisen. Sie sollten Vermutungen anstellen und versagen, wie sie es immer taten. Ich hatte genug getan, um sie mir vom Hals zu halten – vorerst.

KAPITEL ZWEIUNDZWANZIG

EBAN MOCHTE DIESE neueste Entwicklung nicht. Darby war in den Strudel dieser Verbrechensserie geraten, und das gefiel ihm überhaupt nicht.

Sie hatten Pizza bestellt, und er hatte ein paar Dinge in einem nahegelegenen Schreibwarenladen besorgt, während sie darauf warteten, dass sie die Pizza abholen konnten. Jetzt lag sie auf der Rückbank, und der Geruch ließ ihm auf der Fahrt zur Hütte das Wasser im Mund zusammenlaufen.

Darby schaute abwesend auf die verschneite Landschaft hinaus. Erinnerte sie sich an die Geschehnisse des letzten Sommers, oder dachte sie daran, wie sie in Martin Carstairs' Haus aufgewacht war und den Mann tot aufgefunden hatte? Dachte sie an die brutale Ermordung von Adele Surrey? Oder an die Tatsache, dass private, intime Details einer vermeintlich vertraulichen Therapiesitzung nun an die Öffentlichkeit gelangen könnten?

Jemand war auf eine ungesunde Art besessen von der Frau an seiner Seite. Herauszufinden, wer, würde sie zu ihrem unbekannten Täter führen. „Wer wusste, zu welchem Therapeuten du gehst?"

Darby vergrub ihr Kinn im Kragen ihres Mantels, als sie ihn ansah. „Viele der anderen Doktoranden am Institut und mein Chef wussten, dass ich zu Dr. Gleeson ging. Ich habe versucht, offen mit der Therapie umzugehen, um ihnen zu zeigen, dass ich proaktiv versuchte, die Geschehnisse zu verarbeiten. Dann natürlich alle, die an den Gruppensitzungen teilnahmen. Wenn es der Täter auf mich abgesehen hat, könnte er mir von der Arbeit zur Kirche oder zum Büro des Therapeuten gefolgt sein."

„Was machst du sonst so?"

Sie stieß ein bitteres Lachen aus. „Nichts. Mein Leben besteht aus Therapie und Arbeit."

„Hast du Freunde außerhalb der Arbeit?"

Sie zog eine Grimasse. „Nicht wirklich. Ich bin freundlich zu den Leuten, aber ich treffe mich mit niemandem außerhalb des Instituts."

„Was machst du, um dich zu entspannen?"

Sie hob die Augenbrauen. „Arbeiten."

„Du triffst keine Leute, um dich zu entspannen?"

„Ich rufe dich an."

Bei diesen Worten verkrampfte sich sein Magen. Er hatte gewusst, dass sie auf ihn angewiesen war. Wenn er ganz ehrlich war, hatte er, seit er sie kennengelernt hatte, lieber mit ihr telefoniert, als sich zu verabreden oder mit seinen Kumpels etwas trinken zu gehen. Er war ein schrecklicher Freund gewesen. Er musste sich bei seinen Freunden entschuldigen und aufhören, so zu tun, als ob er für Darby nur platonische Freundschaft empfände. Er war unglücklich ohne sie. Doch eine gemeinsame Zukunft war alles andere als garantiert.

„Ich meine", fuhr sie fort, ohne etwas von seinen Gedanken zu ahnen, „durch meine Arbeit gehe ich häufig wandern und zelten, wenn draußen nicht gerade arktische Temperaturen herrschen. Da bin ich ständig unter Leuten. Das gefällt mir. Gelegentlich gehe ich freitags nach der Arbeit mit den anderen in die Bar, auch wenn ich immer nur ein Bier trinke." Sie schluckte hörbar. „Allerdings weiß ich nicht, ob das in Zukunft noch passieren wird."

„Irgendwann wirst du ihnen verzeihen."

Sie lachte. So, wie er es beabsichtigt hatte. „Klar, als ob ich diejenige wäre, die ihnen aus dem Weg geht."

Die einzige Person, die in Ebans Augen nicht verdächtig war, war Darby. Das sagte er jedoch nicht. Er wollte ihr keine Angst machen.

„Sie werden sich Sorgen machen, dass ich sie in ihren Schlafsäcken ermorden könnte."

Er machte sich hingegen Sorgen, dass eine der Personen, die sie für einen Freund hielt, der eigentliche Mörder war.

„In welche Bar geht ihr?"

„Ins Borealis auf der Regent."

„Hat dir schon mal jemand mehr Aufmerksamkeit geschenkt, als dir lieb war?"

Sie leckte sich über die Lippen und ein Schauer der Lust durchfuhr ihn. „Ich fühle mich immer, wenn mir jemand Aufmerksamkeit schenkt, unwohl."

Richtig. Er wandte den Blick ab. „Was ist mit Sport? Yoga? Irgendwo, wo du so regelmäßig hingehst, dass dich jemand erkennen und möglicherweise anfangen könnte, dir zu folgen." Oder ihre Adresse aus einem Mitgliederverzeichnis heraussuchen konnte.

„Ich gehe auf dem Campus schwimmen." Sie verzog das Gesicht. „Nicht gerade die geselligste Sportart, aber äußerst effektiv."

Sie war so verdammt vernünftig. Eigentlich sollte ihn das nicht anmachen, doch er liebte das an ihr. Es weckte den Wunsch in ihm, sie auszuziehen und frivole Dinge mit ihrem

Körper anzustellen.

Er starrte auf die Straße und hoffte, dass sie nicht merkte, wie sehr er sich zu ihr hingezogen fühlte. Verdammt nochmal. Sie war praktisch mit ihm in einer Hütte gefangen, und er war ständig darauf bedacht, nichts zu tun, wobei sie sich unwohl fühlen könnte.

Er räusperte sich. „Was ist mit den Leuten in deinem Wohnhaus? Gibt sich dort jemand besondere Mühe, dich kennenzulernen?" Er hatte nicht vergessen, dass Lenny hereingekommen und weggelaufen war, als er sich zu erkennen gegeben hatte. Dieser Mörder war dreist und schien auf Darby fixiert zu sein.

Hatte der Einbruch bei Gleeson etwas damit zu tun? Suchte der Täter etwas, oder wollte er Beweise vernichten?

„Hm. Davis Farraday und Stef Riddell wohnen in meinem Wohnhaus, ein Stockwerk über mir – sie sind Freunde aus dem Labor. Zumindest dachte ich, sie wären Freunde." Sie seufzte. „Und dann ist da noch Mrs. Lenoski aus dem zweiten Stock, die immer ein bisschen zu fröhlich ist, wenn sie mich sieht. Aber sie ist sicher Mitte Achtzig, und ich habe sie bei der Ceilidh-Party nicht gesehen."

Er schätzte ihren Versuch, die Stimmung etwas aufzulockern, und hasste es, ihn zunichtezumachen. „Der Täter muss nicht lange auf der Party gewesen sein. Wer auch immer dir etwas in dein Getränk getan hat, musste nur lange genug da sein, um zu sehen, aus welchem Glas du trinkst, und etwas hineingeben. Dann hätte er draußen warten können, um dir anzubieten, dich nach Hause zu fahren oder dich einfach zu packen, als niemand hinsah."

Er machte sich im Geiste eine Notiz, diese Lenoski zu überprüfen und nachzusehen, ob die Testergebnisse schon da waren. Er war überzeugt, dass Darby betäubt worden war, aber er wollte Beweise.

Darbys Augen wurden groß. „Vielleicht wurde Martin deshalb umgebracht. Ich meine, wenn ich aus irgendeinem Grund betäubt worden war, und Martin mich auf seiner Couch schlafen ließ? Das hätte die Pläne des Mörders durchkreuzt." Sie schauderte. „Martin hätte, ohne zu zögern, meinen Wagen zu sich nach Hause gefahren."

„Hatte er getrunken?"

„Er hatte ein paar Bier getrunken, aber er war ein großer Kerl, und wir waren lange dort." Sie runzelte die Stirn. „Aber wenn es jemand aus meinem Wohnhaus war, hätte er mich jederzeit im Flur oder im Treppenhaus überfallen können."

Das war riskant. Jemand hätte es sehen können. Oder die Polizei hätte Fragen stellen können, wenn Darbys Wagen draußen geparkt gewesen wäre. Außerdem hätte er ihre Leiche entsorgen müssen, wenn er sie umgebracht hätte. Der Gedanke bereitete ihm Bauchschmerzen, und er sprach seine Spekulationen nicht laut aus.

Wenn der Täter sie an einem anderen Ort entführt hätte, wäre er weniger verdächtig gewesen. Eban wollte noch niemanden ausschließen, bis er mehr Informationen darüber hatte, was auf der Party passiert war.

„Vielleicht hat der Mörder draußen gesehen, wie Martin sich um dich gekümmert hat, und ist dazugekommen, um dir anzubieten, dich nach Hause zu fahren. Was wäre, wenn Martin diesen Vorschlag abgewiesen hätte? Dann hätte Martin nicht nur die Pläne des Mörders durchkreuzt, sondern ihn auch identifizieren können."

„Und er ist uns deswegen zu seiner Wohnung gefolgt?"

„Ja, es sei denn, er wusste bereits, wo Martin wohnt." Die

meisten Leute im Institut schienen sich untereinander ziemlich gut zu kennen. „Vielleicht hat der Täter gesehen, wie er dich in sein Haus gebracht hat und ihn eine Weile vom Wald aus beobachtet."

Das könnte die Fußspuren im Schnee vor dem Haus der Nachbarn erklären. Jemand hatte Martins Haus aus der Ferne beobachtet, weil er nicht gesehen werden wollte.

„Er hat gewartet, bis Martin eingeschlafen ist, und ist dann hereingekommen und hat ihn ermordet?" Das Szenario machte absolut Sinn und jagte ihr offensichtlich Todesangst ein.

Auch ihm machte es Angst.

„Aber ich verstehe nicht, warum er mich in Ruhe gelassen hat", sagte sie leise.

Eban sah einen Elch am Straßenrand und bremste ab, als er an dem großen Tier vorbeifuhr. „Ich auch nicht, aber irgendwann hat er beschlossen, dir den Mord anzuhängen. Vielleicht, um dich dadurch zu bestrafen oder die Aufmerksamkeit von sich ablenken? Oder beides?"

Er warf einen Blick auf Darby, die so weiß wie der Schnee war.

„Weißt du was?", fragte er plötzlich.

„Was?", fragte sie kläglich.

„Wir gönnen uns eine Pause von dem Fall. Wir machen ein Feuer im Kamin, essen Pizza und sehen uns einen Film an. Zumindest für ein paar Stunden werden wir nicht alle Möglichkeiten analysieren, wer dahinterstecken könnte. Bis wir mehr Beweise haben, können wir so ziemlich jeden in deinem Leben verdächtigen, und ich will nicht, dass du das tun musst."

Sie stieß einen hörbaren Seufzer der Erleichterung aus.

„Das ist eine großartige Idee."

Kurz darauf fuhren sie in die Einfahrt der Hütte. Leider waren sie nicht allein.

„Wer ist das?", fragte Darby und setzte sich aufrechter hin, die Augen weit aufgerissen.

„Wahrscheinlich die Besitzer. Auf dem Willkommenszettel stand, dass sie täglich nach dem Whirlpool sehen, aber sie gehen nicht in die Hütten."

„Es gibt einen Whirlpool?" Darby klang aufgeregt, was ihn amüsierte.

„Bedecke dein Haar, setz deine Sonnenbrille auf und tu so, als würdest du telefonieren. Wenn sie dich ansehen, lächle, so als hättest du keinerlei Sorgen, während ich nachsehe, ob alles in Ordnung ist."

Sie setzte ihre Mütze auf und zog die Kapuze hoch. Dann setzte sie ihre Sonnenbrille auf.

Er grinste. Sie war verdammt süß. „Du bist ein Naturtalent."

„Ja. Falls wir uns jemals auf der Flucht wiederfinden, bin ich die perfekte Begleitung."

Diese Worte erschütterten ihn ein wenig.

Falls er jemals fliehen musste, hätte er niemanden lieber an seiner Seite.

„Gib mir zwei Minuten und folge mir dann die Treppe hinauf. Ich werde sie ablenken. Schließ die Autotüren ab, wenn ich gehe, okay?" Er reichte ihr den Autoschlüssel.

„Okay." Sie nickte und hielt sich das Telefon ans Ohr. „Eban."

Er hob fragend eine Augenbraue und beugte sich nach unten.

„Sei vorsichtig."

DARBY FÜHLTE SICH unwohl dabei, dass sie sich ins Haus schleichen musste, als ob sie etwas zu verbergen hätte, doch das war besser, als wenn die Öffentlichkeit herausfinden würde, wo sie sich aufhielt. Obwohl sie im Auto Witze gerissen hatte, hatte sie keine Lust, ständig auf der Flucht zu sein. Sie hatte keine Ahnung, wo sie hinsollte, außer vielleicht zu Haley und Quentin nach Virginia. Doch die Polizisten hatten sie gewarnt, die Stadt nicht zu verlassen.

Sie war hundemüde, da sie letzte Nacht so unruhig geschlafen hatte. Immer wieder war sie von dem Bild des Messers in Martins Brust heimgesucht worden.

Zum Glück war es so kalt, dass sich niemand wundern würde, warum sie im Auto geblieben war, um ein Telefonat zu beenden, und auch nicht, dass sie, als sie ausstieg, mit gesenktem Kopf direkt ins Haus eilte und der Frau, die auf der hinteren Terrasse stand und mit Eban sprach, nur kurz zuwinkte.

In der Hütte konnte sie hören, wie die Frau lachte und mit Eban über das Wetter scherzte. Dann bezeichnete Eban Darby als seine Frau, und sie erstarrte. Sie wusste, dass es nur eine Fassade war, eine Tarnung, doch der Gedanke, für diesen Mann etwas anderes als ein Fall zu sein, erfüllte sie mit einem Gefühl, das viel zu nah an Freude war, als dass sie es hätte ertragen können. Wenigstens war es eine Abwechslung zur Rolle des bemitleidenswerten Opfers.

Wie gerne wäre sie seine feste Freundin oder Lebensgefährtin.

„Hör auf Darby", murmelte sie vor sich hin und zuckte zusammen. Das erste Anzeichen von Wahnsinn ... nur dass ihr erstes Anzeichen darin bestand, dass sie sich von der Realität dissoziiert und aus der Ferne zugesehen hatte, wie sie auf schreckliche Weise vergewaltigt worden war.

Entschlossen verdrängte sie die Erinnerungen aus ihrem Kopf. *Sie können mir nicht mehr wehtun.*

Sie hatte neue Probleme zu bewältigen, doch sie war auch den Stress und die Sorgen leid und wollte nicht mehr an die Morde denken. Sie wusste nicht, was es zu bedeuten hatte oder wer die brutalen Verbrechen begangen hatte, aber sie brauchte eine Pause von der ständigen Paranoia, die ihren Verstand auszufüllen begann. Sie ging zum Holzofen und stellte erfreut fest, dass er immer noch glimmte.

Sie warf etwas zerknülltes Zeitungspapier und Anzündholz sowie ein paar kleine Stöcke darauf, die fast sofort brannten. Nach einer Minute fügte sie ein kleines Holzscheit hinzu und sah zu, wie die Flammen es verschlangen.

Ihr Handy klingelte. Sie wischte sich die Hände ab und überprüfte ihre Nachrichten, wobei sie überrascht feststellte, dass die neueste SMS von Elliot Byrne war. Er hatte heute keinen Flug aus Fairbanks heraus bekommen und teilte ihr mit, dass er in der Stadt war, falls sie ihn brauche. Sie schrieb ein kurzes Dankeschön zurück, bevor sie ihre Jacke und ihre Mütze auszog und sich ein Stück Pizza aus dem Karton nahm, solange es noch warm war. Sie aß im Stehen vor dem Feuer.

Schinken und Ananas waren ihr Lieblingsbelag. Die Tatsache, dass sie und Eban die gleiche Lieblingspizza hatten, hatte ihr einen Schauer über den Rücken gejagt, was im Nachhinein erbärmlich war.

Sie war so dumm, so naiv. Eine totale Streberin zu sein, war nicht gerade hilfreich.

Sie hatte schonmal einen Freund gehabt, hatte jedoch

keinen Sex mit ihm gewollt, bevor sie sich nicht sicher war, dass er es ernst mit ihr meinte. Er hatte sie abserviert. Dann war der Vorfall in Indonesien passiert, und sie hatte erkannt, dass es Unsinn war, sich für die romantische wahre Liebe aufzuheben.

Beim Sex ging es nicht unbedingt um Fortpflanzung. Das Konzept, sich für die Ehe aufzusparen, war altmodisch und hatte einen Beigeschmack von patriarchalischer Kontrolle. Sex sollte Spaß machen. Er musste nicht gleichbedeutend mit einem Treuegelöbnis oder unsterblicher Liebe sein. Es konnte aufregend und schweißtreibend sein. Ein einvernehmlicher körperlicher Akt zwischen Erwachsenen. Diese Art von Begegnung nach all den schrecklichen Dingen, die sie durchgemacht hatte, weiter aufzuschieben, war ein todsicherer Weg, eine Katastrophe herbeizuführen.

Sie wollte normal sein. Für einen Tag in ihrem Leben wollte sie sich wieder ganz normal fühlen.

Eine romantische Beziehung könnte ihr helfen, den Weg zu einem neuen Gefühl von Normalität zu ebnen. Das würde ihr helfen, die Charakterstärke wiederzufinden, die sie früher gehabt hatte. Den Optimismus. Die Unerschrockenheit. Die Tapferkeit.

Leider hatte sie in der Vergangenheit kaum positive sexuelle Erfahrungen gemacht, und das beunruhigte sie. Sie wusste nicht, ob sie in der Lage sein würde, es durchzuziehen. Sie wusste nicht, ob sie währenddessen durchdrehen oder ob dadurch *irgendetwas* in ihr ausgelöst werden würde. Und sie würde es erst herausfinden, wenn sie in einer sexuellen Beziehung mit jemandem war und all diese Dinge tat ...

Und jetzt schien genau der falsche Zeitpunkt zu sein, um an Sex zu denken, nur dass sie eben hier waren, allein. Und

Eban der einzige Mann war, den sie jemals wirklich begehrt hatte – Chris Evans in seinem Superheldenkostüm nicht mitgerechnet.

Eban kam zur Tür herein, und sie fröstelte, als ein kalter Luftzug durch das Wohnzimmer wehte. Rasch schloss er die Tür, verriegelte sie und zog seine Stiefel und seine Jacke aus. Sie bewunderte seine breiten Schultern und die starken Arme, die seinen engen marineblauen Pullover ausfüllten.

„Ich bin am Verhungern." Er wusch sich die Hände, bevor er sich ein Stück Pizza schnappte. Er verschlang es mit vier Bissen und nahm sich noch ein Stück.

Sie musste sich zum Essen zwingen, weil sie es bei der Arbeit oft vergaß, und wusste, dass sie viel zu dünn war. Früher war sie das nicht gewesen. Ein Trauma wirkte sich auf jeden Menschen anders aus, und ihres hatte ihr den Appetit genommen.

„Soll ich eine Flasche Wein aufmachen?"

„Nein, danke." Sie mochte keinen Wein, höchstens Sekt.

„Bier?" Er schaute in den Kühlschrank. „Haley hat deine Lieblingssorte liefern lassen."

„Klar." Vielleicht würde es ihr helfen, sich zu entspannen, denn im Moment war sie so entspannt wie Beton.

Eban öffnete die Verschlüsse und brachte zwei Flaschen herüber. Dann reichte er ihr eine davon, und sie griff mit ihrer freien Hand danach.

„Das ist gut", sagte sie und erlaubte sich endlich, den Moment zu genießen und nicht an ihre sexuellen Unzulänglichkeiten zu denken oder an die Tatsache, dass ein Killer frei herumlief und Gott weiß was plante.

„Allerdings. Und durch das Feuer wärmt sich das Haus schnell auf." Er legte sein Pizzastück auf dem Deckel der

Schachtel ab und zog sich den Pullover über den Kopf.

Sie ging zum Fenster, um nichts Peinliches zu sagen oder angesichts seines enganliegenden T-Shirts zu sabbern anzufangen. Der Blick nach draußen war nicht annähernd so schön wie der Blick auf Eban. Ein unberührter, zugefrorener See, gesäumt von einer dichten Reihe von immergrünen Pflanzen und Büschen. In der Ferne standen ein paar Eisfischerhütten, die kaum zu sehen waren. Weit und breit waren keine Menschen oder Häuser in Sicht.

Die Wolken wurden dichter, der Wind rüttelte an den Ästen.

„Es fühlt sich an, als ob wir ganz allein auf der Welt wären", sagte sie leise. Die Aussicht erinnerte sie ein wenig an den Ort, an dem sie aufgewachsen war – ein abgelegener Teil der Welt, der Inbegriff von Isolation. Es gab keine Straßen, nicht einmal im Winter, wegen der undurchdringlichen Berge, die sie umgaben und sie von der Welt abschnitten. Sie zog diese Illusion der Abgeschiedenheit vor, ohne die manchmal überwältigende Realität, die die tatsächliche Abgeschiedenheit bedeutete.

Wenn etwas passierte, wenn sich jemand verletzte oder etwas kaputt ging, musste man sich selbst darum kümmern oder einen Piloten rufen, der einem die benötigten Dinge oder Hilfe brachte. Manchmal ging es nicht schnell genug, um einen geliebten Menschen zu retten.

Ihre Mutter – die vor ihrer Heirat mit Nachnamen Darby geheißen hatte – war an einem Blinddarmdurchbruch gestorben, weil das nächste Krankenhaus zu weit entfernt gewesen war. Darby erinnerte sich genau an den Tag, an dem es passiert war. Sie war zwölf Jahre alt gewesen. Ihre Mutter hatte Schmerzen in der Seite gehabt, die sich nicht durch rezeptfreie Medikamente lindern ließen. Ihr Vater hatte über Funk den Notarzt gerufen. Das nervenaufreibende Warten auf die Ankunft des Rettungshubschraubers und der verzweifelte Versuch, das Leben ihrer Mutter zu retten.

Darby war wegen des begrenzten Platzes an Bord des Rettungsfluges zu Hause zurückgelassen worden. Sie hatte sich Sorgen gemacht und am Funk gehangen, bis ihr Vater endlich angerufen hatte, um ihr die schlechte Nachricht zu überbringen. Über Funk. Sie war ganz allein gewesen, hunderte von Meilen von jeglichem Trost entfernt. Sie hatte stundenlang geweint, und als ihr Vater am nächsten Tag in die Hütte zurückgekehrt war, hatte er einen abwesenden Blick in den Augen gehabt, der vorher nicht da gewesen war. Der Blick war nie ganz verschwunden, außer vielleicht, als sie sich nach ihrer Entführung im letzten Sommer wiedergesehen hatten.

Ihr Spiegelbild im Fensterglas sah ihrer Mutter so ähnlich, dass es fast so war, als würde sie einen Geist sehen.

Darby schluckte den letzten Bissen ihrer Pizza hinunter und tat so, als wäre ihr Verlust nicht mehr von Bedeutung.

Ein Reh trat aus den Bäumen und stakste vorsichtig an der Hütte vorbei.

„Wunderschön."

Sie warf einen Blick über ihre Schulter. Eban lächelte sie an, und sie spürte, wie ihre Wangen heiß wurden. Hoffentlich dachte er, dass es am Feuer lag und nicht daran, dass sie sich über jede verirrte Bemerkung freute, die sie als Kompliment auffassen konnte.

„Allerdings." Sie wischte sich die Finger an einer Papierserviette ab und nippte an ihrem Bier. „Was machen wir jetzt?"

Lass uns Sex haben.

Er schnappte sich sein drittes Stück. „Wir können einen Film schauen oder lesen?"

Verdammt. Auch wenn sie den Moment genoss, wusste sie, dass sie beide nicht besonders gut darin waren, nichts zu tun. Es juckte sie in den Fingern, sich mit ihren Daten zu beschäftigen. Und er wollte wahrscheinlich an dem Fall arbeiten.

Sie schlang die Arme um ihren Körper, obwohl es inzwischen warm war. „Wenn es heute nicht so kalt wäre, könnten wir eine Schneeschuhwanderung durch den Wald machen."

Er blickte skeptisch drein. Wahrscheinlich, weil es draußen so verdammt kalt war.

„Warum gehen wir nicht in den Whirlpool?" Sie liebte Whirlpools.

„Bei der Kälte?"

„Dafür ist er doch da." Sie lachte über seinen Gesichtsausdruck. „Wo ist dein Sinn für Abenteuer?"

„Mein Leben ist schon aufregend genug, ohne dass ich mir die Eier abfriere. Außerdem habe ich keine Badehose dabei." Er wischte sich den Mund mit einer Serviette ab. „Allerdings bin ich mir ziemlich sicher, dass ich dir einen Badeanzug eingepackt habe."

„Du bist in Alaska. Nacktbaden ist hier vollkommen normal." Sie stellte ihr Bier auf den Tisch. „Aber deinem zarten Gemüt zuliebe ziehe ich mir den Badeanzug trotzdem an."

Er verdrehte die Augen und verschluckte sich an einem weiteren Bissen Pizza. „Mach dir meinetwegen keine Sorgen."

Flirtete er etwa mit ihr? Es fiel ihr schwer, ihr Lächeln zu unterdrücken, als sie ins Obergeschoss stieg. Sie brauchte nur eine Minute, um sich umzuziehen. Sie band ihr Haar zusammen und war etwas verlegen, als sie die Leiter in ihrem Einteiler wieder hinunterkletterte, bevor sie sich einen Bademantel und ein Handtuch vom Haken neben der Tür schnappte.

Dort entdeckte sie auch ein Paar Pantoffeln und schlurfte nach draußen, wobei ihr die Umgebungstemperatur den Atem raubte – minus zwanzig Grad, vielleicht minus dreißig, aber wenigstens waren sie hier vor dem Wind geschützt.

Eban hatte bereits den Deckel vom Whirlpool genommen, und Darby zog ihren Bademantel aus und hängte ihn an einen Haken in der Nähe. *Brrh.* Sie tänzelte auf der Stelle, bevor sie schnell hineinstieg und sich so weit wie möglich in das dampfende Wasser sinken ließ.

Es fühlte sich unglaublich an, und ihre Muskeln begannen sofort, sich zu entspannen. Eban kam nach draußen und blieb an der Tür stehen. Selbst in seiner Winterjacke schien er erbärmlich zu frieren.

Bewachte er sie?

Ein unbehaglicher Schauer durchfuhr sie, und sie setzte sich ein wenig auf. „Denkst du, der Mörder könnte uns hier finden?"

Eban hob eine Augenbraue. „Unwahrscheinlich. Haley hat über eine ihrer Firmen gebucht, und ich habe darauf geachtet, dass wir nicht verfolgt wurden."

„Dann geh entweder ins Haus, bevor du dir Frostbeulen holst, oder komm hier rein. Du machst mich nervös, wenn du wie ein Leibwächter dastehst. Das hilft mir nicht gerade dabei, mich zu entspannen!"

Er sah irritiert aus, doch sie hatte offensichtlich recht. „Gut. Ich bin in einer Minute zurück. Schrei, wenn du jemanden siehst.“

Darby schrie nicht.

Dreißig Sekunden später kam Eban nach draußen. Er war ebenfalls in einen Bademantel gehüllt und hielt eine Glock in der einen und ihre Bierflaschen in der anderen Hand. Er legte die Waffe auf einen kleinen Tisch neben der Wanne, reichte ihr ein Bier und stellte die andere Flasche in den Getränkehalter ihr gegenüber.

Dann zog er seinen Bademantel aus und legte ihn neben seiner Waffe auf den Tisch. Sie war enttäuscht, als sie sah, dass er Boxershorts trug. Dennoch ließ sie ihren Blick unbefangen über seinen Körper gleiten.

Schnell ließ er sich ins Wasser gleiten. „Verdammt. Ich weiß nicht, wer sich gedacht hat, dass das eine gute Idee sein könnte.“

Darby lachte, zum ersten Mal seit der Party empfand sie echte Freude. „Feigling.“

Sie bespritzte ihn, aber nur sanft. Ein Wasserrinnsal lief an seiner Brust hinunter. Sie beobachtete ihn ein wenig neidisch, bis er sich ganz hineinsinken ließ, sodass nur noch sein Kopf aus dem Wasser schaute.

„Als kleines Mädchen wollte ich immer einen Whirlpool haben“, gestand sie. „Doch mein Vater sagte, das sei unpraktisch, und er hatte recht.“ Allein schon die Chemikalien zur Hütte liefern zu lassen, wäre ein Riesenaufwand gewesen, ganz zu schweigen vom Whirlpool selbst.

„Ich nehme an, dort, wo du aufgewachsen bist, musstest du jeden Tag die Eisschicht am See aufbrechen, um dich zu waschen, natürlich inmitten von Grizzlybären und Weißkopfseeadlern?“

„Sommer wie Winter, ja.“ Sie lachte, weil sie wusste, dass

er sie neckte. Manche fanden den Lebensstil, mit dem sie aufgewachsen war, faszinierend. Es gab einen guten Grund, warum die Menschen in die Städte zogen. Es war einfacher. Völlig auf sich allein gestellt zu sein, war nicht jedermanns Sache. Nicht einmal für sie, und sie wusste, dass sie zurechtkommen würde, wenn es nötig wäre.

„In der Theorie ist es idyllisch, aber nach dem Tod meiner Mutter war es auch unglaublich einsam, und es war verdammt schwer, dafür zu sorgen, dass wir alles hatten, was wir brauchten, um die Winter zu überstehen." Sie hatte ihrem Vater sein Bedürfnis, in der Wildnis zu leben, über Jahre hinweg übelgenommen. „Wenn ich jetzt zurückblicke, denke ich, dass der einzige Grund, warum mein Vater Moms Tod überlebt hat, die Tatsache war, dass es so schwierig war. Hätten wir in der Stadt gelebt und hätten wir uns nicht alles so mühsam erkämpfen müssen, hätte er sich wohl selbst zerstört."

„Ihr Tod hat ihn also sehr getroffen."

Sie nahm schnell einen Schluck von ihrem Bier. „Er hat sie so sehr geliebt, dass ich mir ziemlich sicher bin, dass er mich nur deshalb liebt, weil ich ein Teil von ihr bin."

Eban streckte die Hand aus und nahm ihre Finger in seine. Dann ließ er ihre Hände unter das Wasser gleiten und rückte näher an sie heran. „Er schien ziemlich erschüttert gewesen zu sein, als ich nach deiner Entführung mit ihm gesprochen habe."

„Ich glaube, es war das erste Mal, dass er gemerkt hat, dass ich ihm etwas bedeute."

Er umklammerte ihre Hand etwas fester.

„Ich weiß, es klingt rührselig, aber nach Moms Tod war es, als wäre Dad innerlich auch gestorben. Meine Entführung hat ihn wachgerüttelt. Ihm wurde klar, dass er auch mich verlieren könnte, und dass es schmerzhaft für ihn sein könnte, wenn das passiert." Vor Rührung bildete sich ein Kloß in ihrem Hals. „Das ist noch etwas Gutes, was der letzte Sommer gebracht hat."

Er nickte, als ob er sie verstehen würde. Sie bezweifelte, dass ihn noch irgendetwas überraschen konnte.

Dann verdrängte sie die Emotionen und fragte ihn etwas, das sie unbedingt wissen wollte, seit sie ihn kennengelernt hatte. „Was ist mit deiner Familie? Wo bist du aufgewachsen?"

KAPITEL DREIUNDZWANZIG

DARBY BEOBACHTETE, WIE sich eine Seite von Ebans wunderschönem Mund zu einem humorlosen Lächeln verzog. „Stone Creek, Montana. Auch ein harter Ort zum Überleben, besonders für Auswärtige."

„Du stammst nicht ursprünglich von dort?"

Er schüttelte den Kopf und nahm einen Schluck Bier. Feuchter Dunst bedeckte sein Haar und ließ es schwarz wie Onyx glänzen. An diesem Punkt wechselte er gewöhnlich das Thema und begann, Fragen über ihre Herkunft zu stellen, anstatt über sich selbst zu sprechen.

„Meine Mutter ist wegen eines Typen dorthin gezogen, als ich acht war. Ich weiß nicht einmal mehr, wo wir vorher gewohnt haben. Ohio vielleicht? Michigan? Jedenfalls hat sie mich immer wieder entwurzelt, um irgendeinem Kerl hinterherzulaufen, mit dem sie was hatte, und Stone Creek war da keine Ausnahme. Wir waren etwas über ein Jahr dort, als sie einen anderen Verlierer gefunden hat, dem sie sich an den Hals werfen konnte. Doch als sie diesmal gehen wollte, weigerte ich mich, mitzukommen."

„Was ist passiert?", fragte Darby.

„Ich bin weggelaufen. Habe mich im Stall von irgendeinem Kerl versteckt." Eban lachte und nahm noch einen Schluck Bier. „Im Nachhinein kann ich von Glück sagen, dass er mich nicht erschossen hat." Er blickte auf, ein verletzliches Licht blitzte in den dunklen Tiefen seiner Augen auf. „Ich habe mich etwa zehn Tage lang versteckt. Ich hatte einen Schlafsack und etwas zu essen mitgenommen. Ab und zu habe ich ein paar Äpfel von einer nahegelegenen Obstplantage geklaut und Wasser aus einem Bach geholt. Dann begann die Schule, und ich dachte, es wäre sicher, mich wieder zu zeigen. Als ich zum Unterricht erschien, sorgte ich für einen ziemlichen Aufruhr, und das nicht nur, weil ich mich seit über einer Woche nicht gewaschen hatte. Offenbar hatte mich meine Mutter als vermisst gemeldet, und der örtliche Sheriff hatte sie verhaftet, da er den Verdacht hegte, sie hätte mir etwas Schlimmes angetan."

Darbys Augen weiteten sich. „Sie dachten, sie hätte dir etwas angetan?"

Er nickte, sichtlich amüsiert über die Erinnerung. „Ständig standen die Bullen vor unserer Tür. Die meiste Zeit war sie entweder zu laut, zu betrunken oder zu high, um sich etwas daraus zu machen. Ich wusste, dass ich verschwinden musste, wenn die Bullen kamen, denn ich wollte auf keinen Fall, dass das Jugendamt mich ins Heim steckte. Selbst bei meiner Mutter war es besser als dort."

Bei der lässigen Art, mit der er darüber sprach, wurde ihr Mund trocken. Sie wusste, wie schwer es war, einen Elternteil zu haben, der einem nicht das gab, was man brauchte. Nicht nur materielle Dinge, sondern auch die emotionale Unterstützung, die ein Kind brauchte.

Sie rückte näher an ihn heran und hielt inne, als sich ihre Knie berührten. Sie sehnte sich danach, ihn zu trösten.

„Nachdem ich verschwunden war, sperrten sie sie ein, und sie verbrachte eine Woche im Knast. Die Bullen wussten nicht, ob sie froh oder sauer sein sollten, als ich lebendig wieder auftauchte. Ich dachte, der Sheriff würde mich übers Knie legen."

„Hast du etwas dagegen, wenn ich einen winzigen Funken Mitleid mit deiner Mutter habe, weil sie für ein Verbrechen verhaftet wurde, das sie nicht begangen hat?"

Er grinste und versuchte, dafür zu sorgen, dass die Atmosphäre trotz der beiderseitigen Enthüllungen über ihre unglückliche Kindheit locker blieb.

„Du kannst Mitleid mit ihr haben, wenn du willst. Sie war süchtig, und auch wenn ich damals nicht viel Mitleid hatte, rückblickend betrachtet hätte sie Hilfe gebraucht, die sie nie bekam. Der Knast hat ihr gut getan. Als sie rauskam, war sie clean, trocken und erschüttert genug, um es eine Weile zu bleiben. Der Typ, auf den sie scharf war, hatte die Stadt bereits verlassen, sodass es für mich ein Gewinn auf ganzer Linie war." Er zuckte mit den Schultern. „Während sie trocken war, lernte sie einen anderen Mann kennen. Larry. Er lebte in der Stadt und arbeitete als Versicherungsvertreter. Innerhalb eines Monats heirateten sie – meine Mutter war ein echter Hingucker und konnte ihren Charme spielen lassen, wenn sie etwas wollte."

Seinem Gesichtsausdruck nach zu urteilen, war dieser Charme mit der Zeit verblasst.

„Larry war kein schlechter Kerl, und er war vierzig Wochen im Jahr auf Achse. Mom hat sich von ihm aushalten lassen und das Leben in vollen Zügen genossen, wenn er nicht da war. Sie hat nie wieder Drogen angerührt, abgesehen von Gras, aber sie hat es nie geschafft, vom Alkohol loszukommen."

Er beäugte seine eigene Flasche skeptisch. „Ich weiß, dass

es eine genetische Veranlagung für Alkoholismus gibt, aber ich hatte nie Probleme damit. Wahrscheinlich, weil ich gesehen habe, was es mit ihr gemacht hat. Oder vielleicht hatte ich Glück."

Darby rückte so nahe an ihn heran, dass sie ihren Kopf an seine Schulter lehnen konnte. Er hatte noch nie über seine Mutter gesprochen. Sie konnte nicht glauben, dass er sich ihr jetzt öffnete.

„Larry hat es ziemlich schnell gemerkt, aber er hat sie trotzdem ertragen, obwohl ich glaube, dass sein Geld nicht mehr ganz so locker saß, als er merkte, dass nicht alles, was aus dem Mund meiner Mutter kam, die reine Wahrheit war. Er versuchte, mir ein Vater zu sein, doch ich war damals richtig aufsässig. Ich wollte mich auf keinen Fall schon wieder von einem Mann herumkommandieren lassen."

Darby hatte Mitleid mit dem Jungen, der er einst gewesen war.

„Zum Glück hatte ich in der Schule tolle Lehrer, und Larry gab es auf, mein Vater sein zu wollen, und begnügte sich damit, ein Freund zu sein. Danach kamen wir ziemlich gut miteinander aus. Er war ein guter Mann." Seine Stimme wurde sanfter. „Er starb, als ich sechzehn war. Herzinfarkt. Ich vermisse ihn mehr als sie, und trotz allem habe ich sie sehr geliebt." Er wandte seinen Blick ab, wahrscheinlich dachte er, seine Liebe zu seiner Mutter sei eine Schwäche. „Wie auch immer, es war abzusehen, dass Mom nach Larrys Tod völlig außer Kontrolle geraten würde. Sie verprasste das ganze Geld und war die meiste Zeit betrunken."

„Das muss furchtbar gewesen sein", flüsterte sie.

Es fühlte sich göttlich an, seine feuchte Haut an ihrer zu spüren.

„Es war nicht toll, aber ich habe sie in der Öffentlichkeit praktisch verleugnet. Ich lebte zwar bei ihr, doch ich war kaum zu Hause. Larry hatte einen College-Fonds für mich eingerichtet, an den sie nicht herankam. Also habe ich mir in der Schule und im Baumarkt den Arsch aufgerissen und jeden Cent gespart, um mit achtzehn abzuhauen."

Seine Muskeln spannten sich an, als er sich bewegte. „Ich wollte Ingenieur werden oder Naturschutzbiologe, um die Welt zu retten." Er schnaubte.

„Stattdessen rettest du Menschen." Menschen wie seine Mutter vielleicht? Oder wie den kleinen Jungen, der er einmal gewesen war? Sie nahm einen Schluck von ihrem Bier und schmiegte sich an ihn. Sein Arm glitt um ihre Taille, und er zog sie an sich. Es war, als bräuchten ihre Körper diese Verbindung.

Es wurde heiß, aber sie wollte den Bann nicht brechen. Sie fühlte sich vollkommen entspannt, obwohl sie die beißende Winterluft auf ihrer nackten Haut spüren konnte. „Wie bist du zur Strafverfolgung gekommen?"

„Der örtliche Sheriff war ein Vollidiot."

„Klingt nach einem guten Start", kicherte sie. In ihren Haaren bildete sich Eis, aber sie wollte noch nicht aus dem Whirlpool.

„Er war so schlimm, dass ich wusste, dass ich es nicht schlechter machen konnte, und die Öffentlichkeit hatte etwas Besseres verdient, also bewarb ich mich nach dem College um eine Stelle als State Trooper." Seine Finger krallten sich in ihre Taille. Er drückte sie sanft aber fest an sich, was ihr einen köstlichen Schauer über den Körper jagte.

„Nachdem ich das ein paar Jahre lang gemacht hatte, hat sich einer meiner besten Freunde aus der Highschool beim

FBI beworben. Und ich dachte mir, warum zum Teufel nicht? Wenn Ryan es kann, dann kann ich es auch. Er ist jetzt im Geiselrettungsteam. Wir treffen uns sogar manchmal."

„Was ist mit deiner Mutter passiert?"

„Ich wünschte, ich könnte dir sagen, dass sie ihr Happy End bekommen hat." Er strich mit der anderen Hand über die Wasseroberfläche. „Sie starb, als ich auf dem College war. Keiner weiß genau, was passiert ist. Wie ich schon sagte, war der Sheriff ein Idiot, der ein Verbrechen nicht einmal dann hätte aufklären können, wenn der Bösewicht das Geständnis mit seinem eigenen Blut unterschrieben und auf seinen Schreibtisch gelegt hätte. Laut dem Sheriff war es ein Unfall, und wahrscheinlich war es das tatsächlich. Sie hat sich im Grunde zu Tode getrunken, aber jemand hat sie wieder mit Pillen versorgt. Wahrscheinlich spielt es letztendlich keine Rolle, was für ein Cocktail sie getötet hat. Sheriff Talbot hat ein paar Dealer verhaftet, also immerhin etwas."

„Tut mir leid. Das ist furchtbar." Darby wollte ihn in den Arm nehmen.

„Verschwende dein Mitleid nicht an mich. Ich war ein schrecklicher Sohn. Sie war eine schreckliche Mutter. Das Beste, was man über uns beide sagen kann, ist, dass wir uns nicht gegenseitig umgebracht haben."

Dann sah er zu ihr hinunter, blickte ihr tief in die Augen. „Ich möchte meinen Kindern niemals eine so instabile Umgebung zumuten."

„Du willst Kinder?" Er hatte noch nie darüber gesprochen, wie er sich sein Leben vorstellte.

„Ja. Zwei, damit sie sich nicht einsam fühlen." Er schluckte, und sie beobachtete, wie sich die Muskeln an seinem Hals anspannten. „Ich habe immer davon geträumt,

Teil einer normalen Familie zu sein.“

Darby konnte seinen Wunsch sehr gut nachvollziehen. Sie stieß ein Lachen aus. „Was ist schon normal?“

Er kniff den Mund zusammen, und sie wünschte sich nichts mehr als die Art von selbstbewusster Frau zu sein, die ihn küsste und ihn tröstete, zumindest für einen Moment.

„Stabil. Liebevoll. Dass beide Eltern für die Kinder da sind.“

Das klang perfekt, allerdings konnte man sich Stabilität nicht immer aussuchen. Menschen verließen einen, ob man es wollte oder nicht. Menschen starben. „Hast du nie etwas von deinem Vater gehört?“

Er schüttelte den Kopf. „Ich habe keine Ahnung, wer er war. Meine Mutter hat in meiner Geburtsurkunde niemanden eintragen lassen und behauptet, sie könne sich nicht an den Namen des Mannes erinnern. Ich weiß nicht, ob sie die Wahrheit gesagt hat. Wahrscheinlich schon. Wenn sie gewusst hätte, wo er war, hätte sie ihn auf Unterhaltszahlungen verklagt.“

Darby drehte sich leicht, sodass sie ihm zugewandt war. Sie hob ihre Hand, um ein paar Wassertropfen aus seinem weichen Haar zu streichen.

Er nahm ihre Hand. Plötzlich wurde die Luft zwischen ihnen dünn. Darby fühlte sich in der Dunkelheit seiner Augen gefangen. Sein Blick fiel auf ihre Lippen, und ihr Herz flatterte vor Erregung. Sie waren nass, fast nackt und nur Zentimeter voneinander entfernt. Sie konnte diese Situation doch nicht ganz falsch einschätzen, oder?

Sie beugte sich den Bruchteil eines Zentimeters vor, während er sich nicht bewegte und sie aufmerksam beobachtete. Sie nutzte die Gelegenheit, um den Abstand zu schließen und ihre Lippen auf seine zu pressen.

Er stöhnte und öffnete den Mund. Er schmeckte nach Bier und Chlor und nach ihm. Sie küsste ihn sanft und spielte mit seinen Lippen. Sie drehte sich noch etwas mehr, und er hob sie langsam und vorsichtig hoch und positionierte sie so vor sich, dass sie seine Oberschenkel spreizte.

Sie blinzelte überrascht, als sie ihr Gleichgewicht wiederfand. Wie immer vergewisserte er sich, dass sie sich wohl fühlte.

„Geht es dir gut?"

Sie nickte schnell.

„Denn es ist in Ordnung, wenn nicht." Ein Grübchen bildete sich in seiner Wange.

Sie lachte, biss sich auf die Unterlippe und stellte zufrieden fest, dass seine Augen ihrer Bewegung folgten. „Es geht mir bestens, und ich will nicht, dass du aufhörst."

„Womit aufhören?", neckte er. „Dich zu küssen?"

Sie fasste ihn an den Schultern. „Nicht nur mich zu küssen. Sondern mit allem."

Er hob seine linke Augenbraue. „Wir müssen nichts überstürzen. Ich glaube sogar, es wäre für uns beide besser, wenn wir es langsam angehen lassen."

Sie lehnte sich zurück, ein wenig erfreut und ein wenig verwirrt von seinen Worten. „Für uns beide?"

Er nahm ihre Hände in seine. „Wir haben beide viel zu verlieren, falls es nicht so klappt, wie wir es uns wünschen."

Der Gedanke, dass es zwischen ihnen nicht klappen könnte, war fast unerträglich, und in seinem ernsten Gesicht konnte sie sehen, dass er deswegen ebenso besorgt war wie sie. Ihre Beziehung stand auf der Kippe, und das Letzte, was sie wollte, war, dass sie auf dem Grund zerschellte.

Er fuhr mit seinen Händen an den Seiten ihres Körpers entlang. Ein köstlicher Schauer tanzte über ihre Haut.

„Ich weiß nur, dass ich es die letzten Monate bereut habe, dass ich dich letzten Sommer zurückgewiesen habe, auch wenn es richtig war."

Ihre Augen weiteten sich. „Du hast nie gesagt, dass du es bereut hast …"

Seine Mundwinkel zuckten. „Es gibt so viele Gründe, warum wir nichts miteinander anfangen sollten, und alle sind stichhaltig." Er umfasste ihren Kiefer. „Als ich gestern den Anruf erhielt, dachte ich, ich hätte dich für immer verloren."

Ihr Puls dröhnte laut in ihren Ohren. Er sagte all die Dinge, von denen sie sich gewünscht hatte, dass er sie sagen würde.

„Ich fühlte mich, als hätte ich nicht nur irgendeine Gelegenheit, sondern *die* Gelegenheit meines Lebens verpasst. Und ich wusste, dass ich uns eine Chance geben muss, falls du noch interessiert bist."

Noch interessiert? Wusste er das denn nicht? Konnte er das denn nicht in ihren Augen lesen?

Er kippte ihr Kinn und zog sie näher an sich heran, um sie sanft zu küssen. Seine Zunge fuhr über ihre Lippen, und ihre Zehen krümmten sich.

„Doch der Gedanke, unsere Freundschaft zu ruinieren …" Er legte seine Stirn an ihre und sie sahen sich in die Augen.

„Das werden wir nicht", sagte sie leise.

Er schloss die Augen, offensichtlich nicht überzeugt. „Vielleicht doch. Bist du bereit, es zu riskieren?"

„Bist du es?"

Anstatt zu antworten zog er sie an sich und presste seine

Lippen auf ihre. Er küsste sie innig, ließ seine Zunge in ihren Mund gleiten und umklammerte ihre Taille.

Ihr Herz pochte in ihrer Brust, besonders als sie sich an ihn drückte und seine Erregung zwischen ihnen spürte.

Dann zog er sich zurück und beobachtete sie, als wäre sie eine scharfe Granate mit gezogenem Stift. Sie berührte seine Wange und küsste ihn wieder, langsam, schob sich auf seinen Schoß, gegen seine Härte, und rieb sich an ihm. Sie keuchte, als sie die köstliche Reibung zwischen ihren Beinen fühlte.

Sie ließ sich Zeit, bewegte sich vorsichtig, ohne zu wissen, was sie tat, doch sie folgte einfach den guten Gefühlen. Sie ließ ihre Hände über seine Brust gleiten, folgte der Linie seiner dunklen Haare.

Ohne ihre Lippen von seinem Mund zu lösen, griff sie in seine Shorts und umfasste seine Länge. Sie spürte sein Keuchen an ihren Lippen. Das war Neuland für sie. Sie wollte ihn erforschen.

Sie drückte ihn und spürte, wie sich sein ganzer Körper unter ihr anspannte, wie sich seine Finger auf ihrer weichen Haut krümmten.

Sie küsste ihn erneut, bevor sie sich zurückzog, berührte seine Brust und streichelte die dunklen Brustwarzen unter der Wasseroberfläche.

„Du machst mich fertig." Er lächelte, dann zog er sie an sich, um sie erneut zu küssen, und sie schlang ihre Arme um seinen Hals, genoss das Gefühl seines Mundes auf ihrem, wollte seinen Geschmack, nach dem sie sich all die Monate gesehnt hatte, in sich aufnehmen.

Trotz seiner offensichtlichen Erregung versuchte er nicht, die Dinge weiter voranzutreiben. Mit Ausnahme seines Mundes und seiner Hände, die ihre Taille umfassten, hatte er sich nicht bewegt.

Er wartete auf ihre Erlaubnis, erkannte sie. Er wollte sie nicht verschrecken.

Sie lehnte sich zurück und begegnete seinem dunklen Blick. „Berühr mich. Bitte.“

„ICH DACHTE SCHON, du würdest das nie sagen.“ Eban glühte innerlich. Er zitterte vor Verlangen. Er ließ seine freie Hand von der Seite ihres Halses über ihre Körpermitte nach unten gleiten. Er wiederholte diese Bewegung langsam, bis sie sich noch mehr entspannte.

Dann beugte er sich vor, um ihren Hals zu küssen, und schob den Träger ihres Badeanzugs zur Seite, damit er mit seiner Zunge über ihre Schulter fahren konnte. Wasser hatte sich in der Vertiefung ihres Schlüsselbeins gesammelt. Er kuschelte sich an ihre weiche Haut und war dankbar für den Dampf, der aus der Wanne aufstieg und sie beide trotz der eisigen Außentemperaturen wärmte. Der Träger rutschte über ihre Schulter, und er hielt den Atem an, als ihre Brust hervorblitzte.

Sie bemerkte, wie er sie anstarrte, und anstatt zu erröten oder zu versuchen, sich zu bedecken, streifte sie den Träger von der anderen Schulter und zog den Badeanzug herunter, um ihre Brüste vollständig zu enthüllen.

Er starrte sie an wie ein Teenager, der noch nie eine nackte Frau gesehen hatte … doch das hier war Darby, und nach allem, was sie durchgemacht hatte, hatte er nicht mit so viel Vertrauen gerechnet. Die Demut, die er dabei empfand, war fast ebenso groß wie die Erregung.

Eban beschloss, nicht zu viel darüber nachzudenken. Stattdessen legte er seine Hand um ihre Brust, fuhr mit dem Daumen über ihre Brustwarze und spürte, wie sich ihr ganzer Körper zusammenzog. Er bewegte seinen Daumen wieder zurück und beobachtete, wie sich das rosa Fleisch enger zu einem Knoten zusammenzog. Er beugte sich vor und biss sanft hinein.

Das Blut pulsierte in seinen Adern, und er war so hart, dass sein Glied gegen den Stoff seiner Shorts drückte.

Er saugte an ihrer Brustwarze, und ihr Kopf fiel nach hinten. Sie war so schön. Vielleicht nicht im herkömmlichen Sinn, aber mit ihrem feuerroten Haar und ihrer blassen Haut war sie wie eine Waldnymphe, die ihn mit Leib und Seele verführte.

Gab es so etwas wie Schicksal? Er begann es langsam zu glauben. Er hatte schon immer eine Schwäche für Rothaarige gehabt, doch jetzt fragte er sich, ob er nicht unbewusst die ganze Zeit nach Darby gesucht hatte. Seit er sie auf dieser verdammten Insel kennengelernt hatte, war er an keiner anderen Frau mehr interessiert gewesen. Und das, was vor ihrer Begegnung passiert war, war genau der Grund, warum er es langsam angehen und sich von ihr führen lassen musste.

Sie stöhnte, als sie sich an seinem Schwanz rieb, und er wusste, dass er die Sache beenden musste, bevor es noch weiter ging.

„Was hältst du von Sex vor dem Kamin?", flüsterte sie.

„Das klingt unglaublich heiß, aber ich glaube, dass geht etwas zu schnell."

Ihr enttäuschter Gesichtsausdruck entlockte ihm ein Lächeln, aber er durfte es nicht vermasseln. Er durfte sich nicht wie ein Idiot verhalten.

Eban nahm ihre andere Brustwarze in den Mund und saugte diesmal ein wenig fester. Ihr Rücken wölbte sich wie ein Bogen. Er fuhr mit seiner Hand über ihre Haut und ließ seine Handfläche über ihren Schamhügel gleiten. Ihre Finger umklammerten seine Schultern noch etwas fester, doch sie spreizte ihre Schenkel, um ihm Zugang zu gewähren. Er strich mit seinem Mittelfinger über den Stoff ihres Badeanzugs, vor und zurück, kleine Bewegungen, die leicht gegen ihre Öffnung drückten und gleichzeitig einen festen und gleichmäßigen Druck gegen ihre Klitoris ausübten.

Sie stöhnte und fand ihren eigenen Rhythmus. Er folgte ihrer Führung, ließ sie den Druck finden, den sie brauchte. Er wusste, dass sie mehr wollte, als sie frustrierte kleine Bewegungen an ihm ausführte. Doch er gab ihr nicht, worum sie leise bettelte. Er musste wissen, dass er sich beherrschen konnte, wenn alles, wonach er sich sehnte, darin bestand, jegliche Vernunft in den Wind zu schießen und tief in sie einzudringen.

Denn vielleicht war sie bereit, vielleicht aber auch nicht, und er machte lieber zu langsam als zu schnell, um keine negative Reaktion bei ihr auszulösen.

Er beobachtete ihr Gesicht, als ihre Erregung zunahm. Ihre Augenlider schlossen sich, ihr Kopf neigte sich zurück. Ihr Mund öffnete sich ein wenig, als ob sie sich wunderte, und ihre Brust hob und senkte sich, als würde sie rennen.

Hatte sie schon einmal einen Orgasmus gehabt? Eban zögerte einen Moment und kam aus dem Takt, bevor er sich wieder konzentrierte und den Druck verstärkte.

Er zwickte ihre Brustwarze sanft zwischen Daumen und Zeigefinger. Ihr Mund öffnete sich, die Sehnen in ihrem Nacken spannten sich an. Sie gab keinen einzigen Laut von sich, doch das war auch nicht nötig, um Eban zu verstehen zu geben, dass sie kam.

Im Rausch der Lust sackte sie an seiner Brust zusammen. Er schloss sie in seine Arme und küsste ihr Haar.

Eine ganze Weile lang verweilten sie so, ihre Körper unter der Wasseroberfläche ineinander verschlungen, der Dampf stieg um sie herum auf, bis die kalte Luft seine Nase taub werden ließ.

Wenigstens hatten sie es geschafft, die Morde eine Zeit lang zu vergessen.

Wie aufs Stichwort begann sein Diensthandy in der Hütte zu klingeln.

Er fluchte. „Da sollte ich lieber rangehen."

Darby stieß sich ab und tauchte ihren Kopf unter die Wasseroberfläche, bevor sie aufstand, ohne zu bemerken, welche Wirkung sie auf seinen Körper hatte. Oder vielleicht nicht ganz, ohne es zu bemerken. Sie grinste ihn an, als sie aus dem Whirlpool stieg und nach ihrem Bademantel griff. Sie zog ihn um ihre Schultern, ohne den Gürtel zuzubinden.

Sein Telefon klingelte wieder.

Fluchend richtete er sich auf und sah, dass ihre Augen groß wurden, als sie seine Erektion entdeckte, die seine Shorts nicht verbergen konnte. Er schnappte sich den Bademantel, band ihn zu und ignorierte das unbehagliche Gefühl in seinem Körper. Dann deckte Eban den Whirlpool wieder ab, sammelte die Flaschen ein und griff nach seiner Glock.

Darby hielt die Tür auf, und er konnte sehen, dass sie sich unsicher war, wie sie sich jetzt verhalten sollte. Er drängte sie ins Haus und zog sie an sich, um ihr einen Kuss auf die Lippen zu hauchen. Er überprüfte sein Handy, das auf dem Küchentisch neben der Tür lag, und runzelte die Stirn, als er die Nummer sah.

„Ich muss zurückrufen. Willst du zuerst duschen?"

So gern er ihr Liebesspiel unter der Dusche fortgesetzt hätte, die Kabine war kaum groß genug für einen Körper, geschweige denn für zwei.

„Ich kann warten. Geh du zuerst", sagte sie und stellte sich vor den Holzofen.

Er vergewisserte sich, dass alle Türen und Fenster verschlossen waren. Seine Ersatz-Glock lag neben seinen Klamotten auf der Couch. Er drückte sie ihr in die Hand. „Behalte sie bei dir, bis ich fertig bin. Ich werde nicht abschließen, also komme ruhig rein, wenn du irgendjemanden um das Haus herumschleichen siehst. Was auch immer du tust, geh nicht an die Tür, egal wer es ist. Versprochen?"

Sie nickte mit großen, grünen Augen.

Eban schnappte sich seine Klamotten und seine Dienstwaffe und legte sie auf ein Regal im Badezimmer.

Er musste so schnell wie möglich zurückrufen, doch irgendetwas sagte ihm, dass er dabei nicht nackt oder geil sein sollte.

KAPITEL VIERUNDZWANZIG

E BANS HANDY KLINGELTE erneut, als er sein T-Shirt über den Kopf zog. Diesmal ging er ran. Es war eine Nummer aus Virginia. Quantico. „SSA Winters."

„Hier ist ASAC Lincoln Frazer. Ich versuche schon seit einer halben Stunde, Sie zu erreichen."

„Tut mir leid, ich war beschäftigt." Eban tat es nicht leid. Seine Laune besserte sich sofort, als er daran dachte, wie Darby in seinen Armen zusammengesackt war, dann zuckte er zusammen, als ihm bewusst wurde, wer ihn angerufen hatte.

Lincoln Frazer war eine FBI-Legende, sowohl als Profiler als auch als Persönlichkeit. Er war rücksichtslos. Unnahbar. Fokussiert. Er war ein enger Vertrauter des Präsidenten und war mit einem milliardenschweren Medienmagnaten befreundet. Frazer duldete keine Dummheiten, keine Fehler und keine Agenten, die seine Anrufe ignorierten.

Eban war dem Mann mehrmals begegnet, als das FBI-Hauptquartier im letzten Jahr angegriffen worden war. Er erwartete allerdings nicht, dass Frazer sich an ihn erinnern würde. Eban öffnete die Badezimmertür, um sich zu vergewissern, dass Darby in Sicherheit war. Als er in die Küche ging, schlich sie an ihm vorbei, um sich das Chlor aus dem Whirlpool abzuwaschen. Er schenkte ihr ein beruhigendes Lächeln – auch wenn das nicht seinen wahren Gefühlen entsprach.

„Was kann ich für Sie tun, ASAC Frazer?"

Darby hatte seine Ersatzwaffe deutlich sichtbar auf dem Küchentisch liegen lassen. Eban überprüfte sie und steckte sie in sein Knöchelholster, während er mit dem anderen Mann sprach.

„Sie haben heute Morgen einige Informationen in ViCAP eingegeben."

Eban runzelte die Stirn. Er hatte zwar auf eine Art Treffer im System gehofft, doch das war nicht die Reaktion, die er erwartet hatte. „Das ist richtig. Zwei Morde hier in Fairbanks."

„Ich dachte, Sie wären Verhandlungsführer in Quantico?"

Mit seiner Annahme, der andere Mann würde sich nicht an ihn erinnern, hatte er also eindeutig falschgelegen. „Korrekt."

„Können Sie mir sagen, was Sie an diesen Fällen interessiert? Warum sind Sie überhaupt in Alaska? Warum haben *Sie* die Details eingegeben und nicht die örtliche Polizei?"

Das waren eine Menge Fragen von einem Mann, der eher für mürrisches Schweigen bekannt war.

„In den ersten Vorfall war eine Freundin von mir verwickelt", erklärte Eban.

„Miss O'Roarke?"

„Ja." Natürlich hatte Frazer die Verbindung hergestellt. Eban räusperte sich. „Seit ihrer Rettung letztes Jahr hat die CNU ein professionelles Interesse an Miss O'Roarkes Wohlergehen." Er hatte es satt zu verbergen, was er für sie empfand. „Und mir persönlich liegt sehr viel an ihr. Warum?"

Eban wusste nicht, ob die Pause eine Reaktion auf die Tatsache war, dass er erklärt hatte, er habe Gefühle für sie, obwohl er es nicht sollte, oder auf etwas anderes.

„Sind Sie jetzt gerade mit Miss O'Roarke zusammen?"

„Ja, aber sie ist unter der Dusche."

„Gut. Ich will nicht, dass sie hört, was ich Ihnen als Nächstes sagen werde – jedenfalls noch nicht."

Verdammt. Eban schwieg. Er wollte keine Geheimnisse vor Darby haben, aber er wollte wissen, was Frazer zu sagen hatte.

„Ich bin Leiter der Abteilung für Verhaltensanalyse, die für ViCAP und die Untersuchung von Verbrechen gegen Erwachsene zuständig ist."

„Ich weiß, wer Sie sind." Jeder im FBI wusste, wer Lincoln Frazer war. Er war wahrscheinlich sogar bekannter als die Direktorin, die seit Januar neu im Amt war und sich als erste weibliche Direktorin des FBI noch einarbeiten musste. Hoover würde sich im Grab umdrehen.

„Meine Einheit verfolgt seit einiger Zeit einen Serienmörder durch Alaska."

Das war nicht das, was Eban hören wollte.

„Und ich glaube, dass es eine Verbindung zwischen unserem Mörder und den beiden Morden in Fairbanks geben könnte."

Verdammt nochmal.

Eban ging zum Fenster und blickte auf die winterliche Landschaft hinaus. „Wie kommen Sie darauf, dass es einen Zusammenhang gibt?"

„Erstens, die Tatsache, dass es sich bei der Tatwaffe um ein Messer handelt. Messerstechereien sind nicht ungewöhnlich, doch der erste Mord in Fairbanks hat etwas fast Rituelles an sich, was wir schon bei früheren Fällen beobachtet haben. Selbst nachdem der Mörder beschlossen hatte, Darby

O'Roarke zum Sündenbock zu machen, ist er seiner Art zu morden treu geblieben. Diese Vorgehensweise deckt sich mit mehreren anderen Morden im ganzen Bundesstaat und scheint ein wesentlicher Bestandteil der Signatur zu sein."

Ebans Mund wurde trocken. „Die Art und Weise, wie das Messer wieder in dieselbe Wunde gestochen wurde …"

„Ganz genau. Dieser Killer tötet gerne mit einem einzigen Stich. Die Einstichstelle ist nicht immer dieselbe, aber eine einzelne Stichwunde ist ein gemeinsamer Faktor. Im Fall von Martin Carstairs hat der Mörder wahrscheinlich beschlossen, Darby etwas anzuhängen, indem er ihre Fingerabdrücke auf dem Messergriff hinterließ und das Messer dann in die Wunde steckte, die er oder sie bereits verursacht hatte. Fall abgeschlossen. Niemand käme auf die Idee, dieses Verbrechen mit den anderen ungelösten Mordfällen in anderen Städten des Staates in Verbindung zu bringen oder sich auch nur die Mühe zu machen, die Details in ViCAP einzugeben, so wie Sie es getan haben."

„Der Mörder will nicht gefasst werden."

„Entgegen dem weit verbreiteten Mythos wollen Serienmörder selten gefasst werden, und diejenigen, die es wollen, stellen sich in der Regel selbst."

Eban fuhr sich mit der Hand durch sein nasses Haar. „Wie erklären Sie sich das zweite Opfer, Adele Surrey? Sie hatte mehrere Stichwunden."

„Das ist weitaus interessanter."

Eban war sich nicht sicher, ob er eine Leiche, die kaum kalt war, so beschreiben würde.

„Ich denke, der Zeitpunkt ist entscheidend."

„Der Zeitpunkt?", fragte Eban und nutzte sein Verhandlungsgeschick, um an so viele Informationen wie möglich heranzukommen.

„Die Presse verkündet, dass Miss O'Roarke entlassen wird, und ein paar Stunden später gibt es ein weiteres Opfer? Dieser Mord riecht nach Wut."

„Also hat sich der Täter ein weiteres Opfer gesucht, das ebenfalls mit Darby in Verbindung gebracht werden kann, und hat am Tatort Beweise platziert, um dafür zu sorgen, dass sie verhaftet wird?" Druck baute sich hinter Ebans Augen auf, als er darüber nachdachte, was das bedeutete. Waren noch mehr Dinge von Darby gestohlen worden, um ihr weitere Verbrechen anzuhängen?

„Ja. Aber die vielen Stichwunden deuten darauf hin, dass er oder sie die Beherrschung verloren hat, als er merkte, dass Adele Surrey die Polizei gerufen hatte. Er hatte nicht genug Zeit, um sicherzustellen, dass er keine Fehler gemacht hatte. Jetzt haben wir ein Messer und eine Sprachaufzeichnung, was viel mehr ist, als wir in der Vergangenheit hatten." Fraser klang aufgeregt.

„Aber warum ist er so auf Darby fixiert?", fragte Eban. Hatte sie nicht schon genug durchgemacht?

„Ich weiß es nicht. Entweder hält er sich auch für ein Opfer und identifiziert sich mit ihr, oder er hat Spaß daran, sie noch mehr zu quälen."

Ebans Mund war so trocken, dass er nicht schlucken konnte. „Glauben Sie, dass sie in Gefahr ist?"

„In unmittelbarer Gefahr? Wenn ich wetten müsste, würde ich sagen, nein. Das Vorgehen dieses Täters war bisher gnädig, schließlich lebt Darby noch. Allerdings könnte der Mörder ihr die Schuld dafür geben, dass die Dinge nicht so gelaufen sind, wie er es geplant hatte."

Angst rauschte durch Ebans Adern. Es war schon schlimm

genug, zu wissen, dass Darby im selben Raum wie der Mörder von Martin Carstairs gewesen war, aber es war noch tausendmal schlimmer zu wissen, dass ein Serienmörder es möglicherweise auf sie abgesehen hatte, dem das FBI bereits seit einiger Zeit erfolglos auf der Spur war.

„Ich muss sie hier wegbringen."

Am anderen Ende der Leitung herrschte Stille. Schließlich ergriff Frazer wieder das Wort. „Soweit wir wissen, und das ist mit Sicherheit eine Unterschätzung, hat dieser Killer in den letzten vier Jahren sechs männliche Opfer ermordet, und mit Adele Surrey haben wir unser viertes weibliches Opfer. Ich glaube, er ist schon länger aktiv."

Was zum Teufel? Eban stieß einen tiefen Atemzug aus. Warum hatten die Medien nicht darüber berichtet?

„Mit diesen neuen Fällen sind es elf Morde, und dies ist das einzige Mal, dass er das Messer zurückgelassen hat – vorausgesetzt, es ist der gleiche Mörder."

Eban fluchte leise. „Hat der Mörder angenommen, dass die Polizei Darby für die anderen Morde verantwortlich machen würde?"

„Vielleicht. Und er hätte es vielleicht auch geschafft, wenn Darby bei einigen der früheren Morde in der Nähe gewesen wäre, ohne ein überzeugendes Alibi zu haben. Indizien haben in der Vergangenheit schon ausgereicht, um Leute ins Gefängnis zu bringen."

Und Darby hätte für Jahre hinter Gitter kommen können, während sie daran gearbeitet hätten, ihre Unschuld zu beweisen.

Eban runzelte die Stirn. „Sie klingen nicht so, als würden Sie sie verdächtigen."

„Nach dem, was ich aus einer Kopie ihres Lebenslaufs und

einem Gespräch mit einem Professor ihres Studiengangs herausfinden konnte, war sie bei mindestens zwei der anderen Morde auf Exkursionen auf Hawaii und den Aleuten. Außerdem hat er sich für sie verbürgt, ebenso wie mehrere andere FBI-Agenten, denen ich vertraue."

Der Typ hatte Darby also bereits überprüft und für unschuldig befunden. Eban hätte ihn dafür küssen können.

„Sie passt auch nicht in das Profil, das wir erstellt haben. Sie ist eine aufstrebende Frau, die sich ihrer Karriere verschrieben hat und bis zum letzten Sommer nie auf dem Radar aufgetaucht ist. Wir glauben, dass der Mörder auch klug ist, aber nicht so klug, wie er gerne von sich glauben würde."

Und trotzdem war er nicht gefasst worden. Eban ließ Frazer weitersprechen.

„Meine größte Sorge ist, dass der Mörder, wenn Darby verschwindet, keinen Grund hat, in Fairbanks zu bleiben. Oder er merkt, dass wir ihm auf der Spur sind, verschwindet und hält sich eine Weile bedeckt oder verändert seinen Mordstil, sodass wir nicht sofort eine Verbindung zu neuen Morden herstellen können. Ich meine, wer weiß schon, wie viele Menschen dieser Täter tatsächlich auf dem Gewissen hat."

Verdammt nochmal. Darby hier rauszuholen, mochte kurzfristig gut sein, aber wie sah es langfristig aus? Sie machte sich bereits Sorgen wegen eines internationalen Terroristen. Und jetzt auch noch dieser Killer, der sich unauffällig verstecken konnte, solange nicht in jedem Polizeirevier des Landes ein FBI-Plakat hing, auf dem er als einer der meistgesuchten Täter ausgewiesen wurde.

Es hörte sich an, als würde Frazer auf und ab gehen. „Ich habe mir Ihre Akte angesehen. Sie waren ein sehr erfolgreicher

Außenagent.“

„Mhm?“ Eban wollte sich nicht mit Schmeicheleien abspeisen lassen, wenn Darbys Leben auf dem Spiel stehen könnte. *Was wollte dieser Mann?*

„Sie sind vielleicht unsere beste Chance, den Mörder zu fassen.“

Er umklammerte sein Handy noch fester. „Ich übernehme diesen Fall unter keinen Umständen. Ich arbeite jetzt für die Krisenverhandlungsabteilung. Ich muss Darby an einen sicheren Ort bringen.“

„Wo soll das bitte sein?“, spottete Frazer.

„Quantico ist verdammt sicher.“

Eban konnte den Ärger hören, der in Frazers Stimme mitschwang. „Dieser Killer hat es auf sie abgesehen. Glauben Sie etwa, er würde ihr nicht folgen? Sie studiert Vulkane, richtig?“

„Ja.“

„Dann kann sie sich nicht ewig in Quantico verstecken. Was glauben Sie, wie schwer es sein wird, sie aufzuspüren, sobald sie weg ist? Es könnte ein oder zwei Jahre dauern, aber irgendwann … Es sei denn, es macht ihr nichts aus, ihren Karriereweg zu ändern und ihre Träume aufzugeben? Vielleicht eine neue Identität anzunehmen?“

Eban fuhr sich mit den Fingern durch sein Haar. Darby liebte das Studium von Vulkanen ebenso sehr, wie er es liebte, Situationen ohne Blutvergießen zu lösen. Sie zu bitten, das aufzugeben, wäre so, als würde man sie bitten, sich einen Arm abzuschneiden.

„Vielleicht haben wir den Mistkerl bis dahin geschnappt“, sagte er bitter.

„Es wird viel einfacher sein, ihn oder sie zu fangen, wenn

wir den Köder kontrollieren, auf den er im Moment fixiert ist.“

„Den Köder?“ Er betrachtete Darby als verdammten *Köder?*

„Ich sage ja nicht, dass wir Miss O'Roarke ungeschützt sich selbst überlassen werden. Ich sage nicht einmal, dass wir sie in Gefahr bringen. Ich will nur, dass der Täter nicht merkt, dass sie gut geschützt ist. Oder wir arbeiten mit einem Lockvogel, bis wir ihn in Handschellen haben.“

Ebans Herzschlag beruhigte sich ein wenig. Ein Lockvogel? Das könnte funktionieren.

„Warum wollen Sie, dass ich diese Untersuchung übernehme? Die hiesige Polizei wird sich nicht darauf einlassen.“ Und er auch nicht.

„Die Polizei von Fairbanks ist für Ermittlungen dieser Größenordnung nicht gerüstet. Sobald wir den Polizeichief über unseren Verdacht informiert haben, wird er das FBI gerne in die Ermittlungen einbeziehen. Es wird nicht lange dauern. Ich habe ein Team von Agenten, die sich darauf vorbereiten, von Anchorage aus einzufliegen. Morgen werde ich mit einem weiteren Agenten hinfliegen. Die Verwaltung der Abteilung für Verhaltensanalyse wird ein paar Zimmer in einem Hotel buchen, weit weg von der örtlichen Polizei. Danach brauche ich Sie als Verbindungsmann zwischen ihnen und uns, damit wir nicht auffallen.“

Eban schloss die Augen. „Leider wird das für mich nicht funktionieren.“ Als Verbindungsmann konnte er Darby nicht so beschützen, wie er es musste. Er würde mit Quentin reden, um einen Leibwächter zu engagieren, der sie rund um die Uhr bewachte. Oder um sie auf eine andere Weise in Sicherheit zu bringen, die nicht die Art von Schutzhaft beinhaltete, die das

Justizministerium unter diesen Umständen üblicherweise vorschrieb. Bei dem Gedanken, Darby zu irgendetwas zu *zwingen*, bekam er ein mulmiges Gefühl im Bauch.

„Sorgen Sie dafür, dass der Lockvogel so schnell wie möglich hierhergebracht wird, und sobald ich weiß, dass Darby in Sicherheit ist, werde ich die anderen Optionen mit meinem Chef besprechen."

„Ich habe meine Pläne bereits mit dem FBI-Direktor abgestimmt. Sie hat sie genehmigt."

Leise Wut stieg in ihm auf. Eban versuchte, sich zu beruhigen, indem er ein paar Mal tief durchatmete. Er besann sich auf seine Ausbildung, die ihn alles über den Umgang mit schwierigen Menschen gelehrt hatte. „Ich kann verstehen, dass Sie so verzweifelt waren, dass sie es für eine gute Idee hielten, mich unter Druck zu setzen."

„Sie arbeiten doch für das FBI, oder nicht?"

Eban ignorierte Frazers wachsenden Zorn.

Darby kam vollständig angezogen und mit einem Handtuch um ihr nasses Haar geschlungen aus dem Badezimmer. Ihre smaragdgrünen Augen waren groß, und sie hatte offensichtlich einen Teil des Gesprächs mitbekommen.

„Die Sache mit Verhandlungen ist die, ASAC Frazer: Sie müssen alle Fakten kennen, bevor Sie Ihr Eröffnungsangebot machen, sonst laufen Sie Gefahr, dass ein schwarzer Schwan Ihre sorgfältig ausgearbeiteten Pläne völlig durchkreuzt."

„Ein schwarzer Schwan?"

„Die Sache, von der Sie nicht wussten, dass Sie sie nicht wussten."

Frazer schwieg, also fuhr Eban fort, im Vertrauen darauf, dass er die volle Aufmerksamkeit des Mannes hatte. „In diesem speziellen Szenario ist der schwarze Schwan die

Tatsache, dass ich lieber einen Befehl missachten und meinen Job kündigen würde, als Darbys Sicherheit zu gefährden. Ich werde nicht zulassen, dass sie als *Köder* herhalten muss."

Darbys Augen wurden noch größer.

„Lieber kündige ich, bevor ich sie einem Risiko aussetze, nur um diesen Mörder zu fangen."

„Durch die Ergreifung des Serienmörders wird sie in Sicherheit sein, ganz zu schweigen von allen anderen."

„Sie ist meine oberste Priorität."

„Bedeutet das, dass Sie sich einem direkten Befehl *widersetzen*, SSA Winters?" Frazers Ton war eisig.

Eban lachte. „Wenn Quentin Savage mir diesen Befehl erteilt, dann bin ich vielleicht beeindruckt genug, um es in Betracht zu ziehen. Er ist mein Chef. Nicht Sie."

Frazer musste die Verbindung zwischen Quentin, Haley und Darby bereits geknüpft haben. Frazer wusste, dass der Leiter der Krisenverhandlungsabteilung von dieser Idee nicht begeistert sein würde, und hatte sich über all ihre Köpfe hinweg an die neue Direktorin gewandt.

Eban würde Quentin sicher nicht in eine Lage bringen, in der er die Beherrschung verlieren und vor Wut kündigen könnte. Das FBI brauchte ihn.

„Mein Gegenangebot lautet wie folgt. Ich werde mit dem hiesigen Polizeirevier in beratender Funktion zusammenarbeiten, um bei der Überprüfung der Beweise zu helfen und sicherzustellen, dass sie Vorrang erhalten – gegebenenfalls mithilfe der FBI-Labore. Außerdem werde ich bei der Leitung der Ermittlungen helfen, bis eines Ihrer Teams hier eintrifft. Darby O'Roarke wird zu jeder Zeit unter meinem Schutz oder dem Schutz einer Person meines Vertrauens stehen. Ich wäre nicht Ihr Verbindungsmann, sondern ein vorübergehender Vermittler."

Frazer war still und hörte sich seinen Vorschlag an.

„Ihr Team wird in einem Hotel untergebracht, wie Sie vorgeschlagen haben. Ich würde Ihnen raten, falsche Namen zu verwenden, da hier eine Kleinstadt-Atmosphäre herrscht und jeder über die Angelegenheiten der anderen Bescheid weiß. Wenn die Medien etwas von Ihrer Ankunft mitbekommen, fliegt Ihre Tarnung auf. Mieten Sie zwei nebeneinanderliegende Suiten, damit Darby tagsüber in einem Zimmer arbeiten kann, während wir in dem anderen an dem Fall arbeiten."

„Und?"

Eban schritt zum Fenster und blickte auf die verschneite Landschaft hinaus. „Sobald ich mir sicher bin, dass die Idee mit dem Lockvogel funktioniert, kann Darby mit einem Schutztrupp, den Quentin Savage und ich organisieren, nach Quantico fliegen. Sie und ich werden die Ermittlungen fortsetzen und versuchen, diesen Mistkerl zu fassen, bevor er noch einen Mord begeht."

Frazer schwieg einen Moment lang. „Damit kann ich arbeiten, SSA Winters."

„Gut." Eban beobachtete Darby, die sich alles anhörte. „Sie sollten besser Chief Jacobs anrufen und ihn davor warnen, was gleich passieren wird."

„Das werde ich. Und Sie sollten sich langsam für die Totenwache fertigmachen."

Verdammt. Eban schloss die Augen, als er sich an die für heute Abend geplante Totenwache für Adele Surrey erinnerte. Serienmörder tauchten oft bei Totenwachen, Gedenkfeiern und an Gräbern auf. „Wie genau soll ich daran teilnehmen, wenn Darby an meiner Seite ist, und die meisten in der Stadt immer noch glauben, dass sie für diese Morde verantwortlich ist?"

Frazer gab ein humorloses Lachen von sich. „*Sie* sind doch der gewiefte Verhandlungsführer. Ihnen fällt bestimmt etwas ein." Der ASAC legte auf und Eban hätte sein Handy am liebsten gegen die Wand geworfen.

„Was ist los?", fragte Darby und verschränkte die Arme vor der Brust. „Ist noch jemand verletzt worden?"

Eban schüttelte den Kopf und schloss die Augen. Wie zum Teufel sollte er ihr sagen, dass ein Serienmörder es möglicherweise auf sie abgesehen hatte? Und dass der beste Weg, um sie in Sicherheit zu bringen, darin bestand, sie in Gefahr zu bringen?

DARBY GEFIEL EBANS Gesichtsausdruck nicht.

„Was ist hier los?", wiederholte sie.

Eban legte sein Handy langsam auf den Esstisch.

Es sah so aus, als wäre ihr entspannter Nachmittag offiziell vorbei. „Ist dein Job in Gefahr? Habe ich das richtig gehört?"

Er lachte kurz auf. „Mein Job ist unwichtig im Vergleich zu deiner Sicherheit."

Darby nahm das Handtuch von ihrem Haar und entwirrte die nassen Strähnen mit ihren Fingern. „Dein Job ist dir wichtig. Das weiß ich." Er rettete Menschen. Er rettete Leben. „Was ich nicht verstehe, ist, was sich durch diesen einen Anruf an dieser ganzen schrecklichen Situation geändert hat."

Eban schwieg frustriert.

Besorgnis machte sich in ihr breit. „Geht es Quentin gut?"

„Ja." Er fuhr sich mit beiden Händen durch die Haare,

wodurch sie sich aufstellten. „Ich muss ihn anrufen. Alles wird gut, keine Sorge."

Darby runzelte die Stirn. Das alles ergab keinen Sinn. Sie holte ihre Haarbürste aus dem Bad und fuhr sich damit durch ihr nasses Haar.

„Wer war am Telefon? Warum haben sie deinen Job bedroht?" Wut machte sich in ihr breit. Der Gedanke, dass sie der Grund dafür war, dass er Ärger mit seinen Vorgesetzten hatte, gefiel ihr nicht, zumal dies einer der Gründe gewesen war, warum er sich nicht mit ihr einlassen wollte.

Sie war es leid, das Gefühl zu haben, dass sie beschützt werden musste. Sie war es leid, dass sie vor Gefahren beschützt werden musste. Sie konnte einen Bären erlegen und ausnehmen, wenn es nötig war. Sie war kein Schwächling. Sie war nicht hilflos. Sie war verletzt worden, und das hatte Spuren hinterlassen, aber sie war auf dem Weg der Besserung. Oder zumindest war sie es gewesen. Bis jemand einen ihrer Freunde ermordet hatte und ihre Fingerabdrücke auf dem Griff des Messers platziert hatte, mit dem er umgebracht worden war.

„Warum soll ich nach Quantico?"

Die Muskeln in seinem Kiefer spannten sich an, doch der starrköpfige Mann sagte nichts.

„Ich habe hier zu tun. Wenn ich jemals in dieser Stadt leben will, kann ich mich nicht ewig verstecken." Obwohl der Reiz, hier zu leben und am Institut zu promovieren, in den letzten anderthalb Tagen etwas nachgelassen hatte.

Eban hob sein Kinn, und sein finsterer, grüblerischer Blick war unergründlich. Abwesend flocht sie ihr feuchtes Haar, ihre Finger bewegten sich wie automatisch.

Als sie fertig war, legte sie das Handtuch über eine

Stuhllehne. Sie machte einen Schritt auf ihn zu. „Eban, bitte, du machst mir Angst."

Schließlich holte er tief Luft und sprach. „Das war der Leiter der Abteilung für Verhaltensanalyse."

„Oh, wie in den Fernsehsendungen, wo sie Täterprofile erstellen?"

Eban starrte auf die Dielen hinunter. „Ja, er ist ein Profiler, obwohl das keine offizielle Berufsbezeichnung beim FBI ist."

„Sind die nicht dafür zuständig, ein Profil des Mörders zu erstellen? Ist das nicht eine gute Sache?" In Gedanken ging sie den Teil des Gesprächs durch, den sie mitgehört hatte. „Was hat es mit dem Lockvogel auf sich?"

Eban rieb sich mit den Handflächen über die Oberschenkel. Sie hatte ihn noch nie so aufgewühlt gesehen.

„Ich denke, du solltest dich setzen."

„Ich will mich nicht setzen. Sag mir, was hier los ist. Warum brauche ich Schutz? Geht es um Hurek?" Dann setzte sie sich doch. Ihre Knie knickten unter ihr ein.

„Es ist nicht Hurek. Dieser Mistkerl wird sich dir nie wieder nähern." Eban hockte vor ihr auf dem Sofa und hielt ihre Beine auf eine lässige Art fest, von der sie früher nur geträumt hatte. Inzwischen hatten sie im Whirlpool herumgealbert, und er hatte ihr einen Orgasmus verschafft. Auch wenn sie Fortschritte gemacht hatten, war offensichtlich etwas Schlimmes passiert. Sie musste wissen, was.

Sie ergriff seine Hände. „Bitte sag mir, was los ist."

Eban blickte auf ihre Hände hinunter. „Nein."

Sie drückte seine Finger.

„Zuerst musst du wissen, dass ich für dich da bin. Was auch immer es braucht. Egal wie lange es dauert, ich werde an deiner Seite sein."

Es war nett, aber es klang nicht wie die Erklärung seiner unsterblichen Liebe.

„Sag es mir."

Er holte tief Luft. „Vorhin, als du deine offizielle Aussage über letzte Nacht verfasst hast, habe ich die Details der Verbrechen hier in ViCAP eingegeben – das Violent Criminal Apprehension Program, mit dem die Abteilung für Verhaltensanalyse arbeitet. Die Strafverfolgungsbehörden versuchen damit, Verbindungen zwischen Verbrechen zu finden. Lincoln Frazer hat angerufen, weil ..." Eban presste die Lippen zusammen und versuchte offensichtlich, sich zu sammeln. „Frazer hat Ähnlichkeiten zwischen den Morden hier und anderen Morden in Alaska festgestellt."

„Und ..." Darby runzelte die Stirn. „Diese Person hat also schon einmal getötet?"

Eban nickte.

„Wo?"

„Ich kann nicht zu sehr ins Detail gehen."

„Erzähl mir nicht so einen Mist, Eban Winters. Ich will nicht im Dunkeln gelassen werden. Nicht schon wieder."

Sein Gesicht spannte sich an. „In meinem Job muss ich einige Aspekte vertraulich behandeln. Und obwohl ich nicht gelogen habe, als ich behauptet habe, dass ich das für dich aufgeben würde, ist das kein Freibrief für mich, schlampig zu werden oder mich nicht an die Vorschriften zu halten."

Der Kloß in ihrem Hals schwoll an. Sie hasste es, dass sie ihn dafür sogar respektierte.

„Ich weiß allerdings nicht, wie ich dich beschützen und gleichzeitig tun kann, was Frazer von mir verlangt, ohne dass du die grundlegenden Fakten des Falles verstehst. Ich darf dir nicht alle Aspekte mitteilen –"

„Sag mir das Wichtigste, den Grund, warum ich rund um die Uhr bewacht werden soll und du mich nach Quantico schickst. Und sag mir, warum es einen Lockvogel braucht." Sie blickte in seine dunkelbraunen Augen.

„Frazer glaubt, dass die beiden Morde Teil einer Reihe von Verbrechen sind, die von einem Serienmörder begangen wurden, den die Abteilung für Verhaltensanalyse seit Jahren verfolgt."

Sie schloss ihre Augen. Das Bild von Martins Leiche blitzte vor ihrem geistigen Auge auf. „Warum sollte jemand Martin töten und nicht mich, wenn es ein Serienmörder war?"

Sein Griff wurde fester. „Ich weiß es nicht."

Darby rieb sich mit einer müden Hand über das Gesicht. „Und dann Adele ermorden und meinen Handschuh zurücklassen. Dieser Bastard hat versucht, mir eine Falle zu stellen." Ihre Augen weiteten sich. „Will er die Polizei etwa glauben machen, dass ich auch die anderen Leute umgebracht habe?"

Eban zuckte mit den Schultern. „Ich weiß es nicht. Es ist möglich."

Sie blickte suchend in seine Augen.

Er wandte seinen Blick ab und schluckte. „Wahrscheinlich kennst du diese Person sogar."

„Was?" Sie griff nach seinen Oberarmen. „Dieser Serienmörder ist jemand, den ich kenne?"

„Wahrscheinlich jemand, dem du nach deiner Entführung begegnet bist. Er hat sich auf irgendeine Weise in dein Leben integriert."

Sie blinzelte.

Er strich ihr mit den Händen über die Arme, um sie zu beruhigen, doch es war alles zu viel, und die Gedanken stürmten aus tausend verschiedenen Richtungen auf sie ein.

„Meine Vermutung – und ich bin *kein* Profiler – ist, dass er sich aus irgendeinem Grund auf dich fixiert hat, nachdem in den Nachrichten über deine Entführung und die anschließende Rettung berichtet wurde. Wahrscheinlich hat er versucht, einen Weg in dein Leben zu finden. Dich kennenzulernen. Sich mit dir anzufreunden."

Ihr Blick huschte durch den Raum.

„Es könnte nützlich sein, eine Liste all deiner Bekannten zu erstellen." Eban verschränkte seine Finger mit ihren. „Egal, ob sie extra hierhergezogen sind, um dir näher zu sein, oder ob sie schon länger in der Stadt sind."

Sie ließ ihren Kopf gegen die Couch sinken und starrte zum Deckenventilator hinauf. „Das ist ein Albtraum."

„Ich werde nicht zulassen, dass dir etwas passiert, Darby."

Sie öffnete die Augen und beugte sich vor, um sein Kinn zu streicheln und mit dem Daumen über seine Unterlippe zu fahren. „Und wer beschützt dich, Eban? Du bist so damit beschäftigt, dich um mich zu kümmern, wer passt auf dich auf?"

In seinen Wangen bildeten sich Grübchen. „Ich habe Verstärkung. Apropos ..."

Er zog sich zurück und beugte sich hinunter. Sie wusste nicht, was er tat, bis er begann, ihr Jeansbein hochzukrempeln und etwas an ihre Wade zu schnallen.

„Was machst du da?", wandte sie ein.

„Ich gebe dir meine Ersatzwaffe und mein Knöchel-holster."

„Und wenn du sie brauchst?"

„Ich habe meine Dienstwaffe." Er zog die Riemen fest und steckte die Handfeuerwaffe in das Holster. Dann zog er ihre

Jeans darüber.

Ihre Jeans war mit Fleece gefüttert, um sie zu wärmen, und lockerer als die Hosen, die sie den Rest des Jahres über trug. „Gut, dass es Winter ist.“

Eban runzelte die Stirn. „Verdammt. Du wirst sie in deine Tasche stecken müssen, wenn du deine Stiefel anhast.“

Er sah so gestresst aus, dass sie ihm versichern wollte, dass sie klarkommen würde, auch wenn sie sich fühlte, als wäre sie in einem Albtraum gefangen. „Das kann ich machen, aber vielleicht sollte ich mir eine eigene Waffe oder ein Schulterholster zulegen …“

„Später.“ Er stand auf und streckte seine Hände aus, um sie auf die Füße zu ziehen. „Ich möchte, dass du übst, die Waffe zu ziehen, wenn du die Gelegenheit dazu hast. Es kann anfangs etwas schwierig sein.“ Er überprüfte die Hintertür und vergewisserte sich, dass sie verschlossen war, dann reichte er ihr den Mantel.

Ihr rutschte das Herz in die Hose. „Wohin gehen wir?“

Seinem Gesichtsausdruck nach zu urteilen, würde ihr seine Antwort nicht gefallen. „Ich muss dich bei der Polizei absetzen, während ich zur Totenwache gehe, die Pastor Regis für Adele Surrey abhält. Mörder nehmen oft an solchen Versammlungen teil. Manchen gibt es einen Kick, die emotionale Zerstörung zu sehen, die sie angerichtet haben. Andere versuchen, etwas über die polizeilichen Ermittlungen herauszufinden.“

Darby bewegte sich nicht. „Ich will nicht zum Revier.“

„Es ist zu deinem eigenen Schutz. Ich kann dich nicht zur Totenwache mitnehmen, ohne zu riskieren, dass du angegriffen wirst.“

„Dann bring mich ins Labor an der UAF. Ich schließe die

Tür ab und arbeite dort.“

„Ich habe keine Zeit, so weit zu fahren. Ich bringe dich zum Polizeirevier, weil es dort sicherer für dich ist, nicht weil sie dich verhören wollen oder dich verdächtigen. Es sollte nicht lange dauern.“

Sie ging einen Schritt zurück. „Das ist mir egal.“ Sie merkte, dass ihm langsam der Geduldsfaden riss, aber er war dort auch nicht wie ein Verbrecher behandelt worden. Sie dagegen schon. Zu erwarten, dass sie jetzt dort wartete, bewaffnet ... „Was ist mit meinem Anwalt?“

„Ich dachte, er hätte die Stadt verlassen?“

Sie hielt die Hände vor sich verschränkt. „Er hat keinen Flieger bekommen. Er ist wieder in seinem Hotel. Er hat mich vorhin angerufen.“

Eban warf ihr einen strengen Blick zu. „Okay. Komm mit. Du kannst ihn von unterwegs aus anrufen. Ich werde den Polizeichief anrufen und einen Beamten zu deinem Schutz abstellen lassen.“

Sie stutzte.

„Darby. Ich *bitte* dich. Wenn du nicht kooperierst oder das nicht willst, ist das in Ordnung, aber ...“ Sie beobachtete, wie sein Adamsapfel in seiner Kehle wippte. „Dann muss ich entweder meinen Job aufgeben, damit ich dich rund um die Uhr bewachen kann, was vielleicht ganz lustig wäre.“ Er zwang sich zu einem Grinsen. „Oder ich missachte meine Befehle und fliege mit dir zurück nach Quantico, damit wir dich dort beschützen können.“

Sie verschränkte die Arme vor der Brust. Ein paar Wochen in Virginia mit Eban, Haley und Quentin wären gar nicht so schlecht, doch der Gedanke daran, wegzulaufen, irritierte sie. Sie hatte es satt, das Opfer zu sein. „Wie lange müsste ich dortbleiben?“

Eban wandte seinen Blick von ihrem ab. „Bis wir diesen Täter gefasst haben.“

„Wie lange ist das FBI schon hinter ihm her?“

Er holte tief Luft und stieß einen langen Atemzug aus. „Jahre.“

Sein Blick war so ängstlich und besorgt, dass ihr klar wurde, dass er wirklich Angst hatte. Und zwar um sie.

Verdammt nochmal. Sie schloss einen Moment lang die Augen und atmete tief durch, dann öffnete sie sie wieder. „Das FBI hofft, dieses Monster mit meiner Hilfe schnappen zu können, nicht wahr?“

Er nickte.

Sie rieb sich die Schläfe, an der sich ein Kopfschmerz bildete. Sie wusste nicht, was sie denken sollte. Sie wusste nicht, was sie tun sollte. Sie vertraute der Polizei nicht, aber sie vertraute Eban. „Lass uns die nächsten paar Stunden abwarten und dann über unsere Möglichkeiten reden. Okay?“

Er nickte. „Was immer du willst, solange ich weiß, dass du in Sicherheit bist.“

KAPITEL FÜNFUNDZWANZIG

„HEY, MOM. DEIN Boss ist am Telefon.“

Signy hatte Mühe, ihre Augen zu öffnen. Sie hatte etwa dreißig Minuten geschlafen und ihr Handy ausgeschaltet, um nicht gestört zu werden. Wenn Chief Jacobs sie auf dem Festnetz anrief, war es definitiv wichtig.

Sie nahm Aiden den Hörer aus der Hand und zerzauste ihm das Haar. Er duckte sich weg und ging wieder nach unten.

„Ja?“ Ihre Stimme war rau.

„Es gibt eine neue Entwicklung.“

„Was ist passiert?“

„Ich kann am Telefon nicht darüber reden.“

Sie unterdrückte ein Grunzen. „Ich bin gleich da.“

„Nein.“ Ihr Vorgesetzter klang aufgewühlt. „Gehen Sie zur Diamond Head Lodge. Fragen Sie nach Elliot Byrne.“

Dem Anwalt? „Ich dachte, er hätte die Stadt verlassen?“

„Offenbar nicht.“

Signys Mund wurde trocken. Elliot Byrne hatte sie einmal vor einem Richter wie eine verdammte Närrin aussehen lassen, und obwohl sie nicht diejenige gewesen war, die es vermasselt hatte, war sie damals im Zeugenstand gewesen. Eigentlich sollte sie sich nach so langer Zeit nicht mehr darüber aufregen, aber sie tat es trotzdem. „Soll ich ihn befragen?“

„Nein", ertönte die knappe Antwort.

Signy wollte einen Witz darüber machen, dass sie keine Zeit für eine Verabredung hatte, dann fiel ihr etwas ein. „Hat es einen weiteren Mord gegeben?"

War Byrne tot?

„Nein." Er fluchte. „Zumindest hoffe ich das nicht."

Sie schaute auf ihre Uhr. „In einer Stunde ist die Totenwache für Adele Surrey …"

„Ich habe jemand anderen damit beauftragt."

„Es ist mein Fall …"

„Signy, tun Sie einfach ein einziges verdammtes Mal, worum ich Sie bitte, ohne zu widersprechen, ja?"

Signy zuckte zusammen. Ihr Chef war normalerweise kein Arschloch. Er wurde nie laut. Irgendetwas musste im Busch sein. „Ich bin gleich da."

Jacobs legte auf, und sie schleppte sich aus dem Bett, sprühte sich Deo unter die Achseln und putzte sich die Zähne, um halbwegs präsentabel zu sein. Schnell zog sie sich um, wobei sie sich einredete, dass sie es nicht deshalb tat, weil das neue Oberteil zu ihren Augen passte oder besser saß und ihre Taille und ihren Busen zur Geltung brachte.

Anschließend trug sie etwas frischen Lippenstift und ein wenig Lidschatten auf, mehr um nicht wie eine lebende Tote auszusehen als alles andere. Sie hasste es, dass sie an ihrem Handeln zweifelte, nur weil der Anwalt attraktiv war. Sie hätte genau dasselbe getan, wenn sie irgendeine Großmutter besucht hätte.

Sie schnappte sich ihren Laptop, da sie keine Ahnung hatte, wie lange sie im Hotel festsitzen würde. Also konnte sie genauso gut etwas Arbeit erledigen.

Dann lief sie die Treppe hinunter und küsste Aiden auf die

Stirn, der seinen Blick kaum vom Fernsehbildschirm abwandte. „Bis später. Achte darauf, dass die Türen verschlossen sind und lass niemanden rein, okay?"

Er warf ihr einen Blick zu, der andeutete, dass sie ihren Verstand verloren hatte. Sie stieß ein leises Lachen aus, schnappte sich ihren Parka und ging zur Hintertür hinaus, wobei sie darauf achtete, hinter sich abzuschließen. Aiden würde sich wahrscheinlich vor dem Morgen nicht bewegen. Sie hätte ihn daran erinnern sollen, zu einer vernünftigen Zeit ins Bett zu gehen, doch morgen war keine Schule, also was sollte es.

Sie hatte festgestellt, dass Jungen wie ihr Sohn nicht mit denselben tief verwurzelten, unausgesprochenen Regeln aufwuchsen wie Mädchen. Aiden dachte nie, dass er in Gefahr sein könnte, wenn er allein unterwegs war. Er schaute nie über seine Schulter, um zu sehen, wer ihm folgte, oder überquerte die Straße, weil die andere Seite besser beleuchtet war. Und obwohl sie sich für ihn freute, machte sie sich Sorgen, dass seine Naivität ihn eines Tages in Gefahr bringen könnte. Schlimme Dinge konnten jedem passieren. Mädchen lernten diese Lektion meist deutlich früher als heterosexuelle weiße Jungs.

Sie fuhr rückwärts aus ihrer Einfahrt heraus. Es hatte leicht zu schneien begonnen, doch es dauerte nicht lange, bis sie die Diamond Head Lodge erreichte – benannt nach der nahe gelegenen Mine. Es war das schönste Hotel der Stadt mit Blick auf den Fluss und in Flughafennähe, aber nicht zu nahe. Das Restaurant sollte fantastisch sein, aber sie hatte dort noch nie gegessen. Die Preise überstiegen ihr Beamtengehalt eindeutig.

In dem Moment, in dem sie in die Einfahrt fuhr, erhielt sie

eine Nachricht, in der Byrne ihr mitteilte, dass er auf sie wartete.

Sie schaute nach oben, konnte aber niemanden hinter den Fenstern sehen. Sie parkte auf einem Besucherparkplatz. Da das Auto kein Polizeikennzeichen hatte, hoffte sie, dass sie nicht abgeschleppt werden würde. Sie las noch einmal die Nachricht: *Zimmer 405. An der Rezeption liegt eine Schlüsselkarte bereit.*

Sie bemerkte, dass sie zwei verpasste Sprachnachrichten hatte. Eine war von Chief Jacobs, die andere von Kim Gleeson.

„Detective Torgerson. Hier spricht Dr. Gleeson. Gute Nachrichten, Corinne hat angerufen, und sie ist tatsächlich nach Anchorage gefahren, wie ich vermutet habe." Er stieß einen hörbaren Seufzer der Erleichterung aus. *„Sie war aufgebracht und hat sich Sorgen um ihren Job gemacht, aber ich habe ihr gesagt, dass ich einfach nur froh bin, dass es ihr gut geht. Sie schwört, dass sie am Dienstag abgeschlossen hat, was die Sicherheitsfirma bestätigt hat. Die Mistkerle, die eingebrochen sind, haben die Alarmanlage ausgeschaltet und dann das Fenster auf der Rückseite geöffnet - möglicherweise, um andere zum Einbrechen zu motivieren und die Schuld auf jemand anderen zu schieben. Wie auch immer, ich wollte diese Information sofort weitergeben. Sie wollte den nächstmöglichen Flug nehmen, aber ich sagte ihr, dass ich sie nicht vor Montag brauchen würde. Sie wissen ja, wie Sie mich erreichen können, wenn Sie Neuigkeiten über den Einbruch haben."*

Sie widerstand dem Drang, die Augen zu verdrehen. Sie hatte Wichtigeres zu tun als sich um einen Einbruch zu kümmern, es sei denn, die Verbrechen hingen zusammen. Aber es war trotzdem eine gute Nachricht. Eine Leiche weniger, um die sie sich sorgen musste.

Signy betrat das Hotel, nahm die Schlüsselkarte und meldete ihr Kennzeichen bei der Rezeptionistin an. Dann ging sie durch das belebte Foyer zum Aufzug. Warum war der Chief am Telefon so ausweichend gewesen? Von wem befürchtete er, abgehört zu werden? Oder traute er ihr vielleicht nicht? Dachte er, dass sie gestern die Tatsache, dass sie Darby O'Roarke freilassen würden, an die Presse weitergegeben hatte?

Sie hatte es in Erwägung gezogen, aber es war nur ein flüchtiger Impuls gewesen. Zu dem Zeitpunkt war sie sicher gewesen, dass Darby etwas mit dem Mord an Martin Carstairs zu tun hatte. Trotz ihres felsenfesten Alibis für den Mord an Adele Surrey war Signy immer noch nicht hundertprozentig sicher, dass das Mädchen unschuldig war. Darby war schlau genug und hätte ohne weiteres die Fingerabdrücke platzieren können, wenn sie es darauf angelegt hätte. *Vielleicht* arbeitete sie mit einem Partner zusammen. Der FBI-Agent schien jedoch großes Vertrauen in das Mädchen zu haben.

In der vierten Etage folgte Signy den Schildern zum richtigen Zimmer, auch wenn sie sich fragte, was hier eigentlich los war.

Sie zögerte, bevor sie klopfte. *Ich hoffe, das ist kein dummer Streich, bei dem die Jungs es lustig finden, so zu tun, als wären sie der Anwalt.* Polizisten waren Scherzkekse, aber sie war nicht in der Stimmung dazu. Nicht bevor sie diesen Mörder hinter Gitter gebracht hatten und die Menschen in Fairbanks vor diesem Verrückten sicher waren.

Sie hörte den Türschnapper klappern. Elliot Byrne öffnete die Tür einen Spalt. Er sah unglaublich gut aus, sein blondes Haar war feucht und fiel ihm in die Stirn und er trug ein Hemd, dessen obere Knöpfe offen waren, eine schwarze Hose, aber keine Socken, so als hätte er sich nach einer Dusche schnell angezogen.

Er warf einen Blick über ihre Schulter, und als er sicher war, dass niemand hinter ihr war, öffnete er die Tür weit genug, damit sie an ihm vorbei in das Zimmer gehen konnte. Er roch nach frischer Seife, und ihr Herz schlug ein wenig schneller, weil er ihr so nah war.

Sie blieb in der Nähe der Tür stehen und betrachtete die Szene, die sich ihr bot. Im Zimmer war es dunkel, bis auf eine Lampe, die neben dem Kingsize-Bett brannte. Darby O'Roarke saß auf einem Stuhl in der Ecke des Zimmers. Die junge Frau sah sie an und blickte dann wieder in die Nacht hinaus.

Signy drehte sich zu Elliot um, der sie stirnrunzelnd ansah.

„Sie sehen müde aus", sagte er leise.

Sie stieß ein Lachen aus, um die Wirkung, die er auf sie hatte, zu überspielen. „Toll. Danke."

Sein Mund zuckte, als sie ihn wieder ansah. „Sind Sie auf Komplimente aus?"

Sie funkelte ihn an. „Ja. Ich arbeite an einem Doppelmord und schlafe kaum, aber hübsch genug zu sein, um Ihren Ansprüchen zu genügen, hat für mich höchste Priorität. Was ist hier los?"

„Sie sind für jedermanns Ansprüche hübsch genug, und das wissen Sie auch." Er verdrehte die Augen, als wäre das offensichtlich.

Hatte er ihr gerade ein Kompliment gemacht? Sie war frustriert, weil die Worte sie aus der Fassung brachten. Sie brauchte seine Bestätigung nicht. „Warum bin ich hier?"

Elliot hob spöttisch eine Augenbraue. „Es ist wahrscheinlich das Beste, wenn Darby es Ihnen erklärt."

Signy lehnte sich mit einer Schulter an die nächstgelegene

Wand. „Was ist hier los, Darby? Wo ist Ihr Wachhund Winters?"

Die junge Frau drehte sich zu ihr um, die Augen weit aufgerissen und gequält. Ihr Mund war zu einer dünnen Linie verzogen. Sie sah aus, wie Signy sich fühlte, nur mädchenhafter. Signy vermutete, dass das an dem roten Haar und den grünen Augen lag. Ganz zu schweigen von den Sommersprossen. Verdammt nochmal. Darby O'Roarke sah aus wie eine irische Fee.

„Eban ist bei der Totenwache", erklärte Darby leise.

Genau da, wo Signy sein sollte. Bevor sie noch etwas sagen konnte, fuhr Darby fort.

„Offenbar befürchtet das FBI, dass ein Serienmörder für die beiden Morde verantwortlich sein könnte, die hier begangen wurden."

Signy richtete sich auf. „Was soll das heißen?"

Darby zog ihre mit Socken bekleideten Füße auf den Stuhl. Sie zitterte, obwohl es im Zimmer nicht kalt war. „Das FBI glaubt, dass die Person, die die Morde in Fairbanks begangen hat, auch andere Morde in ganz Alaska begangen haben könnte. Eine ganze Reihe weiterer Morde."

Signy stieß sich von der Wand ab. *Verdammt.* „Ich muss zur Totenwache."

Sie machte einen Schritt auf die Tür zu und stieß mit Elliots hartem Körper zusammen. Er hielt sie fest, und ein Schauer durchfuhr sie.

Sie blickte auf und sah, wie die Hitze in seinen hellblauen Augen aufflackerte, bevor sie sich wieder verflüchtigte.

„Der Leiter der Abteilung für Verhaltensanalyse glaubt, dass der Mörder es auf Darby abgesehen haben könnte."

Signy machte einen Schritt von Elliot weg, und er ließ sie

los.

„Ich muss dorthin. Mörder nehmen oft an Totenwachen und Gedenkfeiern teil."

„Genau aus diesem Grund ist Eban dort. Sie haben Wachdienst."

Signy ließ enttäuscht die Schultern sinken. „Das FBI hat den Fall übernommen."

Dieser Fall würde die Karriere von demjenigen, der ihn aufklärte, nachhaltig beeinflussen, und das FBI war einfach einmarschiert und hatte ihn übernommen.

Darby stieß einen leisen Schluchzer aus, bevor sie sich schnell den Mund zuhielt. Signy sah sie an, und zum ersten Mal, seit sie die Leiche von Martin Carstairs gesehen hatte, empfand sie einen Anflug von Mitleid für das Mädchen. Konnte sie wirklich das Ziel eines geistesgestörten Mörders sein? Was an ihr könnte einen solchen Hass oder eine solche Leidenschaft auslösen?

„Ich habe keine Ahnung, wer die Ermittlungen leitet. Eban Winters hat mich vor dreißig Minuten angerufen, um mich um einen Gefallen zu bitten", erklärte Elliot geduldig. „Er bat mich, mich mit Darby zusammenzusetzen, und versprach mir, einen Polizeibeamten in Zivil herzuschicken, der mit echter Feuerkraft helfen könnte. Ich schlug vor, dass sich Darby mit einer weiblichen Beamtin sicherer fühlen könnte, aber ich erfuhr erst, dass Sie es waren, als Chief Jacobs mich vor ein paar Minuten zurückrief, um mir mitzuteilen, dass Sie auf dem Weg hierher wären. Ich bezweifle, dass Darby diesem speziellen Arrangement zugestimmt hätte, wenn sie gewusst hätte, dass Sie die zugewiesene Beamtin sein würden."

Signy runzelte die Stirn. Ihr Job war es, Verbrecher zu fangen, nicht, sich mit Verdächtigen anzufreunden. Trotzdem stieg ein Anflug von Bedauern in ihr auf.

Darby kauerte sich auf dem Stuhl in der Ecke zusammen. Eindeutig nicht glücklich.

Der Chief glaubte offenbar, was immer das FBI erzählte. Signy warf einen Blick auf Elliot. „Ich dachte, Sie wären schon nach Anchorage zurückgeflogen?"

„Alle Flüge waren überbucht. Ich habe zwei Stunden lang in der Warteschleife gehangen, und schließlich aufgegeben. Sieht aus, als säße ich hier fest, bis der Schneesturm vorbei ist." Er stieß einen frustrierten Atemzug aus und fuhr sich mit den Fingern durchs Haar.

Sie hasste es, wie diese kleine Zurschaustellung von Verletzlichkeit seinen Attraktivitätswert um das Tausendfache steigerte.

Sie sah zu Darby und dann wieder zu Elliot. Sie war sauer, dass man sie aus dem Verkehr gezogen hatte, aber sie wusste, warum das passiert war. Von den beiden anderen Frauen in der Truppe war eine Streifenpolizistin im Mutterschaftsurlaub und die andere im Urlaub. Signy war buchstäblich die *Einzige* bei der Polizei, die über eine Vagina verfügte. „Soll ich draußen auf dem Flur warten?"

Elliot grunzte. „Mir wäre es lieber, wenn Darbys Aufenthaltsort nicht so offensichtlich bekannt gegeben würde."

Sie warf ihm einen frustrierten Blick zu und senkte ihre Stimme, damit Darby sie nicht hören konnte. „Sie fühlt sich nicht wohl in meiner Gegenwart."

Elliot beugte sich zu ihr hinunter. „Wundert Sie das?"

Signys Mund wurde trocken, als sie überlegte, wie sie an Darbys Stelle reagiert hätte. Sie hatte nur ihren Job gemacht. „Nein, aber –"

„Wie wäre es, wenn Sie diese Gelegenheit nutzen würden, um mit Darby zu sprechen, als wäre sie ein menschliches Wesen? Zeigen Sie etwas Empathie, dann kooperiert sie vielleicht. Die Chancen stehen gut, dass sie den Mörder kennt.“

Signy hielt seinem Blick stand. „Und auch, dass der Mörder sie kennt.“ Sie machte einen Schritt auf das Mädchen zu, aber Elliot hielt sie am Arm fest. Signy zuckte bei seiner Berührung zusammen.

„Eine Sache, Detective.“

Sie hob ihr Kinn und ignorierte das Gefühl, das sie überkam, als sein Blick über ihre Lippen glitt.

„Seien Sie nett.“

Sie schenkte ihm ein zuckersüßes Lächeln. „Ich bin immer nett.“

„Nein. Ich meine es ernst. Seien Sie wirklich nett. Darby hat schon genug durchgemacht, auch ohne diesen Albtraum.“

Signy begegnete seinem Blick und las darin all die Dinge, die er nicht sagte. Sie wusste, dass das Mädchen in Indonesien entführt worden war, und sie wusste jetzt auch, dass Darby an einer Gruppentherapie für Opfer sexueller Übergriffe teilnahm. Es war offensichtlich, dass sie gelitten hatte, auch wenn Darby das Ausmaß der Gräueltaten, die ihr angetan worden waren, nie öffentlich bekannt gemacht hatte. Es war ein Wunder, dass das Mädchen überlebt hatte.

Signy nickte. Wenn Darby immer noch unter Verdacht stehen würde, würde sie sich fragen, inwiefern ihr das helfen sollte, in dem Fall weiterzukommen, aber sie war eindeutig nicht schuldig. Signy musste davon ausgehen, dass das FBI umfassende Beweise für ihre Unschuld hatte, und dass Eban Winters sich das nicht nur ausgedacht hatte, um Darby aus dem Fadenkreuz zu halten.

Ein Serienmörder in ihrer Stadt? Diese Entwicklung war einerseits ein Albtraum, andererseits eine Chance.

Signy wollte die Beförderung, um die sie sich beworben hatte. Sie wollte sie, um mehr Zeit mit ihrem Sohn verbringen zu können, bevor er von zu Hause auszog. Sie brauchte sie, um es sich leisten zu können, ihn aufs College zu schicken. Das FBI mochte sich in den Fall eingemischt haben, aber das bedeutete nicht, dass sie bei der Lösung des Falles und bei der Ergreifung des Mörders nicht eine entscheidende Rolle spielen konnte.

Sie zog ihren Mantel aus und bemerkte, wie Elliot Byrnes Blick an ihrem Körper hinunter wanderte. Sie erschauderte verlegen. Anstatt sich weiter mit der Reaktion ihres Körpers auf den attraktiven Anwalt auseinanderzusetzen, ging sie zu Darby und setzte sich auf den Stuhl ihr gegenüber.

„Wie wäre es, wenn wir noch einmal von vorne anfangen und herausfinden, wer Ihnen das antut?"

Die großen grünen Augen blickten sie an. „Sollten Sie das nicht schon die ganze Zeit tun?"

Signy schüttelte den Kopf. „Bisher habe ich mich auf die zwei Mordopfer konzentriert, aber offensichtlich ist die Situation komplexer als wir zunächst dachten."

Darby rutschte auf ihrem Stuhl herum, entspannte sich aber nicht. „Vielleicht ist das der Grund, warum diese Person schon so lange damit durchkommt? Wird die örtliche Polizei mit *komplexen Situationen* nicht fertig?"

Autsch. „Ich verstehe, dass Sie es mir übelnehmen, dass ich Sie befragt habe, aber das war nichts Persönliches. Ich mache meinen Job, genauso wie Eban Winters seinen Job macht. Im Moment versuche ich, den Mörder von Martin und Adele zu schnappen, bevor er wieder zuschlägt. Und ich denke, Sie könnten mir dabei helfen." Signy holte einen Notizblock aus ihrer Laptoptasche. „Ich glaube, es könnte sein, dass Sie diese Person kennen, wenn auch nur flüchtig."

„Das hat Eban auch gesagt." Darbys Stimme war freundlich, als sie den Namen des FBI-Agenten erwähnte.

Signy erinnerte sich daran, dass Darby bei der Befragung zugegeben hatte, dass sie mehr von dem Mann wollte. Hatten sie diese berufliche Distanz schon überbrückt? Denn Signy erkannte den Blick in Eban Winters Augen, wenn er Darby ansah, und diese Hitze war alles andere als professionell.

Sie warf Elliot Byrne einen Blick zu. Er stand an der Küchenzeile und bereitete heiße Getränke zu, obwohl ihr ein Scotch lieber gewesen wäre.

„Wie wäre es, wenn wir Ihren Wochenablauf durchgehen, die Orte, an die Sie gehen, und die Leute, die Sie sehen", schlug Signy vor. „Listen Sie Ihre Bekannten auf, vor allem die, die Sie noch nicht so lange kennen."

Darby warf Elliot einen Blick zu.

„Ich glaube nicht, dass es schaden könnte." Er verzog das Gesicht und brachte ein Tablett mit Tee und Kaffee, Milch und Kaffeesahne in kleinen Kännchen und eine Schale mit Würfelzucker.

Er stellte es auf dem Tisch zwischen ihnen ab.

Signy zog überrascht eine Augenbraue hoch. „Gehört das alles zum Service oder kosten heiße Getränke extra?"

„So habe ich mir das College finanziert." Elliot lächelte, und Signy entging das Funkeln in seinen Augen nicht, als er sie anschaute. Sie traute ihm nicht über den Weg. „Ich war Barista, bevor ich Anwalt wurde."

Darby lachte und Signy lächelte.

Der Mann war charmanter und attraktiver, als es gut für sie war. Als sie sich das letzte Mal in Anchorage begegnet waren, hatte er es geschafft, dafür zu sorgen, dass die Anklage gegen seine Mandantin von einem Richter abgewiesen worden war. Offenbar war er von Elliots Charme mehr beeindruckt gewesen als von den Beweisen des Staatsanwalts. Die Tatsache, dass ihr Partner mit einer Zeugin geschlafen hatte, hatte ihrem Fall natürlich auch nicht gerade geholfen. Signy hatte Elliot kurze Zeit später in einer Bar getroffen, doch sie waren beide mit anderen Leuten verabredet gewesen.

Sie erinnerte sich, dass ihre Blicke sich getroffen hatten, und sie sich länger in die Augen gesehen hatten, als sie es hätten tun sollen. Nicht, dass sie sich jemals mit einem Strafverteidiger einlassen würde. Dadurch würde sie zum Gespött der anderen Polizisten werden. Allerdings schadete es ihrem Ego nicht, sich für ein paar Augenblicke einzubilden, dass er sie attraktiv finden könnte. Als alleinerziehende Mutter eines fünfzehnjährigen Jungen brauchte sie alle Ego-Boosts, die sie bekommen konnte.

Signy nahm ihren Kaffee in die Hand. Sie ignorierte den heißen Anwalt und konzentrierte sich auf Darby. „Dann wollen wir mal Ihre wöchentliche Routine durchgehen, ja? Mal sehen, ob wir herausfinden können, wo sich diese Person in Ihr Leben geschlichen hat."

KAPITEL SECHSUNDZWANZIG

EBAN STAND MITTEN in einer Menschenmenge von etwa hundert Personen, die vor der St. Paul's-Kirche dem herannahenden Schneesturm trotzten. Er zog sich eine Strickmütze über die Ohren, verzichtete jedoch darauf, sich die Kapuze seiner Jacke aufzusetzen, um die Gespräche um ihn herum hören zu können. Außerdem ließ er den Reißverschluss seiner Jacke offen, um bei Bedarf schnell nach seiner Glock greifen zu können. Er war sich der Vorliebe des Mörders für Messer bewusst und achtete darauf, was sich hinter ihm tat, doch durch das Gedränge war es schwierig, die Hände der Leute zu beobachten.

Eban schob seine behandschuhten Hände tief in seine Taschen und zog die Schultern bis zu den Ohren hoch, um sich warm zu halten.

Es war so kalt, dass seine ungeschützte Haut brannte und seine Nasenhaare eingefroren waren. Jedes Mal, wenn er einatmete, zerrten sie aneinander, und seine Augen tränten. Eiskristalle bildeten sich an seinen Wimpern.

Wunderbar.

Eislaternen säumten die Kirchenstufen bis hinauf zu den breiten Türen, an denen das Tatortband im Wind flatterte. Der Pfarrer stand neben einem großen, gerahmten Foto von Adele Surrey, das auf einer Staffelei aufgestellt war. Eine junge

Frau hielt es von hinten fest, damit das Bild nicht vom Wind mitgerissen wurde.

Eban betrachtete das Bild von Adele. Sie sah aus wie eine gewöhnliche Frau mittleren Alters. Nett. Wahrscheinlich freundlich. Der Mörder hatte sie rücksichtslos umgebracht, nur weil es in seinen Plan gepasst hatte. Und dieser Plan bestand darin, Darby die Morde anzuhängen.

Was war mit dem Einbruch? Wie hing er mit den Morden zusammen? Tat er das überhaupt?

Und was hielt der Täter davon, dass Darby frei war? Eban wünschte sich fast, sie könnten die Pressekonferenz von heute Morgen rückgängig machen, auf der Elliot Byrne erklärt hatte, sie habe ein unerschütterliches Alibi. Sie waren davon ausgegangen, dass sie Darby dadurch helfen würden, ihr Leben in dieser Stadt wieder in den Griff zu bekommen, doch alles, was sie dadurch erreicht hatten, war, die Zielscheibe auf ihrem Rücken ein wenig deutlicher in rot zu färben und möglicherweise eine sehr gefährliche Person zu verärgern.

Er ließ seinen Blick über die Menge schweifen. Die neueste Wendung in diesem Fall gefiel ihm nicht. Ganz und gar nicht. Vor allem, nachdem ihm klar geworden war, dass sie in Fairbanks festsaßen, bis sich der Sturm gelegt hatte, ganz gleich, ob er in ein Flugzeug steigen und an einen Ort fliegen wollte, an dem er die Kontrolle über ihre Sicherheit hatte oder nicht.

Bei dieser Erkenntnis knirschte er frustriert mit den Zähnen. Das bedeutete auch, dass die FBI-Agenten aus Anchorage und Umgebung Fairbanks erst erreichen würden, wenn sich der Schneesturm gelegt hatte.

Sie waren auf sich allein gestellt.

Sowohl er als auch Darby waren bewaffnet, und auch die

örtliche Polizei wurde sich der Gefahr hoffentlich langsam bewusst. Wenn die Öffentlichkeit erst einmal begriffen hatte, dass sie einen Serienmörder in ihrer Mitte hatten, war es unmöglich, vorherzusagen, wie sie oder der Mörder reagieren würden.

Der Mann neben ihm legte seinen Arm um die Frau, die neben ihm stand, und die beiden lehnten sich aneinander und spendeten sich stillen Trost. Es war eine düstere Szene. Adele war offenbar sehr beliebt gewesen.

Eban musterte jede Person in seiner Nähe, bevor er zu einem anderen Teil der Menge wechselte, auf der Suche nach einem Zeichen, dass er sich in der Gegenwart des Bösen befand. Wie das aussehen könnte, wusste er nicht. Ein mit Blut auf die Wange gemaltes Pentagramm? Glühend rote Augen? Vielleicht ein dezentes Paar Hörner unter einer Strickmütze? Er wünschte, es wäre so einfach zu erkennen.

Pastor Regis, mit dem Eban noch immer nicht gesprochen hatte, räusperte sich und wandte sich über ein Mikrofon an die Menge. Wie alle anderen war er bei diesem Wetter dick eingemummelt. Der Mann sprach ein kurzes Gebet für Adele und begann dann darüber zu sprechen, wie fromm und fleißig sie gewesen war.

Polizeibeamte standen am Rand, um die Menge zu kontrollieren. Sie waren allesamt mit Body-Cams ausgestattet, um die Anwesenden aufzuzeichnen. In einem schwarzen Lieferwagen, der auf der anderen Straßenseite geparkt war, saß ein weiterer Beamter und machte Fotos von allen Teilnehmern auf der Totenwache und allen, die sie aus kurzer Entfernung beobachteten.

Regis sprach über Adeles hingebungsvollen Dienst in St. Paul's, und dass er nicht wüsste, was er ohne diese gute Seele tun sollte. Eban wippte mit den Füßen. Es hörte sich langsam eher nach einer Rekrutierungskampagne als nach einer Gedenkfeier an.

Eine der beiden Frauen auf der Treppe hinter dem Pastor hatte so viel Ähnlichkeit mit der toten Frau, dass Eban annahm, dass sie die Tochter der Ermordeten war.

Eban ließ erneut seinen Blick über die Menge schweifen. Kim Gleeson begegnete seinem Blick, bevor er wegschaute. Er hatte seinen Arm um eine Frau gelegt, vermutlich seine Ehefrau, und ein älteres Mädchen im Teenageralter stand vor ihm und weinte. Neben ihnen stand ein hochgewachsener junger Mann. Er gähnte und sah gelangweilt aus.

Gleesons Familie. Die Kinder waren älter, als Eban angenommen hatte. Ein mieses Alter für einen Schulwechsel, aber nicht allen Eltern war das bewusst, und nicht alle hatten eine Wahl.

Ob die vermisste Empfangsdame aufgetaucht war? Eban schickte Detective Torgerson eine Nachricht mit dieser Frage, während er mit den Füßen stampfte, damit das Blut in seinen Adern in Bewegung blieb. Er hoffte, dass sie bereits damit begonnen hatte, Gleesons Hintergrund zu überprüfen.

Ray Rasheed, der Leiter des Obdachlosenheims, stand mit der Frau, die an diesem Tag am Empfang gearbeitet hatte, neben der Treppe. Ihre Schultern berührten sich. Waren sie ein Paar? Oder benutzten sie sich nur gegenseitig als Schutz vor dem Wind?

Eban war überrascht, als er eine Gruppe von Studenten der UAF am Rande der Menge stehen sah. Jacqui Paulson entdeckte ihn und wandte sich an die Jungs neben ihr. Sie flüsterte ihnen etwas zu und deutete auf ihn. Eban bewegte sich in ihre Richtung, als der Pastor seine Rede gegen Gewalt beendete. Dann rief der Mann alle, die Informationen hatten, dazu auf, sich entweder bei ihm oder bei der Polizei zu melden. Anschließend senkte Regis seinen Kopf und begann, ein weiteres Gebet zu sprechen.

Zwischen Ebans Schulterblättern bildete sich ein Juckreiz, und plötzlich wurde er das Gefühl nicht los, dass ihn jemand beobachtete. Langsam sah er sich um, konnte aber niemanden entdecken, der ihn anstarrte. Der Mörder war hier. Eban konnte es spüren.

ICH STAMPFTE MIT meinen neuen Stiefeln auf dem kalten Pflaster und versank tiefer in meinem dicken Mantel und dem Schal. Wie alle anderen trug ich eine warme Mütze, um nicht zu erfrieren.

Es war ein Risiko, hier zu sein, aber ein kalkuliertes.

Polizisten standen am Rande der Menge. Dumme Idioten. Sie hielten sich für so hart und clever, stolzierten herum wie Pfaue in ihren Uniformen und kugelsicheren Westen. Dabei waren sie nichts weiter als Schlappschwänze mit geladenen Waffen.

Ich umklammerte das Messer in meiner Tasche. Wohin könnte ich die Klinge am besten stechen, um einen von ihnen zu töten? Wahrscheinlich in den Rücken, die Spitze nach oben gerichtet, einen Zentimeter oberhalb des Ausrüstungsgürtels und unterhalb der Weste. Die Klinge fest ins Fleisch rammen, drehen und dabei eine Niere zerstören.

Ich ließ meinen Blick über die zusammengedrängte Menschenmenge schweifen. Könnte ich es schaffen, einen von ihnen hier in der Menge zu töten? Bei dem Gedanken daran kribbelte meine Haut vor Erregung.

Der Wind wehte heftig und ließ meine Augen tränen, bis ich mein Gesicht abwandte.

Nein.

Das war zu riskant. Ich ging keine Risiken ein. Deswegen wurden andere verhaftet, aber nicht ich.

Ich warf einen Blick auf das gerahmte Foto von Adele. Sie hatte mir mehr Probleme bereitet, als ich erwartet hatte, doch es war überraschend erregend gewesen, dass sie so erbittert um ihr Leben gekämpft hatte.

Obwohl ich es nicht aus Spaß getan habe, habe ich es genossen, zu sehen, wie das Leben aus den Augen der Menschen, die ich umgebracht habe, gewichen ist. Nichts konnte dieses Gefühl der Macht toppen. Nicht einmal Sex konnte diesen Rausch übertreffen.

Ich betrachtete die Gesichter in der Menge. Wer trauerte? Wer weinte über den Verlust?

Meine Aufmerksamkeit blieb an einem Mann hängen, der durch die Menge wanderte, als ob er jemanden suchte. Ein Schauer lief mir den Rücken hinunter. Der FBI-Agent. Offenbar war er undercover.

Er war auf der Suche nach mir, stellte ich mit einem Schrecken fest, der durch meinen Körper und meine neuen Stiefel bis in den Asphalt schoss.

War er wegen seiner Vergangenheit mit Darby hier, oder weil das FBI hinter mir her war?

Ich runzelte die Stirn und senkte den Kopf, als würde ich beten. Ich nahm an, dass jemand diese frostige Totenwache filmen würde, also durfte ich mir meine Nervosität nicht anmerken lassen.

Der Special Agent war für den Winter in Alaska gekleidet.

Schwarze Jacke, graue Strickmütze und ein dunkler Dreitagebart, der zu seinem grüblerischen Blick passte.

Als ich ausatmete, bildete sich Reif auf meinem Schal, und ich nutzte die Gelegenheit, um tiefer in meinem Kragen zu versinken.

Der Kerl konnte wahrscheinlich schneller laufen als ich, was ein wenig beunruhigend war, wenn ich so dicht vor ihm stand.

Verdächtigte er mich? Ich stampfte wieder mit den Füßen auf und schaute mich um, doch niemand sah mich direkt an. Der Drang, zu fliehen, stieg in mir auf, doch jetzt zu gehen, würde verdächtig aussehen. Es war besser, bei den anderen stehenzubleiben und mich normal zu verhalten.

Der Agent tauschte einen Blick mit dem großen schwarzen Beamten aus. Er arbeitete eindeutig verdeckt.

So verlockend es auch sein mochte, hinter dem FBI-Agenten herzuschleichen und ihm meine Klinge in den Rücken zu rammen, das wäre unüberlegt und töricht und würde mir nichts bringen. Ich atmete noch einmal tief durch die Wolle ein und ließ mich von der Menge aufsaugen, während der Pastor immer noch über die arme verdammte Adele sprach, die so schrecklich gelitten hatte. Sie hätte nicht so sehr gelitten, wenn sie nicht die verdammten Bullen gerufen hätte.

Wo war Darby?

Ich widerstand dem Drang, mich nach den Fahrzeugen in der Nähe umzusehen. Ich war mir sicher, der FBI-Agent wusste, wo sie war. Ich vermied es, ihn anzusehen, da ich wusste, dass Menschen spürten, wenn sie beobachtet wurden.

Wurde sie von einem anderen Agenten bewacht, oder war sie ungeschützt und allein? Der Gedanke erregte mich. Ich könnte ihm folgen und warten, bis er ging …

Oh Gott. Dieser Pastor war ein weinerliches Arschloch. Ich hätte ihn an Adeles Stelle umbringen sollen.

Vielleicht wohnte Darby im gleichen Hotel wie der Anwalt, der heute Morgen die Pressekonferenz gegeben hatte? Es war ein Kinderspiel gewesen, ihn ausfindig zu machen. Elliot Byrne. Sein Name war in den Nachrichten erwähnt worden, und es gab nur eine begrenzte Anzahl an Unterkünften in der Stadt, in denen solche Leute untergebracht werden konnten.

Wie konnte sich Darby diesen Kerl überhaupt leisten? Ich runzelte die Stirn. Ich wusste es nicht, aber ich hätte es gerne herausgefunden. Wieder senkte ich den Kopf im Gebet und konnte es mir gerade noch verkneifen, über die gespielte Frömmigkeit des Pastors zu stöhnen.

Ich würde sie fragen müssen. Denn auf die eine oder andere Weise würde ich Darby O'Roarke in die Finger bekommen.

KAPITEL SIEBENUNDZWANZIG

EBAN GING AUF die Studenten zu, die aussahen, als wollten sie gehen.

„Jacqui." Er nickte. Er streckte seine behandschuhte Hand aus und zog gleichzeitig seinen Ausweis hervor, den er um seinen Hals trug.

Ihre Augen – das Einzige, was von ihren Gesichtern sichtbar war – weiteten sich, ebenso wie die Augen der vier jungen Leute, die bei ihr standen. Sie standen alle dicht beieinander, um sich vor dem Schneetreiben zu schützen, das immer stärker wurde.

„Ich habe mich gestern nicht richtig vorgestellt. FBI Supervisory Special Agent Eban Winters."

Er hatte Allan Robertson gebeten, auf jeden zu achten, der ihm Aufmerksamkeit schenkte.

„Sie sind einer der FBI-Agenten, die sie letztes Jahr aus dem PGR gerettet haben", sagte ein junger Mann.

„Das stimmt." Eban streckte seine Hand aus, um sich nacheinander allen vorzustellen. Lenny Serkoak, Davis Farraday, Stef Riddell und Mohammed Black.

Als Jacqui ihren Gesichtswärmer herunterzog, kamen ihre zusammengekniffenen Lippen zum Vorschein. „Warum haben Sie gestern nicht gesagt, dass Sie für das FBI arbeiten?"

„Hauptsächlich, weil Sie nicht besonders freundlich

waren, und ich nicht in offizieller Funktion da war." Er lächelte sie an. Aus irgendeinem Grund mochte er die Frau nicht. Möglicherweise lag es daran, wie sie Darby behandelt hatte. Eigentlich war genau das der Grund, warum er sie nicht leiden konnte. Doch er musste seinen Ärger verdrängen. „Meine Priorität war es, Darby vor möglichen Konsequenzen zu schützen."

„Und was ist mit dem Rest von uns?", unterbrach Jacqui ihn und blickte ihn unter zusammengezogenen Augenbrauen an. Sie war nicht besonders groß, doch sie war eindeutig die Anführerin dieser Gruppe.

Er bemühte sich um einen neutralen Gesichtsausdruck. „Wie meinen Sie das?"

„Nun, wir haben die Nachrichten gesehen, und jetzt sagen Sie, dass Sie vom FBI sind. Man muss kein Genie sein, um zu erraten, dass Sie Darbys Alibi für den Mord an dieser armen Frau sein müssen. Vermutlich glauben Sie auch, dass jemand anders Martin ermordet hat." Jacqui ließ ihren Blick über die Menge schweifen und senkte ihre Stimme. „Das bedeutet, dass der Mörder irgendwo da draußen ist."

Eban sagte kein Wort. Es war offensichtlich, dass sie recht hatte.

„Wir sind potenzielle Zeugen, da wir auch auf der Ceilidh-Party waren. Was ist, wenn der Mörder es auf uns abgesehen hat?"

Ihre Stimme wurde immer aufgeregter, und sie begann, Aufmerksamkeit zu erregen.

„Jacqui", sagte er leise. „Ich kann verstehen, dass Sie verängstigt und verunsichert sind."

Sie beruhigte sich sichtlich. Einer der Jungs drückte ihre Schulter.

„Sie haben einen guten Freund verloren. Dazu kommen die Verwirrung und die Schuldgefühle darüber, wie Sie eine enge Freundin behandelt haben, als sie verletzlich war. Es ist verständlich, dass Sie aufgewühlt sind."

Reue zeichnete sich auf jedem der vier ernsten Gesichter ab, die ihn ansahen. Er vermutete, dass sie keine schlechten Menschen waren. Sie waren einfach nur Menschen.

„Die Annahme, dass Sie potenzielle Zeugen sind, ist nicht unbegründet." Er sollte den wachsenden Ausdruck des Entsetzens auf Jacquis Zügen nicht genießen, doch sein innerer Sadist war noch nicht ganz fertig damit, sie zu quälen. „Ich schlage vor, Sie gehen alle zur Polizei und geben eine schriftliche Erklärung ab, woran Sie sich am Dienstagabend genau erinnern." Bei Ebans Worten bildeten sich Dunstwolken zwischen ihnen. Seine Finger begannen trotz seiner Handschuhe unangenehm zu kribbeln.

„Ich habe den Kerl dort auf der Party gesehen." Davis Farraday nickte in Gleesons Richtung.

Eban sah ihn an. „Ja, ich weiß, dass die Gleesons dort waren." Er wollte, dass auch sie eine Erklärung abgaben.

„Wann sollen wir das machen? Die schriftlichen Erklärungen abgeben?", fragte der große Mann, Mohammed.

Eban sah auf seine Uhr. Er hatte Darby bereits länger allein gelassen, als er beabsichtigt hatte. „Zu Ihrer eigenen Sicherheit würde ich es lieber früher als später hinter mich bringen. Warum erledigen Sie das nicht gleich? Die Beamten auf dem Revier können Ihnen helfen. Ich wäre Ihnen dankbar, wenn Sie alle Personen auflisten könnten, die Sie auf der Party gesehen haben, egal ob drinnen oder draußen. Und um wie viel Uhr sie gegangen sind."

Jacqui nickte. „Gut. Dann fahren wir gleich hin." Sie

verschränkte abwehrend die Arme vor der Brust.

„Wie geht es Darby?", fragte der Mann in der roten Jacke zaghaft. Stef Riddell.

„Sie ist verletzt. Aufgewühlt. Verängstigt", antwortete Eban. „Diese ganze Situation war extrem belastend für sie."

„Für uns war es auch nicht gerade ein Zuckerschlecken." Jacqui stockte der Atem, und sie blinzelte schnell. „Martin war einer unserer besten Freunde. Darby …"

Eban unterdrückte seinen Ärger über die Frau und stützte sich auf seine Ausbildung. „Es ist verständlich, dass Sie nach diesem Vorfall traurig und verwirrt sind."

Sie alle nickten in unglücklichem Einklang mit ihren bedeckten Köpfen.

Sie würden sich noch tausend Mal schlimmer fühlen, wenn sie die Leiche gefunden hätten, des Mordes beschuldigt worden wären und dann herausgefunden hätten, dass ein Serienmörder auf sie fixiert war. Und das alles zusätzlich zu den Gräueltaten, die Darby im letzten Sommer widerfahren waren. Trotzdem war sie hier und hatte vor, ihr Leben weiterzuführen.

Würde sie in der Lage sein, diesen Menschen zu verzeihen? Das Erlebte hinter sich zu lassen? Er selbst war sehr nachtragend, aber Darby war ein besserer Mensch als er.

Eban gab jedem der Studenten seine Visitenkarte. Er musste mit dem Pastor sprechen, bevor der Kerl wieder verschwand. „Fahren Sie sofort zum Revier. Sagen Sie am Schalter, dass SSA Winters Sie gebeten hat, eine Aussage zu machen. Und seien sie wachsam." Wer konnte schon sagen, wo dieser Mörder als Nächstes zuschlagen würde. Er hatte noch nicht einmal die Opferprofile gesehen. Er hatte keine Ahnung, ob der Täter einen bestimmten Typus hatte oder nicht. „Passen Sie aufeinander auf, bis alles vorbei ist, und gehen Sie nirgends allein hin."

Ihre Mienen wurden noch düsterer. Eban ging, bevor sie weitere Fragen stellen konnten – Wissenschaftler stellten gerne Fragen, hatte er festgestellt. Diese vier standen nicht ganz oben auf seiner Verdächtigenliste, da sie alle seit über einem Jahr am Institut für Geophysik arbeiteten und Darby schon vor ihrer Entführung gekannt hatten. Dennoch waren sie nicht aus dem Schneider. Das war niemand. Außer Darby und ihm.

Er suchte nach dem Pastor, konnte ihn aber nirgends sehen. Verdammt nochmal. Er musste zurück zu Darby, doch vorher wollte er mit dem Pastor sprechen.

Er entdeckte eine kleine Gruppe, die seitlich an der Kirche vorbeieilte. Der Pastor, jemand, der die Staffelei trug, und eine weitere Person, die Adeles Foto umklammerte, als wünschte sie, es wäre die echte Adele.

Eban nickte Allan Robertson zu und joggte der kleinen Gruppe hinterher.

An der Tür zum Nebengebäude holte er sie ein. „Pastor Regis, dürfte ich Sie bitte kurz sprechen? FBI Supervisory Special Agent Winters. Ich habe Ihnen heute mehrere Nachrichten hinterlassen."

Der Mann begegnete seinem Blick, bevor er die Tür öffnete und eintrat. Eban folgte ihm, erleichtert, aus der brutalen Kälte herauszukommen. Die Erleichterung war allerdings nur von kurzer Dauer.

Die beiden Frauen erschraken beim Anblick des vielen Blutes. Die Wangen des Pastors färbten sich grau. „Die Polizei hat mir versichert, der Tatort wäre aufgeräumt worden."

Die Frau, die sich an das Porträt klammerte, ging in die

Ecke des Raumes, wo sie mit gesenktem Kopf stehenblieb und schluchzte.

„Ich vermute, sie haben ‚geräumt‘ gesagt. Polizisten reinigen keine Tatorte." Eban warf einen Blick auf die trauernde Frau.

Die andere Frau war zu ihr hinübergegangen, um sie zu trösten, und flüsterte ihr etwas ins Ohr.

Als Eban die Blutflecken auf dem Boden betrachtete, bemerkte er die verschiedenen Fußabdrücke. Er schürzte die Lippen. Er musste sich die Beweise ansehen und prüfen, ob diese Abdrücke mit denen aus dem Wald vor Martin Carstairs' Haus übereinstimmten. Er widerstand dem Drang, ein Foto zu machen. Gerade noch so.

Die Frauen kamen wieder zu ihnen, eine trug das Porträt.

„Ich bringe Carman zu Adeles Wohnung."

„Aber ich brauche deine Hilfe hier", protestierte der Pastor.

Die junge Frau, die wohl um die zwanzig war, starrte den Mann an, und Eban war sich aufgrund ihrer Interaktion ziemlich sicher, dass es sich um die Tochter des Pastors handelte.

Während die andere Frau zur Tür ging, beugte sie sich zu ihrem Vater hinunter und flüsterte ihm etwas zu. „Du kannst nicht von Carman erwarten, dass sie das Blut ihrer eigenen Mutter wegwischt."

Der Pastor richtete sich auf. „Natürlich erwarte ich das nicht." Sein mürrischer Gesichtsausdruck verriet allerdings etwas anderes.

„Es gibt Unternehmen, die sich auf solche Situationen spezialisiert haben." Eban drehte sich um und reichte der Tochter des Opfers die Hand. „Ich bin SSA Winters. Mein

Beileid."

Ihre Brauen zogen sich hinter der dicken Brille zusammen. Die junge Frau hatte eindeutig noch nicht alles verarbeitet. Menschen brauchten Zeit, um ein Trauma zu verarbeiten.

„Wissen Sie, warum meine Mutter umgebracht wurde?", fragte sie leise.

„Noch nicht, Ma'am. Ich versichere Ihnen, dass wir alles tun, um es herauszufinden. Hier ist meine Karte, falls Sie mich kontaktieren wollen."

Sie nickte, immer noch unter Schock. Ihr Blick wanderte zum Boden, und sie hob ihre behandschuhte Hand zum Mund, um ein Schluchzen zu unterdrücken. „Ich kann nicht glauben, dass das ihr Blut ist. Ich kann nicht glauben, dass ihr jemand so etwas antun würde. Sie war so ein guter Mensch. Sie hat sich dafür eingesetzt, anderen zu helfen."

Der Pastor wollte einen Schritt nach vorne machen, aber seine Tochter drückte die Frau an ihre Brust und führte sie zur Tür.

Der Pastor ließ die Hände sinken. „Ich werde dich morgen besuchen, Carman. Ich werde für dich beten."

Beide Frauen ignorierten ihn, und die Tür schlug hinter ihnen zu.

Regis stieß einen schweren Seufzer aus und ging zögerlich am Rand des Kirchensaals entlang. An der einen Wand waren Stühle aufeinandergestapelt. Auf einem Tisch vor einer Küchenklappe standen zwei große Urnen.

Eban folgte ihm in die Küche, wo der Pastor begann, die Reinigungsmittel in der Ecke zu durchstöbern. Er nahm einen großen roten Eimer und einen Wischmopp in die Hand und ging zurück zur Spüle.

„Ich habe Sie heute Morgen im Obdachlosenheim

verpasst", sagte Eban mit ruhiger Stimme, während er versuchte, sich ein Bild von dem Mann zu machen.

Pastor Regis nickte, während er den Eimer mit heißem Wasser füllte. „Ray hat mich angerufen und mir erzählt, dass Sie nach mir gefragt haben. Ich war mit der Organisation der Totenwache beschäftigt und habe dann Carman vom Flughafen abgeholt. Ich hatte vor, Sie morgen früh zurückzurufen."

„Carman hatte Glück, dass sie einen Flug bekommen hat."

„Allerdings." Der Pastor nickte lustlos in Richtung des schauerlichen Bodens. „Ich habe ehrlich gesagt nicht erwartet, dass ich das selbst putzen muss. Adele hat normalerweise …" Er brach ab und verbarg ein Schniefen. „Ich weiß, dass alles Teil seines Plans ist, aber es ist schwer, den eigenen Glauben nicht in Frage zu stellen, wenn jemand eine sinnlose Gewalttat in einer Kirche begeht."

Eban gab einen unverbindlichen Laut von sich. Er wollte, dass der Mann weiterredete.

Der Geruch von Bleichmittel erfüllte die Luft, als der Mann einen großen Schuss Clorox in den dampfenden Wassereimer gab. Regis schnappte sich einen Mopp und hatte sichtlich Mühe, den Eimer aus dem tiefen Waschbecken zu heben.

Eban nahm ihn dem Mann ab und trug ihn in den Flur, wo er ihn abstellte.

Er starrte auf den blutigen Boden. Adele hatte eine Menge Blut verloren. Er betrachtete die Schleifspuren, die von der Tür, die in die Kirche führte, kamen. Im Gegensatz zu Martin Carstairs hatte sie sich mit dem Tod Zeit gelassen und sehr gelitten.

„Kommen viele Gläubige abends in die Kirche?"

„Das ist unterschiedlich." Der Pastor begann unbeholfen zu wischen, wobei sich eine Pfütze aus rötlich-braunem Wasser bildete.

Eban wusste, dass der Pastor hoffte, dass er ihm helfen würde, doch er hatte keine Zeit, einen Kirchensaal zu schrubben, wenn Darby ihn brauchen könnte. Außerdem war er sich dessen bewusst, dass er manipuliert wurde, und das gefiel ihm nicht.

„Gibt es Leute, die regelmäßig noch spät hierherkommen?"

Der Mopp hinterließ rote Schlieren auf dem Boden. „Ja und nein. Viele Leute kommen spät, um ein Gebet zu sprechen oder für ein paar Minuten der Kälte zu entkommen. Aber niemand kommt jeden Abend zu einer bestimmten Zeit. Meiner Erfahrung nach kommt nur selten jemand nach der Gruppentherapie."

„Könnten Sie mir eine Liste mit Leuten geben, mit denen ich sprechen kann? Leute, die zu dieser Zeit hier gewesen sein könnten? Vielleicht hat jemand etwas mitbekommen, ohne sich dessen bewusst zu sein."

Der Pastor nickte müde. „Das kann ich tun, aber ich vermute, dass sie sich bereits an die Polizei gewandt hätten, wenn sie etwas gesehen hätten."

„Haben Sie mal bei einer Gruppentherapiesitzung zugehört?"

„Nicht absichtlich." Der Pastor hob die Hand und erschauderte sichtlich. „Ein paar Mal kam ich vorbei, um mich zu vergewissern, dass sie alles hatten, was sie brauchten, aber die Stimmung im Raum schlug jedes Mal um, wenn ich da war. Ich merkte, dass ich einige von ihnen nervös machte." Er stützte sein Kinn auf den Stiel des Mopps. „Nach dem dritten

Mal konnte ich das Gefühl nicht mehr ertragen, in meiner eigenen Kirche so unwillkommen zu sein, also bat ich Adele, an diesen Tagen länger zu arbeiten, und behauptete, dass ich ehrenamtlich im Obdachlosenheim helfen würde."

Er leckte sich über die Lippen, sichtlich verunsichert. „Wenn ich diese Entscheidung nicht getroffen hätte … Wäre ich nicht vor meiner Verantwortung davongelaufen, wäre Adele vielleicht noch am Leben."

Eban wurde auf etwas anderes aufmerksam. „Sie sagten, sie hätten *behauptet*, dass Sie ehrenamtlich im Obdachlosenheim helfen."

Der Mann zuckte zusammen.

„Waren Sie gestern Abend dort?"

Er zog eine Grimasse. „Nein. Ich war zu Hause." Er schluckte. „Ich habe eine gute Frau belogen, und jetzt muss ich dafür büßen." Er setzte seine planlose Wischarbeit fort, als ob der Mord an Adele und das Putzen in irgendeiner Weise vergleichbar wären.

„Gibt es jemanden, der bestätigen kann, dass Sie gestern Abend zu Hause waren?"

Ein scharfer Ausdruck trat in die Augen des Mannes. „Warum?"

„Ihre Tochter vielleicht?"

„Sie war bis Mitternacht zum Lernen bei Freunden. Verdächtigen Sie mich etwa?" Seine Stimme wurde fest.

Eban hielt dem Blick des Mannes stand und fragte sich, ob der Mörder so dreist wäre. Bei Psychopathen war das durchaus möglich, doch nicht alle Serienmörder waren Psychopathen und nicht alle Psychopathen waren Serienmörder. „Ich fürchte, im Moment ist jeder verdächtig, Pastor."

Die Mundwinkel des Mannes bogen sich unglücklich nach unten. „Auch die hübsche Rothaarige, die letzten Sommer entführt wurde?"

Das erregte Ebans Aufmerksamkeit. „Was wissen Sie über Darby O'Roarke?" Er bemühte sich um einen freundlichen Tonfall.

Der Pastor drückte den Moppkopf in den Eimer. „Ich habe sie ein paar Mal hier gesehen. Man muss kein Genie sein, um zu erraten, dass sie schreckliche Dinge erlebt hat. Ich habe ihr einmal angeboten, mit ihr zu reden …"

„Was hat sie gesagt?"

„Sie war sehr höflich, hat jedoch entschlossen abgelehnt. Ich glaube, sie war ein wenig schüchtern und wollte wahrscheinlich nicht mit einem Mann allein sein, den sie nicht gut kannte. Ich muss sagen, dass ich ihr das nicht verdenken kann."

Ebans Kehle schnürte sich zu. Sie hatte ihm von Anfang an vertraut. Sie hatte sich in seine Arme gestürzt, als er ihr eine Umarmung angeboten hatte. Er wusste nicht, womit er ein solches Geschenk verdient hatte, aber er wollte es nicht wegwerfen. Er wollte es nicht vermasseln. Diesmal nicht. Er würde zum Hotel fahren, um sie abzuholen, und dann zur Polizeiwache, um zu sehen, was die Polizei heute Nachmittag herausgefunden hatte.

Eban legte seine Karte auf den Tisch neben dem Heißwasserspender. „Dann überlasse ich Sie jetzt Ihren Pflichten hier. Es wird eine lange Nacht werden."

Der Pastor nickte und begann mit neuem Elan zu wischen.

„Sie sollten vielleicht die Tür abschließen, wenn ich weg bin", schlug Eban vor.

Die dunklen Augen des Mannes weiteten sich plötzlich,

und er stützte den Mopp sofort gegen die Wand. „Wie soll ich jemals wieder hier beten können, wenn ich mir Sorgen mache, dass wir einen Mörder in der Gemeinde haben?"

„Glaube?", schlug Eban vor, dann tat ihm der Mann leid. „Ich an Ihrer Stelle würde eine Waffe tragen, mit der ich umgehen kann – zu meinem eigenen Schutz, bis wir den Täter gefasst haben."

Die Augen des Pastors weiteten sich bei diesem Vorschlag.

„Und achten Sie auf Ihre Umgebung. Vielleicht sollten Sie spät abends nicht allein in der Kirche sein."

Der Pastor schnappte sich sofort den Eimer und ging in die Küche, um das schmutzige Wasser in den Abfluss zu kippen. Dann packte er sich seine Jacke und ging zur Tür, wo Eban stand.

„Adele wird mir verzeihen, dass ich unter diesen Umständen etwas vorsichtig bin, und ehrlich gesagt traue ich mir diese Aufgabe ohnehin nicht zu. Würde es Ihnen etwas ausmachen, mich zu meinem Auto zu begleiten?"

Eban konnte sich nicht daran erinnern, wann ein Mann ihn das letzte Mal darum gebeten hatte, aber er neigte langsam den Kopf. „Gerne."

Allan Robertson wartete draußen und ging mit ihnen im Gleichschritt zu einem VW-Käfer, der an der Rückseite des Gebäudes geparkt und zum Aufheizen eingesteckt war.

Eban verkniff sich ein Stöhnen. VW-Käfer waren die bevorzugten Fahrzeuge von Serienmördern.

Der Mann zog das Kabel aus der Steckdose, stieg ein und startete den Motor, der heiser aufheulte. Dann nickte er Allan und Eban zu, bevor er, gefolgt von einer Wolke aus Auspuffgasen, davonfuhr.

„Haben Sie jemand Verdächtiges in der Menge gesehen?",

fragte Eban, als sie zurück zur Vorderseite der Kirche gingen, wo sie geparkt hatten.

„Nichts Offensichtliches. Die Spurensicherung wartet auf dem Revier auf uns, um das Filmmaterial zu sichten.“

„Ich muss erst noch etwas erledigen.“

Allan blieb neben der Motorhaube von Ebans Mietwagen stehen. „Was ist los?“

Es war unheimlich still, nachdem die Menschenmenge verschwunden war.

„Das erzähle ich Ihnen auf dem Revier.“

Der Mann sah enttäuscht aus.

Eban hielt inne und überlegte. Allan war ihm bis jetzt eine große Hilfe gewesen. „Das FBI glaubt, dass wir es mit einem Serienmörder zu tun haben.“

Allans Augen weiteten sich.

„Ich hole Darby ab und bin in dreißig Minuten dort“, meinte Eban. „Tun Sie mir einen Gefallen und sehen Sie nach, ob die Studenten der UAF schon eine Aussage gemacht haben. Wenn sie noch dort sind, fragen Sie sie, ob es jemanden gab, der Darby besonders viel Aufmerksamkeit geschenkt hat, oder ob ihnen jemand seltsam vorgekommen ist.“

Allan nickte.

Eban setzte sich hinters Steuer und war dankbar, dass der Motor beim ersten Mal ansprang. Er musste Darby bei sich haben, damit er sie beschützen konnte. Er bezweifelte jedoch, dass sie sonderlich begeistert sein würde, die ganze Nacht auf dem Revier zu verbringen.

KAPITEL ACHTUNDZWANZIG

„Eban ist auf dem Weg." Darby warf Torgerson, die ihr gegenübersaß, einen Blick zu. „Er sagte, wir sollen ihn in der Lobby treffen."

Sie war unglaublich erleichtert, dass er bald von der Totenwache zurück sein würde. Nachdem sie so viele Monate damit verbracht hatte, sich nach einer Beziehung mit dem Mann zu sehnen, hatte sie festgestellt, dass sie nur ungern von ihm getrennt war. Und das lag nicht nur daran, dass hier irgendein Bastard Menschen umbrachte.

Sie vermisste Eban.

Sie wollte sehen, wie sich die Grübchen in seinen Wangen bildeten, wenn er lächelte. Sie wollte sehen, wie er in ihren Augen versank, wenn sie allein waren. Sie wollte in seinen Armen liegen und beenden, was sie angefangen hatten.

Und darüber musste sie hinwegkommen.

Sie arbeitete hart und reiste viel. Genauso wie er. Ganz zu schweigen davon, dass sie Tausende von Meilen voneinander entfernt lebten. Quantico lag näher an London, England, als an Fairbanks, Alaska. Sie verdrängte die logistischen Probleme aus ihrem Kopf. Ihre Beziehung war zu frisch, um sich über die Details Gedanken zu machen. Außerdem mussten sie einen Serienmörder finden, bevor sie sich auch nur ansatzweise damit befassen konnten, wie eine Normalität für sie als Paar aussehen könnte.

Sie könnten ein Paar sein …

Sie wollte lächeln, doch ein Blick in die scharfen Augen der Ermittlerin ließ alle romantischen Vorstellungen verblassen. Jetzt war nicht der richtige Zeitpunkt, um wie eine Idiotin zu grinsen. Darby zog ihre Stiefel wieder an, sammelte die benutzten Tassen ein und brachte sie in die Küche. Signy Torgerson packte ihren Laptop und den Notizblock in ihre Tasche und stand auf.

Darby hielt inne und starrte auf die Spüle hinunter. „Glauben Sie, der Mörder hat den Whisky und die Whiskygläser in Martins Haus platziert?"

Die Ermittlerin runzelte die Stirn. „Ich weiß es nicht. Möglicherweise. Wenn Sie unter Drogen standen und in schlechter Verfassung waren, ist es unwahrscheinlich, dass Martin Ihnen noch mehr zu trinken gegeben hätte."

„Ich habe alle Beweise vernichtet, die er oder sie hinterlassen haben könnte."

Elliot sträubte sich. „Unwissentlich. Und was auch immer an Beweisen auf den Gläsern war, war etwas, das der Mörder platziert hat, mit der Absicht, dass es gefunden werden sollte."

Darby kaute auf ihrer Unterlippe. „Aber vielleicht hat er einen Fehler gemacht."

„SSA Winters glaubt, dass der Mörder Sie eine Zeit lang vom Wald aus beobachtet hat. Vermutlich hat er darauf gewartet, dass Martin ins Bett ging und einschlief", sagte Signy.

Darby runzelte die Stirn. Sie dachte an den Morgen zurück, als sie vor zwei Tagen aufgewacht war und noch nicht gewusst hatte, dass sich ihr Leben unwiderruflich verändert hatte. „Das ist seltsam. Die Vorhänge waren geschlossen, als ich aufgewacht bin.“

„Sind Sie sicher?“ Signy drehte schnell ihren Kopf.

Darby nickte. „Ich habe keine Ahnung, was zwischen der Party und dem Aufwachen am nächsten Tag passiert ist, aber ich bin mir absolut sicher, was danach passiert ist.“

Signys Augen leuchteten auf. „Ich werde die Spurensicherung beauftragen, die Wohnzimmervorhänge auf DNA-Spuren zu untersuchen.“

„Die Vorhänge könnten bereits geschlossen gewesen sein, dann hätte der Mörder nicht hineinsehen können. Oder der Täter könnte Handschuhe getragen haben.“ Elliot dämpfte den Optimismus von Darby und Torgerson, während er sich Socken und Schuhe anzog.

„Hey“, sagte Darby, als sie realisierte, was die anderen beiden taten, „Sie müssen nicht mitkommen. Ich bin sicher, ich schaffe es ohne Zwischenfälle in die Lobby.“ Sie verdrehte ein wenig die Augen. Der Mörder würde doch bestimmt nicht im Korridor herumlungern und hoffen, dass sie zufällig vorbeikam. Oder?

„Ich muss sowieso zum Revier zurück“, meinte Signy achselzuckend.

„Und ich will mir ein wenig die Beine vertreten.“ Elliot schenkte ihr ein Grinsen.

Darby war sich ziemlich sicher, dass die beiden sich unter anderen Umständen gegenseitig die Kleider vom Leib reißen würden, anstatt auf sie aufzupassen. Sie war sich der sexuellen Anspannung, die zwischen ihnen herrschte, durchaus bewusst.

Darby schob ihren Arm durch den Ärmel ihres Parkas. Dann zog sie ihre Umhängetasche, in der sich auch Ebans Handfeuerwaffe befand, über den Kopf und wartete, bis die anderen ihr zur Tür folgten.

Der Korridor war leer, und sie ging auf die Treppe zu. Signy blieb dicht an ihrer Seite, während Elliot sich vergewisserte, dass sein Zimmer abgeschlossen war, bevor er sich ihnen anschloss.

Darby wartete am Ausgang auf ihn und spielte mit der Mütze und den Handschuhen in ihrer Hand herum. Das Treppenhaus war leer, und sie erreichten die Lobby ohne Zwischenfälle. Darby ließ ihren Blick durch den überfüllten Empfangsbereich schweifen, bevor sie nervös auf die Haupttüren zuging. Es herrschte reges Treiben. Während einige Schutz vor dem Sturm suchten, genossen andere einen Drink oder aßen zu Abend.

Sie senkte den Kopf, als sie spürte, wie sich mehrere Augenpaare auf sie richteten, und ein Raunen durch den großen Raum ging.

Eban hatte versprochen, dass er draußen sein würde, wenn sie unten ankamen.

Dann, völlig ohne Vorwarnung, nahm sie aus dem Augenwinkel eine Bewegung wahr, bevor eine Faust ihren Kiefer traf. Im selben Moment rief jemand: „Du verdammte Schlampe. Du verdammte Mörderschlampe.“

Schmerz schoss durch ihren Kopf. Hände packten sie grob und sie wurde gewaltsam zu Boden gestoßen. Ihr ganzer Körper erstarrte.

Dann traf sie ein weiterer Schlag. Ein Mann, den sie nicht kannte, kniete auf ihr und drückte sie auf den Teppich. Sie strampelte, Panik durchströmte jeden Nerv. Dann zückte er ein Messer und hielt es ihr an die Kehle. Darby hielt vollkommen still und starrte in beunruhigend vertraute Augen.

Aus dem Augenwinkel sah sie, dass Signy Torgerson ihre

Waffe gezogen und auf den Mann gerichtet hatte, aber in der Lobby wimmelte es nur so von unschuldigen Leuten.

„Legen Sie das Messer weg", rief Torgerson. „Weg damit, oder ich schieße."

Alles, woran Darby denken konnte, war die kalte Klinge, die gegen ihre Luftröhre gedrückt wurde. Sie blickte in blaue, von dunklen Wimpern umrandete Augen und erkannte den Hass darin. Die Männer, die sie vergewaltigt hatten, hatten sie mit demselben Hass angesehen. Als wäre es ihre Schuld, dass sie sie vergewaltigten. Das war einfacher, als sich mit ihrem Selbsthass auseinanderzusetzen.

Sie waren alle tot. Sie waren nicht mehr wichtig.

Dieser Mann war wichtig. Dieser Mann war jetzt gerade hier. Und er wollte sie töten.

„Keiner bewegt sich oder ich bringe sie um!"

Sie umklammerte sein Handgelenk und drückte gegen seine überlegene Kraft an. Ihr Herz raste. Ihre Arme begannen zu zittern, und das Messer kam immer näher. Menschen schrien und rannten davon. Signy umkreiste sie. Eine ältere Frau schluchzte in ihrer Nähe, und Elliot hielt sie gewaltsam zurück. Dann riss sich die Frau los und begann, an der Schulter ihres Angreifers zu ziehen. Er riss sich los. Die Klinge schnitt in Darbys Fleisch, und sie dachte, sie würde sterben.

Warmes Blut rann an ihrem Hals herunter, und alle schienen zu erstarren. Darby wollte schreien, hielt sich jedoch zurück.

„Einen Schritt näher und sie stirbt. Das gilt auch für dich, Mom!" Speichel landete auf ihrer Wange. „Warum hast du das getan? Warum hast du ihn umgebracht?"

Das ergab keinen Sinn. Serienmörder brachten normalerweise nicht ihre Mütter mit, oder?

Sie wollte ihn von sich werfen und Ebans Waffe ziehen, die jetzt in ihrer Tasche unter ihrem Körper steckte. Sie wollte sich wehren, doch der Mann war zu groß, zu stark. Die Hitze, die von ihm ausging, sein massiges Gewicht, das auf sie drückte, all das löste einen Brechreiz in ihr aus.

Dann begriff sie plötzlich, wo sie sein Gesicht schon einmal gesehen hatte. „Du bist Martins Bruder", flüsterte sie.

„Sag. Seinen. Namen. Nicht." Trauer und Wut verzerrten seine Züge. Darbys Arme zitterten unter der Anstrengung, seine Hand zurückzuhalten.

„Ich habe ihn nicht umgebracht", krächzte sie.

„Legen Sie das Messer weg." Eine andere Stimme. Eban. Ihr Blick huschte nach rechts, und da war er und kam mit gezogener Waffe auf sie zu. Erleichterung durchflutete sie. Sein Tonfall war ruhig und tief, trotz der Gefühle, die wahrscheinlich in seinem Inneren tobten.

Die Menge hatte sich zerstreut, bis auf Elliot und einen anderen Mann, der die ältere Frau festhielt, die Martins Bruder anschrie, Darby gehen zu lassen. Die Frau beschimpfte Darby mit schrecklichen Namen, doch damit konnte sie sich jetzt nicht auch noch befassen.

„Das ist Martins Bruder, Tim", erklärte Signy Torgerson Eban zwischen zusammengebissenen Zähnen.

Er nickte.

„Ich kann mir vorstellen, dass Sie furchtbar leiden", sagte Eban leise.

Tim sah auf, aber Darby lockerte ihren Griff um seinen Unterarm nicht.

„Ich weiß, dass Sie um Ihren Bruder trauern, aber er hätte nicht gewollt, dass die Dinge für Sie so enden. Er hätte nicht gewollt, dass Sie Darby wehtun. Sie ist genauso ein Opfer wie er es war.“

„Das ist eine Lüge.“ Die Augen des Mannes huschten zwischen ihnen hin und her.

Wie konnte Eban so ruhigbleiben, wenn ihre Gefühle wie ein Tornado über sie hinwegfegten? Darbys Mund war staubtrocken, und ihre Arme schmerzten vor Anstrengung.

„Das ist nicht fair!“, schrie Tim Carstairs verzweifelt.

„Sie haben recht, es ist nicht fair“, stimmte Eban zu. „Martins Tod war nicht fair. Die Tatsache, dass Sie Ihren Bruder verloren haben, ist nicht fair. Es muss niederschmetternd sein.“

Darby konnte sehen, wie die Wut in Tim Carstairs’ Augen langsam verblasste, doch er hielt das Messer immer noch gegen ihre Haut gedrückt. Eban brachte sein Verständnis für den Kummer des Mannes zum Ausdruck. Benannte seine Gefühle. Auf diese Weise schien Tims Wut etwas nachzulassen.

„Ich habe ihn geliebt.“ Tim schluckte.

„Hätte Martin gewollt, dass Sie eine unschuldige Frau so behandeln?“

„Wie können Sie behaupten, dass sie unschuldig ist? Sie wurde in seinem Haus gefunden, mit seiner Leiche …“ Das Schluchzen hätte an ihren Gefühlen gezerrt, wenn sie nicht vor Schreck erstarrt wäre. Alles wurde schärfer. All die alte Angst und der Schmerz. All die gegenwärtige Hässlichkeit und Gefahr.

Eban richtete seine Waffe auf den Mann und kniff die Augen zusammen. Sie verstand, was er vorhatte. Er suchte nach einem Winkel, ohne jemanden in der Schusslinie zu haben. Ein Teil ihres Gehirns katalogisierte die relevanten Details. Ein anderer Teil von ihr verschwand wieder in sich selbst.

„Bitte erschieß ihn nicht", krächzte sie.

Tim blinzelte ein wenig verwirrt.

„Darby hat niemandem etwas getan. Sie lag Martin sehr am Herzen." Ebans Stimme war trotz der Situation ruhig und besänftigend. „Sie bedrohen eine Frau, die mehr gelitten hat als Sie sich vorstellen können. Sie hat das nicht verdient. Hätte Martin gewollt, dass Sie das tun?"

Der Mann schaute ihr in die Augen und schluckte. „Nein."

Tims Hände begannen zu zittern. Darby hatte fast keine Kraft mehr.

Plötzlich zog er das Messer zurück und ließ es fallen. Er starrte auf sie herab, als ob er sie hassen wollte, aber nicht wüsste, wie er das anstellen sollte.

Eban machte sofort einen Schritt nach vorne, packte das Handgelenk des Mannes und kickte das Messer weg.

Torgerson kam auf die andere Seite des Mannes und packte seinen anderen Arm. Sobald sie ihm Handschellen angelegt hatten, klärte sie ihn über seine Rechte auf.

Eban drehte sich wieder zu Darby um, die fassungslos auf dem Boden lag. Sie starrte auf den massiven Kronleuchter über ihrem Kopf und ließ sich von dem Licht blenden. Tränen stiegen ihr in die Augen, und in ihrer Kehle bildete sich ein Kloß. Die Leute machten Fotos, und die Demütigung übermannte sie.

„Ich halte das nicht mehr aus Eban", flüsterte sie.

Seine Augen schimmerten. Er nickte, steckte seine Waffe weg, beugte sich hinunter und nahm sie mit all ihren Habseligkeiten in seine Arme. Dann trug er sie hinaus in die Nacht.

———

„ICH HABE DICH. Du bist jetzt in Sicherheit." Ebans Stimme stockte, als er Darby zu seinem Fahrzeug trug, die Beifahrertür öffnete und ihr hineinhalf.

Trotz jahrelanger Ausbildung und Erfahrung im Umgang mit zahlreichen Krisen hämmerte sein Herz so stark, dass er kaum etwas hören konnte, und seine Hände zitterten.

Das hier war etwas anderes. Das hier war etwas Persönliches. Hatte sie nicht schon genug durchgemacht?

Er lief um den Wagen herum und sprang hinein. Dann raste er vom Hotel weg, vorbei an Streifenwagen, die mit Verspätung zum Tatort rasten. Torgerson würde Verstärkung bekommen, obwohl er bezweifelte, dass sie sie brauchen würde. Tim Carstairs hatte ein Problem mit Darby gehabt, und jetzt, wo sie aus dem Spiel war, würde er vermutlich keine Schwierigkeiten mehr machen. Der Kerl konnte von Glück reden, dass er keine Kugel im Schädel hatte.

Eban war bereit gewesen, auf diesen Mistkerl zu schießen, bis Darby ihn gebeten hatte, es nicht zu tun.

„Es tut mir leid." Darbys Atem stockte, und Eban war sicher, dass sie gleich in Tränen ausbrechen würde, doch sie tat es nicht.

„Warum tut es *dir* leid?" Er konnte kaum sprechen, geschweige denn atmen. Er fuhr schnell, nahm ein paar Kurven und korrigierte, als die Hinterreifen ins Schleudern gerieten. Das Letzte, was er jetzt brauchte, war ein Autounfall.

„Ich weiß es nicht. Gewohnheit, denke ich." Sie fasste sich an die Kehle. „Danke, dass du mich wieder einmal gerettet hast."

Sie gerettet? Er hatte es vermasselt. Er hatte sie

alleingelassen. Er hatte den Mistkerl nicht gleich erschossen, als er das Hotel betreten hatte. Sicher, er hatte in seiner Ausbildung gelernt, Situationen mit Worten zu lösen, und er war gut darin. Normalerweise. Im Allgemeinen ging es für alle besser aus, wenn es ohne Gewalt ablief. Doch das bedeutete, dass er ruhig mit diesem Arschloch hatte reden müssen, das die Klinge gehalten hatte, die die zarte Haut an Darbys Hals aufgeritzt hatte.

Er schob ihre Finger weg. Hatte der Kerl eine Arterie oder Vene getroffen? Es war ein Blutfleck zu sehen, aber kein Schwall. Er stieß einen Seufzer der Erleichterung aus. „Wie tief ist der Schnitt?"

„Nicht tief." Sie holte ein Desinfektionstuch aus ihrer Handtasche und zuckte zusammen, als sie den dünnen Schnitt abtupfte.

Es tat bestimmt höllisch weh. Er war wütend auf sich selbst. „Es tut mir leid. Ich hätte den Mistkerl einfach erschießen sollen."

„Was? Nein." Sie klappte die Sonnenblende herunter und betrachtete den Schnitt im Spiegel. Ein feines Blutrinnsal rann ihren Hals hinab.

„Ich habe ihm eine Chance gegeben, weil er nicht klar denken konnte, aber ..." Eban knirschte mit den Zähnen, verärgert über die Entscheidung, die er getroffen hatte. „Ich habe dich damit in Gefahr gebracht."

„Du hast ihm eine Chance gegeben, das Richtige zu tun, weil du nun mal so bist."

Darby irrte sich in diesem Punkt. Er war mehr als fähig, tödliche Gewalt anzuwenden, wenn die Situation es erforderte. Was eindeutig der Fall gewesen war. Er hätte schießen sollen.

Sie zuckte zusammen, als sie schluckte. „Ich sage nicht,

dass das Spaß gemacht hat, aber es wäre tausendmal schlimmer gewesen, wenn du ihn umgebracht hättest. Ich brauche nicht noch mehr Schuldgefühle."

Schuldgefühle? Warum sollte sie sich schuldig fühlen? Der Mann hatte sie ohne jegliche Provokation angegriffen.

Ihre Kehle bewegte sich, als sie schluckte. Er behielt die Straße im Auge, doch er musste sehen, dass es ihr gut ging. Dass sie auf dem Weg ins Krankenhaus nicht verbluten würde.

„Martin hat seine Familie geliebt, und sie hätten einen realen Grund, mich zu hassen, wenn sein Bruder erschossen worden wäre."

„Sie haben keinen Grund, dich zu hassen. Selbst wenn ich den Mistkerl umgebracht hätte, wäre es nicht deine Schuld gewesen. Sondern seine, weil er schlechte Entscheidungen getroffen hat."

Darby zuckte die Achseln. „Es fühlt sich an, als würde es an mir liegen, und ich muss das verarbeiten. Aber es ist schwer. Ich habe das Gefühl, dass das alles irgendwie meine Schuld ist." Sie kauerte sich in ihre Jacke, setzte sich aber wieder auf, als er auf den Krankenhausparkplatz einbog. „Was? Nein!"

„Du musst dich untersuchen lassen."

„Mir geht's gut", beschwerte sie sich. „Ich brauche keinen Arzt."

Er fuhr auf einen Platz in der Nähe der Notaufnahme. „Er könnte deine Luftröhre beschädigt haben. Ich werde kein Risiko eingehen."

Ihre Unterlippe zitterte, und er merkte, dass er laut geworden war. „Tut mir leid. Ich zeige denen meinen Ausweis und bringe dich schnell rein und wieder raus. Außerdem müssen die Verletzungen dokumentiert werden, falls es zu einer Anklage kommt.“

Sie schüttelte energisch den Kopf. „Ich werde keine Anzeige erstatten.“

„Ich glaube nicht, dass du eine Wahl hast.“ Als sie die Augen weit aufriss, fügte er hinzu: „Er hat dich vor den Augen der Polizei an einem öffentlichen Ort angegriffen, und das Ganze wurde wahrscheinlich von mehreren Kameras aufgenommen.“ Ganz zu schweigen von den Schaulustigen, die mit ihren Handys gefilmt hatten. Der Vorfall wurde wahrscheinlich bereits ins Internet gestellt. „Ich bin mir ziemlich sicher, dass er nach den Gesetzen des Staates angeklagt wird. Ich bezweifle, dass er eine Haftstrafe bekommt, aber er muss zur Verantwortung gezogen werden. Die Leute müssen wissen, dass es nicht in Ordnung ist, Selbstjustiz zu üben.“

Sie starrte missmutig aus dem Fenster.

Verdammt. Er überrollte sie gerade und musste sich zusammenreißen. „Ich weiß, du magst keine Krankenhäuser. Ich bin selbst kein Fan davon.“ Er schluckte, um seine trockene Kehle zu befeuchten. „Ich will nur sichergehen, dass du nicht schwerer verletzt bist als du denkst. Bitte? Lass dich einfach von den Ärzten durchchecken? Mir zuliebe. Danach fahren wir zur Hütte ...“

Sie drehte sich zu ihm um. „Ich dachte, du müsstest an dem Fall arbeiten?“

Eban öffnete den Mund, brauchte jedoch einige Augenblicke, um die richtigen Worte zu finden. „Ich werde dich nicht noch mal alleinlassen.“

Ihre grünen Augen waren ernst, als sie seinem Blick begegnete. „Die einzige Möglichkeit, mein Leben zurückzubekommen, ist, dass die Polizei den wahren Mörder fängt, damit es keinen Zweifel mehr an meiner Unschuld gibt."

„Darby …"

„Was? Nein." Sie reckte trotzig ihr Kinn vor, dann zuckte sie zusammen und fasste sich wieder an den Hals. „Als er mich am Boden festhielt, kam alles wieder hoch." Sie biss auf ihren Knöchel. „Der Hass. Die Ohnmacht. Ich war wie erstarrt."

Die Verletzlichkeit in ihrem Blick überwältigte ihn.

„Obwohl ich eine Waffe bei mir hatte und nur wenige Meter entfernt von mir eine Polizistin stand, war ich hilflos. Ich wurde trotzdem angegriffen."

Eban wusste nicht, wie er sie beruhigen sollte. Sie war nur halb so groß wie der Mann. Mit einem Messer konnte man eine Menge Schaden anrichten.

„Ich werde dir ein paar Nahkampftechniken beibringen, sobald wir ein paar freie Stunden haben."

Darby holte tief Luft. „Das klingt eigentlich nach einer Menge Spaß." Sie lachte schluchzend. „Hör mal, ich werde nicht so tun, als ob ich mit dem, was gerade passiert ist, einverstanden wäre. Das bin ich nicht. So verlockend es auch ist, wegzurennen und mich zu verstecken, ich kann es nicht. Nicht, wenn dieser Mörder da draußen ist und wahrscheinlich seinen nächsten Mord plant, während ich die Hauptlast des öffentlichen Hasses trage." Sie schniefte wieder und kämpfte gegen die Tränen an. „Nicht, wenn ich vielleicht helfen kann, ihn zu fangen."

Eban räusperte sich. „Bist du dir sicher? Wir könnten in die Hütte fahren und die Tür verriegeln. Für ein paar Tage alles vergessen."

Sie stieß ein bitteres Lachen aus. „Alles vergessen? Das glaube ich nicht."

Er wollte ihr sagen, dass er eine Idee hatte, wie er sie alles vergessen lassen wollte, doch jetzt war weder die Zeit noch der Ort dafür. Die letzten zwei Tage waren ein einziger Albtraum gewesen, und dieser Killer trieb schon seit Jahren sein Unwesen.

„Wie wäre es damit: Du lässt dich in der Notaufnahme durchchecken, und dann sehen wir uns beide ein paar Stunden lang den Stand der Ermittlungen an, bevor wir zur Hütte fahren und uns ausschlafen. Morgen könnten wir das Gleiche machen, bis die anderen FBI-Agenten eintreffen, und ich einen Plan ausarbeiten kann, wie wir dich von hier wegbringen, ohne dass der Täter es mitbekommt."

Darby beäugte das Krankenhaus misstrauisch. „Von mir aus." Sie klang nicht begeistert.

Eban nahm ihre Hand und küsste ihre Finger. „Lass dich untersuchen, damit wir wissen, ob du genäht werden musst oder nicht. Je schneller wir hier rauskommen, desto höher die Wahrscheinlichkeit, dass wir der Presse entgehen."

Darby erschauderte. „Okay. Gut." Sie stieß die Tür auf, und Schnee wirbelte ins Innere des Wagens. Der Sturm wurde immer schlimmer. „Vorausgesetzt, wir schaffen es überhaupt bis zur Hütte. Weißt du, ob die Straße geräumt wird?"

Er stieg aus und ging zu ihrer Seite des Fahrzeugs. „Ich rufe den Besitzer an und frage, während du dich untersuchen lässt. Wir können jederzeit irgendwo in der Stadt ein Zimmer für die Nacht buchen."

Ihre Augen weiteten sich bei diesem Satz.

Ja. Ein Zimmer. Ein einzelnes. Er würde sie nicht mehr aus den Augen lassen, bis dieser Täter gefasst war.

KAPITEL NEUNUNDZWANZIG

Signy Torgerson führte Tim Carstairs zum Empfang. Auch wenn sie seine Beweggründe nachvollziehen konnte, war das keine Entschuldigung, Selbstjustiz zu verüben.

„Was glauben Sie, wie es Ihrer Mutter gehen wird, wenn Sie während der Beerdigung Ihres Bruders im Gefängnis sitzen? Ehrlich gesagt, können Sie froh sein, dass Sie nicht ebenfalls in einem Sarg liegen." Die Tatsache, dass weder sie noch Winters auf den Kerl geschossen hatten, war ein Wunder.

Tim Carstairs fing wieder an zu schluchzen, und Signy wollte den Mann schütteln. Sie konnte ihn verstehen, aber verdammt nochmal! Außerdem fühlte sie einen Stich der Schuld. Sie hatte nur ihren Job gemacht, als sie Darby verhaftet hatte – es war nichts Persönliches gewesen. Nicht einmal Darby schien von ihrer Unschuld überzeugt gewesen zu sein, als sie sie verhaftet hatten. Wäre da nicht der zweite Mord und eine mögliche Verbindung zu einem aktiven Serienmörder gewesen, wäre Darby immer noch Signys Hauptverdächtige, denn die Raffinesse dieses Täters war beispiellos.

„Woher wussten Sie, wo Darby war?", fragte sie.

Der Mann schloss den Mund und blickte stumm auf den Boden.

Signy seufzte. Er war in dieser Stadt aufgewachsen und für

das College weggezogen, als seine Eltern sich in Florida zur Ruhe gesetzt hatten. Sie hatten eine Menge Freunde und Kontakte in der Stadt. Hoffentlich hatte ein Freund Darby im Hotel gesehen und die Familie angerufen. Die Alternative wäre gewesen, dass einer der Polizisten, die von der heutigen Aktion wussten und vielleicht nicht von Darbys Unschuld überzeugt waren, es der Familie verraten hatte.

Wenn sie herausfand, dass dies der Fall war, würde sie es dem Chief sagen. Damit würde sie sich bei den Jungs unbeliebt machen, doch sie mussten sich an die Vorschriften halten. Dieser Fall war schon kompliziert genug. Das Letzte, was sie brauchten, war, dass die Öffentlichkeit Selbstjustiz übte und eine Unschuldige verletzte. Ganz zu schweigen davon, dass sie die Ermittlungen vermasseln würden, und der Mörder aufgrund einer Formalität davonkommen würde.

Formalitäten machten sie wütend.

Signy übergab Tim Carstairs den diensthabenden Beamten und ging zurück ins Großraumbüro. Der Hotelmanager würde die Überwachungsbänder des Vorfalls weiterleiten. Sie hatte die Namen von mindestens fünfzehn Zeugen bekommen, und es würde eine eindeutige Anklage wegen eines Angriffs mit einer tödlichen Waffe werden.

Sie bezweifelte, dass der Staatsanwalt unter diesen Umständen hart mit dem Kerl ins Gericht gehen würde. Da stellte sich die Frage: Wer würde sich für Darby O'Roarke einsetzen? Wer würde seinen Kopf hinhalten und unmissverständlich erklären, dass Darby ein unschuldiges Opfer war?

Nachdem sie den Abend mit ihr verbracht hatte, war Signy nun bereit, ihre Karriere darauf zu verwetten. Doch sie verwettete auch ihre Sicherheit und die ihres Sohnes. Für Eban

Winters oder Elliot Byrne war es eine Sache, Darby offen zu unterstützen, aber Signy riskierte viel mehr für deutlich weniger. Eban war in die Frau verliebt, und Elliot bekam einen Haufen Geld für ihre Verteidigung. Signy war eine Beamtin, und wenn sie sich für die falsche Seite entschied, würde sie gekreuzigt werden, und ihr Kind könnte sich von einer College-Ausbildung verabschieden.

Sie hatte sich gar nicht von Elliot verabschiedet, wie ihr plötzlich klar wurde. Von einem Augenblick zum anderen war plötzlich alles schiefgegangen, und es war keine Zeit für Nettigkeiten gewesen. Das hinterließ bei ihr ein Gefühl der Unzufriedenheit, das sich seltsam ungeklärt anfühlte. Sie verdrehte die Augen über sich selbst.

Sie war nicht dumm genug, um auf den Charme eines solchen Typen hereinzufallen.

Nicht einmal für eine Nacht?

Sie ignorierte die leise Stimme in ihrem Kopf, die auf sie einredete, machte sich auf den Weg zur Toilette und betrachtete ihr Spiegelbild mit einer Grimasse. So viel zu ihrer Hoffnung, auch nur annähernd attraktiv auszusehen. Sie sah so müde aus, wie sie sich fühlte. Sie brauchte dringend Schlaf, doch stattdessen machte sie sich kurz etwas frisch und ging wieder an die Arbeit. Sie schnappte sich einen großen Becher Kaffee und ging in den Konferenzraum, den der Chief in eine Einsatzzentrale verwandelt hatte, um den Serienmörder zu fangen.

Sie ging hinein. Die Beweismittel der beiden Mordfälle lagen auf separaten Tischen verteilt. An den gegenüber-liegenden Enden des Raumes waren zwei große weiße Tafeln an der Wand angebracht. Weitere FBI-Agenten waren unterwegs, mit Informationen über alle anderen Fälle, die möglicherweise mit diesem Mörder in Verbindung standen.

Was wäre, wenn die Polizei von Fairbanks den Fall lösen könnte, bevor sie überhaupt eintrafen, fragte sich Signy plötzlich.

Was wäre, wenn *sie* den Fall lösen würde?

DARBY WURDE DURCH die Hintertür ins Revier gedrängt. Sie freute sich nicht, hier zu sein. Sie fröstelte trotz der brütenden Hitze, als sie das Gebäude betraten. Das Wetter verschlechterte sich zusehends, ähnlich wie die Kontrolle über ihre Fassade. Eban ging voraus. Sie hatte ihm seine Ersatzwaffe zurückgegeben, da sie den Beamten hier nicht traute und in ihrer Nähe nicht bewaffnet sein wollte. Vielleicht war das nicht fair, aber die Art und Weise, wie einige von ihnen sie beobachteten, während sie dicht an Ebans Seite blieb, bestätigte ihre Überzeugung, dass diese Leute ihr nicht freundlich gesonnen waren.

Sie erblickte Jacqui, Davis, Stef, Mohammed und Lenny, die alle mit Klemmbrettern und Stiften bewaffnet im Wartezimmer saßen. Mohammed schaute auf und warf ihr einen bedauernden Blick zu. Jacqui folgte seinem Blick, und ihr Gesichtsausdruck verwandelte sich in Überraschung, wahrscheinlich wegen des Verbandes, der um Darbys Hals gewickelt war.

„Scheiße", murmelte Jacqui. Dann erhob sie ihre Stimme, sodass sie im ganzen Raum deutlich zu hören war. „Geht's dir gut?"

Darby hob ihr Kinn und nickte ihr scharf zu. Wie sollte sie reagieren? Sollte sie ihr verzeihen? Wie sollte sie weiter mit ihr in einem Labor arbeiten, wenn sie es nicht tat?

„Hier entlang." Eban hielt ihr die Tür zu einem Konferenzraum auf und warf allen im Wartebereich einen strengen Blick zu. Er hatte sich selbst zu ihrem Beschützer ernannt, und sie war froh darüber. Er war einer der wenigen Menschen, denen sie aus tiefstem Herzen vertraute.

Sie ging ohne ein Wort hinein. Ihr Leben war völlig aus den Fugen geraten. Martins und Adeles war komplett ausgelöscht worden. Sie wollte, dass diese Person so schnell wie möglich hinter Gitter kam, und wenn sie Eban dabei helfen konnte, würde sie das hier in Kauf nehmen.

„Sind Sie sicher, dass es eine gute Idee ist, dass Darby hier ist?", fragte Signy Torgerson. „Nicht, weil ich Sie für eine Verdächtige halte." Der Blick der Ermittlerin war entschlossen, während sie sprach, und sie schenkte Darby sogar ein beruhigendes Lächeln. Vielleicht hatte Darby sich das Tauwetter zwischen ihnen im Hotelzimmer tatsächlich nicht eingebildet. „Aber die Details müssen unter Verschluss bleiben, und offen gesagt, sind einige davon ziemlich grausam."

„Ich werde niemandem etwas erzählen."

„Vielleicht nicht absichtlich …"

„Darby sagte, sie würde es niemandem sagen, also wird sie das auch nicht tun." Eban schlüpfte aus seiner Jacke und hängte sie an einen Haken hinter der Tür. Darby zwang sich, das Gleiche zu tun.

„Ich habe Ihrem Vorgesetzten und dem ASAC, der auf dem Weg hierher ist, mitgeteilt, dass ich mich nur dann an diesem Fall beteiligen werde, wenn ich Darby beschützen kann. Nach dem Vorfall im Hotel bedeutet das, dass ich ihr nicht von der Seite weichen werde."

Signys Miene war angespannt. „Das mit dem Hotel tut mir leid. Er kam aus dem Nichts …"

„Lassen Sie es gut sein." Darby hob ihre Hand, obwohl sie wusste, dass Eban stinksauer war. „Mir geht es gut. Ich habe ein paar blaue Flecken, aber der Schnitt war nur oberflächlich und musste nicht genäht werden." Unter dem Verband waren nur Wundverschlussstreifen. „Der Arzt glaubt nicht, dass meine Luftröhre dauerhaft geschädigt ist." Trotzdem spürte sie ein Kratzen im Hals. „Könnte ich vielleicht einen Kräutertee bekommen?"

Signy nickte energisch. „Ich bin gleich wieder da. Möchten Sie etwas, Eban?"

Eban, hm? Offensichtlich waren in den letzten Stunden noch ein paar mehr Beziehungen aufgetaut.

„Kaffee wäre toll. Ich bin immer noch durchgefroren von der Totenwache."

Signy ging zur Tür hinaus. Darby warf einen Blick auf die weißen Tafeln und beeilte sich, schnell wieder wegzuschauen. Dort waren Bilder, die sie nicht sehen wollte. An der Rückwand standen drei Polstersessel und bildeten eine unbequem aussehende Couch.

Sie ging darauf zu und drehte den Sessel in der Ecke um neunzig Grad. Sie spürte, dass Ebans Blick auf ihr ruhte. Er musterte sie prüfend. Analysierte ihren Zustand.

„Ich komme schon klar", versicherte sie ihm.

Er gab ein Geräusch von sich, das wie eine Mischung aus einem Grunzen und einem Schnauben klang. „Darby, du bist der stärkste Mensch, den ich kenne."

„Aber …?", fragte sie herausfordernd.

Er verschränkte die Arme und starrte sie an. „Wir alle haben eine Belastungsgrenze."

„Ich weiß genau, wo meine Belastungsgrenze liegt – und das hier ist sie nicht. Ich behaupte nicht, ein Übermensch zu sein."

Er lächelte, und ihr Ärger schmolz dahin.

„Du *bist* ein Übermensch, und ich will mich um dich kümmern." Sein Blick schweifte durch den Raum und dann durch die offene Tür. „So habe ich mir unseren gemeinsamen Abend nicht vorgestellt." Seine Onyx-Augen kehrten zu den ihren zurück. Sie erinnerte sich an das, was am Nachmittag im Whirlpool passiert war.

„Ich habe ihn mir auch anders vorgestellt." Ein Lächeln umspielte ihre Lippen. „Wenn du diesen Täter geschnappt hast, können wir eine Woche lang nackt im Wasser herumtollen."

„Für nackte Wasserspielchen wäre mir Hawaii allerdings lieber als Alaska im Januar."

Sie lachte. „Mein Co-Supervisor ist auf Hawaii, also sollte das kein Problem sein."

Sie grinsten sich dümmlich an. Dann kam Detective Torgerson mit einem Tablett mit dampfenden Bechern zurück. Der süße Duft von Minze stieg Darby in die Nase, als sie ihr einen Becher reichte.

„Ich werde mich hier hinsetzen, meine Kopfhörer aufsetzen und ein wenig arbeiten." Darby lehnte sich an die Wand und stützte ihre Beine auf den angrenzenden Sessel. „Wenn Sie einen Sichtschutz aufstellen möchten, damit ich nicht alles sehen kann, ist das auch in Ordnung."

Sie sah, wie Eban einen Blick mit Signy austauschte. „Ich habe eine Trennwand, die ich hier reinschieben kann."

Eban zuckte mit den Schultern. „Sicher. Solange ich einen Teil von Darby sehen kann und weiß, dass sie in Sicherheit ist.“

Bei den Worten flatterte ihr Herz.

Signy machte sich wieder auf den Weg, und Darby setzte die Kopfhörer auf, die Quentin ihr zu Weihnachten geschenkt hatte. Sie schuldete Quentin und Haley noch einen Anruf, aber sie wollte sie nicht beunruhigen, wenn sie nichts tun konnten. Hier war sie sicher, zumindest vorerst.

„DIE ERGEBNISSE DER toxikologischen Untersuchungen sind da.“ Signy stürmte in den Raum und wedelte mit einem Ausdruck. „Martins Drogentest war negativ, er hatte jedoch einen Blutalkoholspiegel von 0,15 Prozent.“

Martin war entweder unter Alkoholeinfluss gefahren oder hatte eine große Menge Whisky getrunken, als er nach Hause gekommen war. Unter den gegebenen Umständen gingen sie von Letzterem aus, doch das spielte keine Rolle. Niemand hatte einen Verkehrsunfall gemeldet, und Martin Carstairs würde es nie wieder tun.

Seit etwa einer Stunde gingen Eban und sechs zur Verschwiegenheit verpflichtete Polizisten die Beweise durch, die sie bisher gesammelt hatten. Es war kurz vor dreiundzwanzig Uhr, und die Polizisten hatten die ganze letzte Nacht durchgearbeitet. Alle waren erschöpft.

Signy reichte ihm den Ausdruck. „Darby hatte Spuren von Flunitrazepam im Körper.“

Das hatte sich Eban schon gedacht. Er warf einen Blick auf die Trennwand, doch der einzige Teil von Darby, den er sehen konnte, ihre Füße, bewegte sich nicht. Als er das letzte Mal nachgesehen hatte, war sie in einen akademischen Text vertieft gewesen.

„Was ist mit der Whiskyflasche?“

„Nichts, außer hochwertigem Whisky.“

„Das lässt auf zwei wahrscheinliche Szenarien schließen: Entweder hat Martin Carstairs Darbys Getränk mit Drogen versetzt, in der Hoffnung, sie gefügig zu machen und mit nach Hause zu nehmen. Oder der Täter hat es getan, um sie in seine Gewalt zu bringen, und Martin ist ihm in die Quere gekommen. Da Martin tot ist, tippe ich auf Letzteres. Aber wie hat er das angestellt, ohne dass es jemand bemerkt hat?“, fragte Eban.

„Er muss so ausgesehen haben, als würde er dazugehören.“ Signy setzte sich wieder hin.

Eban sah sich den Zeitplan an, den sie an der weißen Tafel erstellt hatten. „Sie müssen innerhalb etwa einer Stunde, nachdem Darby und Martin die Party verlassen haben, dort gewesen sein. Wahrscheinlich sogar eher innerhalb von dreißig Minuten, nachdem Darby die Droge konsumiert hatte. Aber vielleicht hat sie das Getränk nicht sofort getrunken, wenn sie getanzt hat. Wann ist Jacqui Paulson gegangen?“

Signy sah in ihren Notizen nach. „21:30 Uhr.“

„Darby und Martin sind erst nach 23:30 Uhr gegangen. Die Party ging bis Mitternacht.“

„Sie könnte sich unbemerkt zurückgeschlichen haben“, schlug Signy vor.

„Oder sie könnte mit jemandem zusammenarbeiten“, gab Robertson zu bedenken.

Eban nickte. „Das könnte sein, aber ich halte die anderen Studenten in Darbys Labor nicht für verdächtig – vor allem nicht diejenigen, die schon am Institut waren, bevor Darby vor sechzehn Monaten hier anfing.“ Eban kaute an der Innenseite seiner Wange. „Es wäre ein Riesenzufall, wenn Darby mit einem Serienmörder zusammenarbeiten würde." Er hielt es für wahrscheinlicher, dass der Täter Darby ins Visier genommen hatte – vielleicht aus Mitgefühl wegen dem, was ihr letzten Sommer passiert war. Oder er hatte noch mehr Schaden anrichten wollen. Er konnte es sich nicht leisten, jemanden völlig auszuschließen. Noch nicht.

„Wurde Lenny Serkoak befragt?", fragte er.

Signy runzelte die Stirn. „Der Name sagt mir nichts …"

Eban öffnete die Tür und spähte ins Großraumbüro, das jedoch bis auf ein paar Uniformierte und einen Büroangestellten leer war. „Ich habe sie bei der Totenwache gesehen. Sie war vorhin hier und hat eine Aussage gemacht."

Signy wühlte in den Papierstapeln und zog eine Seite heraus. „Hier. Ihren Angaben zufolge ist sie irgendwann vor 22 Uhr gegangen. Sie ist bei einem Freund, dessen Name hier nicht angegeben ist, mitgefahren."

Eban schloss die Tür und betrachtete die Informationen auf der Tafel mit zusammengekniffenen Augen. „Finden Sie heraus, mit wem. Sie hat im September dieses Jahres im Labor angefangen. Ich habe sie in Darbys Wohnung angetroffen, als ich gestern ein paar von Darbys Sachen abholen wollte. Lenny hat behauptet, sie wollte sich ein Buch ausleihen, ließ es jedoch bleiben, als sie mich sah." Er hatte auf den Videos gesehen, dass sie mit Martin und Darby getanzt hatte, konnte sich jedoch nicht erinnern, dass Darby sie jemals bei ihren regelmäßigen Telefonaten erwähnt hätte. „Versuchen Sie, etwas über sie herauszufinden. Wann sie sich an der UAF beworben hat. Woher sie kam."

Signy nickte müde. „Ich werde sie auf die Liste der Personen setzen, die erneut befragt werden sollen."

„Ich habe die Opferprofile von anderen Fällen angefordert, bei denen der Verdacht besteht, dass sie von diesem Täter begangen wurden, aber ich habe sie noch nicht erhalten." Aus irgendeinem Grund sträubte sich Lincoln Frazer, die Informationen per E-Mail an die örtliche Polizei schicken. Eban vermutete, dass er nicht wollte, dass die Informationen an die Presse gelangten und den Täter verschreckten. Das FBI, einschließlich der Agentin, die anstelle von Darby als Lockvogel fungieren sollte, hatte sich wegen des schlechten Wetters verspätet. Sie sollten morgen mit einem Flugzeug der State Trooper eintreffen, falls sich das Wetter besserte. Eban machte sich keine allzu großen Hoffnungen, denn die Vorhersage war alles andere als gut. Zurzeit herrschte ein Whiteout.

Er wollte den Kreis der Verdächtigen so weit wie möglich einschränken. Das hatte er mit Quentin und Haley besprochen, die einen Leibwächter und einen Privatjet organisierten, um Darby abzuholen. Aber auch dieser Flieger konnte nicht landen, bevor sich die Sturmfront aufgelöst hatte.

Das Wichtigste war, dass Darby die Stadt verlassen würde, sobald Quentin und er es arrangieren konnten. Er könnte Schutzhaft für sie anordnen, doch das wollte er nicht. Er würde sie so lange überreden, bis sie sich bereiterklärte, nach Quantico zu fliegen. Wenn sie sich weigerte, würde er ihr nicht von der Seite weichen, bis sie in Sicherheit war, und wenn das bedeutete, dass er seinen Job verlor, dann war das eben so. Doch er hoffte, dass es nicht so weit kommen würde. Es gab nichts anderes, was er mit seinem Leben anfangen wollte.

Eban musste herzhaft gähnen und hielt sich die Hand vor den Mund. „Entschuldigung. Wir müssen alle, die auf der

Party waren, noch einmal verhören und sie speziell über den Zeitraum von 22:30 bis 23:30 Uhr befragen. Wer war dort? Hat sich irgendjemand verdächtig verhalten? Sind die Bilder und Videos, die hochgeladen wurden, mit einem Zeitstempel versehen?" Er sah Allan Robertson an, der ebenso hundemüde aussah, wie er selbst sich fühlte. Sie alle brauchten dringend eine Pause und ein paar Stunden Schlaf.

Allan machte sich eine Notiz. „Manche schon. Manche nicht. Eines der Probleme war, dass der Raum nur schwach beleuchtet war, und die Qualität einiger der Aufnahmen schlecht ist. Es gibt noch keine Verdächtigen, aber wir versuchen, alle Personen auf den Videos zu identifizieren, um eine umfassende Liste aller Teilnehmer zu erstellen."

„Sie sollten morgen mit Darby sprechen. Vielleicht kann sie helfen, die Leute zu identifizieren, und die Bilder könnten ihrem Gedächtnis auf die Sprünge helfen. Konzentrieren Sie sich zunächst auf unser Zielzeitfenster – falls sie sich dazu in der Lage fühlt." Eban konnte den warnenden Unterton in seiner Stimme nicht verbergen.

Allan nickte. „Ich werde mich gleich morgen früh bei ihr melden. Dann beginnen wir mit einer erneuten Befragung der Leute, von denen wir wissen, dass sie zu dieser Zeit anwesend waren."

„Ich nehme an, sie haben schon lange vor dem Ende aufgehört, die Eintrittskarten zu kontrollieren?", fragte Eban.

„Ja. Etwa um neun. Und der Kartenverkauf wurde nicht protokolliert." Signys Stirn legte sich in Falten, als sie auf ihr Handy hinabblickte. „Okay, die Spurensicherung hat die Wohnzimmervorhänge aus Martin Carstairs Wohnung abgeholt. Sie wollen sie morgen auf Spuren und Kontakt-DNA untersuchen." Signy begegnete seinem Blick. „Es besteht die

Möglichkeit, dass sich die DNA des Mörders auf dem Stoff befindet."

Eban verzog das Gesicht. Er konnte es sich nicht leisten, sich große Hoffnungen zu machen. „Die Bearbeitung könnte zeitaufwändig sein, und der Täter könnte Handschuhe getragen haben, aber vielleicht haben wir Glück. Wenn es in einem der anderen Fälle DNA gibt, können wir vielleicht eine Kreuzprobe machen. Wie weit sind wir mit den Schuhabdrücken?"

Signy zog die drei Fotos der Fußabdrücke zu sich heran, zwei im Schnee und ein weiteres aus dem Gemeindesaal. „Die vom Nachbargrundstück stimmen mit denen vom Tatort des Mordes an Adele Surrey überein. Sie haben die gleiche Marke und Größe wie Darbys Winterstiefel, die allerdings während der Ermordung von Adele Surrey als Beweismittel beschlagnahmt waren. Leider sind die im Schnee zu undeutlich, um eindeutig zu beweisen, dass sie von denselben Stiefeln stammen. Die anderen Fußabdrücke, die Allan im Wald auf der gegenüberliegenden Seite gefunden hat, stammen von einem Sorel Glacier XT Winterstiefel der Größe 45/46. Wir konnten die Stiefel, von denen die Spuren stammen, nicht finden."

War Martin nach der Ceilidh-Party allein im Wald spazieren gegangen? Der Doktorand war direkt von der Arbeit zur Party gegangen, und der Schneefall hatte bis etwa 22 Uhr am Dienstagabend angehalten. Und wenn er das getan hatte, warum waren die Stiefel nicht bei ihm zu Hause? Das ergab keinen Sinn. Gab es zwei Täter? Bei dem Mord in der Kirche hatte es nur Hinweise auf einen Täter gegeben.

Wollte jemand die Polizei absichtlich verwirren? Wenn ja, dann funktionierte es.

„Die Stiefel, die Handschuhe – von denen ich wette, dass sie positiv auf Darbys DNA getestet werden –, all das stinkt danach, dass der Mörder versucht, Darby beide Morde anzuhängen." Er betrachtete die Zeitachse. „Was mich zu der Vermutung führt, dass er nicht wusste, dass ich in der Stadt war."

Signy hob eine Augenbraue. „Nur wenige von uns wussten das – zumindest wussten wir nicht, dass Sie in der Funktion ihres persönlichen Leibwächters hier sind."

Eban schenkte ihr ein Lächeln. „Betrachten Sie es mal positiv, Detective. Letztendlich bedeutet das, dass Darby ein Alibi hatte, und Sie einen Vorsprung vor einem potenziellen Serienmörder haben, der in dieser Gegend aktiv ist. Wenn Sie diesen Fall lösen, werden Sie wie eine Heldin dastehen."

„Meinen Sie nicht, dass wir die Öffentlichkeit warnen sollten?", fragte Allan.

„Wenn wir das tun, riskieren wir, dass der Mörder sich absetzt. Da sich die Presse auf Darby konzentriert, hat der Täter im Moment zumindest ein falsches Gefühl von Sicherheit. Es ist das erste Mal, dass die Strafverfolgungsbehörden ihn im Visier haben, was bedeutet, dass er wahrscheinlich immer noch in der Gegend ist. Er denkt wahrscheinlich, dass er unantastbar ist." Eban blickte reihum. „Das ist auch der Grund, warum wir diese Arbeitsgruppe klein halten." Er sah jeden im Raum eindringlich an. Die hiesigen Polizisten waren sorgfältig ausgewählt worden, weil sie hervorragend in ihrem Job waren. Die beiden anderen Detectives arbeiteten außerhalb des Reviers an einem anderen großen Fall mit der RCMP und der DEA. Signy Torgerson schien es nicht zu stören, dass sie die einzige Ermittlerin war.

„Wenn wir unsere Chance, den Mörder zu fassen,

vermasseln. Wenn er oder sie wegläuft oder sich bedeckt hält, bis der Fall zu den Akten gelegt wird, dann stehen wir wieder am Anfang, und er oder sie mordet wieder ohne Konsequenzen." Darby war immer noch in Gefahr, ebenso wie alle anderen auch. Sie mussten dieses Monster fangen. Und zwar schnell. Eban wandte sich wieder den Beweisen zu. „Gibt es eine Möglichkeit, die Verkäufe von Darbys Stiefeln in Fairbanks seit September letzten Jahres zurückzuverfolgen?"

„Warum September?"

„Im September ist Darby nach ihrer Entführung nach Fairbanks zurückgekehrt." Eban rieb sich mit der Hand über sein müdes Gesicht. „Wahrscheinlich hat der Täter ihre Winterstiefel nicht gesehen, bevor der erste Schnee fiel, es sei denn, er war tatsächlich in ihrer Wohnung." Eine Möglichkeit, wenn man bedachte, wie bereitwillig Darbys Kommilitonen anderen ihren Schlüssel gaben. „Überprüfen Sie vielleicht, wann der erste Schnee gefallen ist und ob jemand innerhalb einer Woche nach diesem Wetterereignis diese Stiefel gekauft hat."

Allan runzelte die Stirn. „Sie glauben, der Täter hat von so langer Hand geplant, ihr etwas anzuhängen?"

Eban wünschte, Lincoln Frazer wäre hier, doch aufgrund seiner Ausbildung hatte er selbst ein ziemlich gutes Verständnis für die menschliche Psyche. „Ich glaube, dass der Täter sich mit ihr identifiziert und ihr nacheifern will. Nachahmung ist eine Möglichkeit, gesellschaftliche Bindungen zu beschleunigen und zu verstärken. Wir mögen Leute, die so aussehen und sich so verhalten wie wir." In Verhandlungen wurde dies ständig eingesetzt, um eine Verbindung herzustellen. Das Spiegeln war ein Paradebeispiel. „Ob der Mörder nun zufällig in Fairbanks war oder extra hierhergezogen ist, um näher an Darby heranzukommen, er hat die Berichte über die Entführung und die anschließende Rettung im letzten Sommer gesehen und sich auf sie fixiert. Er hat sie in gewisser Weise als seinesgleichen betrachtet, vielleicht als Verbündete. Wollte so sein wie sie. Wahrscheinlich denkt er, dass sie beste Freunde sind. Am Dienstagabend hat sich etwas geändert."

„Darby hatte Spaß." Signy sah zu ihm auf. „Der Täter hat gesehen, wie sie sich auf der Party amüsiert hat."

Das ergab Sinn.

„Vielleicht hat er sie unter Drogen gesetzt, um sie zu ‚retten'. Dann hat Martin sie mit nach Hause genommen, und das hat einen Schalter bei ihm umgelegt", fügte Allan hinzu.

„Möglicherweise war Darby nicht sein eigentliches Ziel, und Martin ist ihm einfach in die Quere gekommen."

Eban nickte. „Wir können es uns nicht leisten, zu diesem Zeitpunkt irgendwelche Vermutungen anzustellen. Wir schließen niemanden aus."

Signy notierte sich etwas. „Ich mache mich an die Erstellung der Liste der Schuhverkäufe. Ich habe auch die Handydaten von den Sendemasten in der Nähe von Martins Haus angefordert, und von denen, die sich in der Nähe der Kirche befinden."

„Gut." Eban nickte. Der Abgleich all dieser Informationen würde einige Zeit in Anspruch nehmen, aber so würden sie hoffentlich eine solide Liste von Namen erhalten, auf die sie sich konzentrieren konnten. Das war besser als eine Verdächtigenliste mit allen Einwohnern von Fairbanks.

„Ich denke, wir sollten eine öffentliche Fahndung starten, um herauszufinden, ob jemand ein Auto gesehen hat, das am Dienstagabend in der Nähe von Martins Haus am Straßenrand geparkt war", schlug Allan vor. „Ich weiß, dass es eine ruhige Gegend ist, aber das heißt nicht, dass nicht jemand dort entlanggefahren ist und etwas gesehen hat."

„Ja. Tun Sie das." Eban deutete mit dem Finger auf den Mann und wandte sich dann an Signy. „Prüfen Sie außerdem, ob zur gleichen Zeit elektronische Signale von anderen Fahrzeugen an diese Türme gesendet wurden. Sprechen Sie mit den Mobilfunkanbietern und den mobilen Netzwerken." Das waren gute potenzielle Informationsquellen, doch es würde einige Zeit dauern, sie in verwertbare Daten einzugrenzen.

Eban lehnte sich auf seinem Stuhl zurück. „Wir warten immer noch auf die DNA-Profile von dem Messer." Er runzelte die Stirn. „Überprüfen Sie auch die Messerverkäufe der letzten vierundzwanzig Stunden. Ich glaube nicht, dass der Täter vorhatte, die Waffe beim Carstairs-Mord zurückzulassen. Wahrscheinlich nicht bis zu dem Moment, als er beschloss, Darby etwas anzuhängen. Das heißt, er hat ein neues Messer gebraucht, um Adele Surrey zu ermorden." Leider waren Jagdmesser hier in Alaska jedoch sehr üblich. „Überprüfen Sie alles."

„Die kleine Größe der Stiefel deutet darauf hin, dass es sich um eine Frau handeln könnte …", gab Signy zu bedenken.

Eban nickte. „Das ist durchaus möglich. Oder einen Mann mit kleinen Füßen." Einer von sechs Serienmördern war weiblich. Er fuhr mit dem nächsten Punkt auf seiner Liste fort. „Der Einbruch in die Praxis des Therapeuten."

„Wir wissen nicht sicher, ob er mit den Morden zusammenhängt", erklärte Signy.

„Meine Intuition sagt mir da etwas anderes. Die Empfangsdame ist lebendig und gesund wieder aufgetaucht, sagten Sie?"

„Anscheinend."

Eban runzelte die Stirn. „Sie haben nicht mit ihr gesprochen?"

Signy schüttelte den Kopf. „Gleeson hat mir vorhin eine Nachricht auf dem Handy hinterlassen und mir gesagt, dass er mit ihr gesprochen habe. Sie war in Anchorage, wie er vermutet hatte."

„Hat Gleeson mit ihr gesprochen?"

Signy leckte sich über die Lippen. „Ja. Und, ja, ich habe ihm geglaubt. Er hat sie überhaupt erst als vermisst gemeldet."

Eban ging auf und ab. „Ich will eine Bestätigung."

„Sie verdächtigen den Therapeuten?", fragte Allan.

Er schenkte dem Mann ein Lächeln. „Ich verdächtige jeden, der seine zierlichen Füße in diese Schneestiefel quetschen kann – außer Darby."

Allan Robertson schnaubte. „Damit falle ich schon mal weg. Wir suchen Aschenputtel, und ich bin eine der hässlichen Schwestern."

Alle lachten. Nach den düsteren letzten Tagen tat ihnen ein wenig Aufmunterung gut.

„Ich rufe Corinne Brown gleich morgen früh an", versicherte Signy ihm. „Ich werde sichergehen, dass sie am Leben und in Anchorage ist."

Eban nickte. „Können Sie einen Beamten in Zivil so schnell wie möglich in die Borealis Bar in der Stadt schicken? Dort treffen sich die Studenten freitagabends."

„Jetzt sofort?", fragte Allan, der bei dieser Aussicht erschöpft aussah.

Eban sah auf seine Uhr. „Morgen." Morgen war sowieso Freitag. „Diese Person hat Darby irgendwo getroffen, und

Darby hat kein besonders reges Sozialleben. Erkundigen Sie sich in der Bar, ob sich jemand daran erinnert, dass eine Person Darby übermäßig viel Aufmerksamkeit geschenkt hat."

Wäre Darby anderen Menschen gegenüber aufgeschlossener gewesen, wenn er sich der Möglichkeit einer gemeinsamen Beziehung mehr geöffnet hätte? Er bezweifelte es. Darby hatte sich ganz und gar ihrer Arbeit verschrieben. Bei diesen Überlegungen kamen ihm alle Probleme, die zwischen ihnen standen, in den Sinn, doch er schob die Sorgen beiseite. Nachdem sie den Mörder gefasst hatten, konnten er und Darby über ihre Beziehung sprechen. Herausfinden, ob eine Fernbeziehung für sie in Frage kam. Oder nicht.

Mist. Bei dem Gedanken, dass es nicht in Frage kommen könnte, wurde sein Mund trocken.

„Lassen Sie außerdem jeden in Darbys Wohnkomplex von Uniformierten überprüfen. Diese Person beobachtet sie schon seit einiger Zeit, ohne dass sie etwas davon mitbekommen hat. Das bedeutet, dass sie entweder sehr diskret ist" – was möglich war, da der Mörder seit mindestens vier Jahren aktiv war – „oder dass es jemand ist, den sie jeden Tag sieht."

Auch das deutete auf eine Frau hin. Darby war Männern gegenüber im Allgemeinen überempfindlich. Obwohl eigentlich jeder, der sie beobachtete, ihr Misstrauen weckte.

Signy gähnte.

„Wir brauchen alle etwas Schlaf." Eban schaute auf seine Uhr. „Gehen wir die Notrufaufzeichnung durch, und danach mache ich Schluss für heute." Die Aufzeichnung war nachbearbeitet und an sie zurückgeschickt worden, aber die Analyse war unvollständig. Sein Kumpel Mike Tanner war diese Woche im Urlaub und nicht zu erreichen. Mistkerl. „Wir treffen uns morgen früh wieder hier. Ich bezweifle, dass die anderen FBI-Agenten vor zwei Uhr hier sein werden." Wenn überhaupt.

Signy spielte die Aufnahme auf ihrem Laptop ab.

„Moment. Ich will wissen, ob Darby die Stimme diesmal wiedererkennt." Eban ging um den Sichtschutz herum und fing Darbys Blick auf. Der weiße Verband leuchtete an ihrem Hals. Eban erinnerte sich wieder einmal schmerzlich daran, wie nahe er heute Abend daran gewesen war, sie zu verlieren.

Sie schob die Kopfhörer beiseite und sah ihn fragend an.

„Komm, hör dir das an", sagte er.

Zögernd nahm sie die Kopfhörer ab und klappte ihren Laptop zu, bevor sie um die Trennwand herumging. Sie sah nervös aus.

Es würde lange dauern, bis sie diesen Leuten vertraute.

Er führte sie zu seinem Stuhl, legte seine Hände auf ihre Schultern und beugte sich zu ihr hinunter, um ihr etwas ins Ohr zu flüstern. „Sag uns bitte, ob du die Stimme der Person auf der Notrufaufnahme erkennst. Die Aufnahme ist nicht allzu brutal", versicherte er ihr. Außer man wusste, was danach passiert war. Er bedeutete Signy mit einem Nicken, auf Play zu drücken.

„Du willst schon gehen?"

Es war schwer zu sagen, ob es sich um einen Mann oder eine Frau handelte, und die Stimme klang gedämpft.

„Möge Gott dir vergeben."

„Das ist Adele Surrey", bestätigte Darby.

Jemand lachte, vermutlich der Mörder, aber er brach abrupt ab. Im Hintergrund war das schwache Geräusch von Sirenen zu hören. Eban wünschte, die Polizisten hätten darauf verzichtet. Dann wäre das Ganze vielleicht schon vorbei. Und Adele hätte vielleicht überlebt.

Das war das Problem mit Was-wäre-wenn-Szenarien – es war schon zu spät.

Die Aufnahme endete.

Der Mörder hatte Glück gehabt. Wahrscheinlich nicht zum ersten Mal, was bedeutete, dass sein Selbstvertrauen im Moment wahrscheinlich grenzenlos war. Er dachte zweifellos, er würde nicht gefasst werden, doch das stimmte nicht, und Eban hatte vor, es zu beweisen.

Wenigstens hatte Adele es geschafft, den Notruf zu wählen. Allerdings hatte der Mörder sie dafür bezahlen lassen. Adele war nicht mit einer einzelnen Stichwunde davongekommen. Der Täter hatte ihr gegenüber keine Gnade gezeigt.

„Fällt Ihnen irgendetwas auf?", fragte Signy Darby.

Darbys Blick war finster, als sie zu ihm aufsah. „Ich weiß es nicht." Sie ballte die Hände zu Fäusten. „Ich bin mir nicht einmal sicher, ob die Stimme männlich oder weiblich ist."

Allan schnitt eine Grimasse und tippte mit seinem Stift auf seinen Notizblock. „Gut, dass ich nicht der Einzige bin."

„Ich bin sicher, dass die Experten in Quantico in der Lage sein werden, eine Analyse durchzuführen, um zumindest das Geschlecht zu bestimmen." Eban ging neben ihrem Stuhl in die Hocke. „Mach dir nichts draus."

Darby rieb sich abwesend die Arme, wie um sich selbst zu beruhigen. „Ich wünschte, ich könnte mehr helfen."

„Das war bestenfalls ein Schuss ins Blaue. Lass uns unsere Sachen packen und zur Hütte fahren."

Er war sich der Blicke bewusst, die ihnen folgten.

„Möchten Sie eine Eskorte?", bot Allan an.

Eban stieß ein Lachen aus. Das war das Allerletzte, was er wollte. „Wir kommen schon klar."

KAPITEL DREIßIG

DARBY LEHNTE SICH zurück und genoss den Anblick von Eban beim Fahren. Er hatte kein Wort mehr gesagt, seit sie das Polizeirevier verlassen hatten. Er hatte sein Jason-Bourne-Ding durchgezogen und war in einem scheinbar zufälligen Muster durch die Stadt geflitzt, vermutlich um Verfolger abzuhängen, bevor sie erst nach Norden und dann nach Osten zur Hütte gefahren waren. Er schien sich ernsthafte Sorgen zu machen, dass sie verfolgt wurden. So große Sorgen, dass er sogar schnell nach Peilsendern gesucht hatte, was bei minus dreißig Grad wirklich engagiert war. Sie war froh, dass er nichts gefunden hatte.

Der Wind heulte, der Schnee wehte über die Straße und peitschte gegen das Auto wie ein übellauniger Poltergeist.

Darby blickte blinzelnd in die Flocken, die unerbittlich vom Himmel rieselten. „Glaubst du wirklich, dass die anderen FBI-Agenten morgen einfliegen können?"

„Ich bezweifle es. Ich werde Frazer morgen früh anrufen, um zu fragen, wo er ist, und welche zusätzlichen Informationen sie über diesen Täter in Erfahrung bringen konnten." Als sie die Abzweigung zu ihrer Straße erreichten, wurde Eban langsamer, bevor er den Boden vor dem Geländewagen nach Spuren absuchte.

„Sieht nicht so aus, als wäre dort kürzlich jemand

entlanggefahren", meinte er.

„Zumindest nicht in der letzten Stunde oder so", stimmte Darby zu. „Wobei der Wind die Spuren weggeblasen haben könnte."

Er schnaubte zustimmend. Das wusste er. Er tat, was er konnte, um auf Anzeichen dafür zu achten, dass der Mörder sie aufgespürt hatte.

„Ich werde noch ein paar Kilometer weiterfahren und dann umkehren. Für den Fall, dass jemand unsere Reifenspuren für denselben Zweck benutzt."

„Clever." Sie grinste ihn an, und er schenkte ihr ein Lächeln.

„Ich bin vielleicht kein Doktorand, aber ich habe meine Momente."

„Die hast du wirklich." Sie warf ihm einen langen, hoffentlich verführerischen Blick zu.

Seine Augen funkelten, als er begriff, was sie meinte. Im Whirlpool. Er antwortete jedoch nicht. Er war zu besorgt, dass dieser Killer sie aufspüren würde, und befand sich in einem Hyperschutzmodus.

Auch sie machte sich Sorgen, doch ihre Angst hatte nach Tim Carstairs' Angriff ihr Maximum erreicht, und sie konnte nicht mehr über ihre aktuelle Situation nachdenken, ohne in den Abgrund zu stürzen. Die Angst, wieder zu einem paranoiden, brabbelnden Wrack zu werden, bedeutete, dass sie die aktuelle Gefahr in die hinterste Ecke ihrer Gedanken verdrängt hatte. Sie war nicht leichtsinnig. Sie hatte einen bewaffneten, äußerst fähigen Vollzeit-Leibwächter und ein Team von Spitzenermittlern, die diese Person jagten. Aber ihr Gehirn war am Ende. Es brauchte eine Pause von der Angst.

Während Eban und die Polizeibeamten versucht hatten,

den Fall zu lösen, hatte sie sich in die jüngsten akademischen Abhandlungen darüber vertieft, inwiefern Veränderungen in den Gasemissionen Aufschluss über die subvulkanischen Bedingungen gaben. Alles, was ein zuverlässiges Frühwarnsystem für einen bevorstehenden Ausbruch bieten könnte, war für ihre Arbeit von zentraler Bedeutung. Wenn Wissenschaftler einen Weg finden könnten, chemische Sensoren zuverlässig mit Deformationsdaten zu verknüpfen, an denen sie besonders interessiert war, könnten sie einen echten Fortschritt bei der Fernüberwachung vulkanischer Aktivitäten machen und möglicherweise Hunderte, wenn nicht Tausende von Leben retten.

Eban ging es eher darum, ein oder zwei Leben zu retten. Eine nicht minder noble Sache, zumal eines dieser Leben ihres war.

Sie berührte die Wunde an ihrem Hals. Der Schnitt war nicht tief, also kein wirklicher Schaden. Vielleicht blieb eine Narbe zurück, die sie ihrer Sammlung hinzufügen würde. Die Wunde brannte, und ihre Arme schmerzten immer noch vom Kampf gegen Martins Bruder. Sie musste an ihrer Oberkörperkraft arbeiten. Eine Stunde im heißen Wasser würde helfen, aber sie war nicht in der Stimmung, und der Verband sollte nicht nass werden.

Tim Carstairs verbrachte die Nacht im Gefängnis. Sie hatte seine Eltern im Warteraum des Polizeireviers gesehen, wo sie sich mit Jacqui und den anderen unterhalten hatten. Alle hatten verzweifelt und traurig gewirkt, als Eban sie zur Toilette begleitet hatte. Ihr war nicht entgangen, dass er sie vor ihnen und den Polizisten genauso beschützte wie vor dem Mörder.

Eban hatte jeden, der versuchte, mit ihr zu

kommunizieren, abgewiesen, und obwohl sie Mitleid mit Martins Familie und ihren vermeintlichen Freunden hatte, befand sie sich in der Selbstfürsorgephase des Heilungsprozesses. Irgendwann würde sie sich bei ihnen melden. Das würde sie wirklich. Doch im Moment hatte sie nicht die Energie, sich mit ihren Emotionen auseinanderzusetzen und konnte es sich nicht leisten, sie an sich heranzulassen.

Was sollte sie ihnen auch schon sagen? Sie konnte sich immer noch nicht daran erinnern, was nach der Party passiert war, und sie durfte keine Einzelheiten der Ermittlungen preisgeben. Es war besser, wenn sie ihnen aus dem Weg ging, bis die Polizei dieses Monster gefasst hatte.

Eban fuhr in eine unbekannte Einfahrt, bevor er vorsichtig wieder herausfuhr und sich auf den Weg zur Hütte machte. Niemand begegnete ihnen auf der Straße.

Trotz der Aufregung des heutigen Tages und allem, was in den letzten zwei Tagen geschehen war, war sie nicht müde. Ihr Körper war angespannt, weil sie mit Eban allein war. Möglichkeiten schwirrten in ihrem Kopf herum.

Letzte Nacht waren sie beide zu angespannt gewesen, um an irgendetwas anderes zu denken, als sich zu entspannen und in Sicherheit zu sein. Doch jetzt konnte sie an nichts anderes denken als an die Tatsache, dass Eban offen dafür zu sein schien, dass sie beide mehr als nur Freunde waren – etwas, wonach sie sich schon so lange gesehnt hatte.

Bedeutete das, dass sie heute Abend endlich Sex haben würde? Sie biss sich auf die Lippe. War es falsch von ihr, überhaupt an etwas anderes zu denken, als daran, dieses grausame Monster zu stoppen? Aber sie hatte es satt, sich zu verstecken und zu weinen. Das hatte sie schon in Indonesien getan. Sie hatte es satt, in Angst zu leben. Sie hatte nicht vor, etwas Verrücktes zu tun, aber sie würde sich von diesem kaltblütigen Killer nicht ihre Lebensfreude rauben lassen. Sie wollte in jeder Hinsicht mit Eban zusammen sein, und sie wollte nicht mehr warten.

„Eban?“

„Ja?“ Sein prüfender Blick wanderte über die Bäume, ständig in Alarmbereitschaft.

„Willst du heute Abend Sex mit mir haben?“

Er drehte sich ruckartig um und sah sie mit großen Augen an, während sie das Lenkrad festhielt, damit sie nicht von der Straße abkamen und gegen einen Baum fuhren.

Sie wollte nicht noch mehr Unsicherheit zwischen ihnen. Wenn die Antwort Nein lautete, würde sie es lieber früher als später erfahren.

„Willst du das denn?“

Sie lachte leise. „Äh, ja. Deshalb habe ich ja gefragt.“

„Bist du sicher?“ Seine Augen waren voller Sorge, während ihr Körper vor Lust vibrierte.

„Nur wenn du es auch willst“, versicherte sie ihm. „Du weißt, dass ich es will. Schon seit ich dich in jener Nacht in Quantico gefragt habe.“

„Das war kurz nachdem du entführt wurdest.“ Er richtete seinen Blick wieder auf die Straße und hielt in der Nähe der Hütte an. „Lass uns drinnen darüber reden.“

Eban legte seine Hand auf seine Glock, während er ausstieg und das Verlängerungskabel an die Blockheizung anschloss, damit der Motor nicht einfror. Dann ging er um das Auto herum und half ihr aus dem Geländewagen.

Er war im Leibwächter-Modus. Die Vorstellung, dass er sich zwischen sie und die Gefahr stellen würde, machte ihr Angst. Das Letzte, was sie wollte, war, dass ihm etwas zustieß.

Schnell schnappte sie sich ihre Laptoptasche und rannte fast durch den peitschenden Sturm zur Tür. Eban schob sie hinter sich und zur Seite, während er hineinging und schnell die wichtigsten Teile des Gebäudes überprüfte. Dann drängte er sie hinein und reichte ihr seine Ersatzwaffe, bevor er die Eingangstür hinter ihnen verschloss.

„Hier rein." Er deutete auf sein Schlafzimmer.

Nicht ganz die Verführung, die sie sich vorgestellt hatte.

Er schaute schnell in den Schrank und unter das Bett. Dann stellte er sich wieder neben sie und flüsterte ihr ins Ohr.

„Ich werde mich vergewissern, dass der Rest der Hütte sicher ist. Ich bin gleich wieder da. Zieh die Vorhänge zu." Er ging ins Wohnzimmer und schaltete alle Lichter an. Sie beobachtete sein Spiegelbild in den Fenstern, während er systematisch die Hütte durchsuchte. Darby zog die Vorhänge zu und vergewisserte sich, dass es keinen noch so winzigen Spalt gab, durch den jemand von draußen hereinspähen könnte.

Bei dem Gedanken an Voyeure zuckte sie zusammen. Sie wollte nicht, dass die Schrecken der Vergangenheit in diesen Raum eindrangen. Das würde sie nicht zulassen.

Sie wartete an der Tür, das Gewicht der Waffe lag bleischwer in ihrer Hand. Der Umgang mit einer Waffe war eine große Verantwortung. Sie hatte schon einmal einen Mann aus Notwehr getötet. Könnte sie es wieder tun?

Sie war sich nicht sicher.

Es hörte sich so einfach und logisch an, aber was wäre, wenn sie an die Waffe herangekommen wäre, als Tim Carstairs sie aus Trauer und Unwissenheit angegriffen hatte? Sie wollte zwar nicht körperlich angegriffen werden, aber sie wollte der Familie Carstairs auch nicht noch mehr Leid zufügen.

„Alles in Ordnung", rief Eban.

Darby schaltete das Licht aus und ging in den Hauptteil der Hütte. Sie reichte ihm seine Waffe, bevor sie sich hinkniete, um das Feuer anzuzünden.

„Willst du sie nicht behalten?", fragte er.

Kraftlos schüttelte sie den Kopf. „Nur wenn es unbedingt sein muss."

Seine dunklen Augen waren voller Verständnis. Er begann, systematisch alle Vorhänge zuzuziehen und schaltete ein dämmriges Wandlicht ein, das die Illusion erweckte, als wären sie die einzigen Menschen auf der Welt, ganz allein in der gemütlichen Hütte und abgeschnitten vom Rest der Welt.

Das Anzündholz fing sofort Feuer, und sie legte mehrere größere Holzstücke hinein, bis sie sicher war, dass es nicht so bald erlöschen würde.

Dann wusch sie sich den Staub von den Händen. Als sie zurückkam, hatte Eban ihnen beiden ein Bier eingeschenkt. Er reichte ihr ein Glas und hob seines zu einem stummen Toast. Sie stießen an und nahmen beide große Schlucke des erfrischenden Getränks.

Darby wischte sich mit dem Handrücken den Mund ab und lachte über seinen ernsten Gesichtsausdruck. „Warum die ernste Miene?"

„Ich denke darüber nach, was du im Auto gesagt hast."

„Und?"

„Und jetzt bin ich nervöser als je zuvor", gab er mit einem Lachen zu, das sich eher wie ein Stöhnen anhörte. „Ich habe schreckliche Angst, zu versagen."

„Du wirst nicht versagen. Ich schon."

„Es ist dein erstes Mal. Du kannst gar nicht versagen."

„Ich kann. Ich könnte." Ihre Handflächen waren schwitzig. Sie wollte nicht, dass er Nein sagte.

„Ehrlich gesagt, bin ich so nervös, dass es sich anfühlt, als wäre es auch mein erstes Mal. Ich bin kein Sexgott –"

„Für mich schon."

Sein Blick ruhte mit einer neuen Intensität auf ihr. „Dann ist die Antwort auf deine Frage wohl ein klares Ja. Ich werde heute mit dir schlafen."

Ihr Herz machte einen Sprung.

Eban fuhr sich mit der Hand durch sein kurzes Haar und dann über seinen Dreitagebart. „Ich sollte mich wahrscheinlich rasieren –"

„Nein." Sie stellte ihr Glas auf dem Tisch ab und trat einen Schritt vor, um seine Hand durch ihre eigene zu ersetzen. „Ich will nicht länger warten."

Seine Augen waren dunkel wie die Nacht, und sie ertappte sich dabei, dass sie so suchend hineinblickte, als würde sie am Nachthimmel nach dem Polarstern suchen.

Darby hatte keine Angst vor der Dunkelheit. Sie hatte Angst davor, ohne das Licht zu leben. Davor, von einem Trauma verschlungen zu werden, davor, beim Sex nie das Gute zu erleben. Sie fürchtete sich vor der Aussicht, ein Leben zu führen, ohne jemals mit diesem Mann zu schlafen. Vom ersten Moment an, als sie ihm begegnet war, hatte sie darauf vertraut, dass er sie beschützen würde. Dass er ihr helfen würde, den Weg zurück in ein normales Leben zu finden. Sie wusste bereits, dass er außergewöhnlich war. Sie hoffte, dass sie mit ihm mithalten konnte. Sie hoffte, dass sie nicht in Tränen ausbrach.

Er trank sein Bier in einem Zug aus und stellte das leere Glas auf den Tisch neben ihres. Seine Hand ergriff ihre. Er küsste ihre Fingerknöchel.

„Wir lassen es langsam angehen. Du musst mir versprechen, dass du mir sagst, wenn dich etwas, was ich tue, erschreckt. Es ist kein Problem, bestimmte Dinge nicht zu tun. Es gibt viele Möglichkeiten, Sex zu haben. Wir können erst einmal so anfangen wie heute Nachmittag im Whirlpool."

Ihre Spielereien im Whirlpool schienen eine Million Jahre her zu sein.

Sie runzelte leicht die Stirn und fragte sich, ob sie ihre Gefühle so erklären konnte, dass es Sinn machte und sie ihn nicht vergraulte. „Ich will nicht alles überstürzen. Ich habe nur das Gefühl, dass ich immer darauf warten werde, bis ich einvernehmlichen, richtigen Sex habe. Sonst wird mich dieser unbekannte Faktor immer verfolgen. Kann es gut sein? Kann es Spaß machen? Wird es weh tun?" Sie sah auf und bemerkte den Schmerz, der seine Augen überschattete.

„Nach allem, was letzten Sommer passiert ist, und jetzt dem mit Martin und Adele." Sie schluckte den Kloß in ihrem Hals hinunter und sah ihm in die Augen. „Ich will es tun und herausfinden, was es damit auf sich hat."

Er beugte sich zu ihr hinab und küsste sie auf die Stirn. „Es kann Spaß machen. Es sollte angenehm sein. Aber du hast ein ernst zu nehmendes Trauma. Es gibt keinen Grund zur Eile, Darby. Wir haben alle Zeit der Welt."

Einige der Ängste, die sie verdrängt hatte, kamen wieder an die Oberfläche. „Was ist, wenn ich sterbe oder du stirbst, und ich nie die Schönheit der Liebe erleben kann und nur hässliche Erinnerung in diesem Bereich meines Lebens habe? Ist es der Gipfel des Egoismus, sich über etwas so Grundlegendes Gedanken zu machen, wenn Menschen sterben?"

Seine Hände griffen sanft nach ihren Schultern. „Erstens wird keinem von uns etwas Schlimmes passieren."

„Das kannst du nicht garantieren." Sie sahen sich im Licht des Kamins an, und sie wusste, dass sie den Moment mit ihrer Offenheit ruiniert hatte. Sie wollte sich abwenden, doch er hielt sie auf.

Ohne ein weiteres Wort hob er sie in seine Arme und trug sie ins Schlafzimmer.

Sie seufzte. Das war die Romantik, von der sie geträumt hatte.

„Zweitens: Wir können so schnell oder so langsam machen, wie du willst. Wenn du deine Meinung ändern solltest, ist das in Ordnung. Diese Sache zwischen uns ist etwas Langfristiges, und wir können uns so lange im Kreis drehen, wie es nötig ist."

Etwas Langfristiges … das klang göttlich.

Er küsste sie, und sie schlang ihre Arme um seinen Hals, und als sie sich auf die Füße stellte, drehte sie sich so, dass sie einander gegenüberstanden. Eban hörte nicht auf, sie zu küssen. Er neigte ihren Kopf zurück und knabberte an ihren Lippen. Er kostete sie, während sich ihre Zungen miteinander verschlangen. Dann zog sie ihn an seinem Pullover näher zu sich, bis sie wie zwei Muschelhälften aneinandergepresst waren.

Ihre Finger glitten tiefer und tauchten unter die Schichten aus Fleece und Wolle, bis sie glatte, warme Haut fanden. Rasch zog er seine Klamotten aus und stand von der Taille aufwärts nackt da.

Sie lächelte. Er war so heiß. Diese ausdrucksstarken, dunklen Augen, diese schönen, starken Arme. Darby strich mit einer Hand über sein Schlüsselbein und dann über die dunklen Haare auf seiner Brust. Sie konnte spüren, wie er sie beobachtete. Sein Blick war beunruhigend. Es lag definitiv Begehren darin, aber auch Sorge. Zu viel Sorge.

Sie nahm ihn bei der Hand und zog ihn zum Bett.

Er hielt inne, bevor er sich zu ihr gesellte, nahm seine Dienstwaffe und seine Ersatzwaffe ab und legte beide auf den Nachttisch. Als er sich hinlegte, setzte sie sich auf und bewunderte seinen Körper noch einmal. Sie hatte seine nackte Brust bis zu diesem Zeitpunkt noch nie gesehen. Sie gefiel ihr. An seiner linken Schulter war eine Narbe.

Sie zog eine Augenbraue hoch und berührte sie. „Eine Schusswunde?"

„Ich bin vom Pferd gefallen, als ich im Sommer auf der Ranch meines Freundes gearbeitet habe." Er drehte sich, um die Narbe zu betrachten. „Ich habe mir das Schlüsselbein gebrochen und musste operiert werden." Er grinste. „Die Platten und Stifte sind immer noch drin, und es ist immer ein Spaß, durch die Metalldetektoren zu gehen."

Sie stützte sich auf einen Ellenbogen, fasziniert von den Einblicken in seine Vergangenheit. „Heißt das, du warst ein echter Cowboy?"

„Ich denke schon." Er schenkte ihr ein Lächeln, bei dem seine Grübchen aufblitzten. „Theoretisch."

Ein Lächeln umspielte ihre Lippen. „Wirst du mir irgendwann einmal das Reiten beibringen?"

Er lachte und ergriff ihre Hand. Küsste ihre Finger. „Das kann ich machen. Wir könnten sogar dieselbe Ranch besuchen, wenn du willst."

Ihr Puls raste. Das war weit mehr als Reitunterricht. Sie hatte sich eine gemeinsame Zukunft gewünscht, und er war dabei, ihr diesen Wunsch, ohne zu zögern, zu erfüllen.

Vielleicht würde diese Sache zwischen ihnen wirklich etwas Langfristiges werden. Ihr Herz füllte sich mit Freude und Erleichterung, aber sie schaffte es, nicht in Tränen auszubrechen und ihn seine Worte bereuen zu lassen. Darby löste ihre Finger von seinen und ließ ihre Hände über seine Brustmuskeln gleiten, um ein Gefühl für die Stärke seines Körpers zu bekommen. Sie fuhr über die leicht gebräunte Haut und die dunkelrosa Brustwarzen, dann über seine Rippen nach unten und wieder hinauf. Sie strich mit den Fingern über sein Herz und spürte, wie es stark unter ihrer Handfläche pochte.

Sofort dachte sie an Martin und musste diese Erinnerung zusammen mit so vielen anderen verbannen.

Sie beugte sich hinunter und küsste Ebans Haut. Er schmeckte sauber und warm und nach dem Zitrusduft der Seife, die sie sich heute Morgen in der Dusche ausgeliehen hatte.

Sie küsste sich über seine Brust zu seinem Hals und hielt inne, um ihre Lippen auf den unregelmäßigen Puls zu drücken, der in seiner Kehle tanzte. Anschließend wanderte sie über seine Wange, bis sie schließlich wieder seinen Mund fand. Seine Lippen öffneten sich, und sie genoss den schwachen Geruch von Bier und sein raues Atmen.

Vielleicht machte sie etwas richtig.

Er nahm ihr Gesicht in seine Hände, sanft und zärtlich. Dann begann er, den Reißverschluss ihres Fleece-Pullovers zu öffnen und schob ihn vorsichtig über ihre Schultern, wobei er auf die Wunde an ihrem Hals achtete, bevor er das Kleidungsstück beiseite warf. Er sah ihr tief in die Augen, während er ihr T-Shirt aus dem Bund ihrer Jeans und dann über ihre Arme und ihren Kopf zog.

Sie erschauderte. In ihrem schlichten weißen BH fühlte sie sich verletzlich. Sie hatte nicht viel Geld für extravagante Dinge wie Spitzendessous. Alles, was sie kaufte, musste feldtauglich sein, und das bedeutete bequem und robust.

Eban sah nicht so aus, als würde er Seide oder Spitze vermissen. In seinem Blick lag nichts als Bewunderung.

Er fuhr mit einem Finger über ihren blassen Körper. „Du bist wunderschön, weißt du? Das dachte ich schon, als ich das erste Mal ein Foto von dir gesehen habe. Und jetzt natürlich erst recht."

Ihre Blicke begegneten sich. Sein Finger fuhr über ihre Brust zu ihrer Schulter und schob den Träger beiseite. „Ups." Seine Lippen kräuselten sich, als er sich zur anderen Seite bewegte. „Und noch mal ups."

Sie liebte die spielerische Seite des sonst so ernsten Gesetzeshüters. Er beugte sich grinsend vor, neigte den Kopf und vergrub sein Gesicht in der empfindlichen Haut über ihren Brüsten. Das Kratzen seines Bartes ließ ihre Zehen kribbeln. Er schob das Körbchen ihres BHs nach unten und ließ seine Zunge über ihre Brustwarze gleiten.

Darby schloss die Augen und genoss die Lust, die in ihr aufstieg. Sie rollte sich auf den Rücken und wölbte sich gegen seinen Mund.

Seine Hand glitt unter sie, um den Verschluss ihres BHs zu öffnen. Nachdem er ihn ihr ausgezogen hatte, warf er ihn zur Seite. Sie mochte das Gefühl seiner großen Hand auf ihrer nackten Haut, das Gefühl seiner starken Arme, die sie zu seinem Mund hoben, damit er sie verwöhnen konnte.

„Das gefällt mir."

Er stöhnte, als sie ihre Hände tief in sein dichtes, schwarzes Haar grub.

Ein lustvolles Kribbeln fegte über ihren Körper hinweg. Er bewegte sich von einer Brust zur anderen und sie konnte nicht glauben, wie wunderbar sich das anfühlte.

Er war unglaublich sanft mit ihr, was sie zu schätzen wusste.

Sie zeichnete die Konturen seines Rückens nach, spürte, wie sich seine Muskeln unter ihren Fingern anspannten. Ermutigt ließ sie ihre Hände zum vorderen Teil seiner Jeans gleiten, öffnete den Knopf, dann den Reißverschluss und strich über seine steife Erektion.

Er hielt inne, bevor er flüsterte: „Ich hätte dir wohl sagen sollen, dass ich einen Plan habe. Du überspringst gerade ein paar Schritte."

„Du hast einen Plan?" Sie lächelte. „Es gefällt mir, dass du dir Gedanken gemacht hast" – es gefiel ihr wirklich – „aber ich glaube, dass es sich um eine dynamische Situation handelt, bei der Daten aus mehreren Quellen berücksichtigt werden müssen." Sie drückte ihn, woraufhin er erschauderte.

„Da könntest du recht haben." Er küsste sie noch leidenschaftlicher als zuvor, bevor er sich wieder zurückzog. „Aber ich möchte, dass es gut für dich ist, für den Fall, dass wir aufhören müssen."

Sie berührte sein Gesicht. Sie wollte, dass er von Leidenschaft getrieben wurde, aber sie musste sich eingestehen, dass es durchaus möglich war, dass sie den Kopf verlor und den Moment ruinierte, wenn er das tat. „Ich weiß, dass das, was sie mir angetan haben, Gewalt und kein Sex war, und es nervt, immer das Opfer zu sein, aber ich habe keine andere Referenz."

Er strich ihr die Haare aus dem Gesicht und blickte sie an. „Willst du mich als Vergleich haben?"

Sie schenkte ihm ein Lächeln. „Datenerhebung ist wichtig."

Er zog eine Augenbraue hoch. „Da gebe ich dir recht, doch ich denke, wir sollten eine vollkommen neue Studie durchführen." Das Lächeln auf seinen Lippen war sexy und sündhaft zugleich. Dann wurde er nüchtern. „Aber dieser Teil deiner Genesung ist ein Prozess, Darby. Es ist keine einmalige Sache. Wir können mit der Zeit –"

Sie griff in sein Haar und zog seinen Mund an ihr Gesicht. „Halt die Klappe und küss mich."

„Ja, Ma'am."

Dann hörte sie auf zu denken, denn Eban machte wunderbare Dinge mit ihrem Mund, und seine Hand streichelte ihren Körper, bis ihre Haut überempfindlich war und sie bis in die Zehenspitzen erschauerte.

Er knöpfte ihre Jeans auf und öffnete langsam den Reißverschluss. Sie schob sie nach unten und schüttelte sie von ihren Füßen. Dann zerrte sie am Bund seiner Jeans. Darby wollte seine nackte Haut an ihrer spüren.

Eban schmunzelte.

„Was soll ich sagen? Ich lerne schnell. Was kommt als Nächstes?"

„Was willst du als Nächstes?", fragte er.

„Ich dachte, du hättest einen Plan?"

„Mein Plan sieht vor, dich regelmäßig zu fragen, was du willst."

Sie hatte einen Kloß im Hals. Nichts davon war vergleichbar mit den wütenden Fremden, die ihr die Kleider vom Leib gerissen und sie rücksichtslos benutzt hatten, bis sie vor Angst und Schmerzen wimmerte.

Das war kein Sex gewesen.

Und im Moment wollte sie auf keinen Fall darüber nachdenken. Sie drückte ihn auf den Rücken und spreizte seine Oberschenkel. Er trug Unterwäsche, die seine Erregung nicht verbergen konnte.

Sie beugte sich über ihn und presste ihren Mund auf seinen. Er löste ihr Haar aus dem engen Zopf, zu dem sie es vorhin geflochten hatte, bis es ihr in Locken über die Schultern fiel. Dann fuhr er mit den Händen durch die verworrenen Strähnen.

„Dein Haar fühlt sich so gut an. Weich wie Seide. Außerdem finde ich die Farbe toll."

Ihr Haar war völlig zerzaust, doch sie hatte nicht vor, seiner Begeisterung einen Dämpfer zu versetzen, indem sie ihm das sagte.

Sie küsste sich an seinem Hals und seiner Brust hinab, über seinen Bauch und tiefer. Dann griff sie in den Bund seiner Shorts und zog sie über seine Oberschenkel. Sie blickte in sein Gesicht, um sich zu vergewissern, dass sie das Richtige tat, und er sah sie lüstern an.

Sie biss sich auf die Lippe und betrachtete ihn. Sie hatte genug Filme gesehen und Bücher gelesen, um zu wissen, was sie tun sollte, hatte jedoch Angst, etwas falsch zu machen.

„Darby."

Sie blickte auf.

„Komm her." Er zog sie zu sich herunter, bis sie lachend auf ihn fiel. Dann rollte er sich auf sie, und plötzlich machte ihr der Verstand einen Strich durch die Rechnung, und sie erstarrte. Eban merkte sofort, dass etwas nicht stimmte, und drehte sie auf die Seite, sodass sie einander gegenüberlagen.

„Besser?", fragte er.

Sie schluckte und nickte. Er fragte sie nicht, was los war.

Er wusste es.

Ihre Gedanken drehten sich ein wenig, wie auf einem Karussell. Er drückte seine Stirn an ihre, und sie starrten sich einen langen, stillen Moment lang an, während sie ihr Gleichgewicht wiederfand. Ihr Herz pochte. Es dauerte einen Moment, bis sie wieder zu Atem kam. Und einen weiteren, bis es ihr gelang, die Erinnerungen aus ihrem Bewusstsein zu verdrängen.

Eban strich mit seinen Händen über ihren Körper, um sie zu beruhigen, bis sich ihre Muskeln allmählich entspannten. Geduldig berührte er sie, streichelte sie, reizte sie, bis sich das Verlangen wieder in ihr zu regen begann.

Die Tür war offen und die Wärme und der Schein des Feuers drangen hindurch, sodass sie die Kälte nicht spürte. Er küsste und streichelte sie, bis sie vergaß, dass sie gerade ausgeflippt war. Vergaß, dass es etwas gab, weswegen sie ausflippen könnte. Sie sehnte sich verzweifelt nach mehr, und sie verspürte das dringende Bedürfnis, ihn in sich zu spüren. Sie legte ihr Knie auf seinen Oberschenkel, um ihm näherzukommen.

Eban küsste sie, und sie liebte es. Sie liebte seinen Geschmack. Sie liebte, dass er hier bei ihr war. Sie hatte Angst, dass sie auch ihn lieben könnte, auch wenn sie sich das bisher noch nicht hatte eingestehen wollen. Aber er musste es wissen. Er brachte sie dazu, selbst unter den schlimmsten Umständen innerlich zu strahlen.

Seine Hand wanderte tiefer, glitt in ihr Höschen, ein Finger strich über die heiße, feuchte Öffnung. Er schob seinen Finger hinein und drückte gleichzeitig seine Handfläche gegen ihren Kitzler. Sie zuckte vor Lust zusammen.

Sie blinzelte mehrmals und stellte fest, dass er sie mit einer

Intensität beobachtete, die sie erschaudern ließ.

„Gut?"

Sie schluckte und nickte. Unfähig zu sprechen. Sie erwartete fast, dass ihr Körper erneut erstarren würde, doch stattdessen zog er sich um ihn herum zusammen, und es fühlte sich nicht im Entferntesten beängstigend an. Ihr Körper sehnte sich danach, ihn in sich zu spüren. Er sehnte sich nach dieser Verbindung.

Eban behielt einen langsamen Rhythmus bei, obwohl sie ihn im Stillen dazu drängte, sein Tempo ein wenig zu steigern. So gut es sich auch anfühlte, sie wollte mehr. Er führte einen weiteren Finger ein, und sie keuchte, biss sich auf die Lippe und genoss die feste und gleichzeitig sanfte Berührung, mit der er sie um den Verstand brachte.

„Hast du ein Kondom?", flüsterte sie. „Ich habe eines in meiner Laptoptasche, falls du keines hast."

Lachend zog er seine Hand zurück. „Du hast Kondome in deiner Laptoptasche?"

Ihre Wangen wurden heiß. „Das erschien mir sinnvoll, da ich sie fast immer bei mir habe."

Er lächelte, und sie begann innerlich zu glühen. „Ich finde es toll, dass du vorbereitet bist, aber warte kurz. Ich glaube, ich habe eines in meiner Tasche."

Er ging zu seiner Reisetasche und öffnete ein Seitenfach.

Sie lag auf der Decke und hatte fast Angst, sich zu bewegen. Er war schnell wieder da, legte sich auf die Seite und sah sie an. In der Hand hielt er eine kleine quadratische Packung.

KAPITEL EINUNDDREIßIG

„BEVOR DU DICH fragst, warum ich Kondome in meiner Reisetasche habe, muss ich dir etwas sagen", sagte er mit bedeutungsschwerer Stimme. „Ich war seit deiner Entführung mit niemandem zusammen."

Sie blinzelte ihn überrascht an. „Was?"

Es war an der Zeit, dass er ein paar unbequeme Wahrheiten zugab. „Seit du mir letzten Sommer deine Gefühle gestanden hast, wusste ich, dass die Wahrscheinlichkeit groß war, dass wir miteinander im Bett landen würden, falls ich noch einmal in deine Nähe kommen und du mich immer noch wollen würdest."

Ihre juwelengrünen Augen leuchteten. „Ich hätte nie erwartet, dass du mir treu sein würdest, obwohl wir nicht einmal wirklich eine Beziehung hatten."

„Hatten wir nicht?", fragte er und ärgerte sich über seine mangelnde Ehrlichkeit. „Für mich hat es sich wie eine Beziehung angefühlt, und die Tatsache, dass ich nicht mutig genug war, es so zu nennen, hat mich verrückt gemacht."

„Ich dachte, das wäre alles einseitig. Ich dachte, ich würde mir etwas einbilden, was nicht da war. Ich dachte, du hättest Mitleid mit mir."

Fluchend lehnte er seine Stirn an ihre. „Ich habe versucht, das Richtige zu tun, aber ich konnte mich nicht von dir fernhalten. Deshalb habe ich dich auch nicht besucht, obwohl ich es wollte." Er hatte gewusst, dass er ihr nicht würde widerstehen können. „Es tut mir leid, dass ich so ein inkonsequentes Arschloch war."

„Du warst nicht inkonsequent. Du warst sehr konsequent mit deiner Aussage, dass wir nur Freunde sein sollten. Du hast mir nie etwas anderes suggeriert. Trotzdem konnte ich die Hoffnung nie ganz aufgeben."

„Dann bin ich ein glücklicher Mann." Der Gedanke, sie zu verlieren …

Sie strich ihm über die Unterlippe. „Wirst du meinetwegen viel Ärger bekommen?"

Er schenkte ihr ein humorloses Lächeln. „Es ist genug Zeit vergangen, sodass die Anzugträger im Hauptquartier es wahrscheinlich durchgehen lassen werden, aber ich werde sie informieren müssen." Er schnitt eine Grimasse. „Quentin jedoch …"

„Haley weiß es bereits."

Er wich überrascht zurück. „Wirklich?"

„Wer, glaubst du, hat mir die ganzen Kondome gegeben?"

Eban lachte. „Ich nehme an, sie hat nichts dagegen?"

„Ich glaube, das hängt davon ab, wie oft du mich zum Orgasmus bringen kannst."

„Typisch Haley." Haleys offenes Gerede über Sex war erfrischend, auch wenn es seinem Chef oft die Röte ins Gesicht trieb. „Ich schätze, dann sollte ich besser daran arbeiten, Haleys Zustimmung zu bekommen."

Eban beugte sich vor und küsste sie erneut. Damit begann der sinnliche Tanz von vorne. Das Berühren, Küssen, Streicheln, das Finden und Drücken ihrer Lustpunkte.

Darby hatte kein Problem, seine zu finden. Als ihre Finger

sich um ihn legten und drückten, war er davon überzeugt, als glücklicher Mann sterben zu können.

Darby zitterte und ihr Atem ging stoßweise, als er das Kondom aufriss. Eban war erleichtert, dass er ihr ein gutes Gefühl geben konnte. Er rollte sich das glitschige Latex über und hoffte inständig, dass er es nicht vermasseln würde.

Dann umfasste er ihren Hinterkopf und zog sie auf sich, sodass sie sich rittlings auf ihn setzen konnte. Er überließ ihr die Kontrolle.

Sie begriff, was er tat, und er konnte an ihrem Blick erkennen, dass sie es zu schätzen wusste. Der Gedanke, sie zu erschrecken, fraß ihn auf. Er wollte ihr sagen, sie solle langsam machen, auch wenn es fast unerträglich für ihn war, doch sie ließ sich sofort auf seine Erektion sinken, bis ihre Körper eng miteinander verbunden waren.

Er lag da, betäubt von dem unglaublichen Gefühl, sie um sich herum zu spüren. Er blickte zu ihr auf, erregt und verunsichert. „Alles in Ordnung?"

Sie richtete sich auf und wippte leicht mit den Hüften, als ob sie sich an das Gefühl gewöhnen würde, ihn in sich zu haben.

„Fantastisch."

Er beobachtete sie, wie sie sich langsam auf und ab bewegte und dabei den letzten Rest seiner Kontrolle zunichtemachte. Sie ritt ihn sanft, vorsichtig, wobei sie die Reibung ihrer Körper zu genießen schien.

„Bist du bereit für ein bisschen mehr?" Seine Stimme stockte.

„Mehr?"

„Es gibt noch viel mehr, aber heute werde ich dir nur ein bisschen mehr zeigen."

Sie nickte und sah aus wie das erotischste Geschöpf, das er je gesehen hatte.

„Bereit?"

Wieder nickte sie, ein wenig unsicher.

Er zog ihre Schamlippen mit seinen Fingern auseinander und drückte seinen Daumen gegen ihre Klitoris. Ihre Augen rollten in ihrem Kopf zurück, als sie zu zittern begann und sich um ihn herum zusammenzog. Mit seiner anderen Hand hielt er ihre Hüfte fest und stieß tiefer und fester zu. Anstatt sie zu erschrecken, erwiderte sie jeden Stoß mit ihrem Körper und sah aus, als würde sie das Gefühl ebenso sehr genießen wie er.

Er wanderte von ihrem Kitzler zu ihrer Brustwarze und zwickte sie so fest, dass sie vor Lust aufschrie.

Bei dem Laut reagierte sein ganzer Körper, und seine angespannten Hoden warnten ihn, dass er gleich kommen würde. Er warf seinen Kopf zurück und schloss die Augen, als sein Höhepunkt ihn durchfuhr und seinen Geist mit einem hellen Licht und einer Million Funken der Lust erfüllte.

Eban öffnete die Augen, um sich zu vergewissern, dass es Darby gut ging. Sie hatte die Augen geschlossen und den Mund geöffnet. Sie war wirklich die hinreißendste Frau, die er je gesehen hatte.

Dann öffnete sie ihre strahlenden, grünen Augen und sah ihn an. „Danke."

Die Tatsache, dass sie ihm dankte, trieb ihm beinahe die Tränen in die Augen, weil ihr etwas so Wichtiges geraubt worden war. Ihre Sexualität. Ihre Freude. Doch sie hatte beides zurückgewonnen, und er war froh, ihr dabei geholfen zu haben. Froh, dass es ihnen gelungen war, gemeinsam etwas zu schaffen, das schön und richtig war.

„Ich danke *dir*.“ Seine Stimme klang rau und ein trauriger Unterton schwang darin mit. Er hätte alles dafür gegeben, um das, was sie im letzten Sommer durchgemacht hatte, rückgängig zu machen, doch er konnte die Vergangenheit nicht ändern. Er konnte ein Teil ihrer Gegenwart und Zukunft sein, wenn sie ihn ließ. Wenn sie einen Weg nach vorne fanden.

Für den Moment war das genug.

Sie sank auf ihm zusammen, und er bewegte sie vorsichtig, um das Kondom abzuziehen. Dann zog er die Decke hoch, und sie schmiegte sich an ihn, nackt im schummrigen Licht.

„Eban?“

„Hm?“

„Die meisten Experimente erfordern mehr als einen Datenpunkt, weißt du.“

Er lächelte in ihr Haar. „Gib mir ein wenig Zeit, um mich zu erholen. In der Zwischenzeit solltest du etwas schlafen.“

Tatsächlich schlief sie langsam ein, ihre Atemzüge wurden immer tiefer und regelmäßiger. Er war sich nicht sicher, wie sie darauf reagieren würde, mit und neben jemandem zu schlafen. Er würde es sich nicht zu Herzen nehmen, wenn sie schreiend aufwachte, doch er hoffte um ihretwillen, dass das nicht passieren würde.

Obwohl sie unglaublich war, wollte er, dass sie sich normal fühlte, denn das war es, was sie wollte.

Vorsichtig stieg er aus dem Bett, entsorgte das Kondom und legte ein paar Holzscheite ins Feuer.

Er schob den Vorhang beiseite und starrte hinaus in die verschneite Nacht, wobei er sich fragte, wo sich dieser Mörder versteckte. Hatte er Darby immer noch im Visier, oder war er weitergezogen?

Draußen verstärkte sich der Schneesturm. Der Schnee wehte waagerecht vor dem Fenster, und die Baumkronen bogen sich im heulenden Wind.

Wahrscheinlich war der Mörder im Moment genauso in dieser Stadt gefangen wie alle anderen auch. Eban erschauderte und kuschelte sich wieder zu Darby ins Bett. Er zog sie an seine Brust und genoss das Gefühl ihrer Haut an seiner.

Er würde nicht zulassen, dass ihr jemand wehtat. Nie wieder.

———

DARBY SCHRECKTE AUF und erstarrte augenblicklich angesichts der dunklen Schatten, die über die Decke tanzten. Dann wurde sie sich der Kühle in der Luft und der wohligen Wärme des Mannes neben ihr bewusst, und die Erinnerungen kamen zurück. Sofort entspannte sie sich. Sie war nicht auf der Insel. Sie war nicht verängstigt und allein, oder schlimmer noch, verängstigt und nicht allein.

Sie glitt unter der Decke hervor, ging ins Bad und legte auf dem Weg zurück ins Bett Feuerholz nach.

Euphorie erfüllte sie. Die Erinnerung an das, was sie und Eban getan hatten, ließ sie wie eine Verrückte grinsen, als sie sich wieder unter die Decke kuschelte und ihre nun kalte Haut an seinen warmen Körper schmiegte.

Seine Hand legte sich um ihre Taille und zog sie an sich.

„So leicht kommst du mir nicht davon", knurrte er.

„Ich will auch gar nicht davonkommen." Sie presste ihren nackten Körper an seinen und spürte seine Erektion an ihrer Hüfte wachsen.

„Das Erste, was man als Verhandlungsführer lernt, ist, keine Annahmen zu treffen. Man muss unvoreingenommen sein und so viele Informationen wie möglich einholen."

Er rollte sie auf den Rücken. Ihre Augen hatten sich mittlerweile an die Dunkelheit gewöhnt, sodass sie seine Gesichtszüge erkennen konnte. Er lächelte sie an.

Sie wusste, dass er sie fragen würde, ob es ihr gut ging, doch sie wollte nicht, dass er das tat.

Darby legte ihre Handfläche auf die glatte Haut seines Brustbeins. „Was lernt man sonst noch in der Ausbildung zum Verhandlungsführer?"

Er beugte sich hinunter und küsste ihre Stirn, ihre Augen, ihre Lippen. Er wanderte an ihrem Kiefer entlang, ließ ihren verletzten Hals aus und ließ seine Zunge dann über ihr Schlüsselbein gleiten. Er drückte ihre Brustwarze fest zwischen Zeigefinger und Daumen zusammen, woraufhin sich ihr Rücken wölbte.

„Dass man immer auf Überraschungen gefasst sein muss." Sie lachte.

Seine Hand wanderte an der Vorderseite ihres Körpers nach unten und tauchte in ihre feuchte Hitze ein. Er streichelte sie langsam und unerbittlich. „Und alles zu verlangsamen."

Es war eine Qual, und sie wollte nicht, dass es aufhörte. Sie spreizte ihre Schenkel und flehte stumm um mehr.

„Verhandlungsführer sollten darauf achten, mit leiser und ruhiger Stimme zu sprechen." Er küsste ihre Brust und saugte dann eine Brustwarze in seinen Mund, während er auf dem Bett ein wenig weiter nach unten rutschte.

„Was noch?" Sie konnte kaum noch atmen, geschweige denn denken.

„Man sollte Sätze mit ‚Tut mir leid' beginnen, um

Konfrontationen zu vermeiden. Tut mir leid, aber willst du, dass ich aufhöre, dich zu küssen, um deine Fragen zu beantworten? Am Ende des Satzes hebt man seine Stimme, um eine Frage zu suggerieren: ‚Bist du sicher, dass du willst, dass ich aufhöre, dich zu küssen?‘“

„Darauf würde ich mit einem klaren Nein antworten.“

„Ganz genau. Ich habe dich dazu gebracht, die Optionen für eine bessere Lösung zu überdenken.“ Er ließ seine Zunge über ihre andere Brustwarze gleiten. „Und dich dazu zu bringen, Nein zu sagen, bringt dich an einen Punkt, an dem du viel eher bereit bist, dich auf eine Verhandlung mit mir einzulassen.“

„Ich würde gerne den ganzen Tag mit dir verhandeln.“

„Vielleicht kann ich nie wieder einen Kurs abhalten, ohne unangemessene Gedanken zu haben.“ Er grinste und glitt noch ein wenig tiefer, küsste ihren Bauchnabel, ihren Bauch.

Ihr Herz klopfte unkontrolliert. Alles, was sie hier in diesem Bett taten, wusch einen Teil des Schmerzes ihrer Vergangenheit weg.

„Was noch?“, flüsterte sie atemlos.

„Isopraxismus.“

Sie blinzelte verwirrt und schrie auf, als seine Zunge durch die Falten ihrer Schamlippen glitt.

Er zog sich zurück und blies auf das feuchte Fleisch. Sie erschauderte.

„Menschen mögen grundsätzlich Leute, die ihnen ähnlich sind. Es ist ein nicht erlerntes Verhalten, bei dem eine Spezies dazu neigt, sich ähnlich zu verhalten – eine Person fängt im Theater an zu klatschen, und alle machen mit. Das ist eine Echsenhirn-Sache. Wir bauen eher eine Beziehung zu Menschen auf, die wie wir aussehen und sich wie wir verhalten, und der Aufbau von Beziehungen ist der Schlüssel zur Beeinflussung des Verhaltens."

Darby biss sich auf die Lippe, als er sanft an ihrer Klitoris saugte. Sie hatte das Gefühl, als würden ihre Knochen schmelzen, obwohl jeder Nerv in Flammen stand. Ihr Atem wurde heiser. Dann tauchte seine Zunge tiefer in sie ein, und er hob ihre Knie auf seine Schultern und schlang seine Arme um ihre Taille.

„Da ich meine Arbeit meist am Telefon erledige, konzentriere ich mich hauptsächlich auf verbale Hinweise."

„Deine Lippen können also quasi Wunder vollbringen?" Sie stöhnte auf, als er sie wieder leckte. Langsam. Tief.

„Die letzten ein bis drei Wörter oder das wichtigste Wort eines Satzes zu spiegeln, ist eine beliebte Technik von Verhandlungsführern. Es ist ein Mimikry-Trick, der Verbindung aufbaut und gleichzeitig hilft, dem Gegenüber weitere Informationen zu entlocken."

„Weitere Informationen?", seufzte sie.

Er lächelte. „Du lernst schnell."

„Ich habe einen wirklich ausgezeichneten Lehrer."

Er drängte sie an das Ende der Matratze und kniete sich auf den Boden. Eigentlich hätte ihr kalt sein müssen, doch sie glühte förmlich.

„Eine Verhandlung ist nur ein Gespräch, das Beziehung und Vertrauen aufbaut und die Menschen zum besten Ergebnis führt." Seine Zunge versank tief in ihr, und sie krümmte sich.

„Okay." Sie griff in sein Haar und zog seinen kratzigen Bart über das empfindliche Fleisch ihres Geschlechts. „Was noch?"

„Willst du mehr Details?" Lachend leckte er sich über die Lippen.

„Bring mir alles bei."

„Die wichtigste Fähigkeit, die ein Verhandlungsführer anwenden muss, ist das aktive Zuhören. Es geht nicht nur um die Worte, die gesprochen werden, sondern auch um die Bedürfnisse und Ängste der Person, mit der man verhandelt."

„Ich habe so einige Bedürfnisse."

„Gefällt dir das?", fragte er.

„Hmmm."

Im schummrigen Licht des Feuers konnte sie erkennen, dass er grinste. „Der Einsatz von minimalen Ermutigungen, um die andere Person wissen zu lassen, dass man noch zuhört, ohne den Fluss der … Informationen zu unterbrechen."

„Mhm."

Er verschlang sie mit seinem Mund, und die Spannung stieg und stieg.

Dann verlangsamte er seine Liebkosungen wieder, und sie war kurz davor, vor Frust zu schreien.

„Im Grunde genommen versetze ich mich in die Lage meines Gegenübers und überlege, welche Ängste ihn antreiben. Dann wende ich mich wieder an ihn oder sie. ‚Es scheint, als hätten Sie Angst, verhaftet zu werden.' ‚Es scheint, als hätten Sie Angst, Ihre Familie zu enttäuschen.' Offene Fragen, die Informationen ermutigen. Keine Anschuldigungen oder Behauptungen, die Menschen dazu bringen, in die Defensive zu gehen. Fragen, die mit Ja oder Nein beantwortet werden können, gilt es zu vermeiden."

Als sie den Mund öffnen wollte, legte er ihr einen Finger auf die Lippen. „Außerdem sollte man immer die Stille für sich arbeiten lassen. Die andere Seite füllt sie normalerweise aus."

Ihr ganzer Körper bebte vor Verlangen. „Was noch?"

„Die Beschwerden oder den Standpunkt des anderen umschreiben, damit er weiß, dass man ihn versteht."

„Das fühlt sich gut an. Hör nicht auf."

„Du willst nicht, dass ich aufhöre, weil es sich so gut anfühlt?", flüsterte er an ihrer Haut.

„Hör nicht auf. Was noch?", fragte sie.

„Die negativen Emotionen benennen. Wenn man die Angst auf ein Banner schreibt und damit herumwedelt, wird ein Großteil der Ängste zerstreut."

Seine Zunge spießte ihren Kitzler regelrecht auf, während seine Finger in sie hineinglitten und sie weiter reizten, bis ihr Körper sich anspannte und sie vor Lust explodierte. Sie schrie in die Nacht hinaus.

Ihr Herz pochte, als ihr Verstand wieder einsetzte. Eban krabbelte auf das Bett, küsste sie und zog sie an seine Brust. Ihre Augen weiteten sich und begegneten seinem dunklen Blick, als sie erkannte, dass er nichts mehr tun würde.

Sie wusste auch, warum. Er war immer noch darauf bedacht, alles langsam und vorsichtig zu tun, um sie nicht zu erschrecken. Und das wusste sie zu schätzen. Sie wusste, dass es Rückschläge geben würde. Doch sie hatte eine aktive Rolle in dem, was sie taten. Sie war keine passive Spielerin mehr.

Sie küsste ihn auf den Mund und setzte sich dann rittlings auf ihn. „Sag mir, wenn ich etwas tue, was dir nicht gefällt."

„Darby, du musst nicht –"

„Sei still." Sie küsste ihn auf die Lippen und arbeitete sich dann langsam an seinem Körper hinunter.

„Was machst du da?", fragte er und griff in ihr Haar.

„Was ich da mache?" Sie hielt ihn fest und fuhr mit ihrer Zunge über die heiße Länge seiner Erektion. „Isopraxismus.

Das ist eine Verhaltensweise, die hilft, eine Beziehung aufzubauen."

Sie nahm ihn in den Mund, und sein ganzer Körper versteifte sich, bevor er sich wieder entspannte. Sie wusste nicht genau, was sie tun sollte, aber er zeigte ihr, was ihm gefiel. Er sagte ihr, was sie tun sollte. Sie hörte auf, bevor er zum Höhepunkt kam, und sie holten ein weiteres Kondom, bevor sie ihn wieder in sich aufnahm. Und dieses Mal war es noch besser als beim letzten Mal. Sie rollte ihn über sich, sodass sein Gewicht gegen ihre Hüften drückte, und spreizte ihre Schenkel. Dann bewegten sie sich zusammen, ohne sich Gedanken über die Vergangenheit zu machen, ganz im Hier und Jetzt versunken. Als die Erlösung noch einmal durch sie hindurchschoss, dachte sie, sie würde vor Ekstase zerbersten, weil sie endlich die Freude am Sex und die Schönheit des einander Liebens erlebt hatte.

———

AM NÄCHSTEN TAG wachte Eban frühmorgens auf. Es war noch dunkel, und die Luft war kühl. Irgendwann in der Nacht war das Feuer ausgegangen. Er sah auf seine Armbanduhr. Sechs Uhr morgens.

Darby stöhnte und kuschelte sich an ihn. So sehr er die Zeit allein mit ihr in dieser Hütte auch genoss, er musste seine Nachrichten abrufen. Nachsehen, ob es in dem Fall Fortschritte gab. Nachsehen, ob dieser Albtraum ein Ende genommen hatte, während sie geschlafen hatten.

Der Duft ihres Haars kitzelte seine Nase und erinnerte ihn an das, was sie letzte Nacht getan hatten. Es war besser gewesen, als er es sich vorgestellt hatte, und wieder einmal war er von ihrer Tapferkeit beeindruckt. Im Gegensatz zu ihm war sie kein Feigling. Er hatte Angst gehabt, sie zu verletzen, und sie war entschlossen gewesen, ihre Vergangenheit zu überwinden. Er hatte sie nicht verdient, und er wusste nicht, ob er sie gehenlassen konnte, wenn sie nicht dasselbe wollte wie er.

Sicher konnte er mit dem Gründen einer Familie warten. Und er war bereit zu helfen, wo er nur konnte, doch die Last fiel dennoch auf die Person, die schwanger war, und Darby hatte Träume, die sie verfolgen wollte.

Er würde sie nicht unter Druck setzen oder drängen, das wäre nicht fair, aber wenn sie sich nicht einig waren, was den Kinderwunsch anging, wollte er es lieber jetzt gleich wissen. Er hatte sich immer danach gesehnt, Teil einer liebevollen Familie zu sein. Davon hatte er sein ganzes Leben lang geträumt.

Aber würde eine Familie das Loch füllen, das entstand, wenn Darby kein Teil seines Lebens wäre? Eban glaubte es nicht.

Er stieg aus dem Bett, um sie nicht zu wecken, und ging ins Wohnzimmer. Im Kamin war noch etwas Glut, und er fügte zerknülltes Papier und Birkenrinde hinzu, die sich schnell entzündeten. Dann legte er ein paar kleine Holzscheite hinein und wartete, bis sie brannten.

Er konnte sich über ihre Beziehung und seinen Lebensweg Gedanken machen, wenn der Mörder gefasst und Darby in Sicherheit war.

Er hatte haufenweise Nachrichten und E-Mails erhalten. Charlotte Blood teilte ihm mit, dass Quentin zu einer Krisensituation auf einem Marineschiff an einem Stützpunkt in Virginia gerufen worden war, die sich ernst anhörte. Eban wurde in der Krisenverhandlungsabteilung gebraucht, aber er wollte Darby auf keinen Fall ungeschützt hierlassen.

Wenn sie den Mörder in den nächsten vierundzwanzig Stunden nicht gefunden hatten und das Wetter sich besserte, sodass der Jet hier landen konnte, würde sie hoffentlich zustimmen, ihn nach Quantico zu begleiten, und der Lockvogel könnte ihren Platz einnehmen.

Er wollte nicht einmal daran denken, sie hier alleinzulassen, und auch von einer weiteren Entführung würde er gerne absehen.

KAPITEL ZWEIUNDDREIßIG

DER RADIOSPRECHER SAGTE, die Polizei habe eindeutige Beweise gefunden, die belegten, dass Darby O'Roarke weder Martin Carstairs noch Adele Surrey ermordet habe. Dann verkündete er, dass Darby gestern Abend in der Diamond Head Lodge, wo sie sich mit ihrem Anwalt getroffen hatte, angegriffen worden war. Ich hatte mir schon gedacht, dass sie sich vielleicht auch dort aufhalten würde. Martin Carstairs' Bruder saß jetzt im Gefängnis.

Ich kratzte mich am Kopf, während ich weiterfuhr. Ich hatte Aufnahmen in den sozialen Medien gesehen, und die Gewalt des Angriffs hatte mich schockiert. Der FBI-Agent hatte es geschafft, den Mann zu überreden, sein Messer fallen zu lassen, was mich daran erinnerte, dass Winters ein ausgebildeter Verhandlungsführer und kein Leibwächter war. Offensichtlich hatte er Darby letzte Nacht nicht besonders gut beschützt. Arschloch.

Es war nie meine Absicht gewesen, dass sie verletzt wird. Die ganze Sache hatte damit begonnen, dass ich ihr durch ihr Trauma helfen wollte.

Obwohl, vielleicht war es ein Zeichen. Wenn Martin Carstairs' dämlicher Bruder an Darby herankommen konnte, dann konnte ich das ganz sicher auch.

Aber was meinten die Cops damit, dass sie Beweise hatten,

dass Darby die Morde nicht begangen hatte? Die Fingerabdrücke und die DNA des Mädchens waren auf der Mordwaffe. Martin Carstairs' Blut war auf Darbys Hemd, und ihre Fußabdrücke waren an beiden Tatorten.

Stöhnend ließ ich meinen Kopf gegen die Kopfstütze sinken und stieß ihn einmal, zweimal, dreimal dagegen. Die Stiefel. Die Polizisten hatten Darbys Stiefel als Beweismittel gehabt, als Adele ermordet wurde.

Also hatten meine Fußabdrücke für Verwirrung gesorgt. Die Stiefel waren jedoch kein seltenes Modell.

Ich schnaubte. Ich würde das nicht gerade als „Beweis" bezeichnen, doch da Darby vermutlich ein Alibi für Adeles Tod hatte, würde die Polizei jetzt wahrscheinlich prüfen, ob noch jemand anderes in die Morde verwickelt war. Darby könnte ja mit einem Partner zusammenarbeiten. Der Gedanke entlockte mir ein Lächeln. Die Vorstellung, jemandem, der es verstehen könnte, mitzuteilen, wer ich wirklich war, war verlockend …

Aber Darby machte sich immer noch vor, dass sie im letzten Jahr nicht zerstört worden war. Dass sie eine Chance auf ein normales Leben hatte. Ich konnte mir gut vorstellen, was mit ihr geschehen war. Menschen erholten sich nicht einfach so von einem solchen Schaden. Dieses Erlebnis hatte sie dauerhaft beeinträchtigt, sie ruiniert.

Darby machte sich Illusionen, wenn sie glaubte, sie könne einfach wieder ihr Leben leben. So funktionierten die Dinge nicht.

Ich riss mich zusammen und achtete darauf, nicht zu sehr auf das Gaspedal zu treten. Ich hatte versucht, ihr zu helfen. Ich hatte versucht, ihr zu sagen, dass ich sie verstand. Versucht, ihr beizustehen.

Würde sie das zu mir führen?

Ich presste meine Lippen aufeinander, als ich zu dem Schluss kam, dass es vielleicht so sein könnte. Irgendwann.

Um unbesorgt weiterzuleben, musste ich herausfinden, ob das FBI diese Verbrechen mit den anderen, die ich im Laufe der Jahre begangen hatte, in Verbindung gebracht hatte. Es würden sicherlich nicht alle sein – ich konnte mich nicht einmal an alle erinnern –, doch ich konnte regelrecht spüren, wie das FBI näherkam.

Ich grinste. Als ob ihnen das helfen würde. Meine Angst vor dem FBI war mit der Zeit verblasst. Ich hatte zwar nichts getan, um sie zu verhöhnen, aber ich müsste schon gewaltig Mist bauen, um tatsächlich erwischt zu werden.

Ich warf einen Blick auf die Ampel, die im Wind schwankte. Der Schneesturm tobte noch immer. Der Wind heulte unheimlich und es war eisig kalt. Flüge waren gestrichen worden. Die Hauptautobahnen aus der Stadt heraus waren wegen Schneeverwehungen und Whiteout teilweise gesperrt. In der Stadt ging das Leben mehr oder weniger normal weiter, und ich war praktisch in Fairbanks gefangen, bis sich der Sturm legte.

Ich gähnte, als ich an einer roten Ampel anhielt. Ich war erschöpft, da ich nur ein paar Stunden geschlafen hatte. Ich brauchte Koffein, um mich wach zu halten. Vielleicht sogar ein Nickerchen. Ich blinkte nach links und wartete darauf, abzubiegen, sobald der Linksabbiegepfeil grün wurde. Vor mir bog FBI Supervisory Special Agent Eban Winters in denselben beliebten Drive-Thru ein. Neben ihm saß Darby, die eine kecke Mütze mit einem pelzigen Bommel trug.

Sie sah so verdammt glücklich aus, dass ich meine gesamte Selbstbeherrschung aufbringen musste, um nicht zu beschleunigen und den Geländewagen zu rammen. Wie konnte sie nach allem, was passiert war, lächeln? Wie viele Menschen mussten sterben, bis sie erkannte, dass das Leben nicht in Ordnung war?

Die Ampel schaltete um, und ich raste über die Straße und reihte mich direkt hinter ihnen in die Drive-Thru-Schlange ein.

Wütend ließ ich das Fenster herunter, um meine Bestellung aufzugeben. Sofort wehte eiskalter Wind durch den Spalt, und ich schloss es wieder, sobald ich konnte. Ich war so wütend, dass ich die Zähne zusammenbiss und der Schmerz hinter meinen Augen pochte. Es war alles Darbys Schuld, aber sie sah ungerührt aus, als würde sie sich prächtig amüsieren.

Schweiß bildete sich auf meinem Rücken und lief mir die Wirbelsäule hinab. Die Wut schlängelte sich wie eine Schlange durch meine Adern. Das Mädchen hatte nichts gelernt. Weder aus dem letzten Sommer noch aus Martins oder Adeles Tod. Ebenso wenig wie aus dem Angriff gestern Abend. Ich beobachtete, wie sich die Silhouetten im Auto vor mir einander zuwandten und küssten.

Galle stieg in meiner Kehle auf, brannte in meinem Mund, hinterließ einen bitteren und sauren Geschmack auf meiner Zunge. Mein Herz raste, das Blut in meinen Ohren pochte, meine Hände umklammerten das Lenkrad so fest, dass ich dachte, es würde unter meinen Fingern zerbröckeln. Innerlich weinte ich. Innerlich schrie ich. Doch niemand bemerkte es. Nie bemerkte es jemand.

Dann kam mir der Gedanke, dass es sich um eine Falle handeln könnte. Wieder brach mir der Schweiß aus und bedeckte meinen Rücken und meine Stirn, während ich mich nervös umsah, doch alles schien normal zu sein. Wegen des

Schneesturms waren nicht viele Leute unterwegs. Nur ein Paar ging mit zwei Kaffeebechern über den Parkplatz, und in der Nähe stand ein Müllwagen.

Ich dachte über die Waffe im Handschuhfach nach. Es war zwar nicht meine Lieblingswaffe, aber sie würde ihren Zweck erfüllen. Ich könnte aussteigen, den FBI-Agenten erschießen und mir Darby schnappen. Damit würden sie nicht rechnen.

Ich betrachtete den massiven Holzzaun zu meiner Linken und den LKW hinter mir. Das Problem war, dass es keinen Fluchtweg gab. Ich würde niemals entkommen.

Ihr Geländewagen fuhr vom Schalter weg, und ich blinzelte wie eine Eule. Jetzt war es zu spät. Sie waren weg. Ich war mir ziemlich sicher, dass ich wusste, wohin sie fuhren, doch das war der letzte Ort, an dem ich sein wollte.

Der Fahrer hinter mir hupte, und ich blickte in den Rückspiegel. So verlockend es auch war, einfach stehen zu bleiben und das Arschloch hinter mir zu provozieren – oder ihm in den Kopf zu schießen –, hob ich meine Hand zur Entschuldigung und fuhr zum Fenster.

Ich tippte mit den Fingern auf das Lenkrad, während ich meinen Kaffee und meinen Muffin mit einem Lächeln und einem Witz über das Wetter entgegennahm. Dann fuhr ich los und überlegte, was ich als Nächstes tun sollte.

Vielleicht war es an der Zeit, glorreich abzutreten, obwohl mir Schmerz und Tod nie zugesagt hatten. Was ich brauchte, war eine Ablenkung. Ein Gedanke schoss mir durch den Kopf, und ich wusste nicht, warum ich nicht schon früher daran gedacht hatte. Was die Polizei brauchte, was *ich* brauchte, war ein weiteres Opfer. Und ich wusste genau, wo ich eines finden würde.

KAPITEL DREIUNDDREISSIG

DARBY FOLGTE EBAN durch die Hintertür ins Polizeirevier. Sie war glücklich und fühlte sich wohlig wund. Zum Glück lauerte ihr die Presse an diesem Morgen nicht auf, denn es wäre wahrscheinlich nicht gut für ihr Image, selig zu lächeln, während der Mörder noch auf freiem Fuß war.

Schlimm genug, dass die erste Person, die sie im Gebäude erblickte, Signy Torgerson war, die sie mit einem wissenden Lächeln musterte.

„Was?", fragte Eban die Ermittlerin scharf.

„Nichts."

Darby wandte ihren Blick ab. Sie weigerte sich, die letzte Nacht als etwas anderes als gut in Erinnerung zu behalten. Es war nicht nur auf körperlicher und geistiger Ebene unglaublich gewesen, sondern auch in Bezug auf die Beziehung zwischen Eban und ihr. Auch wenn er es nicht direkt gesagt hatte, glaubte sie, dass er Gefühle für sie hatte, und zwar definitiv nicht platonischer Art. Er hatte von einer langfristigen Beziehung gesprochen, und das gab ihr Hoffnung für die Zukunft. Die erste Hoffnung, die sie seit Monaten auf einer persönlichen Ebene hatte.

Es fühlte sich wie ein Durchbruch an, nicht nur in ihrem Leben, sondern auch in ihrer Genesung. Sie wollte mit ihrem

Therapeuten darüber sprechen. Natürlich nicht über die Details, sondern über die Tatsache, dass sie Sex gehabt und es genossen hatte. Darüber, dass sie neben einem Mann eingeschlafen und nicht schreiend in der Dunkelheit aufgewacht war. Darüber, dass sie Eban vermisst hatte, als sie aufgewacht und er nicht da gewesen war. Die kognitive Verhaltenstherapie und die EMDR schienen zu wirken. Es war wichtig, dass Dr. Gleeson wusste, dass er ihr half, besonders nach dem Diebstahl der Videos, der sich für den Mann wie ein Schlag in die Magengrube anfühlen musste.

Die Aufnahmen waren noch nicht wieder aufgetaucht. Hoffentlich würden sie gefunden werden, bevor sie veröffentlicht wurden.

Plötzlich tauchte drei Meter vor ihnen Tim Carstairs aus einem Seitenkorridor auf, angeführt von einem uniformierten Beamten, den Darby nicht erkannte. Sie erstarrte.

Ein Teil von ihr wollte sich hinter Eban verstecken, doch das passte nicht zu der Rückbesinnung auf die Person, die sie einmal gewesen war. Das wäre ein Weglaufen aus Angst. Trotzdem wäre es gelogen, wenn sie behauptet hätte, dass sie nicht erleichtert war, als Eban vor sie trat.

Tim blieb stehen und starrte sie an, er hatte die gleichen Augen wie sein Bruder, nur dass seine gerötet und von Trauer und Wut zerfressen waren.

„Mein Beileid", sagte sie schnell.

Er öffnete den Mund und holte scharf Luft. „Mir wurde gesagt, dass ich mich bei dir entschuldigen muss."

Sie blickte ihn nervös an.

„Seine Freunde haben meiner Mutter gesagt, dass sie nicht glauben, dass du es getan hast, sondern dass etwas anderes im Gange ist. Dass man dir etwas anhängen will, aber ich verstehe das nicht." Er schluckte.

Ihre Augen füllten sich mit Tränen. Ihre Freunde glaubten ihr endlich. Erleichterung machte sich in ihr breit, doch sie versuchte, es sich nicht anmerken zu lassen.

„Darby ist nicht befugt, über den Fall zu sprechen, und Sie sollten nicht mit ihr reden, es sei denn, ich irre mich, was die Bedingungen für Ihre Kaution angeht", sagte Eban barsch.

Sie umklammerte Ebans Arm. „Martin war ein wunderbarer Mensch, und es tut mir leid, dass er ermordet wurde."

„Er war in dich verliebt."

Sie zuckte zusammen. „Was?"

Tim rieb sich die Augen. Sie fragte sich, ob er in einer dieser schrecklichen Zellen überhaupt geschlafen hatte. „Er hat mir erzählt, dass er in ein rothaariges Mädchen von der Arbeit verliebt war."

„Was?" Ihre Stimme stockte.

Sie betrachtete Tims blutunterlaufene Augen und erkannte, dass er die Wahrheit sagte. „Ich wusste nichts davon."

Sie zog ihre Jacke aus, denn es war heiß in dem Gebäude, und sie war so warm eingepackt wie ein Baby.

Tims Blick fiel auf die Wunde an ihrem Hals, die sie am Morgen mit frischen Steristrips versorgt hatte, ohne den Verband erneut anzulegen.

„Oh Gott." Er schlug sich die Hand vor den Mund und flüsterte entsetzt: „Es tut mir so leid."

Darby widerstand dem Drang, ihm zu sagen, dass es in Ordnung war. Aber es war nicht in Ordnung. Sie verstand seine Wut, dennoch war es nicht in Ordnung.

Eban drängte sie um den Mann herum. „Zeit zu gehen. Sie

bekommen noch keine Absolution. Sie haben versucht, eine unschuldige Frau zu töten und wären dabei fast erschossen worden. Sie hatten verdammtes Glück, dass Sie noch leben, und ich schlage vor, Sie gehen jetzt zu Ihren Eltern und halten sich von Ärger fern, während Sie Ihrem Bruder die letzte Ehre erweisen."

Darby schaute über ihre Schulter und ihr Herz zog sich zusammen, als sie den schmerzerfüllten Blick des Mannes sah.

Eban raunte leise: „Er muss sich deine Vergebung verdienen."

„Er hat jemanden verloren, den er liebt. Ich kann seinen Schmerz nachempfinden."

„Ja, ich weiß. Aber du musst diese Last nicht für ihn tragen. Er muss mit seinem Verlust genauso fertig werden, wie du mit deinem fertig werden musstest. Überlass die Sache dem Richter, bevor du ihn völlig vom Haken lässt."

Eban wartete, bis sie vor ihm den Konferenzraum betreten hatte. Die Jalousien waren geschlossen, und sie war dankbar, dass außer ihnen noch niemand da war. Es war erst sieben Uhr morgens. Eban hatte es kaum erwarten können, zur Arbeit zu gehen, und sie war schon immer eine Frühaufsteherin gewesen, also hatte es ihr nichts ausgemacht. Nach der letzten Nacht fühlte sie sich energiegeladen und gestärkt.

Signy Torgerson folgte ihnen, sodass sie nicht lange allein waren. Darby vermied es, sich die Bilder anzusehen, und war froh, dass Tim die Fotos auf der Tafel nicht zu Gesicht bekommen hatte.

„Ich gehe wieder hinter den Sichtschutz", bot Darby an.

„Ich hatte gehofft, du könntest dir die Videos und Fotos der Handykameras von der Ceilidh-Party heute Morgen mit einem der Beamten ansehen. Uns helfen, die Anwesenden zu identifizieren." Zwischen Ebans Brauen bildete sich eine Falte. „Wenn du dich dazu in der Lage fühlst."

„Das tue ich." Sie wollte helfen.

Draußen vor dem Großraumbüro war ein Tumult zu hören, und der hochgewachsene Streifenpolizist, dem die Unstimmigkeiten bei den Fingerabdrücken aufgefallen waren, kam zur Tür geeilt und lehnte sich herein.

„Es hat einen weiteren Angriff gegeben."

Darbys Stimmung kippte.

„Das Opfer ist bewusstlos, aber am Leben. Sie haben sie ins Krankenhaus gebracht."

„Übernehmen Sie das", befahl Eban mit einem Blick zu ihr. „Ich bleibe hier, um alle Beweise zu sichten, die über Nacht eingetroffen sind. Gehen Sie beide. Versuchen Sie, die Zeugin zu befragen und untersuchen Sie den Tatort."

Darby wusste, dass dies ein großer Durchbruch sein könnte. Dieses Opfer konnte ihnen möglicherweise genau sagen, wer der Mörder war, und die Sache beenden. Und der Grund, warum Eban dieser Spur nicht persönlich nachging, war, dass er sich Sorgen um sie machte.

„Geh ruhig, Eban. Ich komme hier gut zurecht und schaue mir die Videos an. Ich verspreche, dass ich den Raum nicht verlassen werde, außer um auf die Toilette zu gehen. Was soll mir hier schon passieren?"

„Nichts", versicherte Allan Robertson ihr. „Wir haben den Beamten identifiziert, der vorgestern Abend die Medien angerufen hat, und er wurde bis zu einer umfassenden Untersuchung suspendiert. Tim Carstairs hat einen Hinweis vom Portier des Hotels erhalten, der Sie wiedererkannt hat. Er ist ein alter Schulfreund von ihm. Niemand hier glaubt, dass Sie irgendetwas mit all dem zu tun haben. Jetzt nicht mehr.

Wir sind für Sie da, Miss O'Roarke."

Ein Anflug von Erleichterung durchfuhr Darby. Sie hatte gar nicht bemerkt, wie angespannt sie gewesen war, als sie das Revier betreten hatte, selbst mit Eban an ihrer Seite. Ihre Kehle war trocken und sie schluckte, um sie zu befeuchten. „Danke."

Sie nahm Ebans Hand und drückte sie kurz. „Geh ruhig. Ich verspreche dir, dass ich hierbleiben werde. Ich werde nirgendwo hingehen, bis du zurückkommst."

„Rühr dich nicht von der Stelle", warnte Eban.

Sie lächelte. „Okay, gut. Jetzt geh. Schnapp dir den Täter, bevor er entkommen kann."

AUFGEREGT SCHNAPPTE SICH Signy ihren Parka und zog sich schnell ihre Winterstiefel an. Über Nacht hatte es stark geschneit, und die Chancen standen gut, dass sie und Allan wieder einmal durch die gefrorene Einöde von Fairbanks im Januar stapfen würden. Sie kamen dem Mörder immer näher, sie konnte ihn fast riechen. Und obwohl Eban Winters an den Ermittlungen beteiligt war, schien er nicht am Ruhm interessiert zu sein. Er wollte einfach nur, dass der Mörder hinter Gitter kam oder, besser gesagt, dass er für Darby O'Roarke keine Bedrohung mehr darstellte.

Wenn Signy sich zwischen der Sicherheit der Menschen und ihrer Beförderung entscheiden müsste, würde sie sich definitiv für die Sicherheit der Menschen entscheiden – das war der Grund, warum sie diesen Beruf überhaupt erst gewählt hatte. Aber wenn sich diese beiden Dinge miteinander kombinieren ließen? Ein Traum-Szenario. Diesen Verdächtigen zu fassen, bevor die anderen FBI-Agenten auftauchten, war nicht nur im Moment ihre Priorität, sondern es wurde auch immer wahrscheinlicher, dass das Opfer bei Bewusstsein war und sich an etwas erinnern konnte.

Sie ging nach draußen zu ihrem Dienstwagen, zog den Stecker der Heizung heraus, stieg ein und ließ den Motor an. Zu ihrer großen Überraschung stieg Eban Winters auf den Beifahrersitz. Ohne etwas zu ihm zu sagen, folgte sie Allan zum örtlichen Krankenhaus, das nur ein paar Blocks vom Revier entfernt war. Sie parkte hinter dem Streifenwagen, und die drei gingen gemeinsam hinein.

Signy ging zur Notaufnahme und zeigte ihren Ausweis vor. „Hier wurde eine Patientin mit einer Stichwunde eingeliefert?"

Der Angestellte ließ sie eintreten, und die drei eilten den Korridor entlang, bis sie einen abgetrennten Bereich erreichten.

Mehrere Ärzte und Krankenschwestern standen um eine blonde Frau herum, die bewusstlos auf einem Bett lag. Auf der rechten Seite ihres Körpers ragte ein Messer aus ihrer Brust. Signy war hier an der richtigen Stelle.

„Ist sie wach?" Signy trat vor.

„Nein. Treten Sie bitte zurück. Wir bereiten sie für die Operation vor, damit wir die Klinge sicher entfernen können."

„Sagen Sie dem Chirurgen, dass er das Messer in einen sterilen Behälter legen soll. Wir könnten darauf einen Hinweis auf den Täter finden. Hat sie etwas gesagt?"

Die Krankenschwester trieb die drei ein paar Schritte zurück. „Nichts. Sie war die ganze Zeit über bewusstlos. Sieht aus, als wäre sie unter Drogen gesetzt und irgendwo gefangen gehalten worden."

„Wer hat sie gefunden?"

„Sprechen Sie mit den Sanitätern, die sie hergebracht haben." Die Krankenschwester versuchte erneut, sie zurückzudrängen.

Signy trat beiseite. „Warten Sie. Wie kommen Sie darauf, dass sie gefangen gehalten wurde?"

„Sie hat Abdrücke an den Handgelenken. Abschürfungen um ihre Knöchel. Sieht aus, als wäre sie geflohen und im Schnee ohnmächtig geworden. Sie hatte bereits Erfrierungen erlitten, als sie gefunden wurde. Sie hatte Glück. Noch zehn Minuten länger und sie hätte Finger und Zehen verlieren können."

Ganz zu schweigen davon, dass sie an der Messerwunde verblutet wäre, aber Signy verzichtete darauf, dies zu erwähnen. „Haben Sie einen Ausweis?"

Die Krankenschwester schüttelte den Kopf, doch Allan Robertson meldete sich hinter ihr zu Wort. „Ich weiß, wer sie ist." Er hielt sein Handy hoch und zeigte ihr das Bild einer hübschen blonden Frau. „Corinne Brown. Die vermisste Empfangsdame von Dr. Kim Gleeson."

Signy stockte der Atem. „Gleeson hat also gelogen, als er behauptet hat, dass sie ihren Freund in Anchorage besucht hat?" Sie sprach leise, weil sie wusste, dass sie gehört wurde.

„Sieht ganz so aus", murmelte Eban.

„Nehmen wir ihn zum Verhör mit?" Es juckte sie in den Fingern, den Mistkerl zu schnappen. Der Kerl hatte ihr ins Gesicht gelogen und gedacht, er käme damit durch.

Eban sagte leise: „Besorgen Sie einen Haftbefehl. Lassen Sie uns nichts überstürzen. Wir wissen, wer er ist. Wir sollten ihn nirgendwo verschrecken, wo er Geiseln nehmen kann. Am besten nähern wir uns ihm im Freien und abseits von anderen. Vielleicht auf dem Parkplatz des Universitätsgeländes? Wissen wir, ob er heute Morgen unterrichtet?"

Allan und sie schüttelten beide den Kopf. Es war Freitag und sie kannte seine Termine nicht.

„Setzen Sie einen erfahrenen verdeckten Ermittler auf ihn an. Besorgen Sie Durchsuchungsbefehle für seine Wohnung, seine Büros und für seine Telefongespräche und E-Mails. Ich will, dass jedes Paar Stiefel in seinem Haus untersucht wird, um zu sehen, ob sie mit Darbys oder den anderen Abdrücken übereinstimmen, die wir gefunden haben. Außerdem will ich, dass eine Stimmprobe von ihm genommen, analysiert und mit der Notruf-Aufnahme abgeglichen wird."

Signy hatte die Nachricht auf ihrem Handy, die sie verwenden konnten.

„Hat er noch weitere Räumlichkeiten in der Gegend?"

„Ich weiß es nicht. Ich werde nachsehen. Er hat mir erzählt, dass seine vorherige Assistentin fristlos gekündigt hat. Sie glauben doch nicht …"

Eban warf ihr einen Blick zu.

Oh, Mann.

Wie hatte sie nur so viele Warnsignale übersehen können?

„Sie müssen einen Beamten herschicken und wir müssen wissen, wie und wo die Sanitäter Brown gefunden haben. Es ist möglich, dass Gleeson, oder wer auch immer der Mörder ist, noch nicht weiß, dass sie entkommen ist. Der Mörder könnte annehmen, dass sie tot ist."

Allan nickte. „Ich rufe einen Beamten, um sie zu bewachen."

„Und ich rufe den Chief an, damit er jemanden beauftragt, Gleeson zu beschatten, vorausgesetzt, er ist zu Hause." Signy war wütend auf sich selbst. Mit Corinne Brown zu sprechen, hatte heute Morgen ganz oben auf ihrer Liste gestanden, doch sie hätte gestern schon versuchen müssen, die Frau zu erreichen.

„Signy."

Sie sah zu Eban auf, in der Erwartung, dass er sie tadeln würde. Doch sie sah nur Verständnis in seinen Augen.

„Dieser Fehler hätte jedem von uns passieren können."

Sie kniff die Lippen zusammen und wandte den Blick ab. „Ich habe das Gefühl, dass der Kerl mich von Anfang an verarscht hat."

Eban nickte. „Wir werden ihn kriegen. Wir müssen nur darauf achten, keine Fehler zu machen und dafür sorgen, dass er für eine sehr lange Zeit verschwindet."

„Verdammt richtig." Sie rief ihren Chef an, der noch gar nicht im Büro war. Er klang begeistert angesichts dieses Durchbruchs in dem Fall und versprach, einen ihrer Drogenfahnder, der Erfahrung mit verdeckten Ermittlungen hatte, zu Gleesons Haus zu schicken. Sie war dankbar, dass es keiner der beiden anderen Detectives war. Jeder von ihnen hätte Gleeson verhaftet, und auf dem Papier wäre es dann ihre Festnahme gewesen.

Signy wollte diese Verhaftung. Sie wollte dieses letzte Opfer befragen und bestätigen, dass es sich bei dem Angreifer um Gleeson handelte. Sie hoffte sehr, dass Corinne sich an mehr erinnerte als Darby O'Roarke, wenn sie aufwachte.

———

EBAN SCHLUG DIE Tür des Pick-ups zu und folgte Signy in eine Gasse in einem der ärmeren Viertel von Fairbanks.

Trotz des Windes und des Schnees war innerhalb der Stadtgrenzen nichts wirklich geschlossen, wie er feststellte. Die

Schneepflüge sorgten dafür, dass die Straßen frei waren, und die Menschen schienen wie gewohnt ihren Beschäftigungen nachzugehen.

„Hier haben die Sanitäter sie abgeholt. Jemand hat es gemeldet, aber ich habe den Namen noch nicht. Ich werde ihn beim Disponenten erfragen."

Eban wartete, während sie das tat. Er schaute zu den umliegenden Häusern hinauf, aber es war niemand draußen. Es war zu kalt, um in dieser eisigen Einöde Schneemänner zu bauen.

Der Wind wehte ihm den Schnee ins Gesicht, und er konnte kaum etwas sehen, als er und Signy langsam die Gasse hinter einigen Häusern entlanggingen. Ein Hund, der in seinem Garten angekettet war, bellte aufgeregt.

„Was ist das?" Eban bemerkte einen dunklen, rötlichen Fleck auf dem Boden.

„Könnte Blut sein."

Sie folgten einer sich schnell verflüchtigenden Spur durch ein offenes Gartentor. Ein blutiger Handabdruck verriet ihnen, dass sie am richtigen Ort waren.

„Glauben Sie, er dachte, sie sei tot und ist abgehauen?", fragte Signy.

Ein Schauer, der nichts mit der Temperatur zu tun hatte, lief Eban den Rücken hinunter. „Ich weiß es nicht. Was wissen wir über diese Adresse?"

Signy bat über Funk um weitere Informationen, während er einen Weg neben einer Garage entlangging. Man hatte sich nicht die Mühe gemacht, den jüngsten Schneefall zu beseitigen, und er achtete darauf, nicht in Fußspuren oder Blutstropfen zu treten, als er an der Garage vorbeiging. Das Haus war ein gepflegter Bungalow aus den 1950er Jahren, weiß mit gelben Verzierungen.

„Das Haus gehört einer Frau namens Debbie Abbot. Keine Vorstrafen.“

Eban zog seine Waffe, als er dem Blut bis zur Hintertür des Anwesens folgte. „Irgendeine Verbindung zu Gleeson oder Brown?“

„Auf den ersten Blick nichts.“

Sie hatten Grund zur Annahme, dass ein Verbrechen begangen worden war, und es war möglich, dass es im Haus noch weitere Opfer gab.

„Wollen Sie auf Verstärkung warten?“, fragte er Torgerson.

Sie schüttelte den Kopf. „Ein paar Einheiten sind unterwegs, aber es könnten Menschen in diesem Haus sein, die in Gefahr sind. Wir können es nicht riskieren zu warten.“

Er nickte. Menschenleben waren immer wichtiger als alles andere, und beim Vorgehen dieses Mörders war es durchaus möglich, dass Debbie Abbot noch am Leben war – es sei denn, Debbie war die Mörderin oder arbeitete mit Gleeson zusammen …

Eban konnte es sich nicht leisten, Annahmen zu treffen, bevor er nicht alle Fakten kannte. Er benutzte den Rand seines Handschuhs, um die Fliegengittertür vorsichtig zu öffnen und so wenig wie möglich zu berühren. Dann hielt er sie mit seinem Stiefel auf. Er tat dasselbe mit der Haupttür, inspizierte sie und stellte fest, dass sie nicht verschlossen war. Er wechselte einen Blick mit Signy, die nickte. Sie mussten sich beeilen, sobald sie die Tür geöffnet hatten, um den tödlichen Trichter zu verlassen, in dem es für einen potenziellen Schützen ein Leichtes wäre, sie anzugreifen.

Er ging voran, Signy folgte ihm dichtauf. Sie hielt ihre

Waffe auf den Boden gerichtet, bis sie drinnen war, und ging rasch in die gegenüberliegende Ecke.

Sie befanden sich in einer kleinen Küche. Auf dem Tisch, einem Küchenstuhl und den Vinylfliesen auf dem Boden waren Blutspuren. Torgerson und er bemühten sich, nicht in die Körperflüssigkeiten zu treten, doch es gab eine Menge davon. Verdammt.

Sein Mund wurde trocken. Bei dem Gedanken, dass der Täter Darby etwas Ähnliches antun wollte … Eban musste diesen Mistkerl unbedingt schnappen, damit sie alle wieder ihr Leben leben konnten.

Sie durchsuchten jeden Raum auf dieser Ebene. Alles sah ordentlich und aufgeräumt aus. Es gab keine Anzeichen dafür, dass sich noch jemand in dem Haus befand.

Sie gingen in den Keller. Dasselbe. Leer.

„Wo zum Teufel ist Debbie Abbot?", fragte Signy.

„Wissen Sie, welches Fahrzeug sie fährt?", fragte Eban.

Signy forderte erneut Informationen an. „Eine silberne Limousine." Sie rief die Marke, das Modell und das Kennzeichen ab.

„Machen wir uns auf den Weg zu den Kriminaltechnikern. Und sehen nach, ob das Auto in der Garage steht, bevor wir zur Polizeiwache zurückfahren." Es würde mindestens eine Stunde dauern, bis Corinne aus dem OP kam, und noch länger, bis sie befragt werden konnte. Es hatte keinen Sinn, im Krankenhaus zu warten, wenn sie die Zeit nutzen konnten, um an dem Fall zu arbeiten.

Sie verließen das Gelände, wobei sie darauf achteten, nichts anzufassen. Draußen wurden sie bereits von Streifenbeamten erwartet.

„Das Haus ist sauber. Warten Sie auf die Spurensicherung,

ja?“, bat Signy. „Achten Sie darauf, nicht auf Beweise zu treten. Da sind Fußspuren und eine Blutspur, die wir untersuchen wollen.“ Dann deutete sie auf die Spuren neben dem Blut. „Diese Spuren stammen von Agent Winters und mir.“

Eban ging auf die Garage zu. Er versuchte, die Tür mit der behandschuhten Hand zu öffnen, die Waffe erhoben, Signy im Rücken.

Die Luft im Inneren des Nebengebäudes war genauso kalt wie draußen, aber wenigstens waren sie vor dem Wind geschützt. Eine silberne Limousine stand darin. Debbie Abbots Wagen.

Ebans Nackenhaare sträubten sich. Sie überprüften den Raum und vergewisserten sich, dass sich niemand hinter den abgestellten Gartenmöbeln oder leeren Pflanzentöpfen versteckte.

Nichts.

Dann blickte er zurück zum Auto, während Signy durch die Fenster spähte. „Leer.“

„Lassen sie uns im Kofferraum nachsehen.“ Eban gab der Ermittlerin Rückendeckung, während sie ihn öffnete. Beide schreckten vor dem zurück, was sie sahen. Eine Frau, wahrscheinlich Ende dreißig, lag erstarrt darin. Man hatte ihr in die Brust gestochen, mitten ins Herz. Blut durchtränkte die Vorderseite ihrer weißen Bluse. Ihre Haut war grau, die Augen zu Leblosigkeit erstarrt, aber sie war perfekt erhalten. Wer weiß, wie lange sie schon tot war?

Eban wandte sich ab und stieß einen langen Atemzug aus. „Debbie Abbot?“

Signy tippte auf ihrem Handy herum und rief ein Foto von ihr auf. „Sieht so aus. Verdammt. Mir ist gerade eingefallen, wo ich den Namen schon mal gehört habe.“

Eban machte fragende Bewegung mit dem Kinn.

„Debbie Abbot war Kim Gleesons erste Empfangsdame. Die Frau, die fristlos ‚gekündigt' hat."

Eban schnaubte. „Langsam erkenne ich ein Muster. Wir sollten ihn zum Verhör vorladen und nachsehen, was die anderen Beweise ergeben haben. Wir müssen ihn mit den anderen Tatorten in Verbindung bringen. Wir müssen auch seine Frau befragen."

„Glauben Sie, sie hat etwas davon mitbekommen?"

Eban zuckte mit den Schultern. Er konnte sich nicht vorstellen, dass man mit jemandem zusammenleben und schlafen konnte, ohne Verdacht zu schöpfen. „Ich will nicht, dass sie ihm ein Alibi verschafft. Lassen Sie uns die Beweise sicherstellen. Wenn er der Mörder ist und die Locard'sche Regel zutrifft, werden wir Spuren finden, die ihn mit den Morden in Verbindung bringen."

KAPITEL VIERUNDDREISSIG

Z WEI STUNDEN LANG war Darby mit einem Beamten die Bilder durchgegangen und hatte Namen von Personen notiert, die sie kannte, und vorgeschlagen, wen sie nach den Namen derjenigen fragen könnten, die sie nicht kannte. Später am Abend waren weniger Fotos gemacht worden. Die Veranstaltung hatte sich dem Ende zugeneigt, und die Neuheit der Tänze, der Dudelsackspieler und des Haggis hatte sich abgenutzt. Sie hatte sich alle Bilder aufmerksam angesehen. Es war schwer zu glauben, dass jemand in diesem Raum, in dem eine heitere und ausgelassene Atmosphäre geherrscht hatte, ein erbarmungsloser Mörder war.

Bei all den menschlichen Aktivitäten war es schwierig, sich an diesem nicht ganz so schönen Freitagmorgen auf die Vulkanologie zu konzentrieren. Hatte das Opfer überlebt? Hatte sie den Namen ihres Angreifers genannt, oder war ihr Gedächtnis genauso leer wie ihres?

Normalerweise reichten die neuesten Daten ihres Vulkans oder eines der anderen mehr als fünfzig Vulkane, die vom US Geological Service überwacht wurden, aus, um ihr Interesse zu wecken. Doch heute kam ihr die Erdkruste langweilig vor, und nichts deutete auch nur ansatzweise auf ungewöhnliche Aktivitäten hin, mit Ausnahme des Kīlauea, der seit 1983 fast ununterbrochen ausgebrochen war.

Ihr Telefon klingelte. Als sie sah, wer es war, verkrampfte sie sich.

„Ja."

„Darby." Es war Jacqui.

„Ja." Es entstand eine lange Stille, die Darby für sich arbeiten ließ. Sie hatte von Eban alles über die Macht der Stille gelernt und weigerte sich, als Erste zu sprechen.

„Es tut mir so verdammt leid."

Darby sagte immer noch nichts. Nur, dass es jetzt kein Trick oder eine Bestrafung war. Sie hatte einfach keine Ahnung, was sie der Frau sagen sollte, die sie für ihre Freundin gehalten hatte. Einerseits konnte sie Jacquis Reaktion verstehen, zumal sie sich selbst nicht sicher gewesen war, was passiert war, als sie Martins Leiche entdeckt hatte. Andererseits tat der Verrat weh. Er stach mehr als das Messer, das ihr die Haut am Hals aufgeritzt hatte.

„Es tut mir leid, dass ich Professor Nilsson geholt habe, als du am Mittwochabend hier warst. Er hatte uns gesagt, wir sollten ihm sagen, wenn wir dich sehen, und ich war so durch den Wind wegen Martin, dass ich nicht klar denken konnte."

„Verstehe", sagte Darby hölzern. Jacqui hatte normalerweise kein Problem damit, die Regeln zu brechen, wenn es ihr passte.

„Wie auch immer, ich wollte dir sagen, dass Davis, Stef, Mohammed, Lenny und ich eine Website zu deiner Unterstützung erstellt haben. Wir haben auch eine Seite zu Ehren von Martin erstellt, aber wir wollten die beiden Botschaften nicht miteinander vermischen. Da wir befürchtet haben, dass sich die Leute auf Martins Seite stellen könnten, hat Mohammed zwei erstellt. Unser Ziel ist es, die Studentenschaft und die Fakultät von deiner Unschuld zu überzeugen, damit du keine Angst haben musst, angegriffen zu werden, wenn du wieder auf den Campus kommst."

Es fühlte sich an, als wäre sie eine Million Jahre nicht mehr am Institut gewesen. Die Vorstellung, zurückzukehren, erschien ihr fremd und seltsam.

Sie schaffte es, ein heiseres „Danke" herauszubekommen.

„Davis meinte, ich soll dir sagen, dass er und Stef dich abholen und wieder nach Hause bringen werden. Außerdem werden sie dich überall hinbegleiten. Du brauchst dir keine Sorgen zu machen, dass dich jemand angreift. Wir sind vielleicht nicht vom FBI, aber wir sind knallhart."

Eigentlich sollte sie lachen, doch es war nicht einmal im Entferntesten lustig. Außerdem fühlte sich die Erkenntnis, dass Eban bald weg sein würde, wie ein Schlag in die Magengrube an. Sie hatten nicht darüber gesprochen, was als Nächstes passieren würde, und die Vorstellung, dass er weggehen würde, tat weh. Sie wollte nicht, dass er ging.

Bei dem Gedanken stieg das Gefühl der Einsamkeit in ihr auf. Früher hatte sie sich mit Videoanrufen und Textnach-richten begnügt, weil sie dachte, dass das alles war, was sie jemals haben würde. Jetzt wurde ihr klar, wie sehr sie es vermisst hatte, an seinem Leben teilzuhaben …

Doch vielleicht war ihm eine Fernbeziehung lieber.

Er hatte gesagt, dass er eine Familie wollte, aber er hatte nicht gesagt, wann oder ob er eine mit ihr haben wollte. Sie hatte sich immer Kinder gewünscht, allerdings jetzt noch nicht. Im Moment hatte sie nur ihren Doktortitel im Sinn. Sie hatte sich noch keine Gedanken gemacht, wie es danach weitergehen würde. Was wollte sie eigentlich?

Sie wollte alles, stellte sie fest. Sie war gierig und wollte das ganze Paket. Karriere, Ehemann, Babys, Liebe.

„Darby? Bist du noch dran?"

Darby riss sich von ihren abschweifenden Gedanken los. „Ja, ich bin noch dran. Hör mal, ich weiß es zu schätzen, dass du mir helfen willst. Und sag Davis und Stef, dass ich vielleicht auf ihr Angebot zurückkommen werde, aber dass wir nicht an jeder Bar anhalten, an der wir auf dem Weg von der Arbeit nach Hause vorbeikommen."

Nach Hause.

Es fühlte sich nicht mehr wie Zuhause an.

Es fühlte sich eher wie ein Ort an, wo sie ihre Sachen aufbewahrte.

Eban fühlte sich wie Zuhause an.

Sie mussten reden. Herausfinden, ob sie sich irgendwie näher sein könnten als viertausend Meilen voneinander entfernt. Sie hatte endlich ihren Seelenverwandten gefunden, und das Letzte, was sie wollte, war, ihn zu verlieren.

EBAN SAß NEBEN Signy auf dem Beifahrersitz ihres Geländewagens und beobachtete die Eingangstür des Gebäudes, in dem Gleeson gerade seine Vorlesung vor ein paar hundert Psychologiestudenten beendet hatte. Adrenalin rauschte durch Ebans Körper. Festnahmen wurden nie langweilig.

Da sie die Vorliebe des Mörders für Messer kannten, trugen sie beide Kevlar.

„Er verlässt sein Büro. Er hat seinen Mantel an und hält etwas in der Hand, das wie eine Laptoptasche aussieht." Die Information kam über das Funkgerät. Zivile Einheiten standen bereit, um die Straßen zu blockieren, falls es Gleeson gelingen sollte, zu entkommen. Ein Mann war drinnen. Zwei weitere in einem anderen Fahrzeug, das näher am Eingang stand. Der Plan war, zu warten, bis Gleeson fast bei seinem Auto war, bevor Eban und Torgerson ihn festnehmen würden.

„Er verlässt das Gebäude." Das Funkgerät knisterte.

Sie sahen zu, wie Gleeson mit gesenktem Kopf über den Campus eilte und sein Gesicht vor dem Wind schützte, der über Nacht ein wenig nachgelassen hatte. Zum Glück war sonst niemand in der Nähe.

„Bereit?", fragte Eban.

Signy nickte, und sie stiegen beide aus dem Fahrzeug und zogen ihre Waffen. Sie teilten sich auf und näherten sich Gleeson von verschiedenen Seiten.

„Polizei!", rief Signy. „Halten Sie Ihre Hände so, dass wir sie sehen können."

Gleeson drehte sich überrascht um, dann schien er zu begreifen, dass sie ihn meinte.

Er blieb stehen, und seine Augen weiteten sich.

„Zeigen Sie mir Ihre Hände. Hände in die Luft!"

Auf die Verwirrung folgte Angst, und er hob beide Hände.

„Legen Sie die Tasche auf den Boden. Ganz langsam."

„Was ist hier los?"

„Tun Sie, was ich Ihnen sage."

Gleeson bückte sich, ohne den Blick von ihnen abzuwenden, und legte seine Laptoptasche in den Schnee. Eban suchte nach einem Zeichen von Schuld, einer Art Erkenntnis, warum sie hier waren, doch alles, was er sah, war Verwirrung.

„Gehen Sie drei Schritte nach rechts. Auf die Knie. Hände hinter den Kopf."

Eban gab Signy Rückendeckung, während sie dem Mann

Handschellen anlegte und ihm seine Rechte vorlas. Er zog Gleeson auf die Beine und führte ihn zum Heck eines Streifenwagens, der zur Verstärkung gekommen war. Eban half ihm auf den Rücksitz und schlug die Tür zu. Er hob die Laptoptasche auf, steckte sie in eine große Tasche und legte sie in Signys Kofferraum.

War das ihr Mörder? Er hielt Gleesons Blick stand, als der Mann an ihm vorbei zum Verhör zum Polizeirevier gefahren wurde. Er hatte Darby vor zehn Minuten eine Nachricht geschickt, um ihr mitzuteilen, sie solle Tee trinken, auf die Toilette gehen und dann im Konferenzraum bleiben, bis er ihr etwas anderes sagte.

Sie hatte ihm einen Daumen nach oben geschickt, was er als Zeichen dafür nahm, dass sie sich daran halten würde.

„Sie sehen nicht überzeugt aus, dass er unser Mann ist", bemerkte Signy und starrte dem Streifenwagen hinterher.

Er schenkte ihr ein knappes Lächeln. „Ich werde mich besser fühlen, wenn er gesteht oder wir überzeugende Beweise finden."

„Wollen Sie mir beim Verhör helfen?"

„Bitten Sie mich darum?", fragte Eban.

Signy gab ein schnaubendes Lachen von sich, als sie wieder in ihr Auto stiegen. „Ja. Ich bitte Sie um Ihre Hilfe, ein Geständnis aus diesem Kerl herauszubekommen."

„Dann helfe ich gerne." Ebans Lippen waren rissig von der Kälte. Er wusste nicht, wie die Menschen diese extremen Temperaturen monatelang aushielten. „Haben Sie Beamte zu seinem Haus und seinen Büros geschickt, um sie zu durchsuchen?"

Sie nickte. „Sobald wir ihn verhaftet hatten, wurden die Durchsuchungsbefehle ausgeführt. Die Ehefrau wurde hoffentlich auch in Gewahrsam genommen."

Eban hielt seine behandschuhten Hände gegen die Heizung, als sie den Motor anließ.

„Sie sollen alles katalogisieren."

„Das werden sie." Sie räusperte sich. „Es war eine gute Erinnerung, dass Sie aufgetaucht sind."

„Erinnerung?"

„Daran, keine Vermutungen anzustellen."

Eban verzog das Gesicht. „Lassen Sie uns auch bei diesem Kerl unvoreingenommen bleiben ..."

Signy blinzelte ihn überrascht an. „Wow. Es war also nicht nur, weil Darby Ihre Freundin ist?"

Seine Mundwinkel zuckten. „Ich versuche, meinen Job richtig zu machen, unabhängig von persönlichen Gefühlen."

„Was hätten Sie getan, wenn sie schuldig gewesen wäre?"

„Sie hätte niemals jemandem auf diese Weise wehgetan."

„Nicht einmal aus Notwehr?", drängte Signy.

Eban atmete schwer aus, und sein Atem bildete eine Dunstwolke im Auto. „Wenn sie jemanden aus Notwehr getötet hätte, hätte ich es verstanden und ihr geholfen, die Sache durchzustehen." Er wischte sich über sein Kinn. Er wollte nicht darüber nachdenken, was man Darby vorgeworfen hatte. Er musste sich dringend rasieren. Und er musste sich vergewissern, dass sie in Sicherheit war. „Sie ist letztes Jahr durch die Hölle gegangen."

„Werden Sie ihr helfen, darüber hinwegzukommen?" Signy schaute in beide Richtungen, bevor sie vorsichtig auf die Hauptstraße fuhr. „Oder werden Sie ihr das Herz brechen?"

„Was denken Sie?"

Signy lachte bitter auf. „Fragen Sie nicht mich. Nach dem

letzten Märchen, an das ich geglaubt habe, stand ich mit einem Kleinkind und einem Haufen Schulden da, und der Typ ist zur Armee gegangen."

„Ich wusste nicht, dass Sie ein Kind haben."

„Doch." Ihre Augen leuchteten auf. „Einen fünfzehnjährigen Jungen. Ein Musterschüler und ein rundum toller Mensch."

Plötzlich sah er Torgerson in einem vollkommen anderen Licht. Er wusste, wie schwierig es sein musste, alleinerziehend zu sein. „Sie haben nicht wieder geheiratet?"

„Verdammt, nein. Ich habe die Liebe meines Lebens bereits getroffen. Er ist zu Hause, wahrscheinlich noch im Bett, und er ist das Beste, was mir je passiert ist." Sie blinzelte einen Tropfen weg, der verdächtig wie eine Träne aussah. Die strenge Ermittlerin konnte also tatsächlich Gefühle zeigen, wenn es um ihren Sohn ging.

Er wollte das auch.

Er sehnte sich danach.

Eban fragte sich, was zur Hölle er tun würde, wenn Darby keine ernste Beziehung wollte, und wie er sie ungeachtet seines Kinderwunsches viertausend Meilen entfernt zurücklassen sollte. Der Gedanke riss ein Loch in sein Herz.

KAPITEL FÜNFUNDDREIßIG

E BAN UND DETECTIVE Torgerson saßen Kim Gleeson und seinem Anwalt in demselben Verhörraum gegenüber, in dem er Signy vor ein paar Tagen bei Darbys Verhör beobachtet hatte.

Draußen war es mittlerweile dunkel. Die Polizisten hatten die wenigen Stunden des Tages damit verbracht, Gleesons Wohnung und Büros zu durchsuchen, während ein anderes Team den Debbie Abbot-Tatort untersucht hatte. Es hatte eines Gerichtsbeschlusses bedurft, um Gleeson dazu zu bringen, eine DNA-Probe abzugeben, doch jetzt hatten sie eine, und sie war an das Labor geschickt worden, um sie mit allen anderen Proben und Tatorten zu vergleichen.

Gleesons Frau war verhört und wieder entlassen worden, ebenso die gemeinsamen Kinder. Wie sich herausgestellt hatte, war Gleesons Frau Steueranwältin und arbeitete von zu Hause aus. Sie hatten sich alle sofort einen Anwalt genommen.

Corinne Brown war noch nicht aufgewacht, hatte die Operation aber gut überstanden. Das Messer hatte die meisten wichtigen Organe und Blutgefäße nur knapp verfehlt. Die Wunde musste höllisch wehtun, der Chirurg glaubte allerdings nicht, dass sie bleibende Schäden davontragen würde. Sie würde wieder ganz gesund werden. In ihrem Blut war Rohypnol gefunden worden – genau wie bei Darby. Die Ärzte waren zuversichtlich, dass Corinne sich vollständig erholen würde. Ungewiss war jedoch, ob sie sich daran erinnern würde, wer sie niedergestochen hatte und was ihr angetan worden war, während sie unter Drogen gestanden hatte. Es grenzte an ein Wunder, dass sie entkommen und gefunden worden war, bevor sie verblutet oder erfroren war. Ein Beamter bewachte sie, um sie zu schützen und ihre Aussage aufzunehmen, sobald sie aufwachte.

Signy öffnete ihren Aktenordner, ohne dem Verdächtigen oder seinem Anwalt Einblick in den Inhalt zu gewähren. Eban hatte Signy ein paar Techniken beigebracht und ein paar Fragen aufgeschrieben, die sie im Vorfeld stellen sollte. Er glaubte, dass Gleeson bei ihr lockerer sein würde als bei ihm.

Signy beugte sich vor und sprach mit tiefer, aber freundlicher Stimme. „Können Sie mir sagen, warum Sie heute hier sind?"

Eban hatte die Erfahrung gemacht, dass Schuldige bei dieser Frage ihr Alibi auspackten.

Der Anwalt rutschte auf seinem Stuhl herum. Gleeson blickte den Mann an. „Kein Kommentar."

Seine vertraute Abneigung gegen Strafverteidiger regte sich.

„Was können Sie uns über Corinne Brown sagen?", fragte Signy.

Gleeson runzelte die Stirn und schlug die Beine übereinander. „Ich habe Ihnen eine Nachricht hinterlassen. Ich habe gestern am späten Nachmittag mit Corinne gesprochen. Es geht ihr gut."

Eban löste seine Beine langsam wieder, wobei er darauf achtete, dass seine Bewegungen natürlich wirkten. Er hoffte, durch den Isopraxismus eine unbewusste Beziehung zu dem

Mann aufzubauen. Leider konnte Gleeson als ausgebildeter Psychologe einige von Ebans Tricks durchschauen, obwohl die Leute es selten erkannten, wenn sie gegen sie eingesetzt wurden – selbst Experten.

„Sie hat Sie angerufen?", fragte Signy.

„Ja." Der Mann wirkte sichtlich erregt. „Sie hat mich angerufen. Sie hat sich entschuldigt, weil sie mich falsch verstanden hat, als ich ihr mitgeteilt hatte, wann ich die Praxis wieder öffnen würde. Sie hat mir geschworen, dass sie abgeschlossen habe, als sie ging, und unter Tränen beteuert, wie leid es ihr tue, dass sie mich im Stich gelassen hat." Er kratzte sich an der Stirn. „Sie ist in Anchorage. Rufen Sie sie an. Sprechen Sie mit ihr."

Wenn Eban Corinne nicht mit eigenen Augen gesehen hätte, wäre er davon überzeugt, dass Gleeson die Wahrheit sagte. Und möglicherweise tat er das auch. Es war möglich, dass jemand anderes Corinne gefangen gehalten und verletzt hatte. Sie gezwungen hatte, Gleeson anzurufen und dann beschlossen hatte, dass es an der Zeit war, sie loszuwerden. Oder Gleeson könnte sich selbst von ihrem Telefon aus angerufen haben, während sie gefesselt in Debbie Abbots Schlafzimmer gelegen hatte, wo man sie offenbar als Geisel gehalten hatte.

„Warum bin ich hier? Warum haben Sie mich wie einen Kriminellen verhaftet?"

„Debbie Abbot."

„Moment? Was? Debbie Abbot?" Gleeson runzelte die Stirn. „Das verstehe ich nicht. Was ist mit ihr?"

„Sie hat vom 17. August bis irgendwann im November für Sie gearbeitet?"

Gleeson schien von dieser Frage völlig verblüfft zu sein.

„Ja. Ich weiß nicht mehr genau, wann sie gekündigt hat, aber irgendwann Ende November. Was hat sie getan?"

„Und Sie haben nie gefragt, warum sie gekündigt hat?"

Er atmete hörbar aus. „Ich hatte keine Gelegenheit dazu. Sie hat mir ihre Kündigung per E-Mail geschickt. Sie behauptete, sie fühle sich unwohl dabei, mit mir allein zu sein, und da ich nicht das Gefühl hatte, sie umzustimmen zu können, habe ich ihr nur den Lohn überwiesen, der ihr noch zustand."

Diese E-Mail hatten sie.

Scham flackerte in Gleesons Augen auf, als er Ebans Blick auffing, dann schaute er weg.

„Warum hat sie das gesagt?", fragte Signy. „Dass sie sich bei Ihnen unwohl fühlt?"

Er schlug die Hände zusammen. „Ich weiß es wirklich nicht."

„Haben Sie ihr jemals einen Grund gegeben, sich unwohl zu fühlen?"

„Nein." Er setzte sich etwas aufrechter hin. Eban tat leise dasselbe. „In Anbetracht meines Berufes habe ich mich natürlich gefragt, ob ich etwas getan haben könnte, was sie verärgert hat, doch ich habe mich ihr gegenüber stets professionell verhalten. Ihre E-Mail hat mich schockiert."

„Sie haben ihr Verhalten nie falsch interpretiert und vielleicht harmlos mit ihr geflirtet?"

Er streckte seine Hand abwehrend aus. „Ich habe nicht mit ihr geflirtet. Flirten fällt meiner Meinung nach nicht unter professionelles Verhalten."

„Hat sie mit Ihnen geflirtet?"

Er runzelte die Stirn. „Nein. Warum fragen Sie sie nicht selbst, warum sie gegangen ist, und lassen mich in Ruhe?"

Eban war gut darin, Menschen zu lesen, und dieser Typ gab die richtigen Antworten für jemanden, der keine Ahnung hatte, was vor sich ging. Aber Eban wusste auch, dass Menschen mit einer antisozialen Persönlichkeitsstörung – Psychopathen, wie sie früher genannt wurden – wussten, wie sie die richtigen Antworten vortäuschen konnten. Sie fühlten sie nur nicht.

„Hat sie Ihre Annäherungsversuche zurückgewiesen?", fragte Signy.

Gleesons Augen verengten sich. „Ich bin verheiratet. Ich liebe meine Frau. Ich gehe nicht fremd."

„Ich nehme an, Kinderpornografie zählt nicht?" Signy zeigte ihm ein paar Bilder, die sie vom Computer des Mannes heruntergeladen hatten.

Ihm blieb der Mund offenstehen, als er sich nach vorne lehnte. Das Blut wich aus seinem Gesicht. „Woher haben Sie die?"

„Von Ihrem Laptop."

„Das sind nicht meine."

Die Bilder, die sie ausgedruckt hatten, waren bei weitem die harmlosesten. Bei einigen davon hatte sich Eban der Magen umgedreht. Dabei hatte er gedacht, er hätte schon alles gesehen.

„Wir haben Tausende von Bildern in einem versteckten Ordner auf Ihrer Festplatte gefunden", erklärte Signy ruhig.

Gleeson tauschte einen Blick mit seinem Anwalt aus, der bei Weitem nicht so souverän wie Elliot Byrne war. „Davon weiß ich nichts. Jemand muss sie mir untergeschoben haben."

„Untergeschoben?", spiegelte Signy und Eban wollte ihr ein High-Five geben.

„Jemand hat meinen Computer gehackt und diese Bilder

heruntergeladen. Ich würde niemals …" Er schluckte fest und verschränkte wieder die Arme.

„Niemals …?"

Eban hielt den Atem an, während Torgerson die Stille für sich arbeiten ließ.

„Ich würde mir niemals Kinderpornografie ansehen."

„Was sollte Ihrer Meinung nach mit Leuten geschehen, die diese Art von Bildern zu ihrer sexuellen Befriedigung verwenden?", fragte Signy.

Schuldige Leute würden die Mindeststrafe vorschlagen. Unschuldige neigten dazu, mit ihren Vorschlägen deutlicher zu werden, wobei sie in der Regel mit Kastration anfingen.

„Sie brauchen eine Therapie." Und dann gab es noch die Psychologen.

Eban widerstand dem Drang, die Augen zu verdrehen. Er wusste, dass dieser Kerl Menschen geholfen hatte, unter anderem Darby. Das schloss allerdings nicht aus, dass er ein Krimineller war. Es war an der Zeit, den Mann aus dem Konzept zu bringen.

„Jemand hat Ihnen also die Pornografie untergeschoben, wegen der Sie nicht nur verhaftet wurden, sondern auch Ihre Approbation verlieren werden?", fragte Eban trocken, immer noch die Pose des Mannes spiegelnd. „Wie praktisch."

„Wohl kaum." Gleeson warf ihm einen finsteren Blick zu.

„Wer, glauben Sie, würde so etwas tun?", fragte Signy.

„Ich weiß es nicht", stieß Gleeson hervor. „Ich –" Er hielt abrupt inne, schüttelte den Kopf und ließ ihn für einige Augenblicke hängen.

Signy setzte den Weg fort, den sie zuvor skizziert hatten. Wenn das ihr Mann war, würde er sich entspannen, wenn er von einer Frau befragt wurde. Wenn er der Mörder war, hielt er sich den Polizisten für weit überlegen und im Vergleich zu einer Frau wahrscheinlich für gottgleich.

„Wo waren Sie am Dienstagabend?"

„Sie wissen, wo ich war. Ich war mit meiner Familie auf der Ceilidh-Party."

„Sie sind gegen 22 Uhr gegangen. Was haben Sie danach gemacht?" Signys Tonfall war weiterhin ruhig und fragend. Sie bat um Informationen, anstatt den Mann zu verhören.

Gleeson rieb sich den Nacken. „Ich bin nach Hause gegangen. Habe noch ein wenig gearbeitet."

„Wo war Ihre Frau zu dieser Zeit?"

„Sie ist ins Bett gegangen."

„Und Ihre Kinder?"

„Die sind auch schlafen gegangen. Sie hatten am nächsten Morgen Schule."

„Sie waren also allein in Ihrem Arbeitszimmer?"

Gleeson nickte.

„Niemand hat Sie in Ihrem Arbeitszimmer arbeiten sehen?"

Gleeson sah jetzt unsicher aus. „Nein. Alle haben geschlafen."

„Um wie viel Uhr sind Sie zu Bett gegangen?"

„Gegen zwei."

„Und niemand hat Sie in der Zwischenzeit, als Ihre Familie ins Bett gegangen ist, bis zwei Uhr gesehen?"

„Korrekt."

Sie beließ es dabei, anstatt ihn zu drängen. Gleeson hatte zugegeben, dass er für den Zeitpunkt des Mordes an Martin Carstairs kein Alibi hatte.

„Was ist mit Mittwochabend? Was haben Sie am Mittwochabend gemacht?"

„Ich habe zu Hause gearbeitet." Er verdrehte die Augen. „Ich habe im Moment viel zu tun."

„Kann das jemand bestätigen?"

Gleeson schüttelte den Kopf. „Die Kinder waren in ihren Zimmern und haben Hausaufgaben gemacht oder Videospiele gespielt. Melanie, meine Frau, hat ehrenamtlich im Obdachlosenheim geholfen. Sie hatte überlegt, nicht hinzugehen, wegen der Sache mit Martin, aber ich habe ihr gesagt, dass sie ruhig gehen könnte, und dass sie dort sicher wäre."

„Entschuldigung. Sie haben ihr gesagt, dass sie dort sicher wäre?", fragte Eban leise.

Gleeson runzelte die Stirn. „Davon bin ich ausgegangen. Es ist ein belebter Ort."

„Am Abend zuvor wurde in der Stadt ein Mann brutal erstochen, und Sie haben sich nicht die geringsten Sorgen um die Sicherheit Ihrer Frau gemacht?", erkundigte sich Eban.

„Wahrscheinlich habe ich nicht klar denken können. Ich habe angenommen, dass Martins Tod ein Einzelfall war."

„Ich hätte gedacht, dass Sie sich mehr Sorgen um das Wohlergehen Ihrer Frau machen würden. Sie sagten, Sie lieben sie."

„Das tue ich –"

„Oder wussten Sie, dass sie in Sicherheit sein würde, weil Sie garantieren konnten, dass der Mörder sie nicht angreifen würde?"

Gleesons Anwalt öffnete den Mund, um etwas zu sagen, doch Signy unterbrach ihn. „Sie haben vor kurzem mehrere Dinge gekauft, die uns interessieren." Sie zeigte ihm einen Ausdruck seiner Kreditkartenabrechnung. „Gestern Morgen haben Sie ein Jagdmesser und ein Paar Stiefel gekauft."

„Moment. Was?" Sein Gesicht verfinsterte sich, als er die

hervorgehobenen Zeilen überprüfte. Sein Anwalt wollte sich einschalten, aber Gleeson überging ihn. „Das ergibt doch keinen Sinn. Ich habe gestern nichts gekauft." Er richtete sich mit ungläubiger Miene auf. Dann weiteten sich seine Augen, und er verstummte.

Nach einigen langen Momenten des Schweigens sagte er leise: „Ich brauche eine Pause. Ich muss mit meiner Familie sprechen. Ich muss nach Hause."

„Erinnern Sie sich, wann Sie Debbie Abbot zum letzten Mal gesehen haben?"

„Debbie Abbot?", fragte Gleeson ungeduldig. „Herrgott, warum fangen Sie schon wieder von dieser Frau an? Sie hat mich hängen lassen und so getan, als wäre ich ein Perverser, nur weil sie mit einem Teilzeitjob, den ein dressierter Affe erledigen könnte, nicht zurechtkam."

Signy schob das Bild eines kleinen Jungen, der misshandelt wurde, in die Mitte des Tisches.

„Ich habe dieses Bild nicht heruntergeladen." Gleeson wandte sich ab und schlug die Beine übereinander. Sein Blick schweifte zu dem Bild, bevor er wieder wegsah. Eine leichte Röte breitete sich auf seinen Wangen aus.

„Wenn nicht Sie, wer dann? Wer hat Zugang zu Ihrem Laptop?"

Gleeson wechselte die Beine, sein Knie zitterte. „Niemand außer ..."

„Außer?", fragte Eban.

„Ich benutze für die meisten Dinge das gleiche Passwort. Wer kann sich schon für jedes verdammte Gerät ein anderes merken?"

„Ich nicht", log Eban.

„Sie sagen also, dass jemand anderes Pornografie auf Ihr

Gerät heruntergeladen hat? Ein Gerät, auf dem Sie Ihre Patientenakten aufbewahren. Zu welchem Zweck?", drängte Signy.

Gleeson starrte Eban an, und hinter seinen Augen drehten sich eindeutig die Rädchen. Eban hielt den Atem an und fragte sich, ob der Mann sich gleich selbst verraten würde.

„Ich habe keine Ahnung", sagte Gleeson schließlich.

Der Bann war gebrochen, aber der Mann log zu hundert Prozent.

Signy drehte ein weiteres Bild um.

Gleeson zuckte zurück, bevor er sich vorbeugte. „Ist das …?"

„Debbie Abbot wurde heute tot in ihrem Haus aufgefunden. Sie ist schon seit einer ganzen Weile tot."

Gleesons Augen weiteten sich und er richtete sich auf. „Sie glauben, ich habe sie getötet? Sie glauben, ich hätte Martin Carstairs und Adele Surrey umgebracht?"

„Ich würde Ihnen raten, nichts mehr zu sagen, Kim", sagte Gleesons Anwalt ernst.

Gleeson ignorierte ihn. „Warum? Warum sollte ich das tun?"

„Sie sind der Psychotherapeut. Sagen Sie es mir", erwiderte Eban ruhig.

Gleesons Oberlippe kräuselte sich. „Sie glauben, ich wollte Ihrer Freundin etwas anhängen? Glauben Sie, ich habe diese Leute umgebracht, damit ich es der armen kleinen labilen Darby O'Roarke in die Schuhe schieben kann?"

„Sie ist nicht labil."

„Sagt wer? Sie? Sie vögeln sie offensichtlich, also sind Sie wohl kaum unparteiisch."

Eban hatte nicht vor, sich in eine Diskussion über Darby

verwickeln zu lassen. „Glauben Sie, die Menschen wissen, ob sie sich in der Gegenwart des Bösen befinden?"

Sein Anwalt versuchte erneut, sich einzumischen. „Mein Mandant kann wohl kaum zu –"

Gleeson stieß ein spöttisches Lachen aus. „Definieren Sie ‚böse'."

Eban tippte auf das Bild des kleinen Jungen. „*Das* ist böse." Er tippte auf das Foto von Debbie Abbots totem Körper. „Wer immer das hier getan hat. Das ist böse. Wer auch immer Martin Carstairs im Schlaf ermordet und Adele Surrey abgeschlachtet hat, ist böse. Wie würden Sie es definieren?"

Gleeson starrte Eban an und sah dann weg. Schweiß stand auf der Stirn des Mannes. Er zog ein Taschentuch hervor und wischte ihn weg. „Ich habe nichts zu sagen. Ich bin müde und möchte mich ausruhen."

„Wurde tatsächlich in Ihre Praxis eingebrochen? Oder haben Sie das inszeniert, nachdem Sie Corinne entführt hatten, um Beweismaterial verschwinden zu lassen?"

Gleeson runzelte die Stirn. Dann sagte er langsam: „Ich habe Corinne nicht entführt. Sie hat mich angerufen und mir gesagt, sie sei in Anchorage. Das habe ich Ihnen schon gesagt, aber Sie sind offenbar nicht nur inkompetent, sondern auch dumm."

„Kim …", warnte sein Anwalt.

„Was?", schnauzte Gleeson. „Sie können sich hinsetzen und die gleichen Anschuldigungen immer und immer wieder wiederholen, aber ich darf meine Meinung nicht sagen?"

„Sie sind die Polizei."

„Und *Sie* sollten mein verdammter Anwalt sein, aber Sie sind nutzlos. Sie sind gefeuert. Ich will einen neuen Anwalt." Er erhob seine Stimme, bis er fast brüllte.

„Haben Sie es getan, Kim? Haben Sie diese Leute umgebracht?", fragte Signy schnell.

Der Blick, den Gleeson Signy zuwarf, ließ Ebans Nackenhaare zu Berge stehen.

„Lassen Sie mich verdammt nochmal in Ruhe, Detective. Ich habe genug von Ihnen. Ich habe genug von allen. Ich will einfach nur meine Ruhe."

„Wir können eine kurze Pause einlegen und einen anderen Anwalt für Sie kontaktieren." Eban wollte ohnehin nach Darby sehen. Er wollte nicht, dass Gleeson dachte, er hätte hier das Sagen. Er wollte ihn verunsichern. „Ich werde Sie von einem Beamten zurück in Ihre Zelle begleiten lassen, damit Sie ein kurzes Nickerchen machen können. In der Zwischenzeit kann ich entweder einen Pflichtverteidiger organisieren oder Sie geben mir einen Namen, den ich anrufen kann."

KAPITEL SECHSUNDDREISSIG

„DARBY?"

Sie hörte Elliot Byrne nach ihr rufen, kurz bevor er seine Nase in den Konferenzraum steckte. Allan Robertson eilte zur Tür und versperrte ihm den Zutritt.

Darby war dankbar für eine Abwechslung in der Monotonie. Sie stand auf und ging auf Elliot zu. Sie hatte den größten Teil des Nachmittags damit verbracht, langsam durchzudrehen. Sie wollte bei den Ermittlungen helfen, aber die Polizisten ließen sie nicht mehr, seit sie Dr. Gleeson zur Befragung hergebracht hatten. Dass seine Sprechstundenhilfe Corinne angegriffen worden war und im Krankenhaus lag, hatte Darby zutiefst erschüttert. Die Frau war ein Schatz.

„Ich dachte, ich sehe mal nach Ihnen. Irgendwelche Entwicklungen?"

„Sie wissen wahrscheinlich mehr als ich." Sie lächelte Allan dankend an und ging mit Elliot hinüber zum Kaffeebereich. „Kann ich Ihnen etwas anbieten? Tee, Kaffee, heiße Schokolade?" Sie machte eine ausladende Handbewegung.

Er lachte. „Nein, danke. Wie ich sehe, haben Sie es sich hier schon gemütlich gemacht."

Sie zuckte mit einer Schulter. „Jetzt, wo sie mich nicht mehr für eine messerschwingende Verrückte halten, sind sie ziemlich nett zu mir." Sie hielt sich den Mund zu, als ihr ein Schluchzen entwich. Sie versuchte, das Geschehene mit Humor zu bewältigen, doch der Kummer über Martins und Adeles Tod übermannte sie mit unerwarteter Heftigkeit.

Elliot drückte ihre Schulter. „Hey, ist schon okay." Er beugte sich hinunter und sagte leise: „Sie müssen freundlich zu Ihnen sein, selbst wenn Sie eine messerschwingende Verrückte wären."

Darby zog eine Grimasse und zwang sich zu einem Lächeln. „Das werde ich mir merken, falls das jemals ein Thema sein sollte." Tatsächlich hatte sie einmal jemanden erstochen. Allerdings war sie damals nicht die Böse gewesen – stattdessen hatte sie versucht, sich vor einigen sehr realen Monstern zu schützen.

Ihr Geist wich den Erinnerungen aus. An die schlimmen Dinge, die auf der Insel passiert waren, dachte sie heute immer seltener. Die Therapie hatte geholfen. Ihre Freundschaft mit Quentin und Haley und dieses magische neue Kapitel mit Eban halfen ihr dabei. Diese Dinge sorgten dafür, dass sie im Hier und Jetzt blieb und nicht in ungesunden Gedanken an die Vergangenheit schwelgte.

„Die Polizei hat Ihren Wagen und ein paar Ihrer Sachen freigegeben. Das meiste davon ist hier, aber Sie müssen für alles unterschreiben." Er ließ ihre Schlüssel in der Luft herumbaumeln, und sie streckte ihre Hand aus und fing sie auf, als er sie fallen ließ.

„Ausgezeichnet. Danke." Es war gut, wieder einen fahrbaren Untersatz zu haben, auch wenn sie im Moment ganz zufrieden damit war, von Eban herumgefahren zu werden. Tatsächlich machte sie der Gedanke, nicht mehr von Eban chauffiert zu werden, unglaublich traurig.

Sie blickte auf und sah, wie Eban sie ein paar Sekunden lang anstarrte, bevor er auf sie zuging.

„Kim Gleeson braucht einen guten Anwalt, falls Sie interessiert sind", sagte Eban zu Elliot, als er näherkam.

„Kim Gleeson ist mein Therapeut", teilte Darby Elliot mit und verschränkte die Arme vor der Brust, um einen Schauer zu unterdrücken.

Elliot legte nachdenklich den Kopf schief. „Ich fürchte, aufgrund meiner aktuellen Klientin könnte das einen Interessenskonflikt verursachen, also lehne ich ab. Ich habe ein paar Namen, die ich ihm empfehlen kann, falls er interessiert ist."

„Würden Sie sie bitte Detective Torgerson geben?", fragte Eban.

Elliot beugte sich zu ihr hinunter und flüsterte: „Ich glaube, er versucht, mich loszuwerden."

Sie nickte zu Signy Torgerson, die mit dem Sergeant sprach. „Das könnte Ihre große Chance sein."

Elliot zog amüsiert eine Augenbraue hoch. „Gehen Sie nicht weg. Ich möchte noch ein paar Dinge besprechen, bevor ich in mein Hotel zurückfahre."

Er ging, und Darby blickte zu Eban auf, wobei sie versuchte, das Ausmaß ihrer Gefühle für den Mann zu verbergen. Jetzt war nicht die Zeit für die große Enthüllung. Er war bei der Arbeit, und es war wichtig, dass er herausfand, ob Gleeson der Mörder war oder nicht.

„Gibt es Fortschritte?", fragte sie stattdessen.

Er führte sie mit ihrer heißen Schokolade in der Hand behutsam zurück in den Konferenzraum.

„Eine Menge Indizien. Geht es dir gut?"

„Mir geht's gut. Bin müde", gab sie zu.

Sie tauschten einen Blick aus, der von all den Dingen sprach, die sie letzte Nacht getan hatten, und seine Gesichtszüge entspannten sich. „Es tut mir leid", murmelte er leise.

„Mir nicht", flüsterte sie zurück.

Er drückte ihre Schultern und ließ sie wieder los. Sie wurde sich der vielen Augen und Ohren um sie herum bewusst.

„Irgendwelche Neuigkeiten von Corinne Brown?", fragte er Allan Robertson, der im Konferenzraum immer noch Akten durchblätterte.

Allan stand auf. „Ich habe vor ein paar Minuten mit dem Officer gesprochen, der dort postiert ist. Sie ist nach der Operation aufgewacht, aber sie ist benommen und verwirrt. Sie war noch nicht in der Lage, ihren Angreifer zu identifizieren."

Darby war zu dem Schluss gekommen, dass Corinne Glück hatte, noch am Leben zu sein. Sie hatte zufällig gehört, wie die Beamten über eine weitere Leiche gesprochen hatten, die im Kofferraum eines Autos gefunden worden war. Bei der Vorstellung wurde ihr übel, und sie vermied es, die Fotos auf der Zeitleiste oder auf den Tischen anzusehen. Diese Realität war zu düster, zumal ihr Therapeut der Mörder sein könnte.

Eban fuhr sich mit der Hand durch sein kurzes Haar. „Sagen Sie ihnen, sie sollen sie nicht zu sehr unter Druck setzen. Sie hat schon genug durchgemacht. Sie soll sich über Nacht ausruhen."

Trotzdem wirkte er wegen der Verzögerung frustriert.

Darby wollte eine Million Fragen stellen, wusste jedoch, dass sie mit dem Fall eigentlich gar nichts zu tun haben sollte. Die Tatsache, dass sie überhaupt in diesem Raum war, war höchst ungewöhnlich, aber die Polizisten arbeiteten hier nicht mit echten Beweisen und sie war keine Sekunde allein gelassen worden.

Eban überprüfte sein Telefon. „Das FBI-Team sitzt immer noch in Anchorage fest, aber Lincoln Frazer arbeitet an einem Profil. Er hat versprochen, es zu schicken, sobald es seiner Meinung nach vollständig ist."

Allans Blick huschte zu ihr. „Wir haben ein paar neue Ergebnisse zu den Spuren erhalten. Die Autopsie kann noch nicht durchgeführt werden, bis …" Er räusperte sich.

Darby wusste, dass sie nur im Weg war. „Ich gehe auf die Toilette."

Sie hob ihre Hand, als Eban sie begleiten wollte. „Ich komme schon klar, Eban. Ich bin durchaus in der Lage, es bis zur Toilette und zurück zu schaffen."

Er hielt sie an den Oberarmen fest und schaute ihr in die Augen. „Lauf nur nicht weg."

Sie wollte das Gleiche zu ihm sagen.

Aber was sollte er hier tun? Welche Möglichkeiten gab es für einen Mann mit seinen Fähigkeiten in einer Kleinstadt wie dieser? Er war einer der besten Verhandlungsführer des Landes, wenn nicht der ganzen Welt. Und, was vielleicht noch wichtiger war, welche Möglichkeiten gab es für sie anderswo? Sie würde ihren Traum, die Geheimnisse der Erdkruste zu erforschen, nicht aufgeben.

Sie machte sich auf den Weg zu den Toiletten und ließ Eban seine Arbeit erledigen, während ihr vor lauter Fragen und Ungewissheit der Kopf schwirrte.

———

SIGNY UNTERHIELT SICH gerade mit dem Sergeant, dessen Sohn mit Aiden zur Highschool ging, als er einen Blick über ihre Schulter warf und ihr zunickte. Sie drehte sich um und wurde durch Elliot Byrne ein wenig aus dem Konzept gebracht.

„Detective."

„Mr. Byrne."

Der Sergeant ging nach hinten durch, doch Signy war sich bewusst, dass alle Mitglieder der Abteilung sie genau beobachteten.

„Ich dachte, ich hätte Ihnen gesagt, Sie sollen mich Elliot nennen." Seine Stimme war tief und warm.

Sie kämpfte gegen die Anziehungskraft an. „Was kann ich für Sie tun?"

„Ich wollte fragen, ob ich Sie zum Abendessen einladen kann?"

Ihr Kopf war leer. „Sie wollen mich zum Essen einladen?"

„Tun Sie nicht so überrascht." Seine Augen waren so marineblau wie der Ozean.

„Wann?", fragte sie verwirrt. Sie hatte seit drei Tagen kaum geschlafen.

Er verzog das Gesicht, als Darby an ihnen vorbei auf die Damentoilette zuging.

„Ich hatte gehofft, Sie hätten heute Abend Zeit?"

Sie lachte, denn sie war so müde, dass sie sich fühlte, als ob sie betrunken wäre. „Ich bezweifle, dass ich vor Mitternacht hier fertig werde, und dann muss ich nach Hause und nach meinem Sohn sehen."

Sie hatte gehofft, ihn mit der Enthüllung, dass sie ein Kind hatte, schockieren zu können, aber er reagierte nicht.

„Wie wäre es mit einem Drink, bevor Sie nach Hause

fahren?“

Der Typ war die personifizierte Versuchung.

„Wie wäre es mit morgen?“, erwiderte sie, wohlwissend, dass er morgen schon weg sein würde.

„Ich fliege mittags, wenn die Wettervorhersage sich bewahrheitet.“

Sie hasste den Anflug von Enttäuschung und die darauffolgende Resignation, obwohl sie gewusst hatte, dass er gehen würde. Es war besser, in der Realität verwurzelt zu bleiben. Er würde sie nur enttäuschen. Darauf konnte sie sich verlassen. Sie zuckte mit den Schultern. „Dann ist das wohl ein Nein.“

„Was ist mit dem nächsten Wochenende?“

Sie hatte gerade einen Schritt weggehen wollen, hielt jedoch inne. „Wie bitte?“

„Nächstes Wochenende.“ Er machte einen Schritt auf sie zu, und sie konnte sein Aftershave riechen. Zitrusfrüchte und Gewürze.

„Aber ich dachte –“

„Ich hole Sie um 19 Uhr ab? Freitagabend?“

Sie starrte ihn an, offensichtlich war sie nicht in der Lage, auch nur in Erwägung zu ziehen, Ja zu sagen. „Sie haben nächstes Wochenende hier zu tun?“

„Nein.“ Er hielt ihrem Blick stand. „Zumindest nicht beruflich. Nur privat.“

Bei der Art, wie er es sagte, kribbelten ihre Zehen, und doch gefiel es ihr nicht, als sichere Sache betrachtet zu werden. „Ich werde nicht mit Ihnen schlafen, Elliot.“

Er wandte seinen Blick nicht von ihrem Gesicht ab. „Ich lade Sie zum Essen ein. Sonst nichts. Sie entscheiden, wo wir essen, wenn Ihnen das lieber ist, oder ich kann irgendwo reservieren.“

„Ich wollte eigentlich Zeit mit Aiden verbringen. Meinem Sohn.“

„Bringen Sie ihn mit.“

Sie lachte und warf ihm einen strengen Blick zu. „Was haben Sie vor?“

„Ich habe gar nichts vor, ich wollte nur …“ Er brach ab.

„Was?“

„Erinnern Sie sich an den Abend in der Bar nach dem Fall in Anchorage? Sie hatten ein Date mit jemand anderem.“

„Ja, ich erinnere mich. Das war wahrscheinlich das letzte richtige Date, das ich hatte. Sie waren auch mit jemand anderem da.“ Mit einer Blondine. Vielleicht hatte er einen Typ.

„Ich weiß noch, dass ich früh nach Hause gegangen bin – und zwar allein –, weil ich es nicht ertragen konnte, Sie bei einem intimen Abendessen mit einem anderen Kerl zu beobachten.“

Ihr Herz machte einen kleinen Hüpfer, und sie sagte sich, dass diese Geschichte noch lange nicht wahr sein musste. Dieser Mann wusste, wie er durch Manipulation erreichen konnte, was er wollte.

„Ich wollte ihm ins Gesicht schlagen. Allerdings hätte ich dadurch wahrscheinlich meine Zulassung verloren.“ Seine Lippen zuckten. „Wobei es mir das vielleicht wert gewesen wäre.“

Signy schüttelte den Kopf. „Ich habe ihn tatsächlich am Ende des Abends geohrfeigt, als er angenommen hatte, dass ich Sex mit ihm haben würde, nur weil er die Rechnung übernommen hat.“

„Machen Sie Witze?“, fragte er leise.

„Nein, ich mache keine Witze. Er ist einer der vielen Gründe, warum ich mich nur selten verabrede."

„Machen Sie eine Ausnahme. Für mich."

„Torgerson!", rief Chief Jacobs aus seinem Büro.

Sie stieß sich vom Schreibtisch ab. „Ich muss los."

Elliot fasste sie sanft am Arm. „Bitte?"

Sie sah ihm in die Augen und runzelte die Stirn. „Ich überlege es mir."

Seine Mundwinkel bogen sich nach oben. „Vollkommen unverbindlich. Nur Sie und ich, und Ihr Sohn, wenn Sie möchten."

Das klang so verdammt verlockend. „Ich werde es mir überlegen."

Er schmunzelte.

„Ich muss gehen."

Darby O'Roarke blieb neben ihm stehen.

„Torgerson!", rief Chief Jacobs erneut.

Signy atmete tief durch und wandte sich ab.

„Bis nächste Woche", rief Elliot ihr nach.

Signy schüttelte den Kopf. Sie wusste, dass sie Nein sagen sollte, nein zu ihm. Diese Verabredung würde ohnehin nirgends hinführen. Doch die Vorstellung, mit Elliot Byrne auszugehen, erregte sie weit mehr als es sollte – und das war genau der Grund, warum sie zu Hause bleiben sollte, bei ihrem Sohn, der wahrscheinlich in drei Jahren aufs College gehen würde.

Sie verzog keine Miene, als sie auf ihren Chef zuging, der in der Tür stand und sie mit einem Gesichtsausdruck anstarrte, der vermuten ließ, dass er etwas über Elliot Byrne zu sagen hatte. Sie wollte nicht aufgezogen werden. Sie hatte nicht die Energie, um sich mit Spott auseinanderzusetzen. Zum

Glück kam Eban aus dem Konferenzraum und unterbrach die beiden.

„Ein Wegwerfhandy, das von einem Mobilfunkmast in der Nähe von Martin Carstairs' Haus und einem anderen Mast in der Nähe der Kirche kurz vor dem Zeitpunkt der Morde erfasst wurde, wurde am vierten Januar mit Gleesons Kreditkarte gekauft.“

„Reicht das für eine Verurteilung aus?“, fragte sie.

„Ich bezweifle es. Aber vielleicht hilft es uns, ein Geständnis aus ihm herauszubekommen.“

„Tun Sie es. Heute Abend.“ Der Chief zeigte auf sie, als er das sagte, weil er Special Agent Winters nicht herumkommandieren durfte. Dann ging Jacobs zurück in sein Büro und knallte die Tür zu.

„Die Chance, meinen Sohn heute Abend zu sehen, ist dahin. Wenn das so weitergeht, wird das Jugendamt bald an meine Tür klopfen.“

Eban warf ihr einen Blick zu. „Wie alt, sagten Sie, ist er?“

„Fünfzehn.“

„Ist er allein?“

„Ja. Ich habe hier keine Familie.“ Plötzlich fühlte sie sich in die Defensive gedrängt. „Er ist vernünftig. Außerdem weiß er, dass ich sein Handy orten und ihm seine Videospiele wegnehmen kann, wenn er sich nicht benimmt. Aber ehrlich gesagt, ist er ein unglaublich guter Junge.“ Die Schuldgefühle fraßen sie auf. „Normalerweise ist nicht so viel los.“

„Er kommt bestimmt zurecht“, sagte Eban lächelnd. „Kinder sind unverwüstlich. Jungs in diesem Alter sind meistens klüger als sie aussehen.“

„Ich lasse ihn nur ungern allein.“ Signy stieß einen angespannten Atemzug aus.

Elliot Byrne lachte laut über etwas, das Darby gesagt hatte.

„Haben Sie keine Angst, dass sie mit diesem Typen durchbrennt und glücklich bis ans Ende ihrer Tage lebt?", wechselte sie das Thema.

Ebans Blick verhärtete sich, als er den Anwalt ansah. „Wenn es sie glücklich macht, würde ich lernen, damit zu leben."

„Oh, mein Gott." Signy schüttelte den Kopf, als sie davonging. „Männer."

„Was?", fragte Eban und schritt hinter ihr her.

„Frauen wollen diesen selbstaufopfernden Müll nicht. Wir machen selbst genug von dieser Scheiße. Wir wollen jemanden, der sich für uns einsetzt. Der für uns kämpft."

„Ich würde für sie sterben."

Signy sah ihn an und erkannte an seinem Blick, dass er die Wahrheit sagte. „Dann sollten Sie ihr das sagen. Sorgen Sie dafür, dass sie weiß, was Sie für sie empfinden, bevor sie mit diesem verdammten Elliot Byrne durchbrennt, denn er ist stinkreich und wahnsinnig heiß. Ich meine damit nicht, dass Sie nicht heiß wären, aber ..."

Sein Lächeln verwandelte sich in ein Grinsen.

Ihre Wangen brannten. Sie wünschte sich, der Boden würde sie verschlucken.

„Das werde ich mir merken, Detective."

Sie schlug ihm auf den Arm. Dann sah sie einen anderen Anwalt, den sie wiedererkannte, durch die Vordertür kommen.

„Gleesons neuer Anwalt ist hier. Möchten Sie dieses Mal die Führung übernehmen?"

„Nein. Wir wechseln uns ab. Sie fangen an. Erzählen Sie ihm von Corinne. Sagen Sie ihm, dass sie lebt und mit dem gleichen Mittel betäubt wurde, das Darby am Dienstagabend verabreicht wurde. Dann schießen Sie sich auf Darby ein.“

„Sie glauben immer noch, dass er von ihr besessen ist.“

„Allerdings.“

Signy beobachtete Eban, der die fragliche Frau betrachtete. „Warum?“

Er legte den Kopf schief, als würde er über seine Antwort nachdenken. „Es könnte der brillante Intellekt sein oder das flammend rote Haar. Oder die Augen, die schon das Schlimmste gesehen haben, was die Menschheit zu bieten hat, und dennoch die Fähigkeit besitzen, das Gute im Menschen zu sehen.“

Signy kratzte sich hinter dem Ohr. „Wenn Sie ihr nicht sagen, was Sie für Sie empfinden, sind Sie ein verdammter Narr. Ich habe noch nie erlebt, dass ein Mann so etwas über mich denkt, geschweige denn sagt. Mir kommen gleich die Tränen.“

Eban lächelte. „Ich werde es ihr sagen, sobald wir diesen Fall abgeschlossen haben.“

KAPITEL SIEBENUNDDREISSIG

GLEESON ROLLTE SEINE Schultern zurück, als würde er sich auf einen Kampf vorbereiten, und nahm dann eine angespannte Haltung ein.

Eban fragte sich, was im Kopf dieses Kerls vorging. War er ein Psychopath, der sauer war, dass er erwischt worden war? Wurde er von einem starken Drang getrieben, eine nur ihm bekannte Mission zu erfüllen? Oder war er, wie Darby, zu Unrecht beschuldigt worden?

Eban war sich noch nicht sicher. Wieder spiegelte er Gleesons Bewegungen und verschränkte Arme und Beine.

„Ich hoffe, Sie haben sich ein wenig ausgeruht", sagte Signy sanft.

Gleeson kniff die Lippen zusammen. „Ein wenig. Nicht viel."

Signy zog ein Herstellerfoto der Schneestiefel hervor, die jemand getragen hatte, als er im Wald gestanden und das Wohnzimmer von Martin Carstairs beobachtet hatte, und dann noch einmal, als Adele Surrey abgeschlachtet wurde. Es war das gleiche Modell, das auch Darby besaß.

„Erkennen Sie diese Stiefel?"

Gleeson schüttelte den Kopf und sah gelangweilt aus.

„Sie tragen Schuhgröße sieben, richtig?"

Er zuckte mit einer Schulter. „Siebeneinhalb. Kommt auf

die Marke an."

Die Größe entsprach in etwa der, die Darby trug. Die Indizien, die gegen den Therapeuten sprachen, schienen sich zu häufen. Eban wünschte sich, sie hätten den Stimmabgleich schon zurückbekommen, aber Mike Tanner war nicht im Büro, und für die anderen im Labor hatte Ebans Fall keine Priorität. Wenn Corinne ihnen nur sagen könnte, was passiert war, könnten sie den Fall endgültig abschließen.

„Sie sagten, Corinne Brown hat Sie gestern aus Anchorage angerufen. Um wie viel Uhr?", fragte Signy ruhig.

„Ich weiß es nicht mehr genau. Am späten Nachmittag. Sie können doch sicher meine Telefonaufzeichnungen auf die genaue Uhrzeit überprüfen?"

Signy lächelte. „Wie lautet Ihr Pin? Dann überprüfe ich Ihr Handy."

Gleeson warf ihr einen herablassenden Blick zu. „Ich denke, der Mobilfunkanbieter wird Ihnen ohnehin die entsprechenden Daten zur Verfügung stellen. Das ist alles Blödsinn, und ich habe ein Recht auf Privatsphäre."

Irgendwann würden sie sich Zugang zu seinem Handy verschaffen können, wenn es sein musste. Gleeson drohte bereits der Verlust seiner Approbation, der Verlust seiner akademischen Stellung und die Eintragung als registrierter Sexualstraftäter wegen der Pornos, die sie auf seinem Gerät gefunden hatten.

„Wann hat sie ungefähr angerufen?", fragte Signy erneut.

„So zwischen 16:30 und 17:00 Uhr."

„Klang sie aufgeregt?"

„Sie war aufgebracht. Das habe ich Ihnen doch gesagt. Sie hat sich für das Missverständnis entschuldigt. Sie sagte, sie käme am Montag wieder, aber bei dem Wetter bezweifle ich …" Er hörte auf zu reden. „Moment. Ist mit Corinne alles in Ordnung? Haben Sie mit ihr gesprochen? Hat sie bestätigt, was ich Ihnen gesagt habe?"

Signy zog ein Foto aus ihrer Mappe und legte es mit der Vorderseite nach oben auf den Tisch. Es zeigte eine gespenstisch bleiche Corinne in einem Krankenhausbett. Auf dem Bild war nicht zu erkennen, ob sie tot oder lebendig war.

Gleeson schlug sich die Hand vor den Mund, sein Blick war entsetzt. „Der Mörder ist ihr nach Anchorage gefolgt?"

Signy erklärte ruhig: „Corinne war nie in Anchorage, Kim. Man hat sie in einer Schneewehe in Fairbanks gefunden, mit einem Messer in der Brust."

„Moment. Was? Das ergibt doch keinen Sinn." Gleeson beugte sich aggressiv vor. Eban machte sich mental darauf gefasst, dass der Kerl handgreiflich werden würde. „Das ergibt doch alles keinen Sinn! Warum hat sie behauptet, dass …" Er blickte auf. „Sie glauben, dass jemand bei ihr war. Sie dazu gebracht hat, diese Dinge zu sagen. Deshalb hat sie geweint."

„Hat Corinnes Weinen Sie gestört?"

„Ich mag es nicht, wenn sich Leute aufregen, Detective. Trotz all dieser Unterstellungen bin ich ein guter Mensch. Ein guter Therapeut, der sich um seine Patienten kümmert. Das ist der Grund, warum ich überhaupt Psychotherapeut geworden bin – um Menschen zu helfen."

Eban unterbrach ihn. „Sie sagten, Sie wurden für die Stelle hier abgeworben. Das stimmt nicht, oder?"

Gleesons Blick huschte zu ihm.

„Ich habe vorhin mit Ihrem Dekan gesprochen, und er sagte, Sie hätten sich auf eine ausgeschriebene Stelle beworben. Warum haben Sie Anchorage verlassen, um an der UAF zu unterrichten?"

Gleesons Augen funkelten, bevor er den Blick abwandte.

Signy legte drei Fotos vor ihm auf den Tisch. Zwei Frauen. Ein Mann. „Erkennen Sie eine dieser Personen?"

Zuerst runzelte Gleeson die Stirn. Dann blinzelte er schnell. Er berührte das mittlere Foto. „Sie. Ich habe sie in den Nachrichten gesehen. Sie wurde im letzten Frühjahr in Anchorage ermordet."

„Alle drei wurden auf ähnliche Weise wie Martin Carstairs ermordet, und zwar zwischen Mai und Juni letzten Jahres in Anchorage. Wo waren Sie in dieser Zeit ansässig?"

Der neue Anwalt flüsterte Gleeson etwas ins Ohr.

Gleesons Lippen kräuselten sich. „Sie versuchen doch nicht ernsthaft, mir all diese Morde anzuhängen?"

„Finden Sie nicht, dass es ein großer Zufall ist, dass überall dort, wo Sie leben, Menschen sterben?"

Seine Nasenflügel blähten sich auf, und ein alarmierter Blick trat in seine Augen. „Genau das ist es. Ein Zufall."

„Wenn wir uns andere ähnliche Vorfälle im ganzen Land ansehen, bin mir ziemlich sicher, dass wir einige Über-schneidungen mit Ihren Bewegungen finden werden."

Gleeson beobachtete sie jetzt aufmerksam. Unschuldige Menschen neigten dazu, sich mit der Zeit zu beruhigen. Schuldige Menschen wurden meist zunehmend nervös. Dieser Mann war schwer zu durchschauen.

„Sind Sie nach Fairbanks gezogen, um näher an Darby O'Roarke heranzukommen, oder brauchten Sie einfach neue Jagdgründe?", fragte Eban.

Gleesons Adamsapfel wippte auf und ab, aber er sagte nichts.

„Ich nehme an, dass Sie den Einbruch in Ihrer Praxis vorgetäuscht haben, um entweder eine legitime Verbindung zu den Ermittlungen zu haben oder um bestimmte Beweisstücke loszuwerden, ohne Verdacht zu erregen." Eban sah den Mann an. Gleeson zeigte immer noch keine Reaktion.

„Wir haben DNA vom Carstairs-Tatort, die sicher mit der von den anderen Tatorten übereinstimmt. Wir wissen, dass Ihre Kreditkarte zum Kauf eines Wegwerfhandys benutzt wurde, das sich in der Nähe der beiden Tatorte mit Mobilfunkmasten verbunden hat. Und dann wäre da noch der Kauf eines neuen Paars Schneestiefel und eines Jagdmessers gestern."

„Das ist unmöglich." Gleeson sah erschrocken aus und starrte dann einen langen Moment ins Leere.

„Außerdem ist da noch die Kinderpornografie auf Ihrem Laptop. Wenn Sie bei dieser Untersuchung mit uns zusammenarbeiten, werden wir Sie nicht wegen des Besitzes von Kinderpornografie anklagen, und Sie werden im Gefängnis nicht als Pädophiler abgestempelt. Das Haus und das Fahrzeug von Debbie Abbot werden gerade untersucht. Wie stehen die Chancen, dass wir Ihre DNA dort finden werden?"

Gleeson schluckte wiederholt, offenbar in dem Versuch, seine Gefühle zu unterdrücken. „Falls ich gestehe, was passiert dann? Gibt es einen Prozess?"

Aufregung durchströmte Eban. *Falls ich gestehe*, waren nicht die Worte eines unschuldigen Mannes. Würde diese Sache bald vorbei sein?

Signy legte die Fotos beiseite. „Ja, es ist in unserem Interesse, einen Prozess zu vermeiden. Ihr Anwalt kann mit der Staatsanwaltschaft einen möglichen Deal besprechen."

Gleeson flüsterte seinem Anwalt etwas ins Ohr, und der Mann erwiderte etwas, ebenfalls flüsternd.

„Okay." Ein Schluchzen entwich ihm, als er scharf einatmete. „Ich gebe es zu. Ich habe es getan. Ich habe Martin Carstairs, Adele Surrey, Debbie Abbot und Corinne Brown ermordet. Ich habe es getan, während meine Familie dachte, ich würde arbeiten, und sie haben nie Verdacht geschöpft. Das ist das Wichtigste. Ich möchte, dass meine Familie aus der Sache herausgehalten wird."

Eban unterließ es, seine Abscheu zu zeigen. Vielleicht hätte der Kerl das bedenken sollen, bevor er jemanden erstochen hatte.

„Ich habe versucht, Darby O'Roarke etwas anzuhängen. Ich dachte, es würde Spaß machen, sie zu quälen. Das hat auch fast geklappt. Übrigens, viel Glück bei der Suche nach einem neuen Therapeuten für sie", stichelte Gleeson.

Wut stieg in Eban auf, aber er unterdrückte sie. Er verließ den Raum, als Signy begann, den Mann durch die Ereignisse zu führen. Gleeson sehen zu lassen, dass ihn seine Sticheleien nicht kalt ließen, hieße, dem Kerl einen kleinen Sieg zu gönnen, und Eban würde dem Kerl keinen Tropfen Regen während einer jahrelangen Dürre gönnen.

Er atmete lange aus, als er vor der Tür stand. Die Episode fühlte sich seltsam antiklimaktisch an. Vielleicht, weil er den Kerl nicht geschlagen hatte, oder vielleicht, weil sie alle so verdammt erschöpft waren. Das war ein gutes Ergebnis für Torgerson. Es sollte ihre Karriere vorantreiben.

Er rief Lincoln Frazer an, um mit ihm über das Geständnis zu sprechen, aber es ging direkt auf die Mailbox.

Eban rieb sich die Augen, die Müdigkeit zehrte an ihm. Es waren ein paar verdammt harte Tage gewesen. Er machte sich auf den Weg zum Konferenzraum und steckte seinen Kopf hinein. Allan Robertson schlief tief und fest über den Tisch gebeugt. Er ging um den Raumtrenner herum und fand Darby, die ebenfalls döste.

Er ging neben ihr in die Hocke und sie öffnete blinzelnd die Augen. Dann nahm sie ihre Kopfhörer ab.

„Zeit zu gehen."

Ihre grünen Augen weiteten sich langsam. Aus der Nähe betrachtet, zogen sich goldene Schlieren durch ihre Iriden. „Wie ist es gelaufen?"

„Gleeson hat gestanden."

Sie beugte sich vor und berührte seine Wange, bevor sie ihm einen schnellen Kuss auf die Lippen drückte, was sein Herz zum Rasen brachte. „Es ist vorbei?"

„Es ist vorbei." Das hoffte er zumindest.

„Gott sei Dank."

„Ja. Lass uns zur Hütte fahren."

IM GELÄNDEWAGEN RIEB sich Darby ihren Nacken. Er war steif, weil sie den ganzen Tag über ihrem Laptop gesessen hatte. Sie hatte vorhin die Wundverschlussstreifen entfernt, denn die Wunde an ihrem Hals war schön verschorft, und obwohl sie hässlich aussah, war sie gut verheilt.

Emotional war sie erleichtert und aufgeregt, dass die Polizei den Mörder gefasst hatte und dass Dr. Gleeson seine Verbrechen gestanden hatte. Die Tatsache, dass ihr Therapeut der Täter war, war jedoch mehr als beunruhigend. Wie oft war sie mit diesem Mann allein gewesen, hatte ihm vertraut … und die Vorstellung, dass er Martin ihretwegen getötet hatte, löste Schuldgefühle in ihr aus. Wenn sie die Zeit zurückdrehen und einfach nicht zum Ceilidh gehen könnte, wäre Martin wahrscheinlich noch am Leben. Und Adele auch.

Sie hatte keine Ahnung, was sie mit diesen Gefühlen anfangen sollte. Ebenso wenig wie mit der Tatsache, dass ein Großteil ihrer Genesung auf die Arbeit mit einem Mann zurückzuführen war, der sich als bösartiger Mörder entpuppt hatte. Wie konnte er auf der einen Seite Traumata behandeln und sie auf der anderen Seite verursachen? Sie war der festen Überzeugung, dass die angewandten Methoden und nicht Dr. Gleeson selbst ihr geholfen hatten, und sie musste einen Weg finden, die Ergebnisse von der Person zu trennen, die die Therapie geleitet hatte.

Sie erschauderte. Sie brauchte jetzt eine Therapie, um ihre Therapie zu verarbeiten.

„Geht es dir gut?", fragte Eban und streckte die Hand aus, um ihre Finger zu drücken. Obwohl sie beide Handschuhe trugen, war seine Berührung angenehm und willkommen.

„Ich habe ein mulmiges Gefühl", gestand sie. „Nicht zuletzt wegen der Tatsache, dass ich Gleeson von einigen Dingen erzählt habe, die mir in Indonesien passiert sind. Wenn ich noch länger zu ihm gegangen wäre, hätte ich ihm wahrscheinlich alles erzählt, und der Gedanke daran widert mich an."

„Denk nicht mehr an ihn. Er ist offensichtlich gut darin, Leute zu täuschen."

„Ja. Igitt. Aber die Vorstellung, dass er es genießt, andere Leute zu quälen ..."

„Es scheint keine sexuelle Komponente bei den Morden zu geben."

Sie schlang die Arme um ihren Körper. „Ich schätze, das ist zumindest etwas."

Es war immer noch bitterkalt, obwohl der Schneesturm

etwas nachgelassen hatte. Es schneite und die gefühlte Temperatur lag bei minus zwanzig Grad.

An manchen Stellen hatten sich große Verwehungen gebildet. Teile der Straße waren leergefegt. Andere Teile sahen aus, als ob mehrere Meter Schnee weggepflügt worden waren.

Darby beugte sich vor und schaute in den Nachthimmel. Sie war erleichtert, als sie zwischen den Sturmwolken einen vertrauten Anker ausmachen konnte. „Sieh nur." Sie deutete fast direkt über ihre Köpfe hinweg. Eban legte den Kopf unbeholfen schief und blickte durch die Windschutzscheibe nach oben.

„Das ist der Nordstern, der zwischen dem Großen Wagen und Kassiopeia steht." Sie zeichnete die Sternbilder nach, die größtenteils verdeckt waren.

Eban lächelte, obwohl die Müdigkeit seine Augen überschattete. „Ich finde es toll, dass du dich damit auskennst."

Darby zuckte mit den Schultern. „Dad hat es mir beigebracht ..."

„Er war vielleicht nicht der beste Vater, nachdem deine Mutter gestorben war, aber du hast dich verdammt gut entwickelt."

„Du auch." Sie wollte ihm sagen, was sie für ihn empfand – dass sie glaubte, dass sie ihn liebte –, aber es war nicht der richtige Zeitpunkt. Sie mussten es langsam angehen. Sie wollte ihm nicht zu viel zumuten. Sie rollte ihre steifen Schultern zurück. Der Whirlpool rief nach ihr. „Wie wäre es mit einem kurzen Bad vor dem Schlafengehen?"

Sie ging davon aus, dass sie im selben Bett schlafen würden. Sie wollte auf keinen Fall wieder allein schlafen, bis es unbedingt sein musste.

„Ich scheine eindeutig erschöpfter zu sein als du.“

„Man merkt dir eben dein Alter an.“ Sie lachte.

Er stimmte jedoch nicht mit ein. „Ich bin viel älter als du.“

„Du bist vierunddreißig, nicht neunzig.“

Seine Miene wurde ernst. „Aber ich komme in ein Alter, in dem ich andere Dinge will als die meisten Sechsundzwanzigjährigen.“

„Ich bin nicht wie die meisten Sechsundzwanzigjährigen“, erinnerte Darby ihn scharf.

„Nein“, stimmte er zu. „Das heißt aber nicht, dass wir dasselbe wollen. Wir müssen darüber reden.“ Er gähnte. „Wir müssen herausfinden, ob es sich lohnt, dieser Sache zwischen uns eine Chance zu geben, aber nicht jetzt. Nicht heute Abend. Ich will es nicht vermasseln, indem ich das Falsche sage.“

Seine Worte versetzten ihr einen Stich ins Herz. All ihre Freude über die Festnahme des Mörders wurde durch diese Andeutung eines drohenden gebrochenen Herzens neutralisiert.

Sie hielten an der Hütte, und Darby saß still da, fast komatös nach dem turbulenten Tag. Sie wusste nicht, was sie zu ihm sagen sollte. „Ich liebe dich“ würde nach unreifer Verzweiflung klingen, und er dachte sowieso schon, sie wäre zu jung für ihn. Eban erwartete ein reifes Gespräch über das Für und Wider des Zusammenseins, während sie sich ein Leben ohne ihn nicht vorstellen konnte.

Ihr Herz brach stillschweigend in zwei Teile.

„Darby? Geht es dir gut?“

Sie schreckte aus ihrer emotionalen Starre hoch. Sie wollte ihre Verletzlichkeit nicht preisgeben. Sie fühlte sich zu zerbrechlich, um zu zeigen, was sie wirklich fühlte. Sie musste den Schmerz erst einmal stillen. „Ja. Tut mir leid. Ich bin einfach nur müde."

„Ich auch." Sein dunkler Blick glitt über ihre Gesichtszüge. „Es waren ein paar harte Tage. Ich habe mir Sorgen um dich gemacht."

War das alles, was zwischen ihnen war? Seine ständige Sorge um ihr Wohlergehen. Er wusste, dass sie Gefühle für ihn hatte. Er musste wissen, dass sie ihn liebte.

Ihr Magen kribbelte vor Unsicherheit. Liebe war furchtbar. Sie hasste sie.

Sie stieg aus und spürte, wie sein Blick ihr folgte. Er ließ sich beim Aussteigen Zeit, und sie nutzte die Gelegenheit, um die Heizung anzuschließen.

Eban hatte seine Waffe in der Hand, als sie die Hütte betraten, aber er durchsuchte sie nicht so gründlich wie beim letzten Mal. Er überprüfte jeden Raum auf eine Art und Weise, die mehr nach Gewohnheit als nach echter Besorgnis aussah.

„Bist du sicher, dass es dir gut geht?", fragte er und neigte den Kopf zur Seite, offensichtlich spürte er, dass sie aufgewühlt war.

Sie rang sich ein Lachen ab. Er hielt sie für eine schreckliche Lügnerin, auszuweichen war eher ihr Stil. „Die letzten Tage waren zu viel für meinen Körper. Ich fühle mich steif und schwach wie ein altes Weib."

„Du bist alles andere als ein altes Weib."

Darby grinste und hoffte, dass ihre Lippen nicht zitterten oder ihre Augen ihre lähmende Unsicherheit verrieten.

Sie legte ihre Tasche auf den Esstisch. Sie hatten alle Sachen aus ihrer Wohnung auf dem Rücksitz von Ebans Wagen gelassen. Heute Nacht würden sie sie nicht mehr brauchen. Ihr Blick verweilte auf den weißen Frotteebademän-teln, die an den Haken neben der Hintertür hingen.

Eban begann, ein Feuer zu machen.

Sie brauchte etwas Zeit für sich. Sie brauchte einen Moment, um ihre Gefühle zu sortieren und nachzudenken. Zeit, um sich auf die Tatsache vorzubereiten, dass er sie trotzdem bald verlassen würde, selbst wenn sie versuchten, eine Beziehung aufzubauen – falls sich das überhaupt lohnte.

„Ich werde vor dem Schlafengehen noch ein kurzes Bad nehmen."

„Möchtest du, dass ich dir Gesellschaft leiste?" Er sah sie mit wachsender Besorgnis an. Er wusste, dass er etwas falsch gemacht hatte, schien jedoch keine Ahnung zu haben, was es war.

Darby rang sich ein Lächeln ab. Sie waren beide erschöpft. „Wenn du willst." Sie schnappte sich einen Bademantel und Pantoffeln. „Ich werde mir nicht die Mühe machen, einen Badeanzug anzuziehen, und in einer Viertelstunde bin ich wieder draußen, also hoffe ich, dass das Feuer bis dahin brennt."

Er nickte und zuckte zusammen, als sein Handy klingelte. „Ich gehe da schnell ran, dann bringe ich dir etwas zu trinken. Darby?", fragte er plötzlich mit eindringlicher Stimme.

„Ja?"

„Du weißt, dass ich dich …", er stolperte über seine Worte, „sehr mag, oder?"

„Du bedeutest mir auch viel." Sie schenkte ihm ein übertrieben strahlendes Lächeln, bevor sie hinausging. Sie hielt inne, schloss die Augen und versuchte, die Tränen zurückzublinzeln. „Ich mag dich" kam normalerweise vor einem „aber". Ich mag dich sehr, *aber* das funktioniert für mich nicht. ich mag dich sehr, *aber* ich liebe dich nicht. Ich mag dich sehr, *aber* wir leben viertausend Meilen voneinander entfernt.

Alles potenziell zutreffende Punkte, über die sie nicht nachdenken wollte.

Sie verdrängte alle chaotischen Emotionen aus ihrem Kopf, schaltete die Düsen ein und nahm den Deckel vom Pool. Sie zuckte erschrocken zusammen, als sich auf der anderen Seite der überdachten Veranda ein dunkler Schatten aus der Dunkelheit löste, der Lauf eines Gewehrs blitzte im Licht auf.

Eine krächzende Stimme ertönte unheimlich in der eisig kalten Nacht. „Kein Wort, Darby, schrei nicht um Hilfe. Wenn du das tust, werde ich deinem hübschen Freund den Kopf von den Schultern pusten, und du wirst zusehen, wie er stirbt."

KAPITEL ACHTUNDDREISSIG

EBAN WAR WÜTEND auf sich selbst. Er sollte eigentlich gut mit Worten umgehen können, und doch hatte er die letzten fünf Minuten – möglicherweise einige der wichtigsten Minuten seines Lebens – vermasselt.

Dabei hatte er unbedingt alles richtig machen wollen. Er wollte Darby nicht drängen oder sie unter Druck setzen. Er wollte nicht, dass sie dachte, sie müsse ihr Studium aufgeben, um mit ihm zusammen zu sein. Er hatte ein paar Ideen, und er hatte schon ein paar Fühler in der Zentrale ausgestreckt. Aber nur, wenn sie ihn wollte. Er wollte nicht die Karriere opfern, die er liebte, wenn das zwischen ihnen nur eine kurze Affäre war. Er glaubte nicht, dass dies der Fall war, aber sie mussten sich unterhalten. Er musste ihr sagen, was er empfand. Dass er für sie Drachen töten würde. Dass er für sie sterben würde. Und wenn sie nicht dasselbe fühlte?

Das wäre scheiße.

Anstatt die Situation direkt anzugehen, ging er ans Telefon, denn das war einfacher, als sich mit seinen Gefühlen und seiner tief verwurzelten Angst auseinanderzusetzen, dass ihn nie jemand wirklich lieben würde – all den Emotionen, die daher rührten, dass er von einer Mutter aufgezogen wurde, die sich einen Dreck um ihn geschert hatte. Das war wirklich erbärmlich. „Winters."

„Lincoln Frazer hier. Wir sind gerade auf dem Flughafen von Fairbanks angekommen."

Eban fuhr sich mit der Hand durchs Haar. „Ich bin überrascht, dass Sie es geschafft haben, aber das ist großartig. Dr. Kim Gleeson hat die Morde hier gestanden und war zur gleichen Zeit in Anchorage, als die Morde dort stattgefunden haben."

„Kim Gleeson?" Es hörte sich an, als würde Frazer die Information an jemand anderen weitergeben.

„Ja. Wo werden Sie unterkommen?"

„Im Ramada."

„Diese Kim Gleeson, was hat sie mit dem O'Roarke-Mädchen zu tun?"

„Darby ist eine Frau und kein Mädchen, und Kim Gleeson ist ein *er*."

„Warten Sie. Haben Sie mein Profil nicht bekommen?"

„Nein. Nun, ich hatte noch keine Gelegenheit, meine E-Mails zu checken." Er war zu beschäftigt damit gewesen, ihren Hauptverdächtigen zu befragen. „Er ist Darbys Psychotherapeut. Er arbeitet an der Universität und hat gelogen, als er sagte, er sei letzten August der Arbeit wegen nach Fairbanks gekommen. Er war auf der Party, auf der er Darby mit Martin Carstairs am Dienstagabend gesehen hat. Und er hat eine Gruppentherapie in der Kirche geleitet, in der das zweite Opfer starb. Opfer Nummer drei und vier waren beide seine Sekretärinnen. Wir haben auf seiner Festplatte Pornos gefunden, und mit seiner Kreditkarte wurden verschiedene belastende Einkäufe getätigt, die mit den Morden in Verbindung stehen. Außerdem hat er die Morde gestanden."

„Das Profil könnte falsch sein, nehme ich an ..." Frazer klang nicht überzeugt.

Wie viele Beweise brauchte der Kerl denn noch? „Wer sollte es sonst sein, wenn nicht der Therapeut? Und warum sollte er lügen?"

Nur dass Menschen aus allen möglichen Gründen logen. Und viele Leute machten falsche Geständnisse bei der Polizei. Aber dieser Mann stand kurz davor, alles zu verlieren … Könnte er jemanden schützen wollen?

Eban rief Frazers E-Mail auf und öffnete den Anhang. Er fluchte. „Keiner dieser Parameter passt zu Gleeson."

„Wir haben schon falsch gelegen."

„Aber nicht *so* falsch."

Ebans Haut kribbelte, als ihn ein Anflug von Angst durchfuhr. Um sich selbst zu beruhigen, ging er zur Hintertür und öffnete sie, in der Erwartung, Darby im Whirlpool sitzen zu sehen, während sie so tat, als sei sie nicht sauer auf ihn, weil er nicht den Mumm gehabt hatte, ihr einfach zu sagen, dass er sie liebte. Seine Gedanken wurden jäh gebremst. Die Wanne war leer, und der Bademantel und die Hausschuhe lagen unbenutzt auf einem Tisch. Eine Spur von Fußabdrücken zog sich durch den Schnee und führte über die Terrasse und die Treppe hinunter.

Vielleicht war sie spazieren gegangen – doch sie würde ihn niemals so beunruhigen, nicht einmal, wenn er ein Trottel gewesen war.

„Scheiße, Frazer. Darby ist weg. Jemand hat sie entführt." Er rannte zurück ins Haus und schnappte sich seine Winterjacke, seine Handschuhe und seine Mütze. Dann zog er seine Waffe aus dem Halfter. Er teilte dem anderen Agenten seinen Standort mit. „Die Fußspuren sehen aus, als hätte er sie zum See gebracht."

Wie hatte er sie auch nur eine Minute lang aus den Augen

lassen können?

„*Sie*", korrigierte Frazer. „Wir haben es mit ziemlicher Sicherheit mit einer Serienmörderin zu tun. Es macht ihr keinen Spaß, ihre Opfer zu quälen. Sie zieht ihre ganze Befriedigung aus der Tatsache, dass sie tot sind. Das ist die Vorgehensweise einer Frau. Legen Sie sich nicht mit ihr an, und glauben Sie nicht, dass sie nachsichtiger ist, weil sie eine Frau ist. Sie hält Darby für ihre beste Freundin, und sobald diese Fantasie stirbt, wird sie sie umbringen, und Sie auch, sobald Sie ihr die Gelegenheit dazu geben."

„Ich muss die örtliche Polizei anrufen. Kommen Sie schnell her. Chena Lake. Helfen Sie mir, sie zu finden."

„Schon unterwegs."

Eban legte auf, warf sich seine Jacke über und rief Signy Torgerson an, während er durch die andere Tür aus dem Haus stürmte, immer noch darauf bedacht, keine Beweise oder das Geruchsprofil für die K-9-Einheit zu zerstören.

„Was ist?", fragte sie erschrocken.

„Gleeson ist nicht der Mörder. Der Mörder ist wahrscheinlich eine Frau, und sie hat sich Darby geschnappt und ist mit ihr auf den Chena Lake geflohen." Trotz der eisigen Kälte lief ihm der Schweiß den Rücken hinunter.

„Wer?"

„Ich weiß es nicht."

„Wo sind Sie?" Ihre Stimme klang jetzt schärfer.

Er nannte ihr die Adresse der Hütte. „Ich war drinnen, also habe ich sie nicht gesehen. Darby wollte in den Whirlpool, aber als ich ein paar Minuten später nach ihr sehen wollte, war sie weg."

Sie würde ihn nicht absichtlich auf diese Weise erschrecken.

Sie konnten nicht weit vor ihm sein, doch der Schnee, der ihm ins Gesicht wehte, erschwerte ihm die Sicht. Die Temperatur war gefährlich niedrig. Wenn Darby sich hier draußen verirrte, war sie tot. Wenn er sich verirrte, war er tot.

„Sie müssen so schnell wie möglich ein paar Streifenwagen herschicken. Richten Sie Straßensperren ein. Und rufen Sie die K-9 Einheiten her. Ich bin dabei, die Verfolgung zu Fuß aufzunehmen. Ich kann die Spuren im Moment noch deutlich sehen, aber sie verschwinden mit dem Wind."

„Warten Sie auf Verstärkung."

„Eine Mörderin hat die Frau, die ich liebe. Ich habe keine Zeit, auf Verstärkung zu warten."

Eban rannte jetzt, rutschte das Ufer hinunter und auf den gefrorenen See. Ein Geräusch, das sich wie ein tiefes Stöhnen anhörte, schallte durch die Nacht, während sich das dicke Eis mit der sinkenden Temperatur ausdehnte und zusammenzog. Obwohl das Eis über einen Meter dick war, widerstrebte ihm der Gedanke, dort hinauszugehen.

„Warum zum Teufel sollte Gleeson gestehen, wenn er es nicht war?", fragte Signy atemlos.

„Menschen legen aus vielen Gründen falsche Geständnisse ab – um Aufmerksamkeit zu erregen oder um jemanden zu schützen, den sie lieben." War es jemand, dem Gleeson nahestand? „Ich muss auflegen. Ich muss mich konzentrieren. Sagen Sie den Streifenwagen, sie sollen ohne Sirenen kommen. Wir wollen dieses Miststück nicht verschrecken. Ich werde den Spuren folgen."

„Eban, warten Sie. Etwa eine halbe Meile südlich von Ihnen ist eine Bootsanlegestelle. Die Verdächtige könnte dort geparkt haben und zu Fuß gegangen sein."

Er konnte jetzt Signys Sirenen über die Leitung hören. Sie

war unterwegs.

Er ließ seinen Blick am Ufer entlang zurück nach Süden schweifen, doch die Spuren führten nach Osten über den See selbst. Er könnte zurückgehen und den Geländewagen holen, aber was, wenn der Wind die Fußspuren in der Zwischenzeit wegwehte? Sie wurden mit jeder Sekunde schwächer.

„Ich werde den Spuren folgen. Überprüfen Sie den Bootssteg und schicken Sie die Hundestaffel her."

Er legte auf und begann, auf der eisigen Oberfläche in die Dunkelheit zu laufen.

Wie konnte er nur so dumm gewesen sein, anzunehmen, die Gefahr sei vorüber, und Darby schutzlos zurücklassen? Er hatte ihr nicht einmal gesagt, dass er sie liebte, verdammt nochmal. Er war zu sehr darauf bedacht gewesen, auf den richtigen Moment zu warten. Der richtige Moment war irgendein Moment. Er sollte es ihr ständig sagen. Es wahllos Fremden entgegenschreien. Wenn es jemand verdiente, dann Darby. Er sollte sie damit bombardieren, bis sie keine Luft mehr bekam und es nicht mehr ertrug, dass er es noch einmal sagte.

Stattdessen hatte er sich Gedanken über die Logistik einer gemeinsamen Zukunft gemacht, darüber, wo sie leben würden, oder ob sie eine Familie wollte oder nicht. Eine Zukunft, die immer unwahrscheinlicher wurde, weil Darby wieder einmal entführt worden war und sterben könnte.

Und plötzlich traf ihn die blitzartige Erkenntnis, dass ihm alles andere egal war, außer Darby. Alles, was er brauchte, war sie, und zwar wohlbehalten und lebendig.

KAPITEL NEUNUNDDREISSIG

LS ICH DARBY auf dem Eis stolpern sah, musste ich mich fragen, ob sie von Natur aus ungeschickt war oder absichtlich versuchte, unser Tempo zu verlangsamen. Sie hatte ein paar schwierige Tage hinter sich, aber ich auch.

„Wenn ich laufen kann, ohne hinzufallen, dann schaffst du das auch, Darby." Ein brennender Schmerz flammte in meiner Brust auf. Die freiliegende Haut der Hand, mit der ich die Waffe hielt, kribbelte schmerzhaft – die Vorstufe von Erfrierungen. Unbeholfen wechselte ich die Hand und vergrub meine kalte Hand tief in meiner Tasche.

„Ich dachte, Sie wären im Krankenhaus. Ich dachte, Sie wären von Kim Gleeson angegriffen worden. Er hat bereits alle Morde gestanden."

Tja, Scheiße. Ich schnaubte leise bei dem Gedanken. Er würde mehr bekommen, als er gedacht hatte. Anscheinend hatte ich mir selbst die Tour vermasselt, indem ich mich aus dem Krankenhaus entlassen und nach Darby gesucht hatte.

„Gleeson glaubt wahrscheinlich, dass sein Sohn der Mörder ist. Er hat ihn dabei erwischt, wie er sich ein paar heftige Snuff-Filme angesehen hat, und er und seine Frau haben ein Mädchen in Anchorage bestochen, das behauptet, der kleine Scheißer habe letztes Jahr versucht, sie zu vergewaltigen." Ich hatte alle ihre Nachrichten und E-Mails gelesen. „Bestimmt hat er sich Sorgen gemacht, dass der Junge sich zu Größerem aufgeschwungen hat." Vielleicht hatte ich dazu beigetragen, ihn davon zu überzeugen, indem ich eine versteckte Pornodatei in einem seiner Ordner platziert und die Firmenkreditkarte für ein paar Einkäufe benutzt hatte, die das Finanzamt stutzig machen könnten. „Deshalb sind die Gleesons hierhergezogen. Sie versuchen, den Perversling vor der Justiz zu schützen."

Darby schnappte nach Luft.

„Ja, ich weiß. Ich dachte eigentlich, die Bullen würden es dem Jungen anhängen. Ich hätte nie gedacht, dass der gute alte Dad sich selbst opfern würde." Es war verdammt amüsant gewesen, zuzusehen, wie sie jemanden deckten, der moralisch so verdorben war. Er mochte ein Teenager sein, aber er würde sich nicht ändern. Er war ein zukünftiger Serienvergewaltiger. Ich wurde langsamer, mein Atem strömte in mühsamen Stößen in meine Brust und wieder heraus, und ich spürte, wie die Betäubungs- und Schmerzmittel aus meinem Blutkreislauf schwanden. Mir selbst in die Brust zu stechen war ein kalkuliertes Risiko gewesen, und ich hatte das Messer nicht zu tief eingeführt. Ich hatte mich vorher betäubt, was mir sehr geholfen hatte. Außerdem war ich froh, dass ich nicht in dieser Gasse erfroren war, bevor mich jemand gefunden hatte. Das wäre eine Ironie des Schicksals gewesen.

„Wie sie zulassen können, dass er mit ihrer Tochter unter einem Dach wohnt, ist mir ein Rätsel." Ich erschauderte.

„Sie haben Gleeson also auf die gleiche Weise etwas angehängt wie mir?" Sie drehte sich um und sah mich an.

Ich lachte, doch das Gefühl der Benommenheit und das pochende Brennen meiner Wunde gefielen mir nicht. Ich hatte mehr Blut verloren als erwartet, und jetzt raubte mir der kalte Wind den Atem und ließ meine Lungen brennen. Ich musste mich ausruhen. Ich blickte auf, verwirrt von dem wehenden Schnee und der monochromen Landschaft.

„Nein. Bei ihm habe ich das Ganze *viel* besser geplant. Das mit dir war nur ein spontaner Einfall. Er war immer Teil des Plans.“

„Wieso?“, fragte sie und kauerte sich tiefer in ihre Jacke.

Ich verzog das Gesicht. Was für eine Pfadfinderin. „Weil ich Dinge brauchte.“

„Was für Dinge?“

„Kleidung, Essen.“ Eine Möglichkeit, an dich heranzukommen. Letzteres sagte ich nicht. Ich wollte sie nicht völlig verängstigen. Ich wollte sie nicht erschießen müssen, wenn sie weglief. Ich wollte, dass sie mich mochte. Ich wechselte wieder die Hand, und obwohl ich ihre Augen nicht sehen konnte, wusste ich, dass sie der Bewegung folgten. Das war gut. Ich wollte nicht, dass sie vergaß, dass ich hier das Sagen hatte.

„Haben Sie den Einbruch in Gleesons Praxis inszeniert?“

Ich lachte leise. Wer sonst? „Nachdem ich Adele getötet hatte, wurde mir klar, dass die Polizei die Treffen untersuchen würde –“

„Aber Sie waren nie bei den Treffen. Woher wussten Sie überhaupt, wer Adele war?“

Meine Kehle schmerzte von den kalten, eisigen Nadeln, die sich in mein empfindliches Fleisch bohrten. „Ich habe nach jeder Sitzung die SD-Karten kopiert und sie mir angesehen. Ich habe Adele auf den Videos gesehen. Und ein paar Mal habe ich draußen gesessen, daher wusste ich, dass sie immer als Letzte ging.“

„Warum haben Sie sie umgebracht?“

Darby war so erbärmlich.

Ich spürte, wie sich meine Lippen vor Ärger kräuselten. „Ich dachte mir, dass die Bullen irgendwann Gleesons Büro durchsuchen würden. Sie würden die Kameras und Computer finden und feststellen, dass jemand die Daten kopiert hatte. Den Einbruch zu inszenieren war ein Weg, Verwirrung zu stiften, und ich schätze, ich habe gehofft, dass der Verdacht auf Gleeson fallen würde, wenn ich für ein paar Tage verschwände."

„Sind Sie meinetwegen nach Fairbanks gekommen?" Der Pelz ihrer Kapuze verdeckte ihr Haar, und in Kombination mit dem Schnee und dem fehlenden Mond war es schwierig, ihren Gesichtsausdruck zu erkennen. „Sind Sie hergekommen, um mich umzubringen?"

„Dich umzubringen?", fragte ich ungläubig. „Nein." Ein stechender Schmerz bohrte sich in meine Brust. Oh Gott. Ich sah mich um. Wir waren weiter auf den See hinausgelaufen, als ich geplant hatte. Wir mussten zum Ufer zurückgehen. „Ich meine, ja, ich bin nach Fairbanks gekommen, weil du hier an der Uni warst. Ich wollte dich kennenlernen." Ich wollte deine Freundin sein. „Aber ich wollte dir nie wehtun. Ich wollte dich retten."

Ich machte mich auf den Moment gefasst, in dem sie mir sagte, dass sie nicht gerettet werden musste. Dass sie nicht mit mir befreundet sein wollte.

„Warum wollten Sie mich retten?" Ihre Zähne klapperten. „Haben Sie auch etwas Schreckliches durchgemacht?"

Ich wandte meinen Blick ab, bevor ich sie wieder ansah.

„Ich rede normalerweise nicht darüber", gab ich zu. Ich schob die Hand, die die Waffe hielt, in meine Tasche und vergewisserte mich, dass sie sehen konnte, dass ich sie immer noch auf sie richtete. Ich wollte sie nicht bedrohen, aber ich war nicht so dumm zu glauben, dass sie freiwillig mitkommen würde. Noch nicht. Wo waren wir jetzt? Ich hatte die Orientierung verloren. Mein Fahrzeug stand in der Nähe eines Bootsstegs. Ich hatte einen Bogen dorthin laufen wollen, aber im Schneesturm war ich vom Kurs abgekommen. Ich konnte nicht mehr klar denken.

„Das verstehe ich. Ich spreche auch nicht darüber.“

Ich wusste, dass sie es verstehen würde. Auch wenn sie den Medien oder Gleeson nie etwas über den sexuellen Übergriff erzählt hatte, wusste ich, was sie durchgemacht hatte. Deshalb hatte ich herkommen müssen.

Sie schwankte erneut, als sie über ein unebenes Stück Eis stolperte. Ich packte sie an der Schulter, doch bei der Bewegung durchzuckte ein heftiger Schmerz meinen Arm, und ich ließ zu, dass sie sich selbst aufrappelte.

Schweiß stand mir auf der Stirn, und ich fror plötzlich.

„Wohin gehen wir?“, fragte sie.

Ich war mir noch nicht sicher, aber das wollte ich ihr nicht sagen. Wir würden uns ein anderes Fahrzeug suchen und aus Fairbanks verschwinden.

Als sie sich wieder aufgerichtet hatte, strich sie den Schnee von ihren Knien. Ihre Winterstiefel hatten Bommel, und ich wünschte, ich würde auch so ein Paar besitzen.

„Mein Stiefvater hat mich missbraucht.“ Allein bei der Erinnerung an ihn wurde mir übel. Er war damit durchgekommen, weil er gestorben war, bevor ich meine wahre Kraft gefunden hatte. Aber ich hatte auf sein Grab gespuckt. „Nachdem meine Mutter gestorben war, als ich dreizehn war, kam ich in eine Pflegefamilie, wo die so genannte ‚Pflegemutter‘ die Kinder, die bei ihr lebten, gegen Geld missbrauchen ließ.“

Meine Augen hatten sich mittlerweile an die Dunkelheit gewöhnt, sodass ich sehen konnte, dass Darbys Augen weit aufgerissen waren, genauso, wie ich es erwartet hatte, als ich ihr dieses – mein tiefstes, dunkelstes Geheimnis – erzählte.

„Das ist ja furchtbar. Es tut mir so leid."

„Ja, aber bei mir ist sie damit nicht durchgekommen. Ich habe die Schlafzimmertür verbarrikadiert, und als sie schlief, habe ich mir ein Messer aus der Küche geholt und es ihr direkt ins Herz gestoßen."

Darby klappte der Mund auf. Sie blieb stehen und drehte sich zu mir um. „Sie hatte es verdient."

Meine Augen weiteten sich. Unser Atem bildete große Wolken aus gefrorenem Dampf um uns herum. Ich hatte gewusst, dass sie es verstehen würde. Meine Augen tränten vor Aufregung – und wegen des Windes, der nun, da wir uns der Mitte des Sees näherten, heftig wehte. „Allerdings. Aber das Beste war, dass sie den Kerl beschuldigten, der in der Nacht an meine Tür geklopft hatte. Er war vorbestraft, und seine Fingerabdrücke wurden überall gefunden. Sie haben mich nicht einmal als Verdächtige in Betracht gezogen, und am Ende wurde er zu lebenslanger Haft verurteilt." Das war die erste wirkliche Lektion gewesen. „Geh weiter", befahl ich ihr.

„Wohin gehen wir?"

„Das wirst du schon sehen." Mein Gott, ich war mir selbst nicht mehr sicher. Ich hatte mich verlaufen, wollte es aber nicht zugeben. Dann sah ich ein schwaches Licht in der Ferne. Eine quadratische Form in der Dunkelheit. Ein Haus? „Geh auf das Licht dort drüben zu."

„Woher wussten Sie, wo Sie mich finden konnten?", fragte Darby. Sie klang atemlos. War das Aufregung oder Angst? Oder Kälte? Es war so verdammt kalt.

Meine Zähne klapperten jetzt. Und es tat weh, zu zittern, während die eisige Luft mein Fleisch verbrannte. „Ich habe mich selbst aus dem Krankenhaus entlassen. Ich habe dem Polizisten gesagt, dass ich die Nacht in meinem eigenen Bett verbringen wollte, und dass es mir gut gehen würde. Er wusste, dass er mich nicht aufhalten konnte, also meinte er nur, ich solle morgen aufs Revier kommen und meine Zeugenaussage machen." Ich schnaubte. „Ich habe mir ein Taxi zu meinem Auto genommen. Dann bin ich am Polizeirevier vorbeigefahren und habe den Geländewagen des FBI gesehen, der immer noch vor der Tür stand. Ich habe in der Nähe gewartet und bin euch gefolgt. Ich war sehr vorsichtig."

„Wir haben Sie nicht gesehen."

Ich zuckte die Achseln. Ich war ziemlich stolz auf mich. Ich war ihnen mit großem Abstand gefolgt und hatte meine Scheinwerfer ausgeschaltet, als sie von der Hauptstraße abgefahren waren. Da in dieser Gegend so wenige Menschen lebten, war es relativ einfach gewesen, ihren Spuren zu folgen.

Mein Auto war nicht mehr wichtig. Ich brauchte sowieso ein neues Fahrzeug, wenn ich untertauchen wollte. Ich hatte vor, Darby mitzunehmen. In Richtung kanadische Grenze. Vielleicht würde sie sich erst weigern, aber sie kannte mich noch nicht richtig, also würde ich es ihr nicht verübeln. Ich würde ihr nicht wehtun. Es sei denn, sie ließ mir keine andere Wahl. Umbringen würde ich sie ganz sicher nicht. Dafür bedeutete sie mir zu viel.

„Warum hat die Polizei dich am Mittwoch gehenlassen?", fragte ich. Es beunruhigte mich, dass ich es vielleicht irgendwie vermasselt hatte.

„Als Sie meine Fingerabdrücke auf dem Messer platziert haben, haben Sie es verkehrt herum gemacht. Das hat nicht dazu gepasst, wie Martin erstochen wurde."

„Verdammt." Ich schüttelte den Kopf über mich selbst. So ein dummer Fehler. Den würde ich ganz sicher nicht noch einmal machen. „Ich bin wirklich beeindruckt, dass ihnen das aufgefallen ist."

Darby lachte. „Das war ich auch. Aber ich bin erleichtert."

Der Wunsch, mich zu entschuldigen, durchfuhr mich, aber es war nicht meine Schuld gewesen. Darby war diejenige, die sich dumm verhalten hatte. Sie hatte getanzt und mit einem Typen gelacht. Wieder stieg Wut in mir auf. Wäre sie nicht so dumm gewesen, würde ich immer noch mein Leben leben und versuchen, mich anzupassen und so zu tun, als wäre ich normal.

Ich holte die Pistole aus meiner Tasche und winkte sie in Richtung Licht. Ich hörte, wie sie scharf nach Luft schnappte.

„Da lang. Beeil dich." Ich schaute hinter mich, doch es war schwer, irgendetwas außer Schatten und aufgewirbeltem Schnee zu erkennen. Es war nur eine Frage der Zeit, bis der FBI-Agent bemerken würde, dass Darby weg war, und obwohl unsere Fußspuren vom Wind verweht wurden, waren wir auf dem See ein leichtes Ziel.

Ich war jetzt nahe genug am Licht, um zu erkennen, dass es eine Eisfischerhütte war. Ein großer Ford-Pick-up stand daneben.

Eine seltsame Vibration pulsierte durch die Luft, und ich brauchte einen Moment, um sie zu identifizieren. Ein Hubschrauber. Er flog in unsere Richtung.

KAPITEL VIERZIG

DARBY HÖRTE DEN Hubschrauber und wusste sofort, was er bedeutete. Hoffnung. Es musste ein Polizeihubschrauber sein, denn die meisten kommerziellen Piloten flogen nachts nicht.

Corinne Brown – Kim Gleesons scheinbar freundliche Empfangsdame – schien es zunächst nicht zu bemerken, doch dann wirbelte sie im Kreis herum und versetzte Darby plötzlich einen Stoß in den Rücken. „Schnell. Lauf zur Eisfischerhütte. Sofort!"

Darby rannte auf das Gebäude zu, das sie vor einer Weile entdeckt hatte. Die andere Frau war offensichtlich verletzt, und wenn Darby einen ausreichenden Vorsprung hatte, konnte sie vielleicht hineingelangen und sie aussperren. Natürlich hatte Corinne Brown eine Waffe, aber das war alles, woran sie im Moment denken konnte.

Darby hörte Corinne hinter sich schnaufen und sprintete so schnell sie konnte. Sie erreichte die Hütte und betete, dass niemand dort war, doch leider ließ der große Pick-up, der dort geparkt war, das Gegenteil vermuten.

Sie warf einen Blick hinter sich, Corinne war etwa fünfzehn Meter entfernt und hatte Mühe, mitzuhalten. Darby rüttelte an der Türklinke, doch die Tür war verschlossen. Verdammt nochmal.

„Ich komme nicht rein", schrie sie, in der Hoffnung, denjenigen, der dort drinnen war, zu warnen, dass eine Verrückte in der Nähe war und dass er einfach ruhig bleiben und sich nicht bewegen sollte.

Corinne versteckte ihre Waffe hinter ihrem Rücken und schrie: „Hilfe. Bitte helfen Sie uns."

Darby hörte Bewegungen im Inneren der Hütte. Sie konnte nicht zulassen, dass noch jemand in diesen Albtraum verwickelt wurde. Sie konnte nicht zulassen, dass noch ein unschuldiges Leben enden würde, wenn sie Corinnes eigentliches Ziel war.

„Kommen Sie nicht raus! Sie ist eine Mörderin und wird von der Polizei verfolgt!"

„Du kleine Schlampe."

Corinne feuerte blindlings auf die Hütte, und sie hörten beide einen Schock- oder Schmerzensschrei. Darbys Herz hämmerte verzweifelt gegen ihre Rippen. Sie erwartete, dass sie die Nächste sein würde, und machte sich auf eine Kugel gefasst.

Stattdessen ließ ein harter Ruck an ihrer Kapuze sie rückwärts auf das unnachgiebige Eis fallen. Sie wäre mit dem Kopf aufgeschlagen, wäre ihre Jacke nicht so dick gepolstert gewesen.

Sie versuchte, sich festzuhalten, aber Corinne zog sie an der Kapuze ihres Parkas über die gefrorene Oberfläche des Sees zum Pick-up hin. Die andere Frau versuchte, die Türen des Fahrzeugs zu öffnen, aber sie waren alle verschlossen.

Corinne kreischte laut. Und fluchte. Dann packte sie erneut Darbys Kapuze und zog sie wie einen toten Seehund hinter sich her. Sie keuchte und bekam vor Kälte kaum noch Luft. Ihre Kehle schmerzte. Ihre Lunge schmerzte. Wo war

Eban? Hatte er schon gemerkt, dass sie weg war? Vermutlich war er der Grund, warum der Hubschrauber durch die Nacht flog – hoffentlich auf der Suche nach ihr.

Hinter der ersten Hütte war eine zweite versteckt. Diese war dunkel, und es stand kein Fahrzeug davor, was darauf schließen ließ, dass sie unbewohnt war. Dem Geräusch nach zu urteilen, war der Hubschrauber in eine andere Richtung geflogen. Verdammt nochmal. Wo blieb die Polizei?

„Sie können nicht jeden töten, der Ihnen in die Quere kommt, Corinne. Auch wenn Sie wütend sind, und das zu Recht. Sie können nicht wissen, ob die Person in dieser Hütte vielleicht ebenso sehr gelitten hat wie Sie und ich. Sie könnte auch ein Opfer sein. Vielleicht braucht sie medizinische Hilfe." Sie benutzte das Wort *Opfer* absichtlich. Corinne hatte vielleicht einen Weg gefunden, sich stark zu fühlen, aber das machte sie nicht zu einer Überlebenden. Ihr Trauma hatte das Beste in ihr zerstört. Darby machte sich keine Illusionen, dass Corinne ihr Leben verschonen würde. Nicht, wenn Darby sich bei jeder Gelegenheit gegen sie stellte.

Im Hintergrund sah sie einen Schatten vorbeihuschen, erlaubte ihren Augen aber nicht, der Bewegung zu folgen. Wahrscheinlich waren es nur der Wind und der Schnee, aber sie hoffte, dass es ihre Rettung war.

Sie erreichten die Tür der zweiten Hütte, und Darby drehte sich der Magen um. Jetzt, wo sie sich direkt daneben befanden, hatte das Gebäude eine beunruhigende Ähnlichkeit mit der Hütte, in der sie in Indonesien missbraucht worden war. Sie konnte und wollte nicht hineingehen. Schon gar nicht mit einer verrückten Irren.

„Lassen Sie uns das Fenster des Pick-ups einschlagen", schlug sie verzweifelt vor. „Ich weiß, wie man ihn kurzschließt.

Ich kann uns hier wegbringen, auch wenn ich Ihnen nicht helfen werde, jemanden umzubringen.“

Corinne ließ sie los. Ihre Miene verfinsterte sich, aber die Waffe wackelte nicht. „Ich dachte, du würdest mich verstehen.“

„Ich verstehe Sie.“ Sie rollte sich auf den Bauch und rappelte sich auf die Knie auf, bevor sie sich unbeholfen aufrichtete. „Glauben Sie, ich hätte nicht davon geträumt, jeden einzelnen dieser Bastarde zu töten, nach dem, was sie mir angetan haben?“ Darby wich einen Schritt zurück. „Denken Sie, ich hätte mich nicht gefreut, als ich hörte, dass sie tot sind?“

Corinne blinzelte.

„Ganz genau. Sie sind alle tot. Alle außer einem, und ich werde tanzen und feiern, wenn er endlich gefasst ist. Ich werde einen Toast auf alles aussprechen, was heilig ist. Aber ich werde niemanden verletzen, der es nicht verdient hat. Dann wäre ich wie sie, und ich will nicht wie sie sein. Ich werde nie wie sie sein.“

Darby hätte schwören können, erneut eine Bewegung in der Dunkelheit gesehen zu haben. Sie musste dafür sorgen, dass die Frau sich auf sie konzentrierte, und sie wusste genau, wie sie das anstellen konnte.

„Sie haben mich mitten in der Nacht aus meinem Zelt gezerrt.“ Darby schüttelte leicht den Kopf und erinnerte sich an ihre Angst. „Ich habe sie nicht kommen hören, bis sie das Netz am Zelteingang geöffnet haben. Ich schlafe nie so fest. Niemals“, fuhr sie fort. „Doch an diesem Tag war ich müde, und am Tag zuvor hatte ich eine Magenverstimmung, also war ich erschöpft. Ich spiele diese Nacht immer wieder in meinem Kopf ab. Wenn ich aufgewacht wäre. Wenn ich sie hätte kommen hören, hätte ich mich verstecken können. Ich hätte weglaufen können. Aber das tat ich nicht, und sie nahmen mich mit und taten mir schreckliche Dinge an, in einer Hütte wie dieser, und ich werde da auf keinen Fall reingehen. Sie werden mich erschießen müssen."

Corinne betrachtete die Hütte mit neuem Bewusstsein und entfernte sich von ihr. Ihre Augen waren von eifrigem Interesse erfüllt. „Es tut mir leid. Das wusste ich nicht."

Selbst hier und jetzt darüber zu sprechen, brachte alles wieder zurück. Die Angst, die Wut, das Gefühl der Ausweglosigkeit. Sie nutzte ihre Gefühle, um Corinnes Aufmerksamkeit auf sich zu lenken. „Wie konnten sie es wagen, mir so etwas anzutun? Wie konnten sie es wagen!", schrie sie in die Nacht und machte ihrer Wut Luft, wobei sie darauf achtete, dass Corinnes Aufmerksamkeit auf sie gerichtet war.

Darby vermutete, dass Polizisten in der Nähe waren und sich näherten. Sie konnte fast spüren, dass Eban da draußen war. Er suchte nach einem Weg, sie zu erreichen. Nach einer Möglichkeit, zu schießen, ohne sie zu verletzen.

„An einem von ihnen habe ich mich jedoch gerächt", sagte Darby zu ihr.

Corinne packte sie am Arm und zog sie näher heran. Verdammt nochmal. „Wie?"

„Ich habe ihn erstochen", gab Darby zu. „Der FBI-Agent, der mich gerettet hat, kam in die Hütte, als er gerade fertig war … Sie wissen schon." Die Erinnerung an seine Berührung, an die Berührung dieser schmutzigen, widerwärtigen Kerle löste immer noch einen Brechreiz in Darby aus. Wenigstens hatte sie jetzt eine gute Erinnerung, mit der sie dagegen ankämpfen konnte. Wenigstens hatte sie mit Eban geschlafen, bevor Corinne in ihr Leben geplatzt war und wieder alles kaputt gemacht hatte.

Darby zwang sich zu atmen. Sie erhaschte einen Blick auf den Nordstern zwischen den Wolkenlücken und nahm dies als gutes Omen. Irgendwann musste Corinne schlafen. Hoffentlich hatten die Polizisten sie bis dahin eingeholt. „Die Männer begannen zu kämpfen, aber Quentin, der mich gerettet hat, hat meinen Angreifer mit nur einer Bewegung daran gehindert, einen Laut von sich zu geben und die anderen im Lager zu wecken. Ich habe ein Messer entdeckt, dass einer von ihnen hatte fallen lassen. Dann sah es plötzlich so aus, als würde Quentin den Kampf verlieren.“

Darby wischte sich die Tränen weg, von denen sie gar nicht gemerkt hatte, dass sie ihr über die Wangen liefen, bis sie auf ihrer Haut zu kribbeln begannen, als sie gefroren.

„Ich nahm das Messer und stieß es dem letzten Mann, der mich vergewaltigt hat, in die Seite.“ Sie erinnerte sich an den Spritzer warmen Blutes und ihr drehte sich erneut der Magen um. Galle stieg in ihrer Kehle auf, und sie beugte sich zur Seite, um sich auf dem Eis zu übergeben.

Corinnes Griff wurde fester. „Man gewöhnt sich daran.“

Darby spuckte und wischte sich dann den Mund ab. „Ich werde mich nie daran gewöhnen. Ich bin keine Mörderin, Corinne. Ich habe nicht den Wunsch, jemandem wehzutun.“

„Du wirst tun, was ich sage.“

Und was, wenn nicht?

Corinne schien Darbys Trotz aus ihrem Schweigen zu entnehmen. „Du wirst tun, was ich von dir verlange.“

„Komisch“, sagte Darby verbittert, „das haben meine Peiniger auch gesagt.“ Das war eine Lüge. Sie hatten kein Englisch gesprochen. Das war auch nicht nötig gewesen, um sie fast zu zerstören.

„Ich bin nicht wie sie."

„Sie haben mich genauso entführt wie die – mit vorgehaltener Waffe, gegen meinen Willen."

Corinne wurde sichtlich erregt. „Ich will dir nicht wehtun. Ich bin auch ein Opfer. Wir sind uns ähnlich, du und ich."

„Ähnlich?" Darby versuchte, sich an die Verhandlungstechniken zu erinnern, die Eban ihr letzte Nacht im Bett beigebracht hatte, doch jetzt, wo sie sie so dringend brauchte, konnte sie sich nicht daran erinnern.

„Wir wurden beide missbraucht. Niemand hat das Recht, einen anderen Menschen zu missbrauchen." Corinnes Waffenhand schwankte. Wahrscheinlich waren ihre Finger am Abzug festgefroren.

„Dem stimme ich zu. Niemand hat das Recht, einen anderen Menschen zu missbrauchen. Nicht einmal Sie", sagte Darby verbittert.

„Halt die Klappe! Irgendwann wirst du es verstehen. Ich werde dich dazu bringen, es zu verstehen."

„Sie werden mich dazu bringen? So wie Sie es bei Martin und Adele getan haben?" Darbys Augen füllten sich mit Tränen, doch es waren Tränen der Wut. „Warum haben Sie sie umgebracht?"

Selbst im schummrigen Licht konnte Darby erkennen, dass Corinne sichtlich verärgert war. Es war so verdammt kalt, dass Darby spürte, wie ihre Zehen und Finger taub wurden.

„Weil er dich ausnutzen wollte. Du hast nicht gesehen, wie er dich angestarrt hat, als du nicht hingesehen hast."

Darbys Zähne klapperten. Sie wollte nicht sterben. Sie mussten bald aus der Kälte, bevor sie beide erfroren. „Ich habe Sie nicht auf der Party gesehen."

„Ich bin erst spät gekommen. Ich hatte eine Karte, aber“, sie zuckte mit den Schultern, „es war nicht wirklich meine Szene.“

„Warum sind Sie nicht reingekommen?“, drängte Darby. „Sie hatten eine Karte gekauft. Also warum sind Sie nicht reingegangen? Sie hätten sich amüsieren können.“

Corinne schwieg hartnäckig.

„Stattdessen haben Sie durch das Fenster zugesehen –“

„Ich bin hineingegangen!“, schrie Corinne, sodass Darby erschrocken zurückwich. „Du hast mich nur nicht bemerkt. Mich bemerkt nie jemand!“

Darbys Brust schmerzte bei jedem Atemzug von der Kälte. „Sie sind also wütend geworden, als Sie gesehen haben, dass andere Spaß hatten –“

„Ich habe gesehen, dass der Typ dich ins Bett kriegen wollte.“

Was ganz allein ihre Wahl gewesen wäre.

Corinne blickte sich um, als wäre ihr plötzlich eingefallen, dass sie bei minus vierzig Grad im Wind hier draußen waren und nicht in einer Bar, um sich zu unterhalten.

Darby lenkte Corinnes Aufmerksamkeit wieder auf sich. „Irgendwann haben Sie mir etwas in mein Getränk getan. Und was dann? Haben Sie gewartet, bis ich gegangen bin?“

„So schwierig war das nicht. Alle waren betrunken. Ich habe ein paar Gläser eingesammelt und so getan, als würde ich beim Aufräumen helfen – wie ich schon sagte, ich werde nie bemerkt.“ Diesmal war sie ruhiger, als sie es sagte. Offenbar hatte sie ihre Gefühle wieder etwas mehr unter Kontrolle. „Ich wollte dich nach Hause fahren, als ich dich auf dem Parkplatz gesehen habe, aber Martin war strikt dagegen.“

„Und das hat Sie richtig wütend gemacht, oder?“

Corinne zuckte die Achseln. „Ich habe ihn freundlich gebeten, aber er wollte dich nicht gehen lassen. Ich musste ihm folgen und sicherstellen, dass er dir nicht wehtut."

„Sie haben vom Wald aus zugesehen."

Corinne sah erschrocken aus.

„Er hat mich auf der Couch schlafen lassen. Und Sie haben sich hineingeschlichen, als er ins Bett ging. Warum haben Sie die beiden Gläser mit Whisky eingeschenkt?"

Corinne versuchte, die Türklinke der Eisfischerhütte zu öffnen, aber sie war verschlossen. Sie fluchte. „Ich dachte, es wäre besser, wenn es so aussieht, als hättet ihr beide getrunken, nachdem ihr die Party verlassen habt."

„Sie meinten, es wäre besser, mir einen Mord anzuhängen?", fragte Darby zwischen klappernden Zähnen.

Corinne sagte nichts.

„Bin ich jetzt Ihre Gefangene?"

„Was? Nein!"

„Dann lassen Sie mich gehen, Corinne. Lassen Sie mich gehen", flehte sie.

„Ich kann nicht." Etwas veränderte sich. Dann grinste die Frau, und alle Fortschritte, die Darby gemacht hatte, waren dahin.

„Du weißt nicht, wie du dich vor Männern schützen kannst." In Corinnes Tonfall schwang ein Hauch von Wahnsinn mit, der Darby einen Schauer über den Rücken jagte. „Du machst immer wieder dieselben Fehler – deshalb sind Martin und Adele tot. Nicht meinetwegen, sondern deinetwegen. Ich versuche, dir zu helfen, aber du hörst nicht auf mich. Doch ich werde dich schon dazu bringen, mir zuzuhören."

Plötzlich schien Corinne aus der Sichtweise eines anderen

zu sprechen. Vielleicht aus Sicht ihrer Mutter oder ihres Stiefvaters, der sie missbraucht hatte. So sehr Darby sie auch bemitleidete, Corinne war einfach nur ein weiteres Miststück, das Darby kontrollieren wollte, aus welchem beschissenen Grund auch immer. Darby war fertig mit diesem Spiel.

Sie musste sich nicht vor Männern schützen. Sie musste sich vor Menschen schützen, die ihr Schaden zufügen wollten.

Die gute Nachricht war, dass sie bemerkte, dass Corinne schwächer wurde. Hoffentlich würde sie bald zusammenbrechen. Sie musste ihr Temperament zügeln. Projekt Empathie. Was hatte Eban ihr noch gesagt? Sich in die Lage der anderen Person versetzen. Aber sie mussten Schutz vor dem tödlichen Wind finden, sonst würde keiner von ihnen lange überleben.

„Sie sind verletzt, Corinne. Lassen Sie uns in den Pick-up steigen und von hier verschwinden, bevor die Polizei kommt. Und zwar schnell, falls der Mann in der Hütte die Polizei gerufen hat."

KAPITEL EINUNDVIERZIG

EBAN SAH, WIE sich etwas auf die Eisfischerhütten auf dem See zubewegte. Dann brachte ihn das Geräusch eines Schusses fast aus dem Konzept. Er sprintete los und näherte sich so weit, bis er erkannte, wie eine Frau – Corinne Brown, an der gerade erst eine aufwändige Operation vorgenommen worden war, um ihr Leben zu retten, als er sie zuletzt gesehen hatte – Darby an ihrer Jacke über das Eis zerrte. Auf dem Boden war kein Blut zu sehen, was gut war.

Er schlich sich um ihre Flanke herum und schaffte es, sich zu nähern, indem er den Pick-up als Deckung benutzte, während Darby Corinne am Reden hielt.

Was die Frau getan hatte, war unglaublich – vorausgesetzt, sie war tatsächlich die Mörderin, hinter der sie her waren. Sie hatte sich selbst ein Messer in den Körper gerammt und sich damit zum ultimativen Opfer gemacht. Eban war sich ziemlich sicher, dass die Beweise nach der Analyse Gleeson entlastet hätten. Doch wie lange würde es dauern, bis all diese Tests durchgeführt würden, wenn er sich schuldig bekannte und kein Prozess stattfand? Warum hatte der Kerl ihnen gesagt, dass er diese Verbrechen begangen hatte, wenn er nicht mit Corinne im Bunde war? Eban wusste es nicht, und im Moment war es ihm auch egal.

Im Schutz von Darbys gequälter Stimme schlich er weiter

und drückte sich gegen die Seite des Schuppens. Er spähte um die Wand herum, bevor er sich schnell zurückzog. Corinne hielt Darby jetzt dicht bei sich, die Waffe auf die Frau gerichtet, die er liebte.

Der Schmerz in Darbys Stimme zerrte an ihm. Er wusste, wie sehr sie gelitten hatte. Und endlich war sie auf dem Weg der Besserung gewesen. Diese Schlampe brachte sie in Gefahr und ließ sie das Erlebte noch einmal durchleben.

Es war sein Job, Konflikte ohne Gewalt zu lösen, doch in diesem Fall war es zu kalt, und Corinne Brown war zu labil, als dass er auch nur versuchen konnte, sie umzustimmen. Und Darby war ihm zu wichtig, als dass er es riskieren konnte.

Eine Lektion, die er Darby in der letzten Nacht nicht beigebracht hatte, war die, dass man niemals in einem Feuergefecht verhandeln sollte.

Es würde zu lange dauern, genügend Empathie zu erzeugen, um eine Verhaltensänderung zu erwirken, und sie würden wahrscheinlich alle erfrieren, bevor es dazu kam. Außerdem litt Corinne Brown, wenn man Frazers Profil Glauben schenken durfte, wahrscheinlich an einer antisozialen Persönlichkeitsstörung und würde auf der Checkliste für Psychopathie hohe Werte erreichen, was die Erzeugung von Empathie noch unwahrscheinlicher machte.

Eban konnte im Moment keinen Schuss riskieren, weil sie zu dicht beieinanderstanden, und er Darby treffen könnte. Aber er würde Corinne auf keinen Fall in das Führerhaus des Pick-ups steigen lassen, auch wenn Darby vorschlug, dass sie das als Nächstes tun sollten.

Corinne schubste sie in Richtung des Pick-ups, wobei sie sich immer noch an ihrem Mantel festhielt. Plötzlich taumelte Corinne und fiel auf ein Knie, wobei sie Darby mit sich zu

Boden riss.

Verdammt. Eban kam näher, aber er konnte immer noch keinen Schuss riskieren, der Darby treffen könnte.

Plötzlich wirbelte Darby herum, packte Corinnes Hand und riss sie hoch in die Luft. Corinne kreischte vor Schmerz. Die Waffe ging los, einmal, zweimal, dreimal. Die Schüsse dröhnten wie ein Donnerhall über die Oberfläche des gefrorenen Sees.

Das war seine Chance.

Eban stürmte vor und riss Corinne die Pistole aus der Hand. Er warf die Waffe beiseite und verdrehte Corinne den Arm hinter dem Rücken, sodass sie mit dem Gesicht nach unten auf das Eis fiel. Sie schrie vor Schmerz auf.

Diese Position tat höllisch weh. Zusammen mit der selbst zugefügten Stichwunde in der Brust musste sie kurz davor sein, ohnmächtig zu werden. Gut so. Sie hatte es verdient. Er würde nicht lockerlassen, bis sie in Handschellen war.

Dann drückte er sein Knie auf Corinnes Rücken und warf einen Blick auf Darby, die auf ihren Fußballen wippte, halb erfroren und aufgewühlt von ihrer Tortur.

„Geht es dir gut?"

Darby nickte schnell. Offensichtlich stand sie immer noch unter Schock.

„Ich habe sie. Sie wird nirgendwo hingehen. Du warst großartig und hast sie am Reden gehalten, bis ich zu euch durchkommen konnte. Du hast alles perfekt gemacht. Ich bin so stolz auf dich." Er fischte seine Handschellen aus der Gesäßtasche, während er Corinne über ihre Rechte aufklärte. Es bestand kein Zweifel daran, dass die Frau jetzt in Gewahrsam und unter Arrest war.

Das Geräusch von Fahrzeugen, die über das Eis auf sie

zurasten, war gerade noch über Corinnes Kreischen zu hören. Am liebsten hätte er Darby in die Arme genommen, aber er würde die Mörderin nicht loslassen, bis er sicher war, dass sie keine Gefahr mehr darstellte.

Er schuldete Darby einige Zusicherungen. Er musste den Schaden wiedergutmachen, den diese Mörderin möglicherweise angerichtet hatte, ebenso wie das, was seine schlecht gewählten Worte von vorhin möglicherweise zerstört hatten.

„Es tut mir leid, dass ich nicht erkannt habe, dass Corinne die Mörderin ist. Ich würde lügen, wenn ich behaupten würde, dass ich nicht schockiert darüber war, wie weit sie gegangen ist, um an dich heranzukommen." Sein Mund wurde trocken bei dem Gedanken daran, was hätte passieren können, wenn er auch nur eine Minute später gekommen wäre, oder wenn der Wind die Spuren von Darby und ihrer Entführerin komplett verwischt hätte.

Er zog eine Grimasse und sagte laut, um die Aufmerksamkeit der Frau zu erregen: „Es ist vorbei, Corinne." So sehr er sie verachtete, sie tat ihm auch leid. „Sie werden die Hilfe bekommen, die Sie brauchen."

Endlich hörte sie auf, ihn anzuschreien, und ihr Körper spannte sich an. Dann begann sie zu schluchzen.

Darby machte einen Schritt auf Corinne zu.

„Geh nicht näher ran", warnte er.

Corinne Brown hatte sich bereits als eigensinniger und raffinierter erwiesen als die meisten Killer, denen er begegnet war. Er würde auf keinen Fall riskieren, dass dem wichtigsten Menschen auf der Welt etwas zustieß. Er hoffte, dass Darby ihn lieben würde, auch wenn es Zeiten gab, in denen er es nicht verdiente. Das würde er ab jetzt ändern. Er würde alles tun, was in seiner Macht stand, um ihre Liebe zu verdienen, wie auch immer ihre gemeinsame Zukunft aussehen mochte.

„Danke, dass du mich gerettet hast – schon wieder." Sie klang niedergeschlagen.

„Machst du Witze? Das war Teamwork. Als du nach der Waffe gegriffen hast, hast du mir die Möglichkeit gegeben, sie aufzuhalten, ohne dass du in der Schusslinie warst."

Corinne begann, noch heftiger zu schluchzen.

Seine Ohren brannten vor Kälte.

„Auch wenn sie schreckliche Dinge getan hat, bin ich froh, dass du sie nicht erschossen hast." Darby schüttelte den Kopf. „Sie ist psychisch krank, aber sie muss sich für ihre Verbrechen verantworten."

Die Tatsache, dass es ihnen gelungen war, die Mörderin ohne Blutvergießen zu fassen, fühlte sich wie ein kleines Wunder und ein großer Erfolg an. Das Wichtigste war, dass Darby nicht Zeugin eines gewaltsamen Todes geworden war, der sie hätte weiter zerstören können. Sie brauchte dieses zusätzliche Trauma nicht.

Schließlich kamen drei Polizeiautos neben ihnen zum Stehen und wirbelten Schnee auf.

Signy Torgerson sprang heraus. Sie und Allan Robertson deckten Eban, während er aufstand und Corinne auf die Beine zog.

Eban hielt sich zurück, während Signy und Allan Corinne zum Streifenwagen führten, sie abtasteten und ein Messer in ihrer Tasche fanden. Eban war froh, dass er Darby von der Frau ferngehalten hatte. Sie verfrachteten sie in das Polizeifahrzeug. Als die Autotür zuschlug, drehte sich Eban zu Darby um und öffnete seine Arme, erleichtert, als sie sich ihm an den Hals warf. Er hatte sie nicht verdient, aber dieses Mal würde er sie nicht wieder gehenlassen.

Die Tür der Eisfischerhütte öffnete sich, und ein Mann stolperte heraus. Er schien angesichts des ganzen Aufruhrs ein wenig schockiert zu sein. Er war nicht verletzt, sondern einfach nur verängstigt. Die Polizisten machten sich daran, seine Aussage aufzunehmen.

Eban beugte sich hinunter und flüsterte in Darbys Haar. „Ich liebe dich. Es tut mir leid, dass ich so lange gebraucht habe, es dir zu sagen. Ich habe das noch nie jemandem gesagt, und ich schätze, ich hatte Angst, du würdest es nicht erwidern. Aber das spielt jetzt keine Rolle mehr. Ich liebe dich, auch wenn du mich nicht liebst."

Darby griff nach seiner Jacke und zog ihn an sich. „Ich liebe dich auch, du Idiot. Sag nie wieder, dass du dir nicht sicher bist, ob sich das zwischen uns ‚lohnt'. Natürlich lohnt es sich."

Sie suchten hinter einer der Hütten Schutz vor dem Wind. Darby umfasste seine Taille mit ihren kalten Händen und drückte ihn fest an sich.

Emotionen schnürten ihm die Kehle zu, und sein Puls raste in plötzlicher Panik, weil er wusste, dass er etwas überstürzte, aber er wollte nicht aufhören. „Ich weiß, dass dir deine Arbeit hier wichtig ist. Ich habe mich erkundigt, ob ich nach Anchorage oder Seattle versetzt werden könnte. In Honolulu wird sogar ein neuer Special Agent in Charge benötigt – du hattest mal erwähnt, dass einer deiner Betreuer dort ist – aber mir ist klar, dass das für dich vielleicht nicht in Frage kommt, und es keine Garantie dafür gibt, dass ich den Job bekomme. Im Endeffekt werde ich umziehen, und obwohl Seattle nicht so nah ist, wie ich es mir wünschen würde, wäre es ein Direktflug von hier."

Ihre kalte Nase fand seinen Nacken. „Ich spreche mit

meinem Betreuer auf Oahu. Mal sehen, ob er mich in seinem Labor unterbringen kann."

„Du würdest von hier wegziehen?", fragte er leise, während er vage mitbekam, wie die Polizeibeamten um sie herum wuselten und den Tatort fotografierten. „Ich weiß, dass du dich hier zuhause fühlst."

„Es ist nicht mehr mein Zuhause." Sie presste die Lippen zusammen und erschauderte. „Ich weiß nicht, ob ich ans Institut zurückkehren kann, als wäre nichts geschehen, als hätte sich nichts verändert. Martins Tod war furchtbar. Genauso wie die Zweifel meiner Freunde und die mangelnde Unterstützung durch das Institut. Ich werde etwas Zeit brauchen, um das alles zu verarbeiten."

Er lockerte seinen Griff. Was zum Teufel dachte er sich dabei, sie mit diesem Zeug zu bombardieren, nachdem sie gerade eine weitere Tortur durchgemacht hatte. „Natürlich, wir können das später klären. Viel später."

„Ich spreche nicht von der Sache mit dir." Sie legte ihren Arm um seinen Hals und zog ihn näher zu sich. „Ich liebe dich. Ich glaube, ich habe dich von dem Moment an geliebt, als du mich zum ersten Mal im Arm gehalten hast. Und ich möchte auf jeden Fall eine Familie mit dir gründen, aber erst in ein paar Jahren. Ich möchte meinen Doktortitel erhalten und vielleicht erst einmal eine vernünftige Forschungsstelle finden."

Eban war von so vielen Gefühlen erfüllt, dass er kaum denken konnte. Sie liebte ihn. Sie wollte eine Familie mit ihm gründen. „Dabei unterstütze ich dich sehr gerne, und es tut mir so leid, dass ich dir das alles nicht im Auto gesagt habe. Ich hatte Angst, das Falsche zu sagen und dich zu vergraulen. Diesen Fehler werde ich nie wieder machen."

„Doch, das werden Sie." Ein großer Mann in einem Wollmantel und einem Hut im russischen Stil kam auf ihn zu.

„Ah. ASAC Frazer. Sie haben es geschafft. Und ja, wahrscheinlich haben Sie recht."

„Wie es aussieht, kommen wir etwas zu spät." Bestürzt betrachtete Frazer die Szene.

„Gerade noch rechtzeitig, um Ms. Brown dazu zu bringen, all ihre Verbrechen zuzugeben", bemerkte Eban.

„Sie hat mir erzählt, dass ihr Stiefvater sie missbraucht hat und dass die erste Person, die sie ermordet hat, eine Frau war, die versucht hatte, sie gegen Geld missbrauchen zu lassen, als sie noch bei ihrer Pflegefamilie war", erklärte Darby eilig.

Lincoln Frazer streckte seine behandschuhte Hand aus, um die von Darby zu schütteln. „Alles Dinge, die ich in meinem Profil angegeben habe. Schön, Sie endlich kennenzulernen, Ms. O'Roarke. Leider muss ich Sie bitten, sofort mit in die Stadt zu kommen und eine Zeugenaussage zu machen. Das Letzte, was wir brauchen, ist, dass diese Frau auf Kaution freikommt, bevor wir alle notwendigen Beweise gesammelt haben."

Eban spürte, wie Darby unter seinen Händen zitterte. „Corinne wird nicht auf Kaution freikommen."

„Sie sagte auch, dass sie Dr. Gleeson die Schuld zugeschoben hat, und dass er wahrscheinlich gestanden hat, weil er dachte, dass sein Sohn der Mörder gewesen sein könnte."

„Ich verstehe. Dann werden wir auch noch ein ernstes Wort mit dem guten Doktor sprechen müssen", sagte Frazer trocken. „Wollen Sie den Hubschrauber oder den Streifenwagen zurück zum Revier nehmen?"

Eban hatte nicht einmal bemerkt, dass der Hubschrauber

in der Nähe gelandet war – er war zu sehr damit beschäftigt gewesen, Darby seine Gefühle zu gestehen. „Wir fahren mit dem Streifenwagen zurück zum Bootsanleger, und ich hole meinen Mietwagen. Wir treffen uns dann in der Stadt."

„In Ordnung", sagte Frazer, bevor er wegging.

„Ist es vorbei?", fragte Darby leise, die ihn immer noch umarmte.

„Fast." Eban legte seinen Arm um ihre Schulter und blickte zum Nordstern hinauf, der zwischen einer schnell ziehenden Wolkenbank funkelte. „Lass uns unsere Aussagen machen, damit Corinne weggesperrt wird und nie wieder jemandem wehtut. Und dann fahren wir zur Hütte und verbringen eine Woche lang nackt im Whirlpool."

Darby lachte, und er bewunderte einmal mehr ihre Belastbarkeit.

„Abgemacht", sagte sie und küsste ihn trotz des Publikums auf den Mund. Er erwiderte den Kuss. Eban wusste sein großes Glück zu schätzen und hoffte, dass er sie nie wieder als selbstverständlich betrachten würde. Er hoffte, dass er des Geschenks, das sie ihm gemacht hatte, würdig war.

SIGNY FÜHLTE SICH wie eine Betrügerin, weil sie all die Glückwünsche ihrer Kollegen zur Verhaftung von Corinne Brown angenommen hatte. Sie hatte nicht einmal gewusst, dass die Frau aus dem Krankenhaus entlassen worden war, bis Eban sie aus dem Tiefschlaf geweckt hatte.

Langsam glaubte sie, dass sie nie wieder würde richtig schlafen können.

Darby befand sich in einem Verhörraum mit Elliot Byrne

und einem anderen FBI-Agenten aus Quantico. Sie erinnerte sich an Jed Brennan. Er war vorletztes Jahr in den Nachrichten gewesen. Er hatte den Präsidenten vor einem Attentat bewahrt und sogar eine Kugel abgefangen, die für ihn bestimmt gewesen war. Lincoln Frazer hatte sie gefragt, ob er Corinne Brown als Erster befragen könnte, sobald sie aufwachte. Signy hatte zugestimmt. Sie war keine Idiotin.

Diesmal war Corinne ans Bett gefesselt und wurde von zwei bewaffneten Beamten bewacht. Dies war Signys Gelegenheit, von einem Meister zu lernen, und sie würde die Chance, eine bessere Polizistin zu werden, nicht ungenutzt lassen. Obwohl sie hoffte, dass Brown ihre erste und letzte Serienmörderin war.

„Gute Arbeit, Torgerson“, sagte Chief Jacobs im Vorbeigehen zu ihr.

Sie öffnete ihren Mund, um ihn zu korrigieren.

„Das wird sich gut machen, wenn der Ausschuss Ihren Beförderungsantrag prüft.“

Sie beschloss, lieber den Mund zu halten. Manchmal war Polizeiarbeit harte Arbeit, aber es gehörte auch immer eine Portion Glück dazu. Zur richtigen Zeit am richtigen Ort zu sein, ein gutes Team an der Seite zu haben.

Diesmal hatte sie Glück gehabt und hoffentlich ein paar Dinge dabei gelernt.

Kim Gleeson wurde entlassen. Sie sah zu, wie Allan Robertson ihn an ihr vorbei aus der Zelle führte. Gleeson hatte Glück gehabt, dass nach seinem falschen Geständnis niemand gestorben war. Der Staatsanwalt erwog immer noch eine Anklage, vor allem in Bezug auf seinen Sohn, der ein Mistkerl zu sein schien, der eine eigene Therapie gebrauchen konnte.

Wie es schien, hatte Corinne Brown Darby einige Wochen

lang beschattet und war zu dem Schluss gekommen, dass sie über ihren Therapeuten am meisten über sie herausfinden könnte. Die Theorie lautete, dass sie sich mit Debbie Abbot angefreundet und sie dann ermordet hatte. Danach hatte sie Gleeson eine E-Mail mit Debbies Kündigungsschreiben geschickt und war sofort zur Stelle gewesen, als Gleeson dringend eine Empfangsdame gebraucht hatte. In dem ganzen Chaos hatte er es offenbar versäumt, ihre Referenzen zu prüfen.

Niemand konnte sich daran erinnern, dass Corinne auf der Party gewesen war. Vermutlich war sie zu spät gekommen und hatte von einer ruhigen Ecke aus zugeschaut. Dabei war ihr die Tatsache, dass die meisten betrunken gewesen waren, zugutegekommen, außerdem war sie irgendwie unscheinbar. Vielleicht hatte sie das als Kind entwickelt, um den zweifelhaften Absichten ihres rücksichtslosen Stiefvaters zu entgehen. Vielleicht war es auch angeboren. Was auch immer der Fall war, es hatte sich zu ihren Gunsten ausgewirkt, als die Polizei auf der Suche nach einem brutalen Serienmörder gewesen war. Keiner hatte Corinne Brown zweimal angesehen.

Signy spürte, wie jemand neben sie trat. „Sind Sie schon bereit für Ihren Drink, Detective?"

Sie blickte in Elliot Byrnes dunkelblaue Augen. Es würde noch Stunden dauern, bis Corinne zur Vernehmung entlassen wurde, und Signy würde einen Anruf erhalten, sobald das der Fall war. Als sie vorhin nach Hause gekommen war, hatte sie enttäuscht festgestellt, dass Aiden zu einem seiner besten Freunde gegangen war, um dort Videospiele zu spielen. Sie hatte der Mutter eine Nachricht geschickt, um sich zu vergewissern, dass das stimmte.

„Ein Drink", stimmte sie zögerlich zu.

„Ein Drink." Er lächelte.

Sie schnappte sich ihren Mantel und machte sich auf den Weg in die eisige Kälte Alaskas im Januar, wobei sie sich fragte, ob sie im Begriff war, den größten Fehler ihres Lebens zu begehen. Doch eigentlich war ihr das mittlerweile egal. Sie musste ein bisschen leben.

KAPITEL ZWEIUNDVIERZIG

DARBY WACHTE LANGSAM auf und spürte nackte Haut unter ihrer Wange.

Draußen war es noch dunkel, und einen Moment lang wusste sie nicht, wo sie war.

„Morgen", murmelte Eban in ihr Haar.

Sie entspannte sich und atmete aus.

„Mmm." Sie kuschelte sich an ihn, verschränkte ihre Beine mit seinen und genoss ihn so, wie sie es sich immer gewünscht hatte. „Guten Morgen." Sie küsste seine Brust. „Habe ich letzte Nacht von einem zugefrorenen See und einer gesuchten Mörderin geträumt, oder ist das wirklich passiert?"

„Leider", sagte er mit einer Grimasse, „ist es wirklich passiert. Ich glaube nicht, dass ich dich das nächste Jahr aus den Augen lassen kann."

Sie strahlte ihn an. „Damit habe ich kein Problem, obwohl dir dabei ziemlich langweilig werden wird."

„Ja, bitte. Langeweile. Ich kann es kaum erwarten." Er fuhr sich mit der Hand durchs Haar. „Ich glaube, ich hab gestern Abend graue Haare bekommen."

„Du hast keine grauen Haare."

Sie spürte, wie er unter ihr lachte. „Innerlich schon."

„Hast du das, was du gestern gesagt hast, wirklich ernst gemeint? Dass du in die Nähe von Hawaii ziehen und dich dort um einen Job bewerben willst?", fragte sie leise.

„Ja."

„Ich dachte, du liebst die Krisenverhandlungseinheit?"

„Schatz, ich liebe die Krisenverhandlungseinheit. Ich liebe meine Arbeitskollegen. Ich liebe meinen Job." Sie begegnete seinem dunklen Blick. „Aber dich liebe ich mehr."

Sie schmolz dahin. „Ich will nicht, dass du meinetwegen deinen Job aufgibst."

„Das tue ich nicht." Er zuckte mit den Schultern. „Ich kann fast überall Verhandlungsführer sein, aber du kannst nicht überall Vulkane erforschen. Wir können es gemeinsam herausfinden. Ich hätte jedenfalls nichts dagegen, ein paar Jahre in Honolulu zu leben. Ich kann mir schlimmere Orte zum Leben vorstellen."

Sie streckte sich ausgiebig und verstummte dann, als das Geräusch eines Automotors näherkam.

„Da kommt jemand."

„Ignorier sie einfach", brummte er und zog sie hoch, um sie zu küssen. Das Geräusch von Schritten auf der Treppe draußen ließ sie beide erstarren. Dann klopfte es an der Tür, und Stimmen erklangen.

„Darby? Eban?"

Eban fluchte und rollte sich aus dem Bett. Darby schnappte sich den Pyjama, den sie nachts nicht getragen hatte, und zog ihn an. Dann rannte sie ins Bad, während Eban sich anzog und die Tür öffnete.

Sie benutzte die Toilette und wusch sich schnell, dann rannte sie wieder hinaus und stürzte sich auf Haley, die in ihrem Kunstpelzmantel in der Küche stand und darin so lässig wirkte wie die meisten Leute in Jeans.

„Du bist in Sicherheit." Sie wiegten sich in einer warmen

Umarmung, dann ließ Haley sie los, und Darby wurde von Quentin in eine feste Umarmung gezogen.

„Wann seid ihr angekommen?", bekam sie gerade noch heraus.

„Vor etwa einer Viertelstunde. Wir haben einen Nachtflug genommen, als wir gehört haben, dass diese Verrückte dich entführt hat. Geht es dir gut?"

„Ja." Nach einer weiteren langen Umarmung löste sich Darby von Quentin und ging zu Eban hinüber. Sie nahm seine Hand in ihre. „Und wir haben euch etwas zu sagen."

„Gott sei Dank", sagte Quentin dramatisch. „Vielleicht ist er jetzt bei der Arbeit weniger mürrisch."

„Er steht zufällig genau hier, weißt du?", beschwerte sich Eban.

„Du wusstest es?", fragte Haley und küsste ihren Verlobten.

„Ich bin darauf trainiert, menschliches Verhalten zu beobachten." Quentin grinste. „Natürlich wusste ich es."

Eban ließ Darbys Hand los und setzte Kaffee für alle auf. „Ich werde mich nach einem Job umsehen, der es mir ermöglicht, näher bei Darby zu sein. Oder auf Hawaii, wenn sie eine Versetzung arrangieren kann."

Quentin nickte. „Gut. Vielleicht kann ich dir helfen. Die Krisenverhandlungseinheit könnte einen Verhandlungsführer im Westen gebrauchen. Aber was auch immer passiert, das Leben ist zu kurz, um zu warten. Nicht bei wichtigen Dingen. Das ist mein Stichwort, um euch zu fragen, ob ihr nächsten Monat bei unserer Hochzeit dabei sein werdet."

„Nächsten Monat?"

„Am Valentinstag, um genau zu sein. Wir haben beschlossen, wenn wir schon schnulzig sein wollen, dann richtig. Und wir wollten Darby fragen, und jetzt dich, wenn sie dich nicht in der Zwischenzeit abserviert, ob ihr uns eine Woche lang auf unsere Hochzeitsreise begleiten wollt."

„Ihr wollt mich mit in eure Flitterwochen nehmen?", fragte Darby. „Ihr wisst, dass das nicht normal ist, oder?"

Haley lächelte. „Wir werden länger bleiben. Wir fahren für einen Monat auf meine Privatinsel, und ich dachte mir, dass dir eine Auszeit angesichts der jüngsten Ereignisse gefallen könnte. Außerdem bist du ja nicht allein. Alex und Mal und die kleine Georgina kommen auch mit, zusammen mit Dermott."

„Ich muss mal schauen, ob ich mir freinehmen kann", scherzte Eban. „Außerdem brauche ich ein paar ausgezeichnete Referenzen."

„Kein Problem." Quentin zwinkerte. „Ich kenne da jemanden." Dann räusperte er sich. „Als Haley und ich in Indonesien entführt wurden und vorgaben, verheiratet zu sein, haben wir eine Geschichte über unsere Hochzeit erfunden. Wir haben beschlossen, dass sie auf Haleys Insel stattgefunden hat, mit Eban als Standesbeamten. Obwohl Haley halb DC zur eigentlichen Zeremonie einladen will, dachten wir uns, dass wir dieses Szenario am Strand in der Karibik nachspielen könnten. Eine Art letztes Leck-mich an die Leute, die uns entführt haben."

Darby hatte vor Rührung einen Kloß im Hals. „Ich bin dabei. Scheiß auf sie alle."

Eban lächelte und zog die Vorhänge zurück. „Das lasse ich mir auf keinen Fall entgehen."

Der Sturm hatte sich verzogen und einen klaren, blauen Wintertag hinterlassen. Darby betrachtete die schwachen Fußspuren, die über den zugefrorenen See zu den Eisfischerhütten etwa eine halbe Meile südöstlich der Hütte führten.

Eban legte ihr die Hände auf die Schultern. „Das war ein Abenteuer letzte Nacht, was?"

Haley zerrte die beiden vom Fenster weg. „Genug von der Vergangenheit. Konzentrieren wir uns lieber auf die Zukunft. Wer will eine Mimosa zum Frühstück?"

Sie grinsten, als Haley Champagner und Orangensaft aus ihrer großen Tasche hervorzauberte.

Darby holte Gläser aus dem Schrank und Haley schenkte ein.

Darby hielt ihr Glas an das von Eban. „Auf Happy Ends."

Seine Mundwinkel verzogen sich zu einem sexy Grinsen. „Auf ein glückliches Leben mit der Frau meiner Träume."

„Hört, hört", stimmte Quentin zu und zog Haley zu sich, um sie leidenschaftlich zu küssen. Dann trank er seine Mimosa in einem Zug aus. „Und jetzt suchen wir uns ein Hotel und lassen euch Turteltauben allein. Wir treffen uns zum Abendessen."

Haley wollte widersprechen, aber Quentin war schon dabei, ihr in ihren Mantel zu helfen. Im Nu waren sie im Auto und fuhren davon. Darby schaute ihnen nach.

„Was in aller Welt machen wir jetzt?" Sie lächelte den Mann, den sie von ganzem Herzen liebte, verschmitzt an.

„Nacktbaden im Whirlpool?", schlug er mit einem Augenzwinkern vor.

„Später." Sie zerrte ihn zurück ins Schlafzimmer. „Ich will wissen, was die nächste Lektion ist."

„Die nächste Lektion?" Er blieb stehen und drückte sie mit dem Rücken gegen die Wand.

„Im Verführungshandbuch." Sie berührte ihre pochenden Lippen.

Er zog ihr die Pyjamahose herunter, und sie stieg heraus, als er einen Arm um ihre Taille legte. Er hob sie hoch, sodass sie ihre Beine um seine Hüften schlingen konnte.

„Ich dachte, im nächsten Kapitel ginge es um Positionsdaten.“

„Ich bin Experte für Positionsdaten.“ Ihre Augen weiteten sich, und ihr blieb der Mund offenstehen, als er seine harte Länge gegen ihre heiße Mitte drückte.

„Das dachte ich mir schon.“ Er knabberte an ihrem Hals und hielt sie mit einer Hand fest, während er mit der anderen begann, die Knöpfe ihres Nachthemdes zu öffnen.

„Ich glaube, diese Lektion könnte mir gefallen.“

„Das hoffe ich doch.“ Dann küsste er sie, und sie konnte nicht mehr klar denken.

Danke, dass du die Bücher meiner Serie *Kalte Gerechtigkeit* gelesen hast! Und keine Sorge, das hier ist nicht das letzte Buch. Meine neueste Geschichte, „*Kalte Stille*“, kann bereits auf Deutsch vorbestellt werden, und ich habe noch weitere Veröffentlichungen für diesen Sommer geplant. Melde dich doch einfach für meinen deutschen Newsletter an, damit du nichts verpasst!

KALTE STILLE (*Kalte Gerechtigkeit – Most Wanted*, Book #1)

Shane Livingstone, Mitglied des FBI-Geiselrettungsteams, ist frustriert, als eine Verletzung ihn während eines Einsatzes zur Ergreifung eines sadistischen Mörders aus dem Verkehr zieht. Ein Killer, der bösartige Foltermethoden für seine Opfer versteigert und die Ergebnisse gegen Geld im Dark Web anbietet. Als ein Teamkollege während des Einsatzes stirbt, ist Shane am Boden zerstört und schwört, das Monster, das dafür verantwortlich ist, zu finden – doch dafür braucht er Zugang zu speziellen Fähigkeiten, die er selbst nicht hat.

Ein blutiges Katz- und Mausspiel…

Als White-Hat-Hackerin in Alex Parkers Sicherheitsfirma weiß Yael Brooks, wie man Verbrecher in den dunkelsten Winkeln des Cyberspace aufspürt. Sie kann Shanes Bitte nicht ablehnen … obwohl sie befürchtet, dass ihre eigenen Geheimnisse sie in Gefahr bringen könnten.

Mit einem Serienmörder, der es persönlich nimmt…

Shane und Yael müssen als Team zusammenarbeiten, wenn sie eine Chance haben wollen, diesen Psychopathen aufzuhalten. Als die beiden sich näherkommen, fordert Shane Yaels volles Vertrauen ein, doch genau das ist das Einzige, was Yael nicht bereit ist zu geben. Als die Verfolgungsjagd immer intensiver wird und immer mehr Menschen sterben, wird klar, dass der Mörder genau weiß, wer Yael ist, und dass er plant, sowohl von ihr auch von Shane den ultimativen Preis dafür zu verlangen, dass sie ihm in die Quere kommen.

Jetzt bestellen *Kalte Stille*!

Melde dich für meinen deutschsprachigen Newsletter an und erhalte zwei kostenlose, exklusive „Kalte Gerechtigkeit"-Kurzgeschichten sowie Informationen darüber, wann meine nächste deutsche Übersetzung verfügbar ist.

NÜTZLICHE ABKÜRZUNGEN FÜR TONIS BÜCHER

AG: Attorney General – Generalstaatsanwalt

ASAC: Assistant Special-Agent-in-Charge – Rang beim FBI, eine Stufe über dem Supervisory Special Agent (SSA)

ATF: Alcohol, Tobacco, and Firearms – US-Behörde für Alkohol, Tabak, Schusswaffen und Sprengstoffe

BAU: Behavioral Analysis Unit – Abteilung für Verhaltensanalyse

BOLO: Be on the Lookout – Fahndung

BUCAR: Bureau Car – FBI-Auto

CIRG: Critical Incident Response Group – Zentrale Krisen-Interventions-Abteilung des FBI

CMU: Crisis Management Unit – Unterstützt die CIRG

CN: Crisis Negotiator – Krisenverhandler

CNU: Crisis Negotiation Unit – Krisenverhandlungsabteilung

CODIS: Combined DNA Index System – Nationale DNA-Datenbank der USA

CP: Command Post – Befehlsstelle

DEA: Drug Enforcement Administration – US-Drogenbehörde

DOB: Date of Birth – Geburtsdatum

DOJ: Department of Justice – Justizministerium

EMT: Emergency Medical Technician – Rettungssanitäter

ERT: Evidence Response Team – FBI-Spurensicherungsteam

FOA: First-Office Assignment – Erster Büroeinsatz bei Strafverfolgungsbehörden

FBI: Federal Bureau of Investigation – Zentrale Sicherheitsbehörde der USA

FO: Field Office – Außenstelle des FBI

IC: Incident Commander – Einsatzleiter

HRT: Hostage Rescue Team – Geiselrettungsgruppe, FBI-Spezialeinheit

HT: Hostage-Taker – Geiselnehmer

LAPD: Los Angeles Police Department – Polizei der Stadt Los Angeles

LEO: Law Enforcement Officer – Strafverfolgungsbeamter

ME: Medical Examiner – Gerichtsmediziner

MO: Modus Operandi

NAT: New Agent Trainee – Neuer Agent in Ausbildung

NCAVC: National Center for Analysis of Violent Crime – Nationales Zentrum für die Analyse von Gewaltverbrechen

NCIC: National Crime Information Center – zentrale Datenbank der USA zur Sammlung von Informationen in Zusammenhang mit der Kriminalitätsbekämpfung

NYFO: New York Field Office – FBI-Außenstelle New York

OC: Organized Crime – Organisiertes Verbrechen

OCU: Organized Crime Unit – Abteilung zur Bekämpfung von organisiertem Verbrechen

OPR: Office of Professional Responsibility – Büro zur Untersuchung von Fehlverhalten von beim Justizministerium beschäftigten Juristen

POTUS: President of the United States – Präsident der USA

RA: Resident Agency – Kleine Außenstelle des FBI

SA: Special Agent – FBI-Agent

SAC: Special Agent-in-Charge – Leiter eines FBI-Büros oder Region

SAS: Special Air Squadron (British Special Forces unit) – Spezialeinheit der britischen Armee

SIOC: Strategic Information & Operations – Weltweite Kommando- und Kommunikationsabteilung des FBI

SSA: Supervisory Special Agent – FBI-Teamleiter

SWAT: Special Weapons and Tactics – Besonders ausgebildete taktische Spezialeinheit

TC: Tactical Commander – Befehlshaber einer taktischen Spezialeinheit

TOD: Time of Death – Todeszeitpunkt

UNSUB: Unknown Subject – Unbekanntes Subjekt (im Sinne von unbekannter Täter)

ViCAP: Violent Criminal Apprehension Program – Programm zur Aufdeckung von Gewaltverbrechen

WFO: Washington Field Office

DANKSAGUNGEN

Dieses Buch ist das längste, das ich je geschrieben habe, und das spiegelt sich in der Zeit wider, die ich für die Fertigstellung gebraucht habe. Mein Dank gilt wie immer Kathy Altman, der besten Kritikerin der Welt, und Rachel Grant, die nicht nur eine ausgezeichnete Beta-Leserin ist, sondern auch die beste Freundin, die man sich wünschen kann.

Vielen Dank auch an meine Lektoren, Deb Nemeth und Joan Turner von JRT Editing, sowie an meine Lektorin Alicia Dean. Ich schätze all eure Kommentare und Anregungen. Jeder einzelne von euch trägt zur Geschichte bei und hilft, dem Endprodukt den letzten Schliff zu verleihen. Meine Assistentin Jill Glass ermöglicht es mir, auch mal durchzuatmen, also vielen Dank dafür – du bist wirklich ein Geschenk des Himmels. Außerdem danke ich meiner wunderbaren Coverdesignerin Regina Wamba für ihre großartigen Illustrationen. Eric G. Dove ist gerade auf seinem Segelboot, um das Hörbuch aufzunehmen, und lebt seinen Traum! Danke, dass du die Stimme der Kalte Gerechtigkeit-Bücher bist und dass es so angenehm ist, mit dir zu arbeiten.

Danke auch an meine Assistentin Jill Glass und an mein Team für deutsche Übersetzungen, Martin Wick und Stef Mills. Und natürlich an meine Beta-Leser. Ich schätze eure harte Arbeit!

Danke an meinen Mann und unsere Kinder (die mittlerweile von zu Hause ausgezogen sind), dass ihr so großartige Menschen seid. Und herzliche Grüße an den Rest meiner Familie und an meine Freunde im Vereinigten Königreich und auf der ganzen Welt, die ich seit ein paar Jahren nicht mehr gesehen habe. Wenigstens haben wir in der Pandemie gelernt, wie man Videoanrufe macht :-) – wobei mir einfällt …

ÜBER DIE AUTORIN

Toni Anderson schreibt unverblümte, sexy, romantische Thriller und ist eine *New York Times* und *USA Today* Bestsellerautorin. Ihre Bücher wurden mit den Readers' Choice, Aspen Gold, Book Buyers' Best, Golden Quill und National Excellence in Romance Fiction Awards ausgezeichnet. Sie war Finalistin sowohl beim Vivian Contest als auch beim RITA Award der Romance Writers of America, außerdem beim Daphne du Maurier Award of Excellence und der Holt Medallion.

Am bekanntesten für ihre „Cold" Bücher ist es vielleicht nicht überraschend, dass Toni in einem der extremsten Klimazonen der Erde lebt – in Manitoba, Kanada. Als ehemalige Meeresbiologin vermisst Toni immer noch das Meer, hat aber das Glück, zu Forschungszwecken zu reisen (wenn sie nicht gerade eine Pandemie erlebt!). Im Januar 2016 besuchte sie das FBI-Hauptquartier in Washington DC, einschließlich einer Tour durch das Strategic Information and Operations Center (SIOC). Sie hofft innständig, dass sie nicht aufgrund ihrer Google-Suchen verhaftet wird.

Toni liebt es, von Lesern zu hören:
E-Mail: toni@toniandersonauthor.com
Website: www.toniandersonauthor.com/german

Lerne Toni online kennen:
Facebook: facebook.com/ToniAndersonDeutscheBucher
Instagram: instagram.com/toni_anderson_author